AND SO IT GOES
KURT VONNEGUT: A LIFE

チャールズ・J・シールズ［著］
金原瑞人　桑原洋子　野沢佳織［訳］

人生なんて、そんなものさ

カート・ヴォネガットの生涯

柏書房

AND SO IT GOES : KURT VONNEGUT, A LIFE
by Charles J. Shields

Japanese translation published by arrangement with
Henry Holt and Company, LLC through
The English Agency (Japan) Ltd.

「ヴォネガット一族の発展の礎となったのは、インディアナポリスの泥道に面した雑貨店だった」とカート・ジュニアは語った。（インディアナ州歴史協会所蔵）

建築家、カート・ヴォネガット・シニア。1929年撮影。ウォール街の株価暴落によって一家のアッパーミドルクラスの生活に終止符が打たれた。(甥、カート・ヴォネガット氏提供)

ウェディングドレス姿のイーディス・ソフィア・リーバー。インディアナポリスのビール王の娘で、のちにカート・ジュニアの母親となる。1913年撮影。(甥、カート・ヴォネガット氏提供)

ショートリッジ高校、最上級生のカート。校内新聞の編集者で、クラスの人気投票では2位だった。（インディアナ州歴史協会所蔵）

ジェイン・マリー・コックス。インディアナポリスのテューダーホール女学校の最上級生だった1940年に撮影。（パーク・テューダー・スクール提供）

カートとジェイン。1946年、マクシンカッキー湖にて。ふたりはともにシカゴ大学の学生だった。（ウォルター・A・ヴォネガット氏提供）

ドイツ東部の街、ドレスデン。1945年2月半ば、3日間に及ぶ空襲のあと。カートはバルジの戦いで捕虜となり、この街に連れてこられていたが、地下の食肉貯蔵庫に避難していて無事だった。（ドイツ写真図書館《ドイチェ・フォトテーク》所蔵）

左から2番目がカート。仲間の捕虜とともに、解放されるのを待っている。カートからみて左側で背中をみせているのがバーナード・オヘア。（グレッグ・ハンセン氏提供）

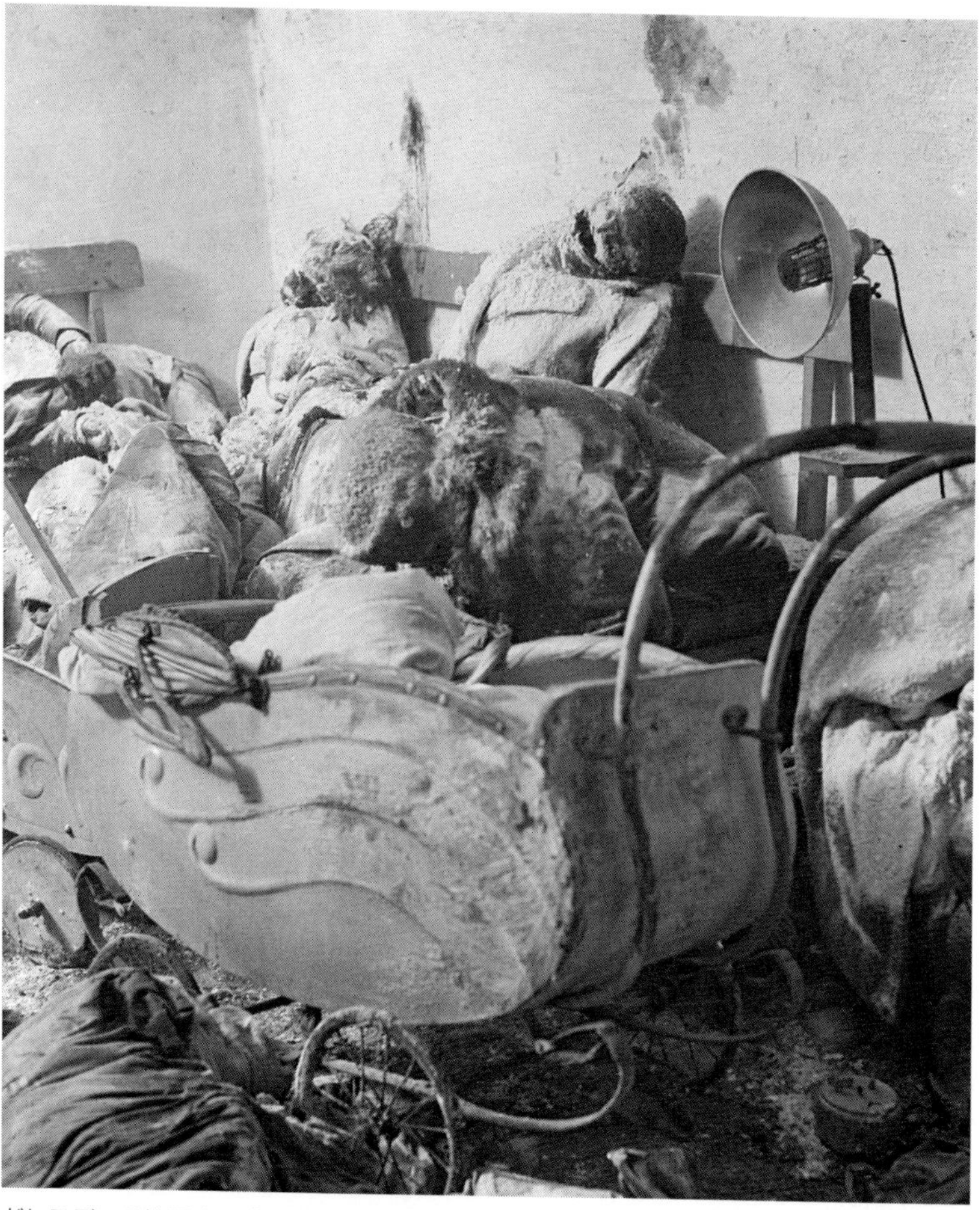

ドレスデンの地下室は「満員の路面電車のようだった。ただし、乗客は一斉に心臓発作を起こしてしまったかのように、席に座ったまま死んでいた」とカートは語った。（ドイツ写真《ドイチェ・フォト》図書館《テーク》所蔵）

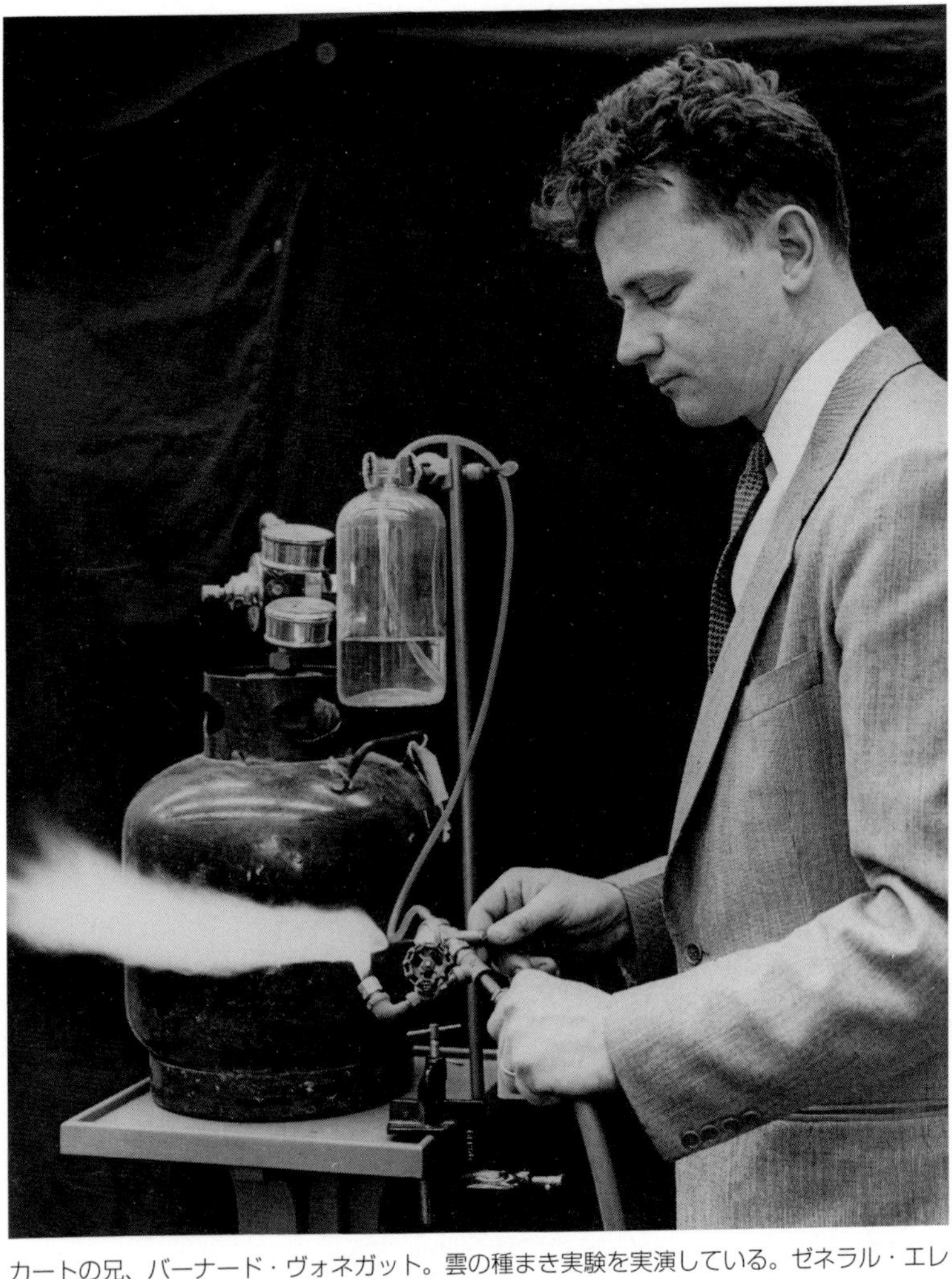

カートの兄、バーナード・ヴォネガット。雲の種まき実験を実演している。ゼネラル・エレクトリック社の広報部は、この実験が「大規模な天候制御を可能にする、驚くべき構想」のはじまりだと発表した。カートはその概念を『猫のゆりかご』で風刺した。（スケネクタディ・ミュージアム＆プラネタリウム提供）

ゼネラル・エレクトリック社の広報部員として来賓の訪問中にメモをとるカート（左から3番目）。のちに「ゼネラル・エレクトリック社こそがSFだった」と語っている。中央で三つ揃えのスーツを着ているのが同僚の広報部員オリー・M・ライアン・ジュニア。（メアリー・ロビンソン氏提供）

カートはゼネラル・エレクトリック社を退職後、チェイニー雑貨店の2階で専業作家としてのキャリアをスタートさせた。妻ジェインは右端で赤ん坊のイーディを抱いている。長男のマークは、店主のミセス・アン・チェイニー（中央）の前にいる。（写真左端のメアリー・ヘリック氏提供）

写真左から、カート・ヴォネガット、アーリーン・ドノヴァン、ノックス・バーガー、ジャズミュージシャンのエディ・コンドン、マックス・ウィルキンソン。1950年代初頭に、グリニッジヴィレッジのジャズクラブ"コンドンズ"にて。（ノックス・バーガー氏提供）

マサチューセッツ州ケープコッド、ウェストバーンスタブル、スカダーズ・レーンの自宅。カートは、母屋の後ろに垂直にのびる、離れを書斎にした。（イーディ・ヴォネガット氏提供）

ニューアーク湾での通勤列車の事故で、カートの義兄が犠牲になった。その36時間後、カートの姉のアリスが病死した。ヴォネガット夫妻はその後、姉夫婦の4人の子どもを引き取った。（ゲッティ・イメージズ）

ロリー・ラックストロー（左）とジェイン・ヴォネガット（右）。1966年春撮影。当時カートは、アイオワ大学創作講座で教鞭をとっていた。（リック・ボイヤー氏提供）

マーク・ヴォネガット。カナダのバンクーバーに移住してまもない頃。彼はそこで精神崩壊に陥った経験を、著書『エデン特急』に書いている。（アン・ボッシ氏所蔵）

イーディ（手前でカメラを持っている）とナニーのヴォネガット姉妹。1968年撮影。（アン・ボッシ氏所蔵）

書斎にいるカート。1969年の『スローターハウス5』出版の数ヶ月前に。（ゲッティ・イメージズ）

カートとジェイン。ウェストバーンスタブルで毎年恒例のどろんこ競争にて。（アン・ボッシ氏所蔵）

フォトジャーナリスト、ジル・クレメンツとカート。ふたりの結婚の1年後、1980年撮影。
(ゲッティ・イメージズ)

カートと娘のリリー。マンハッタンの自宅の外にて、1989年撮影。（マーガレット・M・バーンズ氏提供）

1985年、プラハを訪問中のカート。チェコ語の通訳、ヤロスラフ・コラン（左）とアメリカ大使館広報部のウィリアム・P・キールとともに。（ウィリアム・P・キール氏提供）

チョーサーの作品をラップでパフォーマンス中のカート。バック演奏はスペシャルKと仲間たち。妻のジルと離れてマサチューセッツ州のノーサンプトンに暮らしていた、2000年撮影。孫のマックス・プライアーが写真右から2番目にいる。即興演奏で有名なバンド「フィッシュ」のメンバー、ジョン・フィッシュマンは、掃除機のホースを吹いて伴奏している。（スコット・プライアー氏提供）

カート。ノーサンプトンにて。ボストン・グローブ紙の記者は「大学機関は、偏屈な作家が死を待つ場所として理想的とはいえないのかもしれない」と書いた。（ジーナ・アイヴァジアン氏提供）

マックス・ウィルキンソン　著作権エージェント。
ポール・エングル　アイオワ大学創作講座の責任者。
ヴァンス・ボアジェイリー　作家。アイオワ大学時代の同僚。
ホセ・ドノソ　作家。アイオワ大学時代の同僚。
ローラ（ロリー）・リー・ウィルソン（後にラックストロー）　アイオワ大学時代の学生で、当時の恋人。
ジル・クレメンツ（後にヴォネガット）　フォト・ジャーナリスト。二番目の妻。
リリー・ヴォネガット　養女。
シーモア（サム）・ロレンス　デル社と提携した出版社の代表。カート・ヴォネガット・ブームの火つけ役。
ドナルド（ドン）・C・ファーバー　カートの作家人生の後半を仕切った著作権エージェント。
ドナルド（ドン）・M・フィーナ　ロシア文学の教授。カートの友人。

ノックス・バーガー、あなたに金メダルを！

人生なんて、そんなものさ——カート・ヴォネガットの生涯

最後にカート叔父さんからひとこと、もらえればいいんですが。
それか、ひと笑いでも。
ああ、叔父さんの笑いが懐かしい！
あのなんともいいようのない、タバコの煙に満ちた皮肉で得意げな笑い。
叔父さんとの会話は、その笑いにあふれていました。
二十世紀に起きたおそろしい出来事を語ったあと、そんなふうに笑うのは、
不遜に思えたこともありました。
けれど、それは叔父さんが目にした戦争という狂気から身を守る、
砦だったのでしょう。

甥、スコット・ヴォネガット
二〇〇七年四月二十一日、
ニューヨーク、アルゴンクィン・ホテル
カート・ヴォネガット追悼会にて

ぼくはバランスを欠いては、取り戻すのくり返しだ。
しかし、これこそ読者に読まれるフィクションの基本的なプロット。
つまり、ぼく自身がひとつのフィクションなのだ。

カート・ヴォネガット
『ヴォネガット、大いに語る』（一九七四年）

序章　絶版、そして死ぬほどびくびくして

カート・ヴォネガットの、アイオワ大学での教職にかける意気込みは相当なものだった。一九六五年の九月初旬、息子の真新しいフォルクスワーゲン・ビートル——身長が百九十センチ近くある彼は、頭が天井につかえていた——で、中西部を猛スピードで飛ばしていた。バンパーにひもで結わえつけた空き缶のように、失敗がけたたましく音を立ててついてくる。灰皿はポール・モール（本来の発音は「ペルメル」〔ロンドンの通りの名前〕だが、アメリカ人のカートはあえて綴り通りにこう呼んでいた）の吸い殻があふれ、フロントガラスは吸い続けているタバコのせいで黄ばんでいた。考えなくてはいけないことはたくさんあったが、ケープコッドの自宅からアイオワ州アイオワシティまで二千キロもの距離を運転しなければいけないのだから、好きなだけ考える時間はあった。

カートは初恋の人との二十年間の結婚生活に退屈していた。妻の名はジェイン・コックス（旧姓）。第二次世界大戦がヨーロッパで終結し、カートがドレスデンの捕虜収容所から解放されて、ほんの五ヶ月後に結婚した相手だ。この夏、彼はニューヨーク在住のセアラという女性にアプローチしていた。ところが、セアラはカートより二十歳も年下で、作家のウィリアム・プライス・フォックスが離婚して自分と結婚してくれるのを待っていた。カートは、もし、この名だたるアイオワ大学創作講座《ライターズ・ワークショップ》での〝住みこみ作家《ライター・イン・レジデンス》〟という仕事に自分が合わなければ、さっさとやめて、気分転換にセアラに積極的にいい寄るつもりでいた。そのくせ、セアラへの手紙では、自分が愛情に飢えた飲んだくれの老い

ぼれで、彼女はまだほんの少女、自分は彼女の父親といってもおかしくない年なのだといつもいっていた。きみにとってぼくは厄介なできものみたいなものだ、と。

実際、カートには年頃の娘がいて、ほかに五人の子どももいた——三人はジェインとの間の実子で、三人は七年前に死んだ姉夫婦の子どもだ。家族でアイオワシティに引っ越す経済力はなく、自分ひとりがいくのでやっとだった。本当はいきたくなかったが、まわりの誰もがいったほうがいいと思っているようだった。コーネル大学時代、「デイリー・サン」という校内新聞の編集仲間だったミラー・ハリスは、依頼がきていることをきいて手紙を書いてきた。「なにがあってもいくんだぞ。おまえの授業にくる連中なんて、ばかばっかりに決まってるが、なかにはかわいい子もいたりするんだ。若くてぴちぴちでかわいくて、おまえにのぼせあがったりする子もいるぞ。もちろん、ばかはばかだが……。かまうもんか。そいつらのできの悪い作品から、おもしろいネタがみつかるかもしれないじゃないか」。それだけではない。いつものことだが、金が必要だった。特にその頃、三人の子どもを大学に行かせるための学費を工面しなくてはならなかった。そういうわけで、アイオワ大学英文学科の学科長、ジョン・C・ガーバーの手紙に対し、招聘《しょうへい》を謹んでお受けしますと返信した。

新天地で気分を変える必要も感じていた。近頃はかんしゃくがおさえられないことが多く、暴飲と、一生敗者のまま終わるのではないかという恐怖のせいで、歯止めが効かなくなっていたのだ。アイオワへ向けて発つ一ヶ月ほど前、十五歳の長女のイーディが、ケープコッド劇場で上演された児童劇『宝島』でジプシー役を演じた。終演後、イーディがサインをしていた——サインを求めた観客のなかには七歳のキャロライン・ケネディ（ジョン・F・ケネディの長女）もいて、スターにうっとりと見惚れていた——とき、カートの横にいた無礼な男が、イーディをネタにして下品なジョークを口にした。カートはその男を駐車場まで連れ出して、もう一度いってみろと脅しながら二台の車の間で殴り倒した。相手は呆然としながらも、立ちあがってまた暴言を吐いたので、カートはまた殴った。そんな騒ぎは、ケープコッドではあっという間に知れわたる。

たぶん、男の言葉にかっとなっただけなのだろうが、カートは自分がとるに足らない人物として扱われるのも大嫌いだった。明らかに、男は相手が誰なのかまるで知らなかった――イーディの父親だということさえ知らなかっただろう。近所の人々はカートの小説を読んでいなかったし、そもそも本になど興味がなかった。そのため、彼は、自分には社会的地位などまったくないように感じていた。

だからといって、アイオワ大学の英文学科が、カートのことをわかっているわけでもなかった。実際、彼が同大学の創作講座について知っているほどには、向こうは彼の作品を知らなかった。彼の作品に関する記事が「ルックマガジン」誌に出てから数週間後にガーバー博士からの招聘状が届いたのだが、そのときのことをカートはこう語っている。創作講座の責任者であるポール・エングルは「ぼくのことを知らなかったし、話に聞いたことさえなかったのだと思う。彼はその種のくだらないものは読まない。だが、読んだ人はいるにはいて、ぼくが作家であることは間違いないと請けあってくれたらしい。おまけに、子どもをわんさと抱えて破産寸前、本は絶版、死ぬほどびくびくしてるやつだ、と」。そんなわけで、詩人のロバート・ロウエルが創作講座の講師の職を就任直前に辞退すると、エングルは定収入の得られるその仕事をカートに提供し、窮状を救ったのだった。

実際のところ、カート・ヴォネガットは本を四冊出版していたし、病院の待合室にある雑誌をめくれば、彼の書いた短編が載っていることも珍しくなかったが、駆け出しの作家としては何年もの間ぱっとしなかった。コーネル大学時代には、風刺の効いたコラムやニュース、意見記事を校内新聞に書いていたが、二年の就学ののち一九四三年に成績不良のため退学して、兵役に就いた。戦後、復員兵援護法を使ってシカゴ大学に通い、人類学の学位を取ろうとしたものの、結局論文をまとめることができなかった。四十代になった今、最終学歴はインディアナポリスのショートリッジ高校卒業だ。フォルクスワーゲンには、シカゴ大学に提出する予定の新たな論文のための覚え書きものっていた。それはフィクションと人類学を融合させるというテーマに関する論文で、カートはアイオワシティで一、二ヶ月もあればまとめあげられるかもしれないと考えていた。最新作『ローズウォーターさん、あなたに神のお恵みを』の映画脚本も完成させたいと思っていた。それに、ドレスデン空襲の体験をもとにした戦争小説の草稿もある。除隊してからずっと取り組んでいるものの、ほとんど進んでいない。この三つすべてを仕上げる時間を見つけられるかどうかは、教職のスケジュールが「とんでもなくタイト」かどうかにかかっていた。

アイオワシティまであと十五キロというところで、フォルクスワーゲンが変な音を立てて横揺れを始めた。車を砂利道の路肩に寄せてから出てみると、外はどこまでもどこまでも畑が広がり、インディアナポリス郊外の田園地帯そっくりだった。ビリヤード台のように平らでチョコレートケーキのように濃厚な土地だ。タイヤのひとつがパンクしていた。静かだった。暑さのなかでセミやバッタが渇いた声を響かせているだけだ。カートはあたりを見まわし、これでよかったのだろうかと考えた。

一章　おまえは事故だった

一九一三〜一九四〇

カート・ヴォネガットの両親、カート・ヴォネガット・シニアとイーディス・ソフィア・リーバーの結婚式は、一九一三年十一月二十二日、インディアナ州のインディアナポリスで盛大にとり行われた。

イーディスの父親、アルバートは大きなビール醸造会社の社長で、街有数の金持ちのひとり。娘のために、ワシントン・ストリートとイリノイ・ストリートが交わる北西の角にあるクレイプールホテルで派手な披露宴を催した。中西部随一と評判のホテルだ。招待客は六百人。運転手つきの自家用自動車でくる者もあれば、真鍮《しんちゅう》の馬具の音も高らかに馬車で乗りつける者もあった。エドワード朝時代の富裕層が一堂に会したかのようで、シルクハットの紳士やパラソルを手にした上品な婦人の多くは、メリディアン・ストリートに並ぶインディアナポリスきっての豪邸育ちだ。アルバート・リーバーは招待客の期待をちゃんと心得ていて、落胆させることはなかった。二十メートルほどのカウンターに、数種の肉料理とシャンパンが並び、ダンスホールでは生演奏をバックに、翌朝六時までダンスが続いた。

しかも、一部の客をさらに満足させたのは、噂話が尽きないことだった。花嫁のイーディスはフィラデルフィア郊外のブリンマーにあるシップリー教養学校を卒業し、一九〇八年、ロンドン社交界にデビューした。最初に真剣にアプローチしてきたケネス・ドルトンは、陶磁器で有名なロイヤルドルトンの御曹司で、プロポーズをして婚約までこぎつけたらしい。ケネスは、自分の父親はメイフェアに家を買ってくれるはずだといい、もし彼女の父親がそれなりの持参金を用意してくれれば、ふたりで贅沢な暮らしができるだろうなどと話した。ところが彼女の方は、ケネスが閑職につきたがる上流階級の怠け者で、インディアナポリスの大きなビール醸造会社を継ぐ責任を負わされるのはごめんだと思っているのではないかと考え、婚約を破棄した。

それからイーディスはイギリス海峡を越え、ドイツのデュッセルドルフにある祖父ピーター・リーバーの大邸宅に身を寄せた。そこで、ドイツ騎兵隊のふたりの将校が彼女を見初め、愛を勝ちとろうとはりあった。彼女が婚約したのは、階級の高い方、プロイセンの大尉、オットー・フォークトだった。サーベル、ブーツ、真鍮のボタン——さっそうとしたいでたちの男だった。だが不幸なことに、前の英国紳士と同じで、彼もリーバー家の醸造会社には興味がなかった。イーディスはこの話も破談にした。

彼女は帰国してインディアナポリス郊外の父親の屋敷、ヴェラマーダ邸で暮らすことにした。敷地内のホワイト川を見おろす高い崖の上に、父親が小さな家を建てて、彼女好みの内装に整えてくれた。リビングには暖炉とグランドピアノがあった。何日も何日も、イーディスは敷地内をひとりきりで歩きまわった。

花婿のカート・ヴォネガット・シニアがどんな経緯で彼女と恋仲になったのか、誰の記憶にも残っていない。だがカートと、四歳年下のイーディスは幼なじみだった。両家は、ダス・ドイチェ・ハウス、つまりドイツ文化センターを中心にしたインディアナポリスの裕福なドイツ系アメリカ人コミュニティに属していた。若いふたりが金銭的に恵まれた似合いのカップルだということは、両家とも当然ながら考慮に入れていた。

カート・シニアはインディアナポリスの二世建築家として将来を嘱望されていて、年配の成功者たちからの信頼も厚く、出身大学、マサチューセッツ工科大学（ＭＩＴ）の同窓生からなる会員制クラブに誘われて入会していた。ＭＩＴで建築学の学位を取得し、ドイツのハノーファー・ポリテクニック（総合技術専門学校）の修士課程を修了していたが、それは父親のバーナードとまったく同じ学歴だった。一九〇八年に父親が他界すると、その二年後に帰国して、父の建設会社、ヴォネガット＆ボーン＆ミュラーの共同経営者のひとりになった。カート・シニアは背が低く、瞳は青。色白でブロンドの巻き毛、指はほっそりとして長かった。花嫁のイーディスはとび色の髪の美人でやはり色白。瞳は青緑だった。ファーストユニテリアン教会の祭壇に立ったふたりは素晴らしいカップルだったと、式に招かれた数少ない客である親族たちは語っていた。ユニテリアン教会が選ばれたのは、ヴォネガット家が何世代にも渡って自由思想をモットーにしていたのに対し、リーバー家が伝統的なプロテスタントだったため、お互い譲歩できるところをさぐった結果だろう。

クレイプールホテルでの披露宴は、ふたつの名家を結びつける最後の仕上げの場だった。億万長者アルバート・リーバーが金に物をいわせて料理や飲み物を用意したおかげで、インディアナポリスの上流階級の礼節は砕け散った。「いつもは退屈なコミュニティの、上品で保守的極まりない人々が、こんなにも短時間にバタバタと酔いつぶれたことなど、あとにも先にもみたことがない」と、ヴォネガット一族の年代記執筆者は記している。二日たっても、ホテルの部屋で静養していた招待客が何十人もいたらしい。

披露宴のあとすぐに、カートと花嫁は、インディアナポリス・ハイウェイへオールズモビル（かつてのアメリカの自動車メーカー）の新車を飛ばした。幸せに酔いしれたカートはぐんぐんスピードを上げる。これからふたりの人生が始まるのだ。好都合なことに、イーディスの嫁入り道具には、プロイセンの大尉オットーー・フォークトとの婚約時に両家のイニシャルのL／Vが刻まれていた。

結婚披露宴は、裕福な家の出で社交界で活躍する若いふたりにふさわしいものだった。カート・シニアは独身時代、ジョン・ヘロン・アート・インスティテュート（インディアナポリスの富豪、ジョン・ヘロンの遺産で創設された美術学校）でカリグラフィーのクラスを教えていたことがあり、アマチュア芸術家たちと親交があった。イーディスは、インディアナポリス・プロパリーアムという女性のための会員制文学社交クラブのメンバーだった。

しかし結婚後、ヴォネガット夫妻は、相当高い地位の夫妻にしか許されないような場にいきなり引き入れられることになった。なかでも大きいのは、フージャーグループ（十九世紀末から二十世紀初頭にかけてのインディアナ州の印象派の一派）の画家シオドア・クレメント・スティールと妻の故マリー・エリザベスが創設したポートフォリオクラブに招かれたことだ。メンバーは中西部の芸術家と作家、あるいはアーツ・アンド・クラフツ運動（十九世紀後半のイギリスの詩人・思想家・デザイナーのウィリアム・モリスの主導で起きた運動。機械による大量生産を否定し、中世の手仕事を尊ぶ）を支持する画家に限られていた。月に一度芸術談義を兼ねた夕食会が催され、ある外部の人間の意見では、そのグループは「自分たちがコミュニティの審美的良心の監視人だと考えていた」という。一九一七年一月、イーディスはクラブの夕食会に出席する新入りの女性メンバーということで、騎士道的伝統にのっとって（あるいはジョークで）、豚の丸焼きの尻尾の部分（豚の部位のなかでも尻尾がいちばん貴重だとされていて、主賓に供す風習がある）を出された。

ヴォネガット夫妻も、高級住宅のセントラル・アヴェニュー一三三四番地の自宅にクラブのメンバーを招いてもてなした。インディアナポリス交響楽団の指揮者を夕食に招待することもあったし、作家、画家、カート・シニアの同僚の建築家も招いた。イーディス主催のディナーパーティは、食器類ひとつとっても素晴らしかった。テーブルには、リーバー家三世代にわたる家宝の陶器、銀器、リネン、クリスタルがずらりと並んでいたのだ。

忙しい社交生活を送りながら家をきちんと保つためには、住みこみの使用人が欠かせない。子どもたちが生まれてからは、なおさらのことだった。

カート・ジュニアには兄と姉がひとりずついる。兄のバーナードは、父方の祖父から名前をもらった。生まれたのは一九一四年八月二十九日。真面目そうな少年だということは、普段のスナップショットからもうかがえる。幼少時のエピソードからは、科学やテクノロジーに惹かれるのちの姿が垣間みえる。ある午後のこと、両親は、まだ幼かったバーナードをベビーシッターに預けたまま、バーナードが寝たあと、深夜になるまで帰らなかった。翌朝、両親はバーナードが「とても興奮して変な声をあげている」ことに気づいた。原因は数日後にわかった。一家の知人から、ユニオン駅でベビーシッターに抱かれているバーナードをみたときいたからだ。ベビーシッターはバーナードを連れ、三十分かけて歩いて駅までいった。駅構内で恋人に会うためだ。バーナードの「変な声」は、蒸気機関車の音だったのだ。小さな男の子に汽車好きは多い。だがバーナードは少し大きくなると、地下室を実験室にして蒸気や動力、電気のことを知ろうとした。

バーナードの次に生まれたのがアリスだ。一九一七年十一月十八日生まれ。赤ん坊の頃、アリスは重い肺炎を患い、高熱のため死にかけた。カート・ジュニアはのちに、そのせいで姉は多少の混乱を抱え続けることになったといっている。アリスは面倒だと思うと、なんでもすぐに投げ出した。本などいっさい読まず、空想にふけることを好んだ。ハイウェイでニワトリを積んだトラックをみると、市場で売られて食べられてしまうんでしょ？　といって泣きわめき、両親があのニワトリは新しい農場に向かうところだといってきかせないと、おさまらなかった。病気のときに両親に心配されすぎたせいで、自分に関心を持ってもらうにはこうするのが一番だと知ってしまったのだ。それに、兄のバーナードは頭のいい子というレッテルを貼られているのだから、自分は感情的な子になるのがいいと思ったらしい。子どもは誰でも、家族のなかでそれぞれの得意分野を作り出さなくてはいけないのだ。

ヴォネガット家の末っ子、カート・ジュニア(「巻き毛の美しい子よ。ほんと、ひときわ美しい子だったといっていいわ」と、カート・ジュニアの父親の姉、アーマ伯母はいっていた)は一九二二年十一月十一日に生まれた。第二次世界大戦前までは休戦記念日と呼ばれていた日だ。大人になってから、カート・ジュニアは、平和と関係のある日に生まれたことをとても誇りに思うようになる。

その頃には一家は、ノースイリノイ・ストリート四四〇一番地のさらに大きな家に移り住んでいた。そのあたりはレンガや石灰岩の邸宅が並ぶ一画で、街の北側にあたり、近くにはバトラー大学があった。建築費はイーディスが出したが、一九二〇年の禁酒法の影響で、彼女の父親の醸造会社は壊滅的な痛手を受けていた。しかし、第一次世界大戦以降は建築ラッシュが続いていたため、カート・シニアは定期的に設計料を得ていて、一家が経済的に破綻するようなことにはなるまいと楽観していた。

家は二千平米ほどの木の茂った敷地の奥にあった。今も残るその家は横向きに立っていて、こちらが近づくのを少しいやがっているようにも見える。三階建てでベッドルームが六室もある家の、長い側面が通りに面していて、玄関の前には細長い庭が左右に広がっている。アーツ・アンド・クラフツのスタイルで、玄関扉にはめこまれた鉛枠のステンドグラスの窓にはK、E、Vという文字が入っている。カート(K)とイーディス(E)のヴォネガット夫妻(V)を表しているのだ。窓の下には変わったドアノッカーがついている。ローマ人風の女性の顔で、葉でできた冠をかぶり、両耳の下からシュロの葉を編んだひもが二つ垂れて弧を描き、ブローチでとめられている。そのブローチでノックするのだ。

カート・ジュニアは、それが父親の設計した家だと死ぬまでいい続けていた。しかし実際は、インディアナポリス出身の建築家ウィリアム・オスラーによるものだった。ほかにもオスラーの設計した邸宅が今なおインディアナポリスでみられるが、どれもヴォネガット家のスタイルと似ている。父親のカート・シニアが家の建築費をほとんど出さなかったうえに、他人に設計させていたとなると、この分野に関しての彼の興味や才能のほどがうかがえる。

同業者の評価では、カート・シニアの建築家としての能力は並みだったらしい。生計を立てるための収入は、フックス・ドラッグストアやインディアナ・ベル電話会社のビルといった商業ビルの設計で得ていた。顧客のビルが高く、広く、多目的で、しかも特徴のないものになっていくにつれ、スタイルや特色を作り出すのではなく、技術的な知識を提供することで、手数料を稼ぐようになっていた。

それに対し、カート・シニアの父バーナードは、インディアナポリスの建築物のレベルを押し上げた人物だった。彼はひときわ目をひく建物をいくつも設計した。例えばジョン・ヘロン・アート・インスティテュート、ホテル・セヴェリン、そして巨大なダス・ドイチェ・ハウス。これはドイツルネサンス・リバイバル様式で設計され、ビアガーデンと劇場が併設されていた。バーナードの設計したインディアナポリス中心街のペンブローク・アーケードは、一八九三年にシカゴで開催された万国博覧会の建築からインスピレーションを得て設計されたもので、近代ショッピングモールの先駆けとなった。インディアナポリスの歴史家でありバーナードと同時代を生きた人物は、こう述べている。「彼の作品は全て、細部への細やかな配慮がみられ、建築家としての学術的な趣向が凝らされている一方で、その技術の高さもうかがえる」。

しかし、息子、カート・シニアの設計による傑出した建築物は残っていない。父親の業績は「すばらしい才能の金字塔」と評されたことがあるが、それに匹敵するものは設計していないのだ。弟子は師匠を越えるような芸術的才能が自分にあるとはどうしても思えなかった。カート・シニアはカリグラフィーや絵画、また年配になってからは陶芸で前衛的な試みを楽しんだが、芸術好きの素人の枠を越えることはなかった。建築家としては、それなりのデザイン感覚を持ってはいた。だが、末息子カート・ジュニアは「父が本当に建築家になりたかったのか」ずっと疑問に思っていたといっている。「父はただ長男で、建築家になれといわれて育っただけなのだ」。カート・ジュニアは父親が祖父バーナードの話をするのをきいたことがなかった。そしてそれは、祖父と比べると冴えない存在だと父親が自覚していたせいではないかと思っていた。

それでも、カート・シニアが得る設計料と妻の出資で、家族は華やかな生活を送ることができた。大金が入ったときには旅行を楽しんだ。例えば、一九二四年七月の海外旅行は、ニューヨークからドイツのハンブルクまでの船旅だった。カート・シニアの姉アーマの結婚式に出席するためだ。相手はドイツ人のクルト・リンドナーで、ホンジュラスに農園をいくつか所有していた。当時十歳だったバーナードと七歳だったアリスはこの旅行に連れていってもらえたが、一歳七ヶ月のカート・ジュニアは、父方の叔父にあたるアレックスとその妻レイに預けられた。夫婦には子どもがなかった。（ずいぶんあとになって、成長して知恵のついたカート・ジュニアは、母親が自分を邪魔に思ってそうしたのだと決めつけた）。また、家族は毎年夏にケープコッドの南東の先端にあるチャタムを訪れ、子どもたちは波とたわむれて遊んだ。金が必要になれば、証券を売ったり借金をしたりした。

子どもたちは当然、私立の学校に入れられた。カート・ジュニアは就学できる年齢になるとすぐに、オーチャード・スクールに入学した。幼稚園児から八年生までを受け入れている私立の進学校で、インディアナポリスの西四十二番ストリートにあり、カート・シニアと同僚が改装を依頼されたばかりだった。バーナードはそこの卒業生で、その後は小規模な私立男子高校、パーク・スクールに進んだ。一九二八年秋、カートが幼稚部に入ったとき、アリスはすでに中学年になっていた。

オーチャード・スクールの教育方針は、ジョン・デューイ（アメリカの哲学者、教育学者、心理学者。アメリカの進歩主義的教育運動の代表者）の「生徒は自ら行動する者として小さな共同体を形成すべきだ」という信念に基づいていた。菜園活動、陶芸、音楽のレッスン、子ども銀行、木工や電気などの技術のクラス、野外劇、野外生物教室、絵画、フォークダンスの授業。そして、子どもはひとりひとり何らかの役割を持たされる。教師のなかでは、のちに校長になるヒリス・ハウイから大きな影響を受けたとカート・ジュニアはいっている。「動物、植物、大地、そして自分と異なる文化的背景を持つ人々との関わりのなかで活動するときの価値体系。これをハウイ先生から学んだ。先生の影響を受けた幸運な生徒が何千人もいる。たぶん、まわりの人々に比べて、ぼくたちはこの惑星をより居心地良く感じ、より尊重することができていると思う」。

この温室のように恵まれた教育環境が、カート・ジュニアを早熟にした。ある教師は彼の読解力を高く評価している。彼は家で、両親の豊富な蔵書から大辞典をそっと持ち出して読みふけった。というのも「そこにはいやらしい言葉がかくされているはずだと思った」からだが、結局、みなれない機械や中世の武器や〝ジュゴン〟のような単語に添えられたイラストを見て途方に暮れるばかりだった。もう少し大きくなると、ロバート・ルイス・スティーヴンソンやバーナード・ショーやアーサー・コナン・ドイルの全集を拾い読みするようになった。美しい装丁の『リューシストラテー』（古代ギリシャの喜劇作家アリストパネスの戯曲。邦題『女の平和』）を読んだのは十一歳のときだったといっている。

教師の注意を引くのは簡単だとわかったが、両親となると話は別だった。父親は威厳があり無口で、それはそのまた父親に似たのだといわれていた。自分の子どもを相手にしても、常に冷静だった。末息子と話すときは、たいてい「気取って突きはなした感じ」で、なにかができるように教えてやるという気はなさそうだった。カート・ジュニアは、そのことをいつまでも根に持っていた。「ぼくは誰にもなにも教わらなかった。スケートの滑り方も、自転車の乗り方さえも」。

父親はウィットに富んだ話し方をすることもあったが、そのウィットはひねくれすぎていて、冗談をいっているのかどうか見極めるのは難しかった。この一家におけるユーモアのセンスはいかにもドイツ的なシャーデンフロイデ、つまり、他人の不幸を喜ぶ種類のものだった。ある午後、「アイーダ」の第四幕を聴きながら、父親はぼそっとつぶやいた。神殿の地下牢に監禁された恋人たちも、あんなに歌わなければ、もっと長く生き延びられただろうに、と。

子どもたちもシャーデンフロイデが好きで、誰かがへまをすると大喜びした。例えばアリスは、ドドドッという音をきいて弟が階段を転げ落ちたのだと思い、笑ってやろうと急いで駆けつけた。階段下に倒れているのがガスの検針係だとわかると、おかしくてたまらず笑いが止まらなかった。バスのドアからアイロン台のように気をつけの姿勢で落ちた女性を見たときも、アリスはお腹をかかえて笑った。

カート・ジュニアにも同様の変な（時に人を面食らわせるような）癖があって、それは死ぬまでなおらなかった。不幸なことを話している最中、いきなり笑い出すのだ。悲しくてたまらないのか、あまりのばかばかしさを面白がっているのか、傍で見ている者にはわからなかった。成人後のカート・ジュニアのお気に入りは、社交クラブの仲間が真珠湾攻撃の第一報をシャワー中にきいたという話だ。話のおち——シャワー中の男はショックのあまりバスタブで倒れて頭を打って死んでしまった！——にさしかかると、カート・ジュニアは申し訳なさそうな顔で、どうしてもクスクス笑いを漏らしてしまうのだ。

母親のイーディス・ヴォネガットは子どもたちの生活のなかでは、まるでお客のような存在だった。イーディスはこう考えていた。子育ては家事労働のひとつなのだから、経済的に余裕があれば、金を払って他人にやってもらえばいい。「母は料理をしなかった」とカート・ジュニアはいっている。それだけではない。ボタンつけも、花壇の世話も――そんなことは庭師がやった――、息子に話しかけることさえあまりなかった、と息子本人が述べている。しかし子どもたちに上等な服を着せるのは好きだった。イーディスは街いちばんの百貨店、L・S・エアーズ（この建物もまた、夫の父親が設計したものだ）で子どもたちの服を選び、女友だちと連れだって、壁がクルミ材の重厚な内装のティールームでランチをとった。一九二〇年代にホームムービーで撮った家族の様子では、イーディスは楽しそうに、わたしはここよ、と手を振っている。だが、あなたたちこそがわたしの幸せよ、と子どもを抱きしめるところは映っていない。

フィルムにわずかでも家族愛が映っているとすれば――ケープコッドのビーチではしゃぎまわっているシーンを別にすれば――それはカート・ジュニアとアリスのほほえましい場面だ。アリスは、うれしそうに目を大きく見開いた弟の手を優しく引いてカメラの前を通り過ぎる。おもちゃのワゴンのなかにふたりでくっついて座っている場面では、弟は姉の肩に顔を埋めている。

だが、ほんの五歳年上の姉では、母親の代わりにはならない。話をきいてくれたり、質問に答えてくれたり、本を読んでくれたりする「愛情深く、賢い」人をみつけるには、カート・ジュニアはほかを当たるしかなかった。

幸運なことに、そんな人物が家のなかにいた。ヴォネガット家の料理人であり家政婦のアイダ・ヤングだ。

ヤング夫人は、ヴォネガット家でパートタイムで働いていたとき、中年にさしかかっていた。一八八三年にケンタッキー州で生まれたアフリカ系アメリカ人で、十八歳のときに倉庫係のオーエンと結婚した。ヤング夫妻の家はヤンデス・ストリート一九四〇番地にあった。ヴォネガット家からは、トロリーバスでたっぷり二十分かかる。黒人のヤング夫人が一九二六年に白人のヴォネガット家で働き口を見つけたのは、夫に死に別れてひとりきりになったからだ。数年後、子どものひとりが一緒に住むことになり、七人の孫と同居し始めた。それからというもの、ヤング夫人は、仕事と子育てに明け暮れた。週に五日間、ヴォネガット家で炊事や掃除をした。休みは木曜日と日曜日。

アイダには、ヴォネガット家の子どもたちをわが子のようにしつける権限はなかった。ヴォネガット夫妻のしつけはたいてい間接的で、カート・ジュニアの言葉を借りるなら、「満足していないことを示す」やり方をとった。ところが、カート・ジュニアはまだ幼くてまわりの影響を受けやすく、なにより孤独だった。「アイダは母よりも多く話しかけてくれたし、母より多くの時間を一緒に過ごしてくれた」。アイダは、カート・ジュニアのことを、しょっちゅう自分の孫たちに話すほど気に入っていたようだ。大人の愛情に飢えたカート・ジュニアの気持ちに応えて心をつかみ、優しく、正直に、行儀良く、といったことを自然に教えた。

アイダはメソジスト派のキリスト教徒で、聖書は家庭生活の指針だった。アイダは「聖書を暗記していて、そこから安らぎや分別を得ていた」と、カート・ジュニアはのちに書いている。ヴォネガット家がユニテリアン教会に行くのは年にたった二回、クリスマスイヴとイースターだけ。食事の前に感謝の祈りを捧げはするが、カート・ジュニアによれば「しらじらしい習慣」でしかなかったという。

カート・ジュニアに読み聞かせをする本を探していたアイダは、ヴォネガット家の図書室で、人気のある物語、詩、歌、エッセイばかりを集めた『続・心を打つ文学』というタイトルのアンソロジーをみつけた。感動的な作品ばかりを集めたシリーズ二作目だ。なかに収められているものの多くは作者不明の詩だったが、ラルフ・ウォルドー・エマソン、クリスティーナ・ロセッティ、エミリー・ディキンソン、ロバート・ルイス・スティーヴンソン、ジェイムズ・ホワイトコーム・ライリーなどのリズミカルで読みやすい作品が収録されていた。巻頭の見開きの挿絵では、裾の長い白いドレスを着た女性が歩きながら本を読んでいる。あたりは春の風景だ。キャプションがついている。「小さなことに悩んでいた／そんなわたしにさよならしたのは／神様のおられるあの野原」。

当時のことを何年もしてからふり返って、カート・ジュニアは次のようにいっている。アイダから宗教的な教育を受けた記憶はまったくない。だが、「アイダは神の話をしていたのだと思うし、ぼくも興味を持ってきいていた」と。ふたりはその本に熱中した。その体験は、優しい大人が自分に興味を持ってくれたという事実と相まって、カート・ジュニアのそれからの人生に大きな影響を与えた。「ぼくが書く物すべてに、いやになるほどセンチメンタルなものが入ってしまう。イギリスの批評家はそれを酷評する。そしてアメリカの批評家ロバート・スコールズは、『甘い砂糖のような薬に苦いコーティングをしている』と表現した。だが、今さらどうこういってもしょうがない。少なくとも、ぼくは自分の原点がわかっている。建築家の父が設計した、大きなレンガ造りの立派な家のなかにいたのは、ぼくとアイダ・ヤングだけだった」。

一九二〇年代末、カート・ジュニアがまだ小学生で、自分が家のなかでなんとなくおろそかにされていることがわかり始めた頃、バーナードは高校生だった。科学分野で特に優秀だと評判になっていて、両親の自慢の種だった。有名校パーク・スクールでバーナードを教えていた教師たちは、バーナードの大叔父でアメリカ物理学会の創立者でもあるカール・ベアラスの評価に賛同した。バーナードは、「科学的手法で、身近な材料を使った遊び心のある実験をしてみせるときに、特にその才能を発揮する」というものだ。ある実験中にボルトが飛んでヴォネガット家の一階の床を突きぬけたときも、彼の電鍵（モールス信号を出すための機器）のせいで半径五キロ内のインディアナポリスの無線局が使えなくなったときも、両親はただうっとりしていた。カート・ジュニアはそのうち兄をねたむようになったが、家族内の兄の地位は難攻不落だった。「兄は両親のお気に入りだった。まあ、それが長男のあるべき姿なんだろう」。

教師や両親にとって、バーナードは子ども時代のエジソンそのものだったのだろう。だが、そのせいで威張り散らされるアリスとカートはたまったものではない。カート・ジュニアは、頼まれれば実験のアシスタントになって手伝った。だが、しだいにその「おめでたいやつ」がいつも偉そうにしているのがあたりまえという状況が腹立たしくてならなくなった。バーナードの世界では、大切なのは科学だけ。リトマス紙、計算尺、流体速度計ではかれるものにしか価値はなく、その他のことは、ただの意見でしかない。カート・ジュニアは、ときには、単なる子どもらしい欲求不満から、兄を叩こうとすることがあったけれど、兄の方は、弟をつかんで腕をいっぱいに伸ばして、クスクス笑うだけだった。「兄はぞっとするほど退屈ないじめっ子だった。ぼくを叩くことなどしない。ただ、科学について話しまくった。姉とぼくがうんざりして、げっそりするまで」。

ある日、カート・ジュニアは、父親と兄が裏庭で錬金術のようなことをやっているのをうらやましく思いながら見ていた。ぶ厚いゴム手袋をしたふたりは、硝酸の入ったプラスチックのバケツに十セント硬貨を何枚か落とした。続けて何種類かの物質を投入すると、バケツの底にはぴかぴか光る純銀の粒子が沈んでいた。また、あるときは黒い酸化鉄と粉末アルミニウムを高温で熱してどろどろに溶かし、鉄の塊ができあがると、そこに釘を溶接し、ハリネズミみたいなものを作った。そうなると、切断するには弓のこを使わなくてはいけないほど硬くなる。バーナードはすでに優秀な科学者だったのだ！

そんな兄を持ったカート・ジュニアは自己嫌悪にさいなまれた。子どもらしい日記をつけていて、たとえ「何も起こらなくても……何ページも何ページも書いた」。がんばれといってくれる人もいなかったし、実験のやり方を教えてくれる人もいなかった。父親は感情よりも知性で動くタイプだった。「バーナードはどうみても才能があり、まるで優秀なチェスプレーヤーか音楽家が、ふいに家庭に現れたようだった。少なくとも科学への傾倒という点では天才だった。バーナードは幼い頃から、将来科学者になることははっきりしていたし、ぼくはやってみたけれども、同じような才能がないことは目にみえていた。たぶん、生まれながら持っているものが違ったのだろう」。

家のなかでいちばん上の子は一般的に自分がいちばんだと思いがちだが、バーナードは天才かもしれないなどともてはやされたせいで、その域を越えるほどの影響力を家族に対して持つようになった。事実と結果だけがすべての彼の世界では、感性などというものは意味を持たなかった。アリスは粘土を使って手早くいろいろなものを作る才能があった。だがバーナードはばかにしていた。「アートなんてただのお飾りだ」というのがバーナードの好きなセリフだった。一家で地元の美術館を訪れたとき、バーナードはあざけるようにいった。「ふん、絵がならんでるけど、そこにかかってるってだけで、なんの役にも立たない！」つまり、父の職業——建築はなんといってもアートの延長だ——は同様に低級だと暗にいいたかったのだ。

バーナードは十代になると自分の家族を実験室の一部とみなすようになり、スキナー（アメリカの心理学者。実験的行動分析学の創始者）理論的興味から、家族が何をするのか、どんなふうにするのか、なぜそうするのかを観察した。たとえば両親の性的関係に興味を持ち、ある実験を思いついた。バーナードが十六歳、カート・ジュニアが七歳のときだ。両親の寝室の暖房の調風装置を導管に使って、ベッドの下に置いたマイクまでワイヤーを引き、それをテープレコーダーにつなげた。大人のセックスに関する実験結果が得られると、早速弟に教えたくてたまらなくなった。

車でドライブ中、バーナードはカート・ジュニアに向かってこういった。「おまえは事故だったんだよ」カート・ジュニアは混乱し怖くなったことを憶えていた。「〃事故〃というのが何を意味するのかわからなかったが、いいものでないことはわかっていた」。

一九二九年十月、ウォール街の株の暴落に始まった大恐慌のために、ヴォネガット家のアッパーミドルクラス的な生活は財政面で崖っぷちに立たされた。返済能力を超えた負債を抱え、豪邸を購入したせいで金もなく、それでいて快適な暮らしは捨てられない。不景気の波はカート・シニアの仕事にも押しよせて、収入源だった設計料を蝕んだ。カート・シニアとイーディスはやけを起こしてネズミ講に手を出し、その年の十二月に亡くなった祖母のナネット・ヴォネガットの遺産を注ぎこんだ。すべてが消えた。なんとかやっていくために、夫婦は有価証券を売り、借りられるだけの金を借りた。それでも足りなかった。その結果、街有数の裕福な女のひとりだったイーディス・ヴォネガットは息子のカートの言葉を借りれば次第に「少しおかしくなって」いった。

幸運なことに、一九三〇年、カート・シニアは変わった企画をまかされることになった。その収入で、家族はしばらく持ちこたえられるようになる。だが面白いことに、カート・シニアがその仕事で才能を発揮したということは——のちにカート・ジュニアが考えたように——彼は建築家よりほかに向いている仕事があったということを証明している。カート・シニアの本領は、デザインではなく技術だったのだ。

インディアナポリスの市街地にあるインディアナ・ベル社のビルには、インディアナ州中央部の電話電報の設備すべてがあった。管理部門のオフィスを敷地内に増築する必要があったが、スペースがなかった。建て増しの方法をいくつか検討してみたものの、どれも難があり、役員たちは八階建て一万一千トンの建物の取り壊しを検討し始めた。

ところがそのとき、カート・シニアが画期的な計画を提案した。ビルを丸ごと移動させるというのだ。これなら、ビルを損傷することなくできる。しかも移動中、それぞれの階での業務は、それまで通り続けられる。一日何万件もの通話がさまたげられることもない。ガスも電気も暖房も使えるし、エレベーターも止まることなく、ビルは元あった場所から十五メートル前に進み、九十度回転し、最終的には三十メートル後方に下がる。ビルはレールにのせて動かす。建物の移転が完了すると、なかの従業員はそのままで、住所はメレディアン・ストリートからニューヨーク・ストリートに変わる。ビルの後方には増築のための敷地がたっぷりある。

役員会はその案を採用した。カート・シニアに説得力があったせいかもしれないし、ただ、そんな信じられない計画が実行できるのかどうか好奇心がわいただけかもしれない。

移動の前に、ガスも水道も暖房もいつも通りに使えるようにするため、巨大なホースが取りつけられた。それからビルの底に百トンの大型ジャッキを十八個設置した。十月十四日、移動が始まった。国中から、そして海外からも数人、エンジニアが見学に駆けつけた。合図と同時に、それぞれのジャッキを操作する作業員たちがレバーを六回フルに上下させた。ビルがほんの二・五センチ持ち上がり、作業員たちは休憩。次の合図でレバーをきっかり六回上げ下げして、また休む。これを続けるうちに、ビルは三十センチ上がった。ブロックと小型ジャッキが押しこまれ、そのあと大型ジャッキの位置が変えられて、ビルをレールの方へと徐々に回転させながら移動させる。十八人の男がシンコペーションのリズムで働き続けた。

毎日、従業員も顧客もビルのエントランスまで曲がった通路を歩くのだが、その通路は入り口が角度を変えるのに合わせて日々長くなっていた。ビルの中では電話が鳴り、オペレーターたちが通話をつなぎ、会議が開かれていた。だが働く人々は、時々窓の外をちらちら眺めては景観が変わっているのを確かめずにはいられなかった。現場監督はレールの上でつぶれたペニー硬貨を見物人に配った。この歴史的なイベントの記念だ。ペニー硬貨を手にした人々の中には八歳のカート・ジュニアもいた。そしてついに、一九三〇年十一月半ば、ビルは新しい土台の上におろされた。

こんなに大規模なビルが移動したことは、それまでなかった。

カート・ジュニアが父親のこの歴史的な技術的偉業を話題にすることは一生を通じてほとんどなく、あったとしてもなにかのついでにぽろりと話すくらいだった。国中の雑誌がこぞって記事を載せ、その移動に関する技術的な情報を入手したいというインディアナ・ベルへの問い合わせは、工事後四十六年間も続いた。それでも、その難業を成し遂げた建築家の息子カート・ジュニアは、自分が芸術一家の出であるということの方をアピールした。「ぼくは芸術で生計を立てているが、反逆児ではない。いってみれば家業のエッソのスタンドを継ぐようなものだ。先祖はみな芸術に関わる仕事をしていた。だからぼくも一族の慣例にならって生計を立てているだけだ」。技術ではなく芸術こそがヴォネガット家に受け継がれているのだと強く主張することで、カート・ジュニアは一族の夢を真に受け継いでいるのは自分であり、兄のバーナードではないということをはっきりさせたかったのだ。

インディアナ・ベル社のビルの移動は華々しい成功を収めたものの、ヴォネガット&ボーン&ミュラーとして知られた会社は解体を余儀なくされた。カート・シニアは自宅をオフィス代わりにして仕事を請け負ったが、「高校の建築製図の授業の課題にするにも退屈すぎる」ような仕事しかこなかったと、のちにカート・ジュニアはいっている。

イリノイ・ストリートの大きな家を手離さざるをえないのは明らかだったから、ヴォネガット家は一九三二年に売りに出した。ところが何年たっても買い手がつかなかった。使用人用の部屋までついている、大邸宅といってもいいような家は、ホームレスやダストボウル（一九三〇年代に米国中西部で広域に断続的に発生した砂嵐。数十年にわたる不適当な農業技術が原因とされる）や無料給食の時代には、無用の長物でしかなかった。ヴォネガット家の財政は破綻しはじめ、階級の象徴である高級な陶磁器、宝石、芸術品などを売るようになった。使用人には暇を出した。アイダ・ヤングもそのひとりだったが、ヴォネガット家はその後もアイダの家族に服や雑貨などをときおり譲っていた。

イーディスは末息子に何度もいいきかせた。ヴォネガット家はいつかまた頂点に登り、悪い時代が終わったら再び「あなたは社会のしかるべき場所に戻り、名家の人たちと一緒にインディアナポリス・アスレチッククラブで泳いだり、ウッドストックのゴルフ&カントリークラブでテニスやゴルフを楽しんだりするの」と。とにかく当座はオーチャード・スクールを辞めて公立の学校で四年生になるしかない——資源の有効的な利用だったんだろうと、大人になってからカート・ジュニアは苦々しく述懐している。アリスは私立のテューダーホール女学校に、バーナードはパーク・スクールに、それぞれ卒業まで残った。

社会的地位の急落という屈辱は、イーディスの精神に影響を及ぼした。カート・ジュニアはその様子をドラッグ依存症にたとえた。「母は裕福であるということに中毒症状を起こしていた。複数の使用人がいること、好きなだけ小切手が切れること、豪勢なディナーパーティを開くこと、しょっちゅう一等船室でヨーロッパ旅行をすることに」。夫の乏しい収入では、以前のように贅沢をして優雅に楽しく暮らすことはできなかった。

イーディスは怒りに任せて、夫に食ってかかった。カート・ジュニアはその時九歳か十歳で、母が父を責めたてる姿に目を丸くした。「それは夜遅く、いつも家で、客がいない時だった。母の憎悪は、フッ化水素酸のように父の心を蝕んだ」。イーディスは散弾銃のように侮辱を浴びせたが、的はひとつだった。つまり、夫は男として失敗作だというのだ。あなたは不実だ、あなたの入れ歯は安っぽくて胸が悪くなる、あなたが金を稼げないのは新しいことをやってみる勇気がないからだ。イーディスはまくしたてた。

主治医はアモバルビタール塩、つまり鎮静催眠作用のあるバルビツール剤を処方したが、それが彼女の人格をねじまげてしまった。イーディスは真夜中に家のなかを徘徊するようになった。薬のせいでぼうっとし、幽霊のような姿で、部屋のドアノブや皿で耳障りな音を立てた。まるでポルターガイストだ。家族は、真夜中から夜明けに訪れるイーディスの狂気の時間をひたかくしにした。時にイーディスの行動は芝居がかっていた——写真を撮られることを嫌がって地面に倒れることもあった——が、カート・ジュニアがのちに記したように「あんなにも穏やかで罪のない父に浴びせた限りない憎しみや軽蔑は、ある意味純粋なものだった。理屈もなければ、誰かに入れ知恵されたわけでもなかった」。

イーディスの攻撃から逃れるために、カート・シニアは最上階の使用人用の寝室だった部屋を改装して作ったアトリエにこもった。そして、息子のカートの言葉を借りれば「夢みるアーティスト」になってしまった。彼は友人や親戚の似顔絵、そしてたくさんの自画像を描いた。だが、その自画像にはどこか、描いている本人が、自分が何者なのかわからなくなってしまったのではないかと思わせるようなところがあった。キャンバスを次から次に取り替えたが、スケッチはどれも未完成。まるで、自分がどんな顔をしているのか、どんな顔をしたいのか、決めかねているかのようだった。

両親の不幸は当然、カート・ジュニアの心に重くのしかかり、学校生活でもそれが浮き彫りになった。七年生のとき、カート・ジュニアは校長室に呼ばれた。「校長先生にはなにがあったのかきかれた。ぼくはすべての科目で落第しそうになっていて、七年生をもう一度やり直さなくてはいけなくなりそうだった。ところが自分には、なにがいけないのかわからなかった。七年生をもう一度やり直さなければいけないかもしれないなんて！」

結果的に、カート・ジュニアは中学校で落第することはなく、一九三六年の六月にほかのクラスメートと一緒に八年生を卒業した。卒業式では、卒業生が校長から証書をもらい、列席者の方を向いて将来の夢を語ることになっていた。自分の番になったとき、カート・ジュニアは、両親も聴衆もみんなが絶対に喜ぶことをいった。「ぼくは製薬会社のイーライリリーで働いて薬で癌を治します」。

いいかえれば、バーナードそっくりになろうとしたのだ。


毎年、夏になると、楽しいことが増えた。ヴォネガット家には別荘があって、そこに行けば日に当たって顔色がよくなる。泳いだり水浴びをしたりする湖の水は雨水のように澄んでいた。かつてそのあたりを居住地にしていたポタワトミ族の言葉では、湖の名前、マクシンカッキーは、「透明」とか「透けている」ことを意味する。

マクシンカッキー湖は「ぼくにとっては魔法の水域」だと、カート・ジュニアは何年もたったのちに回想している。「ぼくにとってのエーゲ海。どこをとっても完璧な場所だった」。

マクシンカッキー湖は、後退する氷河が砂の多い土壌を削りとってできた湖だ。水は湧き続け、常に新鮮な水がたまっている。幅四キロ、長さ二・五キロ。十五キロにわたる湖畔に沿うように、オークやブナ、カエデの林が広がっている。湖の北西には、カルヴァーという小さな町があった。

　ヴォネガット家と親族――ほとんどがシュナル家とグロスブレナー家――が夏を過ごしたのは、外壁がシーダー材の五棟の家（「共同で所有し」、税金の支払いをめぐっては「激しく対立することもしばしばだった」）。別荘は湖でも環境の良い方、つまり日当たりの良い東岸にあった。ホリホック農場を所有している親族もいた。そこには十二ヘクタールほどの果樹園があって、紅玉、玉霰《グライムズ》、ワーグナーといった種類のリンゴが収穫できた。そうした土地や建物のすべてが、何世代にもわたってドイツ系アメリカ人一族の田舎の縄張りのようなものになっていた。

　ヴォネガット家がマクシンカッキー湖への夏の大移動を始めるのは戦没将兵記念日（五月の最終月曜日。アメリカの大部分の州で公休日）のすぐあとで、メリディアン・ストリートを抜けて平らな二車線の道路、三十一号線を車で走る。インディアナの田舎を百四十キロまっすぐ北へ進み続けるドライブだ。ランチ休憩を挟み、イーストショア・ドライブ七八二番地の別荘に着くのは、午後二時か三時。それから冬用のよろい戸を外し、窓を開け、数ヶ月ぶりに日光と新鮮な空気を部屋という部屋に入れる。最後はボートハウスだ。錠を外し、カヌーや、よく浸水する手こぎボートを外に出す。手こぎボートはカートのお気に入りで、「バラリカー（Beralikur）」という名がついていた。〝バーナード、アリス、カート〟を合わせたのだ。その晩はみんなで最初の食事を、灯油ランプの灯りのなか、湖上でとる。

　夜は読書の時間で、カート・ジュニアの愛読書はテニスン、ポー、ディケンズ、ホーソン、スティーヴンソン、エマソン、ジェームス・ウィットカム・ライリーなど。本でなければゲーム――ババぬき、ピナクル（トランプを使った花札に似たゲーム）、パーチージ（インド由来のすごろく）などを楽しんだ。夕暮れ時には、カルヴァー陸軍士官学校が空砲をうつ。その音をききながら、カート・ジュニアは、この先怒鳴られたり軍服を着たりしなくてすみますように、と願った。就寝前には、父親が造った桟橋の先まで走っていって湖に飛びこむ。体を洗うための石鹸を片手に握りしめて。

　湖畔で過ごす夏のあいだ、一族はドイツ系であることを楽しんだ。大人たちは母語を忘れないようにとドイツ語で会話することが多かった。カート・ジュニアは、そのせいで両親の会話からつまはじきにされるのが腹立たしかった。父親も、休暇中はいつもよりは機嫌がよくて、両手をメガホンのように口にあて、ふざけて大声を出した。「エプタ・マイヤン・ホイ？」音だけ聞くとネイティヴアメリカンの言葉のようだが、実は「修道院長は干し草を刈りますか？」という意味のドイツ語もどきなのだ。それには、子どもたちのひとりが、「ヤア、エプタ・マイヤン・ホイ！（〝はい、修道院長は干し草を刈ります！〟）」と応えるのが正解で、それはひと夏に五、六回はくり返される問答だった。

　のちに、カート・ジュニアは自分がドイツ文化についてほとんど何も教えてもらえなかったと文句をいうようになる。そんな自分をリヒャルト・シュトラウスのオペラのタイトルになぞらえた。「ぼくは、『影のない女《ディー・フラウ・オーネ・シャッテン》』ならぬ、影のない子どもだった。民族の影がない。両親はなぜかドイツ語を教えてくれなかった。おかげで自分がある民族の一員だという意識がまったく持てなかった」。悪いのは親——ここでもまた「誰にも何も教わらなかった」のくり返しだ。だが、カート・ジュニアは同時に、第一次世界大戦中の反ドイツ感情の高まりのせいでもあるといっている。「反ドイツの気運に直面した両親は恥じいり、うろたえ、その結果、ぼくに先祖が愛した言語や文学、音楽や家族に伝わる物語を触れさせないようにした。そういった知識を与えず、ぼくを根無し草にすることを、自分たちの愛国精神の証にしたのだ」。

　第一次世界大戦中、ドイツ人への恐怖（と、ドイツ系アメリカ人たちが商業的に成功を収めていることへの嫉妬心）から、「インディアナポリス・スター」紙は八百人の帰化していないドイツ系移民の実名と住所を紙面に載せた。町のドイツ文化センターであるダス・ドイチェ・ハウス（ドイツの家）に黄色いペンキがぶちまけられた。その後会員たちはこの建物をアセニウム（アテネ神殿）と改名することに決めた。ある朝、カート・シニアが郵便受けの中に匿名の短い手紙をみつけた。「子どもにダッチを教えるのはやめろ」——ダッチとは俗語でドイツ語のことだ。皮肉なことに、アリスもバーナードも（カート・ジュニアはまだ生まれていなかった）当然のことながらドイツ語を教えられていなかった。カート・シニアの母親のナネットは、ずいぶん怖い思いもした。ナネットの雇った運転手は教育程度の高い紳士だったが、「実はわたしたちを見張るスパイだったと、あとでわかったの」とカート・シニアの姉のアーマがいっている。「運転手はわたしたちがアメリカに対して忠誠を欠いていないか探ろうとしていたの」。だが、そんな疑惑が偏見にすぎないことは、ヴォネガット家の男が八人も徴兵登録していたことから明らかだ。カート・シニアもそのひとりだ。

インディアナポリスのドイツ系アメリカ人が、傷ついたり、腹を立てたり、保身に走ったりしたくなる理由は山ほどあった。しかし、カート・ジュニアの両親の振る舞いは、ほかのドイツ系アメリカ人の反応とはだいぶ違うものだった。ふたりがドイツ系であることを恥じていたというカートの言葉とは矛盾しているように思える。ヴォネガット家では一九二〇年代から一九三〇年代初頭にかけて、かなりの頻度でドイツへの船旅を続けていた。実際、カート・シニアが新型の豪華客船〝ドイチェラント〟に乗ってハンブルクへ行ったのは、一九二九年の株式市場暴落から二ヶ月後のことだった。ヴォネガット家、リーバー家、その他親戚一同は、先祖代々伝わる伝統を誇りにしていたが、その気持ちは叙情的・文化的なもので、政治的なものではなかった。インディアナポリスでは、ドイツ系アメリカ人たちが様々な面で社会に貢献している。ドイツ語と英語を公用語とする学校団体、ムジークフェライン（楽友協会）、ドイツ系アメリカ人退役軍人友の会、ドイツ文学クラブ、自由思想協会。インディアナ州の陸海軍の軍人をたたえる記念碑は、ベルリンの建築家が設計した。その後、第二次世界大戦中、ヴォネガット家では、決まり文句のように、ドイツ人の悪い点はドイツにいたことだけだとくり返された。

しかも、ヴォネガット一族のようにドイツ合理主義とリベラリズムの知的伝統を受け継いでいる人々は、移民排斥主義や偏見に脅かされることはなかった。カート・ジュニアはのちにこういっている。「彼らにいわせれば、この国にも『教典』があった。それは独立宣言と権利章典だ」。一族は熱狂的愛国者たちの辛辣な猛攻を耐え忍び、自分たちの生活を維持し続けた。

いずれにせよ、カート・ジュニアが湖畔の日々で得た最大のものは文化的教養ではなかった。それはふんだんに注がれる愛情。マクシンカッキー湖で繰り広げられるヴォネガット家の歴史物語の一部になることで、愛を得ることができたのだ。そこにいるだけで――泳ぎ、カヌーに乗り、七月四日の独立記念日に爆竹の火をつければ――三世代にわたって紡がれてきた一族の物語のなかに入ることができた。ここで感じた満ち足りた気持ちのおかげで、家での孤独感や不安感は消え去った。あとになって、カート・ジュニアはこう考えるようになった。理想としては、両親と折り合いの悪い子どもはみな――親が無関心な場合も、過干渉な場合も――理解ある親戚のところに行けるようにすべきだ。その親戚は、トラブルが起きたときにはセーフティネットになってくれるし、そうでなくても、親身になって話をきく役割を果たしてくれる。そしてカート・ジュニアの一族にも、そういう親戚――「話をわかってくれて、面白くて広い心で接してくれる人。理想の大人の友だち」――がいた。叔父のアレックス・ヴォネガットだ。

アレックスはカート・シニアの弟で社交的、ハーバード大学を卒業し、プロヴィデント生命保険の代理業をしていた。好きな言葉は、「小切手を同封しましたのでお受け取りください」だといっていた。

のちに彼は、期待したほどのことができなくて落胆したと語っている。保険を売るのは簡単すぎて退屈だった。それでも、「叔父はいつも機嫌がよくおしゃべりだった」とカート・ジュニアのいとこ、ウォルト・ヴォネガットはいっている。それに、アレックスは子ども好きだった。あるとき友人にこんなユーモラスな手紙を書いている。「いま、この年にして大モテなんだ」。

　マクシンカッキー湖畔では、姪や甥がアレックスを取り合い、手を引っぱって別荘のポーチに連れていった。そこなら、大騒ぎできるからだ。そして、エドガー・アラン・ポーのこわいお話をして、あやとり（英語で cat's cradle。ヴォネガットは一九六三年に同名の小説を発表している）をしてみせて、などとねだった。あやとりはアレックスの得意芸のなかでもいちばん人気で、それが後年カート・ジュニアの小説のタイトルのヒントになったのだろう。アレックスは一九一五年に結婚したが、妻のレイとの間には子どもはなく、子どもを持つ気もないようだった。アレックスが親しい親戚に漏らしたところでは、大学卒業後の長期ヨーロッパ旅行の最中に性病に感染し、子どものできない体になったらしい。親になるチャンスを失ったために、たくさんの姪や甥たちの親代わりを積極的につとめていたのだ。

　子ども好きなアレックスは、当然甥のカート・ジュニアが悩んでいることに気づいた。カート・ジュニアは誰にも話をきいてもらえないでいたのだ。「ケイは子どもの頃、話すことができない、話そうとすると必ず邪魔が入る、と文句をいっていた」と、アレックスはいっている。ケイというのは親族のあいだでのカートの愛称だ。

　問題は、カート・ジュニアは家庭内で注目を集めたくても、集められるほどの話をすることができない、ということだった。「姉は五歳年上で、兄は九歳年上。夕食時のテーブルでは、いちばんランクが下だった。頭の切れる大人たちのなかでは、面白いと思ってもらえるはずもなかった」。会話のキャッチボールはカート・ジュニアの前を素通りだった。中心にいるのはたいていバーナードだ。「兄は、身の回りで起こったことを、ばかばかしいほど大げさにしゃべっていた」。

だが、カート・ジュニアは思春期にさしかかった頃、みんなの目を自分に向けるにはどうしたらいいか、偶然わかった。やり方は簡単だった、と彼はいう。「末っ子、とくに年の大きく離れた末っ子がみんなの注目を集められる唯一の方法は、意表を突く、ということだ」。テーブルに着いた全員が「今日は楽しかった」といったあと、カート・ジュニアは大げさな調子でいう。「ああ、今日はさっぱりだった」。銀のフォークやナイフをカチャカチャさせていた音が止まり、兄や姉や両親は、どうしたのかと耳を澄ます。

最初は、カート・ジュニアは話におちをつけることができず、気のきいたこともいえなかったので、聞き手たちはたいていうなずくだけだった。カートは舞台から退場させられ、みんなは次の話題に移った。だがそのうち、カート・ジュニアの話やジョークは大胆で想像力豊かなものになり、話し方もうまくなった。兄も姉も、吹き出しそうになるのを必死でこらえなくてはならなかった。

人を面白がらせるには技術がいるとカート・ジュニアは気づいた。きいてもらえる雰囲気を作り、タイミングを図り、おちをつけるといった技を学ぶうえで、理想的な教師になってくれたのはラジオだった。なかでもお気に入りの番組は『ヴィックとサド』（一九三二年から十四年間続いたラジオの人気番組）。ふたりはイリノイ州ブルーミントンの夫婦で、ラッシュという養子の息子がいる。毎回のエピソードは日常的な出来事――洗濯機が壊れたとか、早朝のお使いとか――を題材にしていて、かなりとぼけた会話でストーリーが展開する。録音された笑い声やその場で聞いている人たちの声もないので、リスナーは本物の家族の会話を盗み聞きしているような気分になる。「本物の家族」は、自分たちがおかしな会話をしているなんてちっとも思っていない。番組の作り手は、たった十五分という短い時間のうちに、リスナーを引きこみ、面白がらせ、満足させなくてはいけない。カート・ジュニアはリビングの大きなラジオにきいり、ここは面白い、ここはそうでもない、などと考えているうちに、物を書くための最初の基礎的な知識を得た。「タイミングがじつに見事で、とにかく良くできていた。まさにぼくの人生のＢＧＭだ」。

面白く話せるようになると、できると思っていなかったことが可能になった。つまり、家族のなかの力の均衡が変わったのだ。カート・ジュニアが、アリスを相手にどれだけ自分が面白いかアピールしようと、コメディアンさながらにギャグを連発しているうちに、アリスとは以前より仲良くなった。一方バーナードは、地下の実験室や学校の上級クラスで電気や化学薬品などを使って驚くような技を披露していたが、階段を上がってダイニングやリビングに入ってくると、弟がアリスとふたりでお笑いコンビをやっているのを目にした。ふたりはアボットとコステロ、バーンズとアレン、ローレルとハーディ（すべてアメリカのお笑いコンビ）などのお気に入りのネタをやってみせた。

この勝利の甘い味がカート・ジュニアを生涯支配することになる。後年、カート・ジュニアは小説にしばしば三人組を登場させる。男がふたりに女がひとりだ。ユーモアを思うままに操れる能力を得て、カート・ジュニアは「姉と兄と自分で繰り広げる家族劇の主導権を握るようになった」。

カート・ジュニアはユーモアという新しい武器を手に、いさんで思春期に突入した。十八歳になったアリスは美術学校に進んで家を出ようとしており、バーナードは父にならってマサチューセッツ工科大学へ進んでいた。一方カート・ジュニアは高校進学をひかえていて、またもや家の苦しい財政事情の影響を受けた。私立に行ったアリスやバーナードとちがって、街いちばんの公立高等学校、ショートリッジ高校に入ることになったのだ。

ショートリッジ高校はノースメリディアン・ストリート三四〇一番地に今でもあるが、その外観は一九三六年にカート・ジュニアが入学した当時とまったく変わらない。両親が通った校舎は一九二八年に閉鎖されており、新しいショートリッジの校舎は二千五百人以上の生徒でぎゅうぎゅうだった。生徒がやたらに多いのには訳があった。職のない卒業生が復学できたからだ。「みんな、からきし金がなかった」と、カート・ジュニアのクラスメートのひとりがいっている。「だが、よくよく考えてみれば、ぼくたちは豊かだった。なにしろ、そこは最高の教師がそろった最高の学校で、実際、すべてがそろっていた」。

ショートリッジの校舎は堂々とした雰囲気がある。三階建てで、レンガ造りの長方形の建物の正面はコリント式で、六本の円柱が印象的だ。ドアの上のパネルには古典教育――美術、音楽、文学、商業、哲学、倫理学――の場面が描かれている。教室や廊下は明るい色のオーク材やセラミックタイルやしっくいで仕上げてあった。カート・ジュニアは新しい人生の始まりに胸が高鳴った。「親が許してくれるなら、絶対にあの学校にいくべきだ。今でも古代史の授業を覚えているが、とにかくすばらしかったの一言につきる。化学の主任教師は本物の化学者、フランク・ウェイドで、教える傍ら化学の研究もしていた。だから、兄は高校時代、パーク・スクールに通って〝上流階級のステータス〟を守りながらも、ショートリッジ高校に自転車で出向いて、フランク・ウェイドに化学を教わっていた」。

科目を選ぶにあたっては、友人たちの助言に従い、最良の教師を選ぶようにした。だが、そこにバーナードが鼻をつっこみ、親に代わって弟の選択に口を挟んだ。最初に意見が割れたのは外国語だった。カート・ジュニアは、バーナードがすすめるドイツ語には興味がなかった。祖先から伝わる伝統からつまはじきにされたと文句をいい出すのはあとのことだ。カート・ジュニアは、どうしてもラテン語をとりたいといい張ったのだが、それには、校内最大のクラブ、ローマン・ステート（ラテン語使用の社交クラブ）に入りたいというもくろみがあった。（驚くべきことに、千二百人の生徒が所属していた。つまり、全体の半数だ）。「だがラテン語は許されず、ドイツ語をとることになった。理系の専門用語はドイツ語が多いからだ」。バーナードが実用的だと強く主張したのだ。二年間ドイツ語を学んだのちに、二年間フランス語を学ぶようにというのが両親の指示で、それがリベラルな教育の王道だった。一年目の理科系科目についても、カート・ジュニアは動物好きなので動物学を履修したかったが、バーナードは「動物学なんか自然科学のうちに入らない」と反対した。そのため、化学を選択するはめになった。

　それでも、一年生のあいだは成績もよかった。国語、代数、化学といった主要科目はたいていAかBで、のちに自分で理科系には興味も才能もないといい切っていることを考えれば、注目に値する。

　一九三七年の夏、カートはイーストワシントン・ストリートにあるヴォネガット金物店でアルバイトをした。フランクリンという大叔父の経営する店だ。任されたのは、荷物用のエレベーターを一階から六階まで上げたり下ろしたりすることで、一日八時間のじつに退屈な仕事だった。のちに、地獄をかいま見るようなものだったといっている。

　だが、フランクリンはひとつ間違いを犯した。経営者である彼は、甥のタイムカードの位置を自分のすぐ下にしたのだ。ほかの従業員は、これを鼻持ちならない身内びいきだと思った。カートは困った。ヴォネガット金物店で働く人の多くは、カートと同じ給料しかもらっていなかった――週給十四ドルだ。カートは初めて社会の経済的格差というものを現実世界で目の当たりにした。アレックス叔父からその頃もらったばかりの本――ソースティン・ヴェブレンの『有閑階級の理論』――で読んだことが見事に例証されたのだ。その本の誇示的消費批判をカートは喜んだ。「誇示的消費は、うわべだけの上品さとか恐ろしいほどの不要なものの所有とかといった茶番を生み出す。そして、うちの両親、ことに母がいつか取り戻したいと思っているものこそが、それだったのだ」。カートはとうとう親のしっぽをつかまえたと興奮し、自分がブルジョアになるように育てられていることに気づいたのだ。

二年生になると、カートはタバコを吸うようになった。銘柄はポール・モール。パッケージがおしゃれで、赤地に紋章と、ラテン語で「この旗のもと、汝は勝利す《イン・ホック・シグノ・ウィンケス》」という言葉が入っていた。ガールフレンドもつくろうと決めた。礼儀正しくて面白いカートは女の子にもてたし、カートの方も、「すぐに女の子を好きになった」。実際に、あるひとりの少女に目がとまった。メアリー・ジョー・オルブライトだ。

クリスマスの日の朝早く、カートはきれいに包装したプレゼントを抱えて家を出て、ノースワシントン・ストリートのメアリーの家まで歩いた。箱の中味はテディ・ベア。単なる友情の証ではなく、もう少し気持ちがこもっていると思ってもらえますように、という願いをこめたプレゼントだった。メアリー・ジョーの父親が玄関ドアを開け、カートをなかに通してから、二階にいる娘に若い紳士がみえているぞと声をかけた。おりてきた彼女の顔を見れば、驚いているのがわかった。カートはメアリーと並んでソファに座り、プレゼントを渡した。メアリーは包みを開けると、かわいいと大喜びして礼をいった。だがしばらくすると、あまりゆっくり話してられないの、といい出した。恋人のビル・シャーリーがくるの。一緒にスケートにいく約束なのよ。

カートはなんとかうまくいいつくろって玄関に向かい、父親に礼をいって、よいクリスマスをと声をかけた。スマートではなかったけれど、誠実な心の旅だった。

夜になると自室の窓辺に立って、裏庭の木々の向こうの明かりのついた部屋を眺めた。部屋のなかで、ニーナ・ブラウンという十代の女の子が着替えているのがみえた。カートの家では、両親の間には互いへの優しさとかセクシャルな関係とかいったものは一切感じられなかった。そのことは、のちに、カートの小説の中に表れる。彼の物語は孤独な人間だらけだ。親と子はぎくしゃくしていて、ロマンスはうまくいかず、主人公の心には感情を遮断してしまう、冷え切ったなにかがある。その上、数世代にわたってヴォネガット家の信条を支えてきた二本の柱——ユニテリアン主義と自由思想——は、セックスや愛に指針を与えてくれなかった。

父親は、ある趣味をカートと共有することで、男同士の絆を作ろうとしていた。父親はかなりマニアックな銃器のコレクターで、銃ならどんなものでも集めたが、特にアンティークのピストルやリヴォルヴァーが好きだった。いちばん珍しいのは百年前の単発式ベルギー製射撃用ピストルで、銃身は青味がかかっていて、銃床には彫刻が施されて金が散りばめられている。決闘で使われたのかもしれない。恥を忍んで生きるくらいなら死を選ぶような時代の物だ。父は息子に、銃身に刻まれた渦巻き模様や、涙型の金のトリガー・ガードや、ダークウォルナットのピストルグリップなど、ナポレオンが皇帝だった時代に流行した銃の良さを教えたがった。

このイニシエーションの儀式は成功だった。いとこのウォルトは、カート・ジュニアの部屋を訪ねて目にしたものに、強烈な印象を受けた。「ケイの二丁のオートマチックを見た」とウォルトは日記に書いている。「ほかにライフルとショットガンを十二丁持っている。ぼくが借りた一丁は別として。ピストルは、全部で四丁。もちろん、銃のほとんどはカート叔父さんのものだと思うが、ケイは自分の部屋に置いていた」。

武器庫も同然。男の城塞だった。

三年生に上がる前の夏休み、カートは再びヴォネガット金物店でアルバイトをした。今回は売り場に出た。そこでわかったのは、万引きが頻繁にあること、窓のない場所で働くのには自分が向いていないことだった。カートはレジを打つと、必ず品物と一緒におまけを客に渡した。十二インチの木製の定規で、「インディアナ州魚・規定サイズ測定定規」も兼ねていた。たとえば七インチのマークのところには、〝トラウト（鱒）（のちにカートは作品中、キルゴア・トラウトというSF作家をたびたび登場させる）〟という予言的な単語が書いてある。だが、カートはヴォネガット家の多くの男たちの行く末を想像してぞっとした。この古ぼけた金物屋のような仕事、カートが友人に語った言葉を借りれば「ナットやボルト売り場で働く」ことで一生を終えるなど、あってはならなかった。

一九三九年、ようやく、ノースイリノイ・ストリートの大きな家が売れた。両親はその金でインディアナポリスの分譲地、ウィリアムズ・クリークの土地を買った。そこにこれまでより小さめの家を建てるまでの間は、経済的な問題や様々なみじめな出来事に苦しみながら、その日その日をなんとかしのいでいた。

イーディスはＹＷＣＡで創作コースの授業をとっていた。女性誌に短編小説を売りこめないかと考えていたのだ。自分の小説が売れれば一家でケープコッドで休暇を過ごせると思って、作品を書き続けた。そんな母の口から編集者、応募要項、投稿などという単語が飛び出すのをきくうちに、カートは作家になるという思いつきに夢中になっていった。「父ではなく母がぼくを文学に導いた。とはいえ、ぼくに才能があるとすれば、それはすべて父から受け継いだものだった——父は手紙などの文章を書くのがうまかった」。一方、母の短編小説は文体といい題材といい、まったく時代遅れで、田舎の会員制社交クラブのにおいがぷんぷんしていて、いかにも文学文学していた。だが読者の方は、ちょっときわどい展開や熱い口づけを求めていた。大恐慌の暗い日々から現実逃避するための物語だ。

「母の作品は売れなかった。ぼくにはわかっていた」。

一方、かつては一万一千トンのビルをなかにいる人がゆれをまったく感じないうちに回転させて移動させた父親は、ひとつの発明に苦心していた。できあがれば、安定した収入を得られるのではないかと考えていたのだ。それはパイプの柄の内部を洗浄する道具で、柄の中にピストンのようなものを入れる仕組みだった。だが、パイプによって形を変えなくてはいけないし、直線のパイプにしか使えない。それでも父は特許を取った。予想通り、誰も見向きもしなかった。

高校三年生のとき、カート・ジュニアは初めて酒を飲んだ。もちろん、こっそりと。ある秋の午後、学校から家に帰ると、「母がシェリー酒を入れた水差しを傍らに置いて、家の飾りつけをしていた。水差し越しに、とてもきれいな光が射していた。こっそり一杯飲んでみると、すごくうまかった」。アルコールとタバコ。やがてそのふたつは浮き沈みの激しい彼の精神状態を安定させるための薬代わりになるのだが、結局カートは最後まで、中毒状態から抜け出せなかった。

この一年が大きな意味を持つ理由がもうひとつある。こちらは健康的だ。カート・ジュニアはショートリッジ高校の学校新聞「エコー」に寄稿するようになったのだ。「エコー」の制作には六十人ほどの生徒が関わっていたが、曜日ごとに担当が変わるので、編集部は大混乱だった。土日を除く毎日、新しい「エコー」が刷り上がり、生徒や教職員は校内活動、行事、スポーツに関する校内のニュースを知ることができた。

カート・ジュニアが署名入りで書いた初めての記事「がらくたビジネス」は、学校の資金集めのイベントに対する軽妙な批判で、二年生のときの国語の教師に勧められて書いたものだ。三年生になってからは、毎週一本はきちんと寄稿するようになった。内容はニュース、論評、スポーツなど。多いときには四本になることもあり、時には実名の代わりに「ファーディナンド」や「クールト」あるいは、とりわけ奇妙な名前「クールト・スナーフィールド・ヴォーニャグート二世」なども使った。おかしなペンネームはともかく、「エコー」に寄稿することで、カート・ジュニアは作家に近づいた。書いたものが活字になる喜びは、自分に才能があるという発見から生まれた。それは文章を書く才能だ。「人にはそれぞれ、とても簡単にできてしまうことがある。ほかの人がどうして苦労するのかわからないくらい、簡単に。ぼくの場合、それが書くことだった」。カートはのちに当時をふりかえって、自分の小説の基本的なスタイルは、高校時代に書いたものをすぐ読んでくれる読者がいたおかげで形成されたといっている。「ぼくは仲間に向けて書いていた。教師に向けてじゃない。いいたいことを仲間に理解してもらえるように書くことは、ぼくにとってとても大事なことだった」。しかも、短くパンチのある文で、受動態は使わず、しっかりした構成にする、というジャーナリズムのスタイルも気に入った。「その種の文章のメリットを信じていたぼくは、とても〝吸収しやすい〟状態にあった。ぼくはできるだけ純粋なスタイルに到達できるよう努力した」。

　おまけに、カートの書く記事は、社交シーンでの彼自身の宣伝にもなった。「エコー」でゴシップ記事を書く面々は、この新たな「キャンパスの大物」に注目し始めた。「カート・ヴォネガットに進言。話しかける相手の顔を見てください。そっぽを向いたままで〝やあ〟と声をかけられるとちょっと戸惑うので。ショートリッジの女子より」。カートを三年生のタレントショー（ダンス、歌、コント、楽器演奏など、ジャンルを問わず、学生たちが特技を披露する行事）の司会者の第一候補だと持ちあげたゴシップコラムの記者もいた。「タレントショーの司会者に立候補するカート・ヴォネガットに、ぜひ一票を。彼こそ適任です。あの絶妙なウィットを発揮してくれたら最高！」はたして、カートは当選した。

　カートは面白いやつだとして知られるようになった。ユーモアと少し子どもっぽい魅力がトレードマークになった。ミセス・ゲイツという人が開いているダンス教室には、インディアナポリスの若い男女がワルツやフォックストロットを習いにきていたのだが、ある晩カートはドレスコードにしたがって、青いサージのスーツに白い手袋という格好で現れた。そして軽やかに踊りながら、ズボンのポケットに開いた穴から、そっとビー玉を一粒一粒落としていった。踊る男女にすべって転んでもらおうという趣向だった。「みんな（ミセス・ゲイツは別として）カートのことが大好きだったわ」とその晩カートのパートナーだった女性はいった。

その年の半ばを過ぎる頃までには、生徒会、三年生社交委員会、記者クラブ、演劇連盟、文芸部に所属するようになっていた。「エコー」は、この「興味をそそる人物」に注目し、こんな記事を載せた。

「カートは一年生女子に崇拝されている上級生で、サリー・エヴァンズは〝すてき〟だと思っているし、ババ・キガーは〝興味をそそられる〟といっている。ところが彼はそんなことなどお構いなしだ。カート、きみのような人が、もっといてくれたらいいのにと、誰もが思っている」。

カート・ヴォネガット・ジュニアは、文章が達者で、ウィットにあふれた悪ふざけの名手になったのだ。

四年生になると、高校卒業後の進路のことを考えるようになった。少なくとも頭のなかでは、進むべき道ははっきりしているように思えた。学校新聞の仕事をしているうちに、H・L・メンケンの書いたものを読むようになった。メンケンは政治やアメリカ人の生活に関する辛口の批評家だ。カートはのちにこういっている。「彼の人生について少し学んだ。彼は新聞記者としてとても刺激的な時を過ごした――たぶん、その後編集者になってからもそうだ。ぼくは彼の自伝的作品を二冊ほど読んで、新聞社に入りたいと思うようになった」。カートは自力で「インディアナポリス・スター」紙の編集部につてを作り、ジャーナリズムの道に進むにはどうすればよいか助言をもらううちに、編集長に仕事を依頼された。

高校生にとって、それは華々しい成功だった。しかも、自立への第一歩になるかもしれなかった。だが、バーナードが割りこんできた。当時バーナードは、マサチューセッツ工科大学の大学院で物理学を専攻していた。一方、父カート・シニアの、建築家、アマチュア芸術家としての地位は下降の一途で、本人も、「すっかりやる気をなくして」いた。バーナードの主張を実証したようなものだ。つまり、「芸術なんてただのお飾りだ」ということを。新たな時代、栄誉に浴するのは、科学者、技術者のような実用的技術に携わる人々で、へぼ芸術家ではない。たとえばアリスがいい例で、アートスクールもまともに卒業できなかった。そう考えれば、カート・ジュニアが目指すような物書きも同じだ。ミューズのあとを追いかけていい目を見た者など、一族にはいない。人類は、自然科学、物理科学を理解する者たちに感謝することになるだろう。

カート・シニアにはもはや、価値ある人生のために何をすべきかなど、堂々と語ることはできなかった。自信はもろくも崩れ去っていた。長い年月、インディアナポリスに自分の足跡を残したいと願って設計図を描き続けたことも、芸術を語ることで社交界に関わってきたことも、まるで実を結ばなかった。自分の名前を与えた息子にできるアドバイスは「建築家にだけはなるな」だった。

カート・ジュニアはコーネル大学に通うことになった。大叔父のフランクリン・ヴォネガットというこのリチャード・C・ヴォネガットがかつて通った大学だ。専攻は化学か生化学。だが、専攻については両親ともめたようだ。カートがショートリッジ高校を一九四〇年六月に卒業したとき、両親はいずれも式に出席しなかった。カートは生涯そのことを赦さず、「最低の親だ」と非難した。両親はあとになって謝った。

高校を卒業して大学に入る前の夏休み、カートはバーナードとニューハンプシャー州のホワイト山地にハイキングに出かけた。だが実は、カートは心ここにあらずの状態で、入学試験の点数が気になってしょうがなかった。そこで、コーネル大学に電話して「問題なことはないかどうか」きいてみることにした。すると情けないことに、化学専攻で入学できるかどうかは不確定だった。高校の物理の成績はAプラスだったが、入試での数学の点数がかなり悪かったのだ。バーナードは、カートをハーバード大学に連れていった。ハーバードは仮入学を許可した。

その間、父親はショートリッジ高校の校長を説得して、コーネル大学の入学事務所と連絡を取って息子の入学を認めてもらえるように交渉させた。「そういうわけで、ぼくはハーバードに、仮にではあるけれど、ともかく入学を許可してもらい、さらにMITからも仮入学を許可された。それなのに、兄はコーネル大学にいったほうがいいといった。それが兄のぼくに対する評価だった。つまり、三流というかなんというか」。

バーナードは、作家になりたいというカートの夢を否定した。カートは、兄の干渉を一生恨むことになる。「兄はほんとうに、ぼくの人生をめちゃくちゃにした。あいつがいなかったら、それからぼくの身にふりかかる様々な悪いことは、起きなかっただろう。ぼくは兄の機嫌をとるだけのために、コーネル大学で理系の分野を専攻することになった。ほかに理由などない。だが入学してすぐに、ぼくは窮地に立たされる」。

二章　この丘いちばんのばか　一九四〇〜一九四三

カートは、ニューヨーク州イサカにあるコーネル大学の入学手続きをすませた。大学生活は、一九四〇年九月に始まった。古い校舎の多くが建ち並ぶ〝丘《ヒル》〟のてっぺんに立つと、細長いカユーガ湖の南端部がよくみえる。西には森。インディアナ州の草原とはまったく違う風景が広がっている。

カートが理系を専攻したのは、父親に「〝うわついた〟科目に時間と金を費やさないで、実学、つまり、物理や化学や数学などを勉強しろ」といいきかされたせいだ。大学にはむりやり押しこまれたようなものだった。本当は、インディアナポリスで新聞記事を書きたくてたまらなかったのだから。だが、父親も兄もカートをキャンパスに連れてくることはできても、勉強させることはできなかった。

入学直後、社交クラブ（男子のクラブはフラタニティ、女子のクラブはソロリティという）の勧誘週間、カートは自動的に、サウス・アヴェニュー六番地に寮のあるデルタ・ユプシロンという友愛会から招待を受けた。この会のメンバーは主に工学科の男子学生で、父のカート・シニアもMIT時代はデルタ・ユプシロンのメンバーだった。カートは入会誓約《プレッジ》で、友愛会の面々を前に、まるで合言葉かなにかのように、芸術なんかお飾りにすぎないと断言した——家の成功者、兄の受け売りだった。

新入生は秋学期が終わるまでは友愛会の寮に入ることは許されていないので、それまでの期間をウィリアム・ストリート一〇九番地の下宿で暮らすことになった。ルームメイトはデイヴィッド・ヤング。同じく新入生でデルタ・ユプシロンに入会を決めたフィラデルフィア出身の男だ。

カートは生まれて初めて部屋を共有した。一方ヤングは、カートが陽気だけれど、だらしないことに気づいた。平らなところであれば、どこにでも服を脱ぎ散らかす。机の上、ドレッサーの上、ベッドの上。カートはこぎれいな服を好んだが、服をきれいにしておくのは苦手だった。フィラデルフィアのヤングの実家に遊びに行ったときにも、到着するなり客用ベッドの上にスーツケースをぽんと投げて、こういった。スーツケースのなかの服にしわをつけない簡単な方法がある。パッキングするときに服を裏返しにすればいい。今回もそうしてきたのだという。そうすれば、服を取り出して表に返したときに、しわは目立たない。カートはスーツケースのふたをあけ、証拠をみせようとした。ところが結果は悲惨なものだった。ヤングは思った。なかに入れた時点で、どうせどの服もしわくちゃだったんだろう。

ヤングはまた、このルームメイトとタバコの煙は切り離せないものだとわかった。しかも、カートは部屋に置いた灰皿など使いもしない。それどころか、「机の上、椅子の肘掛け、本棚、窓台。ありとあらゆる水平な面に焦げ跡をつけて、それが年代物に見えるのを面白がった」とヤングはいっている。カートはしょっちゅう風邪をひいたが、そのたびに、ヴィックス・ヴェポラッブ（胸や喉や背中に塗って風邪の諸症状を和らげる軟膏）にタバコの先をつっこんでから吸い、こいつが効くから禁煙できないんだといった。

一九四一年春のデルタ・ユプシロンの入寮式では、カートが新入生代表として乾杯の音頭をとった。式には父親も出席していた。堅苦しいディナーが終われば、〝地獄の週間《ヘル・ウィーク》〟の始まり。新入りは全員、ちょっとしたしごきの洗礼にあう。だが、カートは自分の耳を疑った。SSサイズの赤いフランネルの下着を着るよう命令されたのだ。新入生仲間のロドニー・グールドは、これはカートには特別恥ずかしいことだろうと思った。というのも、カートは背が高くて痩せすぎなのをとても気にしていたからだ。しかし一方で、グールドは、カートがフラタニティの上下関係のなかでうまく立ち回っていることに感心した。カートはグールドに父親の職業をたずねた。テキサスでセールスエンジニアをしているときくと、さらに、有能なトップなのかどうか知りたがった。グールドは、いや別にと答えた。カートは〝入会した学生が誰もかれも裕福な家の坊ちゃん〟であることにうんざりしているのだろう、とグールドは思った。

　カートとヤングは寮でも部屋をシェアすることにして、自分たちの部屋を目立たせようと、すぐに作業に取りかかった。屋根裏部屋で虫食いだらけのヘラジカ（英語で〝ムース〟）の頭の剥製をみつけると、角を青く塗って部屋の飾りにし、部屋に「ブルームース・ロッジ」という名をつけた。角と角の間にブラジャーをひっかけ、テニスボールを壁にバウンドさせてこの〝ポケット〟に入れるというのが、かなり競争心をあおるゲームになり、カートはそれを〝おっぱいポロ〟と呼んだ。「ガット（ヴォネガットを省略していると同時に「ずうずうしさ」という意味もある）」――寮の仲間がカートにつけたあだ名――は目立ちたがり屋で有名になった。ある晩パーティで酔いつぶれたあと、寮の仲間に暖炉のなかに寝かされた。ラシャ地のロングコートを着せられて腕組みし、片手にユリの花を持たされた。また寮のクロスカントリー・レースに出場するときには、長い距離を（あるいは速く）走ることができないことに気づかれないように、上下別々のパジャマにニット帽という格好で現れたが、これは寮の仲間たちのブーイングを買った。ヤングによれば、カートは「自由な精神を持ち、チャーミングでユーモアあふれる男で、いつでもみんなの注目を集めたがっていた」。

　ばか騒ぎばかりしているわりに、カートは自分にとってなにが大事なのかは承知していた。十月半ばのある夕方に行われた重要な面接には、きちんと時間通りに現れた。ステート・ストリートのアトウォーター雑貨店の二階にある「コーネル・デイリー・サン」紙の事務所には、五、六人の募集に対し、カートを含め二十七人の応募者がつめかけた。「サン」は合衆国初の、大学から独立した大学新聞で、日曜日を除く毎日、発行されていた。一面には通信社から送られてくる全国ニュースと学内のニュースが掲載された。なかを開くと記事はすべて学生の書いたものだが、レベルはかなり高かった。カートと同じ新入生の応募者にパーカー・スミスがいたが、彼はのちに「ニューヨークヘラルドトリビューン」紙のニュース編集者、「ニュースデー」紙の編集長になる。

「サン」の編集者は応募者に紙を配った。そこにはニュースになりそうな出来事に関する事実だけが並んでいる。応募者は三十分の間にそれをつなぎ合わせて読みやすいニュース記事に仕上げなくてはいけない。カートはそこで勝ち残れたら、ジャーナリズムの道に進むつもりでいた。父や兄からなんといわれようとかまわない。そして、課題をみたとたん、ぴんときた。これなら勝てる。ショートリッジの「エコー」紙で週に二日編集をした経験を生かして記事を書き、提出して結果を待った。

その晩遅く、カートはほかのスタッフにうれしそうに自己紹介をすることになる。パーカー・スミスとともに、「サン」の新入り記者のひとりとして。

カートの署名入りの記事が定期的に掲載されるようになったのは、春学期に入ってからだ。まずは〝無邪気者の外遊記（マーク・トウェイン作の同名の作品で、ヨーロッパと聖地巡礼の旅行団に同行したときの旅行記（一八六九年）がある。ヨーロッパの伝統文化を笑い飛ばし、粗野だが健全な米国文化の優位性を主張している）〟と題されたコラムを任せられた。コメディアンがラジオでまくしたてるようなギャグ満載のお笑い記事だ。たとえば、「やあ、五セント硬貨一枚を十セント硬貨二枚と換えてくれないか？　ちょっと小銭《チェンジ》（気分転換）がいるんでね」といった具合。スポーツ記事も書くことになって、その手のものもいけることをみせつけた。「驚きだ！　彼らの走りに期待！　だが試合は二月二十八日までお預けだ。イェール、シラキュース、コルゲート、それにインターカレッジの選手の面々も目を見張る——おそらくね」。

編集の上の連中はみな上級生だった。カートの書いた記事に赤を入れて、文章を面白くするにはどうしたらいいか教えながらも、ほかの一年生と比べてかなり優秀ということには気づいていた。「いつも締め切りを守り、文章もすばらしかった」とそのうちのひとりは回想する。カートは先輩の助言に耳を傾けて努力したらしい。「わかりやすく簡潔に。長くだらだらと続くパラグラフは、読者の読む気をくじくし、紙面の見た目も悪くなる、といわれた。編集者たちはまずは見た目を重視した――つまり、短いパラグラフ、時には一文だけのパラグラフだ」。ぱっと見て読みやすそうな文章は、のちにカートの小説の魅力のひとつとなる。

ユーモアなら、ショートリッジの「エコー」の経験がたっぷりあった。「サン」では無署名で記事を書くと、紙面をにぎわせる数々のばか騒ぎ記事のどれがカートのものかわからないくらいだった。カートの文才が最も光ったのは、風刺が効いた〝まあ、いいけどね〟と題されたコラムで、何人かの学生と持ち回りで書いていた。このコラムの趣旨にそった記事を書くうちに、いい文章を書くために常に必要なもの、のちにカートが〝研ぐべき斧〟と呼ぶものを手に入れることができた。

ほかのコラムニストが中西部を批判する記事を書くと、カートは陽気にちょっと皮肉っぽく反論した。「昨日のコラムでテッド・エディ氏は、悪意のこもった一般論と薄っぺらなウィットでもって西部をこきおろしたが……眼鏡をかけてやせっぽちで、薄い唇を奮わせてしゃべる卑劣な男たちよ、暖炉の前にへばりついているがいい。口から出まかせにしゃべって広めた毒を自分で呑みこまないよう気をつけよ」。

時には人気のあるユーモア作家の文体を真似た。たとえばS・J・ペレルマンやジェイムズ・サーバー、とりわけ自虐ネタが売りのロバート・ベンチリー。〝アルビノの一日、もしくは結膜炎バンザイ〟と題した記事では、結膜炎の治療で大学内の診療所で過ごした一日を描写した。「やることといえば、本を読んで眠ってタバコを吸うこと。いちばんの楽しみは、タバコをスプレー式点鼻薬で消すこと。次点は石鹸入れの上でティッシュを燃やしてかがり火をたくこと。結膜炎は感染しやすいといいきかされたので、ぼくたちはウィルスと細菌に汚染された手紙を何通も書いて、全国の敵に送りつけた」。

キャンパス内での「サン」のライバルは「コーネル・ウィドウ」という月刊の学内ユーモア誌だ。「ウィドウ」は年に数回、国内雑誌の風刺特集をしたが、それこそまさに、カートが本領を発揮できる分野だったろう。だがカートは、新聞記者を自負していた。ただ一方で「ウィドウ」の記者とも親交があった。

そのうちのひとりが、ノックス・バーガー。新入生に課外活動を紹介するイベントの最中に知り合った人物で、「ウィドウ」の編集者だ。ノックスはコフィン・ネイル・ヴォネガット（コフィン・ネイルは英語で棺桶の釘のことだが、寿命を縮めるもの、タバコ、の意味もある）――「ウィドウ」と「サン」との毎年恒例の草野球大会の打順表にはそう書いてあった――のことを、「特に勤勉とはいえない」が、好人物だと思っていた。だが、カートはのちに、ほかのことでノックスをうならせることになる。

「ウィドウ」は数年来のライバル「サン」を揶揄《やゆ》して、「サンマン」というタイトルの漫画を連載していた。「サンマン」は粗野で頭の弱い原始人の話で、「サン」のスタッフの外見や知性を笑いのネタにしていた。ある日、カートはノックスに会って、こういった。漫画に出てくる人物は典型的なユダヤ人の特徴を悪意をもって誇張した顔をしているという印象をうけるが、「サン」のスタッフはかなりの割合がユダヤ系の学生だ、配慮してくれるとありがたい。ノックスは、たしかに「顕著ではないが、反ユダヤ的と批判されても仕方のない傾向がある」と認めた。それ以降、出てくる原始人の顔が変わった。

別のある問題に関しては、カートはもっと遠慮がなかった。しかもそれを公然とやったので、そのうち、愛国心に欠けるという非難にさらされた。カートは、大学側の要請でコーネル大学の予備役将校訓練部隊（ＲＯＴＣ）に入り、士官候補生になっていた。すでに第二次世界大戦が勃発しており、ヨーロッパとアジアの一部が戦場と化していた。だが、カートは合衆国が軍備を急ぐことに反対した。ヒトラーに対する理性的な対応はヒトラーを孤立させることだと信じていた。それは実業家であり保守派である自分の家族がとってきた立場だ。

ヴォネガット家は上流階級に属する職業人で、起業することで富を蓄えた一族だ。民主党のローズベルト大統領やニューディール政策を支持するわけがない。「わたしの一族はみな共和党でした」とカートのいとこエミリー・ルイーズ・ダイアモンドはいっている。エミリーの祖父、アルフレッド・Ｍ・グロスブレナーは、一九二九年の共和党公認候補者としてインディアナポリス市長に立候補したことがあったが、ウォールストリートの株価大暴落のせいで敗退した。また、ヴォネガット家は二十世紀初頭からインディアナポリス・コロンビア・クラブに所属していたが、ここの会員は「インディアナポリス・スター」紙の論調を踏襲した。「インディアナポリス・スター」はきわめて保守的な新聞で、ローズベルトは自分の属する階級を裏切り、自由企業制に手を加えた、まったく共産主義も同然だと酷評した。カートの叔父のアレックスとその妻レイは、社会主義に関して〝知的探求者〟だった、とエミリーはいっているが、「ふたりがその信念に従って実際に活動したことがあるとは思えない」ともコメントしている。

一九三〇年代終盤、ローズベルトがヨーロッパの情勢に介入することは道徳的義務だと主張し始めたとき、ヴォネガット家やそれに似た社会的立場の人たちは愕然とした。合衆国はまた、ヨーロッパ大陸の戦争に参入するのか。ホームレスが食べ物を恵んでくれとしょっちゅう裏口にきていたあの頃からほんの二十年ちょっとしかたっていないのに。ヨーロッパ救済を看板に掲げるのは、偽善的としかいいようがない。

ヴォネガット家には、ドイツと戦争するというリスクを負いたくないドイツ系の理由もあった。カートはのちにこういっている。「ぼくは、両親が第一次世界大戦をどう思っていたのか知っている。それは両親がドイツ人に好意的なせいでもあるし、先祖がドイツ出身のせいでもある。それに両親は、イギリスもフランスもロシアも、第一次世界大戦ではドイツと同等の非難をうけるべきだと思っていた」。

のちにカートは、自分が戦争に反対したのは、両親が平和主義だったからだ、と言い訳している。「ぼくは、両親のいう平和主義について考え、それは正しいと思った」。平和主義者なら当然徴兵登録はしないはずだが、ヴォネガット家の男は全員、真珠湾攻撃の直後に登録した。だが、一九四一年の春、コーネル大学の一年生のカートは、合衆国はヨーロッパの戦争に干渉すべきではないという意見に心から賛成していた。

他国干渉を支持する人々への攻撃の手始めとして、カートは「コーネル・デイリー・サン」自身の好戦的な論調をやり玉にあげた。カートの目を引いたのは、イギリスの落下傘部隊がナチス・ドイツ軍に勝利したことに関して、イギリスの記者が大仰な言葉で書き連ねた記事を「サン」が一面にでかでかと載せたことだ。「大見出しの記事の方が、二行取りの小見出しの記事よりも、ずっと重要そうにみえる」と、カートは指摘している。「だから、エジプトとエチオピアにおける軍事作戦について書く記者が見出しを使い放題だというのに、イギリス領のマレー半島ゴム園で起きた先住民の激しいストライキや暴動に関する話は、最近の新聞ではなんとも目につきづらく、ほとんど知られることもない……我々は、ドイツ人だけでなくイギリス人の欠点を――同時に我々の欠点も――知る必要がある。そうでなくては、その場しのぎでない改善策を講じることはできず、目の前の危険を回避することさえできないのだ」。

また、「わが国の正義を問う」というコラムでは、愛国心に燃える血気盛んな若者たちのことを冷ややかに語った。ある日、イサカに向かうバスで隣に乗り合わせた十八歳の兵士が、嬉々として銃剣演習の話をするのをきいた。「かわす、突く、引く、突撃って感じさ」。それをきいてカートは感心もせず、一九三九年のポーランド侵攻以来戦い続けているナチ兵と相対したら、勝てる自信はあるかときいた。「彼は目をぎらつかせ、ぜひそんなチャンスに巡りあいたい、といった」。若い兵士はカートに、ドイツ人を憎んでいると話した。「ドイツ人全員が憎い」と。カートは、ベートーベンは君の憎むドイツ人の典型だと思うかときいてみたくなったが、そんなことをしても「あまりいい答えは引き出せないだろう」と考えてやめることにした。

書いた記事は評判になり、「サン」に書くことが、大学でのどんな活動よりも充実を与えてくれるようになった。もちろん、「ろくに何もやっていない」学業よりも、はるかに。編集室にいきたい気持ちは抑えられなかった。真夜中過ぎに編集室から寮に向かってひとりで〝ヒル〟をゆっくり登りながら、ほかの誰もが――「大学の教師も学生もみんな」――寝ているのだと思うと、満ち足りた気持ちになった。「みんな、実生活に関するありふれた知識をこねくり回すだけに一日を費やしていた。よくある議論や実験をただくり返し、そのうち現実が問いかけてくることになる難問を互いに問いかけていた。ところが『サン』に関わるぼくたちは、もうすでに現実の真ん中にいる。そう、まさにど真ん中に！」

一学年の終わりには、化学専攻学生としての平均点は落第寸前まで下がってしまった。窮状を打破するため、一九四一年の夏休みに、インディアナポリスのバトラー大学で簡単そうな英語の授業を二コマ取った。その成績がコーネル大学でも使えるからだ。ところが、数週間もすると怠け癖が頭をもたげ、クラスの真面目な雰囲気をばかにし始めた。「ああ、立派な校舎。そこから、わが国きっての熱心な保険セールスマンがあふれだす」。これをもしアレックス叔父がきいたら、いい顔をしなかっただろう。アレックス叔父はかなり成功した保険セールスマンだったからだ。バトラー大学のレポートや小テストでCもとれなかったカートは、最終テストを待たずにドロップアウトした。

今回の問題は、寮仲間とのつき合いや、深酒や、「サン」の記事の執筆といった課外活動に時間をさきすぎたせいではなかった。ひとりの少女に恋をしたのだ。カートはその子と結婚しようと心に決めた。

ジェイン・マリー・コックスは、オーチャード・スクールの幼稚部にいた八人のクラスメイトのひとりだ。ジェインとは、幼稚部から三年間、毎日一緒に過ごし、カートはそれがふたりの「絆」だとずっと思っていた。やがてカートは公立の学校へ移り、ジェインと別れた。ジェインは青い目で小顔の人気者で、ニックネームは〝ウーフィー〟。アイルランド人とイングランド人の血を引く家族は、穏健なクエーカー教徒で、ヴォネガット家と同じ社会階層に属していた。ジェインの母親もヴォネガット夫人のように、良いクラブやブリッジのグループに属していることがこの世の重大事だと思っていて、インディアナポリスの上流向け女性団体には、たいてい彼女の名前があった。だが、カートの母親はコックス家のことをあまり良く思っていなかった。コックス夫人が情緒不安定だという評判があったからだ。

マライア・コックス、旧姓マライア・フェイガン――〝ライア〟と呼ばれる方を好んだ――は、インディアナポリスを転々としながら学業を修めた。ギリシア・ローマの古典文学の修士号を持っていて、一九二五年には語学習得の基本に関する初めての参考書を共著で出版した。以後、この分野では定番となるテキストだ。オーチャード・スクールで教師をしていたが、自身が語源研究者として積んだ訓練をもとに、単語の四つの面に注目するようにと生徒に教えた。つまり、意味、発音、語源――ラテン語、ギリシャ語、フランス語、アングロサクソン語、スカンジナビア語など――と、英語の発達過程におけるその語の歴史だ。

マライアは娘のジェインを自慢に思っていたが、その弟のトマス・ジュニア、通称〝ガッシー〟の評判については、やや神経質になっていた。トマス・ジュニアは幼い頃から友だちづき合いも良く、活発だったが、耳の手術を受けて顔面神経が切断されたために、少し顔がゆがんでいた。片方の口角が、常に不機嫌そうにねじれているのだ。マライアは、障害児の息子をどう扱ってよいのかわからなかった。感情の安定した女性なら、気にしなかったかもしれない。だがマライアはそうではなかった。夫のトマス・コックスはインディアナポリスで弁護士をしており、アルコール依存症だった。マライアはストレスを感じるとすぐにパニックになった。しかも、躁《そう》病の発作にも苦しんでいた。

また、神経衰弱に陥るのではと恐れるあまり、他人の目には、完璧で申し分ない作法を真似ているだけの人に映った。家を訪れたある人物は、マライアの仮面を見破り、残酷にもこういって傷つけた。「いいですか、コックス夫人、あなたには、魅力が欠けているんです」。

一方、娘のジェインは、家族の上にたちこめる暗いとばりを払拭するかのように、すべてのことに対して異常なほどに楽天的だった。若い頃を知る友人たちは、ジェインのことを「かわいい」とか「屈託がない」と形容することが多かった。そういう点では、ジェインはアリス・ヴォネガットと似たところがあった。カートがジェインに夢中になったのは、姉への想いを姉によく似た人に移入したためではないかと、つい考えてしまう。

　カートが、この人こそが自分の妻となる女性だと心に決めたとき、ジェインはフィラデルフィアの郊外にあるスワスモア大学の一年生だった。とびきりかわいくて愛らしい女性だった、と男友だちのひとりがいっている。実際、ジェインのルームメイトのひとりは、ジェインの社交スケジュールはびっしりで、デートの相手が何人もいたという。高校時代からのカートの友人、ヴィック・ホセは、寮内ダンスパーティにジェインを連れていったおかげで自分が「かなり株を上げた」といっている。かわいい女の子と腕を組んで現れたからだ。ジェインのルームメイトは、ジェインが「いつもカートとデートしていたような」印象はあるが、カートをスワスモアで見かけた記憶はないといっている。

　カートは、一九四一年の秋にコーネル大学に戻る前に、ジェインにプレゼントを渡した。ラルフ・ウォルドー・エマソンのエッセイと詩を集めたアンソロジーだ。見返し部分には、ジェインを永遠に愛するという誓いが書いてあった。

　一ヶ月後、キャンパスに戻ってきたカートが「サン」に書いたコラムには〝経済的精神的弱者のつぶやき〟という軽いタッチの見出しがついていて、記事の終わりで、キャンパス中に自分の幸せを知らせずにはいられなかった。「その日はジェインに手紙も書いた。読者諸君はまだジェインに会ったことがないと思うが、彼女はこの秋、寮のパーティにくる。ぼくたちは一九四五年に結婚する予定だ」。

　その後、カートのコラム記事は、アメリカがヨーロッパの内政に干渉するのは危険だという内容のものに戻った。孤立主義こそが唯一の誠実な選択だ、とカートは主張した。「アメリカが第二次世界大戦に関与すべきかどうかについて、他の人々がどれだけ考えているか知らないが、我々は大いに考えている。読者諸君、安心していただきたい。このコラムの題材は、少しでもプロパガンダ的な要素のあるものは排除するように気をつけて編集されたものなのだから」。カートはチャールズ・A・リンドバーグをほめたたえた。大西洋単独無着陸飛行で一躍英雄となったリンドバーグは、〝第三帝国〟を視察し、兄弟同志が争い合うような世界大戦が再び起これば、西洋文明は崩壊するだろうと予言したのだ。カートはこう書いている。リンドバーグは「少なくとも、とてつもなく大きな問題の、非常に保守的な側面を提示する勇気を持っていた。それは評価すべきだ。アメリカは民主主義国家であり、民主主義を守るために、我々は戦うのだと人々はいう。ところがその理想を象徴するのが、リンドバーグを黙らせよという非難の声だ。たしかにアメリカは経済政策に失敗し、それまで世界に誇示してきた高い生活水準が崩壊した。しかし、そのことと、同胞を、とくに若者を理不尽な流血と死に追いやることを秤にかけるのは、星条旗――いつまでも翻らんことを――への重大なる反逆だ。リンドバーグよ、あなたは裏切り者のネズミだと、どこかに書かれていた。あなたは国外追放にされるべきなのだそうだ。どうかそのときには、流刑用の小舟の片隅に、我々も乗せていただきたい」。

編集長はどうしても、カートの熱弁の下に太字でひとことつけ足さずにはいられなかった。「上記は一記者の私見であり、『サン』全体の意向を反映させたものではありません」。

一九四一年十二月七日、日曜日。カートがデルタ・ユプシロンの寮のバスタブでくつろいでいると、ニュースが飛びこんできた。日本の海軍が、ハワイの真珠湾に停泊中のアメリカ艦隊を攻撃したというのだ。「ぼくは編集室に駆けつけた。そして、みんなで翌日の第一面と最終面をレイアウトし直した。なかの紙面は前日（土曜日）の記事のままだ……AP通信社から送られる情報をどんどん入れて、おそらく、合衆国で最も早く号外を出した」。カートの思いついた見出しは〝ジャップ、わが国に戦争をしかける〟だった。

当時、カートは夜間の編集係だった。ニュースのランク付けをし、レイアウトを決める。カートにとって、「サン」だけが、コーネル大学での意義ある活動になっていて、そのほかは「酔っぱらいの夢」にすぎなかった。テスト、レポート、講義、期末試験。カートにしてみればどれもくだらないことだ。クラスメイトが成績を心配するのを小ばかにするような悪ふざけも思いついた。登録もしていない授業の秋学期期末試験の席につき、誰もが試験に集中するのを待つ。そして不快そうになってから試験用紙をびりびり破ったかと思うと、席を立って堂々と通路を歩き、その紙くずを、驚いている講師の顔に投げつけ、教室のドアから足音も高く出ていくのだ。それから一、二年の間、その悪ふざけは学生たちの間で流行した。

一九四二年五月。二学年目の終わりを迎えようとしていたカートは、教務主任に呼び出しをうけた。成績がこのままだと、コーネル大学に在籍し続けることはできないらしい。次の学期がリミットだという。カートは困った。なんとか退学を免れる方法を見つけ出さなくてはと焦った。自分が「この丘《ヒル》いちばんのばか（原文 The Biggest fool on the hill. ビートルズの曲に The Fool on the Hill〔邦題「丘の上の道化」〕がある）」になった気分だった。

課外活動が多少考慮されないだろうか？

いや、それは無理だ。

誰もが知っていることだが、戦時中に退学になるということがなにを意味するか、カートも承知していた。徴兵されて軍役につくことになる。以前は予備役将校訓練部隊（ＲＯＴＣ）に所属していたので、卒業まで在学できる権利を与えられていたが、〝ひどい誤解〟（という表現をカートは好んだ）のせいで除隊させられていた。

除隊の理由は、カートの書いたコラムだった。〝「ライフ」誌も目を見張る、国防政策における我々の重要な役割〟と題されたそのコラムで、ROTCの演習を笑いものにしたのだ。その少し前に「ライフ」の写真家が、カートと仲間の訓練生が、大砲を点検している写真を撮った。カートは、自分たちが「フラットハッチャー！」「ビッフルブロック！」などとでたらめの号令を叫んで写真家をからかっていたと認めた。「ライフ」に記事が載れば、「アメリカ国民はこれまで以上に熱心に国防に励むだろう。なにしろイサカの最強の砲兵が、国民と手を携えて事にあたろうとしているのだから」。皮肉たっぷりのその記事と成績の悪さを理由に、ROTCの中尉はカートを除隊させた。侮辱された腹いせかもしれないが、理由としては完璧だった。

教務主任は最後に辛口のアドバイスをした。「仕事でもみつけて、大学のことなどすっかり忘れてしまったらどうだね？」ROTCを除隊させられた以上、学位が取れる保証はなく、それまで必修科目の単位しか取ってこなかったので、職業に結びつくような訓練はなにも受けていない。これからどうなるのかは予想がついた。「まるで冷たいシャワーを浴びせられたようだった。自分がただの一兵卒になってしまうなどとは、なかなか想像できないものだ」。かなり脅されはしたものの、カートが教務主任室から出てきたときには、まだ退学させられたわけではなかった。三年の秋学期には成績を上げると約束したためだろう。

カートはこの屈辱的な体験を「サン」に書き連ねた。タイトルは〝失われた大隊、大規模砲撃に見舞われる〟。しかし、記者仲間の中には少しの同情も示さない者もいた。理由はすべてカートの記事にあった。ヨーロッパの戦争に関わるべきでないというリンドバーグの意見を擁護したコラム、「サン」が知らず知らずのうちにプロパガンダの役割を担っていたと糾弾した記事、国防訓練を揶揄《やゆ》した記事。それから数週間後、キャンパス内のゴシップネタを集めた記事には、カートがまたもや不真面目な記事を書いてやっかいな問題に巻き込まれたと書かれていた。問題の記事には〝第五列〟――戦時下の国家で敵国に共感を抱いている、または協調していることを指す言葉――という副題がついていて、こうあった。「このひょろりと背の高い、ナチっぽい名前の男に関しては、こんな噂もある……シブリーという名の主任と、対決したとかしなかったとか――だがおそらく、この件は伏せておいたほうがいいのだろう」。

一九四二年の夏、カートは、退学の件はひとまず忘れることにして、農園で干し草を大きな束にする仕事の手伝いをした。インディアナポリス郊外にあるその農園は、親戚のグロスブレナー家が所有していたが、戦時下で労働力を兵役に取られ、人手が足りなかった。家長のダン・グロスブレナーは、第一次世界大戦中はレインボー師団（マッカーサーの提案によってできた、各州の州兵からなる第四十二師団の別名）で司令官を務めた人物で、再び兵役に就いていた。いとこのウォルトは、フォート・ベンジャミン・ハリソンで訓練中で、新たに組織された第八空軍にB17爆撃機（通称、〝空の要塞〟）の航空士として派兵されることになっていた。もうひとりのいとこのフランクリン・F・ヴォネガットも、陸軍航空隊に入隊していた。グロスブレナー農園では、カートは干し草を束ねるほかに、三百六十ヘクタールの牧畜場でも働いて、わずかばかりの給金を得た。そこで家畜の世話をしていたのはたった七人で、それも「十五歳以下が三人、四十五歳以上が二人、そして子犬ほどの頭脳しか持ち合わせていないブルーマー氏とぼくだけだった」。

一方、バーナードは研究者として認められたおかげで、兵役を免除されていた。ニュージャージー州ニューアークにあるガラス製造機メーカー、ハートフォード・エンパイア社の研究所での発見が評価されたのだ。バーナードは、東海岸でドイツ軍潜水艦の魚雷攻撃を受けたタンカーから流出した油の回収に使われる界面活性剤の性能を調べるための、画期的な方法を発見した。そしてハートフォード・エンパイアで三年間働いたのち、ＭＩＴから化学戦部局の研究員に任命された。ドイツ軍のガスマスクのフィルターが連合軍のものよりも優れているのはなぜか、その理由をつきとめたのはバーナードだった。コーネル大学であがいていた弟とは対照的に、バーナードは戦争関連の重要な仕事をしていた。

一九四二年の秋、カートは三年生として新しい学期を迎えた。「サン」の第一面の見出しは、〝四四年八月までか、四五年三月までの命の諸君へ〟だった。卒業と同時に戦地に赴き、命を落とすかもしれない、という意味のブラックジョークだ。卒業を延期して、短期集中将校養成プログラムに登録する者もいた。だが、カートの成績ではそんなこともできない。「サン」のコラムでは、カートは色褪せるほど使ってきた孤立主義のテーマに舞い戻り、ドイツへの侵攻に警告を発していた。一方、〝第三帝国〟はヨーロッパの大半を征服しようとしていた。「世界を揺るがす悲劇になるだろう。（大統領候補の）ウィルキー氏（一九四〇年の大統領選の共和党候補。現職のローズベルト大統領に敗れた）は米英両国民の気持ちを駆り立て、時期尚早にも、ドイツ人の血をヨーロッパの大地に流したいと思わせてしまった」。ここで「アメリカ人の血」とすれば、カートも読者の心がつかめたはずなのだが。

一方、スワスモアでは、ジェインがカートの知らないところでほかの男性と恋に落ちていた。相手はケンダル・ランディスという十八歳の一年生で、薄茶の髪に百八十センチを越える長身。水泳チームのダイビングの選手だった。ランディスはジェインのことを「グッとくる三年生」で、「大発見」だと感じた。父親は銀行員で、母親は公立学校の元教師。ランディスとジェインはつきあうようになった。

その年の十二月、休暇でインディアナポリスに帰ったカートは肺炎を患った。症状は重かったが、ある意味、天の助けといえないこともない。生物化学も有機化学も落第寸前で、一月の中間テストで合格点を取るのは不可能だった。「サン」でのキャリアも頭打ちの状態だった。すでに副編集長で、四年生になったらトップの座のひとつにつきたいと思っていたが、投票権を持っていた当時の編集委員のひとりはこういっている。「カートは、とにかく仕事を楽しみすぎているようにみえた。彼の本領は、創造的な文章を書くことだったのだと思う」。

一九四三年一月、カートはコーネル大学を退学した。そして徴兵されるのを待つくらいならと、自ら入隊を志願した。ほかに考えられる選択肢はなかった。カートは考えた末に次のような結論にいたった。この戦争は「戦わざるをえない戦争であることは明らかだ。歴史的にみても、そういう戦争はめったにない。だから参加する価値はある」。

百八十度の方向転換にみえるかもしれないが、カートもアメリカをさらっていく歴史の大きな流れにのみこまれていただけなのだ。真珠湾攻撃以降は、孤立主義の立場から参戦に反対していたアメリカ優先委員会（アメリカの第二次世界大戦への参戦に反対した反戦組織）も解散した。リンドバーグは政治的な発言を控える一方、コネを使って、南太平洋に出撃する戦闘機に乗れるよう手配した。すでに彼は年齢制限を超えていたからだ。連合国側の戦況は、南北両半球で劣勢で、孤立主義者や自由主義者はいつのまにか消えていた。カートはインディアナポリスの徴兵事務所に出向いて身体検査を受けたが、数時間後にはすごすごと引き上げることになった。肺炎のせいで登録できなかったのだ。カートを診断した医者は、痩せすぎだとも指摘した。三月、カートは再び挑戦した。今度は合衆国軍に忠誠を誓って入隊することができた。

ビッグニュースを持って帰宅したカートは家族に告げた。「たった今、軍に志願してきました」。

父親は落胆した。息子がＲＯＴＣを終えていれば、受けた教育や家柄に見合う選択肢が得られたものを、今の状態では、背嚢《はいのう》と小銃だけを背負った一兵卒だ。軽蔑の気持ちを隠そうともせず、父親はこう応えた。「そうか。軍隊に入れば整理整頓ができるようになるだろう」。一方、母親は苦しい気持ちでいっぱいだった。親戚のひとりがこういっている。「息子をホロコーストで失うかもしれないと思ったことで、トラブルを溜めてきた彼女のなかのコップがあふれてしまったのです。彼女は意気消沈し、鬱状態になっていきました」。

一九四三年三月、カート・ヴォネガット・ジュニア、認識番号一二一〇二九六四――「途方もなく背の高い兵士」――は、ノースカロライナ州の陸軍駐屯地、フォート・ブラッグに赴いた。

三章　新婚用スイートで戦争へ　一九四三〜一九四五

フォート・ブラッグへ持っていく荷物の中に、カートはタイプライターも入れた。ヘミングウェイばりの冒険に出かけるような気分で、「これはまさに第一級の文学的題材で、多くの読者が興味を持つはずだ」と思っていた。兵舎ではタイプライターはベッドの下の物入れには入らなかったので、出しっぱなしにするしかなかった。ほかの歩兵とは格が違うといわんばかりだったが、歩兵は歩兵だ。だが、ある午後、宿舎に帰ってくると、タイプライターは盗まれていた。

射撃場では、カートは名手だった。なにしろ、父親のコレクションの拳銃やその他の武器を使って何年も練習を積んできたのだ。「四十五口径の拳銃の撃ち方は、子どもの頃に覚えて知っていた」し、M1ガーランド三十口径半自動小銃は「すばらしかった」と、のちにインタビューでいっている。ブローニング自動小銃の分解、組み立て、発砲の手順などは、独学で習得した。軽機関銃として様々な使い方ができることに惚れこんでいたからだ。軍隊でカートに割り当てられた役割は、二四〇ミリの榴弾砲の組み立て、発砲、整備。その榴弾砲は、重さ十六キロの榴弾を二十キロメートル以上も飛ばすことができる、軍の最も強力な野戦砲だ。カートたちは、「あらゆる手を尽くしてその怪物の面倒をみた」。だが、戦術や武器に関する訓練を十三週間にわたって受けたにもかかわらず、カートはのちに、自分は歩兵として戦う準備ができていなかったといっている。

幸運なことに、カートは陸軍専門訓練計画（ＡＳＴＰ）に参加する資格を得た。適性検査の結果が良く、ＩＱが高かったのだ。三ヶ月の学期を六期にわたって受講する十八ヶ月の研修コースを終えると、工学分野における四年分の学位をテネシー大学から授与され、おまけに将校の辞令が受けられる。一九四三年の初夏、カートはピッツバーグのカーネギーメロン大学（一九四三年当時はカーネギー工科大学。一九六五年にメロン工業研究所と合併して現在の大学名に改称した）に向かった。初級機械工学を勉強するためだ。九月には、ノックスヴィルのテネシー大学で残りのカリキュラムにとりかかった。

受けた授業は、熱力学、機械学、工作機械実習など。「またもや成績は悪かった」と何年後かにカートは記している。「ぼくは失敗することに慣れっこになっていた。全科目でビリの座にいることにも」。だが、落第はしなかった。熱力学は六十八点、工作実習は八十五点、微積分学は六十八点、統計学と力学は八十五点、機械工学製図法は八十六点、平均Ｃプラスという成績だった。交友関係の方は、近隣のオークリッジ国立研究所の「にぎやかで裕福な」研究者たちとのつきあいを好んだ。一杯飲むと、化学者も技術者も物理学者も口が軽くなって、それぞれ研究のことを話してくれる。とはいえ、だいたいは、まだ謎の部分の多い自分の研究がこうなるだろうという憶測を語ることしかできない。研究所の広報係であるリチャード・ゲールマンは、カートに漏らした。わたしの仕事は、この大酒飲みの研究者たちに、彼らが最高機密のプロジェクトに実際はどのくらい貢献しているのか正確には教えず、常に推測させておくことなんだ。

テネシー大学で六ヶ月学んでも将校への道にはつながらないということが、あとになってわかった。一九四四年の春、軍のトップはＡＳＴＰのプログラムを中止した。Ｄ－デイ（一九四四年六月六日。連合国軍がノルマンディー上陸作戦を決行した日）の連合国軍秘密作戦に必要な、五万人の増兵のためだ。ヴォネガット上等兵は第一〇六〝金獅子〟師団、第二大隊、第四二三連隊への入隊が新たに決まり、インディアナ州の陸軍基地、キャンプ・アタベリーに出頭して、諜報偵察斥候兵としての訓練を命じられた。一万六千ヘクタールもの広大な敷地を持つキャンプ・アタベリーは、インディアナポリスに近かったことがせめてもの救いだった。カートは週末の外出許可をもらって帰省することができた。

ジェインもまたインディアナポリスに帰っていた。スワスモア大学では英文学を専攻し、ファイ・ベータ・カッパ（成績優秀な学生からなる米国最古の学生友愛会）という友愛会に所属していたが、すでに卒業していた。カートは、ジェインの恋人候補の中でまだいちばんだと思いこんでいて、頻繁に手紙を書いたり、基地の公衆電話から電話をかけたりしていた。カートが知らなかったのは、ケンダル・ランディスもまた、同じくらい熱心にジェインに手紙を書いていたということだ。ランディスは一年次の終わりでスワスモア大学での学生生活をいったん中断して、海軍航空機操縦士養成プログラムの士官候補生に志願していた。そこで失格にならなければ、将校の辞令が出る。ランディスはジェインを愛していた。「すばらしい女性だった。知的でいつも新しいことに挑戦するタイプだった。ぼくに、海軍にいる間にも常に本を読むようにいってくれたのも彼女だ。ぼくは読んだ本のことを彼女への手紙に書いた。ぼくたちはまめに手紙のやりとりをしていた」。ランディスにとって、ジェインは故郷に残してきた恋人だった。

カートは、キャンプ・アタベリーで六人組の偵察斥候として、実戦用の訓練をさらに積んだ。パトロールをする、監視所を造る、地図や航空写真を解読する、接近戦で戦う、など。偵察隊のリーダー、ブルース・ボイル軍曹は、部下に、それぞれ相棒を選ぶようにと指導した。カートは、ペンシルヴェニア出身で皮肉屋のアイルランド系カトリック教徒とペアを組んだ。名前はバーナード・オヘア。戦争が続くかぎり、もしくは死がふたりを分かつまで、食糧、弾薬、道具、衣服、そして凍える夜には毛布も、分けあうようにと教えられた。

オヘアは、背が低くて平凡な顔立ち——ずんぐりした鼻につき出た額——で、カートと同じヘビースモーカーで、酒飲みで、ぶっきらぼうな話し方をした。将来の夢は、戦争が終わったら父の法律事務所で弁護士として働くことだという。カートは、皮肉屋のオヘアとは対照的で、当時の戦友によると「背が高くて若く、おしゃべりだった。いつでもしゃべり、笑い、他人のすることに口を出していた」という。

五月になって、カートは家族を驚かせる計画を立てた。母の日がある週末に、三日間の外出許可をもらって予告なしに帰省し、きりっとした軍服姿で登場してみせよう。その日は、姉のアリスもくることになっていた。すでに結婚していて、相手は、ジムことジェイムズ・カーモルト・アダムズというバージニア大学の卒業生。ジムの専攻は、妹のドナによれば「楽しむこと」だったという。ジムはこのとき、陸軍航空隊の偵察機に搭乗する中尉として、軍務についていた。アリスとジムは子どもの頃、マクシンカッキー湖畔で一緒に遊んだ幼なじみだった。

カート・シニアと妻のイーディスは、カート・ジュニアがコーネル大学の一年生だった頃から、ウィリアムズ・クリークの新居に住んでいた。宅地開発業者の宣伝文句によれば、ウィリアムズ・クリークはインディアナ州〝マリオン・カウンティのスイス〟で、なだらかな起伏のある草原に、六キロにわたって町並みが広がっている。今回はカート・シニア本人が、二階建てレンガ造りの現代風住宅を設計した。ゆったりした居間、書斎、ダイニング。二階には寝室が四つ、車庫には二台分の駐車スペースがある。地下室には窯つきの作業場を作った。趣味の陶芸のためだ。帰省したカート・ジュニアが目にした家は、大きくはないが、森に囲まれていて住み心地がよさそうだった。実家の収入は安定していた。カート・シニアが戦争関連の仕事を得ていたからで、最初は、技師としてインディアナポリスから六十五キロ南に下ったコロンバスの航空支援基地に勤務し、その後、近所のフォール・クリーク軍需工場で資材管理の現場監督として働いた。

だが、イーディスにとって、家が小さくなったことは我慢ならないほどの屈辱だった。家族以外の人はほとんど知らなかったたし、たとえきかされても信じられなかっただろうが、太っていて垢抜けない、髪を黒く染めたしかめっ面のヴォネガット夫人も、かつてはエドワード朝のロンドン社交界に華を添えた、赤毛の大富豪令嬢だったのだ。しかも、オペレッタの『メリー・ウィドウ』から抜け出てきたような、軍靴を鳴らして颯爽と歩くプロシア兵の崇拝者がふたりもいた。それが今では、細々とした面倒な家事を処理してくれる使用人もいない。二階から庭を見おろしても、ニレやカエデやカシの木から芝生に落ちた葉を熊手でかき集める庭師の姿もない。ベッドを整えてくれるメイドもいなければ、食事を用意するコックもいない。それでも、一九四〇年にドイツがフランスに侵攻する直前には、義母が遺してくれた二つの債権を現金に換えて、夫とともにパリで三週間を過ごした。ある親戚は、「なんとも贅沢な旅行で、なにもかもが華やかだった」と話している。イーディスはそういうロマンチックなことが大好きで、自分の描く短編小説――それを打つタイピストの給金を払う余裕さえ、実はなかったのだが――にもそんな要素をたっぷり盛りこんだ。しかし、雑誌編集者はイーディスの書いたロマンス小説を不渡り手形のように送り返し続けた。

金曜日と土曜日を家でゆっくり過ごしたカートは、日曜日の早朝、アリスに起こされた。母の日のことだ。お母さんの様子がおかしい、とアリスはいった。ふたりで母親の寝室にそっと入ったあと、カートは横たわっている母親の上にかがみこんで、こと切れているのを確かめた。そして、別の部屋で寝ている父親を呼びにいった。イーディス・ヴォネガット、五十六歳。死因は睡眠薬の過剰摂取だった。

ベッドの脇に遺書はなかった。遺したい言葉もなかったのだろう。家族の悲しみを和らげるような言葉があってもおかしくはなかったが。イーディスは上流階級の華やかな暮らしを忘れられず、自分を追いつめてしまったのだ。逆境のなかで、イーディスは欲望や見栄や自分自身さえも抑えることができなかった。時には何日も寝こむことがあった。自分は不幸だと思いつめ、起きあがることができなかったのだ。鬱々と耳をそばだてるのはラジオの音、そして自分に向けられているのかもしれない嘲笑。のちにカート・ジュニアは、母の死の原因は、繊細過ぎて時代に順応できなかった性格的な弱さだと語った。「母をぼろぼろにしたのは戦争そのものであって、相手がドイツだということは関係なかった」。真相は単純で、イーディスは我慢しながら生きていくことができなかったということだ。一般の人々と同じように生きるなど不可能だったのだ。

検死官はイーディスの死を事故と判定した。だがカート・シニアは、年配の親戚には——自分の子どもたちには認めなかったが——自殺だったと告白したようだ。のちにカート・ジュニアは友人への手紙にそう書いている。カート・シニアは地元の新聞社数社に電話をかけ、妻の死に関する記事は一切、死亡記事ですら載せないでほしいと頼んだ。亡骸はインディアナポリスのクラウン・ヒル墓地に埋葬された。その後、カート・ジュニアが書き記したところによれば、父親は「すっかり世を捨てた善人」になってしまった。

イーディス・ヴォネガットは末の子どもに呪いのような〝遺産〟を遺した、とカートはいう。「挫折感が常にぼくにつきまとうようになった」。自分が自殺するかもしれないという不安が、一生カートを苦しめることになる。というのも、母が母の日に死んだのは、どう考えても偶然ではなかったからだ。そのせいで、カートは無条件に愛することができなくなった。母は自分を愛していなかったのだろう、とカートは考えた。そのうち自己嫌悪の三段論法ができあがった。母はぼくを愛していなかった。だから、ぼくの母への愛は足りなかった。その結果、ぼくは人を愛することのできない失敗者になった。

その後、カートは、母親の死に様をほかの人に教えたがった。まるで、自分のことでこれだけは知っておいてほしい、といわんばかりに。

たとえば、一九七二年に、当時インディアナ大学の博士課程でスラヴ語とスラヴ文学を専攻していたドナルド・M・フィーナも、出会ってほとんどすぐにカートがその話題を持ち出したと回想している。また、インディアナ州の同郷の作家ジェイムズ・アレクサンダー・トムによれば、ある文学関連の催しで同席したカートが「温かな人柄で、ひょうきんでチャーミングなのはいつも通りだったが、しきりに自殺について話したがった」という。

カートがその話をよくしたのは、なぜ母親が自らを死に追いやったのか、満足のいく解答がみつからなかったからかもしれない。あるいは、頻繁にその話題を持ち出すことで、母親への思いを示したかったのかもしれない。母が苦しんだことを、自分はわかっているのだと。父親は、妻の自殺が世間に知られるのを嫌い、娘や息子たちにさえその話をしようとしなかったから、よけいそう思ったのかもしれない。あるいは、カートは罪の意識を感じていて、誰かに、そんなことはないといってもらいたかったのかもしれない。確かなのは、母親の自殺がその後のカートの人生からある種の輝きを奪ったということだ。のちに、カートが小説を書くようになったとき、自殺に対する脅迫観念が作品を黒い枠のように縁取っていた。ある作品の登場人物がこういっている。「親が自殺すると息子は、人生に何かが欠落しているように感じる」。小説に出てくる母親たちは、病的か、頭がおかしいか、自殺を図ろうとするかのどれかだ。そのうちのひとりで、昔はイーディス・ヴォネガットのような中西部の美人だった女性が、パイプ洗浄剤を飲んで悲惨な死に至る。少なくとも、と語り手は渇いた調子で述べる。「わたしの母は睡眠薬を大量に飲んだけれど、ここまでひどいことにはならなかった」。

ウィリアムズ・クリークでの、あの恐ろしい母の日を変えることはできない。だが、カートは、もしも母親が生きていたら、どうすればもっと幸せになれたのかということはわかった。母は作家になって、ケープコッドに住みたかったのだ。かつて家族と幸福な夏を過ごした地に。その思いに報い、母の霊を慰めるために、自分はいつかそういう生活をしよう。カートはそう思った。


母親の死後一ヶ月もしない一九四四年六月十五日、カートはインディアナポリスでジープの荷台に乗り、戦没者慰霊碑のある広場、モニュメント広場《サークル》へのパレードに参加した。ノルマンディー上陸が決行されたD－デイは、ほんの九日前のことだった。まもなくヨーロッパ戦線に派兵されることがわかっていたカートは、ジェインにプロポーズをしようと決意した。

母親を亡くした悲しみで少し動揺していたのか、カートはジェインになにがなんでも「イエス」といわせようと必死になった。自分のシャツを引き裂いて胸をはだけると、歯医者に抜いてもらったばかりのまだ血のついた臼歯がネックレスのように鎖からぶらさがっていた。「こんなにきみを愛してるんだ！」カートは訴えた。犠牲を払い、痛みに耐えることで愛の深さを示そうとしたのだ。家族に残る逸話には、別のバージョンもある。カートが、ジェインの家の居間でいきなり片膝をついたというものだ。ジェインの父親も目を丸くしたという。しかし、ジェインは「イエス」といわなかったし、将来いうかもしれないという希望を与えることもなかった。

そういうわけで、秋が近づいても、ふたりの間にはなにも始まらなかった。ジェインはワシントンDCにいき、アナリストとして戦略諜報局（ＯＳＳ）の防諜活動部で働いた。ＯＳＳは中央情報局

（ＣＩＡ）の前身で、二十五番ストリートとＥストリートＮＷ《ノースウェスト》の交差する場所にあった。一方、カートの所属する第一〇六師団は、九月いっぱいを海外出兵の準備にあて――一万五千の兵士とその装備を揃えるのは並たいていのことではない――ベルギーの戦線で戦う第二師団と交代することになっていた。

ニューヨークに到着した第一〇六師団を待っていたのは、クイーン・エリザベス号だった。当時最大の客船で、戦時下の仕様で戦艦のような灰色に塗りかえられていた。鋼鉄の船体は全長三百メートル。「入り口の扉があまりに大きくて、壁かと思った」と当時の兵士のひとりはいっている。「そして、我々はそのなかに入った」。

カートに割り当てられたのは、なんとも皮肉なことに最上階の新婚用スイートで、下の階に比べると風通しがよく、かなり広々としていた。十月十七日の朝、クイーン・エリザベス号はハドソン川を出航した。甲板で何千人もの男が手すりに押しよせ、支柱にのぼったりしながら、自由の女神に歓声を送った。東海岸をパトロールするドイツ軍の潜水艦から護衛するために、小型飛行船が海まで二日間つきそったが、その後は単独で進んだ。〝灰色の幽霊《グレー・ゴースト》〟と呼ばれたその船は、三十ノット（時速五十五キロ）のスピードで師団を運んだ。

二週間後、第一〇六師団はイギリスのチェルトナムに集結した。野営の毎日は同じことのくり返しで退屈だった。しかし十一月末、ドイツ軍の軍服の記章、小型兵器、ドイツ語等に関する講座に出ると、少し面白くなってきた。カートたちは何列にもなって座り、まるで旅行者が地元の人々との会話に備えるかのようにドイツ語の単語や短い文を復唱した。だいたいは、カートがショートリッジ高校にいた二年間のドイツ語の授業で学んだものだった。師団のなかでカートと同じくらいドイツ語がわかったのは、ロバート・ケルトンだけだった。徴兵される前は、イリノイ大学アーバナ・シャンペーン校の二年生だった男だ。しばらくして防寒用の服装一式が全員に配布された。ズボン下、毛糸のハイソックス、留め金が四つついたオーバーシューズ、ウールのセーター、ニットキャップ。この師団はアルデンヌの森に配置されるという噂が流れた。雪深く寒い地域だ。だが幸い、アルデンヌ地方では過去何ヶ月も戦闘が行われていなかった。

カートたち第四二三連隊は、十二月六日にイギリス海峡を渡った。翌日の夜明け、ルアーヴルに上陸したときには雨がふり始めた。笑いながら、〝太陽のフランス〟はどうしたと文句をいう者もいる。町に入ると、カートは初めて戦闘の爪痕を目にした。爆撃でできた穴、黒こげになった建物、空に向けられたまま放置されているドイツ軍の高射砲。近くの野原には、墜落した連合国軍の爆撃機の残骸が転がっていた。カートは輸送トラックの荷台に飛びのり、作りつけのベンチの空いているところに座った。小銃の先を上に向けて膝にはさみ、次々と乗りこんでくる兵士たちの顔をみていると、誇らしい気持ちになった。ようやく自分で、責任ある、まともな選択ができたのだ。以前、兄のバーナードから「おまえは事故だった」といわれた。このところのたてつづけの失敗は、残念ながら、その証のように思えてしまう。だが、今、自分は胸をはっていられる。自分の価値観を証明する選択をしたのだ。カートは「誰にも文句をいわせない」という気分だった。何台もの泥まみれのトラックは、兵士をぎゅうぎゅうに積みこんで、エンジンの音を響かせ、揺れながら進む車列に加わって、ディエップ（フランス北部、イギリス海峡に臨む港町）に向かった。

最初のうち、あたりはインディアナ州に似た、平坦な田園風景だった。木々は葉を落とし、農家の煙突からは煙が立ちのぼっていた。ところが一週間もすると、トラックは山道をのぼり、ベルギー東部とルクセンブルクにまたがる山岳地帯を進んだ。常緑樹の森は雪に覆われて、兵士たちの吐く息が白く見えた。両脇の溝には、まるで渋滞中の車がブルドーザーで押し出されたかのように、何百というドイツ軍の戦車やトラックが転がっていたが、どれも焼けこげていて激しい戦闘を物語っていた。

　トラックの終着点は、ベルギーのザンクト・フィートという村で、そこが、戦線に臨む前の最後の野営地となった。第一〇六師団はそこで第二師団と交代することになっていた。人員の交代、武器の取り替えを、四十三キロに及ぶジークフリート線（ドイツが一九四〇年、対仏防衛線として構築した西部国境要塞線）のすべての陣地で行うのだ。それらの陣地は八月の戦闘でドイツ軍から攻略したものだった。トラックから飛びおりたカートは、「後悔するぜ！」「幸運を祈るぜ！」と口々に叫ぶ声をきいた。前任の兵士たちが大喜びで、これから戦地に向かう戦闘体験もまだない活力にあふれた男たちの、汚れていない軍服や、ひげをきれいにそった顔をみていた。それから二日間の準備期間の後、第一〇六師団は、東に向けて約二十キロの距離を進軍し、ドイツ西部、山がちな地形のアイフェル地方にやってきた。フランス、ベルギー、ルクセンブルクの国境にまたがるアルデンヌの森の一部だ。カートの所属する第四二三連隊は、第四二二連隊とともに、モミの木の茂るシュネーアイフェル（アイフェル地方西部のベルギー国境に近い森林地帯）に配備されたが、そこはアメリカ軍すべての戦線のなかでもとりわけ隠れ場所の少ない突出部だった。眼下に谷が広がり、その向こう側には山が連なっていた。

　月の明るい晩だった。東側の斜面の向こうにはドイツ軍が陣取っており、雪に覆われた谷は輝いている。到着したてのアメリカ兵たちの耳に、谷のどこかから、食事をしているドイツ軍兵士の食器の音や装甲車の耳ざわりな音がきこえてきた。

　一九四四年十二月十六日午前五時三十分、突然空が赤く染まった。続いて緑、琥珀《こはく》色、白に変わる。ドイツ軍のロケット砲弾〝スクリーミング・ミーミーズ〟が、耳をつんざく音とともに、次々と木々の梢をかすめ、ザンクト・フィートに落下し、町を破壊したのだ。電波を使った通信は途絶え、無線は妨害された。直径三十五センチのドイツ軍列車砲の砲撃に大地が震え、連続して発射される砲弾が、戦線を守るアメリカ軍部隊に、指揮所に、砲列に、道路の交差点にふりそそいだ。どれも部隊の要となるポイントだ。

「秋霧作戦」の始まりだった。ヒトラーの最後の賭けで、百九十キロ離れた海へ突撃していくというものだ。二十万のドイツ軍——優秀で、幾多の戦闘を切り抜けてきた歩兵——が、密かに蓄えられていた六百台ものパンター、ティーガーなどの戦車に守られ、八万の軍勢が守るアメリカ軍戦線に穴をあけようと攻撃をしかけた。ヒトラーの部下の将軍たちは、アメリカ軍の最大の弱点は第四二三と四二二連隊が守る突出部だということを見抜いていた。というのも、第一〇六師団は第二師団と交代をするときに、戦術変更を一切しなかったからだ。（その後、ドイツ軍は東から西へ進撃し、それに従い戦線の一部が突出した。そのために、バルジ〔出っぱり〕の戦い、という名がつけられた）。午前九時、ドイツ軍の次なる砲撃が始まった。ある米兵の報告によれば、「信じがたい規模の攻撃」が、ふたつの連隊を森から一掃しようと襲いかかった。

それから三日間、ドイツ軍最高司令部の作戦通り、第四二三と四二二連隊は叩きつぶされた。ドイツ軍は南のプリュムからシュネーアイフェルを回りこみ、北のアンドラーからシェーンベルクに進軍してくる部隊と連携してじわじわとふたつの連隊を取り囲み、基地にいるアメリカ軍をせん滅して、連合国軍の攻勢に大きな穴を開けようとしたのだ。

十九日、カートの連隊の指揮官C・C・キャヴェンダー大佐は、ボイル軍曹の偵察隊に右翼を偵察して報告するようにと命じた。隊員のボイル、カート、ボブ・ケルトン、リチャード・デイヴィス、バーニー・オヘア、ビル・シーバーの六人が出発した直後、敵の隊列が接近してくるのに気づいた。

偵察隊はさらに進み、モミの木立に身を隠したが、その木立もすぐに途切れ、その先は畑になっていた。四方八方からきこえてくる小型兵器の音は、ブリキの鍋に米粒を流しこむ音に似ていた。シーバーが、まず自分がいくと合図を送り、木立から数メートル離れると、左右に視線を走らせた。その瞬間、小銃の発射音が響いた。シーバーは倒れ、片肘をついて身を起こすと、呆然としながら口を開いた。「医者を呼んでくれ。撃たれた」。

偵察隊の残りのメンバーは考えた。ひとりが走って出ていき、シーバーの足をつかんで引きずってくる間、残りの者が銃撃してはどうだろう。ところがいきなり、そこから十メートルほどのところで迫撃砲弾が爆発した。敵軍が再び弾をこめないうちにと、偵察隊はきた道を急いで戻った。森をぬけ、雪を蹴散らして。

司令部に戻ると、ケルトンは軍医を呼んでほしいといったが、キャヴェンダー大佐にだめだといわれた。連隊は白旗を揚げる寸前で、兵を拡散させたくなかったからだ。カートは、シーバーが見殺しにされるときいて、自分が偵察隊の英雄どころか、次々と起きる出来事の海の表面に浮く漂流物のようなものだと気づいた。何年もしてから、カートは自分の無力さに感じた怒りを回想してこういっている。「ぼくたち偵察隊は、自分たちが非常に優秀で、どの兵士もまだいったことのない場所に足を踏みいれ、そこになにが待ちうけているのか知ることができると思っていた。ところが現実は、地雷を踏むか、敵に攻撃されるかのどちらかだった。そこになにがあるのか、誰も知らない。それなのに、自分たちは優秀だから、きっとつきとめられるという気になっていたのだ！」

敵の攻撃は続いていた。カートは窪地を見つけ、伏せて様子をうかがった。ほかにも十数名の男たちが疲れきった様子で伏せていた。それぞれ銃には数発しか弾が残っていない。最悪の事態を考えて銃剣の準備をしたほうがいいのでは、という者もいた。そのうち、カートはおかしな気分になった。

この地獄はもうじき終わる、と思ったのだ。なにが起きるにせよ、もうすぐ終わる。「そこにいた数分のあいだ、とても心地よかった」。

やがて、周囲の森から、ドイツ語なまりの英語が聞こえてきた。拡声器を通した声は、夕方の薄闇に響きわたった。「こちらにはおまえたちがみえている。降参せよ」。両手を挙げて立ちあがる者がいないとみてとると、ドイツ軍は半装軌車（前輪はタイヤ、後ろは無限軌道の車両）に載せた高射砲の砲身を下げて、カートたちの頭上の茂みに向けて発砲した。あちこちで榴散弾がはじけ散り、負傷した男たちのうめき声がきこえた。

「出てこい！」拡声器の声が命じる。

カートは立ちあがり、すぐに自分の小銃を分解した。かじかんだ指をなんとか動かしてピストン、トリガー機構、ボルトを外し、雪の上にバラバラと落とした。最後に銃身をつかむと、できるだけ遠くに投げた。銃身は回転しながら飛んでいき、小川に落ちた。オヘアは持っていた用語集を必死にめくると、「ナイン・シャイッセン！」と、前進してくるドイツ兵たちに向かって叫んだ。「撃たないでくれ」といっているつもりでいたのだ。ドイツ兵たちは笑った。機関銃を抱えた、十五歳くらいにしか見えない少年も笑った。オヘアがいった言葉の意味は「くそするな」だったのだ。

カートは両手をヘルメットの上に置き、ひたすら待った。


何万ものアメリカ軍捕虜が、東へ向かって行進した。横に二、三人ずつ並んで進む様子は、雪のなかを何キロも流れ続ける深緑色の川のようだった。川の形を決めるのは、ドイツ軍の監視兵だ。太陽はカートたちが捕らえられると同時に沈み、カートが偵察隊の仲間と一緒にとぼとぼと歩くうち、あたりはどんどん暗くなった。数時間後、監視兵の命令で、歩いてきた野原の上に横になった。偵察隊の仲間と身体をぴったりくっつけて眠らされたが、カートは三十分おきくらいに寝返りをうった。夜が明けると、また行進させられた。

それから二日間、カートたちは「暴君のような監視兵に従って」歩き続けた。十二月二十一日木曜日の朝、一行は待避線に並ぶ貨物車両を目の前にしていた。場所はドイツのゲーロルトシュタイン。プリュムの東、コブレンツの西に位置する町だ。監視兵は有蓋貨車《ゆうがいかしゃ》の引き戸を次々に開けて、なかに入るように命じた。

入ると、まだ新しい牛の糞の臭いがした。ドイツ兵たちは捕虜を小銃の台尻でつついて各車両に五、六十人ずつ押しこむと、貨車の引き戸を閉めて鍵をかけた。立つかしゃがむかすればなんとか入れたが、「実際には、全員が一斉に横になるスペースはなかった」と、捕虜のひとりは回想している。羽目板のすき間と四隅の排熱孔を別にすれば、空気も日光も入ってこなかった。何千人もの捕虜を何十もの貨車に詰めこむには、丸二日ほどかかった。列車が出発したのは日が暮れてからだった。

十八時間後、二十三日の朝、列車はコブレンツにさしかかり、捕虜たちは羽目板のすき間からライン川を目にした。夕方には列車のスピードは落ち、ガタゴトと音を立てながら操車場に入った。駅名はリンブルクと記されていた。車両が切り離される音をきいた捕虜たちは、収容所に到着したと思ったが、やがて機関車が遠ざかる音がきこえた。彼らは置き去りにされたのだ。

数時間後、空から赤い光が次々に落ちてきた。空襲を知らせるサイレンが鳴り響き、飛行機の轟音が近づいてくる。イギリス軍の爆撃機、デ・ハビランド・モスキート（第二次世界大戦中主にイギリス空軍で使用された、機体が木製の爆撃機）だ。列車が運んでいるのはドイツ軍の軍需品だと誤解して、さっさと片づけようと低空飛行をしていたのだ。「貨車から出るな！　なかのほうが安全だ！」と叫ぶ声があちこちでしていたが、監視兵が逃げだした何百人もの捕虜は、列車から飛びおりてなんとか逃げのびようとした。列車からすぐに飛び出した者たちは、弾幕にのまれ、姿を消した。物陰に逃げたり、有刺鉄線のフェンス沿いにあるコンクリートのシェルターに転びそうになりながら走ったりする者もいた。直撃を受けた貨車は一両だけで、なかの六十三人が死亡した。爆撃機は去っていった。爆撃であちこちに穴のあいた操車場で何十人もの米兵が死んでおり、なかには、その日に配給されたパンのかけらを握りしめたままの者もいた。カートのいた貨車に、いっそ撃ち殺してくれと嘆願する叫び声が外からきこえてきた。

クリスマスイヴの日、列車は動かなかった。線路を補修し、新たに機関車を用意する必要があったからだ。その夜、男たちはクリスマスキャロルを歌い、何両かの有蓋貨車のなかは、かすかな光に照らされた。汚れた戦闘服のポケットに、短いろうそくを忍ばせていた者がいたのだ。そしてクリスマスの翌日、列車は再び発車した。

一行は次の目的地へ運ばれた。バートオルブにある捕虜収容所だ。ところが疫病船でも追い払うように拒絶されてしまった。定員オーバーだったのだ。捕虜はさらに一日貨車に揺られ、ミュールベルクの捕虜収容所Ⅳ－Bに到着した。そこで監視兵の命じるままに車両から降りた。ところが、なかには入れてもらえず、マツの木立の下に連れていかれ、雪の上で寝ろと命じられた。凍死する者もいた。

翌日、カートは収容所の西側のフェンスの近くで列に並び、足踏みをしてかじかんだ足の感覚を戻そうとしていた。列は何時間たってもほとんど進まない。正門では、やはり捕虜として収容されていたイギリス空軍爆撃機乗組員のオーストラリア人、ジェフ・テイラーが、捕虜になったアメリカ歩兵隊第一〇六師団の兵士たちをみていた。彼はのちにこう書いている。

誰もがもう限界だった。赤痢に冒され、凍傷のつらさに顔をゆがめ、腹を空かせ、不潔で、ひげも伸び放題。疲労のあまり足もともおぼつかないまま長い列を作っていた。収容所に入っていく男たちの数はかぞえきれない。

　戦闘中、なにが起こったのかもわからないまま捕虜になり、何百キロもの道のりをドイツに連れてこられる途中、雪のなかに倒れて死んだ仲間の遺体をまたいで歩き、家畜運搬車や有蓋貨車に何日も揺られ、あげくに連合国軍の爆撃を受けた。まるで安っぽくておぞましい殺戮の喜劇でも演じているかのようだ。

　たまにひとりがよろけて隣の男にぶつかってしまう。するとふたりは弱々しく文句をいい合う。強いショックを受けて呆然としている彼らは、ほかにどうしようもないのだ。凍りついた空気のなかに、大勢の男たちの咳《せき》が響く。多くは寝たきりになって死ぬのだろう。ここが道の終わり。柵の向こう側の司令官室のそばには、米兵の戦闘用ヘルメットと内側に装着するライナーが積んであり、その山はしだいに高くなっていく。そのせいで、横に立っているドイツ兵たちが小さくみえるくらいだ。一方、兵舎のなかはいよいよ混乱していった。

　新入りのために寝台やいびつなブリキのマグカップや皿を用意しておいてほんとうによかった。準備がなかったらどんなことになっていたか、想像したくもない。それまで、我々の世界は危ういところでその均衡を保っていた。はっきり口にされることはなくとも、タブーとされるものがあり、民族ごとの決まりや習慣があった。ところが、それが大きくゆらいだ。苛酷な経験をしたショックで、立っていられるのがやっとの動物になりさがってしまった何千人もの男たちのせいで。

　捕虜は正門から入ると、ヘルメットの山に自分のものを投げ捨て、外に置かれて冷え切った服を受けとる。服の目立つ赤い三角は捕虜の印だ。列の横を通るトラックの荷台には、ソビエト兵の死体が山積みになっていた。死因は飢餓か栄養失調。ソビエト兵とナチスの憎悪は根深く、ソビエト兵は餓死してもいいことになっていた。ソビエト兵はゴミをあさるか、イギリスや西ヨーロッパの国からきた捕虜の食べ残しで命をつなぐしかなかった。

収容所での三日目、カートはジュネーブ条約（武力紛争の際の傷病者、捕虜、文民の保護に関して定めた国際条約）の規定通り、葉書を一枚与えられた。カートは家族に宛てて書いている。「悲惨な殺戮の現場にいながら、かすり傷ひとつ負いませんでした……我々捕虜は、平和な時代がくれば真っ先に本国に送り返され、九十日の休暇がもらえます。ここの生活は悪くありません。赤十字に小包の送り方を問い合わせて、すぐこっちに送ってください」。カートがほしかったのはタバコだ。「というのも、ここではタバコは金の代わりになるからで、タバコがあれば、暮らしはかなり豊かになるのです」。

カートは数日のあいだ、収容所内のあちこちで一服させてくれとねだったり、イギリス兵による女装劇『シンデレラ』を観たり（「真夜中の鐘が鳴る前に、去るべきだったのよ……ああいやだ。運も尽きたわ」）していた。やがて、ちょっとしたニュースが耳に入った。この収容所は満員なので、捕虜の一部が作業部隊としてドレスデンに派遣されるという。朝の点呼のために並んでいると、ドイツ兵たちがやってきて指さした。「おまえ……おまえ……おまえ」。結局、第一〇六師団の捕虜のうち百五十人が選ばれたが、そのなかにカートも入っていた。彼らは五五七作業部隊の要員として、捕虜収容所Ⅳ－Bを出発し、再び列車に乗ってドレスデンに向かった。一月十二日のことだった。

その数日前、カート・シニアはアメリカ陸軍省から電報を受けとっていた。息子が一九四四年十二月二十一日の戦闘で行方不明になったというものだ。「おそらく見こみはないでしょう」とアレックス叔父はウォルト・ヴォネガットの妻ヘレンへの手紙に悲しげにつづっている。カートの家族が、捕虜収容所Ⅳ－Bから本人が出した葉書を受けとるのは数ヶ月もあとのことで、それまではカートの安否はわからなかった。その間、作業部隊で彼の名前を知っている数人の男以外にとって、カートは瞬間瞬間を生きる、ひとりの捕虜でしかなかった。

ドレスデンは、中世以降、ザクセン地方の大公や王の居住地として栄えた街で、バロック様式の建物の多い街並みは、カナレットのような画家たちにインスピレーションを与えた。フリードリヒ・シラーはここで『歓喜の歌』の詩を書いた。

かつてナポレオンが軍事拠点とすべく攻め落としたその街が、とぼとぼと歩を進める百五十人の戦争捕虜を迎えた。一九四五年一月十二日。街の広告板には「トリンク、コカ・コーラ（コカ・コーラを飲もう）」と書いてあった。

この、エルベ川の湾曲部にたたずむドイツ第七番目の都市には、かなり前から近代化の波が押しよせていた。だが、「エルベ河岸のフィレンツェ」と称されるドレスデンを七世紀もかけて作りあげた文化に、二十世紀の最初の半分など、多少の輝きを与えたに過ぎない。ドレスデンは豊かな歴史を持ち、五百年以上も芸術と科学技術の中心地として栄えた結果、博物館には十三世紀以降の人文・科学両分野における西洋文化の業績がとぎれなく記録されていた。捕虜たちは、この崇高な雰囲気の漂う街のどこにも、戦争の気配を感じなかった。住人たちの間では、ドレスデンは歴史と文化の街だから攻撃を受けないと考える風潮があり、戦争の傍観者のような感覚が形成されていた。実際、大規模な空襲はなく、ときおり小さな空襲があるくらいだった。クリスマスの前の週、街の防衛長官は、アルデンヌの戦いに触れてこういった。

「今年のクリスマスは、いつもより美しく思えるでしょう。なにしろ、反撃に転じたわがドイツ軍の勇姿を目にすることができるのですから」。

クリスマスを迎えるにあたり、ドレスデン最古の学校の有名な少年合唱団が、十八世紀中頃に建てられた聖母教会のそびえ立つ大聖堂でコンサートを行った。ヨハン・セバスティアン・バッハも演奏会を開いたことがある場所だ。オペラハウスでは、町のヒトラー青年隊《ユーゲント》が、白い円のなかに巨大なかぎ十字章《スワスティカ》が描かれた赤いカーテンの前で、愛国的で伝統的なクリスマスの歌をうたっていた。

カートたちは監視兵につきそわれて石畳の道を歩いていたが、住人たちはさして興味も示さなかった。捕虜の作業部隊は、数年前から街のなかを行き来していた。ほぼ毎朝、捕虜は小さなグループに分かれて路面電車の停留所で待つ。つきそう監視役は年寄りか負傷者か、徴兵検査で不合格になった若者だ。街は人であふれていた。というのも、イワン・コーネフ元帥率いるウクライナ人民師団の侵攻から逃れて、東からドレスデンに流入してくるドイツ人避難者が多くいたからだ。人口はほぼ倍増し、六十万が百万に膨れあがった。六千の避難者が駅の地下に作られた防空壕で暮らしていたが、その設計上の収容人数は二千人だった。次第に過密になっていく人口に歯止めがかかるのは、ドレスデンに住むユダヤ人が一定の周期で移送されるときだ。戦争勃発当初、約六千人いたユダヤ人はもはや数百人。その残ったユダヤ人も、その年の春には「死の収容所」に送られるべく、すでに名簿に載っていた。

五五七作業部隊のメンバーはようやく目的地に到着した。ドレスデンで最も古くからの街並みを残す旧市街《アルトシュタット》にあるグローセ・オストラゲヘーゲと呼ばれる広大な公用地だ。宿舎は、大きな長方形の食肉処理場だった。建物の周囲に塀を巡らせ、その上に有刺鉄線を張って捕虜収容所に造りかえたのだ。建物のもともとの目的――食肉処理――にもかかわらず、カートは「このきれいなコンクリート造りの豚小屋」になんの文句もなかった。なかには二段ベッドにテーブルと椅子が備えられていた。ただ、暖房は小さなストーブがふたつだけだった。トイレは屋外。その先の背の高い倉庫には、地下に二階分の貯蔵庫があり、天然の冷蔵庫になっていて、縦にふたつに切られた牛の肉がぶらさがっていた。

　カートたち捕虜は外に集合してナチス親衛隊《SS》の司令官から指示を受けた。司令官は背の低い中年の男で、ヒトラーのような小さな口ひげをたくわえていた。この囲い地の名はシュラハトホーフ・フュンフ——つまり、食肉処理場5《スローターハウスファイブ》——だ、と男は大きな声で話した。たとえ戦争が終結しても、脱走しようなどと考えないように。戦争が終わっても、捕虜収容所から脱走すれば敵兵とみなされ、銃殺される。同様に、窃盗を働いた者も銃殺。最後に、監視兵には英語がまず通じない。日々良い関係を保つには、意思疎通のため、独英両方の言語に通じた通訳が必要だ。そう話すと、男は、通訳ができる程度にドイツ語の心得があるものは名乗り出るようにといった。通訳はある程度労働を免除される。監督者の役割も担うことになるからだ。

　カートのほかに三人が手をあげた。ひとりは同じ偵察隊にいたボブ・ケルトンだ。四人が面接を受け、最後はカートかケルトンかのどちらかに絞られたが、結局カートに決まった。カートのほうがドイツ語が堪能だったから。高校で二年間ドイツ語を勉強したかいがあった。カートは現場監督となり、作業に関する命令を捕虜に伝え、また不平が出れば、捕虜を代表して監視兵に伝えることになった。

　翌朝、鍋を叩く音が鳴り響いて、捕虜たちは目を覚ました。「起きろ、シラミだらけのシカゴのギャングども！　働け、働け、怠け者のギャングども！」

　捕虜たち——多くが下痢をしていて、夜中はほとんどトイレで過ごした——は外に集まったが、疲れきっていた。騒々しい音を立てていたのはヒトラー青年隊の十七歳くらいの金髪の青年だった。実家はミンク農場で、ここではナチスの厳格な軍人のまねごとができるので、毎日喜んで通ってきていた。小銃を支給されていたのは、伯父が前ドレスデン市長だからだ。その横にいるのは白髪の軍曹で、片目に黒い眼帯をしている。捕虜たちは〝ひとつ目のルーイ〟と呼ぶことにした。「ギャングども！」

と青年が叫んだ。「これから仕事を教える」。そして、並んだ捕虜たちの前をいったりきたりした。小銃を肩に掛け、片手を背中に当て、偉そうにしている。捕虜たちはこの青年をばかにして、〝ジュニア〟というあだ名をつけた。

最初の仕事は――〝ひとつ目のルーイ〟がていねいに説明した――裏通りの復旧。小規模の空爆により、アパートと食料品店の瓦礫《がれき》で人が通れなくなったのだ。捕虜たちは二列縦隊になって門を出ると、数人の監視兵――ジュニアもいる――に先導されて作業現場まで行進する。現場に着くと、崩れたレンガや石が道路の中央に山を作っていた。砂利を運び出すためのトラックが数台、近くで待機している。作業をしていると、ひと月前の食糧が出てきた。食料品店に並んでいたクッキーなどは、汚れて砂まみれだったが、寒さのおかげでまだ食べられる。窃盗を働けば銃殺されることになっていたが、こっそりひと口ふた口やったところで、問題なさそうだった。

その翌日と、続く数日、近所の主婦たちが捕虜たちのために、新聞紙にくるんだサンドイッチを、半ブロック先の瓦礫の上に置いておいてくれた。だがある午後、監視兵が待ち伏せしていて、やってきた女たちを追い払った。それきり誰もそんなことはしなくなった。

一日の労働を終えて宿舎に戻った捕虜たちは、具のほとんどないスープと厚さ一センチのプンパーニッケル（酸味のある黒パン）を受けとる。週に二度、スープに肉のかけらが浮いていて、ときにはパンにチーズのおまけがついてくることがあった。パンは翌朝まで食べずにとっておくようにいわれた。朝は代用コーヒーが出た。週に一度、赤十字から小包が届くことになっていた。中身は、缶詰の肉が一キロ、粉乳、砂糖、プルーン、レーズン、M&M'S、水でもどすとふくらむ乾パンが五百グラム。ところがそれが全部そろって到着したのは一度きりで、中味の食糧はどんどん少なくなり、届く頻度も減っていった。捕虜は飢え始めた。

食べ物は——食べ物という言葉さえ——神聖なものとなり、崇拝と憧れの対象になった。捕虜たちは食べ物の話をし、白昼夢に耽り、国に帰ったら食べたいご馳走をあげた。人気の話題は感謝祭のディナーだ。母や祖母たちが次から次へ料理を運んでくるのを、食卓で親戚一同がわくわくしながら待っている……。カートはチョコレートバーで頭がいっぱいになり、国に帰ったら、アーモンドジョイ、ミルキーウェイ、ペイデイ、ハーシーズ、クラークバーなど全種類を食べ尽くすと宣言し、口に入れたらどんなだろうと夢中になって話した。別の捕虜がそんな話はするなといい出し、口論になることもあった。

少しすると、カートの肌に白い斑点があらわれた。ビタミン不足からくるとびひだ。現場監督として、ときに捕虜と監視兵の間に立って交渉しなくてはいけないのだが、空腹のあまり思考力が鈍ってきた。しかし、ドイツ人にも公平な者はいた。上司に叱られたくないということもあって、面倒な事にならないよう配慮してくれる。特に〝ひとつ目のルーイ〟は、実の伯父のような優しさをみせ、たどたどしい英語で捕虜とたわいもない会話を交わしたりもした。だが、残酷な者もいた。ジュニアがいたるところに出没する様子は、まるで弱い獲物を探すイタチのようだった。お気に入りのいたずらのひとつは、かがんでいる捕虜をみつけると、小銃の台尻で股間を殴ることだった。

腹の鈍い痛みをごまかし、頭をすっきりさせるために、カートは食べ物と引き替えにタバコを手に入れたり、その逆をしたりした。食べ物をせびるのにいいカモだったのが、〝ジョー（ジョーには「カモ」「弱者」などという意味もある）〟ことエドワード・クローン兵卒。ニューヨーク州ロチェスター出身のこの男は、いつでもタバコと引き替えに自分の食べ物を譲ってしまう。罪悪感にさいなまれながらも、捕虜たちは彼のパンやチーズやスープとタバコを交換した。彼はいつもタバコをほしがっていた。

実際、ジョーはどこか現実離れしていて、兵士らしいところなどかけらもなかった。両側に大きな耳のついた童顔をちらりとみただけで、彼には決して「ロッキー」とか「ブラウニー」とか、作業部隊のほかのふたりの男がもらったようなニックネームはつかないだろうとわかる。ジョーは、国に帰ったら監督派教会の牧師になるつもりだと、みんなに話していた。戦前には、聖職につくことを真剣に望んでいる証として、ホバート大学の入学願書に、自分がロチェスターのセント・ポール監督派教会の日曜学校に五年間欠かさず通っていたことを日付まで詳細に入れて書いていた。高校の副校長は、運動神経が鈍く内気なことで有名なこの青年をどう褒めたらいいかと考えあぐね、ホバート大学の入学者選定事務所に、ジョーは「すばらしい道徳的勇気を備えている」と書いて推薦した。

ホバート大学二年生のときにジョーは徴兵された。不平をもらすことはなかったが、ひどく使えない歩兵だった。長時間にわたる行進のときなどは、四二三連隊で相棒に指名された男はほとほと嫌になった。「ジョーのうしろを歩き、バックパックからいろんな道具がぽろぽろと落ちてくのを拾ってやらなくてはいけない。ジョーはそういうことをきちんとすることができなかった」。ジョーは自分が担いでいる荷物が生死を分かつなどとは考えたくないらしかった。ジョーをみているうちに、カートは気づいた。「ジョーは戦争を理解しなかった。もちろん、理解できるはずがない。世界そのものが完全におかしくなってしまったのだから」。

ジョーは、この狂気の大混乱、つまり戦争に関して、誰かが理論的に満足のいく説明をしてくれるのを待っていたのだ。カートはこの混乱した若者を、のちに小説『スローターハウス５』の主人公ビリー・ピルグリムのモデルにした。

やがて、カートに運がめぐってきた。瓦礫処理よりましな仕事を割り当てられたのだ。まし、というのは、食べ物の近くでできる仕事だったからだ。カートを含む十二、三人の捕虜が、麦芽工場の仕事に移された。穀物の入った袋を有蓋貨車から降ろし、麻袋に詰め、貯蔵場所まで引きずっていくという作業だ。

工場内のある場所で、代用コーヒーの原料がオーヴンで焙煎《ばいせん》されていた。小麦、薄切りのテンサイ、チコリ。また、ほかの場所では女たちが鍋で麦芽と大麦を煮ては漉して、妊婦のための高炭水化物シロップを作っていた。カートは言い訳を作っては――その作業分隊の誰もが言い訳をみつけた――キッチンを横切った。麦芽シロップの入った大桶の前を通るときは歩調をゆるめ、もし料理人が忙しそうだったら、その熱い液体をスプーンですくって滴をしたたらせながら口のなかに入れた。女たちは、カートやそのほかの捕虜たちがしていることをわかっていたが、みんな「同情心のある人間だった」と捕虜のひとりが回想している。女たちがちょっとのあいだ背を向けてくれたおかげで、飢えた若者は、すばしこくて慎重なら、とろりとした飴色のおいしいシロップをなめることができた。おかげで「胃が温まり、活力が増し、生きたいという気力がわいた」、と捕虜のひとりは書いている。

ある日、カートたちが作業を終えて宿舎の食肉処理場に戻ってくると、イギリス英語とアメリカ英語をごちゃまぜにした変なアクセントでしゃべる見知らぬ男に出迎えられた。赤十字の代表者で、捕虜の待遇を調べにやってきたという。食事はちゃんととれていますか？　具合の悪いところはないですか？　当然のことだが、みんな口々に不平不満をいった。食べ物のこと、ぼろぼろの軍服のこと、寒い夜にストーブにくべる薪がないこと。男はいかにも心配そうに話をきくと、状況改善を待っていてもむだかもしれません、といった。戦局は連合国軍にとって不利な状況に向かっています。アルデンヌでの敗戦はほんの始まりです。本当ですよ！　ところで、ドイツ軍は、一流のアメリカ兵からなるエリート部隊を編成中です。東部戦線でソビエトと戦うためです。入隊の署名をした方には必ずすべてが約束されます。温かい軍服、おいしい食事、そして最も大事な、人としての尊厳が。この部隊に入隊すればいいだけなのです。

誰も口を開かなかった。するとその見知らぬ男はもう一度最初から熱弁をくり返した。今度はもう少し押しつけがましく。そのうち捕虜たちは咳払いをしたり音を立てて唾を吐いたりして、不快感を表し始めた。男は肩をすくめ、赤十字には今日のことを報告をすると約束してから、たいして気にしていないといった様子でゆっくりと帰っていった。翌日、彼らの寝台の上には、署名さえすれば入隊志願書になる勧誘のビラが置かれていた。

カートは、その見知らぬ男のふるまい——ぎこちないアメリカのスラングまで使ったわざとらしいセリフも含め——を考えるにつけ、彼がドイツ人の俳優で、腹を空かせた捕虜をだまして、食べ物目当てにドイツ軍のために戦わせるつもりだったにちがいない、と思った。

収容所では、毎日掃除をすることになっていた。カートは掃除を命じられている五人の捕虜に、監視兵の指示を伝える役目を負っていた。だがひと月もすると、カートが監督する必要はほとんどなくなった。たいていは、カートは表情ひとつ変えずに指示をこう訳し始める。「このアホな連中の指示は……」。捕虜の動きは緩慢だった。食糧が足りていないので、足をひきずりながら床を掃き、だるまストーブのなかを掃除し、テーブルを拭き、汚物があふれんばかりになっているトイレの金属製の容器をあける。五人は作業を少しずつ、のろのろこなす。まるで疲弊した自動人形のようだった。

ある朝、カートは目の前のできごとにいらだちを隠せなかった。捕虜のひとりが、具合が悪くてテーブルの上につっぷして雑巾がけをしていると、新しい監視兵がいやがらせをしてきたのだ。監視兵は小銃で捕虜をつつき、てきぱき動けとせっついた。捕虜は胃のあたりを片手でぎゅっとつかみ、力をふりしぼって拭き始めた。だが監視兵は満足せずに、小銃を持ちあげ、台尻で思いきり捕虜の胸を突いた。

「この豚野郎」、カートはいった。

監視兵はカートを小銃で殴り、部屋の外に叩き出した。

その日のうちに軍法会議が開かれた。司令官はカートに罪状を説明した。カートはドイツ軍の名誉を汚し、通訳として許されていた特権を濫用《らんよう》した。カートは反抗を理由に殴られた。食肉処理場に戻ると、徹底的に殴られたカートをみて、捕虜たちは驚いた。監視兵に顔を殴られただけではない。襟には血がべっとりついている。耳の後ろを殴られて頭皮が切れたのだ。現場監督からはずされた、とカートはみんなに説明した。ほかの捕虜が通訳になり、配給を取り仕切ることになる。これからは、自分も普通の労働者だ。

翌朝、カートは点呼の列に並んでいるときに、監視兵のジュニアがはしの方から自分をじっとみていることに気づいた。〝嫌な奴〟として有名な男だけあって、早起きしてちゃんと小銃を持ってきていた。しかもその日は鞘に入った銃剣までつけている。新しいゲームの始まりだった。ジュニアが考え出したそのゲームのプレーヤーはふたりだけ。自分とカートだ。

ほかの捕虜が、後日こう述べている。「何週間ものあいだ毎日、わたしたちが仕事場に到着すると、十人から十二人の監視兵がちりぢりになって百五十人の捕虜を監視しました。わたしたちがひそかにジュニアと呼んでいた嫌な小僧は小銃に銃剣を取りつけて、カート・ヴォネガットをつけ回しました。しかも何時間も」。カートが休んだり仕事のペースを落としたり、あるいは息をつこうと立ち止まっただけでも、ジュニアは鋼鉄の銃剣の先でカートをつついてどなる。「ヴォネガット！　怠け者め。おまえたちアメリカ人はみんな怠け者だ。おまえには労働の意味がわかってない。我々ドイツ人はちがう。たくましいのだ！」カートを挑発して怒らせようとしているのだ。カートが銃剣を払いのければ、ジュニアは、自分を脅したと報告できる。

戦いはじりじりと続いた。ほかの捕虜は「ジュニアとカート、どちらがこの我慢比べに勝つんだろう」と思いながらみていた。毎晩、施錠前には、ジュニアは最後の仕事をカートにやらせるのを明らかに楽しんでいた。トイレの容器の中味をあけさせるのだ。「ヴォネガット、脱糞場の掃除をしてこい」カートに雪の中を裸足でいくように命じることもあった。だがカートはその命令にも無言で従い、ぴったり張りついて離れない監視兵に、決して自分を殺す言い訳を与えることはなかった。

一九四五年二月十三日、告解火曜日、ドレスデンでは寒さが突然ゆるみ、春の気配が漂い出した。明日から四旬節（復活祭前日までの四十日間〔安息の日曜を勘定に入れないので、実質的には四十六日間〕。キリストの受難を想起して自己の罪を悔い、断食や懺悔を行う）が始まるというこの日は謝肉祭の最終日にあたるため、小さな子どもは晩に着る衣装を早く着させてと騒ぎ、十代の少女は親戚の家を訪ねる前に急いでワンピースの裾上げをする。エルベ川の北側には、ザラザーニ・サーカス団が大きなドームのようなテントを張りおえていた。おそらく満員御礼になるはずだ。いい天気が約束されたような空なのだから。捕虜たちも祝日だということはなんとなく意識していたが、すべてがどこか遠くで起きていることのように思えていた。

その夜、午後九時五十一分、空襲警報が鳴った。告解火曜日を祝って家に帰る途中の多くの人々は、たいしてあわてなかった。夜空を見上げても、青白いサーチライトが闇に走ってはいなかったし、高射砲が敵機を砲撃してもいない。だがそれは、サーチライトも高射砲もこの街にはもう残っていなかったからだった。すべて撤去され、ルール地方の工業地帯を守るためにトラックで運び出されていたのだ。

空襲警報がうなりをあげてから十分後、落下傘つきマグネシウム照明弾が、目のくらむような光を放って空からふってきた。――「クリスマスツリーだ」ロマンチックなドイツ人の何人かがそういった。ドレスデンの建物、噴水、彫像、樹木、線路、動物園、ザラザーニ・サーカス、そしてエルベ川。すべてがこれで見おさめ、とばかりに明るく浮かび上がった。まるで、七百年のヨーロッパ文明の写真を撮ろうとフラッシュがたかれたかのように。

イギリス空軍アヴロ・ランカスター爆撃機（四基のエンジンを搭載した爆撃機。イギリス空軍を中心に連合国軍で使用された）八百機の乗組員は、照明弾の光で標的を確認すると、千四百トンの榴弾と千百八十トンの焼夷弾を、街に投下する準備をした。まず鉄道を破壊することになっていた。ドイツの東部と南部、ベルリン、プラハ、ウィーンへ向かう本線が交差する鉄道操車場だ。同時にドレスデンの道路と電話線も破壊する。次は工場の機械のゴムや潤滑油を溶かして、使い物にならなくする。同じ頃、南西に五十六キロ離れた地点、ケムニッツの上空でも、同じ数の爆撃機が鉄道操車場や工場を爆撃していた。さらに、やや小規模な爆撃機隊がボーレン（ライプツィヒの南方にある町）、ニュルンベルク、ボン、ドルトムントを攻撃していた。主要都市をこれだけ痛めつけておけば、赤軍（ソビエト軍）が楽々と東に進軍できるだろうという目算のもとに行われた作戦だった。にもかかわらず、ソビエト軍はベルリンまでの六十五キロのあいだに四十万五千の軍勢を失うことになる。それは第二次世界大戦を通してのアメリカ兵の戦死者の総数とほぼ同数だ。

午後十時五分、ドレスデン上空で、モスキート爆撃機の航法士は赤い照明弾を落とし、ヘッドホンについたマイクに向かって「かかれ！」と叫んだ。最初の爆撃が始まった。

〝ひとつ目のルーイ〟は二段ベッドに寝ていた捕虜たちを起こし、敷地を急いで歩かせて倉庫に連れていき、急な階段を下って十八メートル下の地下室に行かせた。ドイツ軍の伍長がひとりと兵卒が三人、そのうしろから急いでやってきて、鋼鉄のドアを閉めた。

全員がなんとか床に座ることができた。両側には牛の半身が、天井からフックでずらりとぶらさがっていた。カートは耳を澄ました。「巨人たちが頭上を歩きまわっていた。最初は遠くでダンスをしているような小さな音。それから重い足音になったと思うと、ついに真上に巨大なかかとを踏みおろすようなすさまじい音が響いた」。頭上で激しい爆風が吹き荒れるたび、並んだ牛肉がいっせいに揺れ、天井から塗料の白い粉がふってきた。

二千四百メートル上空にいるイギリス空軍爆撃機の乗組員でさえ、熱さを感じた。千度の熱が飛行機の腹を焦がし、煙が四千五百メートル上空までのぼった。操縦士は汗だくだった。下で燃えさかる炎が超高温の旋風を巻き起こし、渦を巻いて千六百メートル上空まで上昇し、空気中の酸素を貪り、さらに勢いを増してうなりをあげる。大気にあおられて、人も動物も家具も街のはるか上空まで巻き上げられた。

歴史戦争博物館の館長は、職場に向かって通りを走りながら、百五十四点の絵画をはじめとする、かけがえのない展示品の無事を祈った。それらはトラックに乗せてあった。ソビエト軍侵攻に備え、翌日街から安全な場所に移すことになっていたのだ。トラックは出発していたが、館長が到着したとき、博物館は、大きすぎて動かすことができなかった四十二点の絵画が館内の壁にかかったまま、炎に包まれていた。

一方、街の地下では、何千人ものドレスデン市民が生き埋めになってしまうのではないかと怯えていた。ある十七歳の少女は寝間着姿のまま身をすくませていた。彼女は後年、こう回想している。「寒ささえ感じなかった。明かりが消えると、子どもたちがまた悲鳴を上げた。続いて三人の女性が叫び、気がおかしくなったように騒ぎ出した。ひとりのおばあさんが隅に立ちつくし、一心に神に祈っていた」。ほかの地下室では、十一歳の少女のみている前で、父親が足をふんばり、あらんかぎりの力で、倒れかかった壁を支えていた。

最初の攻撃から三時間後、イギリス空軍の爆撃機の第二波が押しよせた。生存者や救援隊や消防士が通りを駆けずりまわっていた。爆撃はもう終わったと勘違いして地下から出てきていたのだ。そこへ五百機のランカスター爆撃機が飛来し、千トンの爆弾を投下した。大きな丸天井のあるドレスデン駅では、最初の攻撃のときに街で最大の防空壕を目指してやってきた何千人もの人々が身を寄せあっていた。そこに、攻撃の第二波から逃れようとさらに多くの人々が押しよせたが、結局はプラットホームから地下の防空壕の床まで、死体が幾重にも積み重なることになった。

翌十四日、水曜日の夜明け。最初の攻撃から約八時間後に、カートたちは地下室を出て階段をのぼりながら、一度死んで蘇ったラザロのように感じていた。なにがあったのか、わが目で確かめたかった。

頭上ではP51マスタング戦闘機が通りや橋の上を、うなりをあげて飛んでいた。動くものを発見したら地上掃射し、六万の死者の山にさらに小石を積みあげるためだ。

階段をのぼりきった所をふさぐように、牛の半身の肉が転がっていた。貯蔵庫から吹き飛ばされ、一瞬にして焼かれたのだろう。男たちは猛烈な勢いで飛び出し、肉のかけらをちぎって自分の口やポケットにつめこんだ。〝ひとつ目のルーイ〟がやめろと命じたが、誰もいうことをきかず、低くうなりながら肉に群がった。ルーイは大声をあげるとルガー（ドイツ製の自動拳銃）を取り出し、頭上に向けて数発撃った。捕虜たちは退きながらも、まだ口をもぐもぐさせていた。ルーイは荷車と肉を覆うための防水シートを探してくるようにと命じた。もしも肉をくすねているところを見つけたら、ただではおかないと警告もした。捕虜たちは荷車を持ってくると肉をのせ、その宝の上に毛布や鍋を被せた。

監視兵たちは全員に整列するようにと命じた。百五十人の捕虜をどうするか早急に決めなくてはいけない。捕虜たちは、事実上いないも同然だった。いわば墓から現れたような存在で、彼らが二度と姿をみせなかったとしても、空襲で灰になったと思われるだけなのだ。

カートは仲間と一緒に待った。生き残りはしたものの、骨ばかりで、脚には潰瘍ができ、風が吹けば飛ばされそうだった。風は恐ろしく冷たいか、ゆらゆらと生ぬるいかで、どちらの風が吹くかは、建物の裏手の川を渡ってくるか、火の手のあがっている方から吹いてくるかによる。きこえるのは、凍てつく風が汚れた服をかすめる音か、遠くで建物が燃える小さな音くらいだった。

カートは、自分はほかの人間とは違う独特の存在だと、若者特有のゆるぎない自信を持ってまだ信じていた。そしてバルジの戦いを経て、捕虜になり、監禁されてなお、その信念のかけらが残っていた。しかしそんなものは、このときすっかり吹き飛んでしまった。代わりに心に忍びこんだのは、深い孤独感、宇宙の果てまでいってもひとりきりという感覚だ。何時間かたって、十四日の昼が近づくにつれ、ようやく捕虜たちは動きまわることが許された。間もなく命令が下された。五五七作業部隊は全員、西に六キロいったゴルビッツ郊外に駐屯中の、イギリス連邦南アフリカ軍の中隊と合流することになった。捕虜は午前中に、荷車と台車を徴用するようにとのことだ。

門から外に出た最初の捕虜たちは、ぎょっとして息をのんだ。美しい裸の女性が両手をあげて仰向けに倒れていたのだ。すぐにマネキンだとわかった。焼けこげたワンピースの模様が刺青のように、石膏でできた太ももにこびりついていた。昼までに、大爆撃による爆風と大火のもたらした異様な惨状が明らかになった。そのなかを捕虜たちは荷車を押したり引いたりして進んだ。道端に、少年の遺体が転がっていた。少年が握りしめるリードの先には焼けこげた犬がいた。着飾った子どもたちの遺体、車のなかでハンドルを握って前かがみになったまま黒こげになった運転手。恋人たちは身を守ろうと噴水に飛びこんだものの、水は沸騰していた。ドレスデン動物園は直撃を受けて箱船の動物たちを荒地に放っていた。ラマは瓦礫の山に登り、派手な色の鳥たちは、止まる木もないので、溶けてねじ曲がった鉄製の欄干の上で身繕いをしている。かつては子どもたちの人気者だったチンパンジーが、ぽつんと座っていた。よく見ると両手がなかった。

一行はよろよろと進んでいった。台車の鉄枠つきの車輪は、瓦礫にぶつかったり、溶けたアスファルトで滑ったりしながら回転していたが、ハブと車軸が溶けたタールのせいで固まった。崩れ落ちたレンガの山や燃えた車の残骸が行く手をふさいでいると、引き返し、別のルートを探さなくてはいけない。

やがて、背後で爆発音がした。第三波が真っ昼間に襲ってきたのだ。今度はアメリカ第八空軍のB17機が三百機飛来して、八百トンの高性能爆薬を線路に落としていった。

最後の一キロ弱の道のりは、レンガを敷きつめた急な坂道をただひたすら台車を押してのぼった。台車がバックしないように、数十センチ進むごとに車輪の後ろに大きな石をはさんでいった。ようやく目的地に到着すると、イギリス連邦南アフリカ軍の兵士に歓迎された。彼らは三年間も捕虜生活を強いられてきたそうで、新しい情報に飢えていたのだ。〝ひとつ目のルーイ〟が、ベッドひとつに捕虜をふたりずつ割り当てた。それは厳密なくじで決められ、カートのベッドは最前列。そばのベッドに当たったたニューヨーク出身の乱暴者ふたりは、誰も自分たちに近づくんじゃないぞと凄んだ。

全員の場所が決まると、老いた軍曹は家に帰っていった。捕虜のひとりがあとできいた話では、〝ひとつ目のルーイ〟は、爆撃で両親を亡くしたらしい。

二月十五日、木曜日の朝。五五七作業部隊は集められ、監視つきでふたたびドレスデンの街に連れていかれた。地獄の後片付けを始めるためだ。途中、捕虜たちは何度か隊列をくずして瓦礫の山に身を隠さなければならなかった。P51戦闘機が飛来して、五十口径の機関銃六挺でしつこく集中射撃を浴びせた。泥の吹き出す間欠泉が一列に並ぶ。P51が街のはずれにいってしまうと、激怒したドレスデン市民が群になってやじを飛ばし、石を投げた。

捕虜たちが食肉処理場に到着すると、ヒトラーひげのナチスの親衛隊司令官が、新たな指示を出した。作業部隊は十人から十五人の作業グループに分けられた。瓦礫を片づけるグループ、遺体を運ぶグループ、貯蔵室から傷んでいない肉を回収するグループ。窃盗を働けば銃殺だった。

監視兵のジュニアは作業の再開を待っていた。銃剣を小銃にとりつけて、口汚い言葉をくり返していた。おまけに本気だと示すため、怒鳴り声の合間に捕虜をたっぷり小突いた。捕虜のひとりが、ほかの監視兵が背中をみせたすきに、ジュニアの両手からいきなり小銃を取りあげ、ジュニアを壁に押しつけると、銃剣の先を心臓に突きつけた。

「ここから出ていけ」。

まだ十代の青年は、壁に沿って横歩きをして部屋の隅まで行くと、走って逃げ出した。その後、ジュニアの姿をみた者はなかった。

カートの仕事は、爆撃の火炎で地下室に閉じこめられて窒息死したドレスデン市民の遺体捜しだった。超高温の旋風は酸素を貪り、避難場所を墓場に変えた。地下室は「満員の路面電車のようだった。ただし、乗客は一斉に心臓発作を起こしてしまったかのように、席に座ったまま死んでいた」とカートはいっている。

作業部隊はドイツ兵たちが張った非常線を通り抜け、カートのいう「おそろしく手間のかかるイースターエッグ捜し」を始めた。ドレスデン市民は、家族や近所の人の遺体が足首にロープを巻きつけられて、墓場となったかつての家からひっぱり出されるのを、怒りや悲しみをあらわにしてみていた。ある将校はひとりのアメリカ兵をつかんで乱暴に壁に押しつけると、片手にピストルを持って怒鳴りつけたが、監視兵になだめられた。通りでは、薪を敷いた上に遺体を山積みにして、石灰をかけてから火をつけた。

水浸しの地下室におりる階段は狭かったので、監視兵は捕虜たちを一列に並ばせひとりずつ送り出した。「手錠をはめられ、耳に響く声で罵られながら、ぼくたちはとにかく水しぶきをあげて進んでいった」と、カートは書いている。「というのも、床には悪臭のする水がたまっていたからだ。破裂した給水管からの水と、人の内臓から出てきた液体が混じりあっていた」。地下で作業をする捕虜たちは正気を保つのに必死だった。死体の手足がもげたり、ガスマスクのホースをひっぱったら頭がとれてしまったりというようなことが多々あったからだ。

数週間後、いたるところに悪臭が漂っていた。薪とともに焼いた遺体など、地下に残されたもののほんの一部だったのだ。司令官は作業部隊を集合させて、再び新たな指示を与えた。遺体の身元のわかるものや貴金属類のみを回収するように。捕虜が集められるだけのものを集めて地上に戻ってくると、ドイツ兵たち――なかには「死の収容所」に勤務した経験を持つ者もいた――が火炎放射器を持ってやってきた。死者に敬意を表す儀式はだいぶ前に終わっていた。すさまじい炎で、生存者にとっては神聖な場所だった地下室が、地下墓地と化した。

毎日あちこちの地下室作業をしているうちに、マイケル・パレイアという捕虜も、ほかの捕虜と同じように地下食品貯蔵庫が気になっていた。酢漬けのアスパラガスやタマネギ、リンゴのピューレ、サクランボ、サヤインゲン、ビーツ、ニンジン、ジャム、ゼリー、ソーセージ、パイに入れる具やベリー・シロップなどが瓶に詰められ、棚がたわむほどたくさん並んでいる。腹を空かせた男が、もしも気をつけてうまくやれば、くすねることができる。

パレイアは、わりと年配の捕虜だったが、飢えを我慢できないのは若者と変わりなかった。三月三十一日、パレイアが地下に降りているとき、誰かが上から叫んでくれた。「親衛隊がくるぞ。誰か下にいるんなら、はやく出てこい！」パレイアは、サヤインゲンの詰まった瓶を一本選ぶと、コートの中に隠して通りに出た。作業部隊はそれからゴルビッツまで六キロを歩いて帰ることになっていた。パレイアはベッドに座ってサヤインゲンを食べるのが楽しみでしかたなかった。

ところが、親衛隊の将校たちに気づかれてしまった。なぜか？　それは、パレイアが致命的な選択をしたせいで、目立ってしまったからだ。捕虜収容所Ⅳ－Bに連れてこられたとき、山積みになった冷たいコートのなかから、パレイアはほかのものとは違うタイプのずっしりとしたコートを取ったのだ。背中にはＣＣＰと書いてあった。「ソビエト社会主義共和国連邦」を表すロシア語の頭文字だ。親衛隊はパレイアを立ちどまらせ、コートを脱ぐようにと命じた。パレイアにはどうすることもできなかった。瓶はかなり大きかった。親衛隊はそれを取りあげた。その夜、カートの話では、パレイアは軍法会議にかけられ、読めもしないドイツ語の書類にサインさせられ、窃盗を認めてしまった。

翌朝は四月一日、パームサンデー（復活祭直前の日曜日で、キリストが受難を前にエルサレムに入った日）だった。監視兵たちはカートとそのほか三人の捕虜にシャベルを渡し、収容所からみえるちょっとした高台に連れていった。ほかの作業部隊員に対するみせしめにうってつけの場所だ。四人は穴をふたつ掘るように命じられ、その横にパレイアとポーランド人兵士が立っていた。掘り終わると、ひとりの将校がパレイアとポーランド兵の肩をつかんで後ろを向かせ、下がってから大声で号令をかけた。銃殺隊が、ふたりの背中に向けて発砲した。弾がなくなるとこめて、また発砲する。そのあと、カートと残りの三人は、遺体をそれぞれの墓に埋めるように命じられた。ひとりのアメリカ兵は、パレイアが自分と同じくカトリック教徒だったのを知っていて、その両手にロザリオをかけてやり、祈りを唱えた。墓穴を埋めるのには数分とかからなかった。

のちにカートは、その死刑があまりに無情に行われたことを家族に話しながら涙をおさえきれなくなり、「くそやろう！　くそやろう！」とののしったという。『スローターハウス5』に出てくる四十四歳の英語教師エドガー・ダービーは、パレイアがモデルになっている。エドガー・ダービーはティーポットを盗んで処刑されている。

一九四五年の四月半ばになると、戦争が終わる兆しがみえてきた。ドレスデン市民を装ったダークスーツの男が作業中の捕虜たちのグループの前を定期的に通りかかり、そっぽを向いたまま最新の情報を小声で教えてくれた。「連合国軍はフライブルク（徒歩で一日の地点）にいる」「ライン川近辺だ」。ドイツ軍上層部は、連合国軍の到着に備え、捕虜たちに、それまで前例のない二日の連休を与えた。衣服を洗濯させ、その間に捕虜の体のシラミを駆除し、素っ裸の上に重いコートを羽織らせて立たせておいた。

捕虜のひとり、ジェイムズ・ミルズは、黄疸の症状が出ていたために、ドレスデンから八十六キロ東方のゲルリッツにある市民病院に移送された。向かいの寝台にいたのはジョー・クローン。ホバート大学の学部生で、監督派教会の牧師になりたいといっていた男だ。ジョーは相変わらず、割り当てられた食べ物をタバコと交換してばかりいた。子どもじみた、せめてもの抵抗だったのだ。タバコがほしかったのは事実だろうが、餓死することは許されないと知っていて、そんな形で抵抗していたのだ。そんな試みがどこかで報われると思っていたのだろう。同情や良識やキリスト教的慈悲の心などがなんとかしてくれるのだろうと。彼は「千メートル先を見る」ために死のうとしていた。カートはのちにそう話にきいた。「人は、千メートル先を見ようとすると、こうなる。壁に背中を預けて床に座りこみ、しゃべらず、食べず、ただ目の前の空間をみつめ続けるのだ」。

ジョーは今にも死にそうだったが、ミルズに助けを求めたのは一度きりだった。「彼はやせ細り、病に冒されて弱っていた。ある夜、とうとうひとりでトイレにいけなくなり、我々仲間が一緒にいって、手を貸してやらなければならなかった。みんなで彼を支えて立たせ、ちょうどいい角度にしてやると、誰かがその下に便器代わりのバケツをつき出す。彼はまったくなにもできなかった。ちょっと小便をするにも、みんなで助けてやらなければならなかった」。

翌朝、彼は死んだ。

生きていることは、クローンにはもはや意味がなかった、とカートはいっている。「その通り。ほんとうに、意味などなかった。だから、彼は自分が生きていることを理解しているふりをしたくなかったのだ。ぼくたちとちがって。ぼくたちは、わかっているというふりをしていただけだった」。

ドイツ兵は、クローンの遺体に白い紙でできたスーツを着せて埋めた。彼が入院している間に軍服を取りあげてしまったからだ。カートの目に「彼は美しかった」。聖なる愚者の美、とでもいおうか。

四月十三日金曜日、通りがかりの物売りが捕虜たちに、ローズベルト大統領が亡くなったと、こっそり教えた。その夜、監視兵たちは、五五七作業部隊に伝えた。おまえたちは明日の朝、この街を出る。監視兵たちは動揺しているようだった。彼らの立場を根底から覆す変化を恐れていたのかもしれない。

それから二日間は、数百名の捕虜――イギリス兵とアメリカ兵――が列になってエルベ川に沿って南東に進み、ピルナという町を目指した。そこからドイツとチェコスロヴァキアの国境沿いに険しい山道をのぼり、ヘレンドルフという村に到着した。八十キロの道のりだった。進んできた方向といい、僻地にあるこの目的地の村といい、ドイツ軍が、自分たちは連合国軍に降伏したのであって、ソビエト軍にではないとはっきりするまで、なりをひそめていたいということは明らかだった。三週間、ドレスデンの捕虜たちはろくな食糧も与えられないまま待ち続けた。彼らは野原の草やタンポポで命をつないだ。

監視兵への最後のとどめは、ソビエト空軍機がうなりをあげて低空飛行し、地上のすべて、野で草をはむ牛にまでも、機関銃の弾を浴びせたことだった。ドイツ兵たちは森に逃げた。捕虜のイギリス兵とアメリカ兵の運命は、本人たちに任せられたのだ。

カートとバーニー・オヘアとほかの四人の仲間は、馬と荷車を徴用し、荷車の横にペンキでアメリカ軍の星印を描き、ドレスデンの方角を目指して重い足取りで戻っていった。カートは、なぜドレスデンに戻ろうとしたのか覚えていなかった。だが、街に戻ると、彼らはソビエト軍に捕らえられ、壊れかけているモデルA（フォード社の一九二七年発売の初期の小型車）のトラックに乗せられてエルベ川沿いを走り、ハレまで連れていかれた。そこで、アメリカ軍の保護下にあるソビエト軍捕虜と一対一で交換された。のちにカートがきいた話だと、なかにはソビエト兵と偽ったジプシーや内通者が混じっていたらしい。ソビエト軍はそうした者たちを何百人も、銃殺刑もしくは絞首刑に処した。

フランス、ルアーヴルのキャンプ・ラッキーストライクが、戦争捕虜の本国送還センターになっていた。カートは列に並び、着ていた服を脱いでほかの兵士と一緒にひとつの山に捨てると、シラミ駆除をされ、新しい軍服を支給された。もともと痩せ型だったうえに二十キロ近くも痩せ、脚には潰瘍があり、数本の歯が壊血症でぐらついていた。いかにもお役所風の面倒な手続きと待ち時間ばかりの何日かが過ぎた。ドイツからの脱出は、カートがオヘアに愚痴った言葉を借りれば、砂に足を取られながら歩くようなものだった。

カートとオヘアは軍用輸送船で故国に送還されるあいだ、ゆっくり話すことができた。オヘアは、ルアーヴルで五ヶ月ぶりにミサに参加し聖体拝領を受けたが、ありがたいとは思えなかった、と話した。ジョー・クローンの千メートル先には神が不在だったのと同じで、オヘアも信仰を失っていた。

「かわいそうにと思った」。カートはのちに書いている。「信仰は、彼にとってとても大きく、決して失ってはならないものだと思ったのだ」。

四章　民俗社会と魔法の家　一九四五～一九四七

帰国して軍関係の諸手続きをこなすのは、フランスのキャンプ・ラッキーストライクでぶらぶらしていたときのように退屈だった。六月にバージニア州のニューポートニューズに到着したあと、カートは、相棒のバーニー・オヘアに別れを告げた。それからのひと月は、軍のお偉方が書類を処理してくれるのをただ待つだけだった。カート・ヴォネガット・ジュニア兵卒は行方不明兵士の名簿に六ヶ月間載っていたし、まだ兵役期間が残っていた。結局、カートは伍長に昇級し、凍傷のおかげで名誉負傷賞を受け、休暇明けにカンザス州のフォート・ライリーに出頭するよう命じられた。簡単な雑務――何千人という軍人への除隊命令をタイプする――をこなすためだ。カートは思った。「頼むから家に帰らせてくれよ。やるべきことは全部やったんだから」。不毛な日々が続くあいだ、カートはジェインに手紙を書いたり、電話をかけたりしていた。

「カートといえば、まだこちらに帰ってきていないのよ」。一九四五年七月一日、ジェインはスワスモア大学時代の友人、イザベラ・ホートン・グラントに宛てて興奮気味に書いている。「だからすごく気になるの」。

カートからの手紙は、ユーモラスだったり、魅力的だったり、妙に暗かったりと、そのたびごとに印象が違った。ある手紙では、自分を掃除機になぞらえて売り込んできた。いつでも頼れて、保証つきで、働き者、「断然お買い得！」と。またある時は一転、まさに恋に悩む兵士といった感じのロマンチックな手紙。カートは、一九四四年の夏、プロポーズしたとき以来、ジェインに会っていなかったのだ。

だが、カートが送ってきたある手紙を読んで、ジェインは、ふたりがどんな関係だったのかわからなくなった。「カートの手紙には、六十日間の休暇がもらえるから、わたしに会いにくるかも、って書いてあるの」とジェインはイザベラに書いている。「わたしが結婚とか、ばかなことをしてないならって。しかも署名が、『永遠なるきみの親友より』!!! こんなふうに書いてくるなんて、ちょっとびっくりしちゃったわ。だからって、自分でも何を期待してたのかわからないんだけど。……親友、ですって、まったく。ほんとイライラしちゃう」。

だが、期待しすぎないというカートの態度はもっともだった。若者の一年は長い。しかもジェインは、カートにあのときも希望を持たせなかったのだし、この時点でもそんなつもりはなかった。だが、ジェインは自分のなかのロマンチック街道をみつめ直して気持ちを変える。「ああ。イザベラ、あなたに長いこと手紙を書かなかった大きな理由は、せっかくなら、ものすごく衝撃的な、まるで爆弾みたいなことを書きたかったからなの……でも、夢が、そんなふうにドラマチックにかなうことはめったになさそうだし、お察しのとおり、わたしにはもうひとつ、考えていることがあったから」。考えていることというのは、故郷の幼なじみが二度目の挑戦をしてくる前に、ケンダル・ランディスがプロポーズをするつもりがあるのかどうか確かめることだ。ジェインは、昨年カートから告白されたことをランディスに話して反応をみるつもりだったのだ。

ランディスはスワスモア大学に戻っていた。海軍のパイロットとして二年を過ごしたあと、二年次に復学していたのだ。スワスモアから車を飛ばせば、たった三時間でワシントンまでこられる。ジェインは相変わらず、ワシントンの戦略事務局に勤めていた。一九四五年のある春の日、ランディスは

〝戦時中の恋人〟と会って率直に話し合った。ランディスは、ジェインがまだ官給品の三十八口径リボルバーをハンドバックに忍ばせているのをみて笑った。互いの近況報告を少ししたあとのことを、ランディスはこう回想している。「ジェインは、カートにプロポーズされたといった。そして、受けるべきかしらと助言を求めてきた」。

ランディスは二十二歳で、まだ大学生。職につける状態ではなかった。ジェインは少し年上で、大学を卒業して職業経験もあり、そろそろ身を固めたい時期だ。ランディスはジェインの話をもう一度考えた。つまりそれは、自分がカートに負けてもいいのかということだ。だが、ランディスは「どう考えても、自分が結婚相手になるとは考えられない」と思った。

カートと結婚したほうがいいかしら、とジェインはきいた。

ランディスは答えた。「いいんじゃない?」

それがふたりの恋愛の終わりだった。

七月二日、カートはニューポートニューズを出ることを許された。そしてインディアナポリス郊外のキャンプ・アタベリーに出頭し、正式に休暇に入ることになった。だが、まっすぐ家に帰る列車には乗らずに、ジェインに会うためワシントンに向かった。ジェインはユニオン駅で出迎えた。ルームメイトのマーシャ・ゴーガーがつきそった。

何百人という人がプラットホームで愛する人の姿を見ては喜びの声をあげる喧騒のなかで、カートは列車を降り、足早にジェインに近づいてハグすると、深く頭を垂れた。

「ああ、ロキンヴァーの美女たちよ」。カートはスコットランド訛りでしゃべってみせた。「荷物を取ってくるあいだ、しばしお待ちを」。ふたりの女性は笑い声をあげた。

マーシャは、カートがとても痩せているが、「それ以外は、元気そう」だと思った。ふたりに体調はどうかときかれると、カートはとてもいいけど、ちょっと肌の調子が悪いと答え、片足のズボンのすそを引き上げた。するとビタミン不足が原因の潰瘍の痕が斑点になって残っていた。すでに治りかけているものもある。カートはくり返した。悪いところはここだけで、あとは元気なんだ。ほんとにすっかり。

カートはたった一日しかワシントンに滞在できなかったが、偶然、ジェインもインディアナポリスに戻ることになっていた。母親が周期的に神経衰弱に苦しんでいたからだ。一週間とたたないうちに、かつての恋人たちは、最初に出会った小学校のある街で再び顔を合わせることになる。カートは故郷にいる強みを有効に使って、あの質問をもう一度してみるつもりでいた。

カートがキャンプ・アタベリーに到着したのは七月三日のことだった。その前の年の夏に同じ場所で分隊の一員として渡航準備をしていたときには、重苦しい緊張感があったが、今や平時の真夏の倦怠しか感じられなかった。ドイツは二ヶ月前に降伏し、日本との戦争も終わりに近づいていた。基地には、いたるところに軍服姿の兵士がいた。荷物をつめたダッフルバッグを手にして迎えを待っている者、兵舎の陰で新聞を読んでいる者、ラジオのWLS局でシカゴ・カブズがボストン・ブレーブズに二十四対二で圧勝する試合に耳を傾けている者。カートは家に電話して、電話口のアリスに、翌日の午後三時に士官専用クラブの外で待っているから迎えにきてほしい、と頼んだ。

七月四日、カート・シニア、アレックス叔父、アリスの三人が正門から車でやってきた。アレックスは驚いた。そこらじゅうにアメリカ兵がいて、ドイツ人捕虜兵がせっせと雑用をこなしている。士官専用クラブにできるだけ近いところに車を停めたが、カートの姿はない。三時を過ぎても現れない。

アレックスはのちに親戚に手紙を書いている。「遠くに、背の高い男がこちらに向かってくるのがみえた。大きくて重そうなカバンを抱えている。ケイなのか？　あの長い足。そうに違いない、いや、そうだ！」

アリスは走りよると、カートに抱きついてキスをした。「おいおい、大げさなのはやめてくれよ！」とカートは文句をいったが、父親もかまわず抱きしめた。アレックスは甥の手をぎゅっと握った。

「運転したいな！」カートはそういって荷物をトランクに放りこんだ。カバンの中には戦争の記念品に持ってきたナチスの儀式用の剣が入っていた。家に帰るまでの間、カートはなにかにとりつかれたように話しまくった。胸にしまいこんでいたものを一気に吐き出したかったのだろう。「戦争にいくまで、本当に腹がへったことなんてなかったんだと思う。喉が渇くとはどんなことなのかも、いままで知らなかった。本物の空腹っていうのは、本当にいいようのない妙な感じで、気が変になる！　だけど諦めちゃいけない。もし投げやりになって、寝転がってどうでもいいと思ってしまったら、腎臓がおかしくなって尿に血が混じって、そのうち寝たきりでどんどん弱っていくんだ」。

カートはパレイアがサヤインゲンの瓶をくすねてどうなったか話そうとしたが、気がくじけてしまった。背後から撃たれたなんて残酷な話はとてもできない。「もういやだ。もううんざりだ。あれほど愚劣で野蛮な地獄はもうごめんだ。おぞましくてヘドが出る！」

カートはすぐにジェインに結婚を申しこみ、「すてきな未来」を約束した。いつどこでプロポーズをしたのか、誰も覚えていないが、七月の末までには、ジェインはワシントンに戻り、友だちへの手紙に、カート・ヴォネガット・ジュニアと婚約したと書いている。

カリフォルニアでは、イザベラ・ホートン・グラントが婚約のことを知った。ジェインとランチを共にした共通の友人が、興奮して手紙を送ってきたのだ。「ジェインの指輪の石を見なきゃだめよ！　大きすぎて、ジェインの手がみえなくなっちゃうくらいなんだから。家宝なんですって。彼のお母さんが、そんなダイヤがふたつついてて、その周りを小ぶりのダイヤがぐるっと囲んでいる指輪を持ってたんだけど、それをふたつの指輪に分けたの。ひとつはカートに、ひとつはお兄さんにって」。ジェインは戦略事務局を辞めた。一九四五年に、軍需産業で働いていた女性の多くがそうしたように、「結婚するため」だった。

ジェイン・マリー・コックスとカート・ヴォネガット・ジュニアの結婚式は、九月十四日、コックス家のテラスで行われた。式を執り行うのはクエーカー教の友会徒教会《フレンズ・チャーチ》の牧師だ。カートの幼なじみのベン・ヒッツが新郎のつき添い役で、ジェインにはつき添い役がふたりいた。アリス・ヴォネガット・アダムズと、いとこのポール・フレッチャー夫人だ。披露宴のあと、新婚のふたりはフージャー国立森林公園の端に位置するフレンチリック・スプリングリゾートでハネムーンを過ごした。そしてインディアナポリスに戻ると、そのままマクシンカッキー湖に向かった。カートは花嫁と一緒にその風景をみたかったのだ。

花婿のつき添い役をしたヒッツには気になることがあった。カートは「それほど幸せそうではなかった。戦争や捕虜収容所から解放されたばかりで、そこでの経験はまだ彼の頭のなかに閉じこめられていて、外に出せるようになるまでにはしばらく時間がかかったんだと思う」。

カートとジェインがマクシンカッキー湖に着いたとき、カエデの葉が秋の訪れを告げていた。朝は肌寒いが午後には日が照って暖かくなる。いわゆるインディアン・サマーだ。カート・シニアは夏の終わりに別荘を売却していたのだが、新しいオーナーが気を遣って譲渡時期を一週間ずらしてくれ、カートとジェインはふたりきりでそこで過ごすことができた。

ふたりはボートに乗った。カートは自分が少年時代に、対岸までの二・五キロを泳いで渡ったことを自慢した。そのときは横で、バラリカー号に乗ったバーナードとアリスが声援を送ってくれた。湖の周辺は、その頃からたいして変わっていない。大恐慌のせいで、丸十年という年月がガラスケースにしまわれていたかのようだ。日没と同時に、カルヴァー陸軍士官学校から空砲がきこえてくる。しばらくして暗くなると、アビが水面に舞い降りて、「耳をつんざくような恐ろしく、清冽な鳴き声をあげた」とカートはのちに書いている。

友人のヒッツがいうように、カートは変わった。もはやキャンパスのどんちゃん騒ぎの中心にいる社交クラブの若き名士ではない。実際、結婚に対しては、かなり硬い考え方を持っていた。ジェインには、古風な妻になって自分にすべて合わせてほしいと思っていた。あとになって彼は、そういう時代だったのだ、「女に勝手なことをいわせるな」という時代だったのだと弁解した。とにかくジェインには厳しかった。カートは、高校以来、なにをやろうとしてもうまくいかなかったという思いがあった。一方ジェインは有名大学に学び、優秀な学生だけが入ることのできる友愛会のメンバーだった。カートはそこに過敏に反応した。ジェインが出過ぎたことをいったと感じると、カートはいつもこういった。「きみはなんにもわかってない」。

だが、ジェインにはカートが必要としていた分野、つまり文学の深い教養があった。カートはまた執筆業に戻りたくて、短編小説を書き始めていた。だが受けてきた教育は科学だ。一方、ジェインはスワスモア大学で、アメリカ文学、十八世紀イギリス文学、シェイクスピア、チョーサー、ヴィクトリア朝時代の詩、近代文学、イギリス小説の授業で優秀な成績を収めていた。「ジェインの嫁入り道具の目玉」は、モダン・ライブラリー版の二十巻からなるロシア文学全集だった、とカートはいっているが、それはあながち冗談ではないようだ。ハネムーン中に読むためにそのコレクションのなかからジェインが選んでくれたのが、ドストエフスキーの『カラマーゾフの兄弟』。カートにとって初めてのロシアの小説だった。そのうちカートは、ジェインがもっているロシアの小説はすべて読んでしまう。お気に入りは、その後のカートの作風を考えると驚くにあたらないが、風刺作家のニコライ・ゴーゴリだった。

またハネムーン中に、ジェインは大好きだったスワスモアの英文学科長、ヘンリー・ゴッダード教授からのプレゼントをカートにみせた。ゴッダード教授は、文学作品からの引用句を細長い紙切れに書いてクルミの殻にしまったものを、学期末、学生ひとりひとりに渡すことにしていた。教授は、ジェインのためにドストエフスキーの一文を選んだ。「子ども時代のひとつのかけがえのない思い出こそが、おそらく最高の教育なのだ」。

カートは長年にわたり、その一文からインスピレーションと心の安らぎを得たといっている。

カートはドレスデンの悪夢に悩まされた。ドレスデンは一連の出来事の一部だった。それらは大きな音を立ててぶつかりあう有蓋貨車のようだった。まず母親の自殺、そして船に乗せられ、激戦で破壊された橋頭堡に降り立ち、不名誉なことにアメリカ戦史に残る負け戦に巻きこまれ、最後はドレスデン爆撃に遭遇。単純で愚かだった時代を経て、あるいは人間としての価値を問われる真実に触れて、二十三歳になった彼にはいくらでも語りたいことがあった。

少なくとも書くべきテーマがドレスデンであることは、はっきりしていた。壮大なスケールのドラマになるし、しかもオリジナリティがある。なにしろ、自分が体験したことなのだから。そこにいたからには、意味をみいだすこともできるはずだ。だが、緊迫感もなければ英雄的行為もない。目の前にあった美しい町が、次にみたときには廃墟になっていた。しかも空襲のあいだ、彼は穴のなか、地下深くに隠れていた。いってみればトロイが侵略されている最中は寝ていて、目覚めたらギリシャ人たちが帰路につこうとしていたようなものだ。肝心の真ん中が、第二幕が抜けている。物語という意味では、プロローグと結末しかない。面白い話ではないし、発展性に乏しい。

十月になると、カートはフォート・ライリーに出頭し、書記の仕事に就いた。暇な時間があると小説を書き、ジェインに郵送する。ジェインはインディアナポリスの実家で暮らし、カートの除隊を待っていた。

ある日、ジェインは雑誌の広告に目を止めた。「作家のコンサルタント」、スキャモン・ロックウッドという男の広告だった。自分の特技は、くすぶっている作家をみつけて「役立たずをドル箱に」変身させることだという。しかも、彼の事務所はマンハッタンの東二十二番ストリートにあり、「千人の編集者や発行人まで五分の距離」にあるらしい。ジェインは無料パンフレットを取り寄せ、そこに作品を無料で批評しますと書かれているのを読んで、とても喜んだ。

ジェインは野心に燃える作家の妻の役割を早く担いたくてたまらず、カートの四編の短編小説に手紙を添えて送った。「個人的には、夫は潜在的にチェーホフのような作家になる可能性を秘めていると確信しています。そして、人生経験を積んで書くべきことがみつかれば、きっとそれを証明してくれるはずです……夫は、自分がこれまで書いてきたものはすべて〝ばかな話〟だと思っています。実際その通りです――もし、すばらしく深遠な内容の作品をお探しならば、ですが。夫の作品のなかには、(もしも、それが出版されればということですが、無理かもしれません)人を立ち止まらせて考えさせるような、考えを示している作品があります。ほかにも、さざいなことですが、表現がいきいきしているものや、魅力的な人物が登場する作品もあります」。
幸運なことに、ロックウッドは自分の職業と小説の市場をよく心得ていた。ロックウッド自身の短編も二、三編、アンソロジーに収録されていて、ミステリのひとつ『デラックス・アニー』が戯曲化され、のちに映画化されたという華々しい過去があった。ジェインの手紙への返信は、若い女性の真摯な心に動かされた年長者の言葉だった。だが、それだけでなく、彼の助言は、これから自分の作品を売りたいと思っている駆け出しの小説家にとっては宝石のように価値のあるものだ。

あなたは、ご主人はチェーホフのようになる可能性があると書いてらっしゃいましたね。それに関しては、わたしは強くこういいたい。「天よ、彼を救いたまえ！」あなたのあのコメントのおかげで、状況がとてもよくわかりました。書いてくださってよかった。ご主人が回復不能なほどウィルスに冒されていないことを祈ります。それはよくある病なのです……チェーホフを読んで楽しむのは結構。ほかにも、偉大で感動をもたらす作家たちの作品を読む。それはいいのです。しかし、ご主人には、そしてほかの誰にも、彼らのように書けとはいわないでください。現在の本の市場で売りたいのであれば、書くべきものは「流行の文学」です。ご主人が「何かいいたい」と熱望していることには、心から声援を送ります。どんなささいなことであれ、人に影響を与え、人類の向上に役立つことをいいたいという気持ちはすばらしい。才能のある作家は必ず、野心を持っています。ですが、流行小説ではそれができないと考えてはいけません……つまり、わたしがいいたいのは、最新の技法を習得しなくてはいけない、ということなのです。現在の市場で受け入れられたいのであればそれが大事で、作品が崇高なものなのかつまらないものなのかは問題ではない。「人類へのメッセージ」は副産物。これまでも、小説とはそういうものだったのです……作家業で食べていきたいのであれば、なにをおいても読者を楽しませること、惹きつけること、笑わせることが重要です。そして、それ自体、立派な目的なのです。

カートの作品に関しては、ロックウッドはなかなかいいといいながらも、どれもかなり書き直しが必要だということを穏やかに説明した。「遺書」という作品には感銘を受けたが、「これはしばらく保留にしておく」ほうがいいと忠告した。

結局、カートとジェインはロックウッドをコンサルタントとして雇える状況になかった。ジェインは断りの手紙のなかで、はじめに説明していたように夫はまもなく除隊するので、夫婦そろってシカゴ大学に入学すると書いた。夫は復員兵援護法を使って学士の学位をとるつもりだし、自分も特別研究員として受け入れてもらえるならば、ロシア文学の修士課程に籍を置いてみようかと思う、と。「ご理解いただけると思いますが、ふたりそろって大学に戻るとなれば、わたしたちには経済的なゆとりがなくなってしまうのです」。

とはいえ、フィクションを書いて雑誌に送っていた駆け出しの時期、カートはロックウッドの忠告を心に留めて、芸術家気取りで書かないよう気をつけた。戦後の流行小説市場の真ん中に、直球のフィクションを投げこもうとしたのだ。

夫婦はシカゴ大学に春学期から編入するための出願をした。面接試験のとき、試験官はカートの願書にある経歴欄に目を通した。そして、ドレスデンの捕虜収容所にいたという記述を読むと、ぼそっといった。「我々も、あんなことはしたくなかった」。アメリカ空軍の爆撃機に乗っていたのだそうだ。

夫婦はそろって入学を認められた。カートは専攻未定の学部生として、ジェインは特別研究員の待遇を受けられることになって喜んだ。一九四五年の十二月には、ヴォネガット夫妻はシカゴのエリス・アヴェニュー三九七二½のレンガ造りのアパートに新居を構えた。ループ（シカゴの中心部を囲むように走る、環状の高架鉄道）の南側で、ミシガン湖が見える。「湖は、そこにどーんとあった」とカートは書いている。

復員兵援護法のおかげで、教科書代と学費は免除された。だが、カートはなにを学べばよいのかわからなかった。シカゴ大学にいった親戚は何人かいたが、ジャーナリズムの学位はないし、カートがコーネル大学で取った単位は理系のものばかりなので、どうしていいかわからなかった。カートは助言を求めた。「大学の履修指導員のところにいって、科学には興味がなくて、詩に惹かれるのだと打ち明けた。ぼくは気が滅入っていた」。

運良く、履修指導員は悩める学生の手助けに長けていて、文化人類学を専攻してはどうかと薦めてくれた。カートは、文化人類学とは「かぎりなく詩に近い科学」だと認識していたが、同時にそれは、「男や女や子どもによって形作られてきた、すべての対象や観念」を批判的に考察する機会を与えてくれるものだった。人類学では歴史、心理学、芸術の分野の書物を多読することが必要で、それにより、カートがおろそかにしてきた教養科目の知識も補強できそうだった。難点は、シカゴ大学では、その課程のゴールが、学士号ではなく修士号の取得であるということだ。つまり、人類学を専攻したら、終了までにかなりかかる。コーネルでの二年間に取得した単位を読み換えてもらっても、三年は学び続けなければならない。「それでもよかった。ようやく人生が面白くなってきたところで、なにより、やる気があった」。

ジェインも修士の勉強をはじめ、シカゴ大学でも有名なスラブ語スラブ文学科に設置された、ロシアとソビエトの歴史、経済、政治学、人類学に関する豊富な科目から履修科目を選択していった。

高校生以来、カートはこんなに勉強が楽しいのは初めてだった。「頭を蹴飛ばされたようなすごい快感を味わった」。教授たちは、カートの文章力に感心した。「すばらしい——複雑な問題を非常にうまく論じている」とカートのレポートを読んだ教授は書いている。「文章が明晰で、よく書けている」と賞賛する教授もいた。

シカゴ大学がカートにとって良かったのは、自由な思考を許容してくれた点だ。奇抜だからといって咎められたりはしない。きちんとしたリサーチに裏打ちされていれば許されるのだ。このキャンパスには、懐疑主義者や体制批判者や左翼が集まってきていた。プレッピー（プレパラトリースクールの卒業生ふう。つまり、金持ちの坊ちゃんふう）なコーネル大学の雰囲気とはずいぶん違う。進歩党員、キリスト教社会主義者、元共産党員、様々な度合の「アカ」。カートはその気風にとけこもうと、授業に出席するときに青いデニムの作業シャツを着ていくというブームを作ろうとしたが、誰も真似しなかった。

偶然だが、いとこのウォルトもシカゴ大学に通っていて、哲学科にいた。カートはウォルトと、一九四六年の六月に五日間、マクシンカッキー湖のほとりのホリーホック農場で過ごそうと計画を立てた。農場はまだ親戚の一家が所有していた。ふたりは思い出話でもして、まだ会ったことのない、互いの妻を紹介しようと約束した。

湖に滞在中は、雨ばかりだった。四人はおしゃべりやトランプをして過ごした。ウォルトは、悪りばかりしていた十代のカートには少しうんざりさせられることもあったが、二十四歳になったいとこは別人のように成長していた。「カートには感心させられました。はっきり覚えていますよ、わたしは、誰よりあいつが好きだった。世の中のことや時事問題についてよく知っていたし、他人の気持ちや立場、思想も大事にするやつでした。不器用ながらも貪欲な知識欲があって、なんでも理解したがっていました」。

カートは文化人類学で価値観や象徴や思考を検証していく手法に夢中になった。自分や家族やアメリカ社会について信じてきたもの——いや、ユダヤ教とキリスト教による文明——のすべては、時間、知識、道徳、法律、習慣に関する西洋的な価値観に基づくものだということがわかったのだ。「文化とはひとつの装置であり、我々はそれを継承している」。カートはのちに書いている。「文化を手直ししたいなら、ポンコツ車を修理するのと同じやり方でできる」。カートの小説家としての皮肉な距離感は、昆虫学者が昆虫を観察するような冷めた視線と似ているが、それは人類学の学生だった頃に養われたものといえるかもしれない。「ぼくは文化相対主義者という立場を確立した。シカゴ大学で、自分のバックボーンとなっている文化がほかの人の文化と比べて優れてもいなければ、複雑なものでもないという考え方を身につけたのだ」。

カートの洞察は、大学という環境で新しい刺激的な思想を次々に体験する若者としてはそう珍しいものではない。またこの時点では、異なる民族同士がどのようにして連携しアイデンティティを構築していくのかを理解するところまでには至っていない。

カートは、人類学者ロバート・レッドフィールドの連続講義を受講した。レッドフィールドは、発展途上国の近代化の過程を研究していた。対象は主に、メキシコと中央アメリカの国々だ。リサーチの結果、彼は人が集団をつくるときの共通基準があると確信した。それは現実に、人間関係の一段階でもある。レッドフィールドはそれを「民俗社会」と呼び、理想の民俗社会は、規模は小さく、同じ人種で、神聖な儀式を尊重し、原始的な人間関係によって団結している社会だという。ただし、原始社会が牧歌的理想郷で、大都市がすべて人間味のない地獄だといっているのではない、とレッドフィールドは注意を促している。「どんなに僻地のコミュニティにも文明がある。どんな都市にも民俗社会がある」。

この二元性がいかに成り立つのかを深く理解するために、カートは学術誌に載ったレッドフィールドの論文でそのテーマに関するものをすべて書き写した。民俗社会が異なる環境でも存在できるのは、「民俗社会のメンバーが強い帰属意識を持っている」からだとレッドフィールドは説明している。言い換えれば、人はどこにでもコミュニティをつくれるのだ。カートはその説明に太いアンダーラインを引いた。

ある意味、レッドフィールドが説く民俗社会は、ヴォネガット家、シュナル家、グロスブレナー家がマクシンカッキー湖の東岸に集まっていた状況とよく似ている。カートはのちに、その状況を「閉ざされた輪」と表現している。どちらに向かおうと、必ず湖岸にかたまって建つコテージ群に行き着き、そこには「近親血縁者が集まっている」。カートはひとつの結論を出した。拡大家族――さらにいえば、様々な信念から成っている民俗社会――はひとりの人間の存在を認め、世界に居場所を作り、孤独の痛みを軽減してくれる。

一方、カートはすでに作品を出版している作家たちのコミュニティにも入ろうとしていた。兵役を終えてからというもの、様々な雑誌に短編小説を送りながら、学生生活を送っていた。だが「アメリカン・マーキュリー」、「コリアーズ」、「ニューヨーカー」、「グラマー」、「アトランティック・マンスリー」、「ハーパーズ・マガジン」といった雑誌から次々と断りの手紙が送られてきた。そのうちカートは手紙の裏をメモに使うようになった。「リーダーズ・スコープ」からの手紙の裏にはピクニックに持っていく食料品リストが書いてある。トウモロコシ、ソーセージ六本、ダフス・デビルズフード（インスタントのチョコレートケーキミックス）、ジャンケット・インスタント・アイシング・ミックス。

前向きなカートは、「アメリカン・マーキュリー」の編集者チャールス・アンゴフにもう一度作品を送った。前にも送ったことがある旨を書いた手紙を添えて。そのときは、アンゴフはまた挑戦してみるようにという返信をくれたからだ。今度の作品は、「明るくいこう」というタイトルで、ドレスデンで捕虜だったときの経験を元にしていた。

これも送り返されてきた。

一九四六年九月。修士課程の一年目も終わらないうちに、ジェインは妊娠に気がついた。そのためシカゴ大学を辞めなくてはならず、特別研究員でいられなくなるのが悔しいといって指導教官の前で泣き崩れた。彼女がその後、大学での勉学を再開することはなかった。

ヴォネガット夫妻の第一子、マーク——マーク・トウェインにちなんで——が生まれたのは一九四七年の五月十一日。ジェインは実家の家族の援助なしで赤ん坊を育てるのが不安だった。家族はみなインディアナポリスに住んでいたからだ。「わたしは病気にもなれないのね」。ジェインにいわれてカートははっとした。「自分もまた、病気になれないと思った。もしも子どもに重度の障害などがあったりしたら、ぼくたちはかなり悲惨な状況に陥っただろう」。

カートは、大学院での勉強を終えてできるだけ早く修士号を取りたかった。指導教官たちをうならせるような論文テーマを考えているうちに、時代に合致したものを思いついた。アメリカの人類学者の間ではネイティヴ・アメリカンの研究が盛んだった。(当時のシカゴ大学ではこんなジョークがはやっていた。ネイティヴ・アメリカンの家族構成は、母親、父親、子どもがふたりに人類学者、というものだ)。しかし彼は、主流の研究に、芸術的で前衛的な要素を加えたかった。まったく異質の文化を大胆に関連づけて論じてみたかった。似たようなグループの細々とした比較をするのではつまらない。こんな試みに関心のある指導教官が必要だったが、幸運なことに、カートの試みに共感してくれそうな新しい教員が、この学科にやってきた。ジェイムズ・シドニー・スロトキン助教授だ。社会人類学という分野において、スロトキンは広い視野に立っていて、小さなスケールでは語らない。「はじめに、研究する分野とアプローチ法を限定するのはやめよう」。スロトキンは当時出版が間近だった本、『Social Anthropology : The Science of Human society and Culture』の冒頭で語っている。スロトキンが興味を持っていたのは、海を越え、時代を超えても民族間に共通性があるということだ。どこに住んでいようが、人間はすべて、自分の経験を同じような方法で枠にはめようとするように彼には思えた。彼のアプローチは、同時代よりは十九世紀の人類学者たちがよく用いたものだった。そのせいでスロトキンは、同僚の言葉を借りれば、「シカゴ大学に在籍中、学科のなかでも主流から外れた存在だった」のかもしれない。

だがカートは彼を崇拝した。なにしろこの若い助教授は次々にアイディアを思いつき、それを様々な方向に向けて（やや乱暴なくらいに）発信するのだ。スロトキンはカートにいった。自分がどんな学派で学んでいて、その学派がどんな立場をとっているのか、知っておかなくてはいけない。創造性に富む人間は、同じ主義や理想を掲げる実践者たちのグループに所属するべきだ。なぜなら、イデオロギーを持たない者は、学芸の世界では通用しないからだ、と。カートは、この助言のおかげで作家魂に火がついたとのちに語っている。芸術家になるための、作家になるための、声明《マニフェスト》のようにきこえたからだ。

カートは、スロトキンの社会人類学や創造性に対する寛容な考え方に刺激を受けて修士論文の方向を定めていったが、残念なことに、意欲的すぎた。四十ページの概要を大学の委員会に提出したのは一九四七年の春。「一九〇七年パリのキュビズムの画家と十九世紀末に反乱を起こしたネイティヴ・アメリカンの首長たちとの類似性は無視できない」という内容だった。

論文委員会のメンバーが異口同音にこんなものは通せないというなかで、スロトキンだけは黙っていた。委員会はカートに、もう少しテーマを絞ってはどうかとすすめた。たとえば、一八九〇年代のインディアンのゴーストダンス（十九世紀末にパイユート族の予言者ヴォヴォカによって北米西部の先住民の諸部族に広められた宗教的ダンス）などに限定すれば、扱いやすいトピックであるうえに、より人類学的な内容になるのでは、と。

カートは論文のテーマを否定され、兄のバーナードにあれこれ指示されていた頃のことを思い出した。あのとき父はただ黙っているだけだった。どこの大学に出願し、なにを勉強すべきかは、すべてバーナードに決められてしまった。そしてまたしても物知り顔の連中に、どうするのがいちばんいいのかを勝手に決めつけられてしまった。「ぼくはこの研究科からのけ者にされているような気がした。受け入れてもらったはずなのに」。

だが、一九四七年の夏をすべて費やして、別のテーマに関する調査結果を集めた。『北アメリカのネイティヴ・アメリカンによる新しい神話』。白人による征服を説明するためにネイティヴ・アメリカンの部族が新しく創った神話の比較だ。

わかりやすい素直な内容だったので、指導教官たちは四ページの概要を読んで、このまま進めるようにといった。カートの提起したもののなかには、実際、まだ研究されていない領域もあった。「ヴォネガット君」とフレッド・エッガン教授は手紙を書いている。プエブロ族（アリゾナ、ニューメキシコ州などに居住する先住民）の研究をしている教授だ。「きみの修士論文はなかなかよさそうですが、神話と行動——儀式的なものもそうでないものも含めて——の関係についてふれれば、より意味深いものとなると思います。がんばりなさい」。教授は論文のタイトルの候補もいくつか提示してくれた。ソーク族（以前はウィスコンシン州フォックス川流域およびグリーン湾一帯に居住していた先住民）の研究で知られるソル・タックスは、カートに直接会って、研究テーマに関して話をしたいと書いてきた。「ヴォネガット君。きみの論文の要旨を読みました。面白いものになりそうだ」。

研究には、六ヶ月から一年が必要だ。しかもそれと並行して上級クラスの単位を取得しなければ学位はとれない。順調にいけば一九四九年の五月か九月に卒業できるが、そのためには学期ごとに三つか四つの科目の単位をとりながら論文にとりくまなくてはならない。

一方、市場のある短編小説も書き続けるつもりで、それは修士課程の負担が重くなっても曲げる気はなかった。変更後の論文テーマについてメモをとった紙の裏に、物語に使えそうなアイディアをいくつか書きとめた。プラマーという主人公が、演出家やプロデューサーや戯曲家といった芸術分野の仕事に就く人生を夢見ている、という物語だ。カートは授業に出なくなった。

一九四七年八月、カート・ヴォネガットは大学院を中退した。

認めてもらえなかった論文テーマに費やしてしまった時間や、父親としてやらなくてはいけない諸々の事などが積み重なって、多くのことを一度にしようと張りつめていた糸が、ついに切れてしまった。夏の学期の終わり、ふたつ目の論文の概要ができた状態で、カートは大学を辞めてしまった。「またもや失敗」だった。五年の課程を四年で辞めたカートに学位はない。あるのは高校の卒業証書だけだった。

いとこのウォルトはそれをきいて驚いた。「どの科目も好成績で通っていたし、論文のためのメモも書きためているといっていたのに、実際に書くことはなかったのです。不思議でなりませんでした。『作家なんだろ？　論文なんてちゃちゃっと書いて、修士をとっちまえばいいのに』。そう思ったものです。あいつは修士の学位なんてどうでもいいと思っているようで、実際、そういっていました」。

カートはその年の一月から、シカゴのシティ・ニュース局でアルバイトをしていた。かつての恋人、ジャーナリズムとよりを戻したというわけだ。シティ・ニュース局の目的は独特のものだった。シカゴの四つの日刊紙――「デイリーニュース」「ディフェンダー」「サンタイムズ」「トリビューン」――に地元のニュースを配信する。局の記者が一日二十四時間、街をくまなく歩きまわってかき集めたニュースだ。

法廷も刑務所も警察署も市役所も、シティ・ニュース局の記者が回る。集められるかぎりのネタを集めて、電話ボックスから局に口述するのだが、記事を起こす側は満足することなく、さらなる情報を集めるように促す。それは通過儀礼のようなもので、編集者は新米の記者を叱りつけ、質問攻めにし、困らせ、けなすことによって、仕事ができるように鍛えて教育しているのだ。局のモットーは、「母親に愛していると言われたら、その裏をとれ」。日刊紙に記事を提供する最後のステップは、記事を缶に入れて封をし、真空圧を利用した「ニュースの地下鉄」に乗せることだ。これはループの下をくねくね走っているスチールや真鍮の管で、そのなかを飛んでいき、新聞社のニュース編集室に直接届く。

カートは、最初は使い走りとして採用された。担当区域を任せられるほどの経験がなかったからだ。八月に大学を辞め、フルタイムで働けるようになると、記事のネタをみつけるため街に送り出された。スキャンダルを発掘するのは大好きだった。少年の頃、シカゴ市民のジェイムス・T・ファレルの小説を読んで、心を躍らせた。そこに描かれていたのは、サウスサイドに居住する労働階級のアイルランド系移民の生活だった。いま自分は、本のなかと同じ、あのうらぶれた通りを歩いている。「記者として、とにかく警察署を次々と回った。消防署にもいったし、沿岸警備隊にも顔を出した。『なんか事件ありませんか?』と。毎日八時間、サウスサイドやノースサイドやウェストサイドをうろついた」。〝浮流死体《フローター》〟――シカゴ川やミシガン湖でみつかった遺体――の話はたいてい、いいネタになった。カートが取材した事件には、ソスノースキー夫人が夫トニーの死体を五、六十センチの長さにノコギリで切り分け、バラバラにして川に捨てた、というものがあった。夫人は何往復かしてやっと、夫の遺体をすべて捨てることができた。

一方、バーナードは科学者としての名声を欲しいままにし、出世コースをまっすぐ進んでいた。一九四三年にロイス・ボウラー（旧姓）と結婚し、一九四五年にはゼネラル・エレクトリック社からのオファーを受けて、ニューヨーク州スケネクタディの研究所に勤務することになった。

この研究所は、ゼネラル・エレクトリックの巨大生産拠点、スケネクタディ・ワークスの一角にあった。世界屈指の民間企業で働くことに順応できる化学者、物理学者、工学者、数学者にとっては、理想的な環境だった。ゼネラル・エレクトリックは、アメリカ合衆国で第四位の株式上場企業で、従業員数は国内第三位、二十八の州に百三十六の工場を持っている。会社はアイディアに多額の金を払った。実用的なものにも、革新的なものにも。社の工場から溢れ出る製品――テレビ、ラジオ、冷蔵庫、洗濯機、さらに、蒸気タービン、軍用機器、船舶のエンジンといった超大型の産業用デバイス――は多種に及び、ゼネラル・エレクトリックは、戦後のアメリカ合衆国に押しよせた「豊かな時代の波」の象徴とされた。枯渇することのなさそうな資金力によって、会社はバーナードのような一流の研究者を引き抜き、ユニークで、有用性が高く、そしてなにより利益をもたらす発明を期待した。

バーナードとロイスは、グレンヴィルの町の中にあるアルプラウスという地域に小さな家を購入した。アルプラウスはモホーク川のほとり、スケネクタディ・ワークスの八キロ北東にあり、ゼネラル・エレクトリックのホワイトカラーの従業員の多くが住んでいた。ふたりにはその後五人の息子が生まれるが、長男のピータは一九四五年の七月に生まれた。

バーナードは研究所での仕事に、会社の信頼に応えられそうな研究分野を選んだ。自然界における過冷却液体のメカニズムを研究し、誰もが知りたい問いの答えをみつけることだ。すなわち、雨を人工的に降らせることはできるのか？　もしできるのなら、世界の天候管理に大革命を起こすことになる。

同僚のヴィンセント・シェイファーと協力しながら、バーナードは、雲のなかで水蒸気を瞬時に氷に凝固させて氷晶核を作る方法を研究した。一九四六年十一月十三日、シェイファーはフェアチャイルド社の軽飛行機をレンタルし、プロのパイロットを雇った。そして、ゼネラル・エレクトリックの工場から五十キロほどのところにある、バークシャー地方のグレイロック山の上空で、一・五キロのドライアイスの粒を冷たい雲のなかに落とした。バーナードも仲間の科学者たちもそれを見守っていた。「まるで（雲が）爆発したようだった」とシェイファーはノートに書いている。「広範囲にわたる結果がすぐに出た」。マサチューセッツ州西部の五キロにわたる地域で、雲層から雪が降った。

翌日、「ニューヨーク・タイムズ」紙の大見出しは〝人類による雨量制御の幕開け〟だった。「ボストン・グローブ」紙の見出しは〝人工雪嵐成功〟。この成功に乗じて、ゼネラル・エレクトリックの社内人事および地域住民との連係を担当する副社長に就任したばかりのレミュエル・リケッツ・ブールウェアは、科学と進歩の社会的認知に対して、新たなアプローチをしようと決断した。従業員、組合、株主、近隣地域の住民、そして政府にも、ゼネラル・エレクトリックが「良いことを自発的にしよう」としていることを知らせたかったのだ。まずは、プロのジャーナリストを引き抜き、スケネクタディ・ワークスで記事になりそうな事を取材させ、自社に関する良いニュースが常に新聞に載るようにしようと考えた。

そういうわけで、カートは八月末のある日、ゼネラル・エレクトリックの広報担当役員、ジョージ・

W・グリフィンから電話を受けた。グリフィンの説明によれば、バーナードが、弟なら適任かもしれないと推薦したのだそうだ。科学の素養を持つ記者だとききましたが、スケネクタディでの仕事の面接に興味はありますか？

結婚以来初めて、カートとジェインは選べる立場になった。カートはシカゴ大学を辞めてから、履歴書をあちこちに送っていたが、妻と赤ん坊を抱えた、学歴も高くない男としては、なかなか恵まれた状況にいた。一九四七年の九月、夫妻は二回目の結婚記念日をミシガン・アヴェニューの高級レストランで祝いながら、どの案がいいかと幸せそうに迷っていた。というのも、ゼネラル・エレクトリックからの申し出のほかに、インディアナポリスのボブス・メリル出版からは編集者として、そしてオハイオ州の「デイトン・デイリー・ニューズ」紙からは記者として、きてくれないかと誘われていたのだ。

ふたりは結局、給料が高く、新たな環境で生活できる仕事を選んだ。ゼネラル・エレクトリックの給料は、インディアナポリスまたはデイトンでもらえる額の三倍だった。ただ、ひとつ問題があった。大学の学位が必要だったのだ。そこで、カートはグリフィンに、シカゴ大学で人類学の修士号を取ったと話した。未来の上司が真偽を確認することはなかった。

ゼネラル・エレクトリックからの仕事のオファーを手にしたカートは、シカゴのシティ・ニュース局を辞職した。勤務したのは九ヶ月で、ほとんどの期間はアルバイトとしての雇用だったが、どのみち長く勤める人間はいないところだ。長時間働いて、受けとる給料はほんの少し。だがカートの文体は、締め切りに追われながら編集室で働いて養われたものだ。「文章がシンプルで、書き方が直接的だから、多くの批評家は、ぼくのことをばかだと思っている。彼らにとって、そうした特質は欠点なのだ。だがちがう。いかに自分の知識を手早く文章にするか。それが大事なのだ」。

九月の末、ジェインは引っ越しの準備のためにシカゴに残り、カートはひと足先にニューヨーク州北部に向けて発ち、新居を探すことになった。

ゼネラル・エレクトリックのスケネクタディ・ワークスには、「魔法の家《マジックハウス》」というニックネームがあった。門のなかには二百四十ヘクタールの敷地が広がっていて、三万人の従業員が二百四十の建物に分かれて働いている。ここでの工学とテクノロジーの発達は、世界でも類がないほどの規模だった。しかも敷地内には、観覧席つきのソフトボール場、ピクニック用のベンチ、射撃場まである。週末にはスポーツクラブが開放されて、従業員の誰もがボウリング、テニス、バスケットボール、バレーボールなどを楽しめた。診療所もあって、アスピリンから応急処置まで、どんなことにも対応してくれた。構内には専任の警察官が配備され、九人態勢の消防隊が緊急時に備えて待機していた。売店では、従業員はゼネラル・エレクトリック製の器具や装置を特別割引価格で購入できる。勤続二十五年で自動的にメンバーになるゼネラル・エレクトリック四半世紀クラブには、四千五百人が所属していた。また、様々な娯楽も用意されていた。競馬場見学、ニューヨーク市までハドソン川の川下り、スポーツイベント、夜会服着用の舞踏会に夕食会。

さらなる団結心向上のために、副社長ブールウェアは、一九四八年にニューヨーク州ヘンダーソン湾のアソシエーション島で、初の経営トレーニングキャンプを開催することを決めた。ちょっと荒っぽいばか騒ぎ（重役は全員男性だった）にリーダーシップセミナーらしきことを組み込んでみようと思いついたのだ。参加者は赤や青の色別のチームに分けられた。ブールウェアは経営陣に統一戦線を作ろうとした。それがなければ、ただ働くばかりで、会社はしだいに集産主義的なディストピアになってしまうと考えていたからだ。

スケネクタディから八キロ離れたアルプラウス地域のバーナードとその家族が住む家の近く、ヒル・ストリート十七番地にツーベッドルームの家が売りに出ていた。別棟のガレージ、暖炉つき。屋根はヒマラヤスギのこけら板で葺いてあり、外壁側の窓枠は白い塗装が施されている。カートはジェインに電報を打った。このお菓子の家みたいな田舎家なら予算内。小川のほとりにあって暖房も下水道設備も整っていて、あとはちょっと内装工事が必要なだけだ。電報は「愛をこめて、ターザンより」としめくくった。カートにとって計算外だったのは、モホーク川が凍結すると、家の裏手を流れる小川、アルプラウス川の冷たい水が裏庭に溢れ、地下室の一方から入りこんでもう一方から流れ出るということだ。ともあれ、高さ十メートル以上のマツの木立に囲まれた田舎家は、ふたりの初めてのマイホームになった。

アルプラウスの住民はせいぜい四百人だが、日に二本のバス便のおかげで、スケネクタディへの通勤は便利だった。中心部にはアン・チェイニー夫人のガソリンスタンド兼雑貨店があった。通りを挟んだ向かいには二階建てのレンガ造りの自治消防署があり、トラックが二台常備されている。カートは新しい隣人たちから消防団への参加を勧められた。地域貢献だけでなく、消防団主催のダンスパーティ、バーベキューその他、休日の催し物があって、いわば社交の中心だったのだ。カートは参加を決め、一五五番のバッジをもらった。消防署の隣は古い建物で、一階は郵便局になっていた。なかは薄暗くて、歩くと床がきしんだ。アイダ・ディルマンという気むずかしい女性郵便局長を、カートはどうも好きになれなかった。

ヴォネガット家の新居の前の持ち主はグラッジングズさんといったが、近所の人たちの話では夫婦揃って酒好きだったらしい。残された持ち物の始末をしているうちに、カートはガレージの垂木におかしなものが押しこまれているのに気づいた。遺灰を入れる銅製の壺だ。ジェインが電話をしてたずねると、グラッジングズ夫人は涙ながらに説明した。壺のなかにはドッグショーで最優秀賞《ブルーリボン》をとった愛犬のコリーの遺灰がはいっているんです。どうか記念に残しておいてもらえないでしょうか？

ヴォネガット夫妻は不審に思ってトロイ市火葬場に電話をかけ、前のオーナーは火葬場を利用したことがあるかときいた。答えはイエス。灰は夫の前妻ヘレン・C・グラッジングズのものだという。彼女が病に倒れ死の床についているとき、夫はほかに女を作った――〝ブルーリボンをとったコリー〟の飼い主だ。そして、ふたりはヘレンが亡くなってすぐに結婚し、壺を置いたまま逃亡したのだ。

ジェインとカートはどうしたものか思い悩んでしばらく眠れなかった。ヘレンがカトリックだったと知って地元のカトリック教会に電話したが、正式な葬式をすることはできなかった。カトリックでは火葬はタブーだからだ。噂は広まり、隣人たちは悪気のないジョークで、ヒル・ストリート十七番地をヴォネガット霊安室などと呼んだ。ようやく、ヘレンを知っていたラーセン夫人というノルウェー人が教えてくれた。「ヘレンは庭が好きだったわ。レモンリリー（ユリ科の多年生植物。大きな黄色い花を咲かせる）の下にでも埋めてあげれば喜ぶんじゃないかしら」。

というわけで、ある日、カートとジェインとラーセン夫人は、前庭のレモンリリーの横の切り株の前で葬儀を行った。賛美歌を歌い、カートが祈りを唱え、ヘレンの遺灰は地下三十センチに埋められた。

「それがヘレン・グラッジングズの最後でした」とジェインは手紙に書いている。相手はその次にこの家のオーナーとなったエリクソン夫妻、グロリアとジャックだ。

カートがゼネラル・エレクトリックで新たな仕事を得たのは、天につながる金の梯子に足をかけたようなものだった。うだつの上がらない記者だったのが、世界屈指の優良企業でホワイトカラーの仕事ができるのだ。ゼネラル・エレクトリックがカートを雇ったのは、バーナードの弟で書き手として有能だったからだけではない。スケネクタディ・ワークスにライターはたくさんいた。出版部門専任スタッフもいて、マニュアルや試験問題や視聴覚教材を作り、年間千人の新入社員の研修を担当する二百五十人のインストラクターに提供していた。だが、会社側が欲していた人材は新聞記者。マスコミ向けのネタを探し出し、従業員にインタビューし、写真を撮り、特集記事にまとめられる人間だ。特に目新しいことがなくても、常に新聞に掲載されるネタを用意しておかなくてはいけない。そのためには工場を歩き回り、あれこれ質問する必要もあるだろう。バーナード・ヴォネガットの雲の種まき関係の仕事などがまさに、会社側が世の中に向けてさらにアピールしたいと思っている種類の研究だった。

最初、カートのデスクはスケネクタディの町の中心部にあった。ゼネラル・エレクトリック社の広告販売促進課がそこにあったからだ。だが、その課はスケネクタディ・ワークスの敷地内にあったほうがいいということになり、製作所や研究所に近くなった。それからは、カートは土日を除く毎朝〝魔法の家〟の正門を、ビジネススーツにフェルトの中折れ帽をかぶって（それが社内のドレスコードだった）通り、三一号棟コミュニケーション・サービス課の報道事務所に向かった。未来の可能性を見つける気、満々だった。

カートは社内をみてまわるうち、この会社と関係を持てたことを誇りに思うようになった。のちに、コーネル大学で無理やり理系の学科を専攻させられたことには不満を並べ、科学技術が人類から人間性を奪うだろうと予言的なことを発言したりするようになるが、このときは、ゼネラル・エレクトリックが近代的生活の基礎を改良しようとする努力を前向きにとらえていた。「我々が当時市場に供給していたものは、善きものだったと思う……電気を作ったり、食べ物を腐らせないようにしたり、衣類を洗ったり、部屋を明るくしたりしていたのだ」。企業秘密を知るにつれ、ゼネラル・エレクトリックは政治よりもよほど進歩に貢献していると確信した。テネシー川流域開発公社（一九三三年に設立され、テネシー川にダムを建設して発電・治水・用水などを営んだ）のダムの発電機の三分の二はゼネラル・エレクトリック製で、カート流に考えるなら、「それは明らかに社会主義だ。公益事業を公有化しているのだから」。社内の技術者たちが、ゼネラル・エレクトリック製のタービンや水車や発電機を共産主義の国々に設置する際の監督をしたことがあるという話をきいて驚いた。「そんな大きな部品を牛かなんかと力を合わせて引きずっていき、所定の場所で、原始的なてこの原理やらなにやらを使って降ろす。ぼくはその話を記事にしたくてたまらなかったが、それはできない。なぜって、それは、共産主義国を助けていたことになるからだ。ばかばかしい！」

まもなく、カートはタイプライターに精力的に向かうことが多くなった。バーナードの気象研究についてはたいていカートが広報文を書いたが、それだけではない。社内で進行中の原子力発電の開発に関しても、最新の研究結果に関する内部情報を折りこみながら記事にした。（秘書がカートのプレスリリース原稿をタイプし直すときに、「原子《ニュークリア》物理学」を「不明瞭《アンクリア》な物理学」と打ち間違えたことで、ちょっとした騒動を巻き起こしたこともあった）。新しい仕事にとりくむうち、カートは「工業が本当に好きになったし、会社の作っているものも気に入った。製品がとてもよかったから」。スケネクタディに到着してから数日のうちに、新製品の安全なナトリウム灯がいくつもの橋を照らしていることを書いたカートの記事が「ニューヨーク・タイムズ」に掲載された。ジョージ・グリフィンは、カートのそんな積極的な態度を気に入り、フリーダム・トレイン（憲法修正条項の原本など、自由を求めて戦ったアメリカの歴史を振り返る展示をし、一九四七〜四九年に四十八州の三百以上の町を回った特別列車）に対するスポンサー業務の責任者に抜擢した。フリーダム・トレインは七両編成で赤、白、青の塗装を施されてアメリカじゅうをまわっていたが、一九四七年の十一月一日にスケネクタディに到着した。車内にはアメリカが自由を手にした歴史的経緯に関する連邦議会の資料が展示されていた。カートはこの仕事でも会社の期待に応えた。優秀な広告マンで、公衆の注目を集めるコツを本能的に身につけていたのだ。

カートは編集室の男くさい雰囲気も気に入っていた。同僚はたいてい、既婚の若い元軍人だ。なかでもオリー・M・ライアン・ジュニアは、かつて同じクイーン・エリザベス号でイギリスまで行った歩兵のひとりだということがわかった。またボブ・ペイスは、ショートリッジ高校の卒業生で、カートの二年先輩だった。同僚の多くが元軍人だったため、カートはたやすく、ひとり一ドルずつ集めて世界連邦主義者協会に献金することができた。民主的な世界秩序を形成し戦争を防ぐことを目指して作られた組織だ。

目立ったニュースがない日には、そろってお気に入りのパブで昼食をとり、酢漬けのゆで卵をビールで流し込み、「うちの会社は気前のいい電気機器会社《ゼネラス・エレクトリック・カンパニー》」だとジョークをいった。ある晩、ボブ・ペイスの自宅の地下室で、会社から〝拝借して〟きた八ミリプロジェクターでポルノ映画をみおわってから、フィルムのひとつを巻き戻しながらみて大笑いした。ベルボーイが女のベッドから飛び出てくると、急いで服を着て、グラスをいくつものせたトレイを持って、ホテルの部屋から後ずさりで出ていく。

カートは、天職を得たと思った。自分が望みさえすれば、当時、会社人生を表すのによくいわれていたように、子宮から墓場までずっとこの仕事に就いていられる。それは会社員からなる拡大家族であり、みんなが会社の業績をのばすことに取りくんでいる。だがやがて、カートは組織の一員としての自分の役割が窮屈に思えてきた。ある愚かな出来事が発覚したからだ。カートの失敗はバーナードを巻きこみ、さらに悪いことに、アレックス叔父まで怒らせてしまった。

アレックスはかねてからバーナードの成功を目を丸くして見守っていたが、「インディアナポリス・スター」紙に甥の経歴が掲載されたのを読んで、誇らしい気持ちになった。昔は天才科学少年と呼ばれ、MITを卒業し、今やノーベル化学賞受賞者でゼネラル・エレクトリック社主任研究員のアーヴィング・ラングミュアの側近だ。気象制御はその大胆な発想がきわめて独創的だが、それをヴォネガット家の人間がやっているのだ！　そのうち友人から、バーナードが雲の種まきに使う器具をみせている写真が入った記事の切り抜きが送られてきた。アレックスは「スケネクタディ・ガゼット」紙に手紙を書いて、掲載写真の焼き増しを一枚いただけないだろうか、と頼んだ。焼き増しした写真が一枚ほしい。というのも、〝ちょっと自慢の〟甥っ子なので、と。一ドル札も同封して、返信用切手代にあててもらえるよう配慮した。

「ガゼット」はアレックスの手紙をゼネラル・エレクトリックに転送し、それが巡り巡ってカートのデスクにやってきた。なんという偶然。カートはおかしくてたまらず、どう返事をしようか考えた。書き上がった手紙は、カートとしてはウィットに富んだものだと考えたのだろうが、行間にはどうしても兄への嫉妬が見え隠れしてしまう。

ヴォネガット様
「スケネクタディ・ガゼット」紙のローカル記事編集者エドワード・シーマク氏から、あなたの十一月二十六日付けのお手紙を頂戴しました。
ゼネラル・エレクトリック社のバーナード・ヴォネガット博士の写真は、弊社広報部が提供したものです。しかし、焼き増しした写真はこちらのファイルには残っておりませんし、ネガはアメリカ合衆国通信部隊におさえられています。なにより、我々はあなたのささやかなご要望にいちいち応えていられるほど暇ではないのです。

廉価版スタインメッツ氏（電気技術者、発明家。一八九四年より三十年間、ゼネラル・エレクトリック社に勤務し、様々な発明により特許を二百取得した）の写真は、ほかのものならございますので、私の貴重な時間を割いて送ってさしあげてもかまいません。ですが、急かさないでください。〝ちょっと自慢の〟ですか！　ハハ！　ヴォネガットさん！　ハハ！　あなたの甥御さんを作りあげたのはこの会社ですよ。そして彼をつぶすのだってたやすいのです——卵の殻みたいにグシャリとね。ですから、一、二週間経っても写真が届かなかったとしても、大騒ぎなさらないでください。

もうひとつ——ゼネラル・エレクトリックに一ドル札を送りつけるなんて、暴風の中で屁をひるようなもので、まったく無意味です。お返しいたします。無駄遣いなさいませんよう。

敬具

広報部　一般ニュース局

ガイ・フォークス

アレックスは手紙を読むと、ショックと怒りに震えた。弁護士に、こういう侮蔑的な手紙に対して名誉毀損で訴えることができるだろうかと問い合わせ、ゼネラル・エレクトリックの社長に手紙を書いて、職分をわきまえず一ドルの価値もわからない従業員がいると知らせてやるといった。ところが、そんなことになるまえに、誰かがこういったらしい。手紙の差出人のガイ・フォークスは十七世紀のカトリックの無政府主義者で、国会議事堂を爆破しようと企んだ男だし、甥のカートが広報部に勤めているんじゃないか、と。アレックスは頭を冷やした。その後、カートがあれは〝内輪のジョーク〟だったと弁解したが、アレックスは笑わなかった。

世界でも指折りの研究施設で日々新しいテクノロジーにふれているのだから、カートがノンフィクションを書くようになってもおかしくなかった。科学、交通機関、宇宙探検等を題材として、戦後のアメリカ人の多くが虜になった明るい未来像を描いたノンフィクションを。ところが、彼は依然として小説を売りこもうと心に決めていた。毎朝、スケネクタディ行きのバスに乗る前に、必ず二時間、玄関ホールの隅にある机の前に座って書くことにしていた。会社からフォルダーをひと箱分失敬してきて、自分の作品を整理した。送った日付、編集者からの返信、書き直した作品、再送した原稿などがわかるようにした。ラジオ番組にはユーモアとタイミングを教わり、人類学には人間の本質に対する洞察力を鍛えられ、ジャーナリズムには文体を磨かれて無駄な装飾はそぎ落とし、簡素な文だけが残った。そろそろ、書けるはずなのだ。

カートは同僚のオリー・ライアンに、これから自分の時間をどう使うべきか、優先順位を考えなおすつもりだと話した。ライアンはうまくいくといいなとはいったものの、無茶はしないほうがいいという態度は崩さなかった。ほかの同僚たちは、カートの野心を知ると、そううまくはいくまい、という反応をみせた。自分だって、第二のヘミングウェイになれるかもしれないと夢見たときもあったが、家族を養わねばならないし、いい給料の仕事に恵まれているのだから、夢ばかりみているわけにもいかないと気づいたという者もいた。ある年配の紳士は皮肉たっぷりに、書いた本を出版したいと願うなんて、ある種の自慰行為だと意見した。だがライアンは、執筆の話を数ヶ月にわたってきいているうちに気がついた。カートは「我々の誰ひとりとしてできない規律のある暮らしをしている……ゼネラル・エレクトリックでの仕事を終えると、帰宅して書く。週末も執筆に費やしていた。我々も週末にあの家を訪ねて邪魔するのはやめようと気を遣うようになった。彼が書いているからだ」。

それでも、断りの手紙がくり返しポストに届いた。「目立つプロットがない——大仰すぎる——我々の興味を引くレベルではない」と書き送ってきたのは、アーノルド・ギングリッチ。「エスクァイア」誌の創刊者であり編集者だ。「コリアーズ」誌からの断り状の終わりには、意味不明の鉛筆の走り書きがあった。内容は親しげだが、カートは気になった。「拙誌にはやや高尚すぎる作品です。ところで、あなたは一九四二年に『コーネル・デイリー・サン』紙に記事を書いていたカート・ヴォネガットさんではないですよね？　ひょっとしてご本人ですか？」署名は「オウエン・ブーア、オーム・ブリュイズ、もしくはダンク・ブリッジズ」とあったが、カートは筆跡をみてもぴんとこなかった。「コーネル・デイリー・サン」に当時書いた記事の何本かは評判がよくなかったし、「コリアーズ」での可能性をつぶしたくなかったので、それには返事を書かなかった。

自宅で執筆活動を続けるという、自分に課したルールのせいでカートは疲れていたが、広報の仕事はかなりの成績をあげていたので、上司のジョージ・グリフィンは満足していた。会社には、ひとつの処世術がある。ゼネラル・エレクトリックをべた褒めするような特集記事を約束しておいて、それが世に出なかったりすると、かなり立場が危うくなる。あるとき同僚のひとりが、「ライフ」誌に大きな特集を書きました、というメモを副社長たちにまで回した。結局それは掲載されず、その男のゼネラル・エレクトリックでの会社生命は終わることになったと、カートはのちに書いている。

カートは雑誌に詳しかったので、ゼネラル・エレクトリックのどんな話が編集者にうけるのかが、直感でわかるようになった。ゼネラル・エレクトリックには、ローマ神話の光の神ユーピテルさながらの科学力をさらに強く印象づけるようなプロジェクトがあった。たとえば変圧器部門は研究目的で大きな稲妻を発生させる実験を行っていたが、写真家のアルフレッド・アイゼンシュテットがそれを撮って「ライフ」誌に掲載した。またそれほどではないが、この企業がアメリカの最前線を進んでいることを広く知らせるようなプロジェクトもあった。カートはエンジニアが作ったミニチュアの町の模型を宣伝した。この町は、ミニチュア化されたゼネラル・エレクトリックの製品によって電力を供給され、温められ、明るく輝いている。これを新聞や雑誌がこぞってとりあげた。まるでゼネラル・エレクトリックという巨人が身をかがめて遊んでいるような印象が広くいきわたった。

「ありうる世界のなかの最善の世界では、出来事はすべて最善の結果につながっているのだ」と、カートのお気に入りの小説のひとつであるヴォルテールの『カンディード』のなかで、パングロス博士がいっている。この会社のスローガンにしてもよさそうだ。実際のスローガンは「ゼネラル・エレクトリックでは、進歩こそが最も重要な製品だ」だったのだが。一方、〝魔法の家〟にも、アメリカ的生活が将来崩壊する予兆のような面もあった。

ある日、カートは四九号棟で、フライス盤がジェットエンジンの回転翼を切り出すところを見学していた。ふつうは、タービン翼を磨き上げるのにはコストがかかるし、苦労を重ねて細かいステップをこなしていく熟練の機械工の手が必要だった。だがその日、機械工はひとりもいらなかった。コンピュータ制御された機械の動きはすべてにおいて人間そっくりに作られていた。エンジニアたちはカートに――ちょっと申し訳なさそうに、とカートは感じた――いった。「小さな箱と穴のあいたカード」があらゆる機械を動かす日がくるでしょう。まるで、エンジニアたちは、自分たちがそのうち人間そのものを裏切ることになると気づいているかのようだった。

コンピュータ制御された旋盤が、鋼鉄の刃の上をなめらかにいったりきたりして、ミクロ単位のところまで完璧に磨き上げるのをみていたそのわずかな時間が、ヴォネガットの人生を決めた。ささやかな出来事だが、多くのことを象徴していた。職人の技能は一朝一夕に得られるものではなく、何世代にもわたって受け継がれてきた。それなのに、この装置は、人が一生かかって会得する技を、楽々とやってのけている。「カチカチ小さな音を立てる箱にすべてを決めてもらうこと自体が悪いわけではない」。カートもわかっていた。「だが、仕事を誇りに思っていた人間はかわいそうだ」。

そのようなパラドクスを、巨大な生産拠点のなかで感じるとは不思議だった。そこはレストラン、消防署、診療所、遠足の企画、スポーツクラブなど、コミュニティや親睦や帰属意識を象徴する飾りものにあふれていたのだから。ふたつの力——テクノロジーとヒューマニティ——が競い合う中心にゼネラル・エレクトリックがあったのだ。

この矛盾は、カートにひとつのアイディアを与え、それが彼の処女作を産み出す。SFの色が濃い作品だ。「書くしかなかった」。カートはのちにいっている。「ゼネラル・エレクトリックこそがSFだったのだから」。

五章　そんなに頭の固いリアリストにならないで　一九四八〜一九五一

長編小説は、どんなに面白くなりそうなものでも、完成するまでに数ヶ月、あるいは数年かかる。だがそのあいだに、雑誌の短編小説市場に食いこめれば、短期間で現金が手に入る。「サタデー・イヴニング・ポスト」誌や「ハーパーズ」誌に短編が一編載れば、カートの六週間分の給料と同額の原稿料がもらえる。そんな思いがけないボーナスがたまに、ゼネラル・エレクトリックからの給料にプラスされれば、若いヴォネガット夫妻が夢見る、経済的ゆとりができる。

一九四八年、カートは、玄関ホールの仮ごしらえの書斎で、仕事が終わったあとの夜や週末を過ごした。人気雑誌に売りこむために、かなりの数の雑誌を読んで研究した。雑誌は大きくわけて三つに分類できる。平均的な教養のある一般読者向け（「リーダーズ・ダイジェスト」「コリアーズ」）、インテリ向け（「ハーパーズ」「アトランティック・マンスリー」「ニューヨーカーズ」）、女性向け（「レディース・ホーム・ジャーナル」「ウーマンズ・ホーム・コンパニオン」）。編集者の意向に沿ったものがスピーディに書けるなら、作家にとって魅力的なのは一般向けと女性向けの雑誌だ。小説を買うのはその読者層だからだ。「コリアーズ」は毎週四、五編のオリジナル短編を載せているうえ、長編小説も連載していた。

「コリアーズ」や「サタデー・イヴニング・ポスト」を読むうちに、人気の小説は消費者の願望を描いていることがわかった。おしゃれで魅力的な若いカップルはパーティ三昧の日々を送り、働く男でよく出てくるのは、たいてい重役クラスだ。掲載されている広告も、同様の幸せな風景にあるものが多く、家、車、テレビ、家電に囲まれた、裕福な生活を楽しむ若い男女が対象だ。「白人の黄金時代」。のちにカートは当時のことをそう呼んだ。

つまり、カートが考えていたような、戦後のアメリカ人の暮らしぶりや、メーカーが広告に金を払う理由などを疑問視する小説は、雑誌編集者には響かなかった。小説の市場は、作家コンサルタントのスキャモン・ロックウッドがジェインへの手紙で説明した通りだった。誰もが現代を舞台にした物語を読みたがっている。面白くて、気晴らしになる楽しい物語に需要があるのだ。

カートは、「記憶術」と題した短編を書き直してみた。オー・ヘンリーの「多忙な仲買人のロマンス」のパロディだ。カートの短編では、ひとりのビジネスマンが、細かいことを忘れないようにするために、記憶術の講習を受ける。彼は秘書のエレンに恋している。そしてある日、社長からの指示を思い出す手がかりとして美しい映画スターを思い描いたあと、ぼんやりした状態でエレンを抱きしめてしまう。すると、エレンは驚いて声をあげる。「まあ、うれしい！　やっとわたしのことを思い出してくれたのね」。カートは、この作品のぎこちないプロットを練りながら、なにかいいアドバイスはないかと「コリアーズ」からの断り状を読み直し、文末の鉛筆書きに再度目を通すことになった。「あなたは一九四二年に『コーネル・デイリー・サン』紙に記事を書いていたカート・ヴォネガットさんではないですよね？　ひょっとしてご本人ですか？」今度は署名の部分に目をこらし、ようやくぴんときた。

カートの友人であり、ユーモア雑誌「コーネル・ウィドウ」の編集者をしていた〝ノックス・バーガー〟だったのだ。

ノックス・ブレッケンリッジ・バーガーは、一九二二年十一月一日、ニューヨーク市に生まれた。

カートより十日年上だ。ニューヨーク州ウェストチェスター郡で育ち、兄弟はいない。父親のカール・バーガーは児童書の挿絵画家で、『黄色い老犬』や『三びき荒野を行く』などの挿絵を描いている。一九四三年の春、カートがコーネル大学を退学になった数ヶ月後、ノックスは陸軍に入隊した。そして、不思議な偶然だが、ノックスもまた大空襲の痕を目にした。それはドレスデンよりもひどい、おそらく史上最悪の空襲だ。

一九四五年、三月九日と十日の夜、アメリカ軍のB29が東京に二十五万個の爆弾を落とし、マンハッタンの三分の二に当たる四十一平方キロメートルを焼きつくした。ノックスは軍曹として、アメリカ軍の週刊新聞「ヤンク」のサイパン局にいたが、八月に日本が降伏すると、生存者にインタビューするため東京に飛んだ。ノックスは死者を十万人と見積もったが、その数は現在でもほぼ正確なものとされている。十三万人の日本人が犠牲となった広島への原子爆弾投下に次いで、第二次世界大戦中、二番目に破壊的な空襲だった。

ノックスは兵役を終えると、「ヤンク」への執筆をやめてフリーの記者になった。そして、ノックスと最初の妻オーティス・キドウェルの財産が残り百ドルになってしまった一九四八年、「コリアーズ」の小説担当の編集デスクになった。ノックスは当時二十六歳で、アメリカ全土に売り出されている雑誌の編集デスクとしては、おそらく最年少だった。

ノックスは、男の中の男という印象の人物だった。背は低いがスリムでアウトドア派。髪は黒で、カーク・ダグラス（アメリカの俳優、映画プロデューサー）ばりの割れあごだ。好きなものは、女、酒、子ども（自分の子は別）、フライフィッシング、グラビア誌。天性のウィットに恵まれているうえにけんか好きで、人をこきおろすのが大好きだった。原稿に妙にしゃれた名刺が添えられていたりすると、ノックスはこう返信した。「あなたの名刺は、小説家よりも中古キッチン器具のディーラーかゴム製品のセールスマンにぴったりです。名刺も一緒にお返しします。幸運を祈ります」。

ノックスは、「記憶術」の感想に個人的なメモを添えたのに、カートが返信してこないのを不思議に思ったが、ひいきをされているようで気を悪くしたのだと解釈していた。だから、一九四九年の六月、いきなり返事がきたときには驚いた。そうです、あのカート・ヴォネガットです。「コーネル・デイリー・サン」で記者をしていました。よろしければ、来週、ニューヨークで昼飯でもご一緒しませんか?

ノックスはすぐに電報を打った。「カヨウビ、オフィスニ、デンワ、サレタシ」。

最後に顔を合わせてから六年しかたっていなかったが、ふたりともずいぶん変わっていた。カートは、ノックスが憶えているコーネル大学時代の、あの茶目っ気のある若者ではなく、線が細くてどこかうわの空にみえた。ノックスもまた、まるで知らない男のようにみえると、カートは握手しながら思った。それでもノックスは、できれば、カートの手助けをしたいと思った。それに、「記憶術」はけっこう気に入っていて、「コリアーズ」誌の上司に回すときに、メモを添えた。「できの悪い小品ですが、〝変わっている〟ことは確かですし、ときどき笑えます」。カートが作家となるための手助けをするかどうか決断するポイントは、こちらのアドバイスを受け入れて改稿する気があるかどうかだ。そのうち旧友は「編集者の助言をきちんと受け入れる」タイプだとわかり、ノックスはほっとした。しかし、納得のいかないことがひとつだけある。どうしてデイヴィッド・ハリスなどというつまらないペンネームを使うのだろう? 本名のほうがよっぽどキャッチーなのに。カートは説明した。ゼネラル・エレクトリック社の仕事に支障があっては困るからだ。広報マンが作家として未熟だとわかれば、クビになるかもしれない。なにしろ、自分はこの会社から小説のネタを頂戴しているのだから。

納得したノックスはパーク・アヴェニューにある「コリアーズ」のいくつかの編集室を案内した。カートは、のちに、コーネル大学での共通の友人、ミラー・ハリスへの手紙に、ノックスやニューヨークの出版業界の編集者たちとの出会いは、「ことのほかうまくいった」と書いている。

この再会でやる気になったカートは、マンハッタンに出かけてから一週間のうちに、数編の短編小説をノックスに送った。作品には必ず手紙を添えた。「ロボット警官」という題の短編に、こんな説明を加えた。ゼネラル・エレクトリックのエンジニアたちが、ロボットを考案中だという事実を知っているので、作品の基本概念はそう現実離れしているわけではない。

だが問題は、現実的にあり得るかどうかではなかった。カートが送ったいくつかの作品のうち、「ロボット警官」はSFに分類されるが、SFは現実性に関しては寛大なジャンルだ。問題は、カートの書き方が非常に未熟なことだった。ノックスは辛抱強くカートの原稿に手を入れた。いつもよりも時間をかけ、まるで、創作講座の個人指導のように、友の作品が出版に値するものになるよう努力した。「この作品には、いいところもある。しかし最後の場面を工夫して話をきちんと収め、すべての伏線をうまくまとめる必要がある」とコメントしたのは、「幽霊のロードハウス」という短編に関してだ。カートはペンネームをマーク・ハーヴェイに改めて、「記憶術」をさっと書き直しはしたが、雑誌に載せられるようなものにはならなかった。しかし、ノックスは送り返すときにこうコメントを添えた。「この作品は掲載できるかもしれないが、そのためにはもう少し手を入れてほしい」。そして、カートが「記憶術」の三度目の書き直しをしている間に、ノックスは再び「ロボット警官」を読み返し、カートにこう書き送った。「キャラクターに深みがないし、読者は、きみがなにをいおうとしているのかわからなくて、読むのをやめてしまうだろう」。

だが、ノックスには毎週全国誌を刊行するという本職があるので、カートの作品ばかりに時間はかけられない。カートには、原稿が編集デスクに届く前にみてくれる専門家が必要だった。ノックスは、ケネス・リタウアに電話をかけた。「コリアーズ」の元上司で、そのときにはニューヨークで著作権エージェントを立ち上げていた。共同経営者はマックス・ウィルキンソン。彼は、ＭＧＭ（メトロ・ゴールドウィン・メイヤー社）のサミュエル・ゴールドウィンの下で、脚本の編集をしていたことがある。ノックスはリタウアにこう伝えた。「ヴォネガットは、腕のいい、多作の作家になるかもしれません」。

カートは知らせをきいて舞い上がった。著作権エージェントが自分に目をかけてくれるなど、思いもよらなかったのだ。カートはいちばんできのいい作品を選び、マディソン・アヴェニューのリタウア＆ウィルキンソン事務所に送った。どうやら作家への道が開けそうだ！

一九四〇年代後半、ニューヨークの著作権エージェントは三十人に満たず、ほぼ全員が男性だった。ケネス・リタウアとマックス・ウィルキンソンは人好きのする饒舌《じょうぜつ》な中年男で、依頼人には「虹色の時ととびきりの美女と大金が、もう少しで手に入る」などと約束した。

ケネス・リタウアは、友人たちのあいだでは大佐というニックネームで呼ばれていたが、それは第一次世界大戦中、ラファイエット戦闘機隊（第一次大戦に米国が参戦する前の一九一六年春からフランス支援のために戦ったアメリカ人義勇兵の戦闘機隊）に所属していたからだ。彼はいつもロンドンのセント・ジェイムジズ・ストリートの高級紳士服専門店で買った山高帽をかぶり、黒い傘を持っていた。マックス・ウィルキンソンは誰にでも親しげに話しかけ、仕立屋であつらえた二ダースものスーツと一ダースの職人手作りの靴、そしてボルサリーノ帽、ホンブルク帽、麦わらのスキマーハットのなかから毎日の組み合わせを決める。酔っぱらったＦ・スコット・

フィッツジェラルドに鼻を殴られたことがあるというのが自慢だった。ウィルキンソンは、センチュリークラブに依頼人を連れていき、ディナー後に乾杯をするので有名だった。ある夜、ウィルキンソンはかなり気が大きくなって、そこにいる客全員のグラスに酒をつがせ、ウェイターのために乾杯しようといってきかなかった。

カートによれば、ウィルキンソンは「教養のある男で、ロバート・E・リー（南北戦争時代のアメリカの軍人。南部連合軍の指令官）とエリザベス・バレット・ブラウニング（英国の詩人。夫のロバート・ブラウニングにあてたラブソネットが有名）との間に生まれた子どものようだといわれていた」らしい。

ノックスがカートを紹介した時点で、リタウア＆ウィルキンソンはまだ、ドル箱となりそうな有望な作家はみつけていなかったが、ある若くて熱心な作家が依頼人のリストに加わったばかりだった。ジョン・D・マクドナルドという男で、のちに、犯罪サスペンス小説を書かせたら、戦後では右に出る者はいないほどの作家になる。もうひとつリタウアとウィルキンソンが与えてくれる恩恵は、良い作家になるための指南をしてくれるということだった。カートは、リタウアが原稿を読んで気に入ってくれたとノックスから知らされて、励まされた。ノックスは素っ気なくつけ加えた。「きみの作品にはクライマックスが欠けているにもかかわらずね」。

カートは、バックに著作権エージェントがついていると思うと俄然やる気が出て、出勤前や週末の執筆に力が入った。彼のタイプライターからは、週に一編のペースで作品が打ち出された。リタウアは、カートから送られてきた短編を「コリアーズ」用に編集した。掲載されるとしたら、まずはその雑誌がいちばん可能性があると思っていたからだ。

だが、リタウアの腕をもってしても、カートの作品を売れるものにはできなかった。「エンタープライズ」（「コリアーズ」のノックスの同僚が〝ぎこちなく、わざとらしい〟と評した）も、三度手直しした「記憶術」(あっさりと突き返された)も、「シティ」(三度改稿してもうまくいかなかった)も、「通訳者《ヘル・ドルメッチャー》」(戦時中の無能なアメリカ人通訳者の話で、ノックスは、カートが「ニューヨーカー」誌を意識しているのだろうと推測し、軽くて面白いとは思ったが、やはり掲載はできなかった)も。ノックスは、カートがいつまでもデイヴィッド・ハリスやマーク・ハーヴェイといったペンネームを使っているのを、侮蔑的にみてもいた。「どうして、あいつは実名で物語を書かないんだ?」ノックスはリタウアにたずねた。「ゼネラル・エレクトリックにアカだと思われて解雇されるのを恐れているのか?」

だがついに、一九四九年十月末のある夕方、カートが仕事から帰ってくると、「コリアーズ」からの未開封の封筒が、ピアノの譜面立てに立てかけてあった。ジェインがそこに飾ったのだ。中には七百五十ドル——二ヶ月分の給料に相当する——の小切手が入っている。「バーンハウス効果に関する報告書」が売れたのだ。主人公のアーサー・バーンハウスは、物体や事象を変える能力を身につける。軍隊に人間兵器として使われそうになり、良心を持つ最初の兵器になると決めて身を隠す、というストーリーだ。カートの処女作は「コリアーズ」の一九五〇年二月号に、本名で掲載されることになった。原稿料が入ったのはちょうど良いときだった。二人目の子どもの出産予定日が十二月末だったのだ。

カートは勝ち誇って父親に手紙を書いた。「どうやらぼくも芽が出かかっているようです。初めてもらった原稿料は銀行の預金口座に預けました。ほかの作品が売れても、同じようにしようと思います。ゼネラル・エレクトリックでの一年の給料分が貯まるまでは。うまくいきそうな作品が、あと四作あるので、その原稿料も貯金すれば、手持ちの現金がかなり増えて経済的な余裕ができるでしょう(今までそんなことはありませんでした)。貯まったら、こんな悪夢のような仕事はやめます。命の続くかぎり、もう二度と企業には就職しません。誓って!」

息子のビッグニュースを知らされると、カート・シニアは、その手紙をキャンバス代わりのメゾナイト板に糊で貼りつけた。板の裏には、『ベニスの商人』からの引用をペンで書きつけた。〝誓いですよ、わたしは天に誓いを立てたのです。わたしの魂に偽証をしろとでも?〟

カートとジェインは「バーンハウス効果に関する報告書」が売れたお祝いをすることにした。この先ふたりの慣例となる祝い方は、大がかりなパーティを開いて、もらった金をぜんぶ使ってしまうというものだった。パーティが終われば、ふたりは「もとのようにシリアルでつないで、次の作品が売れるのを待つ」のだと、ジェインは近所の人に楽しげに語った。

客が次々と訪れるなかで、カートはにこにこして座ったまま、ジンをすすったり、タバコをふかしたりしていた。ジェインはといえば、同僚、オリー・ライアンの言葉を借りれば、「うれしくてたまらないといった様子だった」し、オリーの妻のラヴィーニアはカートのことを思うと「うれしくて泣いてしまった」。集まった友人は、自分の知り合いが作家として順調なスタートを切ったのだと考えると喜びもひとしおで、あらためてこの夫婦をみつめなおした。まるで、自由奔放なカップルが空から降ってきて、この堅苦しいアルプラウスで暮らしている自分たちの仲間に偶然加わったような気がした。

ジェインが家事が得意でないことは明らかだったし、家じゅうに散らかった本をみれば、ふたりの読書好きも明らかだった。カートは少しは日曜大工をして、暖炉まわりの壁に節のある松材の羽目板を貼ったりした。だがそれを除けば、家のあちこちに夫婦のエキセントリックさがみえていた。バスタブの下についている鉄製の猫脚の爪に、真っ赤なペンキが塗ってある。バスタブの一方の端には女性の目がふたつ描いてあった。便器の向かい側の壁には人物のスケッチが並んでいた。オーケストラ指揮者のポール・ホワイトマン、大統領候補のトマス・デューイ、一九三〇年代にラジオで活躍していたコメディアンのイシュ・カビブル——この名前はスラングで「どうってことない」という意味だ。

パーティが佳境に入ると、カートは牛や花の絵が描きこまれたピアノの前に座り、お気に入りの「故郷インディアナに帰ったら」を歌った。ふたりの女性が両脇にすべりこむようにして座った。ひとりは身重だ。三人が声を合わせてウォバッシュ川の水面に映る月明かりのくだりを歌っているとき、座っていたベンチが壊れた。

だが、にぎやかなパーティに出ていた女性が何人か、こういっている。ジェインはすでにふたりの子どもを抱えているようだったと。子どもというのは三歳のマークと夫だ。「ヴォネガット夫人っていうのは、楽な仕事じゃなかったと思うわ。カートは自分ひとりじゃなんにもする気がなかったから」。カートがうわの空になり始めると、ジェインがすぐに現実に引き戻した。カートは父親らしい父親にはみえなかった。少なくとも、その場にいた、ある子持ちの男は、カートが自分の子どもに対して無関心だと感じた。マークが三輪車に乗って部屋に入ってきたときにも、カートは小さな声で「マーク、ちょっと行儀が悪いぞ」といっただけで、そのまま放っておいた。それでも、パーティでせわしなく動き回っていたジェインは、幸せに酔いしれていた。

二ヶ月後の十二月二十九日、第二子イーディスが生まれた。

しかし、カートは孤独を嚙みしめていた。アルプラウスでは作品が世に出た作家として認知され、会社では表面上は誰もが友好的で親切だったというのに。カートはコーネル大学時代の学友ミラー・ハリスへの手紙のなかで、戦争が終わってから親友ができないとこぼしている。集団のなかにいるかぎり、孤独から抜け出すことはできないように思えた。彼は愛想笑いができなかったし、する気もなかったが、会社ではそれは必須のものらしい。カートは傍観者的な態度をとりがちで、他人の発言や進行中の状況についていちいち反応を示さず、頭のなかでそのことについて考える。無記名の業績評価アンケートで、同僚に「何を考えているのかわからない」と書かれたこともあった。しかも、しだいにゼネラル・エレクトリックの業績を誇大宣伝するのにうんざりしてきた。短編小説だけを書いていたかった。プレスリリースの記事を書いたり、記者にとりいったりという広報部の仕事に辟易していた。会社の技術的進歩を宣伝する脳天気な調子を真似て、こんな記事をミラー・ハリスに送っている。「ニューヨーク州、スケネクタディにて。二月十六日、ゼネラル・エレクトリックのエンジニアは、驚くべき電気製品を開発した。今後、キリストの再来は単なる学問的関心事に過ぎなくなってしまうだろう。今日ここに発表する新製品は……云々」。

カートは、自分の不満を間接的に服装で示し始めた。毎週月曜日に行われる広報部の会議はざっくばらんな雰囲気で、スポーツジャケットや、セーターにチノパンといった服装でも許された。ところが、カートはジーンズに開襟シャツで現れるようになった。まるで、日曜の午後に庭仕事をしていてそのまま月曜日になってしまい、一週間を始める心構えができていないようにみえた。

上司は当然の反応を示した。とくに、役員のグリフィンは元陸軍航空隊の大佐で、部下の反抗にはとりわけ敏感だったから、カートをみるたび叱責した。まずは服装に関して。いくらいってもだめだとわかると、次には仕事の成果に関して。「ヴォネガットいびり」が、月曜日の朝の会議での定番の儀式になり、みている同僚のほうがやきもきした。アルプラウスには社の下級管理職が多く住んでいたので、ゼネラル・エレクトリックとカートが犬猿の仲だという噂が広まった。カートは気づいた。のちに友人に語った言葉を借りれば、「囚われの変人」になってしまったのだ。大企業に必ずひとりはいる囚われの変人には、親しい友人はいなくて、周りから奇異な存在としてみられるのだ。

カートはゼネラル・エレクトリックを辞める日を早めるために、本人がいうところの〝ばか話〟を書き始めた。短編を出版社に送れば送るほど、実現する可能性が高まると思ったのだ。ミラー・ハリスは、安定した給料を投げうってまで、多少の臨時収入にかけることはない、と忠告した。（オーストラリアの雑誌出版社から「バーンハウス効果に関する報告書」の転載料として二十ドルが支払われたとき、カートとジェインはその金でジェリービーンズを買った）。だが、カートはきく耳を持たなかった。かつての級友ハリスが、国内有数のシャツメーカー、イーグル・シャツ・カンパニーの社長で、商売の厳しさを知っていることはわかっていたのだが。カートには計画があった。SF作家として有名になる。もしかすると作品がスリック雑誌（「コリアーズ」「コスモポリタン」などの高級な光沢紙を使った比較的高価な雑誌）に載るだけになってしまうかもしれないが、それでもいい。一九五〇年の五月、ノックスはカートの「エピカック」という短編を「コリアーズ」に載せた。恋をしたコンピュータが失恋のために死んでしまう話だ。カートは、ハリスにどうだといってやらずにはいられなかった。ほら、まともな額の金を稼げるようになっただろう。

ジェインは、カートの成功を信じて疑わなかった。スワスモア大学時代の男友だちフレッド・S・ロズナウがランダムハウスのマーケティング部にいることがわかると、新進気鋭の作家である夫を、かなり露骨に売りこんでいる。「どこかのまともな出版社が、この霜枯れしたような小さな町で逸材が芽を出そうとしていることにすぐにでも気づき、彼の劣悪な執筆環境を改善すべく、なにか手を打つべきです」。ロズナウが、ご主人が仕事を辞めることには慎重になったほうがいいと忠告すると、ジェインはきつい調子で返した。「お願いですから、夫のためにも、そんな頭の固いリアリストにならないでください。気の滅入るお話はもうこりごり。『三年かかるかもしれないし、十年かかるかもしれない』ですって？　そうかもしれませんが、実際、そんなことがあってたまるもんですか。それをいうなら、誰だって明日死ぬ可能性もあるでしょう？　あなたはわかっていらっしゃらないようです。Ｋは近い将来、今の仕事を辞めなくてはいけないのです。あんなばかばかしい仕事をしていたら、彼の心が蝕まれてしまう。夫婦そろって気がおかしくなってしまいます。子どもにも悪い影響が出るでしょう」。

職場では、カートは相変わらずチームプレイを拒んでいた。そのせいでグリフィンにクビにされたとしても、それはそれでかまわないと思っていた。

やがて、辞める時がきた。父からの誕生日カードが啓示になった。老いた父は、末息子の危なっかしい青年時代に落胆させられたことはすっかり水に流していて、今では彼を正当に評価しようと思っているようだった。

息子へ
おまえの誕生日である十一月十一日に、わたしはおまえの幸せを祈っている。この愚かな時代に生きる多くの人よりはずっとましな人生をと祈っている。すばらしい才能を活かして創造的活動にいそしめば、最高の満足感が得られるはずだ。わたしはおまえのことをとても誇らしく思う。母さんも、子どもたちが活躍しているのを知っていて、わたしとともに満足してくれていると信じたい。
わたしからジェインにキスを。子どもたちにハグを。

愛をこめて
父より

カートは次の大きな仕事を最後にしようと思い、それが終わったら二週間後に退社する旨をゼネラル・エレクトリックに伝えようと決意した。

その仕事とは、コロンビア大学とのパイプ役になることだった。歴史家のアラン・ネヴィンズ率いる大学チームは、一九四八年に口述の歴史《オーラル・ヒストリー》を記録するプロジェクトを始めていた。数あるトピックのなかに、ラジオ放送の草分け、というのがあった。コロンビア大学は、フレッド・W・フレンドリー（アメリカのラジオやテレビのプロデューサー、ドキュメンタリー番組の創始者、CBS社長）のような業界トップの話をきくだけでなく、ゼネラル・エレクトリックの協力も得たいと思っていた。社員のエンジニアや科学者がラジオ放送の発展に重要な役割を果たしていたからだ。

仕事への意欲を失っていたカートは、ラングミュアをはじめとする十人以上の科学者や研究者のスケジュール調整をするのが億劫でならなかった。なかにはスケネクタディ以外の研究所で働いている者もいたし、すでに引退している者もいたからだ。

だが、プロジェクトが始まって数週間たった頃、コロンビア大学側のインタビュアーが困っていることがわかった。コロンビア大学図書館特別コレクションのためにエンジニアや科学者の経歴情報を集めるのに苦戦していたのだ。結局、その仕事をカートが引き受けることになり、ついにはゼネラル・エレクトリック代表としてインタビューにつきそい、収録がうまく運んでいることを確認しなくてはならなくなった。

初めは、コロンビア大学の「いわゆる〝オーラルヒストリー・プロジェクト〟」――カート自身が社内メモでそう表現している――をうさんくさいものだと思っていた。口述の歴史を記録するという概念は、一九三〇年代に出てきたばかりのもので、連邦作家プロジェクト（大恐慌後のニューディール政策の一環で、作家援助のためのプロジェクト）によりインタビュアーが国じゅうを巡って個人的な話を記録したり、民俗音楽学者の親子であるジョン・ローマックスとアラン・ローマックスが民俗音楽の歌い手のインタビューやその歌を録音したりといったことが始まっている程度だった。だがカートは、実際にこの仕事に携わってみて、その価値に対する考え方を改めた。目の前で行われているインタビューをきき、その参加者の経歴をまとめているうちに、科学者に対する見方が変わってきたのだ。

一九五〇年、初秋のある朝、カートはコロンビア大学に出向いた。ゼネラル・エレクトリックを退職した科学者、アルバート・W・ハルがインタビューを受ける準備を手伝うためだ。ハルは、ニューイングランド出身の無口な男で、とても多くの真空管を発明したが、話す時間は十五分もあれば十分だといっていた。ところがインタビューが始まると、電子技術への情熱を、自らの経歴や知的難題への取り組みを織り交ぜて語り続け、二時間にわたるインタビューになった。ハルは農家の息子として生まれ、イェール大学でギリシャ語学者となり、なんと独学で物理学者になった。物理の授業は学部生のときに一コマ取っただけだという。ゼネラル・エレクトリック研究所での業績は多方面にわたった。潜水艦の出すノイズの感知法、レーダー用のマイクロ波の発明、稲妻の影響で発生する異常な高電圧からの家電の防御法など、五十七年にわたるキャリアを通じて、九十四の特許を取得した。

インタビューの報告書を読むと、カートがハルを尊敬していたことがわかる。ハルのような、科学分野における傑出した人物たち――先駆者にして良き指導者であり、兄の同僚――への尊敬の念は、彼らの詳細な経歴を書いていくうちに強まるばかりだった。彼らもまたカートの熱心さに心を打たれ、快く時間を割いた。仕事や家族の話、実現できなかった夢などもうれしそうに語った。カートはメモを取りながら、自分でも意外なことに悲しくなった。いや、恥じ入ったというほうが正しい。自分は心からこの人たちが好きで、この人たちに好かれたいのだということに気づいた。彼らの成功は当然の結果だ。彼らは会社に不満などなく、むしろ感謝していた。ハルは昔をふり返り、若い研究員だったころ、やはりラジオの開発者で上司のW・R・ホイットニーが研究室にちょくちょく顔を出し、「楽しんでるかい？」ときいてくれたことを話した。カートは広報部のやっかいな不平分子になっていたが、彼らは、たまたまその才能や興味が科学的で技術的なものだというだけで、「驚くほど興味深い、賞賛すべきアメリカ人」だった。おそらく、カートは彼らを素直な目でみて理解することはなかっただろう。どうしても兄と重なってみえてしまうからだ。

だが会社への見方は変わっても、辞める決心は揺るがなかった。一九五〇年十二月半ば、一月一日付けで退社するという辞表を提出した。口述の歴史を記録するプロジェクトは、ゼネラル・エレクトリック側の責任者を失った。コロンビア大学側の責任者も、彼が辞めることを知らなかった。

後任のアル・ベリーが広報部に初めて顔を出したのは、カートがいなくなって数週間後だった。ベリーは高校の学校新聞の編集経験があり、スタンフォード大学を卒業したばかりだった。販売、マーケティング、広告、すべてが好きだった。新入社員恒例の社内見学を終えたあと、ジョージ・グリフィンに連れていかれた先は、カートが使っていた机だった。グリフィンは机を指さしていった。「前にここに座っていたやつよりいい仕事をしてくれよ」。

カートは友人たちに、小説一本でやっていくと宣言した。ジェインも、夫の決断を百パーセント支持した。一方、編集者のノックス・バーガーはショックを受けた。「カートに、仕事を辞めて小説に専念しろ、なんていったことはなかった。一生フリーでやっていくのはきつすぎる」。ヴィック・ホセというショートリッジ高校時代のクラスメイトは、かつてシカゴのシティ・ニュース局で共に取材ネタを集めた仲間だったが、やはり驚きを隠せなかった。「きいたこともないほどメチャクチャな話だ。専業作家で食っていけるわけがない」。

カートにとって作家生活の第一歩は、子どもたちに邪魔されることなく何時間も集中して執筆できる場所を確保することだった。玄関ホールの仮ごしらえの書斎ではもう無理だ。書くことが仕事なのだから、大事にしなくてはいけない。アルプラウスにはオフィスビルなどないが、車はジェインの買い物や用事に必要だから使えない。したがって、町のどこかに自分の部屋をみつけなくてはいけない。カートはチェイニー雑貨店に立ち寄り、店主のアンに、部屋を貸してくれそうな人を知らないかとたずねた。仕事場として使いたいので、昼間だけ借りられればいいのだが、と。

チェイニー夫人はカートのことを気に入っていて、作家としてやっていくのはすばらしいと思っていたので、店の二階にある娘の部屋を使っていいといってくれた。娘のメアリルーは大学生になって家を出ているので、ただで貸してもいいという。カートはそれでは困る、毎週数ドルずつでも払わせてほしいといい張った。他人の好意に甘えたくなかったのだ。チェイニー夫人は、カートの自尊心を傷つけないように、部屋代を受けとることにした。

メアリルーの部屋は町の目抜き通り、アルプラウス・アヴェニューに面していた。まだ暗い冬の朝、太陽が昇ってくると、背の高いマツの木立のむこうにヒル・ストリートの自宅がみえる。平日にはバスを待つ通勤客がチェイニー雑貨店の駐車場に列を作った。窓ガラスを数センチ押し上げれば、通勤客がスケネクタディ行きのバスに乗る前の会話まできこえた。九時頃、チェイニー夫人の早起きの客が店にやってきて、買い物をしていく。十時頃、アイダ・ディルマンが郵便局のドアの鍵を開けて出てくると、またなかに戻って黙々と郵便の仕分け作業をする。夜明けから夕暮れまでの毎日のリズムに耳を傾けていると、ソーントン・ワイルダーの『わが町』（ピュリッツァー賞受賞の戯曲。グローヴァーズコーナーという架空の町で繰り広げられるありきたりな日常が、進行役の説明を挟んで描かれる）のナレーターになったような気分になった。カートが毎朝目にする人々や耳にした会話が、小説にとりいれられた。数年後、アルプラウスの住人は、「レディース・ホーム・ジャーナル」

や「コスモポリタン」、そしてもちろん「コリアーズ」の誌面に載った短編小説に自分たちが描かれていることに気づいた。

カートは、夕食時になると歩いて帰宅した。ジェインは週に一度、木曜日の夜、スケネクタディのエリス病院の精神科の病棟でボランティアをした。コーヒーをいれ、そこにくるどんな人にも手を貸した。ときには、夫婦ふたりきりで出かけることもあった。そんなときにはチェイニー家の十代の息子、ジムがベビーシッターを任された。ジムは臨時収入はうれしかったが、イーディスとマークがいたずらばかりするのには閉口した。幼いとはいえ、ちょっとひどすぎる。ジムはそう思っていた。

メアリルーが大学から帰省して店を手伝うこともあった。自分の部屋が他人に使われていることにかなり気を悪くしていたらしい。タイプした紙が丸めてゴミ箱に押しこんであるのが嫌でたまらない、といって、紙くずであふれたゴミ箱をみるたび、家の焼却炉で紙を燃やした。数年後、彼女はそれを後悔することになる。

一九五一年二月、カートは手紙でハリスに白状している。そうさ、ぼくはベースボールカードを一パック買えるほどの金も稼いでいない。カートにはノックスが必要以上に厳しく、しょうがなく原稿も読んではくれるものの、申し訳なさそうな断りの手紙を添えて返してきているように思えてならなかった。ハーバード・クラシックス（ハーバード大学学長のチャールズ・エリオット選の古典全集。一九〇九年出版）の作品を選んでいるわけじゃあるまいし、とカートはこぼした。その間、収入はカートの稼ぎしかなかった。カートは毎日かなりのペースで書いていたが、ひとつの短編を書くと、一、二度は書き直さなくてはならず、かかる時間も二倍、三倍になる。だがふいに、呪縛が解けたかのように、ノックスが作品を買ってくれた。「王様の馬がみんな……」は、冷戦をファンタジー仕立てで描いたもので、人間を駒にしたチェスゲームの話だ。「ユーフィオ論議」では〝ユーフォリアフォン〟という機械が発明され、人がその機械に耳を近づけるとたちまち幸福感に包まれる。「ユーフィオ論議」の原稿料はかなり高額だった。ノックスは少しずつカートの取り分を増やしていた。二作品の原稿料を合わせると、ゼネラル・エレクトリックの給料八ヶ月分に近い金額になった。

ジェインとカートは、その一部を使って、その夏、ケープコッドのプロヴィンスタウンにコテージを借りようと決めた。ケープコッドといえば芸術家が集まる土地。そこで丸ひと月過ごし、海辺で暮らしながら執筆する気持ちを味わおうと考えたのだ。

マサチューセッツ州ケープコッドはボストンの南東百十キロにある半島で、人が腕を曲げて力こぶをみせているような形をしている。プロヴィンスタウンはこぶしのつけねあたりにあって、その内側がプロヴィンスタウン湾だ。当時、ケープコッドの五分の四は森林で、砕石を固めた舗装道路と砂の道が町と町をつないでいた。

一九二〇年代から、作家や芸術家がこのケープコッドに集まるようになった。都市の喧騒を逃れ、美しい景観を求めてやってきたのだ。漁師小屋や納屋や製帆小屋が、アトリエやギャラリーにするのに都合がよかった。

避暑客が多かったので、夏季限定の劇場の需要が増し、劇団〝プロヴィンスタウン・プレイヤーズ〟はユージン・オニール（アメリカの劇作家。ノーベル文学賞受賞）、エドナ・ファーバー（小説家、劇作家。ピュリッツァー賞を受賞）、ジューナ・バーンズ（小説家。ボヘミアン的生活を送ったことで知られる）、シオドア・ドライサー（小説家。アメリカ自然主義文学の代表）、その他多くの劇作家によるオリジナルの戯曲を上演することで有名になった。続いて、ニューヨークのミュージシャンも訪れるようになった。キャバレーにエラ・フィッツジェラルドやデューク・エリントン、その他のジャズミュージジャンが特別出演するようになると、プロヴィンスタウンのアートシーンはマンハッタンのグリニッジヴィレッジにもひけをとらないものになった。

ヴォネガット家が借りたのは小さな板葺き屋根の家で、海沿いのコマーシャル・ストリートに面していた。その夏は、偶然久しぶりに家族が再会した。姉アリスと夫のジム・アダムズと十歳に満たない三人の息子――ジム・ジュニア、スティーヴ、カート――はボストン郊外に住んでいて、ケープコッドにきやすかった。兄バーナードとロイス、六歳の息子ピーターと一歳の双子スコットとテリーも合わせて、大人六人、子ども八人。四歳のマークと八ヶ月のイーディも、もちろん込みだ。兄姉の家族がケープコッドを去ったあとも、カートとジェインはプロヴィンスタウンのすみずみまで楽しんだ。

ある午後、ジェインはカートに呼ばれて、読んでいたアーウィン・ショーのベストセラー『若き獅子たち』から目を上げた。カートがさっき出会ったばかりの若者を紹介したいという。ノーマン・メイラーだった。

二十七歳のメイラーは、大きな耳に巻き毛の黒い髪、瞳は青緑で、カートの理想そのものだった。彼は一九四三年にハーバード大学を卒業後、兵役につき、従軍料理人としてフィリピンに赴いた。その経験を生かして書いた『裸者と死者』(一九四八年)は、「ニューヨーク・タイムズ」紙のベストセラーリストに六十二週にわたって入り、第二次世界大戦を描いたアメリカ小説の傑作だと激賞された。

ジェインはともにカクテルを傾けながら、メイラーは「感じのいい人」だと思ったが、カートはメイラーと話しながらいろいろなことを感じていた。そのときの心境を、のちにこう書いている。「彼はぼくと同世代だ。しかもぼくと同じく大学で学び、一兵卒として戦争を経験したのに、彼の名はすでに世界に知れわたっている。すばらしい戦争小説を書いたからだ」。その夏、復員軍人の書いた作品がそのほかに二作話題になっていた。ジェイムズ・ジョーンズの『地上《ここ》より永遠《とわ》に』とハーマン・

ウォークの『ケイン号の叛乱』だ。カートは、自分の奥底に偉大な作品が眠っていると思っていた。いや、そうわかっていた。なにしろバルジの戦いを経験し、ドレスデンの空襲を生き延びたのだ。だが、物語のすじみちが、つながりが、まだぴたりとおさまっていなかった。

コテージの借用期限が近づくと、カートとジェインは心を決めた。プロヴィンスタウンで過ごした時間は楽しかった。ここにはまだ、一九二〇年代の活気が残っている。アルプラウスの家を売って、ケープコッドに引っ越そう。これからは文学のために生きるのだ。すばらしい最新の小説を読み、それについて語り合おう。本の余白にはお互い気づいたことを書いていこう。のびのびと創作活動ができる場所に作家カートを解き放とう。それが自分たちらしくあるための正しい選択だ。そしてカートにとっては、ケープコッドに住んで執筆するという夢を、母に代わって果たすことにもなる。

八月末にアルプラウスに戻るとすぐ、夫妻はヒル・ストリート一七番地の家を売りに出した。戦後の住宅不足のおかげで買い手はすぐにみつかった。値段も、たった三年で元値の三分の一も値上がりしていた。新しい持ち主――ゼネラル・エレクトリックのエンジニアとその妻――が、代理人を連れて書類にサインするために家の敷地に入ってきたとき、カートはピアノでショパンの「葬送行進曲」を弾いて迎えた。

新しい持ち主ジャック・エリクソンとその妻グロリアは庭いじりが好きで、引っ越してくるとすぐ、春咲きの花の球根を植えた。ある土曜日、ジャックが前庭のレモンリリーの下を掘っていると、グラッジングズ夫人の葬式に参列したラーセン夫人が前を通りかかり、足を止めた。

「その切り株のあたりは深く掘らないほうがいいわ」夫人はそう忠告して、そのままいってしまった。

六章　死んだエンジニア　一九五一～一九五八

カートとジェインは、一九五一年秋にケープコッドへの移住を決意すると、いてもたってもいられず行動に移した。慎重に物件を探したり、ケープコッドの数ある町を比較したりする時間を惜しみ、「またもや、衝動に身を任せて行動し、二軒目の家を購入しました。その町のことはそれまできいたこともなかったのに。わたしたちは夏の暑さにやられてすっかり分別をなくしてしまったのだろうかと、お互いひそかに思っていました」とジェインはカートのいとこのウォルターとその妻ヘレンに手紙を書いている。

ふたりが選んだのはオスターヴィルという町のレンガ造りの農家で、敷地にはマツの木立が日陰を作り、塀で囲まれた裏庭には、造りつけのバーベキューグリルと小さなプールがあった。ビーチまで歩いて十五分。オスターヴィルの中心は、やや観光化されすぎてはいるが、昔ながらの風情を残していて、ジェインが手紙に書いているように「二軒に一軒は」アンティークショップだった。カートはケープコッド空港に近いところが気に入っていた。ここならすぐにニューヨークまで飛べる。作家として成功するようになれば、頻繁にマンハッタンに行かなくてはならないだろうと考えたのだ。

ふたりが見落としていたのは、オスターヴィルがレイバー・デー（労働者の日。九月の第一月曜日と定められている祝日）を境にがらりと様変わりすることだった。住民は観光客を嫌っていた。それでも我慢して受け入れていたのは、アイスクリーム店、ファンネルケーキ（たねをじょうご〔ファンネル〕などで渦巻き形に流して焼いたり揚げたりして作るケーキ）の店など、夏のしゃれた店が、六月から八月までの夏休み特需で成り立っているからだ。秋風が吹くと、魅力あふれるオスターヴィルが保守的な小さな町に戻ってしまう。

ジェインは、悩んでいてもしょうがないとばかりに、自分たちのせっかちな決断を笑い飛ばす内容の手紙をウォルターとヘレンに送った。ウォルターたちはホームステッド法（五年間の居住と開墾を条件に、百六十エーカーの公有地を無償で与えることなどを定めた）を利用して、ワシントン州のアナコルテスからフェリーで短時間で渡れるゲムズ島に土地を持つことに決めていた。ジェインはこう書いている。スケネクタディは「照明つきの墓地」だったけれど、今やわたしたちも開拓者です。ただ、こちらは芸術の開拓者で「書くための〝理想の場所〟があるに違いないというロマンチックな幻想に取り憑かれていたのです。もちろん、そんな場所など、どこの地図を探したってないことに、ようやく気づきました。今いるところを〝理想の場所〟にするしかないのです」。

少なくとも、カートは二階に専用の書斎を持てた。書斎にはバルコニーもついていて、それがリビングの上に突き出ていたので、カートは面白い使い方を思いついた。時々、執筆に飽きたり、いらいらしてくると、バルコニーに出て大声をあげる。「王様のおなーりー！」すると、息子のマークと、娘のイーディスを抱いたジェインがカートの下にやってきて、てのひらを上に向ける。カートがもったいぶった様子で両手に山盛りにしたグミキャンディーや動物クラッカーをばらまくと、うれしそうな声が上がってくる。「王様バンザイ！　王様バンザイ！」慈善心が満たされると、カートは書斎という砦に戻る。「王様の自尊心をくすぐるにはもってこいだった」とジェインは書いている。

ジェインとカートが元気だったのには理由があった。オスターヴィルが思っていたような場所ではなかったせいで少し落胆してはいたが、余りあるほどうれしいことがあったのだ。一九五一年夏、ケン・リタウアがカートの初めての長編小説『プレイヤー・ピアノ』――社会とテクノロジーの争いを主題にした物語――の契約権をチャールズ・スクリブナーズ・サンズ社に売ったのだ。スクリブナーズはイーディス・ウォートンやアーネスト・ヘミングウェイ、F・スコット・フィッツジェラルド、ロバート・ハインラインなど多数の有名作家の作品を世に送り出している。カートがスクリブナーズから受けとった前金はたいした額ではなかったが、それは編集者ハリー・ブラーグが、まとまった額の前金を渡せるほど原稿を読ませてもらえなかったからだ。だが、長編小説の原稿料が入るということは、カートが作家として着実に前進しているという証だった。カートはリタウアに、十一月半ばまでには原稿を仕上げると請けあった。スクリブナーズの一九五二年春の新刊目録に書名を載せるためには、それがぎりぎりの期限だったのだ。リタウアはブラーグに、ヴォネガットから「最高級の社会風刺の小説」を受け取れるから楽しみにしていてほしいという内容の手紙を送っている。

　ジェインは、カートがゼネラル・エレクトリックを辞めたのは正しかったということを疑ったことはなかった。だが、作家として生計を立てていくことに関しては、やや楽天的すぎるところがあった。「作家業には、いい時と悪い時の落差がつきものです。でも、わたしたちはそのことに慣れてきましたし、なにより、〝ほかの職業では味わえないこと〟を経験できます。それはお金には代えられないものなのです」とジェインはウォルトとヘレンに書いている。一方カートは、作家業の〝ほかの職業では味わえないこと〟は、原稿を渡してから原稿料をもらうまでに時間がかかる点だと認識するようになっていた。経済的に苦しいカートは、即金を手に入れるために一ヶ月間、ボストンの広告会社用に広告文《コピー》を書くという仕事をした。その一方、長編小説の執筆もたゆまずに進め、十一月の末には完成した原稿をスクリブナーズに提出した。リタウアは感心した。まだ若い作家が処女作を四ヶ月で仕上げると約束したとき、もう若くない経験豊富なこの著作権エージェントは、担当編集者のブラーグにひと言いっておいたのだ。「彼には急いだ方がいいと伝えてはあるんだがね」。

カートは初稿を仕上げると、ブラーグにふたつだけ頼みをきいてほしいといった。兄はゼネラル・エレクトリックで働く科学者だ。だから、『プレイヤー・ピアノ』が、世界最大規模のあの企業を風刺していると取れるような宣伝は避けてほしい。下手をすれば、ヴォネガット博士のキャリアに傷がつくかもしれない。もうひとつは、ブラーグがカットするよう求めた場面を残してほしい。本のなかで、ブラトプールの国王《シャー》が、スーパーコンピュータのＥＰＩＣＡＣ十四号に「人になんの価値があるのか」とたずねる場面だ。ブラーグは了承した。

結局、王のこの問いかけは、それから四十年にわたって、カート・ヴォネガットの数々の小説の根底を流れることになる。

最初の長編小説が編集段階に入ると――ブラーグは大幅な改変はしないつもりだといっていたが――カートは、雑誌掲載用の短編の執筆に戻った。だが、認めたくない問題に突きあたってしまう。つまり、一流雑誌――原稿料も一流――は、あまり前衛的なものは望まないのに、カートが書きたいのはまさに時代の先端をいく作品だったことだ。アメリカ国民は冷戦のもたらす「不安の時代」を生きていた。カートはそういう時代を映し出す問題をテーマに書きたかった。毎日の新聞に載るような問題を扱いたかった。カートはノックスに手紙で不満をぶちまけた。編集者たちは、自分の短編を読んでくれて感想を送ってくれることもあるのに、どうして作品を突き返してくるのだろう？　自分の小説の書き方がほかの作家とは違うことはわかっているが、核爆弾の放射性降下物とか不死の問題といった難しい問題を、ありふれた手法で語れるわけがないじゃないか？

カートにはわかっていないことがあった。両方を求めれば、つまり、「ニューヨーカー」誌や「レッドブック」誌のような原稿料の高い雑誌に掲載されることをめざしながら、「アスタウンディング・サイエンス・フィクション」誌向きの表現方法で社会問題について書けば、作品はかなり特殊なものになってしまうということだ。カートは気持ちが落ち込むと、ノックスにぼやいた。熱心な読者が必ずいて、カート・ヴォネガットの作品はどうして載らないんだと不思議に思っているはずだ、と。だが著作権エージェントのケン・リタウアは同情してくれなかった。「そもそも、きみに作家になってくださいなんて、誰も頼まなかっただろう?」

経済的になんとかやっていくためには、大衆向けの雑誌を念頭に置いて書き続けざるをえない。雑誌の意向に沿った作品を書くことはできるにはできたが、それは本意ではない。カートは書くという行為を愛していた。自分がタイプする「すべての言葉を愛して」いた。たとえ「その多くがどうしようもないクズだった」としても。短編「パッケージ」と「貧しくてゆたかな町」を「コリアーズ」誌に、「記念品」を「アーゴシー」誌に売った。どれもセンチメンタルな作品だった。カートはマックス・ウィルキンソンに、どうしたら登場人物を皆殺しにせずに短編を終わらせることができるのかと冗談半分にきいてみた。すると、ウィルキンソンはさらりとこたえた。「実に簡単なことだよ、きみ――ヒーローが愛馬にまたがり、夕日に向かって去っていけばいいんだ」。

カートはタイプを打ち続けたが、時々、ふと不安になってその手を止めた。リタウアが良い作品を世に出すために払うべき努力を怠っているから、いくら秀作を書いても注目されることはないのでは、という疑念が頭をもたげるのだ。経済的なことも本気で心配し始めた。そのうえジェインが、なにかの理由で「コリアーズ」のブラックリストにでも載ってしまったんじゃない? などといい出した。

カートは傷ついた。それはつまり、カートが自分の置かれている状況を把握していないか、才能がないといわれているようなものだからだ。「王様」はたいそうご立腹で、その怒りはのちにノックスに向けられた。カートは感情むき出しの手紙を友人の編集者ノックスに送り、リタウアはぼくの作品をたくさん持っているのだから、きみが読みたいと「要求」すればいいと書いた。さらに、「アイスナイン」というタイトルのSFの短編をなんとか「コリアーズ」に載せてくれないか、きみの編集者としての権限を使えば、そんなことは朝飯前だろう、と続く。ついには、おまえはろくでなしだ、などと書き連ねているのだから、ふたりの関係がそれで終わってしまっていても不思議はなかった。だが、ノックスは心底カートが好きだったので、手紙のことは水に流した。友を助けるためにできることはすべてしていたし、自分でもそう確信していたのだ。

タイトルになっている「プレイヤー・ピアノ」は、作品に出てくる、人間の能力を模倣する装置のことだ（プレイヤー・ピアノの元の意味は「自動ピアノ」）。この小説は一九五二年春には出版されなかったし、夏になってもまだ出なかった。スクリブナーズ側の事情で、出版時期を秋までのばすことになったのだ。だがカートにとっては、経済的に大きな打撃だった。二番目の長編小説（のちに戯曲として書き直されることになる）にとりかかっていて、『Grieve No More My Lord』という仮題をつけてある。二作目ということになれば、また契約を取り交わし、前金がもらえるはずなのだが、スクリブナーズはまだ処女作の販売部数さえ見積もっていないので、二作目の前金は当分入りそうにない。カートはブラーグに泣きついた。出版時期を六ヶ月も伸ばされたら、非常にきびしい。書くための時間も必要だし、家族も養わなければならない。できるだけ早く評価を得て印税の入る見込みがほしい。だが、ブラーグが示した最速の出版時期は八月末で、見本が書評家の手元に届いたのは六月だった。また、スクリブナーズは、この作品が口コミで評判になることを狙って、かなりの数の有名なエンジニアや科学者や工場経営者に見本刷りを郵送した。なかなかの宣伝戦略だった。

カートは、スクリブナーズだけにまかせてはおけないと思い、『プレイヤー・ピアノ』の見本刷りをノーバート・ウィーナーというMITの教授に送った。のちにサイバネティックス——情報通信と自動制御システムを研究する分野——の創始者と称される人物だ。処女作を出したばかりの二十九歳の小説家としては、かなり勇気のいる行動だっただろう。だが、カートはウィーナーの反応にショックを受けた。ウィーナーは同僚の数学者ジョーン・フォン・ノイマンが作中、フォン・ノイマンという名前のままで、反技術陰謀団のリーダーという設定の人物として出てくることを知って、怒り心頭でブラーグに手紙を送りつけた。そちらのあつかましい作家が「実在の人物の名前を軽々しくもてあそぶなら、必ずや報いを受けることになる」という警告だった。ウィーナーの考えでは、戦後のサイエンス・フィクションという「新興宗教」を信奉する連中は、自分のようにコンピュータの誤使用という問題に正面から取り組んでいる科学者とは無縁で、未来の世界に関して意味のないおとぎ話を書いているにすぎなかった。

カートは衝撃を受けた。自分はウィーナーのような先進的な考えの人々と同じ側にいるつもりでいたのだ。カートは、初めて自分の作品をきちんと批判してくれたウィーナーに、敬意をもって謝罪しながらも、『プレイヤー・ピアノ』は、「現在の科学に対する告発」としては公正なものだと思っている、と手紙に書いた。

著名な人物に礼を尽くして頭を下げるように丁重な文面の手紙を送り出したあと、ジェインと一緒に、ウィーナーにいってやりたい辛辣な言葉を考えて楽しんだ、とカートはブラーグに話した。そして、ウィーナーが皮肉を解さないのは、ぼくがサイバネティックスを解さないのといい勝負だともらした。

一九五二年八月、『プレイヤー・ピアノ』は出版された。初版発行部数は七千六百部。処女作としては悪くない部数だったから、カートは喜んだ。作品の献辞には「ジェインへ――神のご加護がありますように！」と書いた。

インディアナポリスでは、アレックス叔父が何十人ものヴォネガット家の親戚に向けてプロヴィデント生命保険のロゴの入った便せんで、そのビッグニュースを知らせた。手紙の冒頭には必ず、大きな文字で「今すぐ行動を！」と書き、その下には、できるだけ早く『プレイヤー・ピアノ』を購入し、オスターヴィルのカートに手紙を書いて報告してやってくれ、と続けた。左側の余白には、こんなことまで書いてあった。「そうしてくれないと、わたしの心は張り裂けてしまいます！」

若手のSF作家でパルプ雑誌に作品を載せているフィリップ・K・ディックの感想は、このジャンルの作家の意見を代表するものだろう。「ヴォネガットなんてSF作家は誰も知らなかった」。だがディックは、労働力を節約する機械を追求したあげく衰退していく社会という概念には興味を持った。当時一般的だった、人間が自由に機械を使いこなす未来像とはまったく違う。カートが風刺をこめて描く未来社会では、人間は気力を失ってしまっている、まるで、計画通りに老朽化していく使い物にならない古い機械のような存在になり下がっているのだ。

『プレイヤー・ピアノ』の背景はゼネラル・エレクトリックによく似ていた。作品に出てくる架空の町はニューヨーク州のイリアムといい、スケネクタディ・ワークスそっくりのイリアム・ワークスが舞台だ。たとえば、ゼネラル・エレクトリックが年に一度、アソシエーション島で開く重役のための競技会――副社長のブールウェアが仲間意識を作りあげるために思いついたもの――によく似た場面が出てくるが、本土では妻たちが希望を胸に夫の帰りを待っている。オデッセウスの帰りを待ちわびるペネロピのように。

カートの創造したテクノ・ユートピアを牛耳っているのは、グレーのフランネルスーツに身を包んだ経営陣だ。そのなかのひとり、主人公のポール・プロテュース博士はエンジニアで、社内の若手のホープ。妻のアニータは異常なほどの野心家だ。プロテュースには、人間が先を争うようにして地球の幸福に終止符を打とうとしていることがわかっている。科学とテクノロジーが悪いのではない。科学とテクノロジーが人間の生活に与える大きな影響を考慮せず、ただ進歩は善だという言い訳に逃げているのが問題なのだ。典型的な例は、エンジニアが自分が発明した機械のせいで用無しになってしまうというものだ。『『そこなんです』。バッドの声には誇りと後悔が奇妙に入り混じっていた。『あいつがやっちまうんだ。そりゃうまいもんです』。彼は気弱そうにほほえんだ。『ぼくよりよっぽどましな仕事をしちまうんです』』。

プロテュースは昔ながらの農場を購入し、そこを聖域《サンクチュアリ》として隠居し、自分で考え、自分の手を使って仕事をする(アニータはとんでもないと拒絶するのだが)。ところが、イリアム・ワークスの幹部をたたきつぶす運動が起こり、プロテュースはその扇動者の仲間に加わることを決意する。彼らの計画は、機械をすべて爆破して、友人や親戚同士が「手と頭を使って……誠実に、自然に」生きていくコミュニティとしてイリウムを再生するというものだ。カートの頭のなかには間違いなく、少年時代のマクシンカッキー湖の思い出や、ロバート・レッドフィールドの民俗社会の研究があっただろう。そしてプロテュースを通して、目的を失ったり孤独に陥ったりした人々を救うのがコミュニティだと主張しているのだ。カートの以後の小説でも同じようなことがくり返し起こるのだが、プロテュースは、反逆者たちと地下に身を潜めたのち、命を軽んじる者たちに対して反旗を翻す。それは、ドレスデンの地下に隠れていたカートが、外へ出て大惨事を目の当たりにした経験と重なる。

しかし、最後にカートは悩む。ものを造り、手を加え、新しいものを発明し、工作するという人間の抑えがたい衝動を、どうしたらうまく処理できるのか。結局、イリアムの反逆者たちや機械に仕事を取られて追い出された労働者は、自分たちが破壊した機械を修理することに興味を持ち始める。人間は元来、テクノロジーが大好きだ。人間対機械という終わりのない問題を人間的に解決するために、カートは、人は協力し合うことを学ぶべきだと結論づけるが、そんな解決策に不満に感じる読者もいるかもしれない。

『プレイヤー・ピアノ』は大胆なアイディアに基づくSFではない。アメリカは実際、オートメーション化を急ピッチで進めていた。この作品は、フィクションの形式を借りた社会学の本といったほうがその精神としては近い。だが特筆すべきは、カート・ヴォネガットの処女作が、その後、四十年間、彼のタイプライターから打ち出される作品を明確に方向づけたことだ。ヴォネガットはまず、一般に信じられている固定観念や社会通念を批判するのが大好きだということを世に示した。例えば、進歩ときけば、たいていは肯定的な変化を連想するが、ヴォネガットはそこに疑問を挟む。

そしてもうひとつ、ヴォネガットはブラックユーモア作家だといわれることが多く、『プレイヤー・ピアノ』に早くもその兆候がみられるようにも思えるが、ヴォネガットは〝ブラックユーモア作家〟ではないし、以後もそうはならない。ブラックユーモア作家は基本的にニヒリストであり、ニヒリストにとって、人間という存在は無意味で無価値だ。そのような作家の描く登場人物は、滑稽な変人であることが多い。彼らは人生のばかばかしさを描き、それを嘲笑する。だがヴォネガットは、人間を愚弄したり、精神的な深みを欠いているかのように描写することはない。彼の描く登場人物たちは堕落しないように、状況や環境の罠にはまらないようにもがいている。抑圧から身を守る術が想像力だけというときもあるが、ヴォネガットはそれでも彼らを矮小化したりはしない。彼らはポール・プロテュースや仲間の反逆者たちのように敵を出し抜き、自分たちから尊厳を奪った組織を破壊する方法を考え出す。ときには不運に見舞われることもあるが、より良い人間になろうと努力をしている。ヴォネガットの書く登場人物がようやく平和を得るのは、自分たちは大方の物事に対して無力だということを受け入れるときだ――シニカルにではなく、深く考えた末に。『プレイヤー・ピアノ』やそれに続く彼の小説の特徴は、ユーモア、愛情、人を導きたいという欲求であり、その目ざすものは「面白くて教訓的な作品」なのだ。

だが、『プレイヤー・ピアノ』で最も興味深いのは、保守的な一面を持っていることだ。それは、一九六〇年代のカート・ヴォネガットにはそぐわないように思える。もじゃもじゃの栗色の髪が顔をふちどり、ブーメラン型の口ひげまでたくわえたヴォネガットは、ヒッピーたちの英雄であり、伝統など根っから嫌っていそうだ。

しかし、カートは伝統にも自由企業制にも、評価すべき点が大いにあると思っていた。自分が、進取の気性に富んだ公共心あるドイツ系アメリカ人の商人や技術専門家の家系に生まれたことを誇りにしていた。ヴォネガット家は三世代にわたって、日々の仕事をこなす一方、地元の評議会や委員会のメンバーも務めていた。仕事も、インディアナポリスの地域社会への貢献も、ビジネスや社交や知的活動のネットワークを強化するという点で、目的は同じだった。カートは一家が第二次世界大戦後にインディアナポリスを出てしまったことを残念に思っていた。何世代もひとつの地域に根を張った一族は、その土地から精神的な力を得ると確信していたのだ。近くに住む親族はお互い、家族同然に気づかうという重要な機能を果たす。老人やよりどころのない者の面倒をみるだけでなく、子どもの成長も助ける。大人が注意深く見守ってやることで子どもは健全な大人になるのだ。

『プレイヤー・ピアノ』でカートが攻撃しているのは、会社の上層部だ。彼らは、いわば家族のなかで最も高い地位を力ずくで奪い、家長と称して威張り散らしている。大企業と強力な政府が手に手を取って、この国に全体主義を密かに持ちこもうとしている。カートはノックスにいっている。彼らは共謀して、大人は失敗に耐えなくてはならないといって、個性を重んじるアメリカの精神を蝕んでいる。それは屈辱的なことだ。いわせてもらえば、百年前のインディアナポリスに見られた自主独立の気概こそが、二十世紀半ばの社会の良き規範だ。

彼がそんな考え方をしているとは、誰も思わなかっただろう。多くの人が、彼は資本主義を敵視していると考えていたはずだ。たとえ、長髪に口ひげという風貌でなかったとしても。

『プレイヤー・ピアノ』に関する書評は、皮相的だったうえに数も少なかった。(ブラーグは「ニューヨーカー」の書評を〝いつもの鼻持ちならないつまらない書評〟と片づけた)。サイエンス・フィクション・ブッククラブは、「ポピュラー・サイエンス」誌に載せた丸一ページの広告のなかで、『プレイヤー・ピアノ』を会員へのおすすめ本の一冊にあげた。何年もたってから、カートはSF作家という位置づけをされたことに困惑したと書いている。「ぼくがSF作家に分類されたのは、作品に機械が出てくるからだ。実際は一九四八年のスケネクタディについて書いていただけなのに!」だが一方で、カートは当時、ミラー・ハリスに、SF作家になるのが目標だと手紙に書いている。

最終的に、『プレイヤー・ピアノ』は三千六百部しか売れなかった。スクリブナーズはカートのためにわざわざ販売員をスケネクタディに出張させたが、「まったくの無駄でした」と販売員は報告した。

その後カートは、作家として、原因不明のスランプに陥った。ブラーグは誠意をみせて、少額ではあるが、二作目の小説(のちに『タイタンの妖女』として出版される)に前金を払った。だがカートは、気が乗らないので思うように進まないかもしれないと話した。作品のアイディアがなかったわけではない。だが、ニューヨークにくると、土曜の夜にルートビアと映画を楽しみに都会にやってきた田舎者のような気分になった。出版社の人間や作家は、自分とは無縁の人たちのように思えたのだ。それから十年間に、カートは「コリアーズ」「サタデー・イブニング・ポスト」「アーゴシー」「レディース・ホーム・ジャーナル」「エスクァイア」「コスモポリタン」「レッドブック」などの雑誌で、三十以上の短編を発表していく。だが、そのほぼ倍の年月、絶え間なく書き続けて、ようやく世間に名を知られることになるのだ。

一方、そのころノックスは「コリアーズ」誌を辞めて、デル・パブリッシング社のペーパーバックの編集者として、主にミステリを扱うようになっていた。カートはそのままノックスを頼り、仕事のこと、家族のこと、結婚生活に関してまで相談していて、二週間に一度くらい手紙を書くこともあった。一九五三年の冬、カートはまたもやノックスに助けを求めた。今度はジェインを裏切ってしまいそうだったからだ。

その冬、ケープコッドは雪が多く、五歳のマークと三歳のイーディは家から出られなかった。カートは書斎でタイプライターに向かい、稼ぐために奮闘していた。カートはノックスに、浮気をしそうだと打ち明けた。相手の候補さえ頭にあった。ジェインの友人だ。

その女性は、ミッキー・スピレインの小説に登場するトラブルメーカーそっくりだった。染めた金髪、高いピンヒール、男の背中に立てるのに似合いのラメ入りの真っ赤なつけ爪。夫はがっしりしたごつい男で、ヘアオイルとコロンを塗りたくっていて、通ったあとにはむせるほどにおいが残った。ある日、ジェインが母親（また神経衰弱に陥っていた）の面倒をみるためにインディアナポリスに帰省しようと家を出た三十分後、その金髪女がカートに会いにきた。そして、絶好のタイミングじゃないといった。

どうにかその誘惑からは逃れたものの、それから一週間と数日、カートは欲求不満のまま部屋をぐるぐる歩きまわってジェインの帰宅を待った。ところがその間に、金髪女の脂ぎった夫が、妻を寝取ったといいがかりをつけてきた。カートはノックスへの手紙で、実際は事に及んではいないが、その可能性はあったと書いている。ジェインはようやく帰宅したが、悪性のインフルエンザにかかっていた。

決心が揺らぐのを恐れたカートは精神科でカウンセリングを受けた。医者はカートの話をきくと、軽い調子で答えた。様々な衝動を持つのは当たり前のことです。わたしだって人並みに酒は好きですが、いけないことですか？　そんなことないですよね。カートは帰り道、自分がセックスマニアではなく、ごく普通の健康な男で、男たらしの女に誘惑されただけだと思えてきた。

一週間後、その夫婦がやってきて、違う提案をした。このまま妻を交換しないかというのだ。子どもは母親について新しい家庭に行けばいい。まるで家具の話でもするように、そういった。ヴォネガット夫婦は怒ってそのカップルを追い出した。


セックス好きの金髪女と脂ぎった夫の冬のあとには「最悪の夏」がやってきて、カートはまたもや落ちこんだ。深刻な鬱症状だと自分でもわかっていたのだが、幸運なことに、そうした精神状態から抜け出すのに有効なふたつの活動に、ジェインと共に参加することになった。「名著を読む」というタイトルの講座とバーンスタブル・コメディ・クラブだ。

「名著を読む」のおかげで、カートは初めて、西洋文学における数々のテーマを体系的に理解することができた。たとえば、アリストテレスの『詩学』について学び、主題、構成、クライマックス、性格描写といった基本要素があることを知った。講義内容《シラバス》に挙げられていた作品をすべて読破するには三年近い月日が必要だったが、混成的な教育――コーネル大学で理系の課程を二年、シカゴ大学で人類学の課程を二年弱――受けた作家にとって、そうしたものを読んだりそれについてグループで議論したりすることは、批判的感覚を養ううえでとても役に立った。

さらに偶然がいくつか重なって、カートは演劇とも出会い、「名著を読む」の講座で広がった読書の幅がさらに広がった。バーンスタブル・コメディ・クラブは、オスターヴィルから北東に六キロほどの場所に拠点を置いている、ケープコッドでも最も歴史のあるアマチュア劇団で、設立は一九二〇年代だ。専用の劇場がないので、バーンスタブル婦人会かバーンスタブル高校を借りて上演する。誰でも参加できるのだが、劇団は年中公募を出していた。時間的拘束がきつく、春、夏、秋は週に数晩参加を求められたからだ。というわけで、マークとイーディは、夜、ベビーシッターに寝かしつけてもらうことが多くなった。カートもジェインも「名著を読む」の講座や劇のリハーサルで留守がちだったからだ。

カートが最初に出演したのは、『ダルシー』という喜劇で、役はディナーパーティの客だった。ジェインのデビューは『ウィンポール通りのバレット家』で、役はベラ・ヘドリーという気まぐれな女性だった。ふたりとも、いったんデビューするとほとんどすべての演目に関わるようになった。裏方(カートはそちらの方を好んだ)のこともあれば、舞台に立つこともあった。それから数年、カートは『ミセス・サヴェッジ』、『橋からの眺め』、『クックドゥードルダンディ』(アイルランドなまりを楽しげに披露した)などの劇に参加した。『タイガー・アット・ザ・ゲイト』では、ヒョウの毛皮を体にまとい、槍を振りかざして舞台に立った。「彼にはちょっと皮肉っぽいセンスがあった」と当時の役者仲間のひとりは回想している。「わたしはカートが大好きだった。とても優しいところがあったから。シャイな性格ではあったけれど、いい役者だった」。ジェインはカート以上に活躍した。『ハーヴェイ』や『ヒア・トゥデイ』で重要な役を演じたのち、『銘々のテーブル』ではロマンチックなヒロイン役を務めた。

　劇団のおかげで、有名な短編が生まれた。初出は一九六一年の「サタデー・イブニング・ポスト」。「My Name Is Everyone」はのちに「こんどはだれに？」として、一九六八年出版の『モンキーハウスへようこそ』に収められる。痛々しいほどに内向的な金物店の店員が天性の俳優で、どんな役でもこなすことができるという設定だ。その主人公は『欲望という名の電車』（テネシー・ウィリアムズ作の戯曲。スタンリーは主人公の義弟で粗野な工場労働者）のスタンリー・コワルスキーもお手のものだ。カートはコメディ・クラブでの出来事をほんの少し脚色しただけだったので、内気なヒーローは地元の有名人になった。

　一九五四年の春、カートは作家としては順調に仕事をしていた。短編が「サタデー・イブニング・ポスト」に二編、「コスモ」に一編、「エスクァイア」に一編掲載された（「だが、いい作品はちっとも売れない」とノックスに手紙でこぼしている）。そこで彼は、ウィアノ・アヴェニュー十一番地のオスターヴィル酒店から狭いらせん階段を上がった、二階の事務所の半分を借りた。部屋を仕切る薄い化粧板は床から天井までの高さの四分の三までしかなく、その上は格子窓になっていた。その仕切りは今でも残っている。カートが借りたのは、通りに面した方。仕切りの向こう側を借りているアル・リトルは、個人経営の公認会計士で、三十代の男だった。カートはそこにいると、アルプラウスに戻ってチェイニー雑貨店の上の階にいるような気分になり、書きたい気持ちが高まるのを感じた。

　一九五四年、五月のある日、やり手のテレビの訪問販売員が、事務所で執筆中のカートのもとを訪れた。ヴォネガット家にはテレビがなかったので、カートはその場で一台購入し、その日のうちに届くよう手配してもらった。夕方近くには、カートは家で四つのチャンネル――ABC、NBC、CBS、デュモン――の番組をみて、その質の高さに驚いた。たとえば「秘密探偵ロッキー・キング」（一九五〇年から五四年まで続いたデュモンテレビの人気ミステリドラマ。ニューヨークが舞台）や「ガイディングライト」（一九三七年にNBCのラジオドラマとして始まり、一九五二年から二〇〇九年までCBSで放送されていた昼ドラマ）などだ。だが、同時に嫌な予感もしていた。

テレビの黄金時代だった。パディ・チェイエフスキー（劇作家、脚本家、小説家。『マーティ』等でアカデミー賞を三度受賞）、ホートン・フート（劇作家、脚本家。『アラバマ物語』でアカデミー賞を受賞）、タッド・モーゼル（劇作家。ピュリッツァー賞を受賞）、ロッド・サーリング（脚本家。テレビドラマを中心に活動した）、ゴア・ヴィダル（小説家、劇作家、評論家、脚本家、俳優、政治活動家。アメリカ文学史上初めて、同性愛を肯定的に扱った作品を書いた）らの業績で、人気のドラマが何百万ものアメリカ人の居間に浸透した。それはまるで、ブロードウェイとオフブロードウェイの様々な劇場に無料チケットで入るようなものだった。一九五四年、木曜の夜はたいてい、カートはジェインと一緒にテレビの前で、「クラフト・テレビシアター」「四人のスター劇場」「フォードシアター」「ラックス・ビデオシアター」のどれかをみた。若い俳優（たとえばジェームズ・ディーン、ウォーレン・ビーティ、ポール・ニューマン、スザンヌ・プレシェット）や若い監督（ジョン・フランケンハイマー、ロバート・アルトマン、シドニー・ルメット、シドニー・ポラック）が、小さな灰色のスクリーンを輝かせ、毎週毎週アメリカ人の人生を描き出す。時に真面目に、時にコミカルに、時に悲劇的に。

カートにはたちまち未来が見えた。小説を発表する場であるスリック雑誌は衰退する。自宅にいれば、一晩中でもテレビが物語を語ってくれる時代になるのだ。広告費は新しいメディアであるテレビに流れ、「短編小説で飯を食っていこうなんて、時代遅れ」になってしまう。カートの懸念は的中した。雑音混じりのテレビの映像は、雑誌小説の多くの潜在的な読者をさらった。数年のうちに、「コリアーズ」やその他の総合誌は経費節減のために短編小説をほとんど載せなくなった。

しかし、カートにはかえって好都合だった。その頃「サタデー・イブニング・ポスト」に掲載された二編の短編は、自分でも自信が持てなかった。「野心家の二年生」も「カスタムメードの花嫁」も、平凡で紋切り型だと思った。テレビを買って数週間後、カートはノックスに、小説の女神にへつらうのはもうこりごりだと宣言した。これからは脚本家になるつもりだ、と。ゼネラル・エレクトリックですべてを投げ出したときやケープコッドに引っ越そうと決めたときのような性急さで、カートは脚本の執筆を始めた。タイトルは『Emory Beck』。「ニューベッドフォード・スタンダード・タイムズ」紙の記者で友人の、ロバート・B・ルースマンとの共作だ。ふたりは八日間で仕上げ、原稿をリタウア&ウィルキンソンに送った。だがいくら待っても反応はなかった。それもそのはずで、ひどい作品だったのだ。カートは、この作品の前にも『Celeste』という題の戯曲をリタウアに預けていたが、それもかなりのスピードで書き上げたもので、やはり反応がなかった。

エージェントから音沙汰がないと、経済面の不安が募る。しかも、今回の不安にはいつもよりはっきりした理由があった。カートは暗い気持ちで、スクリブナーズ社のハリー・ブラーグに手紙を書いた。肩にのしかかる重荷が、もうじきまた増える。ジェインが三人目の子どもを妊娠したのだ。

赤ん坊がもうひとり生まれれば、出費が大幅に増える。カートは、書く仕事がもらえるなら、なんでも書いてやるという気持ちに追い込まれていた。ジョギングからランニングにペースアップするように、カートはこれまで以上に仕事をこなさなければならない。ブラーグはすでに『プレイヤー・ピアノ』に続く長編第二作の契約権の取得を申し出ていた。一九五三年の夏の終わりに、原稿を一枚も読んでいないのに、支援する姿勢をみせようと、少額ではあるが前金を渡してくれていたのだ。だが、全体の半分を書き上げ、あらすじを最後までまとめるまでは、前金の追加はないということだった。その一方で、一九五四年のほぼ一年が過ぎた頃、カートはブラーグに行き詰まっていると白状した。

春には、まったく別の小説の六章分を提出した。短編の「アイスナイン」（ノックスが「コリアーズ」に載せることを拒んだ作品）を書き足したもので、題は『猫のゆりかご』とあらためた。契約してもらえるとは思っていないし、まして前金が欲しいわけでもない、とカートはブラーグに手紙で必死に説明している。ただ、少し励ましてほしいだけだったのだ。だが、あらすじを添えずに数章を送ってから三週間たっても返信がこないと、カートはノックスに、担当編集者はつまらないやつだと愚痴をこぼした。

そこへ、幸運なことに、短期間で実入りの良さそうな仕事の話が舞いこんできた。紹介してくれたのは、ジェインのスワスモア大学時代の友人、ランダムハウス社のフレッド・S・ロズナウだ。図版のたくさん入ったコーネル大学の百周年記念誌の企画が進行中で、刊行されたらランダムハウスが卒業生に販売することになっている。ロズナウは編集者たちに、本文の執筆にカートが最適だと推薦した。カートは、皮肉な状況がおかしくてならなかった。コーネル大学を退学したのは、どうせ辞めさせられるとわかったからだ。それなのに、今や、向こうから大学の歴史を書いてくれといわれている。ざっと見積もると、イサカのキャンパスで二週間資料に目を通し、夏のあいだに書き上げれば、十月初旬に第三子が生まれるまでになんとか原稿料が入りそうだ。

ただ、問題もあった。スクリブナーズから二作目の長編を書くための前金をもらっている以上、商業道徳的にはそちらを優先すべきなのだ。だが、マックス・ウィルキンソンがブラーグに直接会って、カートの状況を説明してくれた。「この仕事をして受けとる原稿料が、彼がこの先小説を書くために、非常に役立ってくれるはずです」と。ブラーグは寛大にも、同意してくれた。

コーネル大学の本の原稿料はそれほど高くはなく、約束している二番目の小説の執筆に戻るまで、なんとか生活をつなげる程度だ。そのあとは、六章分だけ書いてそのままになっている『猫のゆりかご』をなんとかしなければならないのだが、それはブラーグが興味を持ってくれればの話だ。日程的にはかなりきつい。カートが抱えていたのは、金の問題だけでなかった。というのも、ジェインはここ数ヶ月、朝のつわりがひどく、定期的に吐き気止めの注射を打たなくてはならなかったからだ。もう少しすれば、二週間もジェインを残していくことはできなくなる。カートは早く契約を交わし、原稿料の支払い予定を知りたかった。独身のロズナウに、一緒にイサカに行くなら楽しくやろう、と手紙に書きながらも、いったいなんで契約が遅れているんだと露骨な質問を挟まずにはいられなかった。

だが、ランダムハウスもコーネル大学も時間に関しては、カートの目論見とは違って、ひどくのんびりしていた。百年誌はかなり限られた読者に向けられたもので、早く仕上げなくてはならない理由はなかった。季節は春から初夏へと移り、カートはひたすら待ったが、とくに進展はなかった。

その間、ノックスの手助けもあり、カートは「スポーツ・イラストレイテッド」誌の特別号の短期の仕事をもらった。愛車のプリマスをジェインのもとに残し、彼女が自分で運転して吐き気止めの注射のために通院できるようにしておいて、カートはニューヨーク東四十八番ストリート一一一番地にあるバークリーホテル内のコーネルクラブに部屋をとった。ニューヨークには、頼めば家に泊めてくれる友人も何人かいたのだが、カートはホテルに滞在するほうを好んだ。

「スポーツ・イラストレイテッド」の編集者は、カートに写真のキャプションや短い記事を任せた。カートは、昼休みにはリタウア&ウィルキンソンまでぶらぶら歩いていった。なにかいい話でもきていて無一文にならずにすむかも……という希望を胸に抱いて顔を出したのだ。カートがせわしなく出たり入ったりしているのに気づいた事務所の秘書、キャロリン・ブレイクモアは、「神出鬼没のカート」と呼ぶようになった。カートは入ってきてたわいもない話をしていると思ったら、次の瞬間には消えている。「問題は、エージェント側が彼になにをしてやったらいいのかわかっていない、ということではなく、彼自身が作家としてどうしたらいいのかわからない、ということだったのかもしれません」とキャロリンは語っている。

カートがどうしたらいいかわからなかったのは、「スポーツ・イラストレイテッド」の仕事についても同じだった。コーネル大学で書いていたスポーツ記事など役に立たなかった。あるいは、あまりにいらだっていたか、ジェインのことが心配で、ろくに考えられなかったのかもしれない。とにかく、ある日カートは、タイプライターにはさんだ紙をにらみつけながら、競馬場の障害柵を跳びこえようとしている競走馬の写真にどんなキャプションをつければいいのか悩んでいたあげく、「馬は障害柵を跳びこえちまった」。とタイプした。カートは無言でその場を立ち去り、ホテルに戻って荷物をまとめると、ケープコッドに帰ってしまった。

カートとジェインの第三子、ナネット・ヴォネガットは一九五四年十月四日に生まれた。カートはノックスへの手紙に、子どもの誕生には「精神浄化作用」があると書いている。だが実際には、子どもも三人目ともなれば、浄化作用どころではない。すでに持てあまし気味のストレスが増えただけだった。

『プレイヤー・ピアノ』は六月に絶版になった。出版から一年もたっていなかった。スクリブナーズからの最後の印税は、ハリー・ブラーグからケン・リタウアに送られたわずかな額の小切手だった。カートは知らなかったが、そこには片意地の悪いメモが添えられていた。「この印税が、カートの生活の足しになればと願っています。たいした額でなくて申し訳ありません」。バンタム・ブックスが『プレイヤー・ピアノ』の再版の権利を買ったので、カートにもそれなりの金が入るはずだったのだが、その気配もなかった。新生児がいる今となっては、コーネル大学の百年誌に関わることもできない。

ていたからだ。

カートは恥ずかしかった。ランダムハウスに注目すべき作家だと認識してもらえるのでは、と期待していたからだ。

カートはハイアニスのケープコッド病院に到着すると、看護師に案内されて、陰鬱な面持ちでジェインの部屋に入った。妻は生まれたばかりの娘を抱いて待っていた。看護師が出ていくと、カートは妻のベッドのはしにどさりと腰をおろし、両手で頭を抱えてすすり泣いた。

病院にくる途中、もう少しで車ごと、橋から飛び下りそうになった。カートはそういったあとも、泣きやまなかった。

オスターヴィルを出ることにしよう、とヴォネガット夫妻は決めた。そろそろ環境を変えたい。この町は抑圧的で、息が詰まる。それに小さなレンガ造りの農家は、三人の子どもを育てるには狭すぎる。引っ越しをするなら今だ。というのも、短篇が四編たてつづけに売れて、一九五四年の一年間で合計七編売れたのだ。こんなに売れた年はない。「名著を読む」の講座で一緒のある男性がバーンスタブルに住んでいて、ヴォネガット家にぴったりの物件があると教えてくれた。ウェストバーンスタブルの大きな家だ。

ウェストバーンスタブルはケープコッドを曲げた腕にみたてると、上腕二頭筋のちょうど真ん中あたりにある。夫妻がみにいったのは、スカダーズ・レーンに面した、二百年前に建てられた家で、暖炉が六つに部屋が十二室もあった。まわりには畑、湿地、バーンスタブル砂丘が広がる。敷地内には小さな納屋と小屋。小屋のなかにはもう使えなくなった手押しポンプ式の井戸があった。家の前の小道は曲がりくねりながら、腰の高さまで伸びたエニシダの間を抜け、なだらかな小石の浜へと続いている。売り値は格安だった。というのも、魅力的なのは家の外観だけだからだ。部屋はリフォームの必要があったし、ボイラーは古くて使えなかった。

オスターヴィルの家を担保にし、バンタムから近く印税が入ることを請けあうという、見事な財政手腕を使って、ウェストバーンスタブルの大きな家を買った、とカートはノックスに自慢そうに知らせている。ほんの数週間前には第三子の誕生で落ち込んでいたのに、すっかり立ち直っていて、春に引っ越しが完了したら、釣りをかねて遊びにこないかと招待している。

オスターヴィルの家を手放すまでは、二軒の家を所有するかたちになった。二軒分の住宅ローンを払うのは、定収入のある下級管理職の会社員でもきつかっただろう。わずかばかりの原稿料を不定期に受けとる作家にとっては、なおさらだ。だがジェインはカートに請けあった。すべてが「すばらしく」うまくいくから大丈夫。「わたしにはとにかくわかるの」と。カートはジェインの言葉を信じた。

話はまとまり、十一月、カートは長女のイーディを連れてインディアナ州へいき、父を訪ねている。七十歳の誕生祝いをするためだ。ジェインは生後六週間のナネットと七歳のマークと一緒に家に残った。


ジェインは、明るく振る舞ってはいたが、心中穏やかとはいえなかった。産後の鬱症状があり、精神科に通っていた。だが、カートは何度か通院すればきっと治るだろうと思っていた。夫婦の関係において、ジェインの役割は、書くことへの不安におびえるカートの対極にいることだったからだ。カートは気づいていなかったが、ジェインはその荷の重さに耐えかねて、精神的にぐらついたことが何度もあった。ふたりの生活では、カートの執筆——常に、一心不乱に書くこと——がなにより優先された。執筆がうまくいかないと、カートは神経過敏になり、深酒をした。彼は金の心配もしたが、そのくせ無頓着に使った。その態度は間違いなく両親から受け継いだものだ。両親もまたそれが当然といわんばかりに派手に軽率に浪費していた。
ジェインは日記代わりに、紙切れに心中を書きつづった。「わたしはカートを愛している。誰だろうと、ほかの人とは暮らせない。それは本当だ。でも、彼はちっともわかってない。彼のせいで、わたしが今にも気が変になりそうなことを……そこらじゅう灰だらけで、あちこちに灰皿が散らばっている。でも彼はこの先もそんなことには気がつかないし、気がつくこともないだろう……ここにとどまる義務はない。でも、いなくちゃ。彼のために、わたしのために、子どもたちのために。彼は天才で……それはすばらしいことだ。わたしはその事実を愛すると同時に、嫌悪する。最悪。この先いいことなんてない。決して楽にはならない。夫婦そろって穏やかな気持ちになれることなんてありえない。それでも、ああ神様、この結婚生活は本当にすばらしいのです」。

その頃カート・シニアは、インディアナ州ナッシュビルに近いブラウン・カウンティに小さな家を買って住んでいた。インディアナポリスから約四十キロ南に下ったところだ。ヴォネガット・ウィリアムズ・クリークの家は、カートとイーディが訪ねてくる数ヶ月前に売却していた。ヴォネガット、ライト、イェガーの共同建築会社に十年勤務したのちに引退し、今ではもっぱらドライブを楽しんでいた。付近の田舎道は美しい景観で有名だった。なだらかに起伏する草原が続き、屋根付きの橋があり、秋の紅葉は息をのむほどすばらしかった。家では陶器をつくり、何時間も本を読みふけり、タバコをふかしながらお気に入りのドイツロマン派の作曲家の音楽を、クランクでぜんまいを回すビクトローラ蓄音機できいた。蓄音機は姉のアーマ・ヴォネガット・リンドナーからの贈り物だった。姉は何度かハンブルクから弟の家にやってきて長期にわたり滞在したが、実のところ「カート・シニアが一緒にいられる相手はアーマくらいのものだった」と親戚のひとりは語っている。カート・シニアは、人間はしゃべりすぎると思っていた。六歳のイーディが抱いた祖父の印象は、「いかめしい顔をして、いつもパイプをくわえていた。まるで古い木ぎれ。それか、大きな古い鳩時計とか、ドイツ製の時計とか、木とか、高山植物みたいな感じ」だった。家のなかに入ると、カート・シニアは、自分の若かった頃の時代で時を止めてしまっているようにみえた。

カートは一週間滞在する予定だったが、初日に父親と口論をしてしまった。カート・シニアは作家である息子を「とても自慢に思って」いて、その証拠に一九五〇年の手紙では息子の才能をほめ称えているのだが、カート・ジュニアは「父はぼくを心から恥じていた」と思っていた。実際、彼はそう思いこむ必要があり、生涯を通じてそう思っていた。なぜカートが執拗にそう思い続けたのか、なぜ父親と口論になりがちだったのかについて、批評家レスリー・A・フィードラーは、次のように指摘している。「新時代の自意識の強いこの作家は、中流階級への帰属感とそこからの疎外感の両方を感じている。中流階級の親を持つ息子でありながら、中流階級が信じるあらゆることに躍起になって反論する。作家になることで父親を裏切り(そうとしか彼には思えない)、男性的な意識と行動の世界を捨て、無意識との罪深い戯れに走ったのだ」。言い換えれば、カートは、父親や父親が象徴する価値観に違和感を覚える必要があった。(父親がヨーロッパという〝旧世界〟を愛していたため、よけいにそう感じた)。そうすることで、自分が社会の批判者であり作家であり、創造力のある人間だと感じることができたのだ。

口論のあと、カートは気持ちを落ちつかせるため、猟犬を飼っている地元の人とキジ狩りに出かけた。五羽狙ってすべて外したが、それでよかった。戦争のあと、なにかを撃ち殺す気にはなれなかったからだ。父親の家に戻っても、父子の間のわだかまりは解消されていなかった。二日目の夜、カートはイーディを連れて父親の家を出た。残りの数日はインディアナポリスの旧友の家を訪ねてまわった。十一月末にケープコッドに戻ると、ハリー・ブラーグへの手紙にこう書いた。父と過ごしてみて、トマス・ウルフの小説のタイトル、『汝再び故郷に帰れず』（駆け出しの作家が、自伝色の濃い作品に故郷の人々をモデルにした人物を多数登場させたために、彼らの怒りをかい、故郷に居場所を失って放浪の旅に出るという物語）を実感した。

カート・シニアは息子がせっかく帰ってきてくれたのに口論になってしまったことを気に病み、翌年一月初旬に、息子夫妻に向けて長い手紙を書いている。クリスマスイヴには、家で「ツリーのライトとキャンドルを灯し、ひとり静かに物思いに耽っていた。それは幸福なひとときで、なにより感謝の気持ちがわいてきた。なにしろ、わたしには三人のこの上なく優秀な子どもと、将来が楽しみな九人の孫がいるのだから」。ジェインに向けては、お世辞のようなことも書いた。もらった手紙から察するに、きみは「カート・ヴォネガット・ジュニアのゴーストライター的な役割」を担ってくれているのではないか、と。そして、ウサギのシチューができあがりそうなので、と手紙をしめくくっている。「新年おめでとう。神のご加護がありますように！」

カートとジェインがウェストバーンスタブルの家に引っ越したのは一九五五年の二月で、ちょうど、バンタム社が『プレイヤー・ピアノ』を出し直した時期と重なる。だが幸先の良い状況は、バンタムが作家としてのカートに下した評価で台無しになってしまった。その新たな版は『ユートピア14』とタイトルを変えられ、表紙は機械が並んだ重々しい風景のなかで裸の人間たちがうごめいているという不気味なものだった。しかも、書店に配本されるのではなく、ドラッグストアやバスターミナルに置かれた回転ラックに、安っぽいペーパーバックや漫画と一緒に並べられた。まともな出版社が、彼の小説を『征服王コナン』を好む読者向けの装幀にしたということは、主流から外されたということだ。カートはオスターヴィルの事務所を借りるのをやめ、自宅の一室を仕事場として使うことにした。

またもや金が必要になったし、依然、小説よりも戯曲こそが自分の作家としての潜在能力を発揮できる分野だと確信していたので、まるで粘土の標的を狙って撃つように、ぽんぽんと戯曲を書き上げた。それも合計四編、たてつづけに。なるべく採用されやすいようにと、わざと、予算のかからなさそうなオフブロードウェイ用か、テレビ向けの一幕ものの作品にした。細切れの仕事はもうたくさんだ、とカートはノックスに書いている。短編の作家として名前が載ることで心が躍った時代はもう終わった。テレビや舞台用の作品を書くのが自分の新しい戦略だ、雑誌なんてくたばっちまえ、と。

こんな虚勢を張ったのは、キャリアに関してジェインと口論になったせいでもある。ジェインは気がおかしくなりそうだった。夫がこれからはすばらしい作品を書くんだと大見得を切っても、目の前の事実からは逃れようもない。家計は事実上破綻しているのに、むだに大きな家はあちこち修理の必要がある。学校に通うふたりの子どもには、服や学用品など、いろいろなものを揃えてやらなければならない。そして赤ん坊のナネットは病弱だから、小児科の診療費等がかさむ。もしかしたら、カートは、いや、わたしたちはやっていけないのでは？　カートの原稿料だけでは暮らしていけないのでは？

口論は続き、悲しい結論に達した。もしかしたら、作家業で食べていこうなんて、そもそも無理だったのかもしれない、と。カートは、じきにいい方向に向かうさと、いうこともできなかった。できることは、リタウア&ウィルキンソンに、自分の作品を売ってくれと、プレッシャーをかけることくらいだった。とくに、テレビ用に書いた一幕もののシナリオを売ってほしかった。その分野が一番入金が早かったからだ。

ジェインは折れた。ふたりの口論はそうやって終わることが多かった。ジェインはぴりぴりするのに耐えられず、楽しげな顔でその場の空気を変えようとした。本当はいらだっていても、そういう顔を作るのが得意だったのだ。「逆境でも明るく振る舞うこと」が自分の基本的な対処法だ、と彼女はのちに書いている。だが、同じことをカートには望めなかった。「カートは、皮肉屋らしい自暴自棄な態度をとりながら、ときおり躁《そう》病的なハイの状態になった。そうやってなんとか生きていたのだ。それから悩みを抱えることもまた、カートの生き方だった」。そして、しだいに顕著になっていくのだが、「彼はアルコールで気持ちを楽にすることを覚えていった」。

母親と同じで、カートは精神的な逆境に対処するのが下手だった。物理的な逆境は平気だった。その証拠に、捕虜収容所Ⅳ－Bへ向かう死の行進、餓死寸前の食生活、ドレスデンから八十キロ先のヘレンドルフへの行進、野草やタンポポをあさって食いつなぎ、自由の身になるのを待っていた日々、それらすべてを生き延びたのだ。だが感情的な要求——特に他人から自分に課されるもの——は対処するのが難しかった。ユーモアで応えることもあったし、男友だちには親しげにからかうような調子で応じることもあったが、多くの場合、距離を置いた。とりわけ彼を必要としている人にそういう態度を取ってしまったのは、感情的に傷つくのを恐れたからだ。その最たる例が、子どもたちとの関係だ。

一九五五年の夏、週末にノックスがやってきた。釣りを楽しみがてら、ウェストバーンスタブルのカートの新居をみにきたのだ。気むずかしい毒舌家として知られるバーガーが、カートの子どもたちを膝に乗せて学校や友だちの話をきき、どんなことに興味があるのかと彼らの言葉に耳を傾けた。「ノックスは実の父親よりも、よほど父親らしかった」とイーディはのちにインタビューに答えていっている。「だから、ノックスを大好きになりました。彼はわたしにとって理想の父親なのです。それに対し、父とは、幼い頃に一対一で話をした記憶はありません」。

カートに優しくされた思い出は数少ないだけに、イーディの記憶にはっきり残っている。「わたしたちはよく、小型のモーターボートで港を渡って、サンディ・ネックというところへいき、両親の友人たちと一緒にバーベキューをしました。帰宅するのはいつも夜で、ボートにはライトもついていなかったので、帰りは危なっかしくてしかたがありませんでした。でも、わたしは眠ってしまって、父に抱っこして運んでもらいました。でも、本当は眠ってなどいなかったのです。毛布にくるまって寝たふりをしていると、父がボートまで運んでくれ、ボートで星空の下を進み、やがてまた抱きあげられて砂丘を行く。寝たふりをしていれば、ボートまで歩く必要もありませんでした。父に抱っこされた思い出は、そのときしかありません。サンディ・ネックからの帰りには、パパが抱っこしてくれた。それだけははっきりと覚えています」。

家族と一緒にいるカートの姿は、ゼネラル・エレクトリック時代の同僚、オリー・ライアンが撮ったホームムービーで垣間みることができる。オリーは一九五五年の夏、休暇を過ごしに、妻のラヴィニアと二人の子どもを連れてケープコッドにきていた。カートはグレーのスポーツジャケットに白いシャツ、チノパンという格好で、芝生で横向きに寝そべっている。彼の後ろではジェインとラヴィニアが赤ん坊のナネットをあやしている。金髪のナネットは太陽の下で眠そうに目をしばたたいている。カートはわらの束をもてあそんでいて、少し退屈そうだ。ライアンが撮った次の場面では、カートは納屋でキャンバスに絵を描いている（その絵はラヴィニアに贈った）。カートは肩越しにふり返り、カメラが回っているかどうかを確かめる。さらに場面が変わると、マークとイーディとライアン家の子ども、メアリーとフィリップが釣りをしている。棒にひもを結んで安全ピンを鉤の代わりにくくりつけた道具で、場所は家の近くのコギンズ池だ。やがて、誰かに呼ばれたのだろう、子どもたちは向きを変え、そろって帰り道を歩き出す。マークが追いつこうとしている父親は、家に続く上り坂にさしかかっている。マークが待ってと叫んだのだろう、カートは立ち止まるがふり返らない。マークが追いつくと、父親はまた歩き始める。まっすぐ前を向いたまま。

カートは、金銭面での心配に加えて、自分が同じ年頃のほかの男と比べて持っていない物が多いという不安のあまり、過剰なほど守りを固くしていた。たとえば、こんなこともあった。ヴォネガット夫妻は、その年に行われたフレッド・ロズナウとエレン・ミラーの結婚式に出なかったが、カートは七月にニューヨークへいった際、新婚夫婦から自宅でのディナーに招待されていくことにした。

エレンはフレッドより十二歳年下で、ニューヨーク近郊のヴァッサーカレッジから、夫の仕事場の近くのマンハッタンにあるバーナードカレッジに籍を移していた。彼女の父親はランダムハウスの販売担当副部長で、結婚祝いに若い夫婦のマンションの家具を揃えてやった。カートがふたりの新居の住宅街のマンションに到着してからほどなくして、ディナーは不愉快なものになった。

「カートはとても皮肉っぽかったのです」とエレンは回想している。「たぶん、自分が無一文に近いのに、フレッドにはすてきなアパートがあるのが悔しかったのでしょう。カートは牙をむいた犬のようでした」。出版業に携わる一家に生まれ育ったエレンには、なんとなくわかった。その攻撃的な反応は、創造的な人間であるカートがフレッドの恵まれた状況に腹を立てているせいなのだ。「物書きタイプが、商売に成功している人物をこきおろすのは、よくあることです」。夜が更け、カートは酒を飲み続け、さらに辛辣な言葉を吐き、ようやく帰っていった。エレンは、彼を送り出して、玄関ドアを閉めた瞬間、夫にきっぱりといった。あなたが、あんなふうにいわれるのをきくのは、もうこりごりよ。それ以降、フレッドとカートは疎遠になった。

カートは、自分がひどいことをしてしまったとわかっていた。夏の終わりに、そうノックスに白状している。溝にはまって、どうあがいてもそこから抜け出せないような気分になっていたのだ。リタウアとウィルキンソンが自分の作品を管理するやり方が気に入らなかったし、そのうえ、性的にも欲求不満を抱えていた。バーガーに宛てたある手紙の冒頭に、「LABOR《レイバー》・DAY《デー》」と大文字の見出しを掲げ、ジェインをセクシーな気分にさせるために、どんな努力を重ねたかを並べた。ジョイスの『ユリシーズ』のなかのモリー・ブルームのエロチックな独白を読ませたけれど、だめだった。カートは確信した。女性はセックスを心から楽しむことはない。ただ、男に優位に立てるのが楽しいだけだ、と。裏庭にある大きな岩の上に、カートはモリーの言葉をのみで彫りこんだ。“Yes I said yes I will Yes（『ユリシーズ』の最終文。Yes で始まり yes で終わる、句読点のない有名な独白の結びで、男の立場で語られてきた長い物語の、女の立場からの反歌とされている）”。

カートの欲求不満は作品にそのまま反映された。「借りもの」という戯曲では、ある男が勃起不能になり、父や夫としての日常のつまらない責任ばかりを負わされて、永遠に続く絶望の闇のなかにいる。男は犯罪小説を書いている。その主人公は、妻を殺したあと、殺した理由を説明するために息子を探しにいく。息子は十代で、女に不自由しない楽しい生活を送っている。息子が美しく魅力的な女性と暮らしているのは、プロヴィンスタウンの砂丘に建つ小さな家だ。

スクリブナーズから出す予定の、小額ながら前金をもらっている二番目の長編小説は、まったく進んでいなかった。数ヶ月前、カートは担当編集者のハリー・ブラーグにくり返し訴えていた。この小説のことは忘れてくれ。プレッシャーが大きすぎる。もしかしたら、ふたりして二作目の計画なんてなかったふりをしていれば、自分は新たな気持ちで取り組めるのかもしれない。そういいながらも前金の話は出さないように気をつけた。払い戻しなどできないことがわかっていたからだ。

だが、収入源に関しては、ひとつ考えていることがあった。GHQという戦争ゲームを考案したのだ。彼がそれを持ちこんだのは、サールフィールド社。児童書を出版する一方、ゲームや玩具も作っている世界屈指の規模の会社だ。近所の子どもたちは、みんな夢中になっているんです、とカートは売りこんだ。そして手紙と共に、ゲーム盤、説明書、手作りのピース（大砲、戦闘部隊、戦車、弾薬を表している）も送った。

サールフィールド社はまったく興味を示さず、このゲームは難しすぎて理解できません、という返事をよこした。

姉のアリスも、カートと似たような状況だった。金銭面での苦労が絶えず、子どもも三人いた。結婚相手は、カート自身は気づいていなかったようだが、カートにとてもよく似たタイプの男だった。

アリスは中年にさしかかっていたが、切りそろえた金髪の前髪には弾力があり、真っ赤な口紅をひいていた。子どもと動物が大好きで、自宅の壁をステンシルの花や鳥で飾った。アリスと夫のジムは笑ってしまうほど金がなかったが、それはジムが次から次に思いつく百万ドルのアイディアが、いつも不発に終わるからだ。彼は独力で成功して、いわゆる起業家になりたかった。彼の父親はフレデリック・テイラーの科学的管理法を早くから実践していた。科学的管理法とは、時間研究と行動研究に基づいて労働者の一日の作業量をきめる方法だ。そしてジムは、自分も同じように革新的になれると思っていた。自分にもアイディアがあるし、セールスマンらしい陽気な性質もそなわっていたからだ。戦後、アダムズ家はニュージャージー州に引っ越した。それはニューヨーク市に通勤できる距離だったからで、カートの言葉を借りれば、ジムはもともと派手好きで、インディアナポリスは彼には中西部の田舎色が強すぎた。

ジムが最初に開発した商品は、〝パティ・プス〟という、顔のついたゴムボールで、のばしたり丸めたりして、どんな形にもできた。シリーパティ（アメリカのクレオラ社製の玩具。伸ばしたりちぎったり丸めてボールにして弾ませたりできる合成ゴム製品）に似ていて、パティ・プスは単純で製造コストがかからない。しかし、ジムは、早い段階で製造業者と組まなかったため、すぐに資金が底をついた。その次には義兄のバーナードの力を借りて、真鍮のドアノッカーを作った。男の横顔をかたどったもので、鼻先に親指をあて、ほかの指を扇形に広げて誰かをばかにしているようにみえる。ノッカーを持ちあげて降ろすと、横顔のあごが受け座に当たって音を立てるしくみだ。だが、これもまたパティ・プスと同じように、資金不足のため量産にはいたらなかった。

だが、ジムが風変わりだったのは、ビジネスのアイディアだけではなかった。そのうえアリスもまた気まぐれだったから、一九五〇年代中頃のアダムズ家は、どう見ても変わり者家族だった。何羽もの異国の鳥が部屋から部屋へととびまわり、その下で、十一歳のジム・ジュニア、九歳のスティーヴ、末っ子で六歳のカート――ニックネームは赤ん坊のときの元気な泣き声から〝タイガー〟――が生活している。子どもたちは、部屋の壁はキャンバスだと思って、どこでも好きなところに絵を描いていいといわれていた。

週末には家族揃ってニュージャージーの海岸に出かけ、浜辺に流れ着いたレンガを集めた。将来それを使ってパパが新しい家を作るためだったらしい。ある冬のこと、暖房用のボイラーが不調だったか壊れたかしたので、レンガの代わりに流木を拾い集めて暖炉にくべなくてはならなくなった。そのうち寒さも厳しくなったので、ジム・シニアが全長三メートルの電信柱を家のなかに引っ張ってきた。そして先を暖炉につっこんで薪の代わりにした。数日たつと、家の煙突からは、まるで工場地帯でみるようなタールの黒煙がもくもくと出てきた。「うちは、町のほかの家族とは違っていた」とタイガーは回想する。「ただ、父はうまくとりつくろって、ごくふつうの人物のように装うことができた。ニューヨーク行きの列車に乗り、スーツを着ていると、ふつうに見えた。一方、母はＰＴＡの会合に出かけたり、ぼくたち子どもの宿題を手伝ってくれたりするタイプにはまったくなれなかった。新聞を読んだこともないし、政治のこともまったく知らなかった。実質的に社会と関わったこともなかったと思う」。

だが幼い頃、タイガー・アダムズは、なにひとつ問題を感じなかった。愛されていたからだ。父は「スキンシップが好きだった。膝に乗せてもらえば、やさしくて、気楽な父親だとすぐにわかった。一方、母も、内面的には子どもたちや家族とつながっていた」。

一九五六年、アリスはまた妊娠した。

カート・ヴォネガット・シニアが死去したのは、その年の九月三十日のことだった。インディアナ州ブラウン・カウンティの自宅で、肺癌のため息をひきとった。入院治療は拒否していた。生前は、朝起きて服を着替えると、軽い食事を取ってから、暖炉の前で読書をしたり収集したレコードをきいたりした。看護師も雇っていなかったし、定期的に様子をみにくる人もいなかったが、寝たきりになってからは、仕方なく、訪問看護師にきてもらっていた。

カート・シニアは、インディアナポリスのクラウン・ヒル墓地で、妻の隣に埋葬された。墓地にはヴォネガット一族の墓石がたくさんあった。カート・シニアは常に株式市場に興味を持っていて、かなりの量の株を保有していたが、それが一九五〇年代の上げ相場で値が上がっていた。遺産は相当なもので、それが子どもたちに均等に分配された。アリスは、自分の取り分を夫の起業へのたゆみない試みに投資した。カート・ジュニアは、父の『ウエブスター・ニューインターナショナル・ディクショナリー』ももらいうけ、その〝愛しき巨体《レビヤタン》（レビヤタンは聖書に登場する巨大な海獣）〟を、参考図書の書架にしまった。

それから数年間、彼はそのまま〝ジュニア〟を苗字の一部として使い続け、父親と区別がつくようにしていた。

一九五七年春、カートはボストンの広告代理店で契約社員として働いていた。そして三月のある日、車での通勤中に、家の財政問題の解決策はこれだと思うものに出会った。前を走っているキャリアカーに、六台のサーブがのっていたのだ。オレンジの種のような形のかわいいスウェーデン製の車だ。カートはキャリアカーのあとをつけていき、サーブの販売代理店をつきとめた。販売員に話をきくと、このおしゃれで小さな輸入車は、前輪駆動で、寒くて路面が凍結しやすいニューイングランドの道路にはもってこいだという。しかも、たった三十馬力で三気筒なので、燃費がよく経済的だ。カートは新型モデルに試乗させてもらい、ひとつ走りすると、すっかり惚れこんでしまった。ケープコッドじゅうの人が欲しがるにちがいない。とてもおしゃれだし、スウェーデンの工学技術は確かなはずだ。(戦時中、サーブ社は戦闘機を作っていた)。

帰宅すると、カートはジェインに相談した。一台買おうというのではない。ケープコッド初のサーブの販売代理店を開こうというのだ。カートの考えはこうだった。販売代理店といっても、実際にはたいした仕事はないはずだ。小説を書いて売る片手間に店をやっていれば、車が売れるたびに収入が増える。ただ、サーブは販売代理店に委託販売はさせないので、店をやるならまずは車を六台買い取らなくてはならない。資金には父の遺産をあてればいい。ジェインは賛成した。

次は、家で執筆しているあいだ、ショールームにいてくれる人物を探すことにした。カートは近所に住んでいた画家、アーサー・ブルボーに、歩合制で店を任せたいのだが、と持ちかけた。お客がいないときには、油絵を描いていてもらっていい。それでも不満なら、宣伝用にサーブを一台進呈しよう。それを乗り回して販売店の存在を広めてくれさえすればいい。するとブルボーはカートと同じくらいに乗り気になった。いよいよ開店日、ビジネスパートナーのふたりは、ぴかぴかの新型車を店の前に停めた。店はウェストバーンスタブルの目抜き通りに面していた。カートは便せんを特注した。〝サーブ・ケープコッド〟とレターヘッドを入れ、左端には経営者として自分の名前を印刷させた。

サーブは会社の方針として、広告をしなかった。結果、カート自身が地元紙に広告を打たざるをえなくなった。「サーブ――航空機の品質をもつスウェーデン車」。売上げから広告費と諸経費を差し引くと、利益はなかった。「利益を得るには、カーラジオかタイヤを客に高く売りつけるしかなかった」とカートはのちにいっている。「こういうと、誰もが憤慨する。とんだモラルの腐敗だ、とね。だが、自分にとっては当然で……ちっとも悪いとは思っていない」。カートが十代の頃にヴォネガット金物店で夏のアルバイトをしたのは、無駄ではなかったらしい。

一九五七年夏、ジェインの母、ライア・コックスが、三人の孫の顔をみにインディアナポリスからウェストバーンスタブルにやってきた。そして、「この家は魅力的だけど、かなり旧式ね」と感想をもらした。彼女の表現は、一家の暮らしぶりのこともほのめかしていた。ヴォネガット家の生活はとにかく忙しく、めちゃくちゃといってもいいほど無秩序だった。

カートもジェインも、やりたいことはなんでもやって、子どもたちにもなんでも好きにさせていた。毎週水曜日の午後、ジェインは〝保護者〟として、ガールスカウトの二十四人の小さな団員がゲームをしたり課題にとりくんだり、おやつを食べたりするのを見守ることになっていた。ジェインは、どうして自分はいつも約束の時間に遅れるのか不思議に思った。バーンスタブル・コメディ・クラブのリハーサルにも遅刻してしまう。そのうち、家中の時計がどれも違う時刻を指していることに気がついた。電話はひっきりなしに鳴るが、たいていはマークかイーディにだった。ところが、ふたりのどちらかが電話に出て、自分にではないと知ると、すぐに切るか受話器を外しっぱなしにした。ある晩、近所の人が電話をしてきて、ユニテリアン教会の募金活動のために、カートが三人に連絡をとることになっているのだが、と教えてくれた。だが、ジェインはその三人の名前を書いた紙がみつけられずに「パニックに」陥った。結局、イーディがその紙を色塗り遊びに使ってしまい、三人の名前を塗りつぶしていたことがわかった。

友だちとの家の行き来は、子どもの好きにさせていた。マーガレット・スチュワートという女性がジェインに電話をかけてきて、イーディさえよければ家にきて孫と遊んでやってほしいと誘ってくれた。ところがイーディはスチュワート家が南部出身なのかを知りたがり、そうだとわかると、自分は病気だからいけないといいはった。そんなやりとりの間も、カートは台風の目のなかにいるかのように、原稿を書き続け、タバコを吸い続けた。書斎にこもっていれば、誰にも邪魔されることはない。

ガールスカウトの集まり、劇団のリハーサル、ひっきりなしに鳴り響く電話。そんな騒ぎのなかで、息をひそめるようにしていたナネットはまだ二歳半だった。家族の注意をひくには、賢くて自己主張の強い十歳の兄と七歳の姉を相手に競わなくてはいけない。そのうえ、家庭内は無秩序なので、ナネットは典型的な受動的攻撃性を示す行動に出た。たとえば、祖母のコックス夫人は、乾燥機に服を入れようとやってきて、ナネットが「オン」のスイッチに手を伸ばしているところに出くわした。乾燥機のなかでは、飼い猫のファーディナンドとイザベラが鳴き声をあげていた。その数週間後、カートは火を噴かんばかりに怒った。貼り替えたばかりの白い壁紙にナネットが青いクレヨンでいたずら書きをしているところをみつけたのだ。ジェインはナネットを慰めたが、父親の激しい怒りにあった彼女は、ヒステリー状態になった。するとカートは「ほっとけ！」といいすてて、出ていった。

その日の午後、ナネットは三十九度以上の高熱を出した。ジェインが解熱剤を探して引き出しのなかをかき回していると、懐かしいものが出てきた。スワスモア大学で彼女が大好きだったハロルド・

ゴッダード教授からの卒業祝いで、「子ども時代のひとつのかけがえのない思い出こそが、おそらく最高の教育なのだ」という引用句が入ったクルミの殻だ。ジェインはそれをそのままの形で何年も大切にとってあった。ちょっと感傷にふけりたくて、クルミをあけてみると、入っていた紙がふたつに引き裂かれていた。誰がやったにせよ、あまりにひどいいたずらだった。

十二月に入り、サーブの販売代理店は倒産した。サーブ車は2《ツー》サイクルエンジンを搭載しているから、ガソリンタンクに常時一リットルほどのオイルを入れておかなくてはいけないのだが、外気温が氷点下に下がると、燃料がキャラメル状に凝固してしまう。カートは、定期的にショールームの車のエンジンを回さなくてはならなかった。みていると、車は「戦闘中の駆逐艦のような煙幕」を吐き出していた。ブルボーの宣伝用の車は雪の中でエンストしてばかりいて、ケープコッドじゅうの人々が、サーブはできの悪い輸入車で「航空機の品質」などそなえていやしないと思いこんでしまった。

その先は、ジェインが手紙に書いているように、状況は「どんどんおかしな方向へ」進んでいき、この仕事から手を引かざるを得なくなった。経営が傾いてから金に厳しくなっても手遅れなのだが、カートはブルボーに宣伝用の車を買い上げろといい出し、ブルボーはそれに抗議した。車を購入しなくてはいけないなどという約束はした覚えがないし、どのみち自分はこんな車などほしくない。なにしろ金がないのだから。それでも無理やり返却させた。きみはこの車を買っていないのだから、カートも車はいらなかったのだが、それでも無理やり返却させた。

宣伝用の車に関する口論を最後に、ケープコッド初のサーブ販売代理店は閉店した。カートは投資した資金を失い、パートナー同士だったふたりは、その後、絶交こそしなかったが、友人ではなくなった。

輸入車をめぐる冒険が終わり、カートは再び創作に専念した。「彼はあんなことに手を出さないで、そうしているべきだったんです」とジェインはウォルトとヘレン夫婦に手紙を書いている。「ただし、作家業に専念したところで、このところはお金にならないのですが」。ジェインはなんとか冷静さを保とうと思ってはいたが、自分と家族を不運から守る解毒剤のような役割を果たしてきた朗らかさは底をつきかけていた。

一九五八年冬、ジェインは心身共に病んでいた。始まりはケープコッドで流行したインフルエンザだ。マークがかかって、新聞配達のアルバイトができなくなってしまったので、カートとジェインが代わりを引き受け、夜明け前の暗闇の中、雪の降り積もったスカダーズ・レーンを車で行き来した。するとジェインも体調が悪くなり、カートがひとりきりで、運転し、新聞を配達した。

子どもが三人もいれば、寒い季節に母親が子どもから病気をもらうのは、そう不思議なことではない。だが、当時ジェインが書いた日記や手紙を読むと、不安症や躁病の兆しがみえてくる。物事になんでも深い意味を求めなくてはいけないと思いこみ、目に見えない慈悲深い手が物事を決定しているかのように感じていた。日記にはこう書かれている、「たぶん、ノンストップの足し算マシンなのだと思う。止まらないコンピューター――すべてが、絶え間なく足され続けていく――笑顔も、しかめ面も、なにもかも」。ジェインがアレックス叔父に宛てて書いたものの、投函しなかった手紙がある。そのなかでジェインは、自分がゴッダード教授に影響を受けているといい、詩人のウィリアム・ブレイクのように幻覚《ヴィジョン》をみることができると語っている。「物と概念、人々と出来事をつなぐ新しくてすてきな絆がみえるのです。その絆によって、人生にとらえにくい一面が加わります。おかげで人生はさらに心躍る、意味深い、そして詩にあふれたものになるのです」。

夜明け前の二、三時間は、いつも同じ夢をみた。あまりにも怖い夢だったので、夢が訪れる前に目覚めようとしたくらいだ。「夢に出てくるイメージは、巨大な赤い太陽だった。その大きくて、力強く燃えさかる、赤味を帯びた金色の球には信じられないほどの生命とエネルギーが宿っていて、それがわたしの無意識を満たしている。球は今にも破裂しそうなほど膨らみ続けて、それでも今のところは何も変わらない」。目覚めると、ジェインはキッチンにいき、チョコレートミルクをグラスについで、睡眠薬を飲み下した。悪夢のことをカートに話そうとしたが、「彼は特に興味を示さなかった。でも驚くにあたらない。カートにはほかに心配することがあって、それはもっともな心配だった。わたしは、夢の話をするのをやめた」。

カートを悩ませていたのは――もちろんジェインも心配していたのだが――前年にアダムズ家の第四子、ピーターが生まれたあと、アリスに乳癌がみつかったことだ。当時、乳癌は不治の病とされていた。夫のジム・アダムズは商品の売り込みに熱心で、広告も出し続けていたのだが、起業家として立とうとする彼の努力によって、妻が受け継いだ遺産はじりじりと減っていき、もはや残りわずかだった。状況的に、カートが落ちこむ理由はたくさんあったが、彼の人生と執筆活動にアリスの果たす役割が大きいことはジェインもよく知っていた。

カートはアリスを心から愛していた。作家としては珍しいことだが、彼はひとりの読者、すなわち姉のために書いていた。たいてい、作家は多くの読者を想定している。〝どこか〟にいる読者が自分の努力の成果を楽しんでくれるのだと考えて書いている。ところが、カートが思い描いているのはアリスだった。「ぼくはいつも姉に読んでもらうつもりで小説を書いてきた。もし、ぼくがなにかしら芸術的に完成されたものを書いたとしたら、その鍵は姉にある。ぼくの小説技法の秘訣、それは姉なのだ」。カートは、自分の肩越しに、姉が身を乗りだしてタイプライターをみているのだと思いながら書いていた。姉は彼の書いたジョークに笑い、ストーリーが面白いと喜んでくれる。「『アリスなら気に入ってくれる』、『アリスならきっと面白がる』とひとり心の中でつぶやく」、とカートはのちにいっている。姉を失うと考えるとつらくてたまらなかった。姉を救えるなら、どんなことでもしただろう。

一九五八年の一年間に、アリスの病状は悪化し、九月にはニュージャージー州ロングブランチのモンマス記念病院に入院した。その月の半ばの、もやのかかったある暖かい朝、ジムはいつものニューヨーク行きの電車に乗り遅れた。ピーターのベビーシッターがくるのを、ラムソンにある自宅で待っていたためだ。ほかの三人の息子はみんな学校にいっていた。ジムはそれから食料品の買い出しにいって、買ったものを置きにいったん帰宅した。ひととおり用事を終えると、いい日になるかもしれない、と胸をふくらませた。

ブリーフケースのなかには、これまでで最高のアイディアが入っていた。それは新しい業界誌で、接着剤業界のみをターゲットにしていた。成功すれば、この分野で初の業界誌になる。この話を支持してくれそうな人物と会う約束をしていて、見本をみせることになっていた。すべてうまくいけば、夕方に病院に寄るときに、アリスに良い知らせをきかせてやれる。

いまのアダムズ家には、この成功がどうしても必要だった。アリスの病状は悪く、病院のベッドで子どものように丸くなって寝ていた。なんとしても成功して、苦難続きの一家を救い出さなくてはいけない。ジムは古いベージュのステーションワゴンをレッドバンク駅の駐車場に停め、勤め先の広告会社に、少し遅れると電話をいれた。九時十四分発の列車に乗るつもりだった。

定刻きっかりに、ニュージャージー・セントラル鉄道の列車、三三一四番が、二台のディーゼル機関車に引かれてプラットホームに到着し、ジムは乗りこんだ。乗客のなかには、元ヤンキースのオールスター出場選手のジョージ・〝スナフィー〟・スタンワイス、二十五万ドル分の流通債券を携行しているマサチューセッツ州シュルーズベリーの市長、極秘書類であるミサイル誘導装置の設計図を持った陸軍の密使、そして生後四ヶ月のポールという名の赤ん坊もいた。次の停車駅はエリザベスタウン。出発前、定年間近の六十三歳の機関士、ロイド・ウィルバーンは、詰め所にいる友人に手を振った。

それから列車が加速していく数分間のあいだに、血圧が高かったウィルバーンは心臓発作に襲われて急死した。運転室に一緒にいた機関助手はエンジンを制御しようとしたが、大きなディーゼルエンジンは速度を増し、三つの警告灯の前を時速六十五キロでうなりをあげて通り過ぎた。目の前に、ニューアーク湾にかかる全長一・五キロのニューアーク・ベイヨン・ブリッジが迫る。ちょうどその下をサンドキャプテン号という浚渫船《しゅんせつせん》（海底や河川の底面などの土砂を取り去る土木作業用の船）が通過するところで、四十五メートルのはね橋部分が引き上げられていた。橋の手前百五十メートルのところで、先頭の機関車の自動脱線装置が働いて、列車は脱線したが、鋼鉄の車輪は木製の枕木をはじき飛ばしながら進み、身をよじるようにして、橋のトラスのあいだの狭い空間に突っこんでいった。その先は海面だ。乗客は悲鳴をあげ、必死で窓を開けようとした。

サンドキャプテン号のデッキにいた乗組員は、先頭の機関車が線路の端から飛び出して、百五十メートル下の海へまっさかさまに落ち、それに続いて第二機関車と三両の車両が海へひきずりこまれるのを目にした。まるで鉄の大海蛇が海底へ沈んでいくかのようだった。四両目の車両は橋から落ちる寸前で止まってゆれていた。

海面が沸き上がり、ジム・アダムズの頭文字入りのブリーフケースが水面に顔を出した。ほかにも、海に沈んだ列車から帽子や新聞や靴が浮かんできた。ジムを含む四十七人の乗客と機関助手が、溺死した。

カートとバーナードは、直接アリスに会って、医者が同席しているときに事故の話を伝えようと決めた。だが、アリスはなぜジムがきてくれなかったのかと不審に思い、翌朝自宅に電話をかけた。電話をとった隣人は、その事故を伝えてしまった。ケープコッドから飛行機に飛び乗ってニューアークにきていたカートがその場にいたので、電話をかわった。「嘘はつけなかった。姉は知らせをしっかり受け止めたようだった」。

アリスは息子たちにかわってくれとたのみ、兄弟一緒に生きていくんですよ、と話した。再びカートが電話に出ると、アリスは子どもたちをひきとって欲しいと頼んだ。バーナードの妻のロイスは体が弱かったからだ。カートはそうすると答えた。数時間後、カートはバーナードとともに病院に到着し、最初に話していた通りに、主治医同席のもとアリスに会った。「アリスは大変うろたえ、打ちのめされているようだった。突然未亡人になってしまって、どうしていいかまったくわからなかったのだろう」とカートはあとで話している。ふたりが病室を出るとき、アリスは最後にこういった。「ふりかえらないで」。彼女はその夜中に息をひきとった。

カートは臨終の姉と交わした約束を守ろうと決心していた。だが、孤児になった四人の少年に心と家を開かなければいけないのは、ジェインだった。

七章　子ども、子ども、子ども

一九五八～一九六五

カートとジェインは、カートがアリスに会いに病院に行く前から、アダムズ家の四人の男の子全員を引き取ろうと決めていた。事故当日、バーンスタブル空港に向かう途中で、「最悪の状況になったら、男の子たちにはうちにきてもらいたい」という気持ちだとふたりで確認したことを、ジェインはインディアナポリスのアレックス叔父とレイ叔母への手紙に書いている。だが、そうしたいと思った理由はジェインとカートで大きく違っていた。「生き生きとした気持ちになったのです。新米ママになったような気分です」とジェインは書いている。一方カートは、アリスの子どもたちを救うことで、やっと自分が一族の中心人物になれるような気がしていた。兄のバーナードには三人の息子がいたが、妻のロイスは神経衰弱の気があった。下は二歳から上は十四歳までの、合わせて七人の少年（ヴォネガット家が三人、アダムズ家が四人）を育てるなど、問題外だった。だが、ウェストバーンスタブルの大きな家には寝室が十二室もあるし、両親とも一日中家にいる。カートは書斎でうなっており、ジェインは夫と子どもの世話で家中をとびまわっている。スペースならたっぷりある。そこでまとめて二つの家庭の子どもたちの面倒をみるという案は、理想的とはいえないまでも、可能ではあった。

ジム・アダムズの妹のドナ・ルイスと夫のカールは、カートにアダムズ家の少年たちを全員引き取らせてしまうことに懸念を抱いていた。だが、カートがアリスと交わした約束を破らせるのにも抵抗があったし、ロイス・ヴォネガットに無理な負担を強いたくもなかったし、自分たちが引き取るつもりもなかった。そこでふたりは、不安を少しでも和らげるために、経済的な援助をさせてくれと申し出た。とはいえ、カートとジェインが実際にどれほど貧乏なのかを知っていたら、この取り決めはなかっただろう。

ドナ自身はカートのことをあまりよく思っていなかったとインタビューのなかで話している。「カートはお金が好きで、稼ぎたいと思っていました。それなのに、ちっとも稼いでいなかったんです」ドナはカートと同じ、インディアナポリスの商人や実業家の多いアッパーミドルクラスの保守層の出だったが、わざとらしさが大嫌いで、カートが「作家然としてポーズをとって写真に撮られている」のが気に障ってならなかった。

アダムズ兄弟を引き取ったヴォネガット家の家計を助けることになったので、ルイス夫妻はボストン近くの自宅から月に一度訪れて、少年たちがどんなふうにしているか確かめると主張した。また、自分たちには、家計がどのようにやり繰りされているかを知る権利があるといった。食品庫に食べ物があるかどうかだけでなく、家計簿や領収書もみたいのだという。ドナとカールがカートたち夫婦を信用していなかったわけではないが、アダムズ家の少年たちは、将来的には、ニュージャージー・セントラル鉄道から親族に支払われる賠償金の受益者になる。しかも未成年で被後見人だから、遅かれ早かれ、裁判所から細かい経済的な報告をするよう要求されるはずだ。慎重にそなえるにこしたことはない。ジェインは家計簿を二冊用意することになった。一方のラベルには「ヴォネガット」と書き、もう一方には「アダムズ」と書いておく。つまり、家計的には、七人の子どもを二つのグループに分けて考えなくてはならなくなったのだ。

その時、養子縁組に関しては、きちんとした議論はされなかった。ルイス夫妻が、融通のきく取り決めにしておきたかったからだ。後年、カートは「養子にした甥たち」といっているが、実はそれは正しい表現ではない。子どもたちの亡き父親の妹であるドナは、カートに負けず兄弟の育て方について意見を持っていて、影響力を失うまいとしていた。アダムズ兄弟のひとりは、のちにこういっている。根本にあったのは、「現実的な人間VS芸術的な人間」の対立だったと。

九月の終わり、四人の少年がウェストバーンスタブルに、二台の車に分かれて到着した。カートがアリスとジムのステーションワゴンを運転し、ドナとカールが交代で自分たちの車の運転をした。アダムズ／ヴォネガット一行は、ニューヨーク市を通り過ぎ、海岸線を北上した。車中には二歳のピーター、八歳のタイガー、十一歳のスティーヴ、十四歳のジム・ジュニア。その他、衣類、スポーツ用品、おもちゃの詰まったいくつもの箱のほかに、アダムズ家のサンディとヨギという二匹の犬、猫一匹、バードという名の鳥を乗せている。ようやく二台の車がウェストバーンスタブルの砂利敷きの私道に入り、家の前に停まると、ジム・ジュニアは真っ先に車から降りた。叔母のジェインをハグすると、ジェインの足は地面から浮いた。ジム・ジュニアは百九十センチ近い長身で、叔父のカートとほとんど変わらなかった。

ジェインは、ジム以外の子どもたちとはほとんど面識がなかった。まだおむつをしているピーターがなかでも気になった。暑くてうるさくて知らない人ばかりなので、泣いていたからだ。スティーヴはまだ七年生なのにすでに百八十センチあったが、リトルリーグのジャンパーを着ていた。タイガーは気持ちを抑え、おとなしく待っていた。「ジェイン叔母さんですよね」、タイガーはそういって、片手を差し出した。

まだ車の荷物も降ろしていないのに、ジェインは家に入って焼きたてのクッキーをどうぞ、といった。結婚して以来、クッキーなどというものを焼いたのは初めてだったが、「母親らしいことかなと思ったので」やってみたらしい。部屋の隅では、四歳のナネット（ナニー）がその騒ぎをじっとみながら、両親が「引き取った男の子たちに夢中で、わたしのことなんかみてくれない」と感じていた。

アダムズ家の子どもたちがカートの家にやってくるというニュースはすでに伝わっていた。このちょっといい話に、新聞の編集者たちは飛びついた。列車事故の死者・行方不明者の経歴や、夜のニューアーク湾で墜落した客車が引き上げられる瞬間をとらえた不気味な写真とは対照的な、心温まる話題を探していたのだ。ニューヨーク市からボストンまでの様々な新聞に、列車事故で死亡した実業家、ジェイムズ・C・アダムズ氏の四人の息子が、事故のわずか三十六時間後に母親のアリスも亡くして孤児になってしまったいきさつが掲載された。見出しで兄弟は「孤児」と呼ばれ、一家を代表してカートのインタビュー記事が載った。「彼は背が高くがっしりした体つきの、男らしい男だ」と「ニューヨーク・ポスト」紙は書いている。「悲しみと疲労のために目のまわりを赤くし、声を震わせながら話してくれた……『子どもたちはみんな勇気を持って生きています』ヴォネガット氏はそういって、足元で朗らかに遊んでいる金髪の幼児、ピーターに目をやった」。

ジェインは記事の切り抜き――友人や親戚から送られてきたものもある――を集め、そばに落ちていた茶封筒にしまった。茶封筒は、カートがドレスデンを舞台にした作品のアイディアをしまっておくのに使っていたもので、「追憶のハルマゲドン」と書いたラベルが貼ってあった。ジェインはそれをクローゼットの上段にしまった。いつかアダムズ兄弟が事故や両親の死について詳しく知りたいと思う日がくるかもしれないと考えたからだ。だが、それはそのまま二十三年間放置されることになる。

ヴォネガット家で、まずやらねばならないのは、誰がどこで眠るのかを決めることだった。ジェインは二階の寝室すべてを子ども部屋に決め、兄弟やいとこを組み合わせて部屋割りをし、家具を揃えた。ほとんどは中古で、壊れていたり傷があったり、接着剤で修繕したあとがあったりした。カーテンや敷物は、家じゅうどこにもなかった。カートは手先が器用だったので、キッチンを広げる作業も自分でやった。寝室の天井にあいた穴をふさいだり、九人家族にひとつきりの二階のバスルームの床に新しいリノリウムを敷いたり、おかしな音を立てていたボイラーの炉を直して二階の暖房の効きをよくしたりした。

だがそれらは、家族の人数が増えたことに物理的に対処したにすぎない。深刻な問題は、兄弟の序列だった。ヴォネガット家の第一子マークは、ジム・ジュニアの下になってしまった。ジム・ジュニアのせいで、「子ども時代の終わりから思春期はつらい思いをした。長男の座を奪われたからだ」とマークはのちに書いている。イーディは妹のナニーと相部屋になり、長女の座を守るために妹を「威嚇する」ことを覚えた。ただ、イーディは真ん中の子どもであることに変わりはないので、失うものはあまりなかった。単に、家族が増えただけ。しかもそれがハンサムないとこたちなのだ。真ん中の子はたいていそうだが、イーディも人を喜ばせるのが得意で、いとこたちの初登校の日に、タイガーを学校に連れていき、自分のクラスのホームルームの時間、みんなの前で彼を紹介した。

それぞれが状況に適応しようとするなか、近所の子どもたちが、新入りの孤児とペットをみにきた。冷蔵庫のレモネードはすぐになくなり、カートはジェインに頼まれて店に買いに走った。その日が近所の子どもの誕生日だとわかると、カートは再び店に走ってバースデーケーキを買った。それからというもの、ほとんど毎日、誰かの誕生日のようだった。

マークは両親のためにできるかぎり順応しようと努力した。とはいえ、いとこのスティーヴやタイガーと一緒にいると、マークの存在はかすんでしまった。ふたりのいとこはどういうわけか、出会った瞬間に相手を虜にするような魅力を備えていたからだ。夏休みはいつもウェストバーンスタブルで過ごしていたケイレブ・ウォーレンという子は、タイガーに会った瞬間に、この新入りと親友になろうと思ったという。マークは誰かと出会ってそんなふうに感じてもらえることなど一度もなかった。マークは本好きでチェスと数学が得意で、近眼だった。野球で打順が回ってくると、たいてい赤っ恥をかいた。うなりを立てて飛んでくるボールが見えなかったのだ。なぜか、両親は、マークに眼鏡が必要なことに気づかなかった。マークは自分をアダムズ兄弟と比較して、むこうが金や銀だとすれば、こちらは鉛だということを受け入れるしかなかった。「彼らは金髪で青い目で、みるからにアメリカの子ども代表だった」。それでもマークは家族を悲しませないよう、「この孤児たちに優しくしよう」と自分にいいきかせ続けた。

ナニーはもともと一家の末っ子だったのだが、その位置をピーターに取られてしまった。嫉妬心のようなものがふつふつとわいてきたが、四歳児には、それをどう言葉にすればよいかわからなかった。なにしろ、突然、この新たな邪魔者の世話役にならなければいけなくなったのだ。ジェインは娘たちに、ピーターのおむつの換え方や入浴のさせ方を教えた。イーディはそれを楽しんだ。大きな人形を与えられたようなものだったからだ。だがナニーの怒りにはジェインも手を焼いた。ある日、ナニーはピーターの手を引いてバスルームに連れていき、洗面台の下からトイレ用洗剤のボトルを取り出した。そしてそれをピーターの頭の上で傾け、汚れを溶かそうとするように、ゆっくりと液を注いだ。顔を上に向けていたピーターは、ぎりぎりのところで目を閉じた。

カートとジェインは、三人の子どもが七人になることで問題が出てくるだろうとは予想していたが、とにかくアダムズ兄弟には、自分たちが歓迎されていて、愛されていると感じてほしかった。だが、その愛を心から受け入れるのは、親を亡くしたばかりの少年たちには難しかった。

アダムズ兄弟のような状況にある子どもたちは、亡くした親を忘れてはいけないと心に強く誓うことがよくある。幼くて状況が理解できなかったピーターを除いて（とはいえ、ピーターも、哀れなことに最初の数日はヒーターパネルに額をガンガンぶつけていた）、兄弟はカートとジェインのことを、叔父・叔母としかみられなかった。意識下で、決してそれ以上には思うまいという気持ちが働いていたのだろう。新しくできた友人には、当たり前だという調子で、カート叔父さんとジェイン叔母さんは本当の親ではないし、マークとイーディとナニーは兄弟じゃないんだといった。「叔父は、子どもたちと接することをある程度楽しんでいました。けれど、父親らしいことを熱心にするタイプではありませんでした」とタイガーはいっているが、「ぼくたちは実の子ではないという微妙な関係を保っていました。叔父夫婦がぼくたちを差別したわけではありませんが、ぼくたち兄弟は誰ひとり、カートが第二の父親になったとは感じていなかったと思います。ぼくたちの人生になくてはならない人だったのは間違いありませんが、本当の父の代わりになることはありませんでした」。

悲しみを振り払うために、兄弟はそれぞれ各自の活動に邁進《まいしん》した。ジェインがみたところ、スティーヴは「なにかにつけてリーダーやキャプテンになり、みんなの親友になりました……活動に打ちこみ、誰にでも親しく振る舞うことで、自分に起きた恐ろしい出来事からその身を守っていたのでしょう。男の子は勇敢で泣かないものだという、男らしさについての残酷な教えの影響を、兄弟のなかでも最も受けていました」。タイガーは同じ九歳の少年ふたりと組んで、〝ハチャメチャ三人組〟と称してウェストバーンスタブルで雑用屋をはじめ、早朝から暗くなるまで、近所の家々の庭で剪定《せんてい》、芝刈り、枯葉集め、雑草取りなどをしていた。

新しい環境に一番馴染めなかったのが、長男のジム・ジュニアだ。彼は悲しみを傲慢な怒りに変えた。父親が亡くなる前から、ジム・ジュニアは、その年頃の少年にはありがちなことだが、自立と若者らしさを求めて父親と対立していた。最後にぶつかったときには、髪型をエルヴィス・プレスリー風に変えた。その小競り合いは大きな闘いの一部だったのだが、その闘いは勝者が決まらないまま終わってしまい、ジム・ジュニアははぐらかされたような気持ちになった。そこで、相手かまわず闘いを挑むようになった。「ジムは、問題をみつけられなければ、自分で作り出していた」ことに、ジェインは気づいた。

ジム・ジュニアの基地はヴォネガット家の脇にあった井戸小屋で、そこを研究所兼〝恐怖の館〟にした。幼い子どもたちは、ジムが喉から鼻に糸を通したり、針で頬に穴をあけたりするのをみて震えあがった。犬のヨギとサンディはタバスコをたっぷりかけたソーセージを食べさせられて、苦しそうにあえぎながらくるくるとまわった。ジムは年下の少年たちを喜ばせようと、井戸小屋の暗がりでヌード雑誌図書館を開いた。小屋のなかは微笑む〝裸の女性〟だらけだった。

さらに深刻な問題も生じつつあった。ヴォネガット家に警官が立ち寄ることが増えてきたのだ。窓が割られたり、物が壊されたり、バーンスタブル高校で騒ぎが持ち上がったりするたびに、カートの甥の名前が挙げられるようになったからだ。やがて突然、スカダーズ・レーンが蛮行のターゲットにされた。あちこちの家の郵便箱がM－80というロケット花火をくくりつけられて支柱から飛びたち、芝生に墜落してばらばらになった。通りに面したすべての家が狙われたが、どの家の主人も警察への通報をためらった。孤児になった兄弟には同情していたし、ひきとったヴォネガット夫妻には尊敬の念を抱いていたからだ。ジムはこの郵便箱事件にはなんの関係もないといいはり、カートはその言い訳や嘘にできるだけ耐えたが、この、姉の長男にうんざりしてきた。しかも、カートは馬鹿にされているのが我慢ならなかった。家庭内の緊張が極限に達すると、カートはジムをキッチンのテーブルの前に座らせて提案した。「わかった。おまえを信じることにしよう。信じるから、この話はもうおしまいだ。ただ、その前におまえの口から、絶対にやっていないという言葉をききたい」。

数秒が過ぎた。ジムは目をそらし、頭を垂れた。自分がやったと認めたのも同然だった。

ジェインは隣人に相談した。「あの子をどう扱ったらいいのかしら?」

アダムズ夫妻には遺産がまったくなかったので、ルイス夫妻からの援助があっても、日々のやりくりは困難を極めた。

その前年の一九五七年には、短編が二作売れた。一九五八年は残り少なくなっていたが、雑誌市場は停滞していて、短編一編を売るのが精一杯だった。スクリブナーズ社から経済的な最後のたのみの綱となる金が入る望みはあることにはあったが、カートと出版社との関係は悪化していた。というのも、平たくいえば、担当編集者のハリー・ブラーグにカートがひどい仕打ちをしたからだ。

一九五三年からの四年間、スクリブナーズは『プレイヤー・ピアノ』に続く第二作となるはずの作品の契約交渉権を所有していたが、カートから三作目の『猫のゆりかご』の六章分を受け取っただけで、作品の概要はまだだった。またブラーグはカートから戯曲のアイディアやいくつかの小説のあらすじを受けとったのちに、『猫のゆりかご』の続きの七十五ページをいきなり送りつけられたが、やはり概要は添えられていなかった。概要か完成原稿がなければ、契約書も交わせず締め切りも決められず、作家と編集者の間には何年たっても進展がないままだった。一九五四年に、二作目の前金を払ったために立場が危うくなったブラーグはカートをたしなめる手紙を送っている。「まだ見込みはあるのでしょうか、それともほったらかしにしているのですか? まさかすっかり諦めてしまっているのではないかと心配しています。この小説の件で、わたしの立場はかなり危うくなっています。ご推察はたやすいでしょうが」。二年後の一九五六年には、それほど悠長なことはいえなくなっている。「新作に関して、我々は正直なところ、なんといってよいかわからない状況にあります。実際、そちらの意向を提示されないかぎり、こちらから申し上げられることはありません」。だからブラーグは、一九五七年十月、カートが提出したはずの未完の原稿を返却してほしいと要求してきたときにはあっけにとられた。しかもカートは被害者面をして、当然ながら出版社からの支援と金が必要なので、と説明する。スクリブナーズはそのどちらも提供してくれそうになかったので、そろそろほかの出版社を当たろうかと思う、と。

一九五〇年代、ブラーグは次々と飛んでくるカートの打球をすべて受けとめてきた。一方、カートのほうは、二作目の原稿料の一部をもらっているにもかかわらず、作品を執筆し、仕上げ、改稿するという重要なゲームに参加しようともしてこなかった。それなのに今度は、ブラーグを不誠実だとなじってきた。ブラーグは慎重に言葉と文体を選んで返信した。こちらは仕上がるかどうかもわからないうちに前金を渡して、経済的責務を果たしているというのは〝無視〟できない事実だ。本が書き上がらないなら、前金は返金していただくことになる。また、スクリブナーズの編集スタッフは（ブラーグはそのときには取締役副社長になっていた）、〝作品の完成がかなり遅いと感じている〟ともつけ加えた。最後にブラーグは伝えるべきことを伝えた。カートが経済的に逼迫《ひっぱく》して困っていることは斟酌《しんしゃく》しなかった。「あなたは頑固に自分を変えない、ということに我々は気づきました。ですが、あなたが大いに努力をしてひとつの方向に集中し、手を広げすぎなければ、この危機を転じて安定したキャリアにつなげられると思います」。

カートはその手紙を読んで腹を立て、ブラーグにたった二文で返信した。「ありがとう。本が刊行された暁には必ず一冊進呈いたします」。カートが『猫のゆりかご』を他の出版社に売ってしまわないよう、スクリブナーズは前金が返金されないかぎり未完成原稿は返却しないことにした。ジェインも、それまでは人気作家への道を走る夫の伴走をしてきたが、二作目の計画がこんな終わり方をしてしまったことで夫をなじった。ジェインは著作権エージェントのケン・リタウアに、激しい調子で手紙を書きなぐっている。結局投函されなかったその手紙には、カートが書き上げずにぐずぐずしているその作品は、本当なら何年も前にできあがっていなければならなかったのだと、まくしたてるように書かれている。「夫を叱りつけてやりました。『猫のゆりかご』をスクリブナーズから引き上げるかどうかについて、なかなか決断しないし、この作品を書き上げることをあきらめかけていたからです。彼の絶望感は家のなかにも重く垂れこめていて、その気になればナイフで切ることさえできそうです……彼がいうには、この作品そのものが、とにかく気持ちを陰鬱にするのだそうです……しかし、それは結局、自分自身に向けられた絶望なのです」。

カートは、書かなければというプレッシャーとともに書斎にこもって格闘した。ときどき出てきてはキッチンでサンドウィッチをつまみ、階段の下から二階に向かって怒鳴った。「おまえたち、上でなにしてるんだ？　少しは静かにしろ！」ジェインは節約のために編み物を始め、その昔マクシンカッキー湖でカートがよく一緒に遊んでいた、いとこのエミリー・ルイーズ・ダイアモンドから節約術をありがたく学び、パンを焼いたり、ジャガイモを五十キロ入りの大袋で購入したりした。小麦粉メーカーのロビンフッド社がスポンサーをしているコンテストにも応募した。「ロビンフッド社の小麦粉のどんなところが気に入っていますか？」という質問に答えて入賞すれば、家電と現金がもらえる。ジェインは、主婦としての仕事と、自由を守るという夫の仕事を結びつけることを思いついた。「わたしがロビンフッド小麦粉を好きな理由は、その変わることのない信頼性が、夫に食事を作り続けるというわたしの仕事に自信を与えてくれるからです。夫はドイツ軍捕虜収容所で六ヶ月を過ごしてからというもの、とにかくお腹を空かせています」。これは入賞しなかった。

カートは一日中書斎にこもって仕事をした。ケープコッドへの移住でなんとも皮肉だったのは、芸術家仲間ができると思ってやってきたのに、ウェストバーンスタブルには小説を書いて生計を立てている人間などいなかったことだ。アルファベットの二十六文字を懸命に組み合わせて請求書の支払いをしようとしている者など、ほかにいなかった。カートはタバコをひっきりなしに吸っていた。マッチを擦って片手で囲むようにして火をつけると、煙をぐっと吸いこみマッチを捨てる。せわしなく、いらいらした様子で。執筆に行き詰まると、書斎でビールを飲みながら、お気に入りのジャズに耳を傾けた。マイルス・デイヴィス、モダン・ジャズ・カルテット、デイヴ・ブルーベック。ノスタルジックな気分になったときには、ビックス・バイダーベックをきいた。

マティーニを飲んで酔っぱらった夜には、軍隊時代の相棒バーナード・オヘアに電話をした。オヘアはペンシルヴェニア州ヘラータウンの実家が経営する弁護士事務所で被告側弁護士をしていた。オヘアもまたポール・モールが好きで、大酒飲みだった。ふたりは一時間あまり低い声でぼそぼそとふたりだけの会話を続けた。軍にいたほかの仲間の名前や、忘れかけた様々な場面を思い出しているうちに、酔っぱらい同士の会話にもぐったり疲れ、カートはようやくベッドに入った。

しばらくして、作家が、しかもSF作家がもうひとり、ケープコッドに引っ越してきたという話をききつけた。シオドア（〝テッド〟）・スタージョンといって、「ギャラクシー」誌（一九五〇年創刊のSF雑誌）に作品が掲載された作家のなかでもとりわけ有名な、幻想的な作風の作家が、ニューヨーク州の片田舎コンガーズから、マサチューセッツ州トルーロに越してきた。ウェストバーンスタブルから車で一時間の距離だ。なんとも幸運な巡り合わせだった。スタージョンは、一九四七年にSF雑誌に掲載された数々の短編を評価されてアーゴシー賞を、一九五四年には長編『人間以上』で国際幻想文学賞を受賞し、以後短編集を二冊出版している。スタージョンはカートよりほんの四歳年上だったが、一九三九年、「アスタウンディング・サイエンス・フィクション」誌に「Ether Breather」という短編を発表して以来、継続して作品を発表していた。「Ether Breather」は、科学的にはちょっとありえない話で、カラーテレビの映像かホログラムのような、光でできた地球外生物が出てくる。レイ・ブラッドベリが若い頃、同じSFのジャンルで成功をおさめたいと願っていたとき、スタージョンの作品を読んで「嫉妬心に苦しみ」、「才能とウィットに支えられた大胆さ」が嫌だったと書いている。カートはテッドと妻のマリオンを夕食に招待した。

スタージョンを迎えたカートがいちばん注目したのは、その縦長の知的な顔と、ほおひげとあごひげを組み合わせたヴァンダイクひげだった。体格も骨張っていたから、まるでカーニバルのマジシャンのようだった。アンソロジーに入っている短編の数ではアメリカのSF作家では右に出る者はないほど成功していたはずなのに、スタージョンはげっそりやつれていた。何日も休みなく執筆を続けていたのだ。彼の新しい長編の読者はそう多くはなかったし、SF作家のなかでは傑出していたものの、書評を書く人間たちには無視されていた。カートは夕食の席でどんな会話をしたかあとで思い出すことができなかったが、その次に起こった出来事は生涯忘れられなかった。

スタージョンは高校時代、体操クラブの主将だった。そこで、これからいちばんの技を披露するといい出した。リビングの家具をいくつか端によけてから、脚をそろえてぴしっと立って腕を伸ばし、いきなり後ろ向きにとんぼ返りをしてみせた。だが、まっすぐ着地できず、両膝を床に思いきりぶつけたので、家中が揺れた。

よろよろと立ちあがりながら「恥ずかしさと痛みに耐えてなんとか笑ってみせる」スタージョンをみて、カートはこの人こそ自分の作品の登場人物のモデルになるだろうと思った。のちに誕生したその人物とは、カートの複数の作品に登場する最も有名な登場人物のひとり、キルゴア・トラウトだ。トラウトはSFを書いている賢明なる愚者《ワイズ・フール》で、世間から見放され、作品はポルノ本として売られ、欲求不満がたまっておかしくなりかけている。だがスタージョンは本のなかの架空の人物ではなく、その不運も傷つけられたプライドも、すべて現実のものだった。だからカートは、自分自身の将来の姿を垣間みたような気がして怖くなった。「キルゴア・トラウトは、孤独で、真価を評価されることのなかった作家で、ぼくの末路なのかもしれないと思った」、とカートはブラーグへの手紙に書いている。


一九五八から五九年の冬。子どもが七人になって初めての冬で、カートは気がおかしくなりそうだった。家中どこへいっても子どもがいる、とカートはノックスにこぼしている。犬を連れて散歩に出てみようと思っても、外に一歩出れば、膝の深さまで雪が積もっている。

ノックスはまだデル社にいた。ノックスの舵取りのおかげで、デルは、フォーセット出版社に次ぐ出版社として、トレードペーパーバック（大型のペーパーバック。書き下ろし作品が中心で、ペーパーバックが一般的な小売書店で売られる契機を作った）のオリジナル作品のシリーズを刊行していた。ハードカバーは製造コストが高く、出版できる作品に制限があるが、ペーパーバックは安価だ。ノックスの太っ腹な申し出のおかげで、新聞や雑誌向けの作品を書いていた作家に仕事が回ってきた。カート同様、みな先細る雑誌市場に苦しんでいたのだ。彼らは、デルが文学を書いて欲しいと思っているなどという幻想も抱いていなかった。できあがった作品はバス停やドラッグストアにならび、たまたま前を通った人が一ドルかそれ以下の小銭を出して、ウェスタン、セックスと犯罪の出てくるミステリ、ジョーク集、ノンフィクションなどを買っていくのだ。

ニューヨークで開かれたカクテルパーティで、ノックスはカートに、新しい小説の構想はないかと訊ねた。実際にはなかったのだが、カートは儲け話があるのに乗らないわけにはいかないと思い、宇宙の裂け目のようなところから時間や空間を出たり入ったりする男の話をすらすらと語った。きいていたノックスは、突然ふってわいたアイディアにしてはよくできていると感じ、カートがすでにスクリブナーズにこの作品を売りこんだのではないかと考えた（実際その通りだった。カートが話したのは前金をもらった二作目のあらすじだったからだ）。それでも、ノックスは再びカートに手を差しのべて窮地を救うことにした。カートは『タイタンの妖女』を執筆する旨、契約書にサインをした。

カートは、この申し出によって心が解き放たれたのか、タイプライターが火花を飛ばすほどの勢いで執筆し、数ヶ月で小説を完成させた。「どんな母親も、自然分娩で産んだ子が一番可愛い。『タイタンの妖女』とはそんな本だ」。カートはジェインに原稿を読ませ、改めるべき点を指摘してほしいといった。ジェインはカートから作品に関して助言を求められると、いつも喜んだ。自分がカートの作家業においてもパートナーだと思っていたからだ。カートはノックスに、この機会を与えてくれたことを手紙で感謝している。「この本を書くチャンスをもらったことをどれだけ感謝しているか、わかってほしいと思います。そしてハードカバーしか作らないような堅物たちにもこの本を広く知らしめてくれたこと、そのほかなにもかも、感謝しています」。ノックスは「ぼくを作家としてスタートさせてくれ、そのあとも、できる限り後押しを続けてくれた」とカートは後に書いている。

ようやく弾みがついてきたと考えたカートは、一九五九年四月、スクリブナーズに手紙を書いている（冒頭の挨拶の言葉は、以前のように〝ハリーへ〟ではなく、〝関係各位〟だった）。執筆途中の『猫のゆりかご』の原稿を返却してもらい、それをデル社に売ろうと考えたのだ。「できるだけ早く、原稿を返却してください。数百ドルの投資をむだにしたくないとお考えでしょうが、そのためには、ぼくがその小説をどこか別の出版社に持っていくのが一番の早道ではないでしょうか。前金が入りましたら、その一部をそちらにお返しします」。スクリブナーズから一ヶ月後に来た返信は、同じくらい冷淡なもので、原稿はリタウア&ウィルキンソン事務所に〝しばらく前に〟返却した、とあった。つまり、カートのエージェントがその小説をほかの出版社に売却した場合、〝数百ドル〟が返金されるのは当然だ、ということだ。その手紙に署名はなく、単に〝編集部〟からの通知だった。そういうわけで、カートと、処女作『プレイヤー・ピアノ』の出版社との関わりは終わり、不幸なことに、カートと初めての編集者ハリー・ブラーグとの個人的な関係も終わってしまった。

一方、ノックスは『タイタンの妖女』を二千五百部刷った。生産コストぎりぎりの部数だ。表紙は官能的で、赤味の強いオレンジ色の背景に半裸の女性が情熱的に身をくねらせ、そのまわりを小惑星が回っている。左端には、金属チューブの首をしたモンスターが女にむかって触手を伸ばしている。「彼の作品をあのような形で出したのは、たしかにひどいと思う」とノックスはのちに語っている。「カートもわかっていたし、著作権エージェントもわかっていた。だが、当時、ほかに彼の作品を出してくれる出版社はなかった」。カートは、七年ぶりに出たこの小説を、アレックス叔父に捧げた。献辞を読んでアレックスは喜んだが、中身を読むと、ひきこまれたふりはできなかった。「若い人たちはきっと気に入るだろう」。アレックスはカートにそう伝えるにとどめた。

『タイタンの妖女』は『プレイヤー・ピアノ』よりも意欲的で独創的な作品だった。小説の一般的な要素など無視し（おそらく、執筆時のプレッシャーのせいだろう）、短い章立て、わかりやすい登場人物、とっつきやすいシンプルな文体で、入り組んだ物語を語った。すべて、作品が読まれるときの効果を狙った要素だ。カートは、「強烈なほど非現実的にすることで、読者が不条理な前提を受け入れ、そのまま読み続ける」ようにし、「奇怪なもの」をつくりあげた。「生活をそのまま写す」ことはしなかった。未来の歴史家であるナレーターの口調はひややかで、遠い過去の伝説でも語っているかのようだ。時代は「第二次世界大戦から第三次大不況のあいだ」と設定されている。

　マラカイ・コンスタントは地球上で最も裕福な人間のひとりだが、生きることに大して意味を感じていない。あるとき知りたいことがあって、ニューイングランドの貴族、ウィンストン・ナイルズ・ラムファードと会うことにする。ラムファードは、飼い犬カザックとともに自家用宇宙船で宇宙旅行中に、時間等曲率漏斗《クロノ・シンクラスティック・インファンディブラム》と呼ばれる時間の異常現象に遭遇した。これは時間のしわのようなもので、そのおかげでラムファードは過去や未来を行き来できる。たいてい、ラムファードとカザック(Kazak 前から読んでも後ろから読んでも同じ)は太陽からベテルギウス星までの間のらせん形の波動現象として存在していて、五十九日周期でほんの少しの時間、地球で実体化する。ラムファードは、コンスタントが火星へいき、ラムファードの高慢な妻、ビアトリスと交って子どもをもうけるという、コンスタントにとってはありがたくない予言をする。予言を覆すようなことが次々に起きるが、結局それは現実となる。運命を免れることはできないのだ。また、その物語と同時進行のユーモラスなサブプロットは、トラルファマドール星からきた地球外生物によって地球の歴史が操られているというものだ。トラルファマドール星人は不時着した宇宙船の交換部品を必要としていたため、人類のすべての努力は、穴が二つあいていて、ひとつの角が丸い金属の切れはしを作りあげるためだった。人類の建築・工学上の傑作であるストーンヘンジや万里の長城やクレムリン宮殿は、実はトラルファマドール星人同士の幾何学的な言語によるメッセージで、宇宙船のロボット指揮官に、部品ができるまでどのくらい時間がかかるかという情報を与えていたのだ。コンスタントは、宇宙が他者の意志によって完全に決定されていることを強調するために地球に帰還し、自分としては深淵で独創的と思われる意見をのべる。「おれは積み重なった偶然《アクシデント》の犠牲者だった。みんなとおなじように」。ところが、その言葉は巻物を模した板にすでに彫りこまれていた。

不思議な〝漏斗《インファンディブラム》〟が妙に意味深な偶然を通して人々を結びつけるという仕掛けは、カートにとって魅力的だった。そして、『タイタンの妖女』を執筆中のカートの心にはっきり刻まれてもいた。というのも、カートとジェインは、ジム・アダムズが死んだ日に同じ体験をしていたからだ。「ぼくはテレパシーとも呼ぶべき、とにかく鮮烈な体験をし、妻も同じものを感じた。それは明らかに、ニュージャージーで、開いたはね橋から落下した列車の事故で死亡した義兄からのものだった……ぼくはその朝、不意に書斎を出てキッチンまで歩いていくと、義兄に長距離電話をかけた。それまで彼に電話をしたことはなかったし、そのとき電話しなければならない理由もなかった。ぼくは彼のオフィスに電話をしたが、彼はいなかった。そして、ラジオから列車事故のニュース速報が流れたとき、詳細はなにも語られなかったし、義兄は普段からその列車に乗っていたわけではなかったにもかかわらず、ぼくは義兄がそれに乗っていたとわかったのだ」。ジェインもまた、事故後にこう述べている。「こんなことをいうと、幻想的なアインシュタイン風のタイムワープさえ認めるようだけど、あの事故とほぼ同時にわたしは、なにかひどくおかしなことが起きていると感じたの。そのときのわたしはユングの同時性《シンクロニシティ》という言葉も知りませんでした」。

『タイタンの妖女』を評した人々——作品に興味を示した数少ない批評家——は、作品をわかりやすいものにたとえようとした。ある者はオペラになぞらえ、これはオッフェンバックの『ホフマン物語』

の舞台を宇宙に移したにすぎない、皮肉を効かせたSFのサブジャンルの表現主義的作品といえるだろう、と評した。またある者は、これは作家のくだらない悪ふざけで、読むのは時間の無駄だと書いた。また、わざとらしいと切り捨てる者もいた。ヴォネガットはSFのジャンルを広げ、独創的な手法で主題について考察している、これは文学的な小説かもしれない、などという可能性を示唆した者はいなかった。

SFの約束事を覆したのは、カートだけではなかったのだが、カートは先駆者のひとりで、批評家たちはまだ彼のやっていることを認識できなかったのだ。のちに、ウィリアム・S・バロウズ、ジョン・バース、トマス・ピンチョンといった実験小説の作家も、伝統的な小説の決まりを壊すためにSFというジャンルを使うことになる。

登場人物たちが宇宙を駆けめぐり奇妙な惑星を探訪することには、利点もある。カートは自分の作品に関して、こんなことをいっている。「ある特定の人物や恋愛や裁判なんかについての物語など書きたくない。この忌まわしい惑星全体、社会全体のことを描きたい。この惑星を丸ごと、人間の言葉で語ろうと努力している。それができるほど器用ではないが、やれるだけのことはしているつもりだ。空想で描き出す惑星には、シェイクスピア劇の道化のような役割がある。観客は、ときどき息抜きをして物事を新たな視点から眺める必要がある。地球以外の惑星の役割はその視点を提供することだ。だが、ほかの惑星のことを書くときはいつも、意識的に非現実的に描いて、読者がとても信じることができないようにしている。ある意味では、そのおかげで自分たちの惑星がより重要で、より現実的なものになるのだ」。

それでも、『タイタンの妖女』は、戦後におけるその種の小説のなかでもごく初期のものだったし、デルは文学作品の出版社ではなかったので、カートの二作目の小説はドラッグストアやバス停の回転ラックに並ぶことになったが、売れ残っている様子は、ダンスパーティの壁の花のようだった。ヒューゴ賞の最優秀小説賞にノミネートされたものの、『タイタンの妖女』の売れ行きは――ノックスは驚かなかったが――最悪だった。

一九五九年夏、ノックスはデル社を辞めた。デルでの再版本や、オリジナル版の作品数が増えるにつれ、編集者ではなく管理職の人間が版権取得に口出しするようになったのに嫌気がさしたのだ。転職先は六ブロックほど先の、西四十四番ストリート六十七番地にある、ゴールドメダル社だ。ここなら、編集者の権限がもっと尊重されるだろうと思った。

ゴールドメダルも出版傾向はデルとまったく同じで、基本的には男性読者向け娯楽小説――安っぽくて、アクションシーンが多く、カクテルドレスを着たグラマラスな女性や、銃を持ったさえない殺し屋、港のバーで極秘情報を入手する私立探偵が出てくる――を量産していた。本のタイトルはなんでもよくて、売れるものほど、きわどいものほどよいとされた。自社ビルの最上階は副社長のロジャー・フォーセットのペントハウスになっていて、そこに招待されたゲストは、地中海地方で信仰されている神のペニスを象った金の器から酒を注がれた。

ノックスは、デルを離れた夏、股関節手術を受けた。そして術後の回復期、ミステリ作家のジョン・D・マクドナルドの自宅に招待された。場所はフロリダ州の西岸の町、サラソタの沖の砂州島、シエスタ島。ちょっと釣りをして、ビールを一杯飲み、あとは観光をして、ということだった。マクドナルド邸の近くには、クレッセントビーチという、粉砂糖のような白砂の浜があった。釣り好きのノックスは招待を受けたくてしょうがなかったが、手術を受けたばかりなので、誰かの車に乗せてもらわなくてはいけなかった。そこでカートに声をかけると、カートは喜んで運転手役を引き受けた。七人の子どもから解放されて夏休みがもらえるのだ。断る理由はない。

そのうえ、フロリダ行きは、家を留守にする、いい口実になる。実は三歳のピーター・アダムズがよそに引き取られることになっていたのだ。


アダムズ家の子どもたちがヴォネガット家に引き取られて以来、ドナ・ルイスはカートとジェインに定期的に電話をかけてきて、兄弟の様子をたずねた。一ヶ月に一度は、住んでいるボストンからウエストバーンスタブルまで、夫と一緒に車でやってきた。だが、この大きな古い家のなかの様子には感心しなかった。アリスの願いを尊重したいという思いはわかるが、子どもが七人はいくらなんでも多すぎる。ドナは、子どもたちの世話をほとんどひとりで引き受けているジェインにそういった。結婚はしているが子どものいない、アダムズ家側のいとこ夫婦が、ぜひピーターを引き取りたいと考えていたのだ。

ジェインは頑として聞き入れなかった。ウエストバーンスタブルで一年近くも暮らしたあとでピーターだけ引き離すなど、考えられない。わたしはこの子たちを愛しているし、わたしたちはうまくやっていける。もう少し時間が必要なだけだ、と。

ところが、カートがフロリダへ発ってから数日後、ジェインは愕然とした。ドナから電話があり、いとこのチャールズ・ナイスがアラバマ州のバーミンガムから翌朝、そちらに伺うと告げられたのだ。ボストン急行でバーンスタブルに着く予定で、ピーターを引き取るのを楽しみにしているという。ジェインは珍しく、大声をあげて怒りを爆発させ、ルイス家はどんな権限があってこんなことをするのかと問いつめた。ドナは事の次第をジェインが知らされていなかったことに驚き、カートがノックスを迎えにいったときニューヨークから電話をしてきて、許可したと説明した。ジェインは乱暴に電話を切ると、カートのいるマクドナルド家に電話した。精一杯の努力をしてきたのに、それがむげにされるなんて信じられなかったのだ。

電話が鳴ったのは、マクドナルドの家にもうひとり、ウィリアム・フラーというミステリ作家が到着し、盛り上がっていた最中だった。カートは別室で電話を受けた。ノックスは「ショックを受けたような叫び声」をきいたといっている。すぐに戻ってきたカートは、ひどく動揺していた。「すぐにここを出て家に帰ることになった!」カートは一時間もしないうちに空港に到着して、ウェストバーンスタブルまで飛行機で帰る手はずを整えた。

ドナのいとこのチャールズ・マキンリー・ナイスは、アラバマ大学で法律学の学位を取得した。そして一九五四年、四十歳にもならないうちに、州議会議員に立候補して当選した。その二年後には、人種差別撤廃に政治生命を賭けた。

合衆国最高裁判所が、人種によって生徒を分離した学校は違憲だという判決を出した、ブラウン対トピカ教育委員会裁判(一九五四年、黒人と白人の学生を分離した公立学校の設立を定めたカンザス州の州法は違憲であるという、判決)よりもあとで、アラバマ州議会は、人種再分離を是認するような法案を提出した。「選択の自由法案」と呼ばれたその法案は、すべての子どもが人種差別を撤廃した学校に通う必要はないと明言している。州知事のジェイムズ・フォルサムは市民権と差別撤廃に関して南部では進歩的な考え方を持っていたが、妥協策としてこの法案を承認するつもりだといった。百五人の議員のうち、この法案に反対票を投じたのは新人議員チャールズ・ナイスひとりだった。その結果、彼は一九五八年の選挙で敗退した。

ジェインは、バーンスタブル駅でチャールズを出迎えた。そうするしかないと思ったのだ。しかも、カートは移動中で翌日の夕方まで戻ってこない。ヴォネガット家までの車中、チャールズはジェインに説明した。妻のクレアには以前の結婚でできたビルという十三歳の息子がいるが、わたしは実子を持つことができない。ピーターとはアダムズ家の親戚どうしなのだから、会うだけは会って、お互いうまくやっていけそうか、せめて確かめさせてもらってもいいのではないか。

ジェインとカートの立場は非常に弱かった。ピーターを正式に養子にしていなかったからだ。一方、弁護士のチャールズは、ピーターがアラバマ州のバーミングハムに行くことを妨げる法的な障害がないことは承知していた。ジェインにはいわなかったが、チャールズは、自分の愛情を注げる幼い子を養子にできるこのチャンスをとても大事にしていて、なんとしてでもピーターを連れて帰るつもりでいた。

ジェインはチャールズをリビングに通し、子どもたちに会わせた。子どもたちは部屋の向こう側に半円状に並んでいる。ジェインの友人もふたり、彼女を精神的に支えるためにその場にいて、ぜったいにピーターを行かせない、と心を決めていた。アダムズ兄弟は、四人ずっと一緒にという母親の遺志を守り通そうという気持ちだった。イーディとマークは、母ジェインの味方をするつもりだった。ナニーだけは、当然ながら、ライバルが去ることを望んでいた。チャールズは、ジェインが全員を紹介していくのに合わせて、ひとりひとりにうなずき、微笑んだ。最後に目があったピーターの着ている黄色いパジャマは、毛羽だってみすぼらしいものだった。

ふいに、ピーターが部屋を突っ切って走ってくると、チャールズのひざに抱きついた。その勢いにチャールズはよろけて笑った。ふたりはすぐに打ちとけ、ピーターはその日はずっと、チャールズおじさんに遊んでもらった。翌日の真夜中近く、飛行機の乗り継ぎに手間取ったカートが三十六時間かけて疲れ切って帰ってきたが、その時には、ピーターはチャールズと一緒にバーミングハムにいくことが決まっていた。

それからというもの、ジェインはずっと、兄弟を分けてしまったことで自分を責め続けることになった。カートが自分の子どもに加えて四人の子どもを育てることになったらどうなるかも考えずにアリスと交わした約束を、自分の約束のように感じていたのだ。ピーターを手放してしまったのは自分のせいだと、ジェインは思った。きちんと家族をまとめることができなかったのがいけないのだ、と。そして、ピーターがいってしまったあと、カートが「まるでそんなことはなかったかのように」ふるまうのをみて、ジェインはカートがひどく傷ついているのだろうと思った。だが実際は、嫌なことは避けたいという気持ちの表れにすぎなかった。七人の子どもを育てる大変さがわかると、カートはうまく段取りをして、チャールズ・ナイスが到着するときに、自分は二千四百キロも離れたところに出かけて留守にしているようにした。しかし、ジェインは、『Angels Without Wings: How Tragedy Created a Remarkable Family』という手記のなかで、カートがわざと自分ひとりにチャールズの応対をさせたとは書いていない。

九月、アダムズ兄弟がヴォネガット家にきて一年近くなる頃には、カートとジェインの仕事の分担ははっきりしていた。カートはひとりで執筆に専念する。つまり、ジェインはほかのことすべてを引き受けなくてはいけない。タイガーの友人ケイレブ・ウォーレンは、こういっている。「カートは書斎にこもっていました。ジェインは、ききわけのない六人の子どもたちの世話に追われていました」。

ナニーの友人、アリスン・ミッチェルは毎日のようにヴォネガット家に遊びにきていたが、こういっている。「ジェインのことがとにかく大好きでした。ほんとに優しい女性でしたから。しぐさも優しくて、カートに対しても、とても寛容だったと思います。なにしろ、基本的にすべてのことをしていたのですから。つけを払い、買い物にいき、料理をし、できるかぎり家をきれいにし、盛大な誕生日パーティまで開いていました」。パーティの目玉は、ジェインの企画する宝物探しで、宝にたどりつけるよう、家中に毛糸が張り巡らされた。食事のメインはたいてい、主役のための大きくて傾いたケーキだった。「ジェインは、家族をひとつにまとめる接着剤のような存在でした」とアリスンは語っている。

一方カートは退屈な家事はできなかった。夫や父親として心を砕く暇はない。居場所はタイプライターの前であり、そこで自分にとって大事なことだけをする。書かなければ、一家は経済的に立ちゆかなくなるのだから。

それでも、他方面の創造意欲がわいてきたときには、執筆活動が一時中止になることもあった。「叔父はアーティストのような技術と感性で、家や中庭や庭を魅力的に装飾していました」とタイガーは回想している。「美しい家具も作ったし、壁には、その場にぴったりの引用句を書きました。けれど、掃除機をかけるようなことは、まったくできませんでした」。

一九五九年十二月、カートはいきなり執筆を中断し、ボストンのローガン国際空港のレストランのために、五十メートル以上の大きさの彗星のオブジェを創ることになった。先端は磨き上げた御影石の球で、その下に続く尾の部分は溶接された鋼鉄、真鍮をかぶせた銅、青銅の鎖でできていた。ノックスはその話をきいて、あっけにとられた。なにしろ、彼は『タイタンの妖女』を映画会社の人間にみせてまわっていて、カートは執筆に集中しているとばかり思っていたからだ。

カートは、何事も自分を中心に回っていないと気がすまず、ときに怒りを爆発させた。するとこどもたちはびっくりした。大人はかんしゃくなど起こさないと思っていたからだ。「叔父には残酷な一面がありました」とタイガーはいっている。「その嫌な面をみてしまうたび、ぼくは作品から受けるイメージと、実際の叔父とのギャップに気づかされました」。カートは書斎に家族が入ることを禁じていて、思春期の子どもが自分の部屋を用心深く守るのに似ていた。ドアを閉めていても、うるさい物音やけんかの声などがきこえると、カートは書斎から飛び出してきた。まるで怒りたけったドラゴンだった。そしてタイガーによれば、「猛烈な説教を始めるんです。こっちは震え上がって、二度と仕事の邪魔はしまいと心に決めるのです」。

ヴォネガット家の子どもとその友だちは、カートのことを「怖い」と表現する事が多かった。ナニーの友だちのアリスン・ミッチェルはいっている。「ヴォネガットさんは恐ろしい人でした。背が高く、太い眉毛をしていて、面と向かうと、わたしは恐怖で卒倒してしまいそうになることもありました」。子どもたちは裏口から家のなかに入ってくるのが常だったので、ある日、アリスンが、ナニーを探して裏口からキッチンに入ると、カートがそびえるように立ちふさがった。「きみはノックというものをしないのか？」カートがきく。「どういう躾をされてきたんだ。馬小屋育ちか？」

アリスンはわっと泣きだして、家に走って帰った。

また、ケイレブは話している。「かなり前から、あの家には『ケイ』と呼ばれる男がいることはわかっていました。ぼくたちはたいがいキッチンにいましたが、子どもはみんな『ケイ』のことを怖がっていました」。そしてある日、ついに「ケイ」が姿を現した。「頭のおかしい教授タイプだとわかりました。家の奥からがさごそと音がきこえてきたかと思うと、書斎から出てキッチンに現れ、子どもたちは明らかに少し緊張気味に、『ケイ』はどんな気分なのかと顔色を窺います。うわの空なのか、皮肉屋なのか、腹を立てているのか、それとも最高に気さくな大人として接してくれるつもりなのか」。

時には、予想外に気さくで、キッチンで子どもたちと一緒にテーブルにつき、面白い遊びを考案してくれることもあった。たとえば、イエバエ捕獲ゲームを思いついたのもカートだ。ヴォネガット家のキッチンはとても汚れていたので、ケイレブは、暑い時期でもここでだけは靴を履くくらいだった。その日、カートはハエを一匹捕まえるごとに五セント払うといいわたした。ハエが飛びたつ前に落とすんだ、とカートはいって、手本をみせた。コップいっぱいの水に皿洗い用洗剤を数滴垂らし、縁すれすれまで泡を立てると、それを持って手を上にのばし、天井にとまっているハエのすぐ下に持っていく。ハエは飛びたったとたん泡のなかに落ち、おぼれ死ぬ。それから二時間ほど、全員が椅子やテーブルの上に乗ってハエとりに熱中した。

カートはまた、夕暮れにデニス池で泳ぎたくなると、すぐに実行に移した。太陽が傾くなか、家にいる息子や甥やその友人をアダムズ家のステーションワゴン、ランブラーに押しこんだ。池に着くと、カートは車にもたれてタバコを吸いながら、少年たちが水しぶきをあげるのを眺めていた。ケイレブはある夜のことをこう回想している。「カートは長ズボンをはいたまま池のなかに入っていきました。夏だというのに、長ズボンを履いたまま、泳いでいました」。女の子のためには、カートいわく「月夜の水遊び」を開催した。月に一度、満月の夜、ナニーとイーディとアリスンを連れて泳ぎにでかけたのだ。「カートがわたしたちのことをみることはありませんでした。とても慎み深い人でした」とアリスンはいっている。カートは少女たちに背を向けていた。その姿が暮れゆく空を背景に黒く浮かび上がり、薄暗がりのなか、タバコの小さな火だけが上下に動いていた。

だが、近所の子どもたちにとってのいちばんの思いつきは、年に一度の「どろんこ競争」だ。気候が暖かくなってくる頃、カートは遠くの目標物を指さす。木のこともあれば電柱のこともあったが、その手前には塩混じりのどろどろの湿地が広がっている。一番早く泥を抜けてゴールにたどりついた人の勝ち、というゲームだ。出場者は転び、あがき、泥だらけの重い体でのろのろ進むうちに、粘土で作ってまだ濡れた状態の等身大の像のようになった。参加者は毎年増えて、そのうち、ウェストバーンスタブルの夏の恒例行事になった。

一九六〇年の春、仕事に運が向いてきた。ノックスは新作『Evil, Anyone?』(〝ナチスに関する本〟だとカートは説明した)の一部を読み、気に入った。また、ノックスはホートン・ミフリン社に勤める友人、サム・スチュワートに話をしたとカートに報告した。『タイタンの妖女』をゴールドメダル社からハードカバーの新装版にできるかもしれないと、スチュワートはいったらしい。スチュワートは、カートが『猫のゆりかご』を完成させれば、それをハードカバーで出すこともあり得るといったという。

いいニュースが続いた上に、短編が二作、たて続けに「マッコールズ」誌に売れたので、カートとジェインは五月に三週間、イギリス旅行に出かけた。若かったふたりがアルプラウスでしたように、旅行のあとは「シリアルを食べて」暮らすことになると知りながらも、仕事の成功を祝ってぱっと散財したのだ。近所の年配の女性が子どもたちの世話を引き受けてくれたが、ヴォネガット家とアダムズ家の子どもたち六人の威力に、その女性は「気がおかしくなりそう」だったとイーディは話している。

「マッコールズ」に作品が掲載されるのは、たいしたことではない。だが、「ニューヨーカー」誌に載るなら、カートはどんなことでもしただろう。ところが、カートとジェインがイギリスに向けて出発した次の日、「ニューヨーカー」は「The Epiczootic」という短編を送り返してきた。全米に、保険金のために自殺するという伝染病が流行するというストーリーだ。返送の理由はお馴染みの、〝とっぴすぎる〟というものだった。スリック雑誌の「マッコールズ」に売れた短編のおかげで生活費は稼げたが、並みの作家という地位からは、なかなか這い上がれなかった。

だが、八月には、イギリスへの祝勝旅行もよかったのではないかと思えるようなことが起きた。サム・スチュワートはノックスに「ウェストバーンスタブルのウィンストン・ナイルズ・ラムファード

（別名カート・ヴォネガット）とフルコース、アルコールつきのランチをご一緒した」と話した。ホートン・ミフリンが『タイタンの妖女』をハードカバーで出版することが正式に決まったのだ。刊行は二月の予定だ。

ノックスは、報酬も望めないのに自発的に動いて、友人の作品の出版に関して、彼のエージェントよりもいい仕事をしてくれたのだ。


カートは執筆以外の創造的な活動——家具造り、室内装飾、とぎれとぎれに描く絵画——に関わりたがる傾向があったが、そのうち演劇界との実験的試みに挑戦するようになった。オデッセウスがペネロピの元に帰る物語をユーモラスに改作した『Something Borrowed』という戯曲の執筆を試みたのだ。地元紙は、素人劇団の興行に関しては、レビューを載せなくてはいけないという決まりはなく、記事が出るのは賞賛に値するときだけだ。だが、その劇は評判がよかったのだろう、一九六〇年九月に『ペネロピ』と改題され、今度はケープコッドのなかでもバーンスタブルより北のオーリアンズ・アリーナ劇場で試演を行っている。

その夏、カートは、インタビューにきた地元紙の記者に、小説家から脚本家に転向しようかと思っていると語っている。「劇作は小説より、カート・ヴォネガットの創作的傾向に適しているように思われる。彼は空き時間で三作目の脚本を執筆中だ。今日では、執筆はもはや芸術を愛する者の優雅な作業ではない。大家族を養うために、どの方面で執筆をすべきかという計画をある程度立てる必要があるのだ」。

それこそが問題だった。つまり、時間と労力をどう配分するかということだ。戯曲『ペネロピ』を書いているとき、『Evil, Anyone?』の執筆は実質的には中断されていた。ノックスはこの作品をゴールドメダルから出すつもりだったので、ちょっとした逆心理作戦を使うことにした。「そんなにがんばらなくていいんだ。できないなら、やらなくていい」。九月半ば、『ペネロピ』の公演が終わると、ノックスはマークとスティーヴをワールドシリーズに連れていこうと申し出た。ピッツバーグ・パイレーツ対ニューヨーク・ヤンキースだ。カートはとても喜び、子どもたちは自分がニューヨークまで連れていくと書き送り、執筆が遅れていることを詫びて、『Evil, Anyone?』をできるだけ早く仕上げると約束した。カートの幸運は、ノックスが最高の編集者だっただけでなく、その年のもう少し前に手紙でいっているように、すばらしい友人でもあったということだ。

『タイタンの妖女』は一九六一年二月にハードカバーで新たに出版された。ヴォネガット作品のハードカバーは、『プレイヤー・ピアノ』が出て以来、ほぼ十年ぶりのことだった。ただし、ちょっとしたいざこざもあった。サム・スチュワートはホートン・ミフリンからホルト、ラインハート&ウィンストン社に転職していて、一月にホルトはゴールドメダルから『猫のゆりかご』の版権を買い取った。最初からハードカバーでホルトから出版しようというつもりなのだ。ノックスは当然腹を立てた。編集者として、自分が抱えていた作家の作品がゴールドメダルの上層部によって他社に売り飛ばされるのはいい気がしなかった。

カートは、必死にノックスの怒りを鎮めようとはしたが、オリジナルのハードカバーが大きな出版社から出されると思うと心が躍って、そんなに怒るなよと、どうしても上から相手を見下すような態度が手紙ににじみ出てしまった。ぼくは作家であって、エージェントではない。ホルトがこちらに興味をもって、作品を高値で買ってくれるといっているのを、どうしろというんだ？　断ればいいのか？　罪悪感を覚えなきゃいけないのか？　ぼくにできるのは、きみに謝ることくらいだ。ノックスは、その手紙の上の余白いっぱいに大きな字で「返信無用」と書いた。

初夏には『Evil, Anyone?』の最終原稿が仕上がり、カートはやりたくてたまらなかった脚本の執筆と演出の仕事に戻った。バーンスタブル・コメディ・クラブ――カートは〝型破りなクラブ〟と呼んでいた――の仲間を説き伏せて上演することにしたのが、ウジェーヌ・イヨネスコ（フランスの不条理演劇を代表する劇作家）の『授業』という戦後の前衛的な戯曲で、「おそらくいつものコメディ・クラブの公演とこれほど趣を異にする作品はない」と「バーンスタブル・パトリオット」紙に書かれた。『授業』はヒットし、一九六一年の、ニューイングランドシアター連盟主催の夏の演劇コンテストでは二位になった。数週間後、カートは自らの短編「エピカック」を脚色した作品で、毎年恒例のケープコッド芸術祭に応募し、優勝した。地元の劇場での彼の評判が上がったので、バーンスタブルの演劇仲間は彼を劇団の主宰に選び、村の古い集会所を購入した。これでクラブには初めて、いつでも使える自前の劇場ができた。

その夏は、忠実なノックスが間に入ってくれたおかげで、カートは初めての講師料を受けとった。ラドクリフ・カレッジの夏の創作コースの客員講師として招かれたのだ。講義はまあまあのできだった、とカートはノックスに報告している。だが、練習すればもっとうまくなる自信があった。コーネル大学のパブリックスピーキングの授業を受けたことがあり、それなりの知識はあったからだ。そして八月には、さらに良いニュースが飛びこんできた。ケン・リタウアから、二十世紀フォックスが、テレビドラマ用に、その年の四月に「サタデー・イブニング・ポスト」誌に掲載された短編「駆け落ち」の契約交渉権を購入したという連絡があったのだ。カートはその金を使って家のあちこちを修理した。嵐の日などはひび割れした木の板から水がしみこんで、腐れが生じた船のようだったのだ。

小説家、短編作家、脚本家、舞台演出家としての将来の良い兆しが増えてきたため、カートは便せんを特注した。自分が幅広い分野で活躍する教養人であることを宣伝したかったのだ。レターヘッドには「カート・ヴォネガット／ケープコッド制作会社」と印刷されていた。

ノックスは『Evil, Anyone?』の校正をしながら、カートにさらにチャンスを与えてくれた。カートにとって初めての短編集だ。一九六一年十月、『Canary in a Cathouse』が出版された。雑誌に掲載された短編のなかから、選りすぐりの十二編が収められていた。ノックスは素晴らしい本にすると約束していたが、出版されると、カートは本の重さを慈しんで楽しみ、自分の短編作家としての才能がショーケースのなかに並ぶように一冊の本に収まっているのを喜んだ。同じ月、「マガジン・オブ・ファンタジー・アンド・サイエンスフィクション」誌に、のちにカートの短編で最も有名になる作品が掲載された。「ハリスン・バージロン」。すべての人が平等を強いられるディストピア物だ。「二〇八一年、人々はとうとう平等になった。神と法の前だけの平等ではない。ありとあらゆる意味で平等になったのだ。人より利口な者はいない。人より見た目のいい者はいない。人より力の強い者も、すばしこい者もいない」。だが、謀反を企む天才で、類い希なる強い力を持った、十四歳のハリスン・バージロンが、テレビ放送局に無理やり侵入し、彼を押しとどめようとする圧政的な政府に対して、大胆に反抗する。彼はひとりのバレリーナのハンディキャップ用の重りや鎖をはずしてやり、一緒に美しくダンスをするが、ついに「余剰負担局長官」に銃で撃たれてしまう。自宅で放送をみていた人々――薬やヘッドフォンからきこえてくる、耳をつんざく騒音のせいで混乱して、自分が目にしたものを理解することができない――は、いまみたばかりのことを、瞬時に忘れてしまう。

波に乗ったカートは、『Evil, Anyone?』のゲラの直しを急いだ。とはいえ、主題が暗すぎ、強烈すぎるし、もしかしたら攻撃性も強すぎて、ゴールドメダルのペーパーバックからハードカバーの新装版への移行は難しいのではないかと危ぶんでいた。それでも、フォーセット社がやってみようとしてくれていることがありがたかった。物語がいかに型破りなものかを考えたカートは、ノックスにもうひとつ提案をしてみた。表紙に、骸骨が売春婦のようなポーズをとっている絵を使ったらどうだろう?

『Evil, Anyone?』というタイトルは『母なる夜』──ゲーテの『ファウスト』では暗闇を擬人化してそう呼んでいる──に変更された。作品のパラドクスをよりよく表しているタイトルだからだ。『ファウスト』の邪悪な霊メフィストフェレスは悪魔特有の論法で自分を弁護する。母なる夜が産み落としてくれなければ光は存在しない、というのだ。

『母なる夜』の主人公ハワード・W・キャンベル・ジュニアは、ナチスに手を貸したと糾弾され、テルアビブの監獄に投獄されている。カートがモデルとして頭に描いていたのは、ウィリアム・ジョイス。「ホーホー卿」とニックネームをつけられたアイルランド人で、戦時中ベルリンからイギリスに向けてナチスのプロパガンダ放送を行っていた人物だ。カートはイギリスに配置されたときにラジオで彼が話すのを耳にし、この反逆者はなにに突き動かされているのだろうと想像を膨らませていた。また、ドレスデンで出会ったいんちき赤十字職員からもヒントを得た。アメリカ人捕虜をロシア前線の戦闘要員として、豊富な食糧とまともな衣服を餌にドイツ軍に入隊させようとしたあの男だ。おそらく、カートはあの男のことを、完璧なイギリス英語の発音ができるドイツ人俳優ではなく、複雑な事情を抱えた二重スパイのアメリカ人ではないかと想像したのだろう。

『母なる夜』はキャンベルの告白録で、ヴォネガットによって編集されたという形で書かれている。キャンベルは語る。自分は数年間、イスラエル国家に執拗に狙われていたが、それは同じ独房棟にいる、あのアドルフ・アイヒマンと同じだ。自分もかなり重要視された囚人なのだろう。じつのところ自分は、声高に主張をしたり政治に関わったりすることはできるだけ避けてきたし、諸問題について立場を明確にすることさえ控えてきた。芸術家だということを言い訳にしてきたのだ。それでも有罪だとすれば、「あまりにも公然と悪に仕え、あまりにもひそかに善に仕えたせいであり、それは本来時代が負うべき罪なのだ」。

アメリカ人のキャンベルがドイツに移住したのは、第一次世界大戦のあと、ベルリンの文化的生活が、作家や歌手やその他の表現者を惹きつけていた時代のことだ。キャンベルは、ドイツ語で執筆する外国人戯曲家として有名になる。やがて、ヨーロッパでの二度目の大戦の予兆がみえてくると、アメリカ政府諜報機関員が接触してきて、キャンベルの愛国心に訴えた。ナチスのプロパガンダを行う人物になりすましてほしいというのだ。スパイとして、ナチスの宣伝大臣、ヨーゼフ・ゲッベルスの部下になるということだ。キャンベルは気が進まないながらも了承した。ところが、ラジオから流れる、ナチスの掲げる目標を褒めそやす変節者の言葉は、真に迫っていた。おかげでキャンベルはナチス政権下のドイツの支配層のトップにまで昇進し、ヒトラーと親しく語りあう間柄になる。ヒトラーはナチスのイデオロギーと同じく退屈な人物だった。

戦争が終わると、同盟国軍はキャンベルを捕らえ、反逆罪で裁判にかけようとした。キャンベルは数年間逃亡を続けるが、それは、アメリカ政府諜報機関が彼の汚名をそそぐことができなかったか、しようとしなかったせいだ。だがとうとう、チェスさながらの策略やフェイントや裏切りが続いたのちに、キャンベルは追いつめられ、「わたし自身に対する数々の犯罪の罰として」独房内で自殺する。ヴォネガットは、『母なる夜』の再版に加えられた序文のなかで、読者に警告している。「我々が表向き装っているものこそ、我々の実体にほかならない。だから、我々は何者のふりをするか、慎重に決めなくてはならない」。

小説のなかの闘いは、ヴォネガットの心の葛藤によく似ていた。ドイツ賞賛の気風の家庭に育った彼の目に映る西洋文明は、運命や壮大さに翻弄されて道化的な滑稽さに陥ることもある。そして、第二次世界大戦で戦うことに関するヴォネガットの振れ幅の大きさ――大学時代は孤立主義で、その後兵士となり、最後にはドレスデンでの経験を契機に平和主義者になる――は、ハワード・キャンベルの混乱に反映されている。キャンベルは本当は戦争に関わりたくなかったのに、一方の側について参戦することになり、それが実際には相手側についていたことにもなってしまう。自らを裏切ったといういやな雰囲気が、作品全体を支配している。歴史家ハワード・ジンは、B17に搭乗していた爆撃手だったのだが、友人のヴォネガットに関してインタビューでこう語っている。「彼は第二次世界大戦に対して、戦後に強い反戦論者になった我々の多くと同じ、アンビバレントな思いを抱いていた。わたしの知人には、第二次世界大戦で戦った元軍人で、今は確固たる平和主義者になった人物がほかに何人もいる」。

全般的に、『母なる夜』は『タイタンの妖女』よりも説得力がある。キャンベルの告白録は、苦悩や死や懲罰が存在する現実世界で書かれているからだ。SFやファンタジーのしかけ――たとえば漏斗《インファンディブラム》――などがないので、読者は人生の不可解さを考えずにはいられない。キャンベルは、一連の偶然、「まぐれ」、自由意志、運命あるいは「神の手」などによって何重にも苦しめられる。この作品もまたテンポが速い。極端に速いといってもよく、以後、それはヴォネガットの作品スタイルの顕著な特徴となっていく。二百ページ中に四十五の章があり、なかにはたった半ページから二ページの章もある。会話はパンチがきいていて、舞台の脚本のようだ。

最後に、最も重要な謎が謎のまま終わっている。なにが真実で、なにが真実ではないのか？　キャンベルは、今日の美徳が明日の悪徳になるかもしれないと考える。ある批評家がのちに、「これは曖味性が勝利する作品だ」と評している。

『母なる夜』は、一九六一年秋、またもや三十五セントのペーパーバックで出版され、批評家が取り上げることもなかった。だが、若い読者にとって、ヴォネガットが巧みに表現した道徳的相対主義——善対悪、正対誤——は、この小説が魅力的な理由であったし、今もそうあり続けている。とはいえ、出版当時、それは失敗作でしかなく、この先ハードカバーに格上げされることなどないと確信したヴォネガットは、一時的にやる気をなくし、漠然とした不安に陥った。ハロルド・ロビンスの『大いなる野望』（ハリウッドの内幕をきらびやかに描いたメロドラマ。一九六四年に映画化）を読み、メチャクチャに金持ちで、シャンパン（当たり年のシャンパン、とまで限定はしていない）を満たしたバスタブでセックスするのはどんな気分だろうと想像した、とノックスに冗談めかした手紙を書いている。だが、真面目な話、自分の作品がどう思われているか、というのは大問題だ、とヴォネガットはつけ加えている。実際彼は、自分に実体があると感じるためには、また、人格を持った人間だと感じるためには、読者に受け入れられることが必要だと思うことがあった。

一九六二年夏、ハチが巣に戻ってくるように、またもやヴォネガット家に子どもたちがあふれた。リタウア&ウィルキンソンで働く秘書、キャロリン・ブレイクモアは、ニューヨークのごたごたからしばらく解放されたくて、週末を過ごしにやってきた。キャロリンはインタビューに応えて話している。「座って静かに本を読んだり、ジェインと話したりしていると、体の大きな少年たちが一ダースほど、どどどっと現れたかと思うと、炭酸飲料を二リットルほど飲んで、またどどどっといってしまう。どこに住んでいる誰なのかもわからないの。とんでもなく騒々しい家だったわ。ただ、ふたりの女の子、ナニーとイーディはおとなしくてかわいかった」。ヴォネガット家にお金がないことはキャロリンの目にも明らかだった。だが、「ジェインはお金に関しては達観していたし、なにより、カートに首ったけだった」という。

ジェインの家事のコツは、「目についたものを片づける」だったが、年上の子どもたちには伝わっていなかった。ジェインは家中にメモを貼りつけて、なんとかしようとした。「トイレは流して！」「汚れた衣類は洗濯カゴにいれよう」などと。ところが、子どもたちは協力しようともせず、メモの下に生意気なコメントを書きこんだ。床は汚れていて、冷蔵庫のなかではいつもなにかがにおっていた。犬のサンディの目のまわりには、血を吸ってぱんぱんになったダニが何匹もくっついていたし、二匹のシャム猫はミャーミャー鳴きながらみんなの足元を走りまわっていた。

ジェインは家が汚いのは気にしていなかった。それより、ふた家族をひとりで背負ってきりきり舞いしていた。ステーションワゴンで買い物に出かけ、食材のつまった紙袋をいくつも持ち帰り、三度の食事を作り、子どもたちのけんかの仲裁をした。アルプラウスで友人に、カートが手のかかる夫だと見抜かれた頃からずっと、ジェインはカートに尽くしたいと思っていた。だが、六人の子どもの世話をしていては、それは不可能だ。ジェインはカートを怒らせないよう、先回りして問題を解決しようとしたが、そのせいで不安になり、神経質になった。ナニーは、家のなかが闇に覆われているようだ、と感じていた。「子どもの頃の思い出はとても暗いのです。その雰囲気を作るのは父でした。母はいつも父の顔色を窺っていました。あの野生児をどう扱うか、そればかりを考えていたのです。母の関心事はいつも父であり、子どもの世話に追われながら、なんとか一日一日をやり過ごしていただけでした」。

口論になりそうなことを、火種のうちに消し止めようというジェインの努力もむなしく、カートが怒りを爆発させることもあった。ジェインはなんとかカートをなだめ、手探りで原因をつきとめようとする。特別ひどい言い争いのあとは、ジェインは洗濯部屋でひとりで泣いた。その後部屋から出てくるときには、バケーションのようにサングラスをかけていたが、それは赤くなった目を隠すためだ。時には、言い争いがかなり激しくなり、カートは乱暴にドアを閉めて家を飛び出し、私道に停めてある車のエンジンを猛烈な勢いでかけると、砂利をはじき飛ばして走り去り、モーテルに直行して一夜を過ごす。あるとき、モーテルの管理事務所の前で車を停めて外に出てみると、靴下しか履いていないことに気づいた。カートはすごすごと家まで運転して帰り、家出はまたの機会にすることにした。ようやく怒りが収まったときには、合図がわりにジェインにこうたずねた。「ダーリン、気分は直ったかい？」

『母なる夜』がいっこうに売れず、また金が必要になったので、カートは教職に就こうと考えた。応募したのは、ホープフィールド・リヴァーヴュー・スクールという、知的・情緒的障害児のための私立の男子校で、隣町のサンドウィッチとバーンスタブルを結ぶ道路、6A沿いにあった。カートは大学の学位を持っていないため、教職の資格はない。だがホープフィールド・リヴァーヴューは私立だったので、校長はカートの履歴書に目を通して雇用を決めた。ただし、条件が二つあった。もう少しましな服装をすること（カートはテニスシューズを履いて、くしゃくしゃのカーディガンを着るのが好きだった。しかもボタンは掛け違えていることが多かった）と、ひげをきれいに剃ることだ。カートは了承した。

そのうち、カートは教職に向いていることがわかった。緊張もせず、気さくで、様々な思想を語り、少年たちを励ました。カリキュラムに厳しい制限がなかったので――最も重要な目標は、生徒たちが社会生活に適応できるようにすることだ――カートは自分にとって興味のある文学を教材に選んだ。

つまり、SFだ。のちにカートは語っている。「男の子の大好物なのだ。SFならなんだっていい。生徒たちには作品のよしあしなどわからない。どれもうまくできていてすばらしいと思う。少年たちが夢中になった理由は、絵のない漫画のような目新しさを別にすれば、彼らがいまのままの状態で摑むことのできる、しっかりと約束された未来が描かれているからだろう」。

「いまのままの状態で」というのは、ほぼずっと精神安定剤に頼ってということだ。この少年たちは、普通学級に参加するにはやや乱暴だとか、ついていくのが難しいなどと判断されてしまったため、看護師から薬を配られていた。生徒たちが半ば眠ったような状態なのにもかかわらず、校長は、教室のスピーカーから怒りっぽい声を送って朝の挨拶をする。いつも誰かのしたことに文句をつけるところから始まる。「わたしは失望し、うんざりしています！」というのが決まり文句だった。

日中はホープフィールド・リヴァーヴュー・スクールで教えるので、執筆は夜と週末しかできない。ゼネラル・エレクトリック社時代の生活の再現だ。本質的には当時と状況は同じだった。いや、悪化したといってもいい。十年以上前に「悪夢のような仕事」を辞めてフルタイムの作家になってから、カートはアルプラウスを出て二軒の家を買い、三人目の子どもをもうけ、三人の甥の人生を背負いこんだ。それなのに、作家としてのキャリアは彼の人生のペースに追いついていない。ここへきて、カートは兼業作家に逆戻りしたのだった。

一九六二年の初秋、カートは果敢にも教職で得た金で、家の北西側の棟を仕事場に改築した。カートには常に、本を読み、執筆し、音楽を聴くのにぴったりな場所を持ちたいという強い思いがあったが、今回の部屋は最高だった。ノックスには微に入り細をうがつ手紙で報告している。部屋は縦六・五メートル、横四・五メートル。天井をみあげると梁がむきだしで、棟木も片側が露わになっている。

青い薪ストーブがあるおかげで暖かい。そこは、小説を世に出すための作業場だった。

当然ながら、子どもたちは隙をみてわれ先にと忍びこみ、カートが夜や週末を過ごす部屋をのぞいた。できたばかりの仕事場は、タバコの煙のにおいが充満し、灰皿には吸い殻が山盛りになっていた。机近くの梁には、奇妙な模様が彫りこまれていた。アリスン・ミッチェルとナニーは、ベッドの下に「プレイボーイ」誌が積んであるのをみつけた。タイガーは、ニコチンの染みついたスミス・コロナ社製のタイプライターをじっくり観察し、スペースバーの中央がくぼんでいることに気づいた。長年、カートの親指が何千回も押し続けた結果だった。

ようやくカートは重い腰を上げ、『猫のゆりかご』に再び取りかかった。ホルトが翌年にハードカバーで出版する予定を立ててくれたからだ。カートは十年近くもの歳月を経て、ようやくこの作品に戻ろうとしていた。原稿はタイプ用紙で二百五十枚目あたりでストップしていた。カートは急いで仕上げた。なにしろ原稿の三分の二ができあがったまま、宙ぶらりんになっていた作品だ。これ以上、あれこれ悩む時間はなかった。


『猫のゆりかご』は、長い長い胎児の期間を経て、一九六三年にようやく世に出たが、カートが作品のアイディアを得たのはずっと昔、ゼネラル・エレクトリックで働いていた頃のことだった。一九三〇年代にH・G・ウェルズがここを訪れたという話は、スケネクタディで何度もきかされたが、その際、研究主任のアーヴィング・ラングミュアがウェルズに、室温で個体になる水に関する物語を書いてはどうだろうと提案したという。当時最も有名なSF作家だったウェルズは、面白いとはいったものの、彼の作品は本質的には人間性をテーマにした寓話なので、科学的難問には興味を持たなかった。

一方カートはラングミュアの話に興味をそそられた。そのアイディアをもう一歩押し進めて考え、ひとつの問いにいきついた。地球上もっともありふれた液体である水が兵器になるとしたらどうだろう？　核分裂反応によって原子爆弾が生み出されたように？　ある晩、ほとんどの参加者がゼネラル・エレクトリックの研究者とその妻、というパーティで、カートは結晶を研究している学者に自分の思いつきを話した。室温で氷のように固体化する水に脅かされる人間の話をすると、学者はうなずいてから椅子のあるところに移動して腰を下ろし、そのまま周りの話し声も笑い声も無視して考え続けた。そして、宴もお開きに近づいたところでカートのところに戻るとこういった。「いや無理だ。そんな氷は作れない」。

そんな思いつきはすぐに忘れてしまってもおかしくない。だがカートは、ゼネラル・エレクトリックでの兄バーナードの人工雨の実験をみて、天候制御は、水が実際どのように結晶化するかということよりもはるかに重要な道徳的問題を作り出したと確信し、思いついた小説のアイディアに固執したのだ。一九五二年、「ケープコッド・スタンダード・タイムズ」紙はカートに、『プレイヤー・ピアノ』に続く新作に関してインタビューした。「ヴォネガット氏は不安そうにこう語った。『実際、オイルバーナーをこれという雲に向ければ、誰でも大気を汚染させることができるんです』。大変危険な状況にあるので、あらゆる場所で今すぐにもそうした行為を禁じる法律を制定するべきだと彼は強く主張していた」。

そして、『猫のゆりかご』の執筆に戻った一九六二年、カートはバーナードのある実験をみて、科学者が自然を意のままに操ろうとしている、という印象を受けた。イリノイ州のシャンペーンの西方で、バーナードは助手たちとともに五十キロメートルのピアノ線を百五十平方キロメートルの農地に張りめぐらせ、雨が降らないかと空を見上げた。なにも起きなかった。ただ、自然をねじ曲げる試みが、どれだけ風刺に満ちた筋書きを提供してくれるかということに、科学者の弟のＳＦ作家が目をつけた。
『猫のゆりかご』の語り手は、ジョンだと自己紹介してから、「ジョーナ」（旧約聖書の預言者ヨナの英語読み）と呼んでほしい、と読者に語り、聖書に出てくるような壮大な悲劇の始まりを暗示する。カート・ヴォネガットが語り手を一人称にして、ほかに割りこんでくる声を登場させなかったのは、初めてのことだった。ジョンは自伝作家のような調子で説明する。彼はジャーナリストで、『世界が終末を迎えた日』という題の本を執筆するため、情報収集をしていた。一九四五年八月六日の広島の惨劇を描いた本だ。取材をするうち、彼はイリアム（『プレイヤー・ピアノ』の舞台のひとつ）のゼネラル金属にいきついた。「原子爆弾第一号のいわゆる〝父〟の一人」、フィリックス・ハニカー博士が、かつて主任物理学者として勤務していた会社だ。

ジョンは故ハニカー博士――「野生の力に満ちていて、人間にはとても制御できない」男――に会えなかったが、息子のニュートンがこの偉大な男についての逸話を語ってくれる。世界初の原子爆弾が投下された日、ハニカーは輪にした紐をただなんということもなくいじって、あやとりをしていた。ニュートンはさらに、父親は人間よりも玩具やゲームやカメに夢中だったと話す。

ハニカーの仕事上の興味は、カートの兄、バーナードのそれにぴたりと重なる。ハニカー博士の「人類への最後のプレゼント」は、彼が創り出した「アイス・ナイン」だった。それは、たった一粒で、「世界中に無限に広がる湿地や、泥沼や、川や、水たまり、汚物だまり、流砂、ぬかるみなどを」鉄のように固くすることができる。これは「遊び半分」にやった原子の組み替え実験の結果だったのだが、それはかつてバーナードがカートに説明してくれた、結晶化の過程に似ていた。結晶は、分子の並び方によりタイプが決まる。言い換えれば、裁判所の庭の芝生の上に砲弾を積み重ねる場合、あるいは木箱のなかにオレンジを詰めこむ場合、それぞれの形でまったく違った結晶ができるのだ。液体にも結晶のような配列ができることがある。ケチャップがボトルからなかなか出てこなくなるのはそのためだ。『猫のゆりかご』に出てくる、アイス・ナインは、水を即座に結晶化することができる。ほんのミクロ単位の大きさの一粒をどこでもいいから水に放りこめば、地球は「青白いパール」に変わるのだ。

ハニカーの三人の子どもは、父親に愛されず、認めてもらえなかったことで傷ついていて、アイス・ナインを不注意にも、あちこちの権力者に与えてしまう。アイス・ナインのもたらす黙示録的な大惨事を恐れながら生きる人々は、ボコノン教を信奉している。これは、のちにカートが「間抜けのためのもの」と説明するカリブの宗教で、気休めの嘘と現実への対処法を説く。ボコノン教の信仰の中心にある考え方は、人類は知らず知らずのうちにグループ分けされて、神の意志に従って行動するというものだ。こうしたグループ――カラースと呼ばれるものだが、自分のほかに誰が同じカラースに所属しているのかは決してわからない――そのひとつに所属しているという感覚を持つことで、信者は人生に目的をみいだすことができる。

それは心の慰めにはなるが、精神を導いたところで世界をアイス・ナインから救うことはできない。ばかばかしい事故とそれが招いた連鎖反応のせいで、アイス・ナインが放出され、世界中の海と川と地下水が石になってしまった。ジョーナと、美しい妻モナは地下のシェルターに逃げこみ――ここにもやはり、ドレスデンで地下に避難していたヴォネガット自身の姿がみえる――、そこでジョーナは妻とセックスすることで生きていることを再確認したいと望む。「それに続いたさもしいセックスのエピソードについては、語るのはよそう。いまわしいわたしの行為は拒絶されたと書くだけで充分だろう。モナは生殖行為にはまったく関心がないのだ――いや、嫌悪さえしていた。取っ組み合いが終わる前からわたしは彼女に責められていた。いや自分自身でもふがいなかった。こんなに唸り声をあげ汗だくになって行う奇妙な企てを発明して、新しい人間を作り出さねばならないとは」。

このセックスシーンは、ヴォネガットの作品にくり返し出てくるひとつのパターンだ。『プレイヤー・ピアノ』では、ポールは妻アニータとの性生活に不満を抱いている。『タイタンの妖女』では、冷淡なビアトリスが性的関係を持つのは強姦されたときだけだ。また一九六八年に出版されることになる短編「モンキーハウスへようこそ」では、性的快感を得るためには、女性は強姦されなくてはいけない。一九六九年の『スローターハウス５』で初めて、主人公は女性との性的関係を楽しみ、相手の女性も満足する。

『猫のゆりかご』では、大惨事後の生存者は、生き延びたことを後悔する。地球が荒廃してしまったからだ。そしてジョーナがボコノン教の教祖をみつけたとき、教祖はボコノン教の聖典の苦いしめくくりを書いているところだった。「もしわたしが若ければ、人間の愚行の歴史を書くだろう。そしてマッケーブ山の頂にのぼり、その本を枕に横になる。そして地面から、人を彫像にする青白い毒をすくいあげ、みずから彫像となるだろう。おそろしい笑いをうかべ、あおむけになり、親指を鼻先に着けて掌を広げ、誰もが知るあの人をみあげるのだ」。

これまでのヴォネガットの最高傑作だった。カートは革新的な作品と評価され、一九五〇年代から六〇年代を代表するアメリカの実験小説作家のひとりと目された。ジョン・バース、ドナルド・バーセルミ、ジョン・ホークス、ウィリアム・S・バロウズ、ロバート・クーヴァーらと肩を並べたのだ。『猫のゆりかご』は、後にポストモダニズムと呼ばれる流れの確かな一角をなしていた。遊びのある文体、高級芸術と大衆芸術の境界にまたがり、SF、ミステリ、犯罪小説、恋愛小説などのジャンルの枠を越えた、百二十七章の〝挿話のコラージュ〟（ちなみに『タイタンの妖女』は十二章、『母なる夜』は四十五章）。

だが、『猫のゆりかご』は、世の中を風刺する悪漢小説《ピカレスクノベル》の伝統も引き継いでいる。ピカレスクノベルとは、たいてい初めはうぶな主人公が、次々に降りかかる不可思議な事件を乗り越えていくというものだが、その過程でなにかを学ぶ登場人物はいない。同じような過ちがくり返され、同じようなことがくり返される。登場人物は操り人形のようにみえることが多い。ひとつの教訓に導くために、作者によって使われているからだ。『猫のゆりかご』の教訓は明確だ。世界を終わりにする鍵を持つ権利も、その能力も、誰も持ってはいない。ジョーナはその点に関し、ヴォネガットの声を代弁している。地球の終わりの日に向かいながら、現場の様子をありのままに伝える。『猫のゆりかご』が書かれた時代も重要だ。一九六〇年代、人間の作り出す黙示録による死の恐怖がささやかれ始めていた。アイス・ナインの優れた点は、その概念が単純で独創的でわかりやすいということだ。超高温の水素爆弾とは異なる零下の冷たさだが、殺傷能力ではひけをとらない。ヴォネガットをはじめとするポストモダンの作家は、読者が、感情を解き放つ場として不条理を楽しんでほしいという姿勢で書いている。エドガー・アラン・ポーの「幸せで勇敢で賢明な」国王プロスペローが、赤死病の解決策として仮面舞踏会を開催したように。

　ヴォネガット特有のユーモアのおかげで、ページ上にいつもヴォネガットがいるような気がする、という感想が、しばしば読者からきかれる。読者とのそういう親近感は『猫のゆりかご』で初めて確立された。ヴォネガットは、タブー視されていることについて読者に語りかける手法をとったのだ。また、フロイトが「偏向的なジョーク」と呼んだものを実践した。この手のユーモア——ヴォネガットはこれに依存するようになる（しすぎると言われることもある）——は、猥褻だったり、敵意に満ちていたりする。冷笑的で批判的で不敬で、権威に反抗し「悪い考え」を口にしたいという気持ちを代弁してくれる。

たとえば、『猫のゆりかご』に出てくるボコノン教の教祖は、神への正しい態度は、親指を鼻先につけて掌を広げてみせることだという。死者への不敬も冒瀆のひとつだが、それは医師が息子を外に連れ出し、死体の山をみせる場面で表現される。医師は笑いながら、積み重なった死体を懐中電灯で照らす。「息子よ、いつかはこれがみんな、おまえのものになるんだ」。不快で悪趣味な場面だが、読者をこの〝ジョーク〟に巻きこむことで、ヴォネガットは仲間意識を作り出す。きわどい意見をいうとき、「これは政治的に正しい《ポリティカリーコレクト》とはいえないことなのですが……」と始めるのと似ている。のちにヴォネガットは文章のなかのいくつかの言葉を完全に省略して、代わりにフェルトペンで描いた肛門(自分のだ、と自身でいっている)またはヴァギナの絵を入れるようになる。

革新的な作品だったにもかかわらず、『猫のゆりかご』は初版六千部のあと再版はされず、書評も数本しか書かれなかった。テリー・サザーンはヴォネガットに輪をかけて辛辣な風刺作家で、著者『キャンディ』はポルノ小説として多くの国で発行禁止となったが、その彼が「ニューヨーク・タイムズ」の書評欄でヴォネガットを擁護した。「現代の最良の風刺作品同様、『猫のゆりかご』は、批評家の多くが〝重要〟だと考えているらしい通俗的な愚作よりはるかに、魅力的で示唆に富んでいる」。映画監督のフレッデリック・ワイズマンが映画化のための契約交渉権の獲得を決めたが、結局実現しなかった。カートは嫌気がさして、『ドラッグストアやバス停にいるクリーンな人々のためのクリーンな物語』という本でも書こうかという手紙をノックスに送っている。

出版界でのカートの地位は底辺に近かった。一九六三年六月、四十歳のときに、インディアナ大学での質素な夕食会に招待された。地元出身の六人の作家に敬意を表して開かれたもので、インディアナポリス生まれのカートにも声がかかった。カートがジェインを伴って式典に参加したのは、その後一週間にわたって開催される作家会議で教えることになっていたからだが、カートはインディアナポリスで生まれたという理由だけで招かれていたのだった。しかも、アレックス叔父とレイ叔母が、引退してカリフォルニアに住んでいたのに、わざわざ飛行機に乗ってかけつけ、甥が額入りの表彰状をもらう晴れ姿をみるというのだから、出席しないわけにいかない。だが、苦々しい気持ちはぬぐえなかった。のちのインタビューに応えて、カートはこういっている。「作品の書評さえ出ていなかった。『エスクァイア』は当時、アメリカ文学界の紳士録を出版し、存命の、少しでも功績のある作家は必ず載せていると謳ったけど、ぼくは載っていなかった……まるで人間とも扱われていないような気分になった」。

カートはインディアナ大学のブルーミントンキャンパスで創作の講義を行った。そこは「ひどい所」で、気分は沈みがちだった。せめてもの救いは、祖父のバーナードが設計した学生会館にレストランが四つもあって、ビリヤード場と床屋とボウリング場と本屋もあったことだ。ほかに、大人は自室での飲酒が認められていたので、カートはその特権を享受した。

一年後、カートは家族を養う必要性に迫られ、執筆に専念していた。早朝六時から十時の作業が好きだった。その時間帯がいちばん、頭が「冴えている」からだ。仕事が思うように進むと、知らず知らず脚を組んで片足を揺らしながら、書いたものを声に出して読み上げる癖があった。登場人物ごとに声色を変え、両手で手ぶりまで交える。うまく書けていないと思ったページはタイプライターから引っぱり出してくしゃくしゃと丸め、ゴミ箱のある方に投げ捨てて、初めから打ち直す。

自分のくぐもった低い声とタイプライターのキーを打つ音のおかげで、家族が起きて活動を始めても平気で、家の中心部からきこえてくる騒音から気をそらすことができた。昼近くになると、子どもたちがこの家で大人を見かけることはほとんどなく、汚れた衣服を集めにジェインが二階に上がってくる程度だった。カートは、特に思春期の子どもたちのすることには関知しないようにしていた。イーディは六、七人の十四歳の女の子たちのグループを作っていて、群れ《ハード》というグループ名をつけ、集まってはタバコを吸っていたが、その本部をヴォネガット家にしていた。あるとき、カートはなんの予告もせずに階段をのぼり、屋根裏部屋で裸のジム・アダムズが女の子とふたりでいるところに出くわしそうになった。「当時、ぼくは性的なことも感情も手に負えないほど激しい状態で、カートはそのどちらにも対処できなかった」とジムはいっている。九歳のナニーは家を嫌って「セックスの館」と呼び、できるだけ長く、同じ通りに住む友だちのアリスンの家で過ごすようにした。そこは清潔で静かで、アリスンの母親はケーキを焼いてくれ、ナニーはアリスンとゆっくりバブルバスを楽しんだ。

ヴォネガットが一九六四年に取り組んでいたのは、面白くなりそうな物語で、着想したのは十年以上前だった。オスターヴィルの酒屋の二階で事務所を共同使用していた自営の会計士、アル・リトルの話だ。

リトルは町のいくつかの会社に雇われていただけでなく、税金の確定申告書類の作成サービスもしていたが、それはかなり特殊な仕事だった。依頼人は絶望に打ちひしがれていることが多く、情にあついと評判のリトルを頼ってやってくる。依頼人は役所ともめないことを願って、家族の問題をリトルにぶちまける。事務所の仕切り板の向こうから、依頼人が泣いたりうめいたりするのがヴォネガットにもきこえてきた。リトルが小声でなだめているのが、まるでアイドリング中のエンジン音のようだった。「はいはい、大丈夫ですよ、ええ、大丈夫ですから」。依頼人は貧乏人がほとんどで、家族がアルコール依存症、親戚が拘置所にいるのに保釈金が出せない、人生に挫折した、なにかで大損をしたなどという悩みをぶちまける。リトルはそれを遮ることなくきいていた。取り乱した依頼人との面談が終わると、リトルは立ちあがり、相手をしっかり抱きしめて激励することもあった。

ある日、ヴォネガットが依頼人のことで質問すると、リトルは答えた。

「そうだね、依頼人が勇気を出して前の年にどれだけ稼ぎが少なかったのかをいい出せば、そのあとはなんでも話すようになるよ」。ときには、リトル夫人からの電話の声が漏れて、謝礼も払えない客の相手をして時間を無駄にしないで、と叱られているのがきこえた。

ビジネスマン、人道主義者、相談役の顔を持つアル・リトルから、ヴォネガットは三つの顔を持つ主人公を思いついた。ちょっと型破りな要素もつけ加えたかったので、ギリシャ神話のミダスのような能力も与えた。自分が望むだけ他人を助けることができるのだ。だが、その男が金持ちだとして、助けようと選ぶ相手は誰なのか、そしてなぜそう思うのか？『猫のゆりかご』出版の一年後、ヴォネガットは新作の最終ページをタイプライターから引っぱりだした。タイトルは、『ローズウォーターさん、あなたに神のお恵みを、あるいは豚に真珠』。

エリオット・ローズウォーター――〝ローズベルト〟と〝ゴールドウォーター（一九六四年の共和党大統領候補がバリー・ゴールドウォーター）〟を合わせた苗字――は共和党上院議員の息子だが、のちにある書評家が書いたように、〝奇妙な救世主〟のような振る舞いをする。彼の良心は、ほんの一瞬の判断ミスに苦しめられている。第二次世界大戦中、彼は誤って非戦闘員だったドイツのボランティア消防隊員を撃ってしまったのだ。ローズウォーター郡のローズウォーター財団は、合衆国でも有数の莫大な財産を有しているが、財団の総裁であるエリオットは、あがないの一端としてその金を、アメリカンドリームに破れた哀れな人々に贈与している。家具の少ない彼の事務所には、二台の電話がある。黒い電話は助けを求めている人のため、赤い電話は消防署からの緊急呼び出し用だ。彼はボランティアの消防隊員でもあるのだ。エリオットには跡継ぎがいないので、いつの日か、すべての財産は遠い親戚のフレッド・ローズウォーターにわたってしまう。だが、エリオットが死ぬか、気がふれてしまったと診断されないかぎり、ローズウォーター基金は彼が好きなように使える。

そこへ、若い悪徳弁護士ノーマン・ムシャリが登場する。エリオットの精神異常が証明できれば、新たに財団の総裁となるフレッドから多額の手数料が得られると考えたのだ。財団の支配権を巡って苦闘するうち、ローズウォーターは終末を暗示するような幻覚がみえるようになってくる。バスでインディアナポリスの郊外にさしかかったとき、町が燃えさかる炎にのまれる様子が目に浮かんだ。以前に本で読んだドレスデンの爆撃の光景そっくりだった。エリオットは一時的に正気を失い、ムシャリは邪魔者を片づけるチャンスとばかりエリオットを私立の精神病院に入れる。

ところがまだ闘いは終わっていなかった。エリオット・ローズウォーターはヴォネガットの小説に出てくる典型的な主人公だ。気が滅入っても、絶望することはなく、ただ、自分が運命に対しては無力な存在だという事実を受け入れる。正気を取り戻したエリオットは、ローズウォーターという姓を名乗りさえすれば、ローズウォーター郡のすべての子どもが自分の遺産を相続できることにすると宣言し、弁護士にそれを法的に可能にする書類を作成するよう指示する。「『それから、こう伝えてください』とエリオットはあらためていった。『生めよ、ふやせよ、と』」。

ヴォネガットの各作品に関して二、三の特徴をあげてみると、そのほとんどが『ローズウォーターさん、あなたに神のお恵みを』にみられることに気づく。

まずは、親切にすることの大切さ。エリオットはこういう。赤ん坊が生まれたら、まずいってきかせなくてはいけないことは「いいかい、赤ちゃん、親切でなくちゃいけないよ」。過去の不幸は、今さらどうすることもできない。だが、これからなら、親切や、互いを思いやる気持ちを広めていくことで、人間は次第に傷を癒していける。ふたつ目は、人は人としての尊厳を持って生まれてくるのであり、それはその人物が何を所有し何を生み出すかとは無関係だということ。他者の尊厳を認めないかぎり、思いやりをもつことはできない。そして三つ目は、孤独や絶望の解毒剤としてのコミュニティの効用だ。エリオットがインディアナ州でもぱっとしない片田舎のローズウォーター郡に留まるのは、ここに住んでいる人々との絆があるからで、それはボランティアの消防団への参加に象徴されている。印象的な脇役として登場する、売れないSF作家、キルゴア・トラウトはローズウォーターに語る。消防士の「心からの愛他行為は、この国ではほかに類をみません……。消防士は相手がどんな人間だろうと関係なく、どんな犠牲もいとわず救出にいきます。町一番のろくでなしの家が火事になっても、日頃のけんか相手が火を消しにきてくれるのです」。

事実、ヴォネガットの登場人物は有志団体を本物の家族に代わる拡大家族のように感じることがある。ヴォネガットはクラブやチームに参加するのは良いことだと強く思っていて、のちにこのようにいっている。「人はボウリングや船外機付きボートやスノーモービルが大好きだからチームに所属するわけではない。家族が欲しいから。人工的なものであっても、家族が欲しいからなのだ」。教会に通うことも薦めている。ただし、自分は〝キリストを崇拝する不可知論者〟だと公言している。のちに有名になって、読者から、どうすれば孤独に対処できるかと手紙で質問されたとき、ヴォネガットはこう助言している。「人々のそばにいなさい。あなたに必要なのは人間です。まわりにいる人の数が足りないのです。わたしがいいたいのは誰しも家族が必要だということです。キリストにうっとりしろといっているわけではありません」。

『ローズウォーターさん、あなたに神のお恵みを』に出てきて、のちの作品でもくり返される最後の要素は、父と子の難しい関係だ。ここでは、エリオットと父ローズウォーター上院議員の関係。上院議員は、エリオットが自分の人生と家族の財産を無駄遣いしていると思い、激しく憤るとともに絶望している。父親を落胆させる息子。これは父に見捨てられたと思いこんでいたカートと重なる。ただ、実際にわたしたちが知るヴォネガット父子の関係は、いつも子ども側からの視点で、父親に理解されず、父親と良い関係が築けない息子、というカートの自画像でしかないのだが。

一九六四年九月、『ローズウォーターさん、あなたに神のお恵みを』は翌春の出版が決まり、カートは二十年近く想像力を刺激され続けてきた、あの経験について書く仕事に戻った。つまり、鍵穴から覗いたドレスデンの惨劇だ。鍵穴からみることしかできなかったことこそが、初めからこの作品の執筆を難しくしていたのだ。どうしたら、あの悲惨な出来事について書くことができるだろう？　自分はそこにいたのに、いないも同然で、地下に潜っていたというのに。

環境を変えれば新たな気持ちで一気に書き出せるのでは、と思い、カートはニューヨークへいって、グレート・ノーザン・ホテルにチェックインした。一週間、ウェストバーンスタブルから離れて仕事に集中することにしたのだ。ニューヨークにいれば、ほかの作家や出版業界の友人と会うことができる。ケープコッドで感じる孤独から逃れられる。

ノックス・バーガーを通じてすぐに親しくなった作家は、ウィリアム・プライス・フォックスだ。南カリフォルニア育ちで、その頃『Southern Fried』という短編集を出して注目を集め始めていた。

既婚者だが離婚を望んでおり、密かにつきあっているセアラ・クローフォードという恋人がいた。セアラは二十代でバーナードカレッジの卒業生。フォークシンガーのような愛らしさがあった。長い黒髪、黒い瞳、大きめでふっくらした唇。グリニッジヴィレッジのブリーカー・ストリートに住んでいた。ワシントンスクエアで晴れた寒い日に撮った写真では、ウールのコートに身を包んだ彼女が黒いコッカースパニエル犬を抱きしめている。コートについているフードは、かぶっていない。彼女はノックスの編集アシスタントだった。ある日、「すっごく面白い人たち」と交流してみたいということで、アルゴンキン・クラブでのランチについてきて、カートに初めて会った。

カートはセアラをデートに誘った。ふたりは何度かのんびり散歩をし、カートはすっかり夢中になった。彼女といると幸せだった。のちに彼女へ宛てた手紙によれば、自分のいうことに彼女が遠慮なくぽんぽんといい返してきたからだ。カートは二十歳も年上。田舎者の中年男で、思春期の少年のように不器用だった。だがカートは、この関係を深めたいと思った。

一九六五年春、『ローズウォーターさん、あなたに神のお恵みを』が出版された。それまでの作品に比べると注目度は高かった。批評家たちは、その斬新さを賞賛しつつも、やや面食らっていた。「ワシントン・ポスト」紙は、ヴォネガットの「新作は、他に類をみない、けたはずれの才能を示している」と評した。「ニューヨーク・タイムズ」紙は、型にはまらない作品にぴったりの、型にはまらない批評を載せた。「この本にはプロットなどというしっかりしたものはない。細分化されたテキストは詩のような短いエピファニーの寄せ集めのようで、活字を使った走り書きともいうべきものがそれらをつないでいる……これは文学性の高い作品なのか？……それともその域には達していないのか？……いや、そんなことはどうでもいい。ヴォネガット氏の前作、『猫のゆりかご』も同じくほかに類をみないタイプの作品で、この作家がすばらしい耳と、イメージを捉える巧みな技と、伝えるべきメッセージを持っていることがわかる」。

カートは、ジェインと一緒にジェインの両親に会いにインディアナポリスにいった。そのとき、女性のためのジャーナリズム協会であるシータ・シグマ・フィの会合に招待され、夕食後のスピーチで勝ち誇ったようにこういった。「良識があると、仕事にはなりません。どういうわけか、優れた作家は大抵落ちこぼれです。なぜなら、学生は良識と考えられているものを学ぶのですが、その時点では彼らはまだ良いものを書けるところまで成長していません。そして、学んだ知識のせいで自分の書いたものが嫌いになってしまいます。そのため、彼らはものを書くことを始めないうちからやめてしまうのです」。

カートは戦争の本に戻らなくてはいけなかった。少なくとも、その時点では気に入ったタイトルがあった。『スローターハウス5』だ。カートは、軍隊での相棒で偵察隊の仲間だったバーナード・V・オヘアに会いにいくことを決めた。一九六四年から六五年のニューヨーク万国博覧会がすばらしいという評判だったので、ナニーとナニーの親友のアリスン・ミッチェルを万博に連れていくということにして、ついでにオヘアにも会いにいく計画を立てた。ニューヨークに行く前に、ペンシルヴェニア州のヘラータウンにあるオヘアの家で一晩を過ごすのだ。

その旅行は、少女たちにとってはすばらしい冒険だった。カートはそのわくわくした様子を『スローターハウス5』の第一章、物語の導入部に書きこんでいる。ナニーとアリスンがパーティ用のドレスを着て車に乗っていたという描写だ。実際は、ふたりはジーンズ姿で、アダムズ家の古いステーションワゴンの後部座席で毛布にくるまって遊んでいた。カートはずっとタバコを吹かし続け、時々肩越しに「うるさい！」と大声で注意した。アリスンは、それが「怖かった」と回想している。

ヘラータウンに着くと、バーナード・V・オヘアの妻メアリがナニーたちを二階に追い払って、男たちが気兼ねなく戦争の話ができるようにしてくれた。するとカートは、持ってきたアイリッシュウイスキーを取り出した。ナニーはまだ十一歳だったが、父親とバーナードの友情が並みのものではないことに気づいた。「父が素の自分でいる姿をほんの数回見たことがありますが、バーナード・オヘアは、本当の父を理解している人でした。ともに大変な悲劇を乗り越えたからなのでしょう」。

ふたりの男はタバコを吸い、酒を飲み、笑い、捕虜生活のあれこれ、辛かったことや解放されたときのことを思い出した――これまで何度も電話でくり返してきた話だ。だが、カートは本を書くにはまだ何かが足りないと思い始めていた。というのも、自分の視点は、ほかの戦争小説となんら変わりがないからだ。それと、メアリの存在も気になった。製氷皿を流し台にバンバンぶつけたり、部屋のドアを閉めるたびにものすごい音をさせたり、なぜかいらついている様子だ。バーナードは、気にすることはないというのだが、カートはしだいに居心地悪くなっていった。

するとメアリはこちらを向いた。わたしがこんなにいらいらしているのはあなたのせいだといわんばかりに。それまでメアリは独り言をつぶやいていた。だから、そのとき出てきた言葉は、長い長いセリフのほんの一断片にすぎなかった。「その頃、あなたたちはほんの子どもだったじゃないの！」

「えっ？」と、ぼくはいった。

「戦争中、あなたたちはほんの子どもだったじゃないの――二階にいるあの子たちみたいな！」

ぼくはうなずいた。そのとおりだ。戦争中のぼくたちは、愚かな若者で、ようやく子ども時代の終わりにさしかかったところだった。

「でも、そんなふうには書かないつもりね」。

問いかけではなく、責めている。

「い、いや、まだわからないけど」。

「わたしにはわかるわ。ふたりともほんの子どもだったくせに、まるで一人前の男だったみたいに書くのよ。映画化されたとき、あなたたちの役を、フランク・シナトラやジョン・ウェインやセクシーで戦争好きの、世間を知りつくしたオヤジが演じるの。戦争は美化されて、そのせいでこの先、さらに戦争をくり返すことになるんだわ」。

カートはメアリに約束した。ハリウッドスターが「さあ、突撃だ!」と叫ぶと、合図とともに、ぴかぴかの軍服に身を包んだ兵士が、ベルリンに向けて進軍していくような作品は絶対に書かない。いつかほんとうにこの作品が完成したら、〝子ども十字軍〟という言葉を題に入れると誓ったのだ。

勇者は戦うべし、という古代からの気風に魅力を感じないメアリ・オヘアが、行き詰まっていたヴォネガットの背中を押して、彼の傑作となる作品の執筆へとかりたててくれたのだった。実のところ、二十一歳の兵士だったカートは、第一〇六師団がキャンプ・アタベリーで荷造りしたあの午後から、捕虜仲間とともに地下室を出て破壊されたドレスデンの街に踏み出したあの明け方まで、自分の身になにが起きているのかまったく理解していなかった。その間の三ヶ月、長々と退屈な日々が続いたあとに、極度の恐怖と空腹があり、その先に不思議な無関心が訪れた。ジョー・クローンの千メートル先をみるまなざしに象徴されるものだ。ヴォネガットの『反イーリアス』ともいうべき戦争小説には、アイアースもアキレスも出てこない。ドレスデン空爆は、きわめて正確に成し遂げられた。しかも、夜間に、上空から。攻撃した人間は機械のなかから出ることもなく、数時間後には母国に帰還することができた。何年もかかったユリシーズとは違うのだ。二十世紀の総力戦には古典的な英雄など存在しない。加害者と犠牲者がいるだけだ。そこに気づいたとき、二十年の間、何度も書きかけては失敗に終わっていた作品の執筆に、突破口が開いたのだ。

ただ、これだけだったら、実際より単純な作品で終わっていたかもしれない。ところが一九六五年の春に訪れた転機によって、『スローターハウス5』を一気に書き進めるための理想的な状況が作られることになる。

アイオワ大学は、全米で大学院に創作講座がある六つの大学のうちの一校だった。ちなみに他の五校は、デンヴァー、スタンフォード、ミシガン、インディアナ、そしてヴァージニア州のホリンズ大学だ。一九六五年から六六年の一年、詩人のロバート・ローウェルがアイオワ大学の創作講座で教鞭を執ることになっていたのだが、キャンセルせざるを得ない状況に陥った。あまり猶予もなかったので、六月に、英文学科の学科長ジョン・C・ガーバーは、カートに秋学期の教職スタッフに加わってほしいと依頼したのだ。

カートは謙虚で、ピンチヒッターで選ばれたことを気にしたりはしなかった。自分が作家としてどの程度の地位にいるのかということを承知していたのだ。条件は悪くないし、いわゆる作家仲間の社交に加わることができる。カートは話を受け、単身でいきます――まるで、それが暗黙の条件のように、あるいは無意識の願望だったように――と伝えた。大家族なので、全員を連れていくことはできません、と。家では、まるでいきたくないかのようにぶつぶついっていた。だがそのせいで、かえってジェインと子どもたちは、いったほうがいいと口をそろえていった。

ただ、大学教員という職に就く前に、ずっと自分を無視し続けてきた批評家たちに、別れ際にひとこといってやらずにはいられなかった。「ニューヨーク・タイムズ」の書評欄のエッセイで、カートは、

『プレイヤー・ピアノ』以来、自分をまともに扱ってくれなかった芸術家気取りの連中に向かってほくそえんでやったのだ。「わたしは〝ＳＦ〟というラベルを貼った引き出しに収められてカリカリしていましたが、そろそろここから出たいと思っています。というのも、お堅い批評家のみなさんが、その引き出しを公衆便所にある背の白くて細長いあれと間違うことがしょっちゅうあるからです。どうやらわたしの欠点は、科学技術に明るいということのようです。まともな作家が冷蔵庫の仕組みを理解することはない、というのが一般の認識なのです。紳士たるもの街で茶色いスーツを着ることはないのと同じようなものです……いわゆる『大人の関係』は、たとえ相手が機械であっても、無知な大多数の人間には心地よいものではないのです」。

ＳＦの大家フレデリック・ポールは、のちにヴォネガットの抜け目のなさを賞賛した。「彼は商業的決断で、自分はＳＦ作家ではないと公言したのだ。自分の作品を、本屋でＳＦのセクションに置かれたくなかったからだ。そうではなく、レジの近くに置いてほしかった。とても賢い決断だ。もし実現できたら、という条件つきだが」。

カートがややさびしそうな顔で家を出てアイオワに向かったのは、一九六五年九月十日のことだった。マークのフォルクスワーゲンに、身の回りのものと一緒に詰めこんだのは、『スローターハウス５』の草稿、セアラ・クローフォードの住所、そして修士論文のためのメモ。二十年経ってしまったが、シカゴ大学がまだ修士論文を受理してくれることを願っていた。

一九五八年から六五年までの七年間は、カートの人生のなかでも、もっとも感情の起伏が激しく、苦しく、落胆も多かった。家族を支え、自分の評価を上げるために創作しなくてはいけないというプレッシャーを常に感じながらも、思うようにいかなかった。そして、四十三歳のカート・ヴォネガットはまだ、アメリカ文学界ではほとんど無名の存在だった。

八章　作家のコミュニティ　一九六五～一九六七

一九六五年、学期始めの秋、カートがアイオワシティに到着したとき、彼の作品は、最新作『ローズウォーターさん、あなたに神のお恵みを』以外はすべて絶版になっていた。一九六三年以来、高額の原稿料をもらえる雑誌に短編が掲載されることもなかった。『スローターハウス5』をどう始めるかについて、五つほど候補があり、書きためた章の完成状態もまちまちだった。カートは、メアリ・オヘアに、他の作家のように戦争を美化する本を書くつもりではないかと詰め寄られてからは、この作品を違った視点で捉えるようになっていた。それまでは、ノックスの言葉を借りれば、「どうやって手をつけてよいかもわからなかった」のだ。

カートは車でアイオワシティに入ると、番地の標識を頼りに大学の英文学科が用意してくれたアパートを探した。マークのフォルクスワーゲンに、引っ越し荷物の段ボール箱に押しつぶされんばかりに小さくなって乗っているカートは、真面目そうだが、同時にいかにも愉快な人物という雰囲気だった。この冒険がどう転ぼうと、どのみち自分がウェストバーンスタブルから出なくてはいけないとわかっていた。このままジェインと口論をくり返していれば、まわりがみんな不幸になってしまう。それに、ケープコッドには作家仲間がいなくて寂しかったし、子どもがらみの騒動にも嫌気がさしていた。その点、ここでは少なくとも、面白そうな人々に出会えるし、二十年ぶりにひとりの自由を満喫できる。

アイオワシティは人口五万三千六百の町で、アイオワ大学のある学園都市だが、小説家や詩人が多く輩出する町という雰囲気はなかった。キャンパスのどっしりした建物は、ヒッコリーやニレ、カエデの木々が作る涼しげな木陰のなかでうたたねをしているようだ。町の中心部には自営の商店が軒を連ね、あとは店の二階を借りている法律事務所や奥にビリヤード場のある酒場、肉とジャガイモ料理ばかりを出すようなレストランがあるくらいだ。町の中央を流れるアイオワ川は南に向かいながら湾曲し、安全ピンの頭のような形を作っている。川は幅が広く、平坦な土地を眠たげに流れている。町はほとんど大学のためにあるといってもいい程度の規模だったが、カートはそのたたずまいや雰囲気を一目で気に入った。故郷のインディアナ州に似ていたのだ。

カートのために用意されていた部屋は古い建物の二階にあった。ノース・ヴァン・ビューレン二十四番地。町の中心部から歩いてすぐだ。カートはフォルクスワーゲンから荷物を出し、抱えられるだけ抱えて二階に上がった。ところが部屋のドアを開けた途端に落胆した。頭板と足板のついたきちんとしたベッドはなく、カートの長い体がのり切らないソファベッドが置いてあったのだ。バスルームにはシャワー専用の個室があるだけでバスタブはなく、冷蔵庫には製氷皿がなく、窓にはカーテンもブラインドもかかっていない。ひどい部屋だ、とカートはマックス・ウィルキンソンに手紙で報告している。この部屋で暮らしてみて、執筆ができないようなら大学で教えるのは辞めるつもりだ、と。

ふつうは額入りの家族写真などを飾るのだろうが、持ってきたのは未来の画家イーディの自画像だけだ。カートはそれをサイドボードの上に立てかけた。通りに面した窓の前はソファベッドでふさがれていたので、雑草だらけの小道に面した窓のそばに小さなテーブルを押していき、そこにタイプライターをのせた。

することもなかったので大学まで歩いていって、創作講座の責任者、ポール・エングルの研究室を訪ねた。エングルがなかなか現れなかったので、カートは文房具をいくつか失敬した。待つのに飽きると、研究室を出てキャンパス内のジムをさがした。職員は無料で利用できることになっている。ジムのなかにはオリンピック競技サイズのプールがあってうれしくなった。マクシンカッキー湖で遊んだ日々から、水泳は得意だったからだ。

アパートの部屋に戻ると、ジェインに、クリスマスの時期にニューヨークのロイヤルトン・ホテルに数泊予約を入れるつもりだと手紙を書いた。四年前に二度目のハネムーンを過ごした場所だ。それから、セアラ・クローフォードにも短いメッセージを書いた。きみのいう通りだった、ぼくはきみから離れるべきではなかった。セアラはよくカートのことを「ヴォネガットさん」と呼んでからかった。未婚の若い女が、ずっと年上の既婚男性と恋愛もどきの関係になるなんて、おかしいし不道徳だと強調したかったのだ。カートは、ファーストネームで呼んでくれと頼み、正しい発音を教えた——ドイツ流に「クルト」と。

少しあとで、ジェインに二通目の手紙を書いた。遠く離れていても、きみを愛していることだけはわかっていてほしい。カートは、授業が始まる前はほぼ毎日ジェインに手紙を書いた。新婚当初、軍のキャンプにいて離れていたときのようだった。家が恋しくてならないし、友だちもできない、とカートは書いた。できるだけ早くジェインにこちらにきてほしいとも書いている。シーダーラピッズにあるイースタン・アイオワ空港なら三十分で迎えにいける。そこまでなら飛行機の便もいいだろう。専用の電話を設置すると、すぐに電話をかけて自分の番号を伝えた。その一方で、セアラの気を持たせるために、詩を贈った。自分はただののっぽの場所ふさぎだけれど、どうしようもなくきみに恋している。ただし——とカートは警告している——離れている時間が長くなれば、恋心も少しずつ冷めていくかもしれないが。

　カートは教職員の顔合わせカクテルパーティで、ようやくポール・エングルに会うことができた。エングルはすらりとしていて身だしなみがよく、少し気取ったところがあった。白髪交じりの五十歳ちょっとのエングルは、創作講座のなかでも政治的手腕があり、力を持っていて、彼のおかげで資金調達ができていた。目標は大きく、という主義で、英文学科の芸術修士課程の創作講座の目標は、「アメリカ文学の未来と、ヨーロッパ、アジア文学の未来の大半を、アイオワシティがになっていく」というものだ。エングルは学生が受験を断念してしまうような高いハードルを作りたくなかったので、入学希望者の応募方法は単純だった。自作の短編小説を提出し、大学院用の願書に必要事項を記入すればそれでいい。エングルの誠実さはすぐに伝わってきたが、話し方に大仰なところがあった。「だいじょうぶ。教えるのは簡単です。学生は教えてほしいと思ってきているのですから。秋のカボチャにカールした金髪を生やしてくれといっているわけではないのです」。エングルの妻がカートにこっそり教えた。大学の総長は夫のことを避けているんです、しつこく創作講座の話ばかりしてくるからですわ。

　そのカクテルパーティで、カートは初めて何人かの同僚と対面した。それまで、同じ職についている仲間といえば、ほとんどが貧乏作家だった。原稿を買い取り契約で書いている作家、コピーライター、三流ジャーナリスト、ラジオ番組の脚本家。有名人はいなかった。だが、教員の同僚にはネルソン・オルグレン、チリの小説家ホセ・ドノソ、詩人のドナルド・ジャスティス、ジョージ・スターバック、マーヴィン・ベルがいた。カートは同僚の豪華な顔ぶれに驚き、早く親交を持ち、仕事や文筆の話をしたいと思った。アイオワシティは、ニューヨークと比べれば、作家のコミュニティとしては辺境ではあったが、それでも、できる限りその恩恵を享受しようと思った。特にオルグレンに会いたかったのだが、授業の開始日が近づいても、彼の姿は一向に見あたらなかった。そのうち、ヴァンス・ボアジェイリーと親しくなった。ボアジェイリーはつい最近、自伝的で写実主義的な小説『堕落した青年の告白』を出したばかりだった。カートと同じく歩兵隊出身の退役軍人で、ニューヨークで演劇や文学の批評家として活動していたが、創作講座で教えるためにアイオワにきていたのだ。

カートは、これから親交を深めていくことになる、立派な経歴のある同僚と一緒にいると、自分も学位があればと思わずにはいられなかった。同僚や、さらに悪いことには学生に母校についてきかれて、赤面したくなかった。いんちきな大学から学位をもらう以外で、自分の名前にドクターやマスターの称号をつける最も手っ取り早い方法は、シカゴ大学に提出する論文を仕上げることだ。人類学の修士号は価値がある。必須単位は取得している。それにリサーチや執筆ということを考えるなら、大学図書館のすぐそばに住んでいるのだから好都合だ。アカデミックな文体で書くのも、またやり始めてみれば難しいことではないだろう。

問題は、未完成のあの論文のテーマ――アメリカの先住民族における西洋の影響――に関して、何年もの間一切文献を読んでいなかったことだ。だが一方で、ストーリーテリングなら知りつくしている。ことに、その様々なパターンに関してならお手の物だ。プロの作家なのだから、自分の経験を基盤に、あっという間に長いエッセイを書きあげることもできる。カートはシカゴ大学の人類学科に電話をして、二十年近く経った今でも、まだ学位を取得することができるのか問い合わせた。答えは「論文が〝いいもの〟であれば可能」とのことだった。

カートは論文のタイトルを「単純な物語における幸と不幸の推移」にした。それから数年にわたってその論旨を講義で話したところ、受講者に人気のトピックとなり、のちに、エッセイやスピーチを集めた『国のない男』にも収録される。論文の導入部分には、シカゴ大学の学位授与選考委員会の心証にアピールしそうな言葉を選んだ。物語を矢印にたとえ、その矢印には物語の起源あるいは普遍性を示す手がかりや特徴があるとした。「物語」とは事件が起きていく、あるいは起きなかったことの連鎖であり、それによって読者を楽しませたり導いたりすることができる。小説や散文詩まで話を広げて深みにはまらないよう、三十分以内で語ることのできる物語に絞って議論を進めるとしている。

自分は理論家ではなく実践者としてこのトピックを論じる、とも書いている。この場合、大学の教授の心に訴えるには、少しばかりえらそうな表現のように思えるが、どうしても、叩き上げの作家だと伝えたい気持ちは抑えられなかった。実際、自分は十五年間小説を書いてきたプロの作家で、「ニューヨーク・タイムズ」、「ライフ」誌、「ネイション」誌に文芸評論も寄稿してきたと書いたが、すべてが本当ではない。最後にカートはこうつけ加えた、現在、わたしはアイオワ大学で教鞭をとる住みこみ作家《ライター・イン・レジデンス》です。

論文の本編には、「シンデレラ」のような古典的な物語を五つほど挙げて、図と説明文によって、物語がパターンを好むことを示した。タイピストに手伝ってもらいながら、二週間で書き終えた。それと並行して、『ローズウォーターさん、あなたに神のお恵みを』の脚本化も進めていた。

シカゴ大学の人類学科のスタッフは、カートの提出した論文に関して手短に議論を交わした結果、学位を認定しなかった。一九六〇年代の人類学科の潮流は主に陶器の破片や骨、砂絵《サンドペインティング》などに向いていて、論文受理委員会は「ヴォネガットは現在の厳密な意味における『人類学』と呼べるような仕事は一切していない」と判断したのだ。

ヴォネガットは落胆しただけでなく、激怒した。あまりに憤慨していたので、フィクションに関して自分の考えを体系的にまとめたことにどれほど価値があったか、そのときは気づかなかった。それまで、カートは本能に導かれるように書くタイプの作家だった。賢明な編集者の指示はありがたく受け入れたが、これでいいような気がする、という自分の感覚が頼りだった。経験によって学んできたことを、ひとつひとつ説明する必要に迫られたおかげで、カートはこの「単純な物語における幸と不幸の推移」を手引き書代わりにするようになる。二十年間くり返してきた執筆と改稿の成果を、講義プランに活かせるようになったのだ。

シカゴ大学の反応こそしゃくにさわったが、長い目でみれば、その論文を苦労して書きあげたおかげで、「よい物語を書くにはどうすればいいのか」知りたがっている作家志望の学生を教えるという大変な仕事に備えることができたのだ。だが、カートにはまだその利点がわかっておらず、こう思いこんでいた。あのインテリどもは、論文が「単純で、いかにも楽しそうにみえたせいで拒否したのだ。遊び心もほどほどにしなくてはいけないということだ……シカゴ大学は冷淡すぎるのが許せない。月に飛んでいってファックでもしてろ！」

秋学期の講座予定表をみると、カートの担当はたった二コマだけだった。「小説の形式と理論」と「創作ワークショップ」だ。だが、学生が提出してくる何百という短編小説や学期末レポートを読んで成績をつける仕事が待っている。しかも、給料は低かった。ノックスによれば、以前ここで教えていたR・V・キャッシルはペンネームを使って、金儲け用のお粗末な作品をゴールドメダル社からペーパーバックで出版したいといってきたらしい。給料が足りなかったからだ。

せめて教室に趣でもあれば――アイオワ大学は南北戦争前に創立された――安月給でも少しは慰めになっただろう。だが、それもだめだった。創作講座の学生と教師は、まるで裕福な家に間借りしている貧乏な親戚のように、プレハブ教室を使っていた。その建物は第二次世界大戦中に軍隊が教室として使っていたもので、壁は波形のガルバリウム鋼板、床はコンクリートだった。天井に近いところに小さな突き出し窓があって、アイオワ川からの生ぬるくて泥くさい風が吹き込み、おまけに農場の図太いハエも迷いこむ。冬には、学生たちは重たいコートを着込んだまま席についた。「プレハブ教室はとても寒くて。居心地は良いのですが、すすけていて、あちこち汚れていて不潔でした」とカートの講義を受けていたスザンヌ・マッコーネルは話している。「でもわたしたちは作家の卵です。そんなことなど気にしません。過保護にされる必要はないのです。物事の本質と向き合いたかったのですから」。学生たちは、講師の研究室にある本棚がたわんでいたり、向かい合わせに置かれた張りぐるみの肘掛け椅子がぼろぼろだったりすることに気づいて、満足げだった。

授業初日の前に、履修登録のオリエンテーションがあった。各講師が手短に自己紹介をし、講義内容を説明する。そのあと学生たちは、どの講義を受講したいか、第一希望から第三希望までを書いて提出する。講師から受けた印象とその日の説明内容も、判断材料のひとつとなる。

登録オリエンテーションは、化学科棟の大教室で行われた。全員を収容できるほど大きな部屋はそこくらいだったからだ。百五十人の学生が、いちばん低い位置にある演台に立つ講師と向かい合う。講師の背後には巨大な元素周期表が貼ってある。まるで、ゲーム番組でも始まりそうだった。開始時間ぎりぎりになって現れたオルグレンは、『黄金の腕』で全米図書賞を受賞していた。ボアジェイリーは劇作家でジャーナリストで、大学非常勤講師だった。ホセ・ドノソは処女作『戴冠式』でウィリアム・フォークナー基金賞をとっている。チャールズ・ライトは詩人で、フルブライト奨学金を得て留学していたローマ大学から帰ってきたばかりだった。ドナルド・ジャスティスも詩人で、フォード財団から演劇部門の奨学金を受けていたが、その期間が終わったばかりだ。ジョージ・スターバックはまだ三十代前半だというのに、イェール新人詩人賞、ジョン・サイモン・グッゲンハイム記念財団の奨学金、アメリカ芸術院文学賞、アメリカ芸術院ローマ奨学金を受けていた。

身長が百九十センチ近くあるヴォネガットは、講師の誰より背が高く、目立った。きれいにひげをそり、クルーカットで、ややがっしりした体格。大きな黒い目は、左右にかなり離れている。受けた教育も作家としての業績も講師陣のなかで最もぱっとしなかった。履歴を簡潔に述べるとすればこうだ。コーネル大学の二年生のときに放校同然で退学、第二次世界大戦後に除隊したときには陸軍伍長、シカゴ大学に入学したが学位を取得しないまま辞め、ゼネラル・エレクトリック社の広報部の職に就くが、まもなく辞め、フリーの作家としてなんとか生計を立ててきた。小説も出版したし、雑誌に短編も発表してきたのは事実だが、これから商売敵になっていくはずの学生たちの期待に応えられるかどうかは不明。実際は、カートの心配は無用だった。学生の大多数はカート・ヴォネガットなど知らなかったのだ。どこかで大衆向けのSFを書く作家だときいたことがある学生がいた程度だ。つまり、ハードルは元から低かったのだ。


講義の開始日は二日遅れた。履修登録の事務処理が遅れたからだ。カートのクラス名簿に記載された受講者の数は四十名だったのが、八十名近くに膨れあがった。こんなに増えたのは、エングルが「くる者拒まず」の姿勢で登録を受けたせいだとカートは手紙で愚痴をこぼしている。

カートは自分で心配していた通り、初日から大失敗をした。金曜日、「小説の形式と理論」の講義だ。集まった学生は、高校生の面影を残す若々しい学部生ではなく、退役軍人、平和部隊の志願者、子どもができたあとに学業に復帰した学生などだった。ヴァンダービルト大学、ハーバード大学、イェール大学などの卒業生は、アカデミズムの厳しい世界に慣れていた。他分野で既に活躍している者もいた。カートはあとになって知ったのだが、最も優秀な学生のひとりは弁護士で、もうひとりは正看護師だった。学生たちは受講者の多さに驚いていた。学部の概論講義なみの人数だ。彼らが想定していたのは、ゼミのような少人数のクラスだったのに。

幸い、授業の最初に話すことは用意してあった。カートはまず、このクラスをふたつに分けるつもりだ、といった。これで、学生たちは少し落ちついた。次に討論のきっかけと仲間意識を作るために、ノーベル賞を獲るべきだと思う作家に投票してほしいといった。票を集めると、アイン・ランド、ジョン・D・マクドナルド、ヴァンス・ボアジェイリーにそれぞれ一票ずつ入っていた。ソール・ベローが圧勝で、次点がグレアム・グリーンだった。

集計が終わると、カートはトレイからチョークを取り、黒板のほうを向いて「ファック」と書いた。それからおずおずと講義を始めた。「もしもきみたちが作品を載せたいと思っている雑誌がこの単語を使わないでくれといったら、使わないことだ」。小説を売るということ、一般向けの市場に自分の作品を送りこむことについて、気楽な感じで講釈を始めるつもりだったのだ。ところが学生たちはぽかんとした。たいていの学生が想定していたのは、たとえば「ブラックマウンテン・レビュー」誌のような独創的な小雑誌であって、「レディース・ホーム・ジャーナル」誌ではなかったのだ。講義が終わるまでの一時間が、いつまでたっても終わらないように思われた。初めからおじけづいたカートは、講義名から「理論」などという抽象的な単語を抹消して、「小説の形式と構造」に変えた、とジェインに電話で話した。

月曜日の授業で教壇に立つのはつらかった。自分が教える学生たちは単なる小説好きで、学外でも試行錯誤を重ねて文章の技術を学んでいく気などないのではないかなどと、批判的に考えたりもした。

火曜日は一日休みで、寂しくなった。夜には『シェルブールの雨傘』という、売り子が自動車修理工に恋をするフランスのミュージカル映画を観てジェインに手紙を書いた。映画を観て感動したよ、ぼくはもう中年男で、初めての恋にくらくらしていたのは遙か昔のことだというのにね。

セアラにも同じ内容の手紙を書いた。一字一句変わらない。だが、最後にもうきみのことを追い求めるのはやめにする、とつけ加え、遠くにいる自分の半分の年の若い女性と淡いロマンスを続ける自信はないことを、可能な限り叙情的に説明した。結局ふたりは、恋人同士の関係にはなれなかった。ニューヨークからこんなに離れたところから口説くことなど不可能だったし、カートはすぐに戻るつもりもなかった。

末っ子のナニーへの手紙のなかでは、ロマンスを求めるのに、グリニッジヴィレッジの方向を向く必要はないことを暗に語っている。〝アント・マザー〟（母親・叔母として奮闘しているジェインのこと）にこう伝えておくれ。創作講座にいる女学生――全体からするとごく少数だが――は青白くて落ち着きがない。ほとんどいつも教室に座って勉強するか、部屋で夜遅くまで文章を書いてばかりいる大学生はよくそうなるんだ。――これは次のようにも解釈できる。セアラよりも簡単に落ちそうな若い女性たちがまわりにいることに、カートは気づいていたのだ。

講義を始めて数週間が経った。カートは教えることに不安を感じていたが、それはひとつには学生たちの能力が高かったからだ。学生たちはその能力を議論のなかで発揮した。講座にはすばらしい才能を持った学生がたくさんいた。エングルがくる者拒まずに受け入れたのが嘘のようだった。その錚々たるメンバーを紹介しよう。やがて文学部の教授になるジョナサン・ペナー、ジョン・リプスキー、マーク・ディンテンファス、ジョン・グーレット。小説家になるジェイムズ・クラムリー、イアン・T・マクミラン、ジョイ・ウィリアムズ、ジョン・ケイシー、ジョン・アーヴィング。小説や映画の脚本を書くとともに映画監督となるニコラス・メイヤー。映画脚本家になるレオナルド・シュレーダー。ヤングアダルト小説家でホワイトハウス付きのスピーチライターになるロバート・レールマン。テレビ脚本家になるデイヴィッド・ミルチ。短編小説家になるフィリップ・デイモン。戯曲家で小説家になるバリー・ジェイ・カプラン。

ほとんどが大学に通うために犠牲を払っていた。仕事を辞め、金を借り、荷物をまとめて引っ越してきたのだ。ジョン・アーヴィングは昼間はいくつもの授業を受け、夜は図書館の書庫でアルバイトをし、処女作『熊を放つ』を書き、アーヴィングの妻のシャイラは最初の子を妊娠しながら幼稚園の教諭をしていた。アイオワ大学キニック・スタジアムで他校チームとのアメリカンフットボールの試合があるときには、ペナントやシートクッションやプログラムの売り子をした。

カートは、そんな学生たちに対して、自分が教えられることがあるかのようなふりをすることはできなかったし、したいとも思わなかった。ただ、やれるだけのことはやりたかった。自分にそれだけの資質があるかどうか、自信はなかったが。「彼らは二年間で修士号を取ることになる。うまくいけば、そのとき長編小説が一作か、短編小説集か、あるいは戯曲がひとつ、できあがっているはずだ。教師からの指導を受ける価値のある優秀な学生ばかりだったし、指導する期間も充分だった」。

カートは自分の知っていることだけを伝えた。小説や短編小説を書き、それを売るという現実的な面に関してなら、よくわかっているという自信があった。つまり、読者にはなにがうけてなにがうけないか、ということについてだ。カートは「エスクァイア」の編集者、L・ラスト・ヒルズに手紙で説明している。学生たちには三つの基本について考えるように力説しています。作家業とは、ストーリーテリングとは、観客としての読者とはなんなのか？

ある日の講義で、カートは「ハリソン・バージロン」を音読した。持って生まれた頭脳や身体能力にかかわらず、誰もが平等でなければならない奇妙な社会の物語だ。学生たちがカートのことを「ただのSF作家」だろうと思っていることは知っていた。カートは、自分が作品のなかで扱っているのは思想であり、人類への抗議であって、光線銃やロケットではないのだとわかってほしかった。

学生たちの反応は様々だった。「究極の不条理、狂気には興味深い効果がありました」とイアン・マクミランは当時を回想する。「受講者のうち三分の一が、その作品に夢中になりました。わたしもそのひとりです。そして三分の二が懐疑的でした。ひとりの学生が講義のあとにこういったのを覚えています。『こんな道化者からどうやって、小説の書き方を学べっていうんだ?』」お高くとまっていたわけではなく、真面目な学生からしてみれば、講師の考え方に対する当然の不信感ともいえる。なにしろ、話をきいていると、金儲けのことばかり教えることで学生の役に立とうとしているように思えてならなかったからだ。

カートは「役に立つ」ために、どうしたら作品が活字になるかを学生に教えた。学生たちは、自分には才能があるので、作品が出版されるのは当たり前だと考えていた。スザンヌ・マッコーネルは、ヴォネガットが作家業をきわめて現実的にとらえていることを知って衝撃を受けた。「きみたちは、エンターテインメント業界にいるんだ。まずやらなければいけないのは、読者の気を引き、読ませ続けるということだ」カートはそういうと、主人公の女性の歯の間になにかが挟まってしまい、彼女がそれをずっと舌で押し出そうとしている話を例に挙げた。「これで読者は気になって仕方がなくなる。だから先を読む。この女は歯に挟まったものを取り出せるのか、取り出せないのか?」

カートは学生たちに、技術を駆使して読者をずっとひきつけておくようにといった。行動を描くには短い文。考えに耽るような場面では長めの文。共感を得るために、登場人物はなにかしたいことがあるか、ほしいものがあるという設定にして、読者が登場人物に感情移入してうまくいけと願うように仕向ける。現実にいそうな登場人物を創り出すのは難しい。ヴォネガットは、なにをやってもうまくいかないときの簡単な解決策を教えている。「最良のものから盗めばいい。物語の登場人物が思い浮かべられないときには、ケーリー・グラントを思い浮かべればいいんだ。ケーリー・グラントならどうするか考える。そうしたって、誰にもバレないから」。

物語にはまた基本的な構造がある。それに関しては考察を重ねてきた。カートは黒板の方を向くと、シカゴ大学に提出した論文「単純な物語における幸と不幸の推移」の要点を説明するために図を書き始めた。基本的には、どの物語も本来「穴に落ちた男」の状況で、「誰かが困ったはめに陥り、そこから抜け出す」。カートは横に線を引く。登場人物に運が向いてくるとゆっくり上昇するが、事件が起きると線の下へ下降する様子をグラフのように描いてみせた。どんな決心をすれば、なにを選べば、どんな幸運に恵まれれば、主人公はまた上昇することができるのか？

カートが物語の構造を、基本的には「穴に落ちた男」として図に表すのをみていた学生のなかには、単純すぎると反発する者もいた。「『オデュッセイア』には穴に落ちた男は出てこないじゃありませんか？」彼らはそう反論した。カートの講義は商業的すぎたし、文学全般を包括するにはあまりに大ざっぱすぎるように思えた。

たしかに商業的だ、とカートも同意した。テーブルに食べ物を並べることは、芸術より大事なことだからね。生きていかねばならないのだから、作品から搾れるだけの金を搾り取るのは、きみたちの義務だ。そして、卵の仕分け器になぞらえるお気に入りのやり方を説明した。「それは卵を大きさで選別するのと同じだ。やり方を知っているか？　金属の枠がいくつか積み重なった装置があって、卵が一番上から落とされる。上の枠は最大だ。卵が小さければ、ひとつひとつ小さくなっていく穴をすり抜け、引っかかって止まるまで落ちていく。短編小説を世に送り出すとき、まずは上から始めよう。

一番原稿料の高い雑誌から試すんだ。だめならランクを落としていき、一番高額の原稿料をもらえるところで止める」。

ときには、学生の傲慢さに耐えきれず、感情をあらわにすることもあった。ある午後、デイヴィッド・ミルチ——のちに「NYPD BLUEニューヨーク市警15分署」や「デッドウッド」といったテレビシリーズを製作することになる——がビジネスマンをばかにするのを耳にしたカートはこう反論した。「ビジネスマンはわたしの仲間だ！　尊敬すべき連中だよ」。またあるとき、まだ作品を出版してもいない初心者が、自分のことを「われわれ作家は」などと称するのをきいて、カートは思わず声を張り上げた。「きみたちは作家じゃない！」まだまだ修業が足りないといいたかったのだ。

講義の必読書や討論に取りあげる本には、注意深く自分の手に負える本を選び、例えば、『不思議の国のアリス』や『ダブリン市民』の抜粋を使った。風刺が好きなことはあまり強調したくなかったが、その一方で深い水のなかに足をつっこむようなことはしたくなかった。文学と批評という広大な基地のなかで、自分がわかる領域が少ないことにとても神経質になっていた。学生たちが、ライオネル・トリリング、エドマンド・ウィルソン、ニュークリティシズム（作者の伝記的事実などよりも作品自体の用語や象徴的表現などの綿密な分析を重視する文芸批評）の批評家などに言及するのをきくと、カートは不安にかられた。そしてある日、カートの困惑が原因でひと騒ぎ起きた。

議論の中心になっていたのは、E・M・フォースターの短編「コロノスからの道」だ。誰かがキーツに言及した。

「キーツ？」カートは質問した。「キーツって何者だ？」

学生たちは笑った。冗談だと思ったのだ。カートのふざけたユーモアのセンスに慣れてきた頃だったからだ。ところがふいに、カートが大まじめだということにみんな気づいた。

「ほら、詩人のキーツですよ……ジョン・キーツ」。沈黙。
カートはため息をつき、本を壁に投げつけて廊下に出ていった。そして数分後、なんとか落ち着くと、学生の前に戻ってきた。

講座のワークショップ的な側面は、学生たちが互いの作品について議論し合うというもので、講義よりもさらに難しかった。というのも、名だたる（そしてたいていはずっと前に他界した）作家の書いた作品を批評するのとはわけが違うからだ。カートは学生たちが、思いやりやときには基本的な礼儀さえもなくしてしまうことに仰天した。自由に議論させておくと、それぞれが他人を出し抜こうとやっきになり、結局は誰かが苦心して書いたものに対して、できるだけ意地悪くさんざんな悪口を浴びせることが到達点になってしまう。

作品をけなして楽しむ傾向は、他のふたりの講師のクラスと合同で、八十人の学生を化学科棟の大教室に集めて行うワークショップでは、さらにヒートアップした。ある週にカートとボアジェイリーとドノソが交通整理をすると、翌週の講師は別の組み合わせになる。提出される作品は無記名にすることになっていたが、誰が書いたかという情報は必ず漏れて、作者の味方と敵が攻防戦に参加しようと集まることになる。

カートはこのやり方が嫌いで、なんとか変えられないかと同僚にかけあった。ワークショップはそれぞれ個別に開くべきで、交通整理の講師もひとりでいい。それから、無記名というのもいただけない。物語はなにもないところに忽然と出てくるわけではない。仲間の学生がそれを書いたのだし、礼儀正しく扱うべきだ。最後に、批評が主観的すぎる。思いつくままこき下ろしてもなんの役にも立たない。カートは、ある学生のあざけりをきいて縮み上がった。「この作品には、気に入らない点が三つあります。序盤、中盤、そして結末です」。議論は、どのようにすれば良い物語が書けるかという一般的な基準にのっとって展開されるべきなのだ。結局、カートの提案はすべて採用された。

ただ、同僚の講師の態度は変えることができなかった。

学生のなかに修道女がいた。ある日、彼女の作品のコピーが配られた。それは完成した物語というよりは、スケッチか寓話のような小品だった。誰もそれをどう解釈したらいいかわからなかったので、彼女は説明を求められた。彼女は喜々として立ちあがり、説明を始めた。

「ええと、つまり、ひとりの修道女がスピード違反をして、大柄のアイルランド系警察官が彼女の車を止めるのです。けれど警官は相手が修道女だとわかると、悪いことをしているような気になり、駐車違反のチケットを破ります。というのも修道女は聖母教会を背負う存在といってよく、彼女の良い行いは、スピード違反などという小さな過ちなどなかったことにするほどすばらしいものだからです」。修道女は説明を終えると腰をおろした。

オルグレンはどうでもよさそうに伸びをした。「どうするのがいちばんいいかわかるかい？ 警官が修道女の目の前でマスターベーションを始めるっていうのが最高だね。どうだい、これなら完璧だ」。

彼女はそれきりクラスに姿を現すことはなかった。


その修道女は特に格好の餌食だったが、講座に参加していた女性の大部分も、必ず一度は性差別を受けた。なにしろ、女性は少なかったからだ。カートは英文学科の在籍者数にはおかしな点があることに、就任早々気がついた。英文学科の学部生六百人のほとんどが女性だというのに、大学院の創作講座になると、女性は四人にひとりなのだ。

公然と女性を見下した態度をとり、それを悪いとも思わない者が、少なからずいた。入学当初の講座のパーティで、スザンヌ・マッコーネルは、話し相手の男子学生に、女性は物を書くべきでないといわれた。女は家にいて「おむつを替えたり皿を洗ったりすることに専念して、夫が執筆できるようにしてやるべきだ」というのだ。

その手の発言をする男は、女性の気を引きたくてからかい半分にいっている場合も多いのだが、心のどこかでそう思っていることは間違いない。マッコーネルはヴォネガットに短編小説を提出したときのことを回想している。ヴォネガットは作品が気に入らなかった。「そこでわたしは、もうひとつ違う作品を書いていて、先生もそちらなら気に入ってくれるはずだといいました。するとヴォネガット先生は優しそうな笑みをきらりとみせていいました。『いいんだよ、スザンヌ。きみはかわいいんだから。いずれ必ず結婚するさ』。わたしはあっけにとられてなにもいえませんでした。かわいい口をぽかんと開け、かわいい微笑みを浮かべることしかできなかったのです」。

女学生と教師の性的な遊びが不適切だとも、まったく考えられていなかった。ボアジェイリーの家で開かれた夜更けのパーティがお開きになり、全員が出口に向かっているとき、ひとりの若い女性がすぐ後ろを歩いている講師のほうに向き直ってきつい調子でいった。「押さないでいただけます?」すると講師は答えた。「押してるんじゃない。触ってるんだよ、きみ」。

教職に就いてしばらくたった頃、カートはライター・イン・レジデンスという立場で暮らすうち、仕事にいいリズムができてきたことに気づいた。ジェインが恋しくはあったが、長時間邪魔されることなく執筆を続けるうえで、ひとり暮らしの静寂ほどよいものはなかった。毎朝五時半に起床して八時まで書くと、部屋で朝食をとってからもう二時間執筆に集中する。それから街まで散歩がてら用事をすませに出かけ、ジムのプールで泳ぐ。昼食後は、手紙を読んだり午後の講義の準備をしたりする。

夜は部屋で自炊して夕食を済ませると、スコッチの入ったグラスを傾けながらジャズをきいたり読書したりして過ごす。ノックスはそんなカートのことを「すごい多作の作家」になったとほめた。

それでもカートは、時に寂しくて気がおかしくなってしまいそうになるとジェインにこぼした。今学期が終了したら辞めるべきなのかもしれない、と手紙に書いている。ジェインはきく耳を持たなかった。少なくとも一年はそこで頑張って。途中で辞めたりしちゃ感じが悪いから。だがジェインには考えがあった。マークとスティーヴはもう大学生で、マークはジェインの母校、スワスモア大学に通っている。タイガーは寄宿制の学校にいるし、ジムは平和部隊に入隊することを考えている。自分と娘ふたりがアイオワにいってカートと暮らしても、なんの問題もないはずだ。カートはこの解決策にどう答えてよいかわからず、肩をすくめるばかりだった。妻とふたりの娘と一緒に暮らせば、ウェストバーンスタブルでの騒々しい生活が、たとえ部分的にしろ、再現されることになる。カートはあの暮らしにはほとほと嫌気がさしていた。作家としても、ひとりの人間としても。だが、きてもらえれば常に孤独に苦しむことはなくなる。カートは承諾した。

カートは、エングルが留学生増加の下地を作るため海外出張に出ようとしているところをつかまえて、家族を呼び寄せる話をした。するとエングルはすぐに英文学科の事務職員に、カートの家族のためにもっといいアパートを探すよう指示した。また頼まれもしないのに、カートの年俸を八千五百ドルから一万二千五百ドルに上げるよう掛け合い、それを通してくれた。カートのクラスの登録者が一番多かったからだ。カートは昇給の話をきいたときには誇らしさに胸が躍ったと、ジェインに手紙で報告した。

新しいアパートは、大きなレンガ造りのヴィクトリア様式の家の一階全部で、小高い丘の上、ノース・ヴァン・ビューレン八百番地にあった。三万平米ほどの敷地には果樹園とブドウ棚と納屋があった。階上に住む数名の大学院生を別にすれば、創作講座の関係者で近くに住んでいたのは、アンドレ・

デビュース二世と妻のパトリシアと四人の子ども、それにイアン・マクミランと妻のスーザンだった。カートはもう少し居心地のよい部屋に住みたいとは願っていたものの、玄関ホール、居間、ダイニングルーム、裏手のベランダ、大きくてモダンな造りのキッチン、張り出し窓、ピアノ、地下室には洗濯機があり、ベッドも複数あるアパートに住めるとは思ってもみなかった。カートは間取り図を描き、特筆すべき素晴らしいポイントも書きこんでジェインに送った。その日のうちに二通目の手紙を書き、できるだけ早くきみをベッドに連れていきたいが、前ほどぼくは元気じゃないことは心にとめておいてくれ、といたずらっぽくつけ加えた。

新しい住居のお披露目の準備も整い、カートは、十月の最後の週末にシーダーラピッズの空港までジェインを迎えにいく手配をした。その頃にはちょうど秋休みに入っているから、一緒にキャンパスや町を歩きまわり、友だちにジェインを紹介するつもりだった。

ところが急に、カートはジェインに、考え直さないかといい出した。きみがこちらにくることを楽しみにしているのはわかっているが、家では問題が山積みになっているというのに、こっちで楽しむことなんてできないだろう？　二ヶ月もすればクリスマスだ。ぼくも冬休みいっぱいは家に戻るつもりだから、そのときまた一緒にいられる時間を楽しもうじゃないか。カートは以前には、きみに会いたい、会えなくてさびしいと何度も手紙に書いていたにもかかわらず、別々に暮らすことが理にかなっていると力説し、このままもう少し続けようと持ちかけた。

心変わりの原因は、カートのクラスを受講している講座二年目の学生、ローラ・リー・ウィルソンだった。ローラは離婚歴があり、二人の子どものシングルマザーで、三十代半ばだった。ローラのクラスメイトで、のちに、ちょっときわどいドク・アダムズのミステリのシリーズを書くことになるリック・ボイヤーが、彼女のことを自作に登場する官能的な悪女《ファム・ファタール》にふさわしいような言葉で表現している。「すらりと背が高く、金髪で、瞳が魅力的で、貨物列車も止めてしまいそうなボディをもった女性だった」と。彼女は「ロリー」と呼ばれるのを好んだ。

ボアジェイリーは、ふたりの関係がすぐに発展したことに驚きはしなかった。「女性はみな、カートに惹かれていました。まず、あのウィットです。カートくらい間違いなく面白いという人物はそういません。しかも、見た目がちょっと野生児っぽいんです。着ている服はサイズが合っていたためしがなくて、少しだぶっとした感じでした。ですが、カートはだらしなさも含めて魅力的な男だったのです。しかも背が高い」。

最初にきっかけを作ったのはカートの方だった。ミシシッピ州とアラバマ州の有権者登録運動用に食品の小包を作るのを手伝ってほしい、とロリーに頼んだのだ。作業が終わると、一緒にビールでもと誘った。話しているうちに、話題はベトナム戦争から第二次世界大戦になった。ロリーは、カートが兵役についてから不幸な出来事が始まったと語るのを、一心にきいていた。「彼の声はほとんどささやき声といってもいいほどに低くなった。『母は、ぼくの軍が敵地に上陸もしないうちに死んだ』。そしてさらに声を落としてこういった。『薬を飲んだんだ』」ロリーはテーブルの向こうに手を伸ばしてカートの手を握った。カートは、きみのご両親はご健在なのかときいた。ぼくは父も八年前に亡くした。だから、四十三歳の今、「ぼくは孤児というわけだ」。結婚生活も破綻してしまったとカートは話した。妻とは別居中だ、と。

こうして、家に帰れば妻がいるという問題は解決し——とにかく、そうロリーは解釈した——、ふたりの関係は始まった。カートは裸のロリーを、ノックスに手紙で描写している。カートからみても、ちょっと年齢は感じたらしい。ふたり子どもを産んでいて、帝王切開の傷跡がお腹にある。しかしいつでも笑いたくて、楽しみたくてしかたない人だった。ロリーはカートが結婚していることを知っていた――そうカートは強調した――し、ジェインは春学期にはこちらにくることになっている。それでもロリーは気にしなかった。ロリーは蝶の蒐集をしているが、蝶が捕れるのは限られた期間だけだ。カートは、ウェストバーンスタブルから少しの間離れただけで、こんなに人生を楽しめるなんて、とはしゃいだ。

だがそううまく事は運ばず、ジェインはクリスマス休暇まで待つことに納得できなくて、元の計画通り、十月末に飛行機でやってきた。カートにとって、ひやひやさせられる週末だった。ふたりは教職員のパーティに出席し、キャンパスを並んで歩いた。運の良いことに、ロリーがらみのハプニングはなく、ジェインはなにも知らないままケープコッドに帰った。

しかし、誰かにばらされるんじゃないかと心配する必要はなかった。翌年アイオワ大学で教えることになったリチャード・イェーツが赴任の準備をしているときに、ある前任者からセクシャルな課外活動は思慮深く取り扱われると教えてもらったのだ。「つまり、きみの情事が周知の事実であっても、誰も干渉しないでいてくれる」。

ジェインは、アパートもキャンパスもアイオワシティもとても気に入ったので、十六歳のイーディを父親と一緒に生活させたいと考えた。それも、来学期まで待たずにすぐ。イーディはバーンスタブル高校で問題を起こしていた。服装規定に反抗し、イーディがいうには「八年くらいは停学をくらいそう」なのだ。カートは同情的だった。ことに、娘の成績が良かったからだ。そこで、ユニバーシティ高校に編入手続きをした。だが、イーディがアイオワシティにくれば、ロリーとの関係をどうすべきかという厄介な問題も持ち上がる。イーディに続いて妻と末娘も来学期にくることになっていることは、彼女にはいわないでおこうとカートは決めた。

ジェインが訪ねてきてから二週間もしないうちに、イーディはひとりでシーダーラピッズの空港に降りたった。そして父親のアパートで暮らし始めたが、それは「なかなかいい感じの共同生活」だった。イーディには両親がうまくいっていないことがわかっていた。なんといっても、母親は「洗濯部屋でサングラスをかけていることが多すぎた」し、父親が母親に話しかける言葉が「とても皮肉っぽくて意地悪だった」からだ。だが、それは大人が解決すべきことだ。イーディはいざこざとは関わりを持たないようにしながら、ただ、高校生なのに大学並みの美術の授業を受けられることに感謝した。父が執筆しているときは、ほかの部屋で静かに勉強したり絵を描いたりしていた。それは「刺激的で文学的な素敵な体験だった」。

カートにとって、イーディが一緒に住む利点は、世話をしてもらえるということだ。カートはある日アパートに帰るなり、イーディを叱りとばした。「なんで皿洗いも料理もしないんだ。家のなかがめちゃくちゃじゃないか！」イーディはめんくらうどころか、すぐ理解した、とのちに話している。「父は、わたしのことを奥さん扱いしていたのです！ その状況が気に入ってるようだったのも覚えています。わたしに泣き言をいったりしてましたから。わたしも、父と違う世界にいるのではなく、同じ世界にいて、台所で牛乳の賞味期限を気にしたりするのが、とても楽しかった。父とのそんな暮らしは居心地がよかったのです」。


生まれて初めて、カートは最高の作品を書けそうな環境にいた。仲間ができ、その多くが有名な作家だった。また、小説に関する自分の考えを、才能ある学生たちの前で語っていた。居心地のいい家に一緒に住んでいたのは、六人の子どもたちのうち、いちばんお気に入りの娘ひとり。だが、なかでも作品への影響という意味で最も大きかったのは、カートに恋をしている魅力的な女性との奔放なセックスだった。

ロリーとの情事によって、カートの小説中の男女関係の描き方が変わった。それまでカートの小説では、男女の性的関係は満足いくものでなかったり、裏切りに終わったりした。たとえば『プレイヤー・ピアノ』では、ポール・プロテュースは妻が別の男と浮気をしている現場に出くわしてしまうが、特に激しいけんかにはならない。妻は、「どうせわたしはあなたにとってなんの役にも立たなかったから」と言い訳する。「あなたに必要なのは、ステンレススチールよ。それを女の形にしてやわらかいゴムを被せて、人肌に温めればいいんだわ」。『猫のゆりかご』では、ジョーナは色っぽくて魅力的なモナにセックスはしたくないといわれて困惑する。モナが拒否したのは、世界が滅びてしまったからで、セックスをすれば「赤ちゃんができてしまうからよ。一応教えておいてあげる」。『母なる夜』では、性的な裏切りにスポットが当たる。ハワード・キャンベルは、愛する妻ヘルガとようやく再会できたと思ったが、実は妻の妹のレシだとわかる。その策略が露見したあと、レシはハワードに、もう一度芝居を書いてとせがむ。こんどはハワードのではなく、「レシの真髄」を発揮できるような芝居で主役を演じたいのだという。

ハワードは、「チャンスがあればセックスをしろ。体にいいんだぞ」と勧めはするが、カートの書く主人公たちにとって、セックスは決して救いではなく、一時的な安らぎ程度のものでしかない。救いは、敗北感が重くたれこめていて、それを露骨に笑いものにするときくらいしか訪れない。セックス、欲望、生殖。よろよろと舞台に上がったり下りたりする、この情けない無能な役者たちは、観客に悲しい皮肉な笑いを浮かべさせることしかできない。

『スローターハウス5』は、アイオワシティのカートの前に、実を結ばないままずっと転がっていた。

だが、ロリーとの情事が始まってから、違う視点がうまれてきた。カートは自分の体に自信がなくて、脚をあらわにするくらいなら長ズボンのまま泳ぐほうがましだと思うくらいだった。だが、今は、恋人と一緒に、彼のいう「甘い贅沢」を味わうことができる。ロリーは、カートを男として、作家として愛した。カートは自分の体を愛おしむようになってきた。ボアジェイリーの農場で乗馬を楽しんだとき、自分の動きを美しいと感じ、いつからこんなに楽々とスムーズに動けるようになったんだろうと驚いた。

数年後、カートはコーネル大学時代の友人、ミラー・ハリスへの手紙のなかで、ミューズが女性なのには理由がある、と書いている。女性は、体力も想像力も衰えつつある男を回復させる方法を知っているのだ、と。アイオワシティのミューズと寝ると、カートはまた書けるようになった。

ある朝、イアン・マクミランがカートの家に立ち寄ると、カートはコーヒーを飲みながら思いにふけっていた。彼の前のテーブルには『スローターハウス5』の原稿が広げられていた。二十年間、カートはこの本に不思議なほど手を焼いてきた。なにがいけないのか、理詰めで考えようとしてもどうにもならなかった。根底にあったのは、敵役が死だということだ。作品のなかでは、死と対峙すべき生命力を、説得力をもって高々と歌い上げなくてはいけない。だが、今や彼はセックスを経験していた。それは人の精神にとって死に十分対抗しうる精神的体験で、カートはそのおかげで霊感を得て、作品にバランスを持たせることができるようになった。カートは白昼夢的な愛人を登場させる。モンタナ・ワイルドバックという刺激的な名前の女性で、ロリーがモデルだ。モンタナは『スローターハウス5』の主人公、ビリー・ピルグリムを、空虚で無意味な世界に存在することの恐怖から救う。

一方、授業に関していえば、カートはいまだに学生たちの期待に応えられていないと感じていた。

学生たちの多くはとても優秀で、そんな彼らに見透かされることを恐れていた。講義より、飲み会や、研究室での面談のほうが好きだった。教室で学生たちの前に立つと、自分の無知がさらけ出されるような気がして怖かった。

学生たちにアンケートを取っていれば、カートの自己評価とまったく逆の結果になっただろう。カートは気づいていなかったが、秋学期も半分をすぎる頃には、カートは英文学科の人気講師、オルグレンよりも高評価を得るようになっていた。教えることに労力を惜しまなかったからだ。当時の学生のひとりが、インタビューに答えて回想している。「ヴォネガット先生はとても熱心だったし、講座の学生全員に積極的に関わろうとしてくれました」。学生たちはいつしかカートが大好きになっていた。

オルグレンは自分のほうが人気があるといっていたが、実際は逆だった。一歩教室を出れば、オルグレンは「尊大」で「酒場派」の先輩作家だと陰口を叩かれた。オルグレンは、アーヴィングが執筆中の『熊を放つ』が失敗作に終わるだろうと公言していた。作品の舞台が戦後のオーストリアだから、というのがその理由だ。駆け出しの作家には野心的すぎるというのだ。オルグレンは、学生が提出したものをろくに読まずに講義に現れた。学生が一生懸命に書いた作品をぱらぱらとめくり、その場で思いつくまま意見したり、話題にも上がっていないことを長々と説明して時間をつぶしたりするような授業が多かった。あるとき、ある作品がアメリカの先住民族にふれていることに気づくと、先住民族についての物語がもっとあってしかるべきだ、といって考えこんでしまった。

カート・ヴォネガットの講義は面白いと評判になった。アカデミックな知識は欠けているものの、朗らかに笑うし、きちんと講義の準備をしてくるし、学生の意見をなにやら落書きしながらも真剣にきいてくれるし、自作の原稿を読み上げてくれるからだ。カートは『スローターハウス５』の原稿の一部を教室で読み上げた。神がキリストのはりつけのときに天を引き裂き、これからは、なんのコネもない者をいためつける者には天罰がくだるだろうと警告するくだりだ。読みながら、カートは笑いが止まらず、しまいには息をするのも苦しそうになってしまった。

そんな軽いノリの授業態度は、課題にも反映された。厳しい課題でも、カートが説明するとどうも冗談っぽくなってしまった。たとえば、提出された作品から十五作品を選んで、学生たちに課題を出した。「自分はすぐれた文芸誌の編集者だと想像し、雑誌に三編載せるとすれば、どれを選び、どれを落とすか？　それぞれの作品に対し、経験豊かで厳しい編集長に読ませるつもりでレポートを提出しなさい。レポートは饒舌すぎてもいけないし、ぶっきらぼうでもいけない。きみたちの指導者はあまり語彙が多くないことを心に留めておくように」。そして最後に、「ポローニアス（『ハムレット』に出てくる饒舌な宰相。オフィーリアの父）」と署名した。

カートは身をもって、文学は一部の特権階級のためだけにある娯楽だという概念を覆した。そして、気取って文学を語る連中をカートがこきおろすのに感動した学生たちは、皮肉屋のおじさんになつくように、カートに惹きつけられていった。研究室での学生との一対一の面談はのんびりと行われ、まるで患者の愚痴をきく医者のようだった。カートは、「他人に書き方を教えることはできない。うまく書く、という技を与えるか与えないかは神が決めることだ」と確信していた。だが、励まして、書き続けさせることならできる。学生たちがカートの研究室に顔を出すと、彼はお気に入りの快適な服装――スラックス、ワイシャツ、だぶだぶのカーディガン、クラークスのデザートブーツ――で回転椅子に座り、大きな足を机の上にあげていた。ひっくり返した金属製のゴミ箱が、タイプライターの台になっていた。

ゲイル・ゴドウィンという女子学生は「美しいフランスの家族」という題の四十ページの作品を提

出した。イギリス人の新婚カップルと、夫の連れ子で気むずかしい三歳の男の子が、スペインのマヨルカ島で休暇をすごしさんざんな目に遭うという話だ。カートは原稿の余白に、「衝撃的なフラッシュバック！」とか「すばらしい！」などと書いた。数週間後、ゲイルはこの短編を引き伸ばして長編にしてみるのはどうだろうと質問した。カートは「いや、ぼくはこのままでも十分すばらしいと思う」と答えた。次の面談のとき、ゲイルは長編小説にしてみますと話した。「それはいい！」とカートはいった。ゲイルはカートの言葉に励まされてうれしくなり、「フルーツの盛り合わせでも差し入れたくなるくらいだった」といっている。

学生のなかには、講座に登録した段階で、カートからみてすでに「すっかりできあがっている」者もいた。バリー・ジェイ・カプランはカートにこういわれて驚いた。「きみの作品を読むと、不安になる」。カートは少し間を置き、短くなったタバコを口元から離した。少しいらいらしているようにみえる。沈黙は続いた。「つまりね、作品にどうコメントしていいかわからないんだ」。カートはカプランの顔をじっとみつめた。「というか……ただね、きみはもっと書き続けるべきだと思うんだ。いいね？」

また、カートは自分の意見は多くの意見のなかのひとつにすぎないのだとあっけらかんと認めた。ロブリー・ウィルソン（アメリカの小説家、詩人）が初めて面談に訪れたとき、カートは本棚を引っかき回していた。ウィルソンが部屋に入って待っていることに気づくと、振り返ったがなにもいわなかった。ウィルソンが口を開いた。「作品の感想をおききしたいのですが」。

「女の子とリンゴが出てくる、あれかい？」

「はい」。

カートは首をふった。「あんなひどい話は読んだことがない」。

ウィルソンはそんなにずけずけといわれるとは予想していなかったので、少しむきになって言葉を返した。「実はあれは『カールトン・ミセラニー』誌（カールトン大学の季刊の文芸雑誌）に載ることになったんです」。

「ほんとに？　それはすごい」。

「あんな作品でうまくやったな、ということですか？」

カートはにやりとした。「そのとおりだ」。

カートは個性的だと評判になった。学生のあいだでも、職員のあいだでも。変人だというわけではなく、その逆で、憎めない若者のような人物だといわれていた。また、小説家と詩人は互いに軽蔑し合う傾向があったが、カートは両者と親交を深めることで、その溝を埋めた。

ある秋の夜、詩人のマーヴィン・ベルがアイオワシティの繁華街のバーから出てきて、カートが足早に歩いているのをみかけた。まるで約束に遅れているような勢いだったが、なんと、後ろ歩きで進んでいたのだ。またあるとき、カートの家の広い庭でクローケーを楽しんでいるとき、ボールが庭の囲いを越え、下り坂の道路を交差点のほうへ転がっていった。ボールを打ったイアン・マクミランがあとを追って走ったが、ふと気づくと背後で誰かが大きな足音を響かせ、息を切らせている。カートだ。ワイングラスをまっすぐ持って一滴たりともこぼさないようにしながら走っている。「カートはボールが排水溝に落ちてなくなるのを心配したらしい」とマクミランは回想している。「なにしろクローケー用品は高価だから」。

秋学期の中盤、カートは創作講座の副責任者、ジョージ・スターバックから、二年目も継続して教えてくれないかと頼まれ、承諾した。数日後、保守系の雑誌として有名な「ナショナル・レビュー」が短編「ハリソン・バージロン」を、自由企業体制を阻むことの危険を説く教訓的物語として新たに掲載した。

偶然にも、教職継続の依頼と、「ハリソン・バージロン」のインテリ向け一流雑誌への掲載が重なったわけだが、それはこの四年でカート置かれている状況がいかに変化したかの表れだ。「ハリソン・バージロン」は、一九六一年に、コアなSF文学ファンのための月刊誌「マガジン・オブ・ファンタジー・アンド・サイエンスフィクション」に発表された。しかも、買い取りだった。当時、カートは小説が売れる市場を研究中で、株式市場レポートさながらに、なにが売れるかを分析し、ひとつの短編小説からできるだけ高額の原稿料を得るために、「卵分別器」メソッドを使っていた。だがようやくSF貧民窟から抜け出せたのだ。『ローズウォーターさん、あなたに神のお恵みを』の書評を読むと、自分の作品がある程度評価されつつあるのがわかった。そして経済的には、大学の年俸が、ゴールドメダル社のペーパーバック四冊分の印税と同額にまで上がった。九ヶ月で四冊書くのは不可能だから、かなりの好待遇だ。大きな変化がすぐそこまできていた。

カートはクリスマスにケープコッドに帰っても、ウェストバーンスタブルの生活を前と同じようにはみられなかった。ノックスには手紙で説明しているが、カートは不安というか、恐怖にも似た感覚を味わっていたのだ。家族のことは愛していた。だが、このまま一生ケープコッドに住み続けるなど、考えるのもいやだった。ジェインも、なにかが違うという漠然とした不安を感じていた。カートのいとこのひとりにジェインが送ったクリスマスカードには、子どもたちの話ばかりで、自分たち夫婦に関しては特になにも書かれていない。追記として、「わたしたちはほとんど空っぽの家で暮らしています。とても興味深いことです」と書いている。

それまでの七年間というもの、ジェインはマザーグースの、靴のなかに住んでいる子どもが多すぎてどうしたらいいかわからない女の人のようだった。未来に思いをはせ、子どもは成長するのだから、いつかこの生活も終わりになると思うことができなかった。ゆらゆら揺れる大きなバースデーケーキを作ったり、バーンスタブル・コメディ・クラブの稽古にカートと一緒に出られるようにベビーシッターを探したり、子どもたちを暖かく包んでやれる親になることを楽しんだりしていた。同世代の多くの女性同様ジェインも、将来、必要とされなくなることなど想像できなかった。教職に就こうかと思ったが、カートのいとこに手紙で書いた表現を使えば、考えただけで「ぞっとした」。

カートは一月には再び、ロリーと会うようになった。ジェインのことを話題にすることはほとんどなく、ただ一度、「夫婦間の不和」について話した。妻はあまりにもぼくに依存している。ぼくの気分次第で風向計のようにくるくる回る、と不平をもらした。つまり、ジェインは自分の人生を生きるべきだと暗にいったのだ。当然、ジェインと十一歳のナニーが三月初め――すでに日程も決まっていた――にやってくることには触れないようにした。そのうちにロリーがカートの研究室に顔を出したり、子どもたちが寝た頃、カートがロリーのアパートを訪ねたりするようになった。ふたりはシーダーラピッズのクラブに出かけ、ジャズバンドの演奏をきき、ダンスをした。土曜の夜の夕食後、カートはロリーとふたりの子どもを連れて、アンドレ・デュバスの家にいった。デュバスやその三人の子どもと一緒にテレビで『バットマン』をみるためだ。イーディは、父親が不倫をしていたことに気づかなかったといっているので、知らなかったのは彼女だけということになる。デュバス夫妻は完全に知っていたし、実際、アンドレの妻のパトリシアがナニーに何年もあとで話したところでは、「誰もが知っていた」らしい。

三月が近づき、カートは「既婚者カート・ヴォネガット」に戻らなくてはいけないと考えるだけで憂鬱になった。ジェインとナニーがすぐにもこちらにきてしまう、と絶望的な気分でノックスに手紙を書いている。ジェインが他人のように思えた。話で知っているだけの人物のようだった。セックスをしようとしても、まったく興奮しなかった。ほかの女性が相手なら、カートはベッドのなかで男になれるが、ジェインではだめだった。ジェインを求める気になれず、逆にすまないと思う気持ちがわいた。そして、自分は子どもを使ってよりを戻そうとしているジェインに腹を立てているのかもしれないと考えた。

ジェインたちが到着する予定の一週間前、カートは胸が締めつけられるような痛みを感じた。心臓に悪いところがあるのではないかと思うほどの強い痛みだった。ロリーに真実を話さなくてはならない時が刻一刻と近づいていた。ジェインとナニーがアイオワシティに向けて車で出発した頃、カートはようやくそのことをロリーに電話で告げた。会って話して、お互い感情的になってしまうことを恐れたのだ。妻と末娘が明日やってくるんだ、とカートは無感情に話した。遊びにくるんじゃなく、これからこっちに住むんだ。

ロリーは「まったく突然のことに驚いて」言葉をなくした。「こういう可能性もあるんだと、どうして前もって話してくれなかったのか、まったく理解できなかった。少なくとも、もう少し前に話していてくれれば、心の準備もできたし、話し合うこともできたのに」。カートが電話を切ってから、ロリーは郊外に車を走らせ、アイオワ川の土手に腰をおろして考えた。わたしはどのくらいの間、彼に騙されていたんだろう。しかも、自分から進んで。

翌日、ヴァン・ビューレン・ストリートの大きな家にヴォネガット夫人と娘が到着し、夫との再会を果たしてからクローゼットに身の回りのものをしまっている頃、ロリーは大学病院の精神科に予約を入れた。

カートの学生や同僚にとって、彼の妻はもっぱら「みんなの大好きなジェイン」だったと、イアン・マクミランはいっている。「わたしたちからみたジェインは快活なティーンエイジャーのようでした。とはいえ、ジェインは賢くて、作家の完璧な妻というイメージにぴったりだと感じた者もいたと思います」。あるとき、ジェインはロリーに紹介された。数年後、ロリーはジェインのことを「花から花へと飛びまわる翼の生えた生物のようで、生命の喜びに満ちているけれど、地面のどこに、いつ着地すればいいのか、一生わからないようにみえた」と書いている。ロリーは不倫していたことと自分の傷心をひた隠しにして、ジェインと友だちになった。

　正式にキャンパスに居住することになったのだから、英文学か教育学の大学院の授業を取ってはどうかとカートはジェインに提案した。職員の配偶者は学費が免除されるのだ。だが、ジェインはまた学生になるという考えに「気を悪くした」様子だった、とカートは手紙に書いている。ジェインは、ここに遊びにきたのだ。白髪の交じった髪をポニーテールにまとめ、デニムのシャツを着て、ヴォネガット家で頻繁にパーティを開いた。「シングズ・アンド・シングズ」という麻薬用品取扱店《ヘッドショップ》が街にあって、そこでジェインはキャンドルや小間物やバティックの布を購入しては家を飾った。そうしているうちに、カートによれば、ジェインはマリファナを常用するようになったらしい。

　主婦からヒッピーママに変貌したのは、驚くことではない。ベトナム戦争に反対する運動が盛り上がっていて、授業をサボって参加する学生も増えていた。また、ときには、学生と教員が同じ理念のもとに団結した。たとえばジョージ・スターバックは、アメリカの外交政策に関する公開討論会《ティーチ・イン》をキャンパスで開催し、軍国主義への痛烈な批判をこめた詩を主要な雑誌に送った。新米講師の自分が問題行動を起こ

だが、カートは反戦の意見を声高に発言することは控えていた。新米講師の自分が問題行動を起こすのはよくないのではないかと思ったからかもしれない。実際、大学当局側は、キャンパス内でのデモを問題行動とみなしていた。カートは、講座の学生のなかには、徴兵を逃れるために在籍している

者もいることに気づいた。どうしても書きたいという切迫した思いを抱いている者ばかりではないのだ。カートは、学生たちにそっと告知した。受講者の諸君のなかに、作品を提出しない者がいてもかまわない。落第にはしない、と。そのせいで彼らが徴兵猶予を解かれ、軍役に就くはめになるのがいやだったからだ。ある夜、パーティの席で、カートは、選抜徴兵制度の指揮官であるルイス・B・ハーシー将軍に乾杯した。「諸君の多くがここにいることの原因を作った男に！　乾杯！」

一九六五年から六六年のアイオワ大学での一年が終わった。講義と採点で「殺人的に忙しい」毎日だったが、カートはその間も『スローターハウス5』の執筆を着々と進めており、あと数ヶ月で仕上がる見通しが立った。ノックスへの手紙で、それが『ボブシーきょうだいの冒険』シリーズ（ローラ・リー・ホープというペンネームのもとに書かれた子ども向け読み物。一九〇四年から七九年にかけて七二巻が出版されている）ほどの長さになると書いている。『スローターハウス5』の文体は、短い文が連なっていて、まるで長い電報のようだったが、カートは過去に対する義務のようなものをようやく果たした気持ちになっていた。

一九六六年六月半ば、ヴォネガット家のアイオワ組――カート、ジェイン、ナニー、イーディ――がウェストバーンスタブルに帰ると、家は荒れ果てていた。大学生のマークが友人を呼んで開いたパーティのせいだ。週末の乱痴気騒ぎでは「そこらじゅうに酔っぱらった人間が転がっていて」、家具は壊れた。ジェインは片づけに苦労した。アイオワシティで階段を踏み外したせいで膝の手術を受け、松葉杖を使わなければ歩けなかったのだ。カートは以前と同じく、書斎にこもって仕事をしていた。ジェインはホセ・ドノソの妻、マリアに手紙を書いた。「そうなったら、どうなるかおわかりでしょう？　彼の邪魔はしちゃいけないんです」。

ジェインはまたもとのつまらなくて大変な主婦業に戻って、がっかりしていた。カートが書斎に入ると、「まるでなにかに取り憑かれたみたいになる」とタイガーはいっている。「部屋のなかに誰かほかの人もいるのかと思ってしまいそうになります。書いているとき、叔父はぼそぼそつぶやいたり、大きな声を出したりするからです。執筆中の会話を、頭に浮かぶまま声に出しているのですが、きいている方にはなにをいっているのかまったくわからないのです」。カートはときどき書斎から出てきてサンドウィッチや飲み物を作ったが、ほかの人がいることにも気づかず、そのまま「足音荒く、部屋に戻っていくのです。相当集中していたのでしょう」。

ジェインは、夏のあいだもアイオワシティにいたかった。新しい友人と新しい話題について語り合い、新しい経験ができたからだ。ジェインはマリアにこぼした。「いろんな状況から、わたしはどうしても主婦に戻らなくちゃいけないようなの。でも、わたしはこの現状に全力で反抗するつもりです」。ウェストバーンスタブルでは相変わらず、カートとのけんかの種がたくさんあった。カートは執筆に飽きたり行き詰まったりすると、酒の量が増えた。教えるのに忙しいときには、いらだつこともあまりなかった。だが、体のなかでくすぶっていた怒りの残り火が、アルコールを注ぐと燃え上がるようだった。たとえば、スワスモア大学は、いまだにカートの皮肉な気分を刺激する材料だった。というのも、ジェインはスワスモア大学を愛していたし、そこの優秀な学生と卒業生からなる友愛会、ファイ・ベータ・カッパの一員だからだ。カートはマークが夏のあいだにスワスモア大学を辞めて、アイオワ大学に移ればいいのにと思っていた。そうなれば、自分の味方が増えることになる。

カートの甥のジム・アダムズはいっている。「作品のトーンから想像できる叔父の人物像、つまり『おい、人には親切にしろよ』と言葉をかける男の姿は、日常生活を送る実際の叔父とはかなり違うと思いました。叔父は複雑で、扱いづらい男でした。愛、コミュニティ、家族という概念を、遠くから眺めるようにして崇めていただけで、そこに付随する複雑な感情の絡む要素には対処できなかったのだと思います」。

カートとジェインと娘ふたりは、一九六六年八月にアイオワシティに戻った。カートは二年目の教職に就こうとしていた。ヴァン・ビューレン・ストリートの家は使えなくなったので、アイオワシティでの三軒目の家となる、ホッツ・アヴェニュー一一九一番地の家に移った。

カートは、作家としてのキャリアに弾みがついたことに気づいていた。まるでそよ風が吹いてきて、ずっと続いていた無風状態から救い出してもらっているような気がした。ニューヨーク州のシラキュース大学が、カートの執筆資料を蔵書に加えたいといってきた。シラキュース大学図書館が収集に力を入れているジャンルのひとつがSF関係の資料で、そのコレクションのなかにカートのものも加えたいというのだ。コレクションに肩を並べるのは、雑誌編集者でSFの父と呼ばれたヒューゴ・ガーンズバック（アメリカのSF作家。ヒューゴー賞は彼の名にちなむ）、SF作家のデーモン・ナイト、ウィル・F・ジェンキンズ、フレデリック・ポール、そしてシュールレアリズムの映画監督で劇作家のジャン・コクトーなど。カートはシラキュース大学に自ら資料を持参したいと申し出た。シラキュース大学で常勤職に就く可能性を探っていたのだ。もしも雇用されるなら資料は寄付するつもりだったが、だめなら謝礼を受けとるつもりでいた。

さらに、グッゲンハイム財団から奨学金の申し出がきたのは、予想外の光栄だった。カートはさっそく申し込んだ。一九五〇年代の終わり頃にも、執筆を続けていくための奨学金の取得を申し出たことがあるのだが、そのときは見送りになってしまった。今回の申請は、ドレスデンへの調査旅行の資金調達のためだった。つまり、『スローターハウス5』は、少し前までカートが思っていたようにあと数ヶ月で仕上がるのではなく、もう少し時間がかかることになった。

ウェストバーンスタブルの家で過ごした夏の間に、アイオワシティでの状況は変化していた。私生活の面でも、仕事の面でも。ロリーは学位を取得して（学位論文は『不完全なピューリタン』という自作の小説の前半部分だ）、シーダー・フォールズに引っ越し、英語の講師をしていた。だが、シーダー・フォールズまではほんの百五十キロで、二一八号線をまっすぐ北上するだけだ。講演会に招かれたという理由をつければ、カートは会いにいける。その作戦は、以後三十年間、ふたりの逢い引きのために使われることになる。

創作講座の講義が行われるのは、もはやプレハブ教室ではない。できたばかりの英文学科・哲学科棟の四階の教室だ。空調の効いた白木造りの教室は贅沢な寄宿舎のようで、講座の学生のなかでも理想主義的な考え方の者は落胆した。ジョン・ケイシーはこういっている。「釣りにはふたつの方法がある。ひとつは、木のさおと糸と安全ピンを曲げて細工したものを使うやり方。もうひとつは最高の道具を使うやり方。だが、最高の道具を使うなら、それに見合う腕を持っていなくてはならない。我々にはプレハブ校舎で充分だった。いくら立派な建物に移ったからといって、教室の輝きなど、なんの役にも立たない」。

また、新しい講師も加わった。リチャード・イエーツ。シラキュース大学に移ってしまったドナルド・ジャスティスの代わりだ。講義のスケジュールも新しくなり、イエーツの研究室が用意された。イエーツは、カートも高く評価していた小説、『レボリューショナリー・ロード』の作者だ。

イエーツとカートは、出会う前から戦友だった。イエーツはバルジの戦いに参加したことがある。戦闘中、胸膜炎を患ったが治療を拒否して戦い続け、倒れた。そのときの無理がたたり、生涯肺が弱かった。

イエーツは、同性にはたいてい好かれた。いい飲み仲間になったからだ。女性はイェーツの誠実さと無防備さに惹きつけられた。カートと同じで、イェーツも、いかにも文学らしさを気取った作品には我慢できなかった。(カートは、スイスの寄宿制学校を舞台にしたケイシーの短編小説を評して、「香水がぷんぷんにおうようだ」と書いている)。カートはイェーツのことを、『くまのプーさん』に出てくるひねくれもののロバのイーヨーに似ているといった。イェーツは無意識に、頬杖をついて頭を左右に振る癖があったが、まるで「だめだ、だめだ、だめだ、だめだ」とでもいっているようだった。批評家のロバート・タワーズによれば、イェーツは「苦しみという、変化のない狭い場所をぐるぐる回り続けなくてはいけない魔法にかかっているようだった」。

ある日、スザンヌ・マッコーネルの妹が姉を訪ねてきて、講義を聴講したいといった。「本当はヴォネガット先生の授業に連れていきたかったのですが、ちょうど不在でした」とマッコーネルはのちに回想している。「それで、イェーツ先生の講義をききにいきました。講義はすでに始まっていました。わたしたちが入ってきたせいで授業が中断されたので、イェーツ先生は腹を立てました。短編小説を朗読している最中だったのです。数行読んでは止め、同じところをくり返してからこういうのです。『この女の言葉をきいてくれ! この一文をきいてくれ!』そしてわたしたちにちらっと目を向けると、すぐに視線をページの上に戻しました。講義が終わると、マッコーネルは妹にいった。「ヴォネガット先生の講義はきけなかったけれど、創作講座がどんなものかはわかったんじゃない?」イェーツもまた、やりすぎてしまう傾向があった。とくに大酒を飲んだときはそうで、チェーホフを朗読して泣くこともあった。「なんて悲しい話なんだ」といって。

だが、カートはイェーツに親しみを感じた。お互い、叩き上げで作家になるという険しい道のりを進んできたのだ。ふたりとも大学の学位がなかった。偶然だが、ふたりともとても背が高く、酒好きのヘビースモーカーだった。ふたりは翌年、ウィリアム・プライス・フォックスを講師として大学に呼べるよう働きかけていた。フォックスは広告マンから転身した作家で、彼がくれば、学位のない講師が創作講座にさらに増えて、アカデミックな講師たちより優位に立てると考えたのだ。イェーツとカートの嘆願が功を奏して、フォックスは実際に講師になり、新婚の妻、セアラ・クローフォードを連れてやってくる。セアラは魅力的な編集アシスタントで、以前カートが短い期間だが求愛していた女性だ。だが、フォックスが講座にきたときには、カートはいなかった。

一九六六年の秋学期が始まってまもない頃、カートはノックスへの手紙で得意げにいいニュースを報告している。「ニューヨーク・タイムズ」から、『ランダムハウス大辞典』の新版の書評を依頼されたのだ。

どう考えても、辞書の書評を書くのは大変な作業だ。ちなみに、その年、カートがこなした主な書評の仕事は、アーサー・M・シュレジンガーの、ケネディ政権を網羅的に描いた『ケネディ――栄光と苦悩の一千日』、トルーマン・カポーティの『冷血』、コーネリアス・ライアンの『ヒトラー最後の戦闘』、ジャクリーヌ・スーザンの『人形の谷間』、バーナード・マラマッドの『修理屋』など、力作ばかり。辞書の新版の書評を書くなど、それに比べれば地味もいいところだ。だが、カートはせっかくの機会だからと、ありがたくその仕事を受けた。

カートは、辞書の特徴――使い勝手のよさ、語源への言及など――を長々と並び立てて読者をあきさせたりはしなかった。ユーモラスだったり、謙虚だったり、やや途方にくれたりといった調子だ。カートは似た言葉の使い分けに苦労するさまをこんなふうに説明している。「prescriptive は、わたしの知っている範囲では、正直な警官のようなもので、descriptive は、アラバマ州モービルに住む、大酒飲みの戦友のような言葉だ」。そして、まるで六年生の子どものように、卑猥な言葉を探して、それをこの辞書が一般の使用者に向いているかどうかリトマス紙代わりにしている。

カートの評価は玉虫色だった。ランダムハウス社は、ほかの辞書出版社同様、「パキスタン人が『ブルックリン最終出口』（ヒューバート・セルビー・ジュニアによる小説。一九六四年の出版以来性と暴力の描写の激しさが話題を呼んだ）や『ユリシーズ』を解読するには語彙が少なすぎる。だが、かなり果敢なやり方で、筆者にいわせれば賢く辞書を始めている。というのも、最初のほうのページに『alimentary canal（消化管）』を載せているからだ。女性と性的関係を持つという意味をあからさまに表す動詞はひとつしかみつけられなかった。その動詞が世に浸透したのはエドワード・オールビーのおかげだが、この点における彼の業績は一般に認められていない。その動詞とは『hump（性交する）』だ。たとえば、『hump the hostess（ホステスと性交する）』などという使い方をする」。

書評の終わりはかなり派手だ。リンドン・ジョンソン大統領が演説で「cool it（やめる）」という表現を使ったことがあるが、大統領たるものがそんなにくだけた言葉を使っていいのかと記者にきかれたランダムハウスの発行者、ベネット・サーフは、こう答えている。「わたしはいいと思います。今の時代、大統領がキングズ・イングリッシュを使わなければならないなんてことはないでしょう」。カートは書評をこうしめくくった。「つまり、新しい辞書に関係する人すべてが、必ずしも新たなサミュエル・ジョンソン（イギリスの文学者。『英語辞典』の編纂で知られる）である必要はないということなのだ」。

サーフに対する辛辣な言葉と、辞書の書評をウィットあふれるスタイルで書き上げたカートの技量に目をつけたのが、かつてサーフの下で副社長を務めたことのある、企業家精神にあふれるデル社の編集者シーモア・ロレンス、通称サムだった。一キロ半の重さのある辞書の書評を、警句を織り交ぜた面白い読み物に仕上げられるのなら、この著者は小説家としても才能があるに違いないとふんだのだ。ロレンスが三週間前の「ニュー・リパブリック」誌を読んでいたとすれば、批評家であり、のちに『友軍の砲撃』を書く、C・D・B・ブライアンの書評を目にしたはずだ。ブライアンは、ヴォネガットの小説は純文学と呼ぶにふさわしく、これまでの読み方は誤りだと論じている。

いずれにせよ、ロレンスはカートにすぐに手紙を書いた。カートは会ったこともない相手から、会って話したいという手紙を受け取った。この手紙は、ふたりの未来を大きく変えることになる。

カートはまず、慎重に返信した。ロレンスの意図がわからなかったので、オファーがあるのなら、著作権エージェントを通してもらったほうがいいのではないかと書いた。当時のカートのエージェントはマックス・ウィルキンソンひとりだった。ケン・リタウアが健康を害していたため、マックスがエージェント業務を一手に引き受けていたのだ。カートは、ロレンスが新作を書かせたがっているのだと考え、今書いているものがなかなか進んでいないことを知らせた。なにしろ大学の授業が大変なので、と。はっきりしない、時間稼ぎのような妙な手紙だったが、四十代半ばのカートは、頼まれるがままに本や記事を手早く仕上げる便利屋的な仕事をするのに慣れていたのだ。

カートの返信があいまいだったにもかかわらず、ロレンスはアイオワ大学の学期終了後の休暇中にでもぜひ会いたいといってきた。ロレンスは事務所をふたつもっていた。ボストンのビーコン・ストリート九十番地と、ニューヨークのデル社のなかだ。そちらのご都合がつき次第、ぜひゆっくりお会いしたい、とロレンスは書いた。カートは、もちろんボストンのほうが行きやすかった。

というわけで、一九六六年のクリスマス休暇のある日、カート・ヴォネガットはビーコン・ストリートのロレンスの事務所のドアをノックをして、足をひきずるようになかに入った。待ちかまえている立派な身なりの紳士がなにを考えているのか、彼にはまったく見当がつかなかった。

サム・ロレンスには特技があった。運のない作家を育て上げることだ。リトル・ブラウン社の提携出版社、アトランティック・マンスリー・プレスの取締役になったのは、まだ三十代のとき。取締役、という役職はなかなかいい選択だった。なにしろロレンスは編集者でも発行人でもなかったからだ。彼は、のちにカートが呼ぶように、「興行主」というのが一番ふさわしかった。作家のキャリアの分岐点は、才能が花開く機会を与えられたときだ、というのが彼の哲学だった。

典型的な例が、J・P・ドンレヴィーとの出会いだ。ドンレヴィーはアメリカの出版社や著作権エージェントや「文学関係者」に疫病神的扱いをされていたが、それは彼の処女作『赤毛の男』が猥褻だということで、アイルランドとアメリカで発禁処分になったからだ。ロレンスはニューヨークのホテルでドンレヴィーと会う算段をつけ、世間話を少ししたあとで新作『変った男』の原稿を一晩預からせてもらえないかと申し出た。ドンレヴィーはのちに書いている。「それでわたしはずうずうしくもこう考えた。ああ、この男は、わたしがまともな本が書けると思っているし、まさに信じているのだ、と」。翌朝、ロレンスはためらいもなく、この作品を出版したいといった。

それが一九六一年のことだった。そのすぐあと、ロレンスは自分で出版社を立ち上げ、一九六五年にはデルと特別な提携を結ぶことに成功した。ノックス・バーガーが一九五九年まで勤務していた、あのデルだ。その提携は当時としては珍しいことだったが、独断独行のロレンスのやり方にはぴったりだった。

デルはハードカバー専門の提携出版社、デラコート（デル・パブリッシングの創業者、ジョージ・T・デラコート・ジュニアにちなんだ社名）を立ち上げていた。デラコートは作家と一度に複数の作品の契約を結ぶ。慎重な競馬の賭博師のように、経済的リスクをその作家の複数の作品にならす仕組みだ。ときには、「馬」が大勝ちすることがある。つまりペーパーバックの新装版になることだ。そうなると、それまでの損失が相殺される。一方、作家にとっての利点は、経済的な保証だ。ロレンスはデル＝デラコートの一枚上手をいきたいとデルに提案した。自分の所有する出版社としてシーモア・ロレンス＝デラコート社をまかせてもらえるのなら、デルのスカウトとして、有望作家――しかも文芸路線の――をみつけ、ほかの出版社が目をつけないうちに発掘すると約束したのだ。

それから二十年間、ロレンスは期待に見合う結果を出した。トーマス・バージャー、リチャード・ブローティガン、ウィリアム・スタイロン、ジム・ハリソン、キャサリン・アン・ポーター、ウィリアム・サローヤン、フランク・コンロイ。そして四人のノーベル文学賞受賞者、ミゲル・アンヘル・アストゥリアス、カミーロ・ホセ・セラ、パブロ・ネルーダ、ジョージ・セフェリス。「作家選びはとても慎重でした。ですが、いったん決まったら、命がけで関わってくれました」とジェイン・アン・フィリップスはいっている。彼女もまた、ロレンスが発掘した作家だ。

ロレンスの事務所を訪れたとき、カートの作品の出版歴は、まるで家捜しされたあとの家のようだった。小説の版権は――ペーパーバック版に、ハードカバー版にと様変わりする際の権利も含めて――ホルト、ラインハート＆ウィンストン、フォーセット、スクリブナーズ、デル、という具合にあちこちにばらまかれていて、まだ履行されていない短編集の契約がハーパー＆ローとの間に残っていた。カートは説明した。今執筆しているのは『スローターハウス5』という小説だが、これらの出版社はどこも興味をもっていない。なぜなら「ぼくの作品は売れないから」。

ロレンスはカートの話をきいたあとで、その新作と、その後に書く二作品を七万五千ドルで買おうと申し出た。

カートは啞然として、相手の正気を疑った。「冗談でしょう――大損しますよ」。

「あなたは書くことだけ気にしてればいいんです。金の心配はわたしがします」。ロレンスはそう返した。

ふたりは握手をして取り決めに合意した。カートが去った後、ロレンスは他社が保持しているカートの全作品の版権を買い取る作業にとりかかった。シーモア・ロレンス＝デラコート社からカート・ヴォネガットの全作品を出すためだ。

カートはロレンスと会ったときのことで、細かい点をいくつか記憶違いしているが、三十年以上の月日が流れても感謝の気持ちは弱まらなかったことを、『バゴンボの嗅ぎタバコ入れ』に書いている。「一九六五年、経済的に行き詰まり、アイオワ大学創作講座でひとりさびしく教えていた。作品は軒並み絶版で、家族を支えるために、その家族のいるケープコッドから離れていたのだ。そんなときに、サムがこれまでの作品を今までの出版社から買い上げてくれた。ハードカバーもペーパーバックもぜんぶ。はした金で買い取れたのは、ほかの出版社がぼくをすっかり見捨てていたからだ。サムはぼくの作品を、またもや狭量な世間の目にさらそうと決意した……これに励まされて、ラザロのように蘇ったぼくは『スローターハウス５』をサムのために書いた。そして、それが小説家としてのぼくの地位を確固たるものにしてくれた」。

カートはロレンスによってとうとう作家としてのキャリアに車輪をつけてもらったと感じ、アイオワ大学での教職は二年で終わりにすることにした。自分より長くそこにいる同僚たちは、欲求不満になって辞めていくことに気づいていたのだ。というのも、そこにいては自分の作品を書く時間はほとんどなくなるからだ。提出物の採点、職員会議や学生との面談、講義の準備などに追われて日々は過ぎていく。サムと三冊の本の契約をした今となっては、年俸をいくら上げてもらったとしても、ここにこれ以上留まる理由はない。

それでも、アイオワを去りがたい気持ちはなくもなかった。「ヴォネガットはライター・イン・レジデンスのなかでいちばん人気がある」と、「シカゴ・トリビューン」紙の特集記事の取材で創作講座を訪れた記者は書いている。「背が高くてすらっとして短髪の彼は、毎日が週末という若手重役のようだ」。

お馴染みの卵分別器の比喩や、フィクションを執筆して売るという現実的な面を強調した話が――最初こそ受け入れない学生もいたが――カートの売りになっていた。かつて大衆向けSF作家だと評されたカートの講義に、いまや前衛的な作家になりたいと願う学生たちが集まるようになった。「ヴォネガットの小説を一冊でも開けば、読者は新種のエンターテインメントと出会うことになる」と「シカゴ・トリビューン」の記者は書いている。

ホセ・ドノソとその妻マリアは、こう回想している。「わたしたちはとても興奮しましたし、かなり羨ましい気持ちでみていました。なにしろ、手紙で、電報で、電話で、毎日ニュースが飛びこんでくるのです。まずはボストンの編集者がカートの新作に七万五千ドルを支払うと申し出ました。もともと次の三作品のために前の出版社からもらっていた前金は三千ドルだったのですから、驚きです。また、ハリウッドの映画会社が彼の二作品を映画化することを検討しました。『ニューヨーカー』誌は短編を依頼し、『ニューヨーク・レビュー・オブ・ブックス』誌は二ページを割いてカートの作品を論じ、『タイム』誌がインタビューを申しこみ、外国の編集者が作品の翻訳出版に興味を抱く……といった具合。作家の卵の学生たちは、カートの作品が巻き起こす興奮を一緒に味わい、またその原動力にもなっていて、ファンは日に日に増えていきました」。ジョン・ケイシーはこういっている。「カートは、わたしたちの目の前で、有名人になっていきました」。

同僚の講師のなかには、教職に就いている間はどうしても執筆が進まなくなる者もいたが、カートは、早起きし、授業の前に数時間執筆するというリズムを崩さなかった。ミューズであるロリーとの性的関係を思う存分楽しんだことだけでなく、もはや孤独な執筆生活ではなくなったことも、カートの創造力を解放した。アイオワ大学で、作家のコミュニティの一員となるという恩恵とスリルを享受した。ケープコッドにいた頃は、ジェインひとりが、第一稿を読む編集者、相談相手、批評家の役割を担っていた。ところが、この、一見あまり刺激的にはみえない中西部の町にいれば、アメリカ文学の最新の動きに反応している作家グループの中心にいることになる。

カートは同僚の講師と執筆について話しているときに、一九六六年秋に新しく赴任してきた講師、ロバート・クーヴァーの考えに興味をそそられた。クーヴァーは実験小説の講義をしながら、彼の作品中もっとも高く評価されることになる『ユニヴァーサル野球協会』の執筆を進めていた。この作品はやがて、初期のメタフィクションの作品として知られるようになる。

メタフィクションとは「フィクションについて書いたフィクション」のことだ。メタフィクションの真の主題は、登場人物やリアリズムにおけるその他の約束事——プロット、背景、フィクションであることを忘れさせる工夫——ではなく、作家の自意識だ。アイロニーやわざとらしい技巧、本すじからの脱線があると、読者はこの話は現実ではないことを思い出さずにはいられない。約束事に縛られないので、多くの作家——講座の学生たちも含む——は、自由に自分を作品中に登場させることができる。皮肉っぽく、政治的に、コミカルに、形而上学的に、あるいは議論好きな感じで。クーヴァーに師事した学生は、こういっている。「わたしは自分のしていることを、伝統と可能性の観点から捉えることを学びました。それはリアリズムよりも普遍的な手法です」。

カートを育ててきたジャーナリズムは逆のことを教えてきた。作者が物語のなかに入ってはいけない、と。だが、ドレスデンは、それを経験してしまったカートの物語だ。メタフィクションは、その物語を途切れ途切れに、執拗に、彼の夢のなかに現れるように、書くことを許した。

一九六七年春、カートはジェインを連れて、キャピトル・ストリートのゲイル・ゴドウィンのアパートで開かれるセントパトリックス・デー（アイルランドにキリスト教を伝えた聖パトリックにちなんだアイルランドの祝日。緑色のものを身につけて祝う）のパーティに上機嫌で出かけた。グッゲンハイム財団が、カートにドイツでの調査のため奨学金を授与する通知を送ってきたばかりだったからだ。カートは緑色のシルクハットを被ったアイルランドの紳士に扮し、ジェインはスーツの両襟にオレンジの憲章をかけたオレンジマン（北アイルランド・プロテスタントの組織のメンバー。毎年七月十二日に、オレンジマーチと呼ばれる大行進をする）に扮して登場した。イーディがレコードを数枚持ってきたので、それに合わせてみんなで踊った。

壁によりかかって浮かない顔でみていたのは、ソール・ベローだった。連続講義のためにアイオワ大学にきていたのだ。『オーギー・マーチの冒険』で全米図書賞を獲ったベローが、なぜアイオワ大学にくる気になったのか、カートは興味を持った。音楽が途切れたチャンスをとらえて、カートはこの有名な作家に理由をきいた。

「寂しかったからだよ」。ベローは答えた。

春休みに、ノーザン・アイオワ大学の創作科のクラスで講義をしてほしいという招待を受けた。ということは、ロリーに会う口実になる。ところが、ジェインも一緒にいきたいといい出して、うまく断ることもできなかったので、ロリーがふたりを一晩泊めることになってしまった。彼女の家はシーダー・フォールズのキャンパスのそばにあった。講義の出席者は四十人ほどと多くなく、講演料も少額だったので、カートはアメリカ・フレンズ奉仕団に寄付してしまった。いろいろな意味で、あまり報われない旅だった。

カートがアイオワ大学を去る日が近づき、英文学科の事務課はカートの代わりになるような講師を探すのに奮闘していた。その頃には、作家として生計を立てる方法を熟知した人物を講師に迎えることは、大物の文学者や小説理論に長けた人物を迎えることと同じくらい重要になっていた。カートはリチャード・ゲイマンを推薦した。戦時中、テネシー大学で陸軍の訓練を受けていたときに知り合った男だ。それ以来、ゲイマンは「キング・オブ・フリーライター」の異名を持つほど、雑誌に何百という記事を載せ、フィクション、ノンフィクションを問わず本を次々と出版していた。カートの推薦があれば、ほかになにもいらない。

カートはゲイマンにこっそり忠告を与えている。クラスの学生数が多すぎるだろうが、そんなことはかまわない。大事な仕事は、オフィス・アワーでの一対一の対応だ。新しい責任者、ジョージ・スターバックはすばらしい友人になると思う。ポール・エングルは顧問のような立場にいて、大草原のローマ教皇さながら勅書をかざして介入してくる。ヴァンス・ボアジェイリーは友だちとしては最高だが、教師としては最低だ。怠惰すぎる。それから最後に、学部の女子学生は誘惑してくるが、寝てはだめだ。両親に知れたら地獄だ。

創作講座の仲間が、カートとジェインのために送別会を開いてくれた。ジョン・ケイシーと妻のジェイン、そしてデイヴィッド・プリンプトンが、そのために農家を一軒借りてくれた。壁には「最初の二ページは捨てろ!」といったヴォネガットの名言を散りばめた装飾がされていたし、「キーツって何者だ?」と書いた横断幕《バナー》もあった。ロバート・レールマンは、ヴォネガットの作品のひとつにサインをくれといった。カートはちょっと考えてから、こう書いた。

「ロバートへ。書いたものは、絶対に、一語たりとも変えようとしなかった、わたしの教え子。きみは正しかったのかもしれないが、そうではなかったような気がする。まあいいか。愛をこめて、カート・ヴォネガット・ジュニアより」。

六月に入るとヴォネガット一家は帰るために荷物をまとめた。持ち物すべてを一台の車に詰めこむのは難しかった。犬のサンディもいたからだ。トランクは満杯で、カートは、「いつも書類やなにかを整理しておくのが下手だった」とナニーはいっている。それで、助手席にまで紙の束が重なり合っていた。帰る途中、カートはレストランの脇に車を停めて、タバコを買いにいった。ジェインはなにかを探していて、シートのすき間をさぐった。

カートは車に戻ってくると、ジェインをみていった。「親友を亡くしたみたいな顔をしてるじゃないか」。

ジェインはロリーからのラブレターをみつけてしまったのだ。


家に帰ると、ジェインとカートは夏中けんかをしていた。十三歳のナニーはそれをずっと目にしていた。「わたしは当時、母の味方でした」とナニーはのちに回想している。「なにもかもが変わってしまいました。父はロリーが好きでたまらず、とても哀れでしたし、母は父に『カート、お願いだから!』とばかりいっていました。ある時、父は母の頭を両手でつかみ——母は小柄だったので——『だまれ!』と叫んで出ていってしまいました。母は泣いていました。私も泣きました。翌朝、父は情けない話ですが、母にたずねました。『気分はもう直ったかい?』」

そのうち、カートはお気に入りのフレーズをくり返すようになった。「バーニーが我慢できるんだから、ぼくにもできるさ」。バーニーとは、兄のバーナードのことだ。兄嫁のロイスは「ボー」というニックネームで、神経衰弱の発作が治らず、周期的に治療を受けなくてはいけなかった。

「わたしはボーじゃないわ」ジェインは涙ながらに反論した。

ようやく、暑かった夏がじりじりと過ぎ去り、カートは逃げるようにして、グッゲンハイム財団の奨学金でドレスデンに向かった。小説の売れ行きはよくて、六月にはサム・ロレンスに、『タイタンの妖女』も必ず再版するように助言した。大学生から送られてくるファンレターを読むと、『タイタンの妖女』の人気が出ているようだったからだ。ヨーロッパに発つ前、カートはロレンスに、一九六八年の出版が決まっている短編集、『モンキーハウスへようこそ』に収録するための短編をまとめて送った。そのほとんどは、前作の短編集『Canary in a Cathouse』と同じだが、新鮮味を出すために、新しい作品をいくつか加えることにしたのだ。そのときカートはひとつ頼み事をしている。十七歳のイーディはボストン美術館芸術大学に進学が決まり、ビーコン・ストリート四六二番地の家具付きの部屋に下宿することになっていた。カートはロレンスに、娘のことをよろしくといっている。

ノックスには、ようやく出かける準備ができたと報告している。ペンシルヴェニアで地区検事長となったバーニー・オヘアが、昔のよしみで同行してくれることになっている。おやじふたりだけでヨーロッパなんかにふらふらでかけていくのだから、悪い病気をもらう気満々だと思われてもしかたない、などと書いている。

そして十月十日、カートは出発した。

九章　大ブーム　一九六七〜一九六九

カート・ヴォネガットとバーニー・オヘアの友情は、一九四四年春、軍の基礎訓練キャンプ中に始まり、バルジの戦いを経て、同年冬、ドイツ軍捕虜として収容所まで行進させられるうちに、さらに深まった。だが、ふたりの人生をがっちりつなぎ合わせたのは、ドレスデンの空襲だった。以後、ふたりはそのときのことを、互いにしかわからないような言葉を使って話した。たいていは深夜、どちらも少しほろ酔いになると、霊媒者どうしがはるか昔の会話や場面を再現しあうような感じで語りあった。ふたりの一九六七年のドイツ旅行は、若かった頃歩き回った土地を再び訪ねて、記憶のなかの出来事が現実にあったことを確かめるためのものだった。カートが小説のために死者を蘇らせるには、オヘアの助けが必要だったのだ。

だが、ふたりが畏敬の念や厳粛な気持ちをどれだけ持ち合わせていたにせよ、ドイツに足を踏み入れるなり、そんなものは忘れてしまった。中年のアメリカ退役軍人が若かりし頃の戦争の思い出の名残を探したところで、東ドイツの人々がそれをみて心を動かされることなどありえなかった。

カートはすぐに鉄のカーテンの向こうの旅行代理店に騙されたことがわかった。旅程によれば、ベルリンからワルシャワを経てレニングラード（現在のサンクトペテルブルク）まで六日間で移動できることになっていたので、レニングラードでロシア革命五十周年の祝賀式典をみたいと思っていた。カートは、ソビエト軍が自分を解放してくれたことに、まだ恩義を感じていたのだ。だが、ベルリンでふたりが列車に乗りこもうとすると、車掌に書類が不十分だといわれた。列車はふたりを乗せずにいってしまった。

立ち往生したふたりは、フィンランドの首都ヘルシンキまで飛行機で移動して、そこからレニングラードまで列車を使うことにした。ヘルシンキのホテルで朝を待ちながら、がっかりして眠れぬ夜を過ごした。カートは窓の外の喧騒をききながら、この街にはアルコール依存者がたくさんいて、日が暮れると酔っぱらって騒いでいるに違いないと思った。

ふたりは二日遅れでレニングラードに到着したが、アストリア・ホテルは予約を取り消していなかったことがわかり、ほっとした。六階建てでアールヌーボーとネオクラシズム様式の融合したアストリア・ホテルはロシアで最も美しい建物のひとつで、聖イサアク大聖堂の向いの、旧ロシア帝国の中心地にある。ベルボーイは、ふたりの荷物を抱えて広々とした部屋に案内した。その部屋には、レーニン時代の支配層が革命後に住んでいたという。

ところが、四十八時間後、ふたりは退出を求められた。ホテル支配人か秘密警察が、明確な目的もなく男ふたりで旅行している中流階級のアメリカ人は、ホモセクシャルに違いないと決めつけたのだ。お役所仕事や理不尽な疑いのせいで、ついでのはずのレニングラード小旅行が台無しになって嫌気がさしたふたりは、ドイツに戻ることにした。ところが、ふたたびベルリンの税関にいってみると、制服を着た役人がふたりの書類に目を通したあと、東ドイツへの入国を禁じると通告した。

ヴォネガットは怒りを爆発させた。何ヶ月も捕虜として捕らえられていた日々が蘇ったのだ。

「どういうことなんだ！」カートはオヘアにいった。「あのときは、どうしても出してくれなかったのに、今度はどうしても入れてくれないとは！」

だが、いくら怒っても、無表情にふたりをみている東ドイツの役人には通用しなかった。カートは、自分はジャーナリストではないと断言した。詮索好きなジャーナリストが、ドイツ民主共和国で歓迎されないことは、容易に推測できたからだ。そして説明を続けた。わたしは作家で、というかむしろ歴史家といったほうがいいくらいで、私的機関から助成金をもらってここにきている。グッゲンハイムプログラムは国際的に認知されており、わたしと友人は入国を許可されなければいけないはずだ。

職員は再考したあと、ふたりのパスポートにスタンプを押し、退屈そうに手をふると、過去への扉を開いた。

一九六七年のドレスデンは、大恐慌にのみこまれた頃のアイオワ州シーダーラピッズと同じくらいにどんよりとしていた、とヴォネガットはのちにいっている。だが、シーダーラピッズは経済の破綻で力をなくしただけだ。目の前の街は、戦争で焼け野原にされた。かつてはヨーロッパの文化的中心地のひとつだったドレスデンは、まるでマルクス主義以前の〝余剰価値〟を理由に、ソビエトから苛酷な罰を受けているようだった。

不格好なトラバント——東ドイツで製造されていた2ストロークエンジンを搭載した自動車——が騒々しく走り回り、黒々した排気ガスで建物の外壁を汚している。通りの上のほうで電線がもつれ合い、たわんでいるのをみると、ドレスデンが延長コードで成り立っているような気がしてきた。住民の多くは灰色ののっぺりした外壁のアパートに住んでいるが、どの棟もよく似ていて区別がつかない。英国軍事歴史家のアレクサンダー・マッキーは、一九五八年にドレスデンを訪れ、「ヨーロッパ一の美女と謳われた女性が、ぼろをまとい、だらしなくタバコをくわえた老婆だとわかったときのようなショックを受けた」と書いている。

観光業はほとんどないに等しかったが、カートとオヘアは英語が話せる愛想のよいタクシー運転手をみつけた。ゲルハルト・ミュラーという男で、ふたりが必要なだけ、運転手とガイドの役をつとめたいと申し出た。ミュラーの運転で通りをいくと、あの空襲の業火で穴だらけになった路面が目に入った。ふたりは見覚えのある場所はないかと目を凝らした。何世紀も前に建てられた歴史的建造物――ドレスデン城、タッシェンベルク宮、ノイマルクト広場――は一九四五年の空襲で廃墟となったまま、ソビエトの都市計画立案者からも放置されていた。壮麗だったフラウエンキルヒェ（聖母教会）は跡形もない。一七四三年に建立されたもので、ミュラーが幼い頃に洗礼を受けたというその教会では、その昔ヨハン・セバスチャン・バッハが有名なパイプオルガンを弾いたこともあった。また、この音響効果はすばらしく、ワーグナーがオペラ『パルジファル』の一部を作曲するときに霊感を受けたといわれていた。戦後、東ドイツの役人たちは焼けこげた石の壁を取り壊し、そのがれきを倒れたマルティン・ルター像のそばに捨てた。

カートたち戦争捕虜を収容していた食肉処理場はエルベ川の湾曲部分に近い、古くからの地区にあったはずだ。だが、雑草が伸び放題で穴だらけの道路をタクシーでガタガタ揺られて進んでいると、田舎に向かっているような感じになってきた。オヘアとヴォネガットはタクシーを停めさせ、外をみてみることにした。

空襲の前は、どの方角にも屋根や塔がみえた。ふたりは、収容所のそばに病院があったことを覚えていた。それからスポーツスタジアムがどこかに見えたはずだ。だが今、ふたりの周囲は、どこまでも草が生い茂っているばかりで、ところどころに倒壊した石造りの建物の残骸があるくらいだ。地下室の壁の長方形の輪郭が、墓地の区画の仕切りのように、土から頭を出していた。実際、そのあたり一帯が荒れ放題の共同墓地のようだった。なにしろ、ヴォネガットがのちに『スローターハウス５』に書いているように、「地面には大量の人骨が埋まっている」のだから。ローマ人に攻め込まれて破壊したカルタゴも、これほど荒れ果ててはいなかっただろう。ここにはみるべきものはなにもない。ふたりは運転手のミュラーにいって引き返してもらった。

カートはドレスデンの街に戻ってもどこがどこだかほとんどわからず途方にくれたので、自分の記憶を呼び起こしてくれそうな情報に頼ってみることにした。当時の監視兵だ。今頃は六十代か七十代になっているはずだ。もっとも、ヒトラー青年隊の隊員で「ジュニア」と呼ばれていた、本名のわからない青年は別だ。数人でいいから監視兵の居場所がわかれば、カートが記憶している事件を詳細に描写するための手助けをしてもらえるかもしれない。とはいえ、〝第三帝国〟の没落からすでに二十年の月日が過ぎていた。

カートはドレスデンの電話帳を手に取り、シカゴで特ダネを追い求めていた記者時代の訓練を活かして、調べ始めた。オヘアも監視兵や将校たちの姓を思い出そうと、一緒に頭をひねった。ふたりはホテルの電話を使って、みつけだしたそれらしき人たちに片っ端から連絡した。人違いが多かったが、時々老人が自信なさげに「そうですが……？」と応えた。カートは気をつかいながら説明した。わたしはアメリカ人の作家で、一九四五年に食肉処理場に収容されていた捕虜についての本を書こうと思っています。作品は小説なのですが、もしよろしければ……

ところが、どれだけ話を引き出そうと頑張っても、受話器の向こうの相手が警戒しているのが伝わってくる。東ドイツの年配層は、当局ににらまれるのを恐れていた。戦時中、彼らは強制収容所や絶対的な権力を持つヒトラー青年隊の存在に脅えて生きていた。そしていまは、国の慈悲にすがって生きているため、さらに非道な敵に脅えていた。それは隣人だ。何万ものドレスデン市民が秘密警察の手先なのだ。知らない人間にあれこれ質問をされるのは恐怖以外のなにものでもない。

「いいえ《ナイン》！」以前はカートたちを捕らえていた人々が声高に否定した。まわりにいる人たちに聞こえるくらいの大きな声で、過去のことは、なにひとつ憶えていないといった。

ドレスデンの大虐殺について書くことは、カートにとって長年抱えてきた難題だった。もしかしたら、それについて語りたくない人々と同じ理由で、書くことから遮断されていたのかもしれない。人の虐殺を描くなど、虐殺そのものよりひどいことに思える。書くべきことなどあるのか？

カートが、『スローターハウス5』をどうしても書き続けなくてはいけなかった理由を公に語ったことは一度もない。ドレスデンの人々はみな、空襲のことは忘れようとしているようだったが、それでもなおカートがその小説を書きたかったのは、自分の義務だと思っていたからだ。友人や編集者やほかの作家に宛てた手紙のなかで、この創造的な作品を最後まで書き上げることはとても重要で、自分の名誉に関わることだと書いている。

作家にとって書き続けるのは苦しいが、それについての個人的な気持ちが、作品を書き続ける意欲をなくした作家仲間に宛てた手紙に記されている。それは偶然にも、カートがヘルシンキにいて、オヘアと共にレニングラードに向かう直前に、急いで手書きでしたためられたものだった。

宛先は、アイオワ大学時代の同僚、ホセ・ドノソだった。ドノソは十年間も『夜のみだらな鳥』を書き続けてきて、それが傑作になると信じていた。ところが、もう断念しようと思う、とカートに手紙で知らせてきたのだ。作品の何もかもが間違っているように思えてきて、その重圧はどうしようもなく、十年の努力は水の泡になってしまった、と。

『夜のみだらな鳥』は、ドノソにとって最初から危険な作品だった。主人公であり語り手であるウンベルト・ペニャローサは売れない作家で、チリの貴族階級の家庭に雇われている。この家にひとり息子のボーイが生まれるが、恐ろしいほどの畸形だった。ペニャローサは主人から指示を受ける。ボーイが自分は畸形だと知らずにすむよう、ほかの畸形の者たちを集めて家族の所有する別邸に一緒に住まわせるようにと。

ペニャローサのするべきこと――それはすなわちドノソのすべきことなのだが――は、ボーイを騙し、読者を欺く、幾層にも重なる奇想に満ちた物語を語り続けることだった。何度か、作者のドノソは語り手と融合してしまい、精神に異常をきたした。気分が悪くなったり、痛みに悩まされたりして、これ以上書けないと思うと、自殺願望に苦しんだ。「自分の無能さが、執筆しようと思うとまざまざと感じられた」とドノソはのちに書いている。

「『夜のみだらな鳥』を捨てることにした」とドノソは弱々しくカートへの手紙に書いている。「この作品にまつわる悪夢を何度もみた。この作品にあまりに長い時間をかけてきて、とにかく書き続けることで、このスタイルとテーマが自分のなかですでに死んでいるという事実に直面するのを避けていたのだ。そこで三日前、箱に放り込んで目のつかないところにしまった……ただ、千ページほども書きためた、一九六〇年からずっとつきあっている作品に別れを告げるのはつらい。だから、きみの意見をききたい」。

ヴォネガットは、ドノソがその作品を捨てるなどという話にはきく耳を持たなかった。今はこの友を優しく慰めるときではなく、鼓舞してやるときだとわかった。カートは返事を書いた。疲れはてたからといって今のドノソが、十年前のドノソを捨ててどうする？ きみはその作品とともに長い時間を過ごしすぎた。誰かに新たに原稿を読んでもらうのがいい。生活や友だちづきあいにかけては、きみの直感は概ね信頼できる。しかし、自分の作品を判断することはできないはずだ。少なくとも、その千ページを書いたのがボアジェイリーだったら、それを四等分し、それぞれ中編か短編に作り替えるはずだ。ヴォネガットはドノソに、作品を捨てるんじゃないと厳しくいいわたした。大事な大作を墓送りにしてはだめだ、と。ヴォネガットの忠告は本心からのものだった。というのも、二十年間書こうとしている自分の小説もまた、完成していなかったからだ。

だが、強気な言葉や善意だけではインスピレーションは生まれない。ドレスデンへの旅は結局期待外れで、ヴォネガットが作品を仕上げるための想像力をかき立てられることはなかった。だが、なにかほかに成果があったはずだ。戦後のドレスデンから非難されたように感じたヴォネガットを、新たな方向へと導いてくれるようななにかが。

カートは旅行に持っていった二冊の本に深く感動した。一冊は詩人のセオドー・レトキの詩集『目覚め』で、もう一冊がエリカ・オストロフスキーの新刊で『セリーヌとそのビジョン』という評伝だ。もしも、カートがその二冊をアイオワシティかウェストバーンスタブルで読んでいたら、それほどの衝撃は受けなかったかもしれない。だが、ドレスデンでの経験に照らしながら読んで気づかされたのが、経験を理解するうえでの時間の果たす役割だった。レトキの「目覚め」という詩のなかに、こんな一節があったのだ。

わたしは眠りのなかに目覚め、目覚めをゆっくり受け入れる
わたしは恐れることのできないものに、わたしの運命を感じる
わたしはいかねばならないところにいくことで、学ぶ

わたしたちは感覚で考える。　知るべきことなど、どこにある?

窓から外をのぞいて、壊れた石造りの建物がぽつぽつと残っている野原を眺めたり二十年前にはどこにどんな建物があったかを思い出そうとしたりしているうちに、景色は心の中にできてきた。意識の底に沈んだ当時の感情を簡単に取り戻すことはできない。まして、記者のように事実を調べ、インタビューをし、メモをとっても、それをすくいあげることはできない。予想もしなかったことだが、カートはそれに気づいてほっとした。わかったのは、「ドレスデンの空襲を読者に描写してみせる必要はない」ということだった、とのちにカートは書いている。「セシル・B・デミル（アメリカの映画監督。風俗劇やスペクタクル大作などを得意とした）みたいな戦闘シーンを書く必要はないのだ」。作家の挑戦——カートの場合、過去を作品に活かすこと——とは、真の感情に身をゆだねて進んでいくことだ。この物語を自分のために語るうえで、史実性だけに頼ることはできない。

カートはまた、荷物のなかにあったもう一冊、オストロフスキーの『セリーヌとそのビジョン』を読んで、「ルイ・フェルディナン・セリーヌの作品の多くに驚き、尊敬の念を抱いた」ことを思い出した。とはいえ、フランス人のセリーヌはかなり強硬な反ユダヤ主義者で、「戦後に書いた作品のなかには、なんと、アンネ・フランクを攻撃するくだりがある。まったく悪趣味だ」とカートはのちに書いている。

セリーヌの偏見はともかく、カートはその言葉の力強さに感嘆した。『夜の果てへの旅』は「骨を貫く。精神を、とまではいわないが」。セリーヌはページに言葉を吐き出し読者にイメージを投げつけて、猛烈な勢いで起こる出来事の興奮を文脈から離れて伝える。セリーヌ自身が（読者の反応を皮肉って）「暴力」だと宣言した『ギニョルズ・バンド』の冒頭では、ステンドグラスを割るように言葉を破壊し、自分にとって人生がどんな風にみえているのかを捉えようとする。「家中の家具が揺れ、窓から落ち、火の雨となって降りかかり……十二のアーチを備えた名橋はぐらつき、泥の中に落ちる。

川の泥水は飛び散る！……群衆は泥を浴び、泥につぶされ、大声をあげ、息を詰まらせながら、欄干からこぼれ落ちる……いやひどい」。

セリーヌの世界では、矢のように疾走する時間が混乱を引き起こす。人生の混沌は分刻みで移ろい、その意味は理解などできない。「セリーヌは、時間に取り憑かれていた」のだとカートは理解した。「ミス・オストロフスキーのおかげで、『なしくずしの死』に出てくる素晴らしい場面が蘇った。セリーヌが街の群衆のざわめきを止めたいと願うところだ。セリーヌは紙上で叫び声を上げる。彼らを止めてくれ……みんなこれ以上動くな……その場でじっとしてるんだ……ずっとだぞ！……そうすればもう彼らも消えたりはしない！」

セリーヌの登場人物は、自分たちの人生で重要なことを制御することがまったくできず、ニヒリズムとペシミズムによって無力になってしまう。セリーヌは「愚か」という表現を好み、人が目の前で起きたことに驚いてなにもいえなくなってしまうことを描写するときに使った。人生は悲劇と荒涼たる不条理のないまぜになったものなのだ。だからセリーヌは知りたかった。「自分のうちに熱狂がなくなったとき、いったい人はどこに逃げることができるのか。真実は終わりのない断末魔の苦悩だ。この世の現実は死だ。選ばなくてはならない。命を絶つか、ごまかすか」。

カートにとって、若い歩兵だった頃の衝撃や混乱――それはのちに悪夢という形で現れる――を描くうえで、真実は役に立たなかった。ドレスデン空襲で使われた連合国軍側の飛行機の数も、落とされた爆弾の総量も、破壊された建物の数も、死亡した市民の数も、必要ない。カートが表現するのに必要だったのは、混沌を感じることで自ら作りあげた幻覚状態だったのだ。そのためには、セリーヌ同様、時間の流れをめちゃくちゃにすればいい。

カートは十月の終わりに帰宅すると、サム・ロレンスに、自分の目にしたものを説明しようと手紙を書いた。頭の中にあったドレスデンは、なくなっていた。過去に忠実である必要はない。ソビエトの都市計画の醜悪さが、破壊されたあのドイツの都市に重なって、なにがなんだかわからなくなった。しかし、だからこそ、自分の想像力で自由に新しいものを創り出せるような気がする。『スローターハウス5』は、どんな方向にも進める。自分が望むテーマで書ける、と。

ウェストバーンスタブルでは、刊行間近の『モンキーハウスへようこそ』のための仕事をしなくてはならなかった。これは雑誌に発表してきた短編を集めたものだ。カートはカバーの折り返し部分に入れる作品紹介文を自ら考えた。広告マンとして働いたときに得た技術が役に立った。カートが、大学のキャンパスで自分の人気が上がっていることに気づき、自分の作品を、フレデリック・ポールが表現したように、書店の店先、レジの近くに置いてもらえるように働きかけていたことは興味深い。カートは自分の人気は大学内の書店で火がついた、と書いている。購入する若者たちは、カート・ヴォネガットをただのSF作家とは考えていなかった。カート・ヴォネガットは大きな問題に立ち向かう。それはおかしくも悲しくもある、人と機械に関する問題だ。物語の語り手としてのカートの評判は広まり、多くの大学のキャンパスでもあちこちで彼の本がみかけられた。すでに人気作家だったのだ。

ジェインは、『モンキーハウスへようこそ』の表紙にカートの六枚の写真を漫画のように載せてはどうかと提案した。大学生には受けがいいと考えたのだ。カートはいいアイディアだと思ったが、サム・ロレンスは賛成しなかった。書評用献本に添えられたカートの写真をみれば、その理由がわかる。きれいにひげをそった、真面目そうな小太りの男。この男と、カバーの折り返しで紹介されている、時の人である著者とはいかにもちぐはぐだ。

それでも、ゼネラル・エレクトリックを辞めてフリーの作家になって以来初めて、カートはそんな

「ふっくらとした体型」になり、印税を送金するのはもう少し待って欲しいとロレンスに訴えるほどの余裕ができていた。収入が多すぎると、所得税率が上がってしまうからだ。またこの成功のおかげで、作家として前進したことをようやく実感できるようになり、肩の力を抜くことができた。少しは誇らしくもあった。ゲイル・ゴドウィンが小説を出版することに関して助言を求めてくると、進んで自分のキャリアを例に挙げて答えた。「本を出すために、大衆の好みに自分を合わせるつもりがあるかい？　もしそうなら、恋愛小説を書けばいい。女性誌のために作品を書くのもいい。わたしはそうやって、十二年ほど生計を立ててきたのだし、それを恥ずかしいとは思っていない……きみの作品に、荒削りな部分があるのかどうかはわからない。わたしは太い黒のクレヨンで書く。幼稚園児のように拳で握って書く。きみの作品はどちらかというと印象派かな。もし、わたしがしていることを試してみたくなったら、人生そのものと真面目に向き合うことだ。人生のなかにいる人間に対してではなくてね」。

だが、カートが若い作家に与えた助言の正当性を裏付けたのは、サム・ロレンスが作品を再版したことで入った大金だけではなかった。文芸作家として認められたかどうか、その試金石のひとつが、作品がアカデミックな研究の対象となることだ。アイオワ大学で、カートは英文学科の教員ロバート・E・スコールズと親しくなった。一九六七年、スコールズは文芸批評の著書『ファビュレーター』のなかで、ヴォネガットの小説に関してかなりのページを割いて論じている。

ファビュレーターというのは、イソップや中世の寓話作家のように、「制御されたファンタジー」を使って「現実よりも思想や理想に重点を置いた」物語を創造する作家を意味する。このタイプのストーリーテラーは、構造や形式に凝る。たとえば、入れ子構造の物語、脱線、気晴らしなどだ。それは折り紙やキュビズムやシンメトリーに魅せられた視覚芸術家《ヴィジュアルアーティスト》に似ている。この特徴こそ、ファビュレーターがほかの小説家や風刺作家と一線を画す点だ、とスコールズは論じている。例えばカート・ヴォネガットは、ヴォルテールやスウィフトの伝統を受け継ぎ、自分の思想を映し出す世界を創造した。「ヴォネガットの作品は、この世界への愛と、それをさらによいものにしたいという願いを表現している――が、あまり希望を抱いていないことも表現している」。

『ファビュレーター』刊行の数ヶ月前、C・D・B・ブライアンは「ニュー・リパブリック」誌に厳しい調子で書いている。ヴォネガットは「現代のユーモア作家のなかで、最も読みやすく面白い作品を書くにもかかわらず、読者から当然受けるべき評価を受けてこなかった」と。

かつては、カート・ヴォネガット・ジュニアの新作が出たときいても、誰もが首をすくめていたというのに、いつのまにか読んでいなければ読者も批評家も非難される時代になったのだ。

ジェインもまた、人生の新しい局面を迎えていた。超越瞑想《トランセンデンタル・メディテーション》（TM）に心の平安をみいだすようになっていたのだ。

超越瞑想をヴォネガット家に浸透させたのは、イーディとその彼氏のジョー・クラークだった。クラークはジム・アダムズの親友で、ロックミュージシャン。十代の頃は荒れていたのだが、マハリシ・マヘーシュ・ヨーギーの教えによって救われたという。それ以降、満ち足りた穏やかな気持ちを味わえるようになったというのだ。そして、誰もが認めることだが、クラークはカリスマ的な若者で、彼が笑うと、部屋の隅々までその声がいきわたるようだった。

ジョーの体験談をきいて納得したイーディとジェインは超越瞑想の初級講座に申しこみ、自分のマントラをもらうために金を払った。そしてそのマントラを、瞑想中、心のなかでくり返し唱えるように指導された。マントラは、ひとりひとり違うもので、秘密にしなくてはいけないといわれた。カートも参加した。それについて、後に書いている。「参加したのは、妻と十八歳の娘がはまっていたからだ。ふたりとも教えられたように、一日に何度か瞑想する。もうなににも腹を立てたりせず、なかに照明を入れたバス・ドラムのようにぼうっと光っている」。

マハリシは、すばらしい人物だと評判だった。マハリシが世界中を回ると、何万人という崇拝者が会いにきた。そのなかには、ビートルズ、ビーチボーイズ、ポップ歌手のドノヴァン、女優のミア・ファローなどがいた。勧誘員は、大学キャンパス、空港、繁華街など、あらゆるところにいて、講演、修養会、講習等の情報を人々に広めていた。マハリシのメッセージはまさに救世主的なもので、世の中から不幸や不満を取りのぞくというふれこみだった。

カートは超越瞑想をしばらく実践したあと、疑うようになった。数世紀にわたって、ヴォネガット家は先祖代々、インディアナポリスで、金物やビールや棺桶からエレクトロラックスの掃除機に至るまで、ありとあらゆるものを各家庭に売ってきたのだ。カートのビジネスのアンテナがぴんと立った。マハリシがケンブリッジにくる予定があることを知ると、カートは「エスクァイア」誌から取材を請け負って記者会見に出席した。

会場になったホテルの部屋は人であふれかえっていた。多くの記者が招待されていたのだ。マハリシは、小柄で、クスクスとよく笑う男で、肩まで伸ばした髪はいつも濡れているようにみえた。生花に囲まれた背の高い椅子に腰を降ろすと、超越瞑想には人々の暮らしや仕事や世界経済を良くしていくパワーがあると説明した。

そのあと出席者は指導に基づき、瞑想を体験させられた。それが終わってからのことを、カートはこう話している。「目を開けると、マハリシをきっとにらみつけた。彼はぼくをインドまで運んではくれなかった。そうではなく、ニューヨーク州スケネクタディに連れ戻したのだ。そこでぼくは広報の仕事をしていた。何年も前のことだが。そこでも、陶酔した男たちが人間の置かれた状況について語っていた。使われていた言葉は、スイッチとか、ラジオとか、市場の公正さなどだったが。彼らもまた、人々が不幸なままでいるなんてばかばかしいと思っていた。なにしろ簡単にその運命を良いほうへと導けることがたくさんあるのだから。マハリシははるばるインドからやってきて、我々にゼネラル・エレクトリックのエンジニアがいいそうなことを話していたのだ」。カートはマハリシを詐欺師だと糾弾したりはしなかった。誇大広告の製品を売るセールスマンにすぎないからだ。さらに、曾祖父のクレメンズ・ヴォネガットにまで遡る自由思想の伝統に基づく合理主義が、瞑想に関する彼の意見に影響を与えた。自由思想の人間は、倫理や道徳を単純化した思想には、必ず猜疑心を持つ。宗教が絡んだ場合は特にそうだ。

瞑想のメリットは、読書で味わうことと同じだとカートは思った。「本に熱中しているときには、脈拍数も呼吸数も下がるのがはっきりわかる。それは超越瞑想をしているときと似ている……この瞑想の型は、おそらく偶然できたものなのだろうが、我々の文明の中核をなす最高の宝物といってもいいだろう」。そしてカートは「エスクァイア」に提出した記事に、マハリシは「愛すべき人物」であり、自由企業制をシステムが許す限り最大限に活用しているだけなのだ、と書いた。

だが不幸なことに、カートの気持ちはそこで止まらず、ジェインの超越瞑想への興味をばかにし始めた。ジェインは、超越瞑想運動に加わることで、自分を乗せた小さなボートを海に押し出すようにして、世の中をみようとしていた。ところがカートは、結婚当初からファイ・ベータ・カッパのメンバーの妻に、きみはなにもわかっていない、といいきかせるのが好きで、今回もまた反対した。「ジェインは自分の強さや理解力や、はたまた幸福や健康までを高めたいからといって、超自然的なことにどんどん深入りしていった。それがぼくにはつらかった。ジェインにはわからないのだ。なぜぼくがそれで傷つくのか、だいたいにおいて、ぼくにはまったく関係のないことだと彼女は思っていた」。

ふたりの意見の相違はエスカレートし、口論が絶えなくなった。問題は、ジェインが神秘的でスピリチュアルなものの探究に喜びを感じることだった。ジェインの探究は瞑想だけでなく、キリスト教、占星術、易経までに及んだが、すべては一九六〇年代末を特徴づける「水瓶座の時代」（黄道上を移動している春分点が水瓶座に入り、新しい時代が始まるとされる）に熱狂的に流行したものだ。

カートは、そのどれにも悪い印象を持ってはいなかった。それどころか、キリストについては敬意をもって書いているし、占星術は誰かと知り合いになるうえで便利だと書いている。たとえば、「きみは何座？」というふうに。

カートが腹を立てていたのは、ジェインが「ヴォネガット家の信念を共有してくれなかったこと」だ。ユニテリアン派の教義と自由思想を共有していれば、たとえばヨガの空中浮遊など笑い飛ばしていたはずだ。カートからすれば、ジェインは頑固に反抗的に——不従順といってもいい——カートが時間の無駄だとみなしたものに、わざわざ固執し続けたのだ。

ヴォネガットは講演上手だという評判が、一九六八年春のノートルダム大学の文学フェスティバルを機に広まった。人前で話すのがうまい作家が、あちこちで講演したり、朗読したりすることで、本の売上げに貢献するのは、チャールズ・ディケンズ以来の伝統だ。ディケンズは一八四七年から四八年にアメリカ各地で『オリヴァー・ツイスト』のナンシー殺害の場面を朗読し、何人もの観客を気絶させた。のちにマーク・トウェインは巡回朗読会で面白おかしい物語を披露した。オスカー・ワイルドはもっと美をと訴えた。エドナ・セント・ヴィンセント・ミレイは、自分の詩を朗読することで自らが垣間見た美を聴衆に伝えようとした。トルーマン・カポーティは聴衆を魅了した。シェイクスピア劇の役者ジョン・ギールグッドがいうように、「蚊のなくような小さな声」だったにもかかわらず。ノートルダム大学でヴォネガットと共に演壇に立ったのは、ジョーゼフ・ヘラーだった。ヴォネガットはこの、『キャッチ22』の作者を知らなかったが、ふたりの出会いは、その後生涯にわたる長い友情の始まりとなる。

司会者の紹介に続き、「ヘラーが最高に笑える話をしてくれることになっていた」とヴォネガットはいっている。「ヘラーが立ちあがり、用意してきたにちがいないスピーチを始めようと口を開いた瞬間に、大学側の人間、つまりひとりの教授がフットライトをまたいで演壇に上がり、講演用の机に近づくと、ヘラーをそっと脇へ押しやっていった。『お知らせしなければいけないことがあります。マーティン・ルーサー・キングが射殺されました』」。

講堂の聴衆はどよめいた。だがヘラーは用意してきたスピーチをする以外はなかった。学生の半数はいちおうきいてはいたが気もそぞろで、絶望にくれたり、小声で話し合ったりしており、なかには泣いている者もいた。ヘラー自身も自分のいっていることが耳に入ってこなかった。家に帰って妻を慰めたい思いでいっぱいだった。ようやく、ヘラーはスピーチを終え、腰を下ろした。

次はヴォネガットの番だった。やはりスピーチは準備してあった。メモや原稿なしに講演することはないのだ。だが、ヴォネガットが話し出すと、聴衆はいきなり、ヒステリーにも近い笑いの発作に襲われた。「ぼくの話すすべてが笑いを誘った。咳払いをするだけで、会場が笑いの渦に巻きこまれた……みんなが笑っているのは、つらくてたまらなかったからだ。どうすることもできない痛みを抱えていたからだ」。話した内容は「やや滑稽」という程度ではあったが、聴衆は過剰に反応した。それは恐れや悲しみのなかで、束の間の滑稽さに救われた瞬間だったのだ。意図したことではなかったが、カートは恐怖に直面したときの笑いの効果をいやおうなく例証することになった。笑いは魂の救いになる――それは彼の作品でユーモアが果たす典型的な役割だ。『母なる夜』と、作中に登場する精彩を欠いたナチスの「大物たち」に関して指摘されていることだが、ヴォネガットの語りの驚くべき特徴は、萎縮したところのない、人間的な笑いだ。それは「粗野な笑いや残酷な笑いではなく、心から笑える笑いなのだ」。

ヘラーには、ヴォネガットがそのスピーチを即興でやっているようにしかきこえなかったという。だが、話し終えて席に戻ってきたヴォネガットと握手をしたとき、「相手が汗だくなのに気づいた」。聴衆のなかには、小説家で文芸批評家のグランヴィル・ヒックスもいた。ヒックスはヴォネガットの講演を「今まできいたどんな講演よりもおかしかった」と思ったという。

この講演のおかげで、ヴォネガットはひっぱりだこになった。一九六八年六月初旬、『スローターハウス５』の最終原稿をサム・ロレンスに提出したとき、著作権エージェントのマックス・ウィルキンソンに本の宣伝で各地を巡る計画を立てなきゃいけないな、といわれ、カートは渋い顔をした。こなせないほど講演依頼がきていて、しかも、そっちなら高額の講演料をそれぞれもらえるというのに、なんだってタダであちこち顔を出さなきゃいけないんだ?

結婚して以来、カートとジェインはふたりとも、政治にはほとんど興味を持つことはなかった。ノンポリといってもいいだろう。どの大統領候補を支持するかを公にしたのは、一九五二年のスティーヴンソン対アイゼンハワーの選挙のとき、前庭に民主党候補のアドレー・スティーヴンソンの旗を立てたときくらいだ。それも、そうでもしなければ、保守的なケープコッドで、自分たちをリベラルな知識人であると示すことができないと思ったからだった。だが、一九六八年四月のマーティン・ルーサー・キング・ジュニア牧師の暗殺は、ジェインを大統領選運動に駆り立てた。

キング牧師は、南部キリスト教指導者会議と協力して首都ワシントンDCへの大行進を計画していたが、四月四日、テネシー州メンフィスで暗殺された。その後、行進は計画どおり行われ、五月十二日、首都に到着した。「貧者の行進」として歴史に名を残す、大規模な行進だ。全国から集まった九つのデモ隊の長い列が、経済権利憲章議案の議会通過を訴えようと構えていた。議会では、ふたりの上院議員、ウェストバージニア州出身のロバート・バードとルイジアナ州出身のラッセル・ロングが、いずれ暴動が起き、暴民支配政治になると予言し、デモが暴走した場合には「射殺」も認めるよう要求した。ところが、三千人のデモ参加者は暴徒化することもなく、何百ものテントにおさまった。リンカン記念館に隣接するポトマック公園にできたテント群は、「復活の町」と呼ばれた。

ジェインは、デモに参加したいケープコッドの人々のためにバスをチャーターするのに忙しかった。『精神力』という言葉をきくと、ジェインが頭に浮かびます」とウェストバーンスタブルの隣人アーノルド・ボッシはいっている。「ジェインはまさに精神力の塊だったからです。彼女は不正や不道徳なごまかしを見逃しませんでした。そして決してでしゃばることなく、それらを正すことに尽力したのです」。

ジェインはリンカン記念館のすぐそばで何度も開かれた大集会に参加し、スミソニアン協会の真正面にいくつも建てられた粗末な小作人の小屋を目にし、様々な人たちの演説に耳を傾けた。ブラックパンサー党員、チカノと呼ばれるメキシコ移民、アパラチア地方の貧しい白人《プア・ホワイト》、アメリカ先住民、マルクス主義者、反戦論者。アジェンダの多すぎることが、貧民キャンペーンのネックになっていた。そして「復活の町」に五十ミリの雨が降った。六月末、ジェインとマークとイーディがケープコッドに戻る頃になっても、経済権利憲章議案は議会を通過せず、その後も法制化されることはなかった。

だが、それから一週間後、ジェインはたまたまボストンにいき、民主党の上院議員、ユージーン・マッカーシーの選挙事務所にバンパーステッカーをもらいに立ち寄った。そして出てきたときには、無料グッズを山ほど抱えていただけでなく、事務局の一員として活動することに同意していた。「戦争だよ、きみのやり方は」とカートは文句をいった。ジェインが自宅で集会を開いたために、彼女がマッカーシー候補選挙事務所ミッドケープ支部の責任者になったことがわかったのだ。共に責任者を務めるのはアーノルド・ボッシ。ジェインは既に四百ドル出して、ハイアニスの目抜き通り沿いの店舗を二ヶ月借りて選挙事務所にすることを申し出ていた。

ナニーは、カートとロリー・ウィルソンの不倫が露呈してから、ずっと母親を支えてきたが、今回もまた、父親がわからず屋だと思った。「母はとても頭の良い人でした。そして、父は自分たちの結婚がおとぎ話のようにうまくいかなかったことに腹を立てていました。父には、子どもを産み、育て、日々の単調でつらい仕事をこなすことがどんなに大変なのかわかっていませんでした」。

カートがジェインの家庭外での活動に理解を示さなかったのは、その夏、ヴォネガット家とアダムズ家の子ども、六人全員が帰省してくる予定だったからだ。そのうえ、ジェインの母親のライアも、健康状態が悪く、空気のよい海沿いの町で休暇を楽しもうと、すでにウェストバーンスタブルにきていたのだ。カートは『スローターハウス5』を出版したあとだというのに、当たり前のように書斎にこもり、誰にも邪魔されずに仕事を続けようとしていた。

それでもジェインは、自分が意義深いことをしていると思っていたので、いくらいわれても選挙事務所の仕事を辞める気にはなれなかった。選挙ボランティアからの電話が鳴るたびに家庭内の緊張が高まった。ジェインはハイアニスの事務所の立ち上げのために、たびたび家をあけなくてはならなかった。そのうち「マッカーシー」や「選挙」といった言葉が会話に出てくるだけで、口論になる始末。ジェインは、選挙運動を「この夏の趣味」として、夫の支援なしに取り組む覚悟をするしかなかった。

内心、カートは後ろめたく思っていた。ノックスへの手紙で、あの戦争の本を書き終えてから暇で困っている、と書いている。書くのはもううんざりなので、ボランティアの仕事かなにかができるように登録したほうがいいのかもしれない。ジェインが選挙運動の仕事で二十四時間体制で働いているあいだ、ぼうっとしているのもどうかと思うから。

それでも、ジェインに手を貸そうとはしなかったのだ。

ジェインは、七月にマッカーシー選挙事務所ミッドケープ支部のドアを開けたとき、自分とアーノルド・ボッシが仕切っていかなくてはいけないのは「子ども十字軍」のようなものだとわかった。「子ども十字軍」というのは、メディアがマッカーシーの選挙運動につけたニックネームだ。その運動に多くの若者が参加していたからで、まだ投票権さえない若者が何千人もいた。二人の責任者はまず、この選挙事務所をできるだけ目立たないようにしなくてはいけないと思った。というのも、ジェインが思うに、「ここはとても保守的な地域だから。それに、自分たちの不利になるような活動をしていると思うだけで、口もきかなくなる人がたくさんいるから」。だが、寄付やボランティアの申し出も多く寄せられ、それには「わくわくした」。あっという間に、選挙事務所内には、電話を受けるボランティア――ほとんどが夏休みに帰省中の大学生――の声があふれ、多くの住民たちが、ポスターやビラやステッカーをもらいに立ち寄るようになった。

しばらくして、ジェインは、経験不足の若いスタッフが投票推進運動を間違った方向に進めていたことに気づいたが、その時には手遅れだった。中年の友人から、大人が電話でボランティアの申し出をすると断られてしまうときかされたのだ。どうやら、若者たちにしてみれば、三十歳以上の人間と働くなんてまっぴら、ということらしい。すると、そんな彼らを煙たく思うハイアニスの住民たちのあいだで、あそこは平和運動家、ヒッピー、麻薬常用者、徴兵忌避者がたむろする場所だという評判が立った。

　悪い評判を払拭し、選挙資金の寄付を集めるために、ジェインとアーノルドは、ケープコッド全域の人々に楽しんでもらえるようなイベントをしようと決めた。するとスタッフのなかのひとりの少女が、自分の父親は焼きはまぐり《クラムベイク》パーティのやり方を知っていて、貝や薪やそのほか必要なものをそろえてくれるだろうといい出した。ところが、あちこちの商店の窓に、地元のマッカーシー選挙事務所主催のピクニックのチラシが貼られたあとになって、いい出した少女が、父親は結局力を貸してくれなくなったと打ち明けた。ふたりの責任者はあわててタイム・ライフ・ブックス社の料理本に載っているクラムベイクの写真をみて、やり方を研究した。なんとか大失敗にならずに終わったクラムベイクの翌日、ビキニを着たイーディの写真が通信社に届いた。素肌のお腹には愛と平和を訴えるマッカーシーのステッカーが貼ってあった。

　その間、カートは書斎にこもったまま、関わらないようにしていた。「カートはパーティのときにちょっと顔を出すくらいでした」とボッシはいう。「彼が選挙活動に参加していた記憶はありません」。マッカーシーがボストンのフェンウェイパークを訪ねたときは、カートも貸し切りバスに同乗して出かけたが、ジェインは、それが「大きなイベント」だったからだろうと思った。

　民主党全国委員会での代議員投票の夜、マッカーシー候補のミッドケープ支部の熱烈な支持者がヴォネガット家のテレビの前に集まった。画面には党大会でのスピーチと、シカゴの街での一万人のデモ隊と二万三千人の警官、イリノイ州兵の荒々しい衝突シーンの両方が映し出されていた。投票が始まり、ヒューバート・ハンフリーがマッカーシーを下して大統領候補に指命された。「クリーンなジーン」は、ほとんど三対一の大差で、ハンフリーの、法と秩序を取り戻そうというタイムリーな公約に負けたのだ。マークは悲しげなジャズをサックスで演奏し、ジェインとその他の支持者たちはヴォネガット家の倉庫に移動して、祝勝パーティのかわりに残念パーティをして一夜を明かした。「それでどれだけ自分が傷つくかわかっていたら、あの選挙には絶対に関わらなかったでしょう」とジェインはマッカーシー陣営の口述筆記プロジェクトのインタビュアーに語っている。「というのも、個人的に、それは本当に最悪の夏だったからです」。

「時代の代弁者」である夫は運動に手を貸してくれたかという問いかけには、こう答えている。「不思議なことに、時代の代弁者とあの運動は、ほとんど接点がありませんでした」。

実のところ、カートはほかのことに夢中になっていた。仕事ではない。口実をみつけてウェストバーンスタブルからニューヨークに出かけては、ある女性を口説いていたのだ。

その年、カートはロリーから手紙をもらい、ノーザン・アイオワ大学の英文学科教授、リチャード・ラックストローとの「友情が発展して結婚することになった」と知らされた。カートは長いことなんの返事も書かなかった。そのせいでロリーは悩むことになった。カートは知らなかったが、ロリーはラックストローに、カートとの関係に関して「自分としては揺れる気持ちが少しもないとは言い切れない」といっていたのだ。

ロリーとの情事が終わったと考えたカートは、ほかの女性を口説き始めた。ジェイン・ミラー――誰からも「ジミー」と呼ばれていた――といって、亡きウォーレン・ミラーの妻。ウォーレンはかつてアイオワ大創作講座でポール・エングルに教わっていた。そして、最初の妻と離婚後すぐにジミーと出会い、当時ゴーストライターをしていた作品の作者として写真モデルになってくれないかと頼んだ。その作品は『ちょっと愛して』といって、フランスの十代の女の子が書いた『悲しみよこんにちは』のアメリカ版ともいうべきもので、ウォーレンはアマンダ・ヴェイルというペンネームを使って書いていた。そこにジミーの写真――黒髪の若く美しい女性――が入れば、架空のミス・ヴェイル像は完璧だ。一九五七年に刊行された『ちょっと愛して』の成功により、ニューヨークの広告会社の重役だったウォーレンは、作家としての新しいキャリアを始めたのだった。

ウォーレンとジミーは翌年結婚したが、ウォーレンはヘビースモーカーで、一九六六年、四十四歳のときに肺癌で他界した。カートはウォーレンに会ったことはなかったが、彼の小説『The Way We Live』をすばらしいと思っていた。自伝的な作品で、野心家の広告会社の重役が、次々と相手を変えて情事にふけるという内容だ。

カートとつき合い始めた頃、ジミーは七十八番ストリートのブロードウェイとアムステルダム・アヴェニューの間に住み、彫金とジュエリー製作で生計を立てていた。ジミーの義理の娘イヴによれば、ジミーは「黒髪で小柄で、とても美人で、彫像のような彫りの深い顔立ちだった」らしい。しかし、鬱状態と激しい錯乱状態を行き来していた。双極性障害の疑いのために処方された精神安定剤とバルビツール剤の副作用だった。「父が死んでから、義母は極端な鬱状態になっていたので、カートに出会うと、夢中になり、行動はどんどん大胆になっていきました」。

イヴは、カートが義母と会うようになった頃、自分はほんの子どもだったと回想している。街の外からやってきた、背の高い人なつこい男が自分のことを気にかけてくれた、と。「カートに、ほんとに素敵なカメラをもらったのを覚えています。当時としてはとてもおしゃれな最新型の小型スナップショットカメラで、わたしが気に入ると思ったのでしょう。すごくうれしかったです」。

カートはジミーとの仲を進展させたかったが、ジミーは恋愛関係になるつもりはなかった。ジミーは三十代後半だったが、ヒッピーと意気投合し、しきりにマリファナを吸っていた。カートは親しみやすい男ではあったが、ジミーにしてみれば年を取りすぎていて、どちらかというと親戚の叔父さんのような感じで、スーツを着て出かけるのが好きな体制側の人間に思えた。

別れるとき、カートはジミーにプレゼントを渡した。かなり高価な、ジョルジュ・ブラックのリトグラフで、本人の直筆サイン入りだった。深い青を背景に、ぶかっこうな鳥が横向きに描かれている。翼をたたんで、支えるものもないのにぽつんと浮かんでいる。頭上には星、足元には魚が描かれていた。

カートは性懲りもなく、数週間後にはほかの女性に手を出そうとしていた。アイオワ大学時代の教え子、スザンヌ・マッコーネルだ。

スザンヌは、カートが自分の気をひこうとするのを気にかけたことはなく、それがかなり性的な意味を帯びていてもやりすごしていた。あるとき、創作講座のパーティで、スザンヌはカートをダンスに誘った。ところが、少し踊ると、カートはいった。「これ以上、きみとは踊れないよ、スザンヌ」。つまり、酔っているので、なにかしでかしてしまいそうだという意味だった。そのあと、スザンヌが帰ろうとすると、カートはいった。「こっちへきて、さよならのキスをしてくれないか」。スザンヌはいわれるままにキスをした。カートは、スザンヌがヴァンス・ボアジェイリーと寝たことがあるのではないかと思って嫉妬していて、そのことで彼女を何度も問いつめていた。

一九六九年一月、カートはスザンヌから連絡をもらった。ジミー・ミラーとの関係の出だしでつまずいてから数ヶ月後のことだ。カートは、ミシガン大学アナーバー校に、一月から三月までの期間、ライター・イン・レジデンスとして在籍していた。スザンヌはカートに電話をかけ、自分が今教えている、デルタ・コミュニティ・カレッジで講演をしていただけないかといった。カートは喜んで引き受けたが、デルタ・コミュニティ・カレッジは、アナーバーから二時間半の距離だ。カートはその少し前にアイオワにいき、ふたりがまた会うことがなにを意味するか、暗にほのめかした。カートは喜んで……ふたりの共通の友人の妻を口説いたとスザンヌに話した。スザンヌはこう話している。「そんな話を聞かされて驚き、戸惑いました。そこではっとしたのです。カートは、自分がそんなことをする男なのだと、わたしに警告しておきたかったのです」。

講演予定日の前の晩、カートは電話をかけて講演をキャンセルしたいといった。「明日、そちらで話をすることができなくなってしまったんだ、スザンヌ。こういうとき、ライター・イン・レジデンスの受け入れ側が保護してくれるものなんだが、ミシガン大学はそういう手配をしてくれない。だから、きみの大学で講演するのは気が進まない。でも、きみには会いにいきたいんだ」。

カートは、『スローターハウス５』の原稿を出版社に渡してから、寂しくてならなかった。考える時間が多すぎたし、解放感が抜けないのもいけなかった。実際、ミシガン大学のライター・イン・レジデンスの仕事も、一ヶ月もしないうちにいやになって、講座の責任者にこういった。「人の話をきく以上に嫌いなことがひとつあるとわかった。人に話をすることだよ」。

カートがキャンセルした講演の当日、スザンヌはキャンパスを寒さに震えながら歩いていた。するとマサチューセッツ州のナンバープレートをつけた大きな車が、駐車場に降り積もった雪をタイヤでザクザク踏みながらゆっくり近づいてきた。車の側面は融雪剤の塩と雪交じりの泥で汚れていた。

「カート！」スザンヌは叫んだ。予定より何時間も早い到着だったのだ。

カートは車をバックさせてスザンヌに近づき、助手席側のドアを開けた。「待ちきれなかったんだ。

さあ乗って。ちょっとドライブしよう。ヒューロン湖沿いを北に向かってみたいな。このあたりにくるのは久しぶりなんだ」。

翌朝モーテルで、カートはシーツを体に巻きつけてバスルームにいく前に、肩越しに声をかけた。「二日酔いだ」。スザンヌは、午前中の授業を誰かに頼めば、朝食を一緒に食べられるといった。

「そんなことしていいのか?」

スザンヌはぎょっとした。カートの声には明らかに非難めいたものがあったからだ。カートはタバコをくれないかといった。少し前に禁煙したといっていたのだが。それから結局、ふたりは朝食を食べにいき、その後カートはスザンヌを大学の駐車場まで送った。彼女の車が停めてあったからだ。スザンヌは、カートが車で去るのを見送りながら、追いかけて戻ってきてというべきか迷った。

一週間後、スザンヌはカートから一行だけの手紙を受けとった。「ぼくは同じところをぐるぐる歩きまわり、無為に時間を過ごしている」。


カートは、一九六九年三月、『スローターハウス5』の出版予定日が近づくにつれ、たまらなく怖くなっていた。二十年もかけて、冒頭を何度も書き直し、ひととおり書いたあとでいろいろなことに気づき、改稿をくり返してきたのに、物語は終始、彼の努力を御影石のようにはね返してきた。

最初のバージョンでは、四十一歳のケープコッド在住の建築家が、自分はなんの変哲もない住宅やショッピングセンターや学校などを設計していると自己紹介するところから物語が始まる。ふたつ目のバージョンには『チャンピオンたちの朝食』のドウェイン・フーヴァーの声やキャラクターを思い起こさせるものが出てくるが、それはまだ形になっていない。ビリー・ピルグリムという語り手は、中西部に住むポンティアックのディーラーで、自分のコミュニティに貢献したいという気持ちの強い男だ。三つ目のバージョンは、ヴォネガット自身が語り始める、自伝的なタッチだ。長いあいだ小説家をしていて、実際に人生で起きたこととそうでないことの見分けがつかなくなってしまったと説明する。

とうとうカートは、悲しげな註釈をつけることにした。「ここに書いたことは、すべて本当に起きた……まあ、だいたいは。いずれにせよ、戦争の部分は、かなり真実だ」。これにより、作者がテキスト内に入りこむというメタフィクション的技法の扉を開いたのだ。

活字が組まれ、机の上にゲラ刷りが置かれても、カートは自信を持てなかった。タイプ原稿のコピーをバーナード・オヘアに送り、きみと奥さんとで読んでくれないだろうかと、卑屈な調子で懇願する手紙を添えた。もしも、作品が不快だとか、ふざけすぎだと感じた場合には、包み隠さずそう教えてほしい、と。ふたりは作品をとても気に入った。カートは、本の表紙に関する最終決定をジェインに任せた。ジェインは、カートがアルプラウスのチェイニー雑貨店の二階でフルタイムの作家として書き始めて以来ずっと、彼を見守ってきたのだ。ジェインがとてもいいじゃないというと、ようやくカートは満足した。

その六ヶ月前には、一九五〇年代に発表したカートの作品集――雑誌読者向けに書かれた短編のコレクション――が、『モンキーハウスへようこそ』というタイトルで出版された。ある書評家は、「古くなったスープ」で、ヴォネガットの評判を高めるものではないと評した。また、これらの短編は「ヴォネガットも認めるように、売るために書かれたもので、読んでいて煩わしいと思うほど取り繕った書き方をしている。ギャグを引き伸ばしただけのものもあるし、掲載される雑誌の偏向した特徴を茶化していることもある」と書く者もいた。だが、今となってはそんなことはどうでもよかった。『モンキーハウスへようこそ』は、昔の写真を貼ったアルバムのようなもので、これから出る新作の引き立て役、スタイルの変化を浮き彫りにするためのものなのだ。

『スローターハウス5』が熱狂的な賛辞を受けるか、野次とともに本棚から引きずり降ろされるか、カートにはわからなかった。『ローズウォーターさん、あなたに神のおめぐみを』は、それまでで最も多くの書評が書かれていて好評なのにもかかわらず、四年前の出版時にはたいした反応はなかった。新作に最大限の注目を集めるためにカートにできることは、広報担当としてかつて培った能力を活かすことだった。

まず、〝流行作家〟にふさわしいスタイルを身につけることが必要だった。ロレンスはすでに、見事な手腕でカートのキャリアを蘇生させていた。これまでの作品を揃いのハードカバーで出版し、公認のカート・ヴォネガット全集とした。作品の売れ行きは急上昇していて、それを支えているのは大学生だった。一九六九年三月の時点で、『猫のゆりかご』は十五万部以上、『タイタンの妖女』は二十万部も売れた。「高校時代はJ・D・サリンジャーに夢中でしたが、大学時代は断然カート・ヴォネガットでした」とカリフォルニア大学で英文学を専攻する二十歳の若者は熱く語った。また、当時イェール大学新聞に『ドゥーンズベリー』という風刺漫画を掲載していたギャリー・トゥルードーは、のちにこう書いている。「ヴォネガットの作品を一度に二、三作購入して友だちに貸したが、もちろん、戻ってこなかった。彼の本は大人気で、こっそり買い集めて持っていようとしても、まず無理だった。作品は、本の糊が茶色くなり、ページがばらばらになるまで回し読みされた」。

カートにとって、読者の期待に応えることが重要になった。大学での講演依頼がますます頻繁にくるようになったのだから、なおさらだ。カートは体重を落とし、短くしていた髪を伸ばして癖毛をくしゃくしゃにして、口ひげも伸ばした。茶色い立派なひげは八の字を描いて口角付近をぴんと尖らせ、ジョージ・ハリスンかピーター・マックス風。これで、前衛芸術家で社会批評家の風貌ができあがった。一九六〇年代前半に撮った広告用写真のカーディガン姿のだらしないパパとは大違いだ。

カートは前年の夏、ある講演で大失敗し、苦い教訓を得ていた。当時は困惑し、きまり悪い思いをしたが、そのときの失敗を調整して自己を演出するには、今が絶好のタイミングだった。

一九六八年、カートは、インディアナ州のヴァルパレーゾ大学で開催された、全米学生新聞連盟の年次総会の基調演説を依頼された。演壇には、ほかにふたりの講演者がいた。未来学者のアルビン・トフラーと、黒人の権利擁護運動の活動家で大統領候補のディック・グレゴリーだ。聴衆のなかには大学生や高校生の若い男女が何百人もいたが、誰もが頭脳明晰で博識で、若い男性の多くは徴兵される可能性があった。

ところがカートは、聴衆がどのような政治的姿勢を持ち、どんな講演をききたがっているかを読み違えた。カートが学生ジャーナリストだった頃には、放課後のソックホップ（一九五〇年代に若者のあいだで流行した、ソックスで踊るくだけたダンスパーティ）やタレントショーを取材して「エコー」に記事を書いた。だが、このときの若者たちは特定の主義を唱道する報道《アドボカシー・ジャーナリズム》の時代に乗りだそうとしていた。ミシシッピ州やアラバマ州からきた学生で、大学当局に反抗して市民権運動を報道している者もいた。社説でベトナム戦争に反対する記事を書き、学生ストライキを呼びかけた者もいた。そして大会のさなか、AP通信から、ソ連がプラハに侵攻したというニュースが飛びこんできた。するとチェコ支援のデモを呼びかける声があちこちから上がった。

カートはマイクの前に立って、スピーチを始めた。「腹を抱えて笑うほどおかしいことをたくさん話したのに、終わったときの拍手はみじめなほどまばらだった」とのちに書いている。カートは呆然として席に座った。次にディック・グレゴリーが話した。雄弁に、情熱的に、リンドン・ジョンソン大統領やベトナム戦争や「資本主義者の搾取」や体制を攻撃した。彼の糾弾の言葉に、聴衆は立ちあがった。グレゴリーは新しい世代として、「現代のアメリカの病んだやり方」を変えていこうと呼びかけたのだ。続いてトフラーは「未来の衝撃」がもたらす苦難について、つまり、ここにいるきみたちは、これから技術革命や情報革命を経験していくのだと語った。聴衆は倫理的問題をはらむ新しい時代を目のあたりにして、興奮の渦に包まれた。

それをきいても、カートは、なぜ自分があんなにも受けが悪かったのかわからなかった。その夜、カートは、大会の主催者のひとりに、自分はなぜ「聴衆の気分を害してしまったのか」ときいた。そして「彼らは、ぼくが道徳的で批判的な話をすると思っていた。ぼくはモラリストとして雇われていた」と知らされたと、のちに書いている。

それまでカートは作品中で、テクノロジーの誤用や、弱者に対する社会の不当な扱いや、冷淡なる神などについて予言しているが、それは本の中だけのことだと思っていた。芸術家の目的は、「炭鉱のカナリア」となって「強健な者たちがそこに危険があると気づくよりずっと前に」危険を知らせることだと信じていた。

それは正しいのだが、聴衆は、カートが自分の考えを掘り下げた話をすることを期待していた。道徳的な観点に立った話をききたかったのであって、ロータリークラブの昼食会できくような面白いだけの話などきくつもりはなかったのだ。カートは、ノーマン・メイラーの、アメリカに議論をふっかけるような見解――『ぼく自身のための広告』といううまい題がついている――を読んですばらしいとは思ったが、そのタイトルと、メイラーが作品中登場させる議論好きな語り手を結びつけて考えることはなかった。メイラーには、一日中タイプライターの前に座っているハーバード大卒の本好きの面もあれば、「白い黒人」というエッセイで「良いオーガズム」への熱狂を語る、猛々しい文明批評家の面もあるのだ。だが、メイラーの話をききにくる人々は、知的なけんか好きを期待しているのであって、臆病な「炭鉱のカナリア」の声をききたいわけではない。

同様にカート自身も、数々の社会問題によって引き裂かれた時代に、彼の大好きな風刺家や社会批評家――マーク・トウェイン、H・L・メンケン、バーナード・ショー――の精神を継承して自分なりのスタイルを確立するつもりなら、アメリカを酷評する評論家という役割を、自ら体現しなくてはいけないのだ。

こうして、『スローターハウス5』の出版時には、新しいカート・ヴォネガットがデビューした。「ニューズウィーク」誌のインタビューのなかで、カートはいっている。「ぼくには（反戦活動家の）マーク・ラッドと同世代の子どもが三人います。そして、現代の制度は地球のことなどまったく気にかけない人間をトップまで昇進させるものだ、という思いを彼らと共有しています」。写真の下にはキャプションがついている。「ヴォネガット――キャンパスのオーウェル」。カートは話を続ける。「人々は道徳的精神を望んでいます。今年はそういう機会が増えるでしょう。ぼくが講演を頼まれるときは、それが期待されているのですから。最近では、戦争犯罪のような問題が若者たちの頭を悩ませています」。

カートは落ちついた、他人に共感する、思いやりのある人物だという印象を与えた。インタビューにブルックス・ブラザースのスーツとネクタイで登場することで、型にはまらないことを示した。カートは体制を批判はするが、ラブ・ビーズを巻きつけたティモシー・リアリー（心理学者であり、ハーバード大学で集団精神療法や幻覚剤による人格変容などの研究をした）とも、フィンガーシンバルのリズムに合わせて踊るアレン・ギンズバーグともちがう。カートはすでに体制だった。だからこそ、「制度」を告発することに重みが出るのだ。

一九六九年二月六日、カートは、ニューヨークでアメリカ物理学会の会合と連結して開かれたアメリカ物理教師協会の会合で、攻撃的な調子でスピーチをしている。スピーチのタイトルは「高潔な物理学者」。聴衆のなかには、自分たちの主張が科学技術の悪用だとみなされたことに抗議するため、一日の研究ストを計画している物理学者もいた。中国からの攻撃を防御するための対弾道ミサイル（ABM）の開発に抗議して「STOP ABM」と書いた缶バッジを付けている者もいた。

「道徳的な見地から話をするというのは、正直なところ、これまでのわたしのスタイルではありません」とカートはいった。だが、今回は違う、と。「ヒューマニストの物理学者はどんなことをするのでしょう？　人々をみます。人々の話に耳を傾けます。人々について考えます。人々と、その惑星の幸運を祈ります。彼が、政治家や軍人が人々を傷つけるのを知っていながら、それを手助けするわけはありません。もしも、明らかに人を傷つけるような技術をみつけてしまっても、外には漏らしません。彼は、科学者が最も卑劣な殺人の共犯者になりうることがわかっているのです。それは実際、とても簡単なことです」。

聴衆は、カートの意見を好意的に受け入れた。その後の記者会見の席で、高潔な物理学者とはときかれると、カートはためらいなく答えた。「武器開発の仕事を断る物理学者のことです」。

カートは、その講演と「ニューズウィーク」のインタビューによって、全国的に、道徳的批判意識の強い作家と位置づけられるようになった。当時の社会状況を批判したために、左翼的人物だという印象も生まれた。アメリカ国内は政治的に激しく二極化しており、戦争や政府を非難すれば、誰でもヒッピーや反戦活動家の仲間だと思われた。ところが実際は、カートは急進派というよりはむしろ、保守派だった。そして、エリオット・ローズウォーターやアレックス叔父の生きた昔ながらのアメリカに憧れを抱いていた。そこには大家族があり、戦争に行くのを嫌がる国民が住み、良識というものがあり、そして、知的発展の最良の結果としての、ゼネラル・エレクトリックのようなビジネスが存在した。だが、カートの作品をじっくり読み込まなければ、そうしたことはわからない。

カートが全国的に有名になるなり左翼と関連づけられたもうひとつの理由は、『スローターハウス5』が、正式に出版される前、当時最も幅広く読まれていた新左翼の雑誌、「ランパーツ」に連載されていたからだ。

著作権エージェントのマックス・ウィルキンソンは、驚くべき勘の良さをみせ、その作品を最もふさわしい読者に披露するために、ゲラ刷りを「ランパーツ」の編集者、ウォーレン・ヒンクルに送った。三十万部の売上げを誇る「ランパーツ」——制作費を惜しまず作られ、人の目を惹く図版入りだった——は、この種の政治的傾向の強い雑誌としては唯一、中流階級にも浸透した雑誌だった。ノーム・チョムスキー、セザール・チャベス、シーモア・ハーシュ、トム・ヘイデン、アンジェラ・デイヴィス、ジョナサン・コゾルなどのエッセイやルポルタージュのおかげで、ラディカルな左翼の価値観が一般の人々にも広く知られるようになったが、それはアングラ新聞ではできなかったことだ。「ランパーツ」は早くから反戦の立場をとっていたので、『スローターハウス5』は雑誌の編集意図にぴったり合致した。

宣伝効果は絶大だった。カートの小説が、知的な一流雑誌に掲載されたのだから。おかげで出版前から大ベストセラーが約束されることになった。十五年前、カートの小説はウエスタン物やティーン向けの恋愛コミックと一緒にドラッグストアやバスターミナルに並んでいた。いま、彼の作品を掲載しているのは時代の最先端をいく雑誌だ。読者は同じ雑誌に載った、フィデル・カストロの紹介文に続くチェ・ゲバラの日記や、のちに『氷の上の魂』として出版されることになる、エルドリッジ・クリーヴァーの獄中日記を夢中になって読みふけった。

ヴォネガットは、大学を出てからは政治にそれほど興味をもっていなかったにもかかわらず、いきなりリベラルな扇動家とみなされるようになった。アメリカが間違った方向に進んでいくことを予言した、大学生の教祖的存在となったのだ。

一九六九年三月初旬、『スローターハウス5』が書店に並んだ。その二週間前、北ベトナムが南ベトナムのサイゴンをはじめとする百以上の町と軍事目標を爆撃し、攻撃開始後十五時間で約百名のアメリカ兵が戦死した。三月の最初の週には、アメリカ兵の戦死者は四百五十三人にのぼり、ほぼ一年のあいだで最も犠牲者の多い週となった。

『スローターハウス5』の初版一万部は、ほとんどすぐに完売した。そして、ヴォネガットが、電報のようだとこぼしていた作品が、「ニューヨーク・タイムズ」のベストセラーリストの一位になったのだ。

イーディ・ヴォネガットがのちにいったように、それはイーディの家族、そして父の人生に巻き起こった「大ブーム！」だった。

正式なタイトルは、『スローターハウス5　または、子供十字軍、死との義務的ダンス』。「子供十字軍」というフレーズが、第二次世界大戦世代と、東南アジアの紛争に巻き込まれた当時の若者たちをつないだ。ベトナム戦争のおかげで「アメリカの指導力と動機がいかにいかがわしく、どうしようもなく愚かであるかが明るみに出た。我々はそのとき初めて語ることができるようになった。想像を絶する極悪人たち、つまりナチスの連中に対して、我々がひどいことをしたということを。わたしが見たもの、わたしが報告しなくてはいけないものは、戦争がいかに醜いものかを教えてくれる。ご存じのように、真実はじつに大きな力を持つことがある」。

できあがった作品は、「コリアーズ」誌に短編を発表していた時代に書こうとしていたような、ドレスデンの爆撃の物語ではなく、爆撃のあと、カートがどう反応したかという話だ。「二十三年前、第二次世界大戦から戻ってきたときは、ドレスデンの壊滅について書くのはたやすいだろうと思っていた。自分の目でみたことを書けばいいだけなのだから」。だが、攻撃を詳細に描くことはしなかった。ひとつには、実はほとんどなにもみなかったからで、それは物語を語るうえで、長年、彼を苦しめてきた事実だった。あとになって考えてみれば、詩人レトキもこんなことをいっている。「わたしたちは感覚で考える。知るべきことなど、どこにある？」

また、メアリ・オヘアに、戦争を美化する気ではないかと非難がましくいわれたことも気になっていた。その結果、一連の出来事に当惑する第三者の視点を選んだ。深く困惑する以外、死や大量虐殺と向き合うすべはない、というテーマともなじむからだ。

物語は謝罪で始まる。この先何度も物語中にヴォネガット自身が登場するが、それが第一回目だ。「お話しするのは気が引けるが、わたしはこのしょうもない本のおかげで、金もなくし、神経もすり減らし、時間もとられた」。無邪気なユーモアと卑下を織り交ぜながら、この小説が生まれるまでの経緯をかいつまんで話したあと、今の自分は「思い出とポール・モールでできたろくでなし《オールド・ファート》」と語る。そして、物語を主たる語り手に手渡す。

「きいてくれ――

ビリー・ピルグリムは時間のなかに解き放たれた」。

物語は、時間を前へ後ろへと進む。ドレスデンでドイツ軍の捕虜になっていた若きピルグリムから、トラルファマドール星人と呼ばれる地球外生物に拉致された男やもめの老人ピルグリム、そして検眼医の集まる会議にいる中年のピルグリムへと。物語は帯状の紙をねじって作った8の字のような形をしていて、登場人物たちは輪の部分を移動して互いに遠ざかるように見えるが、帯が交差するところで何度も再会する。それは、この作品よりも前に書かれた五つの小説の実験的手法の理想形だった。直線的でないことは、この小説の意図とも一致していた。記憶とは何度もくり返しよみがえる、循環的なものだからだ。

ヴォネガットの不思議な物語構造、そしてその循環が物語の仕掛けにとどまらず、テーマにまでなっていることを笑う批評家もいた。たとえば、ビリーはこんなことを知る。「トラルファマドール星人は死体を目にして思う。死んだ人物は、今この瞬間は悪い状況にあるが、ほかの多くの瞬間にはぴんぴんしているのだ」。かのH・G・ウェルズは、ヴォネガットの好きな作家のひとりだが、そのウェルズなら時空の概念をもっとうまく描いただろう――ヴォネガットは刺激的なアイディアを提示しておいて、それを発展させられないことがよくある。だが、彼が物理学や化学を学んでいたことや現代科学への興味（ヴォネガットはのちに、エッセイ集『ヴォネガット、大いに語る』で、湾曲した宇宙対まっすぐな宇宙について議論している）を持っていたことは、めったに考慮されない。

ヴォネガットが知っていたかどうかわからないが、ギリシャ人は常に時間を円運動および「永劫回帰の原則」と結びつけて考えていた。これは天体観測から生まれた考え方だ。だが、ヴォネガットも、コーネル大学で理科系分野を専攻していたのだから、時間は宇宙のどこでも同じスピードで流れているわけではないとする相対性理論の知識はあっただろう。時間の一瞬一瞬は等しいが、それを観察する人の動いている状況に応じて差異が生じる。つまり、それぞれにとって「固有時間」になるのだ。

ヴォネガットが興味を抱いたもうひとつの時間の現れ方は、セリーヌも悩んだ、混沌というものだ。「混沌に秩序をもたらしたい人は、勝手にやっててくれればいい」とヴォネガットはインタビューに答えて話している。「ぼくは秩序に混沌をもたらす。もしも、作家という作家が揃ってそうすれば、ぼくたちのまわりの世界に秩序なんてないことをみんながわかってくれるだろう。こっちが混沌に合わせなくてはならない、ということに」。

混沌が深まっていくことで、わたしたちは時間の経過を感じ取る。ヴォネガットは軍の特別訓練で熱力学の講義を受けていたときに知ったのだろうが、ニュートンの第二法則では、未来とは、無秩序性が高まる時間方向のことだ。熱は物体から消散し、気体は拡散する。ヴォネガットは自然界におけるこの不可逆性現象を使い、不道徳な行為はどんなに取り消そうとしても取り返しがつかないのだと強調する。『スローターハウス5』のなかで最も記憶に残る、反戦の隠喩のひとつは、ビリーが米軍爆撃機の出てくる第二次世界大戦の映画を逆回しでみる場面だ。

編隊が後ろ向きに飛んで、ドイツの燃えさかる街の上空にやってくる。爆撃機は爆弾倉の扉を開き、世にも不思議な磁気を地上に放射して炎を鎮め、いくつもの円筒形の鋼鉄の容器に集めてしまう。容器は浮かびあがり、飛行機の腹のなかに収納され、ラックにきれいに並べられる。ドイツ人たちもまた、世にも不思議な装置をもっている。鋼鉄の長いチューブだ。それをいくつも使って飛行機や乗組員からさらに断片を吸い取る。だがそれでも負傷したアメリカ兵はいたし、爆撃機も修理が不十分だったりした。フランス上空までくると、ドイツの戦闘機が再び上空に現れ、物も人も新品同然になっている。

映画の終わりに、爆弾の「危険な中身」は単なる鉱物に戻され、もとあったところへ送り返され、「地中に戻され、うまく隠されてしまう。二度と誰も傷つけることがないように」。

残念なことに、もちろん、街は「爆撃されなかった」ことにはならない。トラルファマドール星人は興味津々だ。地球人の標本であるビリーが、混沌の不可逆性が宇宙の大きな特徴だったらどうしよう、と心配するのはなぜか。「『もしわたしが地球学の研究に長い年月を費やしてこなければ、』とトラルファマドール星人はいう。『彼がいう〝自由意志〟とはなにを意味するのか見当もつかなかっただろう。生物が住む三十一の惑星を実際訪れたし、それ以外の百以上の惑星に関する研究報告を読んだが、自由意志などということを語るのは地球人だけだ』」。

トラルファマドール星人は、自分たちは決定論者だと説明する。というのも、彼らには「すべての時がみえるのだ。まるでロッキー山脈の連なりをみるように。すべての時はすべての時だ。それは変わらない。なにかを警告したり説明したりするのに役立ちはしない。ただそこにあるだけだ」。すべてがみえるという地球外生物は十八世紀の数学者ピエール・シモン・ラプラスの学説に出てくる究極の存在に似ている。その学説とは、「もし究極の知性があって、ある瞬間におけるすべての物質の状況を把握することができれば、未来は過去とまったく同じように、その知性の目にすべて見えているだろう」というものだ。ナポレオンがラプラスに、おまえの理論では神はどこにいるのかと質問すると、ラプラスはこう答える。「わたしにはそのような仮定は無用です」。それはヴォネガット――ユニテリアンで自由思想の家系に生まれ、仕方なく無神論者となって古典的物理学を学んだ男――なら共感できる答えだろう。

トラルファマドール星人は「ラプラスの悪魔」なのかもしれない。ラプラスのいう巨大かつ究極の知性はそう呼ばれていた。なにしろ、すべての事象を同時に理解していたからだ。だが、そんなことはどうでもいい。ビリーはおびただしい数の死と失敗と歴史的出来事を、宇宙を巡りながら受け入れなくてはならない。「一瞬一瞬を受け入れなさい」とトラルファマドール星人は助言する。「そうすれば、我々はみな、前にも話したように、琥珀《こはく》の中に閉じこめられた虫だとわかるはずだ」。

ヴォネガットはそれに対してあの有名な返答をする。「そういうものだ」。

『スローターハウス5』におけるヴォネガットの時間の扱い方は文学からも影響を受けているが、その点は見過ごされてきた。ヴォネガットが、外見やスタイルの点でマーク・トウェインの後継者的存在であることは明らかだ。ジャーナリストやヴォネガットの熱狂的ファンの大学生は、しばしば彼をトウェインになぞらえて論じてきたので、それは自明のこととされている。だがもちろん、ヴォネガットの作品を深く読めば、ほかの作家の影響も見られる。特に『スローターハウス5』では、アンブローズ・ビアスの影響を強く受けている。ビアスはマーク・トウェインと比べれば、忘れられかけたといってもいいアメリカの作家だ。

ヴォネガットはビアスを崇拝していた。「アメリカで最もすばらしい短編小説、ビアスの『アウルクリーク橋でのできごと』を読んだことのない人は、すべてトゥワープ（『国のない男』に収められたエッセイのなかで「ケツにはめた入れ歯でタクシーの後部座席のボタンを噛みちぎるようなやつのことだった」と書いている）だ」と考えているほどだ。ビアスは南北戦争を戦った元軍人で、あまりにも悲惨なことを目にしすぎて、人生に意味があるとか、人間は良いものだとかということは信じられなくなった。ビアスが描く、戦いに疲れて感情が麻痺したような人物は、ヴォネガットの描く、これも運命とあきらめている冷静な人物の先駆けとなっている。ヴォネガットとビアスに共通するのは、兵士として戦ったせいで物事に無関心になってしまった登場人物だけではない。二人の作家は、戦争体験の影響が時間の扱い方に現れている点で一致している。

ビアスの寓話的小説のほとんどに、過去、現在、未来を徹底的にゆがめるという特色がある。ヴォネガットが最も好きな「アウルクリーク橋でのできごと」の冒頭では、南軍支持の破壊活動家ペイントン・ファーカーが、絞首刑にされる直前、自分の腕時計の秒針が異常に大きな音をたてるのに耳をすませているが、その音はどんどん間隔が長くなっていく。ヴォネガットは、おそらくビアスの作品を意識して『スローターハウス5』にこんな一節を書いている。「時はなかなか進まない。誰かが時計で遊んでいるのだ。それも電気時計ばかりではなく、ゼンマイ仕掛けの時計も。腕時計の秒針がカチリと動いて一年が過ぎ、またカチリと動く」。ビアスの物語で、捕らえられているファーカーは首に縄を巻かれた状態で絞首台（橋）から落ちる。と同時に、驚くべき逃亡を思い描き、次々と冒険を重ねながら何時間も過ごしたように感じる。だが、それは縄が締まって首が折れるまでのほんの一瞬のことなのだ。

死に怯える兵士は、混乱し、神経が過敏になっていて、時間が早くなったり遅くなったりするという。時が奇妙なほど長くなったり、あるいは消失してしまったりすることもある。それは、なだれのように襲ってくる様々な刺激と戦うために、合理的な感覚を使い尽くしてしまうからだ。おそらく、ヴォネガットとビアスの、時間をゆがめた物語は、あとになって一般に理解されるようになる心理的状況からきているものかもしれない。すなわち、心的外傷後ストレス障害《PTSD》だ。

だが、ビリーには脱出法がある。孤独感に襲われ、目的を失い、よろよろと進むように生きてきたビリーは、自ら時間の枠を飛び出し、一切の時間の感覚を失う。それは統合失調症患者の時間の感覚に似ている。トラウマになった事件の挿話はビリーを再び過去に戻したり、トラルファマドール星まで飛ばしたりする。「ビリーは老いた男やもめとして眠りについたが、目覚めると自分の結婚式の当日だった。ドアをあけて一九五五年に入ってきたかと思えば、また別のドアをあけて一九四一年に移動する」。次はニュートンの第三法則だ。「自然界におけるすべての作用には等しい反作用が伴う」。ヴォネガットの場合、この法則はビリーの精神に当てはめられる。それは第二次世界大戦中に生じたおびただしい死の力によって前へ後ろへとはじきとばされるのだ。

ビリーが自分の頭のなかの循環からも、自分ではどうしようもない歴史の力からも抜け出すことができるのは、考え得るかぎりもっとも単純な、生命を肯定する行為、すなわちセックスのおかげだ。トラルファマドール星で、地球外生物はビリーに相手の女性をあてがう。二十歳のポルノ女優、モンタナ・ワイルドハック。優しくて、相手を信頼する娘――男の妄想する理想の女性だ。ビリーの性的衝動《リビドー》は、彼女との愛の行為のなかで死や虚無感への恐怖に打ち勝つ。だが、それもモンタナがそうしてほしいとビリーに頼んだあとのことだ。ふたりは夜空のような濃紺の天蓋のなかに隠れてセックスするが、語り手は、ふたりの性交は「天に昇ったようなすばらしさ」だったと告げる。

エデンにも似た、トラルファマドール星の偽の楽園には、愛があり、セックスのためのプライバシーがある。そして、性欲はカートの母親との絆の問題も解決する。芝居がかったところのあった母親。ケープコッドに住んで執筆活動にいそしむ芸術家になりたかった母親を喜ばせなくてはいけないという、行き場のない目標はもう追わなくてもいい。ビリーにとってのモンタナは「漂流して」いた頃のカートにとってのロリーに相当する。生命のエネルギーが作者と主人公のなかで再びわきあがるには、肉体的な愛の行為が必要だ。それは、決して去っていかない相手との強い性的な関係でなくてはならない。モンタナが子どもを産むのは、まさにカートがアイオワ大学で再び『スローターハウス５』を書き始めるのと同じだ。生殖と芸術的創造の成功は等しい。

「『スローターハウス５』を書き終えたあと、気が向かなければ、もう書かなくてもいいなと思った。

ひとつのキャリアが終わったのだ」。

グランヴィル・ヒックスは、『スローターハウス5』を読んだ印象を次のようにメモしている。「想像力あふれる作品。たいていのSFよりも出来がいい」。マイクル・クライトンは、メジャー雑誌「ニュー・リパブリック」に初めて書いた書評で、不思議な構造に大胆な着想をのせるヴォネガットの能力を賞賛した。「ヴォネガットは耐え難いほどつらいことについて書いている。我々の心の奥に潜む機械化や爆弾への恐怖、深い政治的罪悪感、激しい憎しみと強い愛情を描いている。ほかにこんなことを主題にして小説を書く者はいない。普通の小説の書き方ではとても描けないテーマだからだ」。レスリー・フィードラーは、この作品で省略されているものが結果として全体的な美をもたらしていると論じている。『スローターハウス5』は「ドレスデンに関しての本というよりは、ヴォネガットがドレスデンの経験を自分のなかで消化できなかったことについて書かれた作品だ。自分ができないことについて書かれた、美しく挫折感の漂う作品のひとつで、フェリーニの『8½』のようだ」。

『スローターハウス5』をあまり評価しなかった批評家もいる。アルフレッド・ケージンは、ヴォネガットが戦争の不条理さを描く際の「子どもっぽい感傷的なユーモア」に辟易したようだ。ケージンによれば、ヴォネガットが「本領を発揮するのは『スローターハウス5』ではなく（「アメリカの名作小説」と称される作品に対して、なんと手厳しいことか）、アメリカの社会の一場面をパロディにした『ローズウォーターさん、あなたに神のお恵みを』のような作品においてだ」という。

元イギリス空軍のパイロットであるケージンは、「ニューヨーク・タイムズ」の記事で、『スローターハウス5』に出てくるドレスデンの空襲の描写への不快感について書いている。「今に至っても、一九四五年のドレスデンの空襲に対する嘘泣きの涙を滝のように流しているとは、笑う以外ない。つまり、カート・ヴォネガット・ジュニアの『スローターハウス5』に対する書評の数々のことだ……今日、ドレスデンを訪れる観光客は、その空爆による被害を映し出す写真が引き伸ばされて展示されているのを目にする。写真の下には『アメリカ軍とイギリス軍による恐怖の爆撃。大量殺人の罪を犯した人々へ強い抗議をこめて』と書かれたプラカードがついている。そもそも第二次世界大戦をもたらしたのはナチズムだったことなど、どこにも書いていない。あるいは、進軍を続けるソビエト軍将校たちが、ヒトラーがドレスデンに疲弊した軍隊を集めているのではないかと恐れて爆撃を要請したことも書かれていない」。

最も厳しい記事は、地元の新聞のものだった。ほんの十年前、カートが外国車の代理店を経営していて、両親を亡くした三人の少年の叔父であり、印税でなく原稿の買い取りで生計を立てていた作家だった頃、カートは近所の人たちから「いいやつ」だと思われていた。だが今となっては、セレブだ。「バーンスタブル・パトリオット」紙は、ヴォネガットに対する地元の人々の気持ちの変化を社説にはっきり書いている。「カート・ヴォネガット・ジュニアはどことなく十字架に磔にされたキリストを連想させる風貌で、復活祭の朝の『ニューヨーク・タイムズ・ブックレビュー』の表紙のページからこちらをみつめている」。

もはやヴォネガットは有名人だった。別の社会的人格ができたといってもいい。それは『スローターハウス5』が注目を集めた結果でもあるが、その作品中にヴォネガット自身が顔を出してしまったせいでもある。「ぼくはようやく自分について語り始め、ドレスデンの空襲のときに実際にそこにいたと語ったのです」とインタビューでも話している。物語中、あちこちでヴォネガットは読者の肩をぽんとたたいていう。「わたしはそこにいた。当時の相棒、バーナード・V・オヘアもいた」とか、「それはわたしだ。それこそわたしだ。この本の作者だ」などと。その仕掛けが、読者に概ね好評だったのを知ると、ヴォネガットは遡って、それまでに発表したすべての小説に、個人的なまえがきをつけた。

創作の技法として、それはとても面白いやり方だった。ヴォネガットの個性が作品中ににじみ出るのを止めるどころか、読者が著者という仮面の下を覗きみるのを許容することになる。そうすることで、ヴォネガットと読者との親密感は増していく。その頃には、ファンの数は膨れあがっていた。一方で、ヴォネガットは演じたかったのだ。小説中の困惑した声やヒューマニスティックな価値観を体現するような——ヴォネガットの研究家ジェローム・クリンコウィッツが「民衆の代弁者」と呼んだ——人物を。

それこそが、ヒッピーたちの求めていた人物だった。彼らはウェストバーンスタブルへ巡礼を始めた。「生身のカート・ヴォネガット」をみようとしたのだ。一九六九年のことだった。

十章　さよなら、さよなら、さよなら　一九六九～一九七一

若い崇拝者たちが、「ミスター・ヴォネガット」に会いにウェストバーンスタブルの家の玄関前に現れるのは、ほぼ毎日のことだった。カートが家にいるときは、彼らを中に入れて数分相手をしたあと追い払った。ところがジェインは、彼らを大歓迎した。まるで『ピーターパン』のウェンディがロストボーイズの母親役を演じているかのようだった。ときには彼らの親に電話で連絡をとって、一晩泊まらせたり、何日か滞在させたりすることもあった。ある朝など、イーディが大型のクローゼットを開けると、父親のファンが数人、寝袋に入っていびきをかいていた。

ある日訪ねてきたヒッピーたちのなかに、若い作家のスティーヴ・ダイアモンドと、リバレーション・ニュース・サービス（一九六七年、全米学生報道連盟から脱退したレイ・マンゴーとマーシャル・ブルームが立ち上げた、反体制的報道機関）の発起人のひとり、レイ・マンゴー、ふたりの友人で「ベイステート（マサチューセッツ州の俗称）の平和詩人の女王」ヴァランダ・ポーシュがいた。三人ともヴァーモント州ギルフォードのコミューン、トータル・ロス・ファームに住んでいて、後ろにしたがえていた巡礼者の多くもそうだった。

「さて、みなさんのご用のむきは？」とヴォネガットはきいた。

スティーヴ・ダイアモンドが代表して答えた。「なにかしていただきたいと思ってきたわけではないんです！」

ヴォネガットは彼らを庭に案内し、日のあたる場所に輪になって座り、話をしたが、会話はあまり

はずまなかった。
「実は、ここにきた本当の理由があるんです」。そのうちダイアモンドが切り出した。「『ろくでなし《オールド・ファート》』という組織を作っているんです。参加資格は、ポール・モールのヘビースモーカーであることと、家にポーチがあることです。それで、代表になっていただきたいんです」。ヴォネガットは声をあげて笑った。風変わりな若者は好きだった。自分の子どもの友だちも、変わり者にかぎって長年キッチンの常連になっている。だから、バーモントからきたロングヘアーの若者たちにトータル・ロス・ファームでのメーデーの祝宴にきてほしいと頼まれると承諾した。ヴォネガットの友人で『夏の夜明けを抱け』の作者、ダン・ウェイクフィールドはこう書いている。「ヴォネガットが若者たちを求めたのではない。向こうがヴォネガットを選んだのだ」。

　若者たちがこぞって作品を読み出したとき、カートは五十歳前だった。「若者市場を開拓しようなんて、思ってもいなかった」とカートはいっている。「彼らの状況を把握していたわけでもない。ただ書いていただけだ」。だが、自分の作品が若者に好まれる理由について、ひとつ持論を持っていた。それは、彼が「すっかり大人になってしまえば当たり前に思って問題にもしなくなるような青臭い問題」にまっこうから取り組んでいたことだ。たとえば、神は存在するか、良い人生とは、善行に見返りを求めてもいいのか、など。その種の問題は、ボエティウスからカミュまで、哲学者たちが幾度となく取り組んできたことだが、それでもかまわなかった。倫理的な問題にユーモアという衣装をまとわせたのは、「若者が成長して軍のお偉方や政治家、会社の社長になる前につかまえて、心に人間らしい思いやりをしみこませたかったからだ。より良い世界を作ってもらうために」。親切な行いをし、コミュニティを作り、地球にやさしい行動をとることに、不賛成な人間などいない。実際、ある友人はカートへの手紙にこう書いている。「きみの作品には不思議な性質があって、こちらが信じていることを鏡のように映してみせてくれる」。

こういった理想主義は、若者の心に強く響いた。ヴォネガットの作品は、彼らの運動において通貨の役割を果たした。若者たちは『タイタンの妖女』や『スローターハウス5』の地球外生物のように、人間存在についての知恵をつけたかった。ヴォネガットの予言を頼りに、『プレイヤー・ピアノ』に出てくる太った猫に委ねられた、ディストピア的な未来に備えたかった。彼らは核戦争の脅威のなかで成長した。だから、『猫のゆりかご』で、ある恐ろしい事件を発端とする世界崩壊が起こるのを読んで、自分たちが冷戦とその首謀者たちを憎むのは正しいのだと再確認した。彼らは読みやすい寓話のなかで、実存主義的な絶望に初めてさらされたのだ。

ヴォネガット作品の否定的な面を相殺するのは、おなじみの登場人物だ。彼らは小説中に、感謝祭のディナーに集まる親戚たちのように姿を現す。ロボ＝マジック機器の広告マンであるフレッド・T・バリー、ちょっとおかしいラムファード一族の面々、評判の悪いSF作家のキルゴア・トラウト、（いつも軍服を着ている）バーナード・オヘア、ヒューマニストのエリオット・ローズウォーターと、彼と敵対する強欲な弁護士のノーマン・ムシャリ。こうした人物たちは、熱狂的なヴォネガットファンにしてみれば、頭のおかしいヨクナパトーファ郡（作家のウィリアム・フォークナーの作品の舞台にされる架空の土地）の住人だ。ファンにしかわからない表現もたくさん出てくる。重くのしかかる絶望感を払拭するために、コミュニティがあり、笑いがあり、思いやりがあるのだ。

ファンは、まるで親友に向けて書くような手紙をカートに送ってきた。たとえば、こんな具合。「あなたが書いたものを読むと必ず、あなたの思っていることや、言外の意図が伝わってきます。まるで、そのことについてあなたとじかに話し合い、要点を説明してもらったかのように思えるのです。あなたの書く登場人物は、みなとてもリアルで生き生きしているので、実在の人物そのもののように感じられます。その人物像は誇張がなく、混乱した状況やばかばかしい細部がきちんと描かれています」。また、空軍に入隊する前の若者がこんな告白を書いてきたこともある。「ぼくは十九歳で、あまり感情的になることはないのですが、あなたの作品の登場人物があんまり美しいので泣いてしまいました。あなたの描く真実とアイロニーの美しさに泣いたというべきかもしれません」。

ヴォネガット作品の読者は、小説の語り手は知識と教養を備えているものと信じていたが、実はそうではなかった。カートは、読者が想像する以上に読者に近い存在だった。未熟な人や孤独な気持ちを持つ人のためのコミュニティや拡大家族というテーマは、カートの自己イメージと深く関わっていて、彼の少年時代の経験を理想化したものでもあった。マクシンカッキー湖で過ごした夏は、カートにとっての失われたコミューン的楽園だ。一族の所有するコテージに集まるアッパーミドルクラスの小集団。そこでは大人が何もかもを取り仕切る。責任などほとんどない子どもとしてそんな環境にいたあの時代が、カートの人生で最良のときだった。愛と肯定を、まるで『タイタンの妖女』に出てくる謎の生物、ハーモニウムのように浴びていたのだ。ハーモニウムは水星に棲息し、ふたつのメッセージを受けては送り、送っては受けている。ひとつは、「ボクハココニイル、ココニイル、ココニイル」で、もうひとつが「キミガソコニイテヨカッタ、ヨカッタ、ヨカッタ」だ。カート少年の場合、湖畔からインディアナポリスの家に戻ってくると、愛情深い親戚と一緒にいるときに感じた温かさや、ありのままの自分を受け入れてもらっているという安心感はなくなった。

その結果、ひねた大人になってしまった。大人になるというのは、あの平穏な日々から永遠に締め出されることだとカートは考えていた。カートはジェインに冗談めかした手紙を書いている。背が高いと、頭脳明晰でリーダーシップがあるようにみられることがあるが、もし政府が、精神の成熟度によって国民の背の高さを決めることにしたなら、自分はいまよりずっと背が低くなるだろう。それでもかまわない。もし選べるのなら、また十二歳に戻りたい。好きなことばかりやって、世界を回すなんていうつまらない仕事は大人に任せておけばいい、と思っていた。

カートの子どもたちは、父親が自分たちと同世代でありたかったのだろうと考えるようになった。マークは父親と共有した秘密を理由にあげて、のちに父親に宛てた手紙のなかで書いている。「子どもの頃、ぼくは父さんがぼくにウィンクをしているような気がしていました……まるで、あなたは大人のふりを、ぼくは子どものふりをしなきゃならないみたいでした」。

イーディは十二歳の頃、「生きるということや神様のことをどう考えていいのかわからなくなって」いて、父親に相談したが、返答をきいて驚いた。「父は、大いなる計画のなかでは、父とわたしの年の差なんてたかが知れている、といったのです。事実、ふたりは同じことを同時に初めて体験しているんだ、うちの犬が死んだのだってふたりにとって初めてのことじゃないか、と。父もわたしと同じくらい、世の中のことがわからないのだ、と。それ以来、父のことを仲間か相棒のように思うようになりました。暗闇のなかで手探りしている、いたって普通の人なのだと。わたしとなんの変わりもないのです」。

ヴォネガット／アダムズ家では大人と子どもの線引きが曖昧で――ジェインは中年になっても若い娘が着るようなタータンチェックのミニスカートであちこちに出かけた――そのおおらかな雰囲気はスタイリッシュで刺激的にみえた。アイオワ時代のカートの教え子、バリー・ジェイ・カプランは、ヴォネガット家にしばらく滞在し、「理想的で、芸術的で、芸術家のコロニーのような」家庭だと感じた。カプランはブロンクスのユダヤ教徒の家に育ったが、少年時代は幸せではなかった。それがウエストバーンスタブルでは、ほぼ毎日、町まで買い物にいってきたジェインから、食料品の入った袋を車から降ろして家まで運びこんで、と頼まれた。二階にあがる階段脇の壁には、イーディとナニーによって家族の肖像画が描かれていた。カプランは感動した。「すごい。子どもたちが家のなかで、芸術的な表現をすることを許されているどころか、奨励されているんだ」。カートの姿はあまりみられなかった。別棟の仕事場で執筆していたのだ。だがカプランは気にもとめず、「この家で起きているすばらしいこと」を、たっぷり浴びていた。

ヴォネガット家のキッチンテーブルでは、様々な冒険話がきけた――なかにはかなり大胆なものもあった――が、この家の寛容さを思えば驚くにあたらない。ジムとタイガーはアマゾン川流域を二ヶ月ほど探検し、一キロのマリファナを自動車の床下に隠して、メキシコ税関を抜けて密輸した。イーディは友だち三人と、メキシコのアカプルコ付近でマリファナ所持のために逮捕された。車もバイクもギターもドラムも、政府に没収された。イーディはヒューストンに護送されるのを拘置所で待っているあいだ――金も、所持品も、靴さえなくして――出産を目にし、頭の変な年老いた男が脱走しようと屋根を撃ち抜くのをみた。映画『イージー・ライダー』の封切り直後の主演のピーター・フォンダが、ウェストバーンスタブルで週末を過ごしたこともあった。『猫のゆりかご』の映画化のことで話し合うためだ。あるとき、カートはピーターを手招きして自分の書斎に呼んだ。そして「『猫のゆりかご』にサインをしてよこすと、机のなかからマリファナ煙草を一本取り出し、子どもたちには内緒にしてくれと頼んだ」らしい。

カートはときどき、子どもになることを許してくれなくては困るという態度をみせた。だが、そんな感情の爆発をみせるのは、たいてい家族の前だけだった。マークは父親とチェスをするときには、簡単に負かさないように気をつけた。そうしないと、父親がチェス盤をひっくり返しかねないからだ。

ある午後のこと、当時十五歳だったナニーがボーイフレンドと家の納屋でキスしていると、いきなりドアが開いた。カートがかんかんに怒っていた。

「おまえ」カートはボーイフレンドを指さした。「とっとと出ていけ！」次は娘の番だ。「どこにいってたんだ。もう少しで州兵に捜索願いを出すところだったぞ！　よくもこんなことを！」カートはそういうと、大きな足音を立てて家のほうに戻っていった。

ナニーは父親のあとを必死に追いかけて、ひざまずいて手を組んだ。「パパ、お願い。待って、お願いだから。ごめんなさい」。カートはふりかえり、娘の前でひざをつくと、娘の真似をして歌うような高い声を出した。

「お願い、待って。お願いだから。ああナニー、ウサギ小屋をもうひとつ作ってあげようか？」カートは娘をばかにするような眼差しを向けてから立ちあがり、家に戻った。ナニーは芝生の上でひざをついたまま、立ちあがらなかった。

カートにとって、自分をばかみたいだと感じるほど腹の立つことはそうなかった。だから、人生の底知れぬ恐怖――自分が無力で愚かで人より劣っているという感覚――が、作品に流れこんだ。読者は、教師や両親や政府に復讐したくてたまらなかったので、「物事をあるがままに語ってくれる」カートを崇拝していた。だが、もしカートが成熟した大人だったなら、若者たちの世界観を的確に捉えることはできなかっただろう。

ヴォネガットの人気は、当然作品の売上げに表れた。だが、人気のもうひとつの証は、若い作家の卵が、ヴォネガットに敬意を表したことだ。二十歳のジェイムズ・サイモン・クネンによる、一九六八年のコロンビア大学紛争の手記、『いちご白書――ある大学革命家のノート』は、人生の無意味さを受けいれているかのような、ヴォネガット作品の語り手の口調を借用している。クネンはヴォネガットの作品が大好きで、『母なる夜』は「ヴォネガットの最高傑作で、善と悪の境界は曖昧だということ、この世の出来事に理由などないことを熱心に強調している」といっている。

ヴォネガットがちょっと頷くだけで、発行人のポケットに金が転がりこんだ。ヴォネガットが『いちご白書』に好意的な書評を書き、彼の推薦文がカバーに載ると、クネンは一躍、学生紛争の国民的代弁者になった。バンタム・ブックスは、若者の間でのヴォネガット人気のおこぼれにあずかろうと、アンダーグラウンド・コミックスのコレクションを送りつけてコメントを求めたが、ヴォネガットはイラストレーターがR・クラムほどじゃない、と切り捨てた。一方、十八歳のジャーナリスト、ジョン・バーミンガムは、ヴォネガットが『われらの時代——高校のアンダーグラウンドノート』に序文を書いてくれると知って驚いた。おかげで注目の的になってしまったことに耐えられなくなったバーミンガムは、カナダのブリティッシュコロンビア州のバンクーバーに逃れた。そこでは、気軽に出かけたり、LSDをやりながらローレル&ハーディの映画をみたりできたのだ。

ヴォネガットには、映画の脚本やトリートメント（映画の物語を概略的に記述したもの。あらすじよりも長いが、完全な脚本よりは短い）の執筆依頼もきた。ビートルズのアニメ映画『イエロー・サブマリン』のプロデューサー、アル・ブロダックスから、ピーター・マックス（アメリカの美術家。ポップ・イコノグラフィーで知られる）版の『不思議の国のアリス』の脚本を書かないかと誘われたが、原稿料の折り合いがつかなかった。ヴォネガットは少なくともピーター・マックスと同額はほしいと主張したのだ。なにしろ、スーザン・ソンタグやベンジャミン・デモットのようなアメリカ文化の批評家が、バロック音楽を扱うように真面目にビートルズやモータウンについて議論していた時代だ。ヴォネガットは「新しい世代の心をがっちりつかんでいた」と、デモットも指摘している。カートは当然の取り分を主張したのだ。

一九六九年夏、ノックス・バーガーと妻のキティがヴォネガット家に一週間滞在した。カートはノックスに、青い手こぎボートのボブ号で海に漕ぎ出して湿地の上を飛ぶ海鳥の群れをみせると約束した。ノックスはタイミングを見計らって、秘密の話を切り出した。いや、夢といってもいい話だ。

ノックスは十年にわたり、ゴールドメダル・ペーパーバックの編集者として、ジョン・D・マクドナルドの四十三冊のミステリー、犯罪小説、探偵小説のほか、同じ分野でフィリップ・アトリー、ローレンス・ブロック、アリステア・マクリーン、S・S・ヴァン・ダインなどの本を多数出版してきた。「彼は業界一の腕をもつ」と競合出版社の編集長は書いている。「読者はたいてい、作家や書名で読む本を探す。だが、ゴールドメダルという商標を目印にして本を探す読者が数多くいるのだ！　そんな出版社はほかにない」。ノックスは、多くの作家を抱えている今の自分が、公私両面で、独立して著作権エージェントの看板を掲げるのに最高の状況にあるのではないかと考えた。カートもよかったら、とノックスは誘った。リタウア&ウィルキンソンから乗りかえてくれるなら、こちらは大歓迎だ。しかも「マクドナルドとウィリアム・プライス・フォックス……それからウィルキンソンが扱いに困っている無名の作家たちも一緒に」。大学時代からの友人でもある作家のカートを抱えることができれば、起業の見通しが大きく開ける。ことに、カートが『スローターハウス5』でセンセーショナルな成功をおさめているのだから、なおさらだ。

カートはその場で承諾した。しかも、ノックスがニューヨークに帰ったあと、旧友に忠誠を誓う内容の短い手紙まで送っている。

その間も、『スローターハウス5』は何ヶ月もベストセラーリストに載り続けていた。ヴォネガットは、道徳的に語ることでいつのまにか避雷針のような存在になっており、雷のようにとどろく評判を集めた。人間としてのヴォネガット、作家としてのヴォネガット、そして物語の語り手は、もはや見分けがつかなくなっていた。二本の線が交わるように、現実のヴォネガットと物語のなかのビリー・ピルグリムは出会っていた。「ぼくはドレスデンに関しては完全に運命論者です」とヴォネガットは神学者のロバート・L・ショートに語っている。「それが起きたということは、起きる運命だったに違いありません」。人間の破壊衝動に愕然としたビリー・ピルグリムでも、トラルファマドール星で学んだ自由意志についてそれ以上簡潔に説明はできなかっただろう。

そんなわけで「社会の代弁者」ヴォネガットは、一九六九年七月、堂々と表舞台に登場した。『スローターハウス5』の崇拝者の期待通りの態度で。そのとき、アメリカ合衆国は人類初の有人宇宙船を打ち上げる準備をすすめていた。ヴォネガットの意見は、一九六九年二月のアメリカ物理教師協会以前にも、「ニューヨーク・タイムズ」や「ニューズウィーク」で取りあげられてきたが、その多くが、この宇宙計画は傲慢であると批判するものだった。そして七月十三日、世紀の打ち上げを揶揄《やゆ》する丸一ページのエッセイが「ニューヨーク・タイムズ」に掲載されたのだ。「もっと高く！　人間は月へいくぞ！　もっと高く！」

「わが国はこれまで、三百三十億ドルほどの資金を宇宙に使ってきた。そんな金があるのなら、この地球から貧しく不潔な植民地をなくすのに使えばよかった。宇宙のどこかにいくなんてことを、焦って実行する必要はまったくない。アーサー・C・クラークが、木星からくる、あのすごい無線信号の発信源を知りたがっているのがそれに似たようなものだ……宇宙計画のうち、フーディーニ的側面（奇術師のハリー・フーディーニのこと。フーディーニ的側面とは、人々にスリルを与える点であると、ヴォネガットは同じエッセイのなかで説明している）だけがたいていの地球人――愚鈍な連中、落伍者たち、エレベーター係、速記者など――の期待に応えてくれるのだ」。ヴォネガットにいわせれば、宇宙飛行士とは「髪を短く刈りこんだ白人アスリート」で、圧力釜に乗りこんで飛んでいく人たちだ。政府がNASAにばかり助成金をつぎこむせいで、兄のバーナードは施しの研究費に頼る「物乞い科学者」になっていた。その同僚の次の言葉は的を射ている。「NASAは何百億ドルもの研究費を使っているのだから、せめて神様くらい発見してもいいんじゃないか」。

ヴォネガットは、この「もっと高く!」の記事を書いたことで、CBSテレビから出演依頼を受けた。七月二十日、月面着陸当日の、ウォルター・クロンカイト司会の生放送番組に出てほしいというのだ。出演者はほかに、アーサー・C・クラーク、宇宙旅行を題材にした児童書を書いているジェローム・ビーティ・ジュニア、そしてグロリア・スタイネム(アメリカのラディカル・フェミニズム運動の活動家)。ヴォネガットは「とてもあり得ない集まり」だと思った。人類の月面着陸を目前にして、ヴォネガットは、地球上の貧困根絶より前に宇宙探検を遂行したことは、〝批判されて当然〟だと話した。スタイネムも賛同した。ビーティさえ、アメリカ人を月面に立たせることが人類にとっていかに意義深いかをそう熱心に語る様子はなかった。司会のクロンカイトは、これは歴史的瞬間で、世界中が祝っていると指摘した。そしてスタイネムとヴォネガットは特に、「厳しい」態度を取っているのがわかって戸惑っていたが、放送中は議論はしないことにした。

やがて、月面から生中継で、モノクロのニール・アームストロングが月着陸船のはしごから弾むようにおりてくる姿が、何百万ものテレビの画面に映し出された。クラークはSF作家のロバート・ハインラインに電話をかけて叫んだ。「始まるぞ、始まるぞ、始まるぞ」。ところが、そのすぐそばに座っていたビーティが小さな声でいった。「終わるぞ、終わるぞ、終わるぞ!」。ヴォネガットは回想する。「ビーティがいいたかったのは、月にはなにもないし、ほかの天体でもおそらくたいしたものはみつからないだろう、ということだった」。

それから数日間、ＣＢＳには怒りの手紙が何千通と届き、ヴォネガットとスタイネムは非国民で、華々しい出来事を台無しにしたと非難した。ヴォネガットはＳＦ作家としてスタートした。だからこそ番組に呼ばれたのだが、皮肉なことに、その最高の瞬間をとらえて、闘う意欲満々の活動家であり、アーサー・Ｃ・クラークよりもグロリア・スタイネムに近い存在なのだと、人々に訴えることができたのだ。


ヴォネガットはケープコッドに戻ったが、数週間後、地元紙で再び笑いものにされた。全国的には、小説家というだけでなく、社会の観察者、大衆の哲学者として有名になりつつあった。だが「バーンスタブル・パトリオット」紙は、言語道断の愚か者だと決めつけた。「ケープコッドの北側の村で暮らした十数年のあいだに、作家ヴォネガットはいくぶんわけのわからない男になった。地元の人間で彼の作品を読んでいる者は少ないし、読んだとしても、作品を気に入った者はさらに少ない。小説の書き方は伝統的でないし、アプローチは繊細さに欠けるし、テーマは保守的でない。一方、バーンスタブルの住人はその逆——伝統的で保守的なのだ……カート・ヴォネガットは全国的にかなり名が知れわたっている。ことに、体制に批判的な若い皮肉屋たちのあいだでは。彼は実際、大学の教養あるヒッピーたちの、ちょっとした流行りのヒーローだ」。ヴォネガットが「厭世的《えんせいてき》な人物」という悪名を得たのは、「なにに対しても悪口をいってしまう男」だったせいだ、とその記事には書いてある。

それはその後定着していくパターンの始まりだった。『スローターハウス５』の出版後少しして、ヴォネガットはインディアナポリスにいき、高級百貨店Ｌ・Ｓ・エアーズでサイン会を行った。店の入り口の上に、祖父がデザインしたトレードマークの時計があった。その少し前の十月に、親戚から、ヴォネガットの主要な短編を集めた『モンキーハウスへようこそ』は、エアーズ百貨店では売っていないときかされていた。はたして、書籍売り場に置かれたテーブルに向かって三時間座っていたが、サインをして売れたのは十一冊だけで、しかも買ったのは全員親戚だった。

ヴォネガットの人生に裂け目のようなものが生じつつあった。インディアナポリスはブース・ターキントン以来の有名作家が輩出したとヴォネガットを歓迎しながら、その目の前で退屈そうにあくびをしてみせたようなものだった。だが、一九六九年十一月のワシントンの平和行進では、通りにいるヴォネガットをみつけた崇拝者たちは握手を求めてきた。その年の終わり、ヴォネガットは国際ペンクラブ（ＰＥＮ）の抗議文の署名に名を連ねた。それはソビエト作家同盟がアレクサドル・Ｉ・ソルジェニーツィンを除名したことに対しての抗議だった。ほかに署名したのは、アーサー・ミラー、ジョン・アップダイク、ジョン・チーヴァー、トルーマン・カポーティ、ハリソン・Ｅ・ソールズベリー、三島由紀夫、ギュンター・グラス、ハインリヒ・ベル。アメリカの有名作家となったヴォネガットの支援は重要だった。

作家として有名になったことで、ヴォネガットは奇妙な、超自然的ともいえる感覚を味わった。「幽霊のようなもうひとりの自分が動き回ってくれるから、ぼくはなにもしなくてもいい……ただ、存在していればそれでいいのだ」といっている。流行作家が手をふる相手は、対岸にいる昔の自分――カート・ヴォネガット。よく自分のことを「三文文士」と呼んでいた。彼はまたもや広告の仕事を始めていた。ただし、今回売り出す製品は自分自身なのだ。

カートは心の支えとなってくれる人が必要だと思った。頼れる人がいれば、厄介事にも巻きこまれなくてすむ。

ある夜、ノックスの家の電話が鳴った。カートからだった。驚いたことに、絶対に絶対にノックスが立ち上げる著作権エージェント会社に移籍するといってきたのだ。もちろん、まだ夢の話だ。ふたりとも、そんなことをすれば、リタウア&ウィルキンソンに大打撃を与えることは承知していた。なにしろ今やカートは売れっ子なのだ。だが、カートはそうするしかないと心を決めていた。旧友であり、かつてはよき指導者だったノックスとだけ仕事をしたいと思ったのだ。

ノックスはいきなり連絡してきたカートが性急に事を進めたがっているのに驚いた。あとから、カートへの手紙に書いている。「あの夜のきみからの電話をどう受けとっていいかわからなかった……マックス・ウィルキンソンとは二、三週間話していないし、帳簿を確認してほしいと頼んであるのだが、まだ返答ももらえていなかった」。ノックスはリタウア&ウィルキンソンが所有するヴォネガットの著作の権利を買う必要があるのだが、ウィルキンソンがかなりの額を提示してくるだろうことはわかっていた。だが、この難題に立ち向かう器ではないと思われているのを恐れて、最後にこうつけ加えた。「だが、ぼくは信じている。きみは今、いまだかつてないほど波にのっていて、これからもっともっと稼いでくれるはずだ」。

問題は、リスクがすべてノックス側にあるということだった。ヴォネガットはどこへでも好きなところに移籍することができたが、ノックスは、ゴールドメダル社を辞めるという経済的に大きな賭けに出ることになる。ノックスは、著作権エージェント会社を維持していくためには、年間十二万ドル稼ぐ必要があると見積もった。しかも、事務所には「敏速に反応し、有能で、即戦力になる」スタッフを雇わなくてはならない。

この大博打に賭けるかどうかは、ヴォネガットの言葉の信憑性にかかっていた。

一九六九年のクリスマスイブ、ヴォネガット家の前を車で通った近所の人々は、いつもの休暇となんら変わりがないと思っただろう。私道には車が何台か停まり、窓からは明かりがもれている。だが、家のなかのクリスマスムードは、なんともわざとらしかった。「誰もがいつものように酔っぱらい、誰もがいつものように話していた。でもそれはウソだった」と長男マークは書いている。

カートは家にいると落ちつかず、すぐに退屈した。『スローターハウス5』でついた勢いを持続させたかったが、新作『チャンピオンたちの朝食』の執筆はなかなか進まず、サム・ロレンスに、デラコート社の企画したいくつかの計画はキャンセルしたほうがいいといわざるをえなかった。ケープコッドで得られるインスピレーションはもう全部搾り切ってしまって、一滴も残っていないような気がした。話し相手もいなかった。近所には退屈な人間しかいないのだ。夜、静まりかえった暗闇にいると、月面にいるような気分になった。いら立ちがつのると深酒をし、ジェインにけんかをふっかけた。たいていは、彼女がニューエイジ宗教や冥想に熱中することに文句をつけた。

ジェインは、カートに同じことでしつこく責められるのがいやでならなかった。カートはいう。「この家にいたんじゃ作品が書けない、だからおまえみたいなパートナーはもう必要ない。代弁者としても、助言者としても。またジェイン自身の悩みもあった。それまでの人生の大半を「家族にふりかかる悲劇を処理する達人、みんなの尻ぬぐいをする人」として過ごしてきたが、子どもたちが成長した今、もうそんな生き方は終わりにしなければならない。

ラジオから聞こえてくる賛美歌は、カートとジェインのけんかをきかされているアダムズ家とヴォネガット家の子どもたちには、うつろに甘ったるく感じられた。楽しいクリスマス気分はみせかけだった。マークはのちに書いている。「家族全員が、それが最後のクリスマスだとわかっていた。ぼくたち全員が一緒に過ごすクリスマスはそれが最後で……なにかが消え去ろうとしていた。クリスマスだけではない。バーンスタブルの家に満ちていた魔法が消えようとしていた。ぼくたちの子ども時代が消えようとしていた。なにがいけなかったのだろう？　父さんが有名になったから？　時代が変わったから？」

翌朝早く、〝子どもたち〟——二十代にさしかかっている者もいた——全員が階段の上に集まった。「よし！」カートとジェインの号令で、みんないっせいに駆けおりて、プレゼントを開けた。にぎやかに笑い声を立てながら、また子どもに戻ったふりをして。

新年までの重苦しい日々、ヴォネガットが暇をもてあましていると、パリにいるヴァンス・ボアジェイリーから電話がきた。「カート、ビアフラにいきたくないかい？」

ボアジェイリーは、ハーバート・ゴールドに頼まれて、その小国にいくことになっていた。ゴールドはナイジェリア内戦についての本『ビアフラ、グッバイ』を書き上げつつあって、救援組織を介してボアジェイリーともうひとり、作家がビアフラに行けるよう手配してくれるという。もちろん、その国の状況について書くというのが条件だ。

カートにとって、それは家から出るチャンスであり、短い雑誌記事を書くための良い機会だった。おそらく記事は大手の雑誌に載ることになるだろうとカートは考えた。というのも、ビアフラの絶望的な状況は、何ヶ月もの間、大きなニュースになっていたからだ。カートはその電話をキッチンで受けていて、ジェインを含む家族みんなが大きなテーブルのまわりに集まっていた。カートはそちらを向いていった。

「ボアジェイリーからなんだ。一緒にビアフラにいかないかって」。

ボアジェイリーの耳に、カートの家族の反応がきこえてきた。「みんな、なにかほかのことを話していて、ただ『いけば』とだけ答えた。誰もがカートを追い払いたかったらしい」。

カートは、アフリカ旅行よりもフライフィッシングにふさわしいカーキの服を着て、一月三日、ボアジェイリーとともにビアフラに到着した。乗ってきたのは、機体を真っ黒に塗りつぶしたDC－6型機で、カトリック系の救援組織、カリタスがチャーターしたものだった。

ビアフラ共和国は、大西洋に面したビアフラ湾にちなんで名づけられ、一九六七年五月にナイジェリアから独立した。ナイジェリアは、北にハウサ族、フラニ族、南西にヨルバ族、南東にイボ族を抱え、民族間の紛争があちこちで絶えなかった。ナイジェリア政府は地下の石油資源を取り戻すため、ビアフラのイボ族居住地に軍隊を送り、油田を取り戻すために、ビアフラの領土を元の大きさの十分の一になるまで削りとった。橋も道路も爆破されたり封鎖されたりして、多くのイボ族が餓死した。

カートとボアジェイリーが飛行機から降りると、イボ族の子どもたちが大声で叫びながら集まってきた。「こんにちは、神父様、こんにちは！」紛争後もビアフラに残っていた白人は、アイルランド人の司祭だけだったからだ。ふたりは思わず後ずさった。子どもたちが異様なほどに痩せていて、悪臭を放っていたからだ。どの子も、腹は丸く突き出ており、髪の色は抜け、体のあちこちがただれていて、肛内からめくれるように垂れた直腸が股間でピンクの筒先のようにぶらぶらしていた。ボアジェイリーは、自分が嫌悪感を持ったことを恥じ、アレン・ギンズバーグだったら、子どもたちを抱きしめ、ひざをついて一緒に遊んでやったはずだとカートにいった。カートは自分のほうに伸ばされた小さな手をつかみ、指をからみつけてくるその子を連れて、ボアジェイリーとともに現地担当者のミリアム・ライクと対面した。ミリアムは三十二歳で、精神分析学者のシオドア・ライクの娘。背が高く、ほっそりとした、ややきつい顔立ちの女性だ。

ミリアムはビアフラ、アメリカ両国の作家やジャーナリストの交流を図り、この紛争に人道的な注目を集めたいと考えていた。そのためには、カートとボアジェイリーを前線に連れていきたい、イボ族の村民たちが逃げ出している現場をみせたいと思った。しかし押しよせる避難民の波に逆らって進むのはとてもむりだ。そこで結局、トラックに乗って未開墾地《ブッシュ》のなかの軍事訓練キャンプまでいくことになった。キャンプはビアフラの首都オウェリからそう遠くないところにある。

そこまでの道のりは、困窮をジオラマでみているようだった。昆虫のように腕や脚が細い子どもたち、飢餓からくる脱水状態で母乳が出ない女たち。文字通り骨と皮だけになった人々は立ちあがる力もなく、走りすぎるトラックをただじっとみていた。カートは冗談をいったり、しゃがれた声で笑ったりして、気を紛らわそうとしていた。不安になったときのいつもの癖だ。

ミリアムはカートをにらみつけた。「口を開けばジョークしかおっしゃらないんですね」。

一行は基地に到着した。基地の外周には砂袋と、かつて石油が入っていた空のドラム缶が積みあげてある。イボ族の将官が敬礼して一行を出迎えると、防御訓練が行われている場所に案内した。三列になった男たちの前の地面には、架台から降ろされた五〇ミリ口径の対空機関砲が並んでいる。巡視艇に搭載されているタイプのものだ。号令と同時に、最前列の男が重い銃を、足元をふらつかせながら肩にのせ、後ろの二人がその男の背中を自分たちの背中で支え、人間三脚をつくりあげる。それから弾薬がないので、三人がいっせいに叫ぶ。「バババババン！　バババババン！」

まるでそれに答えるように、そう遠くないところで、飛んできた砲弾が爆発した。ボアジェイリーはいった。空気をつんざく轟きと爆発音を二十五年ぶりにきいたが、わきあがった感情は懐かしさとはまるで違う、と。

カートは敵を迎え撃つばかばかしい準備に、次第に腹が立ってきた。「砲弾を浴びて死ぬなんて最悪の死に方だよ、ミリアム。後ろに一発着弾したかと思うと、次は前。その次はまた後ろだが、さっきよりも近い。それからまた前だが、これもさっきより近い。爆音が、ものすごい音が押しよせてくる。両脇からどんどん近づき、音が大きくなる。逃げ場はない。パニックになり、ついに被弾して、腸や膀胱が体から飛び散り、死んでいく。とことん惨めで悲惨な恐怖のなか、目もあてられない姿になって」。

そのとき、左手四百メートルほど先に砲弾が一発、続いて右手にも一発飛んできた。規則的な夾叉砲撃が迫ってきて、キャンプはいまにも吹き飛んでしまいそうだった。カートは口を閉ざし、新しいポール・モールを一本出して、吸い終わったばかりの煙草で火をつけた。そして吸い殻を地面に投げると、かかとで丁寧に火を消した。

「わかったよ、ミリアム」。カートはいった。「きみはこの掩蔽壕《えんぺいごう》の中で空爆をしのいでくれ。ボアジェイリーとぼくは屋根に上がって『バババババン、バババババン』ってやるから」。

ビアフラがナイジェリアに降伏したのは十日後のことだった。カートとボアジェイリーは、最後まで現地に残ったほかの外国人たちと一緒に空港に到着した。くたばりかけたベンツに乗せられ、追い立てられるようにしてようやくたどりついたのだ。後部座席のふたりの荷物の上に、行き場のない八歳の少年が寝かされていた。

ヴォネガットはこの体験について「マッコール」誌に記事を書き、テレビ番組のディック・キャベットショウに出演して、目にしたことを話した。だが、二百万人のビアフラ人が餓死し、その四分の三が幼い子どもだったことに関して彼にいえることなど、実はまったくなかった。

ある夜中、午前二時に、カートは自宅のベッドの上で起きあがり、激しくしゃくりあげて泣いた。

完全な暗闇のなか、自分の喉から出てくる音は犬の吠え声のようだった、とカートは書いている。

一九七〇年二月、カートはノックスから手紙を受けとった。とうとう、著作権エージェントとして独立することを決意したというのだ。カートは、きみをとことん応援する、がんばれと返信した。百万ドルのアイディアだ。必ず成功する。そちらの準備が整い次第手を組もう、と。

カートはエージェント会社のかなめとなる作家なので、ノックスはこの未来の顧客の「現在進行中の仕事」のリストを書き出した。執筆中の小説『チャンピオンたちの朝食』はまだ下書き段階だ。カートはもう一冊、リタウア&ウィルキンソンが、シーモア・ロレンス＝デラコートと契約した本を書かなくてはいけない。出版されている小説は四作。すべてデラコートから新装のペーパーバック版が出ている。映画会社が契約交渉権を取っているのは『プレイヤー・ピアノ』『タイタンの妖女』『母なる夜』『ローズウォーターさん、あなたに神のお恵みを』『スローターハウス5』で、各々に五千ドルから一万五千ドルの値がつけられている。CBSは五千ドルの前金を出して短編集をテレビドラマ用に脚色するよう依頼してきていた。そして、一九七〇年二月の時点で、『スローターハウス5』はハードカバーで五万部売れていた。ラフなバランスシートと、ほかの数名の作家からの収入を計算し、ノックスは編集者からエージェントに鞍替えすることは可能だと確信した。そして一九七〇年四月、ノックスは、作家で彫刻家の妻キティ・スプラーグと共同経営で、著作権エージェント会社、ノックス・バーガー・アソシエイツを立ち上げた。場所はワシントンスクエア・サウス三九½の、ふたりの住むアパートの地下だ。

ところがそのときになって、カートは約束を覆した。

カートが手紙に書いてきた理由は、よく考えてみたら、古くからの友人であるマックス・ウィルキンソンを傷つけるわけにはいかないから、ということだった。マックスの妻メアリは重い病を患っているし、誰をつかまえても「マイ・ディア」と呼びかける元気な老紳士は決して悪い仕事をしているわけではない。ただ、ちょっと年をとっただけだ。リタウア&ウィルキンソンが閉鎖されるかマックスが引退して、握手をしてさよならをいえるようになるまでは、ここを出ることはできない。今辞めるなどといったら、股間を撃たれかねない。だが、同じくリタウア&ウィルキンソンと契約している作家のダン・ウェイクフィールドは移籍する気があるかもしれない、とカートはほのめかした。そう書けば、少しはノックスのショックが弱まるとでもいうように。

ノックスはもう少しで卒倒するところだった。妻のキティは怒りに震えたが、ノックスはていねいな返信を書いて、カートが移籍する可能性を少しでも残そうとした。「きみが移籍などできないとわかっていてもよさそうなものだったんだが。ただ、きみがあんな提案をしてくれなければよかったのにとは思う。きみが言葉を重ねるほど、ぼくは疑いを強めたものなのに。きみは友人全員と仲良くしたいと思っている。それはとても立派だ。しかし、社会的地位が高まると、そうもばかりいっていられなくなる。それでも、実際、股間を蹴られたとき、ぼくはマックスよりも耐えることができるのは確かだ。そのことをもちろんきみはわかっているのだろう……昔からの親友にひとつ、覚えておいてほしい。マックスのところでいやな思いをしたりうんざりしたりしたときには、ぼくが代理人になる。ぼくがすべて解決するから」。

その立派な返信(そして、それはノックスがカートにとって〝昔からの親友〟だけではないと思い出させる意味があった)を読んで、カートは恥ずかしくなり、前言を撤回した。カートは手紙ではっきり知らせてきた。マックスには長年助けてくれたことを感謝しているが、これからはノックス・バーガー・アソシエイツの世話になりたい、と。追伸には、ぼくはきみのベルトの下を蹴った覚えはない、とあった。

ノックスは喜び、ほっとした。だが、無理に急いでマックスのところから出てほしいと思っていたわけではないことは、カートにもわかってほしかった。ノックスは再びカートに返信した。どちらにせよ、これからは一緒に仕事ができるのだから、すぎたことは水に流そう。ノックスは作家のために仕事集めをする敏腕エージェントの口調になっていた。まずは、カートには脚本の仕事がきているという。ノックスは五万ドルで受けるのはどうかと提案した。ニューヨーク市のラジオ局が短編小説の「ハリソン・バージロン」を番組で朗読したいといってきたが、それに関して、カートの要望は？　さらに『猫のゆりかご』の映画化に興味をもっている人物もいる。その話は早急に進めたほうがいい。

ようやくふたりは一緒に仕事を始めることができた。やることはたくさんあった。

ところが実は、カートは既に新しい仕事に取りかかっていた。戯曲を執筆するという契約をひそかに結んでいたのだ。

ノックス・バーガー・アソシエイツが開業した一ヶ月後の五月、カートは、演劇エージェントのドナルド・C・ファーバーからロングアイランドの自宅でのディナーに招待されていた。同席したのは、パラマウント社の前副社長、レスター・M・ゴールドスミス。ほんの数日前に製作会社を立ち上げたという。ゴールドスミスはカートに、演劇の脚本を書いたことはあるかとたずねた。カートは軽い調子で答えた。地元ケープコッドの劇団用に『ペネロピ』という脚本を書いたことがあるが、それはウエストバーンスタブルの自宅のビールの空き箱に放りこんであるし、ほかにも二本書いたが、脚本を書きたいという気持ちはなくなった、と。

その晩、ディナーが終わる前に、ゴールドスミスは、ファーバーを介して『ペネロピ』の契約権を申し出た。カートはこの戯曲だけのために設立する製作会社、サワードウ社の会長に就任することになるのだ。カートはめまいがするほど興奮した。なにしろいきなり劇作家としてのキャリアが息を吹き返したのだ。カートは数日後にファーバーに手紙を書いた。『ローズウォーターさん、あなたに神のお恵みを』も戯曲化に適しているのではないかと提案したのだ。

一九七〇年の夏、カートは『ペネロピ』を『さよならハッピー・バースデー』と改題し、改稿に熱中した。八月にはオーディションが行われた。俳優のケヴィン・マッカーシーが主役に決まり、ファーバー邸で脚本の読み合わせをするところにカートも立ち会った。ゴールドスミスはグリニッジヴィレッジのクリストファー・ストリートにあるテアトル・ド・リースという劇場を押さえたが、そこは偶然にもノックス・バーガー・アソシエイツから数ブロックほどのところにあった。ファーバーはカートに、あなたくらい有名な作家になると講演旅行を請け負うにもプロの代理人が必要だから、といって、リチャード・フルトン社に交渉を任せるべく、手はずを整えた。フルトンはファーバーの要請に、「喜んでカート・ヴォネガット氏の講義、講演関係の代理人をさせていただきます」と答えた。

ついにノックスも、カートをめぐるこうした様々な出来事を知るに至り、困惑して本人に手紙で説明を求めた。カートとは何週間も連絡をとっていなかった。「新装版やアンソロジー出版に関する問い合わせをいくつも受けていて……映画化に関しても電話をもらっているんだが……権利は売れましたっていうべきなのか？　それともファーバーと連絡を取ってくださいと伝えたほうがいいのか？……どう答えていいやら、まったくわからない状況にあるんだ」。

いったい、ドナルド・ファーバーとは何者なのだろうか？

ファーバーは四十七歳で、カートやノックスよりも一歳若い。ネブラスカ州コロンバス出身で、兄弟がふたり。第二次世界大戦では歩兵隊の軍曹だった。戦後、同世代の復員軍人の例に漏れず、さっさと一般市民の生活に戻り、一九四七年にはアン・アイスと結婚した。一年後、ネブラスカ大学で学士号を取得すると、一九四八年の予備選挙に向けた州の民主党大会で代議員に立候補した。そして、一九五〇年、ロースクールを卒業した。

ファーバーは慎重で、どちらかというと控えめなほうだったが、だからこそ、演劇の興奮や演劇関係者の魅力に引きつけられた。オフ・ブロードウェイの劇場ではプロの法律家がほとんど雇われていないことを知ると、妻とともにニューヨークに引っ越した。最初はトロントまで通勤して、ヨーク大学で芸能関係の法律を教えた。それは一九五〇年代ならではの新しい学問分野だった。ファーバーは自力で俳優やタレントと製作会社のための契約書の定型をつくりあげ、一方で隙間市場でのエージェント業を起こしていた。例えば一九五九年のある夏の日、ファーバーは、白いスーツにパナマ帽といういでたちの華やかな投資家のお供をして、グリニッジヴィレッジのサリヴァン・ストリートの劇場のリハーサルをみにいった。投資家がくることは知らされていなかったので、演出家は邪魔されるのを嫌がったのだが、その視察によって結ばれた提携のおかげで、『ファンタスティクス』はアメリカ演劇史上最長のロングランミュージカルとなる。

ファーバーはその種の手腕に長けていた。そして、彼の自宅でヴォネガットがゴールドスミスと会食することになったのも、偶然ではなかった。ゴールドスミスは新しい製作会社を設立したばかりで、話題を呼びそうな演目を探していた。ノックスが友人であり顧客であるカートが「小柄な弁護士のもとへ飛び移った」と知ったときには、もう手遅れだった。九月、カートは自分の将来の作品の管理をファーバーに任せた。マックス・ウィルキンソンには既刊書の権利が残されるので、引き続き収入が見込めるだろう。そしてノックスはといえば、ただじっと堪え忍ぶよりほかなかった。

キティは、夫の「古き友」を一生赦さなかった。だがノックスは、そんな仕打ちをされても、カートと絶縁する気にはなれなかった。

カートはあとになって一九七〇年の秋をふりかえり、それは「さよなら、さよなら、さよなら」の日々だったことに気づいた。

しかたのない別れもあった。時がすぎ、六人の子どものうち五人が立派に成長していた。マークは、一九六九年にスワスモア大学を卒業し、ユニテリアン派の牧師になろうとしたが、結局、自分は未熟で人に精神面の助言などできないと考え、やめることにした。徴兵適格者でベトナムへ派兵される可能性もあったので、良心的懲兵拒否者の申請をし、父に書いてもらった支援の手紙も添えた。だが、申請は却下され、軍隊の健康診断を受けるために出頭するように命じられた。郵便で届いた公的な格付けでは、マークは徴兵委員会にⅣ－Fとされていた。つまり、情緒不安定で兵役に就くのには不適切だということだ。というのも、マークの言葉を借りれば「不可解な統合失調症的行為」を演じてみせたからだという。そんなわけで、マークはカナダのバンクーバーで「新聞を読み、かなりの量の麻薬をやり、雑用をこなし、時にはカナダのあちこちをドライブして、『ああ、なんて素敵な国なんだ』と感嘆の声をあげていた」。両親には新生活の頭金としてそれなりの額をもらっていたので、将来はかつてソローが住んだウォールデン湖のそばで穏やかに暮らしたいと思っていた。

一方、ジム・アダムズはジャマイカの農場で、ヤギと大麻を育てていた。イーディもジャマイカにいた。ルーシーという海辺の街で「人の心を操るカリスマ的な男」と一緒に暮らしていた。住まいは朽ちかけた大きな家の二階で、木が床を突き破ってのびていた。タイガーはニューイングランドの航空会社のパイロットになり、兄のスティーヴはバーンスタブル高校で英語の教師になっていた。ナニーだけが家に残り、両親の結婚生活の終わりを「最後の最後まで見届けた」。

まさに、カートとジェインの二十五年の結婚生活の終わりが近づいていたのだ。のちにカートはこう書いている。「それはまるで避けようのない恐ろしい事故のようで、ぼくたちにはどうしても理解できなかった」。はっきりとわかる不幸の兆候がいくつもあった。ふたりの口論、カートの酒癖の悪さと不倫、ジェインが熱中するお手軽な宗教へのカートの憤り。カートとしては、ジェインが普通のキリスト教徒なら、ことにユニテリアンなら文句はなかった。だが、ジェインは常に新しい万能薬――占星術、幽体離脱、瞑想、エアハルト・セミナー・トレーニング（EST）など――に飛びついた。それがまるで魔法か、よく効く軟膏かのように。そのほとんどがまったく無駄だとカートはいった。効き目は長続きしないし、ジェインの人生にいい影響も与えない、と。実際、一九七〇年春のケント大学虐殺事件（ベトナム戦争反対の集会中、州兵が参加者に発砲し、四人の死亡者と九人の重軽傷者を出し、社会問題になった）のあと、ジェインの不安はさらに強まった。「次はうちの子どもたちが撃たれてしまう……」とジェインはマリア・ドノソへの手紙で書いている。「撃たれたのが誰でも、全然おかしくなかった。イーディでも、ナニーでも、タイガーでも誰でも。そうでなければ……もう、みんなが気がおかしくなっていて、どうしていいかわからないのよ……大統領も、誰もかれもが、気づいている。今回は本当におかしい……生き残るためにはどうすればいいか考えなくちゃ」。ジェインは自宅の電話は盗聴されていると思っていた。

それでも、次にみえた聖堂に急いで飛びこみ、次の感情の渦に呑みこまれること、次の気晴らしを探すことが、ジェインの人生のパターンだった。ジェインはシカゴ大学の大学院を、マークを妊娠したために退学した。そして研究員の資格まで持ちながら、復学しなかった。アルプラウスでは、二人の幼児、マークとイーディが家にいるのに、スケネクタディのエリス病院の精神科病棟で夜のボランティアをした。カートが中流階級にふさわしいゼネラル・エレクトリックでの手堅い仕事を辞めたいといって家計が危機に瀕したときも、彼を止めたりはしなかった。アダムズ兄弟のことも、大丈夫、うまくいくからと心配ひとつせずに受け入れた。家族や結婚生活に様々な波紋をおよぼすかもしれないなどとは考えたくもなかったのだろう。子どもが六人いても、地元劇団バーンスタブル・コメディ・クラブで主役を演じるのをやめたりはしなかった。その後、カートがアイオワ大学で教えたときも、うきうきとついていった。これを機に学位を取ろうというわけでもないのに、大学生の息子に家をまかせて同行したのだ。その結果、家は荒れ放題になった。そしてカートのロリーとの不倫問題で結婚生活が破綻しそうになったときも、家の外でできることをまたみつけた。ケープコッド唯一のユージーン・マッカーシー選挙事務所を立ち上げたのだ。

友人たちはジェインのことを優しくてエネルギッシュで若々しいというが、カートはジェインの行動を違う目でみていた。そして結婚生活の末期には、ほかのことが原因だと思うようになった。にぎやかに騒いでも隠しきれない事実がとうとう表面に出てきたように感じたのだ。つまり、ジェインはぼくを愛していないし、そもそも一度も愛したことなどなかった。カートはそう確信するようになったのだ。カートはケンダル・ランディスに続く二番手だった。いつだって、代打要員だった。何度も何度も言い寄って、断るのに疲れたジェインが受け入れただけのこと。ジェイン・コックスという、カートの若き日の憧れの人は、「良き妻、良き友人ではあったが、恋の相手ではなかった」と、カートは考えるようになった。ジェインが長年、忙しさや一時の熱狂や混乱に身を置いていたのは、ジェイン自身、その恐ろしい事実と向き合いたくなかったからなのだ、と。

一九七〇年秋、カートはマンハッタンに部屋を借りた。グリニッジヴィレッジのクリストファー・ストリート沿いのアパートの最上階《ペントハウス》で、持ち主はケープコッドの友人。『さよならハッピー・バースデー』の稽古が始まったら、ニューヨークに滞在する必要があったのだ。数年後、バーナード・オヘアへの手紙に、子どもたち中心の生活の場になっているあの家には住めないと思った、と書いている。仕事に集中できる環境がほしかったのだ。その頃、ハーバード大学から創作の授業を持ってもらえないだろうかと打診されていた。受けると週に二日ニューヨークとボストンを車で往復しなくてはならず、ケープコッド―ボストン間よりも時間がかかる。しかし、ぜひハーバードで教えたかったので、気にはならなかった。ただ、ひとつ問題があった。ハーバードの英文学科は、カートが大学の学位を取得していないと困るといってきたのだ。大学に籍を置いていた頃から四半世紀近くたったそのときでも、カートには学位がなかった。

シカゴ大学が頼みの綱だった。かつて、最初の論文申請は通らなかった。二番目は通ったが、カートが最後まで書けなかった。三番目はアイオワ大学時代に最後まで書いたのだが、やはり受理されなかった。だが、まだ人類学科が彼の存在を覚えてもらっている可能性がある。当時は三球三振だったとはいえ、今は作家として、社会批評家として、一躍有名になったのだ。そこでカートは学科長のバーナード・S・コーンに手紙を書き、論文の代わりに小説のどれかが修士号を取得する条件を満たしていないか、ご検討いただけないだろうかとたずねた。

この要望は教授会にかけられ、論文受理委員の教授たちはヴォネガットの既刊作品をすべて読まされた。というのも、人類学科の教授のほとんどは彼の作品を読んだことがなかったからだ。そして委員会は、『猫のゆりかご』に出てくる架空の島の文化、宗教、風習の描写により、この作品を論文に代わるものとして受け入れるよう提案した。こうしてカートはようやく学位を取得し、ハーバード大学のオファーを受けるのにぎりぎり間に合った。ジョージ・ストッキング名誉教授によると、人類学科としては残念なことだが、ヴォネガットはのちに、「ただ正規の講師になりたいがために学位をほしがったという事実を隠した」。ヴォネガットファンや学者の間では、シカゴ大学が、ヴォネガットの提出した論文を受け入れていなかったことを恥じる外部のプレッシャーもあって、そうしたのだといわれた。論文受理委員会の教授たちがヴォネガットの作品を読み評価するのに、あれだけ手間も時間もかけたというのに。この例のない騒動は、人類学科内では嘲笑的に「ヴォネガット事件」と呼ばれるようになった。

ハーバード大学では二百十五人の学生がカートのセミナーを受講するために試作原稿を提出した。なかには完結した小説が七作もあった。カートはある週末を使って「ヒステリーを起こしそうになりながらなんとか目を通し」て、気に入ったものを十五編選んだ。残りは「並みかそれ以下」だったという。選ばれた十五人の学生には、大学の日刊紙「ハーバード・クリムゾン」の編集長のほか、日刊紙「ニューズデイ」のニーマン・フェローという人物、そして『見知らぬ人が裸で』というポルノ風のコミカルな作品を一章分書いたジャーナリストがいた。カートがいちばんよく書けていると思ったのは、化学専攻の韓国人留学生だった。

カートにとって、教えるためのエネルギーを奮い起こすのはそう簡単なことではなかった。最初のうちは学生から、怒りっぽくてぶっきらぼうだと思われた。また、創作の授業なんてとんでもない思いつきだといって、学生たちを驚かせたこともあった。実際、カートは、小説の書き方を教えることなどできないと心の底から思っていた。書く側に才能がなければ、どうにもならないのだ。いずれにせよ、カートがこれまで目にした創作の授業は、受講者のためになるどころか害になることのほうが多かった。というのも、受講者が他人の努力の結晶を意地悪くけなし合うだけに終わるからだ。カートはこう考えた。自分の役割は、なってほしい姿について語るのではなく、「ならなくてはいけない姿」について教えることだ。

カートはしばらくのあいだ身構えていて不機嫌だったが、やがて少し朗らかになって、ショートリッジ高校時代、ゼネラル・エレクトリックでの経験、作家になったばかりの頃の試行錯誤について話し始めた。そうした日々に自分の作品に生かせることを学んでいたとすれば、それは「人間はそう悪い存在ではないが、そう善い存在でもないということだ。極端な登場人物は創造しないほうがいい。現実にはそれほど極端な人間はいないからだ」と話した。カートのプロットに関する助言を、講義に出たジャーナリストがこうまとめている。「生も死もただ起きる。決まった形はなく、ただ偶発的に起きるだけだ」。カートはとりとめなく話し、煙草を吸った。なにか別のことに気を取られているようにみえた。

せっかく厳しい競争に勝ち抜いて受講資格を得たのに、と失望する学生もいた。「なにも起きないし――ヴォネガットはなにもしない」という者もいた。「創作講座で、互いの作品について議論しないクラスは初めてだ」。しかし、学生たちはカートの人柄は好きだったらしく、このクラスにいる自分たちのことを「金塊《ナゲット》」と呼んだ。「ヴォネガット」をもじったのだ。カートは親切で愉快で、やる気を起こさせてくれる教師だと思った。

学生たちが最初の作品を提出する前に、カートは自分の真似はしないようにと助言した。だが、ほとんどの学生がカートに憧れていたので、そのスタイルを真似てきた。そして、同時代文学の様々な講座でメタフィクションを多く――多すぎるほど――読まされてきたので、奇をてらったプロットに走った。マンホールにはまって両脚を折った男の話や、ヒーローが厚板ガラスの窓を突き破って墜落し、ヒロインが氷の塊のなかで凍死する話。ほとんどの作品には人間性が感じられず、突飛な出来事が描かれ、人間の無力さをあざけっているような印象があった。講座が終わると、カートはほっとした。

『さよならハッピー・バースデー』のキャストはカートの家族の代わりになって、暗い気持ちを紛らわしてくれた。カートはできるだけ頻繁に稽古に顔を出した。ヒロイン、ペネロピ・ライアン役のマーシャ・メイソンの代役要員《アンダースタディ》だったダイアン・ウィーストによると、カートは稽古をみて喜び、うろたえ、驚いているようだったという。カート自身、それは「冒険」であり「つらい」ことだったと、ドノソに書いている。

『さよならハッピー・バースデー』の元となった『ペネロピ』の着想を得たのは、一九五〇年代の初め、ケープコッドで「名著を読む」の講座に出ていたときだった。カートはこう語っている。「その講座ではまずホメロスを読んだが、ぼくは英雄オデッセウスが戦から帰郷する場面がとても気に入った。戦士であり英雄でもある。オデッセウスは、現代的な視点からみたらすごく変なやつなのだ」と話している。カートはその叙事詩を現代版に書き替えた。時は一九七〇年、冒険王ハロルド・ライアンはアメリカ合衆国の我が家に帰ってきたが、数年前から死んだものと思われていた。ライアンは、妻のペネロピが自分とはタイプの違う男たち——医者と掃除機のセールスマン——と関係をもっていることを知る。ペネロピはもはや闘志あふれる男っぽい男に魅力を感じていない。彼らは不在のライアンの誕生日を祝っているが、そこにあるケーキは、実は金髪の少女、ワンダ・ジューンのためのものだったった。ワンダ・ジューンは誕生日のお祝いを目前にしてアイスクリーム売りのトラックに轢かれてしまったのだ。そのワンダ・ジューンが天国からジークフリート・フォン・ケーニヒスヴァルトという名のナチとともに観客に語りかける。地上にいるハロルドについて、そして神が今後、いかに見事にシャッフルボード（長い棒で木製の円盤を突いて、点を表示した部分に入れるゲーム）をしてみせるかということについて。

稽古をくり返すうち、キャストたちは、若くて美しい黒髪の女性が、カートの写真を撮りにしょっちゅうやってくることに気づいた。それはフリーのフォトジャーナリストで、最近は作家を撮ることを専門にしていた。「ライフ」誌が、カートのハーバード大学創作講座に関して特集記事を組むにあたり、記事につける写真を彼女に依頼していたのだ。彼女は、カートがニューヨークのテアトル・ド・リースにも顔を出していると知ると、そこにも現れるようになった。若い女優のウィーストは、その女性が誰なのかは知らなかったが、いつもカートのそばにいようとしているのをみて、その女性がカートをつけ回していて、カートのほうは逃げたがっているのではないかと思った。ジェインの友人、リン・マイヤーは、カートが狙われているという話をききつけた。「まるで大きなゾウみたいに追われていたそうです。その女性は、なんとなくそうしていたわけではなく、獲物を狙う獣のように、はっきりした意志を持って行動していたときききました」。

とうとうジェインがニューヨークにやってきた。表向きは『さよならハッピー・バースデー』の稽古をみにきたのだが、その若い女性を目にしたとき、イーディの言葉を借りれば、「母の両腕の産毛が逆立ったかのようでした。母はなにかを感じたのです。カメラを武器のように使うあの女性に」。

女性の名前はジル・クレメンツといった。ニューヨーク生まれの三十歳。母親のヴァージニアはジュリアード音楽院の卒業生で、父親はブロードウェイでダンスやバレエカンパニー専属の写真家をしていたラドフォード・バスコム。ふたりはジルが生まれて間もなく離婚し、ヴァージニアは裕福な宝石商、ウォルター・M・クレメンツと再婚した。その結果、ジルは四人の子どもの最年長になった。しかし幼少期のしつけは「とても厳格で中流家庭らしいもの」だったと、ジルはのちにいっている。しかし、通ったのは富裕層向けの私立の学校だった。まずはニュージャージー州モリスタウンのペック・スクール。ここで幼稚部から八年生まですごした。それからニューヨークのドブスフェリー地区にあるマスターズ・スクールという寄宿制の女子高校に入れられる。ハドソン川に面した四十ヘクタール近いキャンパスが広がる学校だ。マスターズ・スクールで最終学年にルームメイトだったゲイ・タルミーは、ジルが「いつもすてきな着こなしで、美しい肌に輝く瞳をもつ少女」だったといっている。「ジルはわたしたちの誰よりも大人びていて、わたしたちより何光年も先をいっていました」。

ふたりは同室だったが、友だちではなかった。「ジルは私のことをまるで排泄物でもみるかのような目つきでながめました。実家が宝石関係の仕事をしていたので、ジルも高級な宝石のことをよく知っていました」。その宿舎はファーストハウスという名がつけられていたが、皮肉なことに、一番格式の高い宿舎ではなかった。だがジルはそんなことは気にもとめなかった。というのも「ジルは知性でも容貌でも群を抜いていると自負していたし、人気があるかどうかなんて気にしなかったから」だ。

ジルの野心は、マスターズ・スクールに通うほとんどの少女たちには考えもおよばないことだった。ある日、兄のトニーと観劇帰りにニューヨークの街を歩いているとき、ふいにいった。「わたし、この街の一部になりたくてたまらない」。

ジルはドルー大学に入学したが、一年後に退学し、「ハーパーズ・バザー」誌で秘書として働いた。一九六一年、船で長期の海外旅行に出る友人についていき、最初のカメラ、コダック・ブラウニーで写真を撮った。帰国すると、「ショー」誌で映画と演劇専門の記者になった。

二十一歳の誕生日に、ニコンのカメラをもらったが、それは日本で買ったもので説明書が日本語だった。「ショー」のアートエディターにそれをみせると、彼は首をふっていった。「これじゃまるで、ロールスロイスを持ってるのに運転の仕方を知らないようなもんだな」。そして、フィルムの入れ方、絞りリングを回して露出や被写界深度を調整する方法などを教えてくれた。ジルは自分が撮ったフィルムのベタ焼きを彼にみせにいっては、意見をきいた。

一九六三年十一月二十二日——ジョン・F・ケネディ大統領が暗殺された日——に、ジルはマンハッタンを歩き回り、人々の反応を撮った。同僚のなかには、ジルが無神経だと思う者もいた。街ではみんな、なりふり構わず通りで泣いていたからだ。だが、新聞・雑誌の女性ジャーナリストが食べ物やファッションの記事しか任されない時代に、ジルはこの歴史的な事件を記録する機会を逃さなかった。

「ショー」が一九六四年に廃刊になると、ジルは「ヘラルド・トリビューン」紙に入社した。新聞社初の女性写真家で、二十四歳という最年少でもあった。ジルが撮ったのは、ハーレムの人種暴動、マルコムXの葬儀、ミシシッピ州で複数の公民権運動家が殺された事件、アンディ・ウォーホルの開くパーティの数々、チャーチルの葬儀、シェイ・スタジアムにきたビートルズなど。また新進気鋭の作家のポートレートも撮った。ジミー・ブレスリン、ゲイル・シーヒー、トム・ウルフなどだ。のちに、アイオワ時代のカートの友人、ヴァンス・ボアジェイリーがジルと知り合い、彼女が撮りたい一枚のために自分の美貌を利用しないことに感心した。「ジルは、押しの一手で勝ち取るんだ。ほかの優秀なフォトジャーナリストと同じようにね」。ライバルだったバーナード・ゴットフリートは、ジルが事件現場の人混みの最前列まで人をかきわけていったのを覚えていた。小柄な女性が、重い撮影機材を抱え、男性のライバル写真家と張り合いながら対象を捉えようとしていたのだ。

ジルは、あるディナーパーティでアンリ・カルティエ＝ブレッソンに出会った。フランスの写真家で、近代フォトジャーナリズムの創始者とされる人物だ。彼はジルに、ベトナム戦争は、今日最も人の心をつかむフォトストーリーのひとつだと話した。ジルはサイゴンに赴き、カラベルホテルにチェックインした。戦地を取材するジャーナリストたちの本部がそこにあり、デイヴィッド・ハルバースタム、ニール・シーハン、モーリー・セイファー、ピーター・アーネットなどがいた。ジルの得意分野は、彼女がいうところの「周辺的な」写真だ。大抵の報道写真家は、劇的な戦闘の写真を撮りたがる。だが、ジルは軍のキャンプや病院や孤児院を訪ね、兵士と一般市民の生活に目を向けた。ベトナムで一年を過ごしたのち、初の写真集、『The Face of South Vietnam』を出版した。

ジルは追い求めているものを手に入れることに慣れていたので、著名な作家であるカートの素顔をカメラにおさめようと、ある時などは男子トイレにまでついていった。

『さよならハッピー・バースデー』の初日は、一九七〇年十月の最初の週だった。開演前、ヴァンス・ボアジェイリーは、たまたまニューヨークにいたので、カートのお気に入りのレストランのひとつ、西五十二番ストリートの21クラブにディナーを予約した。祝杯をあげるもうひとつの理由は、サム・ロレンスが、ついにカートの小説六編すべてをデラコートから全集の形で出版することができたことだった。ボアジェイリーがカートと待ち合わせをしていることを告げると、レストランのボーイ長は、「ハッシュパピーの靴をお召しの方ですね?」ときいてきた。だがその晩、脚本家デビューを遂げた小説家は、ダークスーツ姿で襟に小さなピンクのバラを飾って登場した。

その後劇場に到着したとき、カートは酔っていて、上演中もずっと飲んでいた。バルコニー席で、人にみられることなく観劇できたからだ。下の席には、まるでカートの前半生を象徴するかのように、ジェインとイーディとナニーが座っていた。また、ノックスとキティにも、関係を少しでも改善したくてチケットを送ってあった。その後のパーティでは、カートは陰で壁に寄りかかり、ほろ酔いかげんで少しうつむいて、スーツの襟に飾った小さなピンクのバラの香りを楽しんでいた。

この劇に対する批評家たちの意見は割れた。「ニューズウィーク」のジャック・クロールは、アメリカの小説家はなべて「多くの幼稚な劇作家より才能がある……ヴォネガットの創り出す会話は、テンポが速く面白く、わかりやすくて生き生きしている。それでいて内容も深い」と書いた。ところがスタンリー・カウフマンは、「ニュー・リパブリック」誌で酷評した。「まったくの失敗作。未熟な知性しか感じられないぎこちない作り事で、大学生の出し物並みの底の浅い作品だ」。また、音楽プロデューサーのジョン・サイモンは、この脚本家は「若者に媚びを売っている」と批判した。

ヴォネガットは万人に受けるウィットは持っていないと自己弁護している。「この劇を上演する唯一の劇場はニューヨークにある。そこは、決まった信者が集まる教会のようなものだ……インディアナ州出身の者がインディアナポリスならではのジョークをニューヨークで披露したって受けない。わたしの戯曲『さよならハッピー・バースデー』にはインディアナポリスジョークが出てくるのだ」。だがその一方でヴォネガットは、ぎこちなくて稚拙な劇だったと実は思っている、と個人的な手紙で漏らしている。


『さよならハッピー・バースデー』が上演されていた一九七〇年の冬から一九七一年の三月まで（上演場所は、二ヶ月目からはエディソン劇場に移ったが）、カートはニューヨークに住んでいた。劇場街にあるショービズ界の有名人御用達レストラン、サーディズを頻繁に訪れ、成功の美酒に酔いしれた。やがて、ジルがカートに寄りそうようにして現れるようになり、それには妻のジェインだけでなくジェインの友人もショックを受けた。ジルを、アイオワ時代のロリーのような一時の情事の相手だと片づける者もいたが、ジェインがカートに裏切られているという不面目な事実があまりにも大っぴらになっていて、噂を聞くと胸が痛んだ、とリタウア&ウィルキンソンの元秘書、キャロリン・ブレイクモアはいっている。また、スワスモア大学時代のルームメイト、マーシャ・ゴーガーは「ジェインはとても気丈でした」といっている。ジェインはロリーが夫を救ってくれることを望んだ。そのためならカートを譲ってもいいと思っていた。二十五年連れ添った妻とは思えない解決策だった。だが手遅れで、ロリーはすでに結婚していた。

上演期間中に、ジルはカートのためにワンベッドルームのアパートをみつけた。ミッドタウンの東五十四番ストリート三四九番地のそのアパートは、セカンド・アヴェニューにあるジルのアパートからほんの数ブロックだった。裏手に専用の庭がついていて、隣のおしゃれなレストランから出前を頼むことができた。カートの楽しみのひとつは、夕食時にパティオに置いたテーブルの前に座ることだった。ほどなく制服を着たウェイターが裏門から現れて、白いクロスをテーブルの上に広げ、ナプキンと一人分の食器類とワイングラスをセットし、最後に銀の皿に盛った料理を置く。カートは億万長者になったような気分だった。

ジルは芸能系の人々が集まるパーティの常連でもあったので、新参者のカートの手を引くようにして連れていった。アイオワ大学でのカートの教え子、バリー・ジェイ・カプランは、カート・ヴォネガットが成功の階段をのぼっていくのをみていた。ドラッグストアに置いてあるペーパーバックの作家がスターになっていく様子を。「まるで、カートが田舎から出てきたばかりの青二才で、ジルが彼をリードする洗練されたシティ・ガールのようだった。実際、ある意味、その通りのことが起きていた。意地の悪い言い方をすれば、カートはニューヨーク在住の有名作家になりたくて、ジルはその手助けをしていた。カートにはその手助けが本当に必要だった」。

カートに与えた影響はたいしたことはなかったと、ジルはカプランに語ったという。「カートに教えたのはテニスとセックスよ」。

カートがジルに惹かれた理由はたくさんあって、もちろん彼女の美しさはその最たるものだったろう。だが、カートはジルのタフさも賞賛していた。

妻のジェインは、カートに批判や怒りの爆弾を落とされると、しばらく洗濯室にたてこもったあと、降伏の印にサングラスをかけて出てきた。だが、ジルはカートの攻撃などものともしなかった。カートのいったことになど、左右されなかった。カートの手にかかれば聖なる弾薬になる言葉も、ジルの前ではただの言葉でしかなかった。「ジルはどうやったって傷つかないんだ!」カートはあるときボアジェイリーに漏らした。カートはまた、ジルが自分に頼ろうとしない点にも惹かれていた。ジルはフォトジャーナリズムの世界を知りつくしていて、将来の展望は、カートがジルと同年齢だった頃よりもずっと明るかった。三十一歳の頃、カートはニューヨーク州アルプラウスのガソリンスタンドを見おろす部屋で小説を書いていたのだから。ジルはいった。あなたと結婚するのが目的じゃないの。そんなつもりもないし、大体、子どもなんて欲しくないから(これには、カートはほっとした)。ジルとしても、カートには活躍してほしいと思っていたし、そのためにカートを応援するつもりだったし、ベッドでは熱烈にカートを愛した。だが、カートには自立した男であってほしかった。自分が自立した女であるように。ジルの強さにカートは惹かれた。皮肉れるところなど、ジルにはなかった。

ある日、家族の崩壊を象徴するかのように、マークがふいにニューヨークに訪ねてきた。『さよならハッピー・バースデー』が幕を開けた翌月のことで、彼は明らかに精神的に崩壊していた。発作でも起こしたかのように気持ちのコントロールが効かなくなり、恥ずかしそうに幼い子どものように泣きじゃくってしまう。二十二歳になっていたが、恐怖に襲われるとどうしようもなく、自分を守ることができなかった。その恐怖とはたいてい、父親の身に「苦しく、邪悪なこと」がふりかかるという恐ろしい予感だった。

マークはコミューンを創るという夢を実現していた。カナダのブリティッシュコロンビア州パウエル・リバーの近くに、八十ヘクタールの農場を購入したのだ。農場はボートでしかたどり着けない場所にあった。ハイウェイ一〇一号線の終点から川を二〇キロ下り、さらに二・五キロ歩く。マークはそこで、シャツを脱いで日を浴び、槌や斧を振るって古い家を修理し、薪を割り、畑に種をまいた。そうしていれば、「自分の努力が、なぜか死や破壊を促すことになってしまう」と心配せずにすむからだ。マークがニューヨークにきたのは、なにより、交通裁判所に出廷するためだったが、父親の様子を確かめるためでもあった。

マークは昔から、父親が酒の飲み過ぎで死ぬか、銃で頭を撃ち抜くのではないかと心配していた。「父は折にふれて、大っぴらにそういっていた。時々、父が踏みとどまっているのは、ぼくに悪影響を及ぼしてはいけないという思いからではないかと考えることもあった」とマークはのちに書いている。マークが少年だった頃、カートは会社勤めのかたわら少ない時間で小説を書く作家で、ときに高校の教師で、ときに外国車のディーラーだった。そして、外国車の仕事は見事に失敗した。

今の父親は、有名人たちと冗談をいい合い、一緒に酒を飲んでいる。だが相手の多くは、父親の作品を読んだこともないはずだ。そうした状況の中で、マークは父親を守りたいと思ったが、そんな力などあるはずがない。「車が暴走していた。酔っぱらいも暴走した。ジャンキーも環境汚染も、無限に続く苦しみも、すべてが暴走していた」。

マークは、マンハッタンで父親のあとについて数日を過ごしたあと、その場を去り、姿を消した。

車を走らせて合衆国を横断し、シアトルの北で国境を越えてカナダに入った。そして、愛車のおんぼろフォルクスワーゲンで仮眠をとり、始発のフェリーにのってパウエル・リバーに戻った。「ぼくには帰るべき農場があるんだ。こんなどうでもいいことは気にしない。もう一度いう。こんなどうでもいいことは気にしない」と自分にいいきかせながら。

一方イーディは、父親のニューヨークへの逃避に対し、兄とは違った反応をした。かつて、カートがアイオワでひとり暮らしをして情事を始めようとしているところに、ひとりで押しかけた経験がある。本能が働いたのか、父親が新しい生活を始めるにあたって人手を必要としていることがわかっていたからなのか、イーディはジャマイカから戻ってきて、東五十四番ストリートの父の小さなアパートに住むことにしたのだ。そして、カペジオシューズ（サルバトーレ・カペジオがブロードウェイに開いた靴店に始まるダンスシューズのメーカー）のデザイナーの職を得ると、父親の家のリビングに製図板を置いた。

ヴォネガット家の三人の子どものなかで、イーディはいちばん父親と折り合いが良かった。「わたしにはちょっと父に似たところがあるの。だから、父とけんかをするのが好きでした。父と暮らすにはどうしたらいいかもわかっていました。それはたぶん、わたしの心の奥に意地の悪いところがあったからで、母にはそういうところはなかったのです」とインタビューで話している。カートが執筆の手を休めようと思うと、イーディを誘って散歩に出かけた。「父もわたしも、お互い、一緒にいるのがいちばん楽な相手だったのかもしれません」とイーディは話している。カートは、家族のなかの女性が、それぞれ違う接し方をしてくるのを楽しんだ。そして、それぞれを比較してみせることで、お互い競い合うようにしむけたのだ。カートに認めてほしいと思わせることで、娘たちの注意を引きつけておきたかったのだ。姉妹はこの競争を、幼い頃から意識していた。だが、今、父親が家から離れたことで、その競争はさらに真剣なものになった。ナニーは、ジルがいるニューヨークでは自分は歓迎されないことがわかっていた。そのときのことを、のちにインタビューでこう語っている。「父のそばにいると、わたしは不安になりました。なにかが足りない気がして、よく泣きました。父はこれが気に入らなかった。父がいやがったのは、そのせいで後ろめたく感じたからなのです」。父親のやり方に合わせるか、やめるか、という選択肢しかない。

「すごくリア王っぽい話になってるわね」とイーディはナニーにいった。

アパートは静かで、ちょうどいい具合にイーディもいてくれたのに、カートは『チャンピオンたちの朝食』を書き進めることがちっともできなかった。『スローターハウス5』の草稿から削った部分がたくさんあるので、それを再利用しようとしていたが、カートにはこの新作が駄作に思えて、頭を抱えていた。

問題は、一九七一年になってから、うまく書かねばならない理由がなかったことだ。創造力に関していえば、自分が「柳細工のカゴに入った動物」になったような気分だった。カートの名をつけさえすれば、実際どんなものでも売れる状況だったのだ。「長い間、金のために書いてきたが、今や、自分を突き動かすものがなにもない。どうしたらいいかわからない」のだ。しかも、どうすればいいか探るエネルギーも根気もなかった。『タイタンの妖女』は別にして、カートは長編小説を書くのには、いつも数年を費やしてきた。それでもなお、本当に書きたいことがわかるまで、何度も話の始まりを書き替えた。『さよならハッピー・バースデー』の公演が終わったら、すっかり脚本家に鞍替えして、小説のことなど忘れてしまったほうがいいのかもしれないなどと考えた。

冷凍状態のような結婚のことも気にかかっていた。カートとジェインのパートナー関係は凍結していた。大事なことはなにひとつ変わっていないが、時々心がチクリと痛む。どちらも離婚の話はしなかった。ジェインはこの先どうなるかわからないまま、カートの妻として秘書として雑用係として、自分の仕事をこなしていた。ドナルド・ファーバーが銀行の預金伝票を何枚かもらえませんかといってきたとき、ジェインは陽気にこう返信した。「さあどうぞ、同封します。これだけあればしばらくもつでしょう。それにしても、こんなにお金が入ってきて、どうしようかしら？　最近は『さよならハッピー・バースデー』が当たりますようにって祈ってるんだけど。なにしろ、こういうことってわからないでしょう！」大学の文学部の教授、ジェローム・クリンコウィッツがヴォネガット氏の作品の著作目録はありますかときいてきたときは、ジェインは地元の図書館に出かけて目録を作り、時間がかかってしまったことを詫びた。「夫が出ていて、わたしひとりの手には負えないほど、いろいろなことが山積みになっていたものですから」。ジェインは、カートとの連名の銀行口座に入ってくる金を使って、家の修理をし、新しい家具を揃えた。タイガー・アダムズの親友、ケイレブ・ウォーレンがみるかぎり、「ジェインはそれでも変わりなく、すごくいい人だった」。

カートはジェインの振る舞いにどう対処していいのかまったくわからなかった。気丈に立ち働くジェインをみて、聖書の言葉を借りれば、燃える炭火を頭に積まれているような気がした（「ローマの信徒への手紙」十二章二十節から。仇に恩で返すことで、かえって相手を恥じ入らせることを意味する）。

十一章　文化的官僚主義　一九七一～一九七四

一九七一年二月、マーク・ヴォネガットは、カナダ、ブリティッシュコロンビア州のパウエル・リバーの農場で、十二日間飲まず食わずの状態でいた。その前の数ヶ月間はレンズマメの煮込みと野菜だけで過ごしていた。農場はコミューンになっていて、マークはそこで神秘家となり、キャンドルの炎をじっと――ときには十二時間もぶっ続けで――みつめて絶食を続けていた。家のなかには、マリファナの甘い香りが、香を焚いたように漂っていた。マークの傍らには、かつて父方の祖父のものだったチェスボードがあった。それは手作りのボードで、ブラックレター（西ヨーロッパで十二世紀から十五世紀に使われたアルファベット書体のひとつ）で次の文が彫りこまれてある。「いいか、ひとつ警告しておくぞ／これは子どもの遊びじゃないからな」。この警告は、多くのことと同様、今のマークには大きな意味があって、目には見えない情報をもとに、すでに恋人は死に、父親は自殺し、この先世界に地殻の大変動が起こると告げていた。マークは数晩、躁《そう》状態で一睡もせずに過ごしたのちに倒れた。仲間はマークをボートに乗せて安全な場所に運んだ。

駆けつけた父親は「すごく心配していらいらしているよう」だった。そしてバンクーバーの安アパートではかなり場違いにみえた。マークは仲間に見張られていた。全裸で外に駆け出して、その一画を全速力で走りまわったことがあるからだ。マークは父親がそこにいることを理解しようとするのだが、父親に助けにきてもらえるなど、とても信じられなかった。「そこにいる人物が、実体を持った本物の父だとは思えなかった。本当に父だという確信がなかった」。

カートが四千八百キロも離れたその場所にきたのは、「息子のフラワー・チルドレン仲間が電話をかけてきて、彼には父親が必要だといったからだ」とのちにカートは書いている。カートはマークを階下に降ろし、レンタカーに乗せた。ふたりは東へ向かって車で進み、フレーザー川沿いのニュー・ウェストミンスターの街まできた。そこには精神病の療養所があって、ハリウッドホスピタルという、あり得ないような名前がついていた。のちにカートはこう書いている。息子はとてもクリエイティブな人間で、黙示録的な経験をしていたことを示すために、「カナダの精神病院《ラッフィング・アカデミー》」に向かう途中、「彼の敬愛するジョン・コルトレーン顔負けのすばらしい節《リフ》をくり返し歌っていた」。

ハリウッドホスピタルに到着すると、マークはカートに支えられ、よろよろとロビーに入った。そして待っているあいだ、ロビーのビリヤード台の上に置いてあった玉をつかんで窓の外に投げ、灰皿のなかの灰をいじり、男性の看護師がやってくると、その白衣に灰まみれの指ですじを何本もつけた。入院面接のあと、カートは息子を預けるための書類にサインした。

数日後、ワシントン州アナコルテスのウォルター・ヴォネガットの家の電話が鳴った。かけてきたのはカートで、幼い頃一緒にマクシンカッキー湖で遊んだいとこは明らかに酔っぱらっていた。カートはマークの入院の話がしたいようだった。ウォルターの印象では、電話の用事は「胸のなかのものを吐き出す」ことだけのようだった。

マークが入れられた隔離室には、扉に手が出せる程度の大きさの穴が開いていた。カートは一週間のあいだ毎日病院を訪れ、その穴から話しかけようとしたが、マークは鎮静剤と栄養失調で弱りきっていたため、眠り続けていた。そのうち、カートはロサンゼルス——マークいわく「本物のハリウッド」——にいかなくてはならなくなった。『スローターハウス5』の映画撮影が始まるからだ。カートはブルーノ・ベッテルハイムの『夢の子供たち』を筒状に丸めて穴の中から部屋に入れ、すぐ戻るからとマークに約束した。

それは、精神が破綻している人間にはとても読めない知的な本だった。一九六四年夏のイスラエルのキブツを研究して書かれたもので、次のような結論が書かれていた。そこで暮らす子どもたちは利他的で、コミュニティや互いに対して献身的に尽くすが、他人との親密な関係と個性が欠落するために、人格が平坦になってしまう。ベッテルハイムの意見は、カートがコミューンに対して抱いていた意見とほぼ一致していた。カートの考えはこうだ。「コミュニティが真に機能するためには、隣の人がなにを考えているのか自然にわからなくてはならないが、それは原始社会での話だ。見知らぬ人同士が無理やり押し込められている現代のコミュニティや若者たちが農場を使ってコミューンのように暮らそうとしている場所では、創設者は激しい対立が起きることを覚悟しなければならない」。

だがマークはそのとき、とても人類学の本を読めるような精神状態ではなかった。精神安定剤のソラジンを大量に投与されていて、思考力が著しく鈍っていた。

カートは、コロンビア映画社内にサワードウ社用の事務所を持っていた。サワードウ社は『さよならハッピー・バースデー』のために立ち上げられた製作会社で、その時は『スローターハウス5』の映画化に出資していた。ハリウッドホスピタルの電話は回線が混み合いがちで、患者は利用を許されていなかったが、カートがジェインにマークの様子を伝え、よい方に向かっているから大丈夫だと話した。

カートは機会があれば、『スローターハウス5』のセットを訪れた。監督のジョージ・ロイ・ヒルは、カートにバートラム・コープランド・ラムファード教授という小さな役を与えた。病院でビリー・ピルグリムの隣のベッドに寝ている患者だ。パジャマとバスローブという衣装に、こめかみに白髪が少し生えている禿げ頭のかつらをつけられたカートは、「すばらしく役にはまっていた。おかしくて、辛辣で、とんでもない変わり者で、それ以上は望めないほどのできだった」とヒルはいっている。撮影が終了すると、カートはマークの様子をみにバンクーバーに飛んだ。

だが、カートがいない間に、ヒルは撮り終えたばかりのフィルムをチェックし、ビリー・ピルグリム役のマイケル・サックスの顔が、メークのせいで、入院中の中年男とはいえ「ひどすぎる」ことに気がついた。そのシーンは撮り直さなくてはならない。ヒルはカートに連絡しようとしたが、撮影スケジュールが詰まっていてできず、寝たきりのラムファード役はほかの俳優にやらせることにした。のちに、役者を変えたのはカートの演技の問題ではないと必死で説明したが、驚いたことに、カートは冷たい目でヒルをみつめ、こういったという。「わかった――だが、そんな嘘をついてほしくなかった」。

マークは三月にハリウッドホスピタルから退院したが、すぐに症状がぶり返し、今度はショック療法を受けた。ジェインは息子の看病のため、二度駆けつけた。それでもマークは奥地の農場に戻ろうという意志を通した。その前にパウエル・リバーの郵便局に立ち寄り、自分宛の郵便物を受けとると、父親からの小包が届いていた。中にはポスターが入っていた。マークは、その「わけのわからない、終末論的で神秘的で〝大地に帰れ〟的な引用句を読んだ。今では、内容もちゃんと覚えていないし、誰の言葉なのかも忘れてしまった。『我々の行為こそが現実だ……もしアマゾンの源流で文化的エンクレーブを確立しなければならないとすれば……シーザーの墓に帰れ……すべての人間が職人になる必要はない』」。マークは困惑して落胆した。父親はなぜ農場のことや、自分の精神障害のことについてなにもいってくれないのだろうかと、不思議に思った。「だが、手紙も添えられていなかったし、なんの説明もなかった。ただ、そのいまいましいポスターだけが入っていた」。

そのポスターは、カートの社会的なイメージと家庭人としての姿にギャップがあったというひとつの例だ。ケイレブ・ウォーレンはこういっている、「カートは人に感動を与える人物にもなれた。ことに有名になってからは、神格化さえされている。賢くて頭が切れて、聴衆を前にすると話し上手で、親しみやすい愛すべき人物だ。だが、個人的なレベルで親しい者からみたカートの人柄は、かなり違っていた」。

カートのなかでは、息子の入院事件は終了していた。マークのセラピストは患者の父親が誰だろうと気にもとめていなかったし、家族の問題が取り上げられることもなかったと知って、ほっとした。「倫理的には、マークが回復してくれて、ぼくの役目も終わった」と思っていたのだ。友人には、息子の精神破綻は「コミューンの時代精神《ツァイト・ガイスト》のせいだ。極端に劇的な行為をとる人間は、仲間から賞賛されるものだ」と説明したという。

カートはサワードウ社の事務所に戻ると、ジェインに手紙を書いた。自分が家族にどう思われているかはわかっている。だが、ハリウッドにくれば、そんなろくでなしは掃いて捨てるほどいるんだ、と。

一九七一年の春の夜、マークがコミューンに戻ったすぐあとに、イーディはエレインズというレストランで開かれたジョージ・プリンプトン（文芸誌「パリス・レビュー」の初代編集長。俳優として映画・テレビにも多く出演している）主催のパーティで、ジェラルド・リヴェラに紹介された。リヴェラは当時二十八歳で、テレビのレポーターだった。数時間後、ふたりはイーディの身の回りのものを全て、イーストヴィレッジのアヴェニューCにあるリヴェラのアパートに運んだ。「最近は、ことはこう運ぶものなんです」とリヴェラはいった。カートは、娘が軽率にのぼせ上がっても動じなかった。というのも、以前から娘に、父親と住んでいるなんておかしいぞと話していたからだ。イーディとリヴェラは既にエージェントをみつけていて、映画スターになりたいと思っていた。

カートとジェインは別居を続けながらも、子どもたち――ヴォネガット家もアダムズ家も全員――のことは互いに知らせあっていて、カートはそうすることがおかしいとはまるで思っていなかった。しかも、まだ自分の作品に対する助言をもらいたいとジェインを頼っていて、パートナー関係は続けていければと考えていた。カートは、自作の短編をアマチュア劇団向けに脚色した原稿をジェインに送り、批評してほしいと頼んだ。そして、ジェインの助言をもとに脚本に手を加えた。またほかの人間にいうよりずっと前に、ジェインにはサワードウ社を辞めるつもりだと打ち明けていた。プロデューサーは性に合わないから、というのがその理由だった。その一方で、『スローターハウス5』の映画は最高のできだったと、ジェインへの手紙に書いている。

カートはウェストバーンスタブルに十ヶ月も帰らず、顔をみせようともしなかった。元隣人のベティ・ミッチェルは、カートは家で歓迎されていない状態にあるのではないかと感じていた。だが、一九七一年五月、バーナードの妻ロイスが死去し、カートは墓地で家族と顔を合わせることになった。

ロイスはもともと体が弱かったうえ、何十年も、タバコのセーラムを毎日ふた箱も吸っていたせいで、肺を痛めた。亡くなる前の数年間は、ソファで休みながら咳きこんでいる姿ばかりを家族はみていた。肺気腫だった。五人の子どもが残された。二十五歳のピーター、二十歳で双子のテリーとスコット、十一歳のカートと九歳のアレックス。幼いふたりはまだ家にいたので、バーナードはオールバニ大学の大気科学の教授としての責任と、ふたりの小学生を育てる責任の両方を背負うことになった。

カート側の親族は、バーナードにそんなことができるはずがないと思った。十代のナニーでさえわかっていた。伯父は「ほとんどいつも、文字通り雲の中に頭をつっこんでいる人」なのだ。

バーナードは極端に礼儀正しいところが滑稽なくらいだったが、きわめて哲学的だった。「いつも寛容で親しみやすいが、人間界でなにが起こっていようと、どこか上の空だった」とカートは書いている。自然の法則を調べたり定量化したりする際には精密さを求めたが、生活面では細かいことを気にしない暮らし方を好み、なりゆきにまかせていれば、「最後にはすべてうまくいくだろう」と単純に信じていた。バーナードが、竜巻や雷や風を追いかけて、空で霊《ジニー》をつかまえてビンに閉じこめようとしているあいだは、誰も彼をあてにはできない。母親亡き今、下のふたりの息子の面倒はバーナードがきちんとみてやらなくてはいけないと親戚たちは思っていたが、バーナードはそうは考えていなかった。

今回もまた、死因は結局、癌だった。アリスの時と同じで、またもや子どもたちの面倒をみる親がいなくなった。かつてのアダムズ家の子どもたちと同じ状態だ。葬儀のとき、カートとジェインは、夫として妻として、両親として叔父として叔母として耐えてきたことをありありと思い出していた。カートはジェインに、二週間後のイベントに一緒に出てもらえないかと頼んだ。アメリカ芸術院から、年に一度の新会員のためのセレモニーで行う、ブラッシュフィールド講演を依頼されていたのだ。きわめて名誉なことだ。ジェインは了承した。

毎年、ブラッシュフィールド講演の内容はとても高度だ。前年の、小説家ミュリエル・スパークによるスピーチのテーマは「芸術における人種差別撤廃」。スパークの論点はこうだった。苦しみや虐待を描く「社会的意識の強い芸術」は、鑑賞する人や読者に、同情を感じるだけで道徳的義務を果たしたと思わせてしまう——芸術を牽引していく立場にある聴衆にとって、とても挑戦的で示唆に富むスピーチだった。

カートはステージ上で、年配の建築家と芸術院の院長で政治家のジョージ・F・ケナンに挟まれて座り、スピーチをする順番を待ちながら、「怖くて船酔い同然の気分だった」らしい。こんな人たちを前にして失敗したら、前代未聞の恥をかく。隣の建築家がなにか温かい言葉をかけてくれるかもしれないと思い、カートは怖くて仕方がないと打ち明けた。建築家は、ケナン氏は既にあなたのスピーチ草稿を読んで、「不快に思ったらしい」と返した。ケナン氏は会話をきりつけて、そのとおりだが「気にしなくていい」といった。

カートは極度に緊張したままスピーチに臨んだ。「父の人生で一番幸せだった日」という題だ。父親の思い出話をつなぎ合わせ、さらに祖父のバーナード・ヴォネガットの話、シカゴ大学でロバート・レッドフィールドのもとで研究をした日々のこと、民俗社会の特質について語った。それは様々な見解の寄せ集めで、余談の数々が話を盛り上げた。ホモセクシュアルのこと、尿検査のこと、夢精のこと、オーガズムのこと、ビリー・グレアム（南部バプティスト教会の伝道師）のこと。聴衆には大方、どうとらえていいのかわからなかった。だがジェインには、そんな反応はどうでもよく、スピーチの間中、にこにこしていた。彼女にとっては「幸せで、鼻が高く、心からうれしい日」だったのだ。

その後、ふたりは一緒に夕食をとり、ジェインは、ふたりが気に入っていたホテルにチェックインした。西四十四番ストリートに一八九八年に建てられた、居心地の良い十六階建てのロイヤルトンホテル。『スローターハウス5』でビリー・ピルグリムが「トラルファマドール星で得た教訓を世界に向けて語る」ために、テレビ局へ行く前に泊まったホテルだ。カートはその日、ふたりの長い結婚生活のことを語り合いたいと思っていた。いちばん幸せだった頃の思い出にひたりたかった。

翌朝早く、ジェインは部屋の机に向かい、備え付けの便せんを使って短い時間で八ページの手紙をしたためた。「わたしは、勇気を振りしぼり、願いをこめて話したのです。わたしがジルを心から嫌い、まったく信用していないことについて率直に話せばまずいことになるのは最初からわかっていました……ジルがあなたを幸せにしてくれるなら、本当に幸せにしてくれるなら、あなたは彼女と暮らすべきです。その場合には、彼女との関係を続けるにあたり、私や子どもたちをできるだけ侮辱しないようにしてください。公の場所でも、私的な場面でも」。

そしてジェインは警告した。「ジルはあなたを家庭から切り離そうとするでしょう――あなたの友だちからも、あなたの良心からも。あなたの罪悪感や恐れ（わたしたちはみな、そうした気持ちを抱いています）、そして恥じる気持ちに働きかけて……もちろん、あなたは責任や義理から解き放たれたくてたまらないのでしょう……だからこそ、ジルのような女性があなたのような男性の前に現れるのです」。おそらく、別居に合意する時期がきていたのだろう。ふたりとも離婚はしたくなかったし、「ふたりとも再婚する気はないのですから。あなたはたしかに、いいましたよね、再婚する気はないと」。別居は最後の手段だったに違いない。というのも、「子どもたちはあなたを愛し、必要としています。そして、これはどう考えてもおかしいけれど、わたしも同じ気持ちなのです……わたしは、あなたに会うのは葬式や病院だけ、というのはいやなのです。あの女が幸せそうに暮らす（あなたのお金だけでなく、名声も一緒に享受して）のを遠くからそっと眺めるなんていやです。あなたといれば、愛と名誉と栄光と楽しみと興奮を味わえるのですから」。

ジェインはその手紙をすぐには出さず、翌日追伸を三つ書き足した。「ケープコッドが大嫌いだというためだけに、うちに帰ってくるのはやめてください」。「ジルといるとどれだけ幸せかという話をしてわたしを愚弄するためだけに、わたしのところに帰ってくるのはやめてください」。そして最後に、「あなたに与えられた性的侮辱に傷つきました。今のわたしはかつてないほど性的欲求が強く、しかもその欲求が満たされていないのです。それに、あなた同様、わたしだって愛されたいと思っているのですから」。

だがジェインは、カートのいったある言葉に対する答えはみつけられなかった。カートは、不機嫌な夫なんていらないだろう、ときいたのだった。

六月初旬、ふいにカートがウェストバーンスタブルに帰ってきた。ジェインは驚いたが、なにもなかったかのように接して、カートが元通り生活できるようにした。カートは書斎で執筆し、最良にして最も政治に関する先見の明に富むエッセイのひとつである「拷問と泣きわめき」という作品を書き上げた。合衆国は国民を「説得」する力を誤用している、という内容のエッセイだ。

要するに、我々は拷問の実行者だ……苦痛に耐えかねて、戦いをやめたなどという話はきいたことがない……わが国の指導者たちは、インドシナ半島で大量拷問をすればアメリカの利益になるなど、どこで思いついたのだろう。そんなことは、世界中どこだろうと成功したためしがない。きっと子ども向けの小説に書いてあったか、あるいは、拷問に対する子どもっぽい怖れからそんな考えをひっぱりだしてきたのだろう……たしかに子どもは苦痛を与えれば人を支配できると思っているが、それは間違いだ――そんなことが通用するのは部分的、短期的な場合においてのみだ。子どもは苦痛を与えれば人の心を変えられると思っているが、それは違うのだ。

カートはノックスとの関係を修復する努力も続けていて、マークの書いた短い記事を「アース・マガジン」に売ってくれたことに謝意を表している。イーディの友人で瞑想療法を一家に紹介したジョー・クラークが家に立ち寄り、マークが精神的に破綻したのは、定期的に瞑想していなかったせいだといったときには、カートはジョーを罵倒して追い払った。

カートは家に戻った。どうやらジルとの情事は終わったらしい。カートは自分の心が揺れない自信があったので、ニューヨークへは用事をすませるために行くが、すぐに帰ってくると明言した。だがジェインは、カートのように落ちついてはいられなかった。「頭が混乱して、どうしていいかわかりません」とジェインはノックスへの手紙に書いている。「おかげでわたしは無気力に陥り、自分やカートがどんな気持ちなのか、わたしたちは別居しているのかどうかもわかりません。今カートはニューヨークに戻っています。水曜日までにアパートを引き払うということです。でもどうなることでしょう。もちろんカメラをもったあの女が、武器を用意して待ちかまえているでしょう。この先どうなるか、わかったものではありません」。

一週間後、カートから手紙がきた。ジルとよりを戻したので、もうウェストバーンスタブルには帰らないという。

「もちろん、ジルとよりを戻すに決まってました」とジェインは苦々しく返信している。「そういうことになっていたのです。わたしはカートに対してこう思っています。あなたはばかで間抜けでろくでなしで、ジルは人の弱みにつけこんで男を支配する悪い女で……もう家には帰ってこないでください。本当にジルと別れたのでなければ。前回帰ってきたとき、本気ではないことが自分でもわかっていたのでしょう？　わたしはゲームにつきあうのがほとほといやになりました。それでも、わたしはあなたを愛しています。どうしてなのか、もう自分でもさっぱりわからないのですが」。

カートは、これに対する返信のなかで、スワスモア大学とシカゴ大学とユニテリアン教会と、援助団体のセーブ・ザ・チルドレンと全米黒人女性評議会にそれぞれ千ドルずつ、前に作った信託財産から寄付してくれと頼んだあと、こう書いた。ばかで間抜けでろくでなしと呼んでくれてありがとう、そういわれて仕方がないことはわかっている。

ところがその三週間後、カートはまた家に戻ってきた。そのときには、ジェインは結婚指輪を外していたので、カートも申し訳なさそうに外した。

それでも、カートは夏のどろんこ競争——ずいぶん前に彼が思いついたものだ——のような年中行事には欠かせない存在で、発案者の特権とばかり、いつもの仕切り役を買って出た。イーディとジェラルドも、そのイベントに参加しようとやってきた。イーディは恋人を、自分の家族がふざけているところに溶けこませたかったのだ。近所の人たちが二十名ほど、のんびり庭に集まってきた。ジーンズにTシャツ姿で、すねまでの深さの泥のなかを苦心して進む準備は万端だった。ジェインはこういう楽しいことには必ず参加するタイプだったので、〝どろんこ隊〟に加わった。

カートはケープコッドの湾側にある遠くの目印を指さし、例年通りのルールを伝えた。とにかくゴールまでまっすぐ、途中にどんな障害物があろうと歩いていき、目標物にタッチして、最初に家まで帰ってきた人が勝ちだ。ライバルのベルト通しをひっぱったり、肩で突いたり、泥のなかにつっこんだりして邪魔してもかまわない。質問は？　参加者たちが例年通り笑いながら、流砂が起こるかも、とか、ワニが、ライオンが、トラが、クマが、いるとかいないとかいっているのがきこえてくる。カートは大声で合図した。「よーい、ドン！」

初心者は、靴に泥混じりの水が侵入してくると、足を大きく踏み出せなくなる。だが、経験者はどんどん前進する。カートが体を揺らしながら草をかきわけて進む様子は操り人形のようで、手足を大きく動かしながらぎくしゃく進む。カーキのズボンと白いTシャツに野球帽をかぶり、足を勢いよく踏みおろすたび、泥を派手にはね散らしていった。

ジェインはカートに遅れまいとついていった。全員がビーチの波で体についた泥を落として戻ってくるまでに、温かい飲み物を用意しなくてはならないので、ビリになるわけにはいかない。

カートはジェインがすぐ後ろまできていると気づくと、ふりむいてにやりとした。ジェインは、カートを追い抜こうとしたときに、カートにぐいと押されて泥のなかに転んだ。ジェインは朗らかに笑い、カートのズボンに泥を飛ばした。カートはジェインが立ちあがるのを待ってもう一度押し倒し、転んだジェインの前に立ちはだかり、両手を腰に当てて荒く息をついた。それから背を向けていってしまった。長い脚が上へ下へと動くさまは、ピストンのようだった。

ジェインは上半身を起こして、袖の端で目についた泥を拭きながら、結婚生活は本当に終わったのだ、と痛感した。

九月、ふたりの二十六回目の結婚記念日は何事もなくすぎた。カートは翌日、レスター・ゴールドスミスとロンドンに発つことになっていた。『さよなら、ハッピーバースデー』のロンドン公演が幕を開けるのだ。カートはふと思いついて、ナニーに一緒にこないかと誘った。十六歳の末娘は、カートにはちょっと理解しがたいところがあった。親がアルコール依存症だったりするとよくあることだが、ナニーは親に顧みられない子ども《ロストチャイルド》だった。ロストチャイルドは自分に厳しく、物事に過剰反応する傾向があるのだが、特にナニーの場合、美しくなりたいと思うあまり拒食症になりかけていた。その夏、すでにカートはナニーに、家庭内の問題について、不幸なのはけんかが絶えないせいだと手紙で説明している。ジルは、わたしが疲れているのにつけこんで誘惑したわけではない。誰であれ、むりやり恋愛関係に引っ張りこむことはできないんだ、と。

いずれにせよ、父親と末娘は、しがらみから抜け出すためロンドンへ発った。ウェストバーンスタブルから、そしてカートがナニーに打ち明けたところでは、ニューヨークの喧騒からも逃れたかった。おまえのいうとおりにするよ、と父親は娘にいった。どこにでも連れていくし、なんでもみせてやる、だがナニーはなにがしたいんだ？

ナニーは、動物園に連れていってほしいといった。大好きなパンダがみたかった。

ケープコッドに戻ると、カートはジェインに、一九七一年十月半ばに開かれる、当時世界最大規模の本の見本市だったフランクフルトブックフェアに一緒にいかないかと誘った。そのほかに、国務省の企画で作品の宣伝旅行もあった。だが、ジェインはいけなかった。少し前に、シモンズ大学の社会福祉学部の修士課程に入学したからだ。週に三日、片道一時間半かけてボストンまで二年間通い続けなくてはいけない。何十年も前に特別研究員として在籍していたシカゴ大学のスラヴ語・スラヴ文学科で取得した単位はどれも使えなかったので、必要単位をすべて取得しなくてはいけなかった。

ジェインは、カートとの結婚生活で何度もしてきたように、また有益なことをしていそがしく過ごす理由をみつけたのだ。カートは、ジェインがフランクフルトブックフェアについてきても、そういいことはなかっただろうと思うことにした。どのみちふたりの会話はぎこちなく、ショートしそうな危うい関係のせいでパチパチ音を立てていたのだ。

カートは『チャンピオンたちの朝食』の執筆に集中しようとしたが、どうしてもできなかった。ジルのことが気になって、その小説も不愉快な結婚生活も放り出してしまおうかという気になりかけた。それは、もう何ヶ月もひそかに考えていたことだった。ナニーは、カートが不機嫌で、かなりの割合で会話を「黙れ」で終わらせることに気づいていた。ジェインの友人のリン・マイヤーは、カートがめかしこんで鏡の前に立っているところをみかけた。まるで、俳優が横顔を確認するように、自分の姿をじっとみつめていたという。

ある日、イーディがウェストバーンスタブルにいて、十二月に迫ったジェラルドとの結婚の計画を立てていると、父親のタイプライターの横に手紙が一通、読んでくださいとばかりに広げてあった。それはジルからの手紙で、自分の体のどの部分がカートの体を欲しているかが具体的に書き連ねてあった。数日後、カートはまたいなくなった。ニューヨークのワンベッドルームのアパートに戻ったのだ。カートはジルをフランクフルトに誘い、ジルも承知した。

カートの結婚生活の破綻の噂は、インディアナポリスまで伝わった。カートの遠い親戚にあたる八十一歳のジョン・ラウチは、不快感を露わにした。そして、アレックス・ヴォネガットから、問題が起きていることと、カートがニューヨークとケープコッドを行き来していることをききつけると、ジェインに手紙を書いた。「わたしが呼べば、カートはこちら〔インディアナポリス〕に数日くるだろうか？　アレックスとアーマの助けを借りて、わたしがあいつの根性を叩きなおしてやろう。とにかく、ケイに〝サクセス症候群〟の兆候があるのは、はっきりしているからね。生涯のほとんどを、金に困って生きてきたのに、今ではあり余るほどの収入がある。作家として認めてもらいたいと何年も必死にがんばってきて、今では高名とはいえなくとも、良くも悪くも売れっ子作家になった。演劇の脚本を書いたせいで〝ショービジネス〟と魅惑的な演劇の世界に巻きこまれた。そこには酒とセックスと――たぶん麻薬もあふれているはずだ」。

ふたりの結婚生活は深刻な局面を迎えており、カートもジェインもストレスで心の健康を損ないつつあった。ジェインは大海原で波にのまれる悪夢をくり返しみるようになった。カートは午後になると起きていられなくなるというので医師に診てもらい、リタリンという薬をもらって症状は少し改善した。執筆にも影響が出ていた。創造力がしぼんでしまったのだ。前と同じように朝早くから仕事をしようと起き、タイプライターの前に座って、両手をキーにのせたまま、言葉が出てくるのを延々と待つのだが、ちっとも浮かばない。セラピストに相談するのは気が進まなかった。実は不幸が彼の創造力の種で、それなくしてはなにも書けないなどといわれるのが怖かったのだ。マークは「精神科医なんて、そんなにたいしたもんじゃないと父にいってやりました」といっている。

カートは結局、精神を病んでいることを認めて、ニューヨーク医科大学で教鞭をとっているマーサ・フリードマンの診察を予約した。フリードマンは、「精神的に不安定になっている人間を小さな家族のような単位にして、週に一度集める」のだという。フリードマンの専門は、成功に関する不安に悩む患者の治療だ。一九八〇年に出した著書『成功という不安に打ち勝つために』のなかで、この種の不安の原因は、両親が子どものひとりを、ほかの子どもの規範にするせいだと論じている。カートはフリードマンの著書は「子ども時代に心の中に形成された多くの錠を開くすばらしい鍵」だといっている。一九七一年十二月、カートは花嫁の父となった。イーディがウェストバーンスタブルの家でジェラルドと結婚したのだ。凍えるような日で、窓の縦仕切りにも吹きつけた雪がたまり、あちこちの部屋で灯したキャンドルの小さな炎が窓ガラスに映っていた。カートは招待客に次々と祝いの言葉をかけられて、愛想良く応えていた。ただ、イーディは、父親が〝とても緊張して〟いて、誰かに手を握られるたびに、びくっとしていることに気づいていた。

そのときには、カートはジェインに丁寧に接してもらえれば、それだけでありがたく思わなくてはいけないくらいの状況だった。ジェインは鬱状態にあったが、一九七二年の初めにはそれが怒りに変わった。ジェインは、友人のジャスティン・カプランとその妻アン・バーネイズと夕食をともにした。食後にリビングで酒を飲みながらカートの話をしているうちに、かかとで床を踏み鳴らし始め、怒りをつのらせた。カプランは、ジェインが神経衰弱になりつつあると思った。

ジェインの怒りは、カートから引き続き人生のパートナーの役割を期待されつつも、敬意を払われていなかったせいだった。たとえば、カートは、もちろん会計士を頼むつもりだが、家計の管理をこれからもやってもらえるかときいた。そうしてくれれば、自分としては執筆の時間がへらずにすむのだが、と。

ジェインはきっぱり断った。そこでカートは、ジェインの代わりはいるとばかりに、請求書をドン・ファーバーに回すことにした。ファーバーは、カート・ヴォネガット・ジュニア特別口座を作成し、そこからカートのアパートの賃貸料、セラピーにかかる費用、クレジットカードの払い、スポーツジムの終身会費、新しい敷物の費用などを支払った。また、定期的にジェイン宛てに小切手を振り出して、ハイアニスのケープコッド銀行に預けた。ファーバーはファンレターの処理も引き受けた。個々のつまらない質問にも答え、時には若い作家を自分の事務所に招いたりもした。

カートは人生で初めて、経済的に豊かになった。自分とジェインの名義でさらに大きな投資もファーバーに託し、運用を任せた。カートは何世代にもわたるインディアナポリスの重商主義者の子孫らしく、一九五〇年代初頭から株取引を始めていた。一九七二年には、証券会社のメリルリンチ・ピアス・フェナー&スミスに口座を開設し、ファーバーが定期的にヴォネガット特別口座の預金でカートとジェイン名義で株を買っていた。カートは、インタビューや作品中では、大企業をまるで悪魔だといわんばかりに表現していた――キルゴア・トラウトは『チャンピオンたちの朝食』で老いた鉱夫に「田舎を破壊することを仕事にしている会社に勤める」のはどんな気分かとたずねる――が、実際は様々な投資をしていた。

カートとジェインは、たとえばＩＢＭとフェルプスドッジの株主だったが、フェルプスドッジは世

界で最も産出量の多い鉱山会社のひとつであり、また反組合的姿勢でも有名だった。一九四六年まで
は組合契約に応じず、一九五五年までは労働者の医療費も負担しなかった。それから数年のあいだカ
ートが投資したのは、テキサス国際掘削ファンド、シカゴ・ブリッジ社、ベトナム戦争中、唯一、ナ
パーム弾を製造していたダウケミカル社、六都市で複合型集合住宅やショッピングセンターの開発を
行っていたマルティヴェスト社の不動産ファンドだ。

カートが選んだ投資先は、人間が環境を蝕むことへ警鐘を鳴らした自身の意見と、明らかに矛盾す
る。カートは「地球の免疫システムが、我々を取りのぞこうとしているのだと思う……我々はこの星
の病原菌なのだ」とあるインタビューでいっている。だが、カートが投資家として、資本主義のなか
でリスクの大きい投資ゲームに参加するのは、矛盾ではない。カートは自由企業の有効性を信じてい
た。そのおかげで祖先は経済的に豊かになったのだから。そしてカートは、西洋の自由主義思想の多
くは本質的に資本主義に結びついていることも理解していた。

カートが異議を唱えていたのは、資本主義がキリスト教的忠誠心を盾にして、金持ちが貧乏人に対
して権力を持つことを正当化していたことだ。たとえば『ローズウォーターさん、あなたに神のお恵
みを』では、孤児院で育った上働きのメイドが、毎週一度、同じ誓いを立てさせられる。「わたしは、
わたしの雇い主に感謝し、賃金や労働時間のことで文句をいわず、自分自身に問いかけます。『わた
しにもっとできることはないか？　雇い主のために、国のために、神のために』。わたしは、自分が
幸福になるために地球に生まれ落ちたわけではないことはわきまえています」。ローズウォーター上
院議員は議場で熱弁をふるう。ローマ帝国と自由企業と建国の父たちの歴史的つながりが、成功を奨
励する〝ニンジンと鞭〟の概念を形成してきたのだ。それなのに、「いかさま労働者」のような多く
の独善的な慈善家たちが「その制度の道理を完全にぶちこわしてしまった」と。

カートにいわせれば、制度が問題なのではない。金持ちが自分たちの責任を転嫁するために貧乏人を責める姿勢がよくないのだ。エリオット・ローズウォーターは金の力に驚き、そこから慈善家になっていく。「『まあ、考えてもみてくれ。金がこの地球上でどんなにとんでもない動き方をしているか！』エリオットはいった。『わざわざ五〇八Ｇ反物質星雲のトラルファマドール星なんかにいかなくたって、信じられない力をもった奇妙な生物に出会えるんだ。この地球の億万長者の力をみよ。このぼくをみよ！』」

カートは生涯にわたり、貪欲さや消費主義や物へのどうしようもない執着を風刺したために、安易に社会主義者だとか、左翼だなどといわれてきた。たしかに、ティーンエイジャーの頃、慈善の心をもったアレックス叔父にヴェブレンの『有閑階級の理論』をもらって読み、階級には差異があり、両親はプチブルジョア階級であるという認識を得て、以来それを忘れることはなかった。それでも、カートは金を生み出すには資本主義が最善の方法だと信じていて、自らかなりの額の投資をしていた。カート・ヴォネガットが、露天掘りをしている企業やショッピングセンターの開発業者やナパーム弾の製造会社に投資していたことを知ったら、読者は衝撃を受けただろう。だが、カートは少なくとも経済理論に関しては、イッピー（一九六〇年代の後半に目立った、ヒッピーより政治色の濃い反体制の若者）のリーダー的存在、ジェリー・ラビンの意見に賛同していた。一九七〇年代に証券アナリストになるラビンは、こういったのだ。「資本主義をすべての人のために役立てよう」。

不幸なことに、若い読者やファンの多くはカートを誤解した。本が四百万部以上売れたと喜んでいるくせに、金の話が出るとひげもじゃの顔を皮肉っぽくゆがめて笑う男だろうと想像した。ときには、その誤った印象のせいで、実際にカートが姿を現したときにばつの悪い瞬間が生じてしまうことがあった。たとえば、一九七二年春、カートはウェストポイントの陸軍士官学校を訪れて、午前中に教室を巡り、午後には講演をした。カートはインタビューでそのときのことを話している。講演が終わると、ずっとそのイベントを楽しみにしてきた生徒がひとり、カートに近づいてきたという。「彼は『あなたがあのような作品を書いたなんて、とても想像できません』といった。それで、書いたのは神に誓ってぼくだよと返事をしたんだが、ぼくはその生徒が想像していた作者とはまったく違う人物だったようなんだ」。

数ヶ月後、民主党大統領候補のジョージ・マクガヴァンのための資金集め集会がワシントンのコンスティテューションホールで開かれ、カートはそこでマイクを手にエッセイを読み上げた。カートが演壇を去るとき、聴衆のひとりが大きな声でいった。「あれは誰だ？」すると「カート・ヴォネガットだよ！」と答えが返り、会場はより大きな喝采に包まれた。次のゲストはシンガーソングライターのトム・パクストンで、ベトナムでマリファナを吸う歌をうたい、次はミュージカル『ヘアー』の出演者十四人が登場して、〝水瓶座の時代〟の到来を表現した。

さらに笑える文化の対立――絞り染めとベルボトム対カフスボタン――は、サイケデリックロックの先駆的バンド、ジェファーソン・エアプレインが、カート・ヴォネガットに会いたいといってきたときに起こった。彼らは自分たちのカウンターカルチャーの英雄であるカートと一緒に、新しいアルバムについてブレインストーミングをしたいというのだ。カートはブルックスブラザースのダークスーツに黒いウィングチップの靴、細かい柄のネクタイという格好で現れた。「そのときの雰囲気はとにかくひどかった。できるだけ早くその場から逃げ出したいと思った。彼らはそのときのことについて手紙を書いてきて、雰囲気を悪くしたことを謝罪した。なぜそんなことになったのだろう？　彼らは、ぼくの作品を読んで、ぼくがもっと面白い人間だと想像していたのかもしれない。ところが実際は全然違う人物だとわかったというわけだ」。
依頼の手紙や、崇拝してますという手紙や、薬物でハイになって書いているような手紙が、ファンからも頭のおかしい連中からもドン・ファーバーの事務所に続々と届いた。宛名には「愛しのカートへ」など、親しみを込めた様々な呼び名がみられた。法律事務所からのビジネスライクな返信に納得できないマリファナ常用者たちもいた。あるとき、カートを自分たち夫婦との夕食会に招待した若い女性がファーバーに不満をぶちまけた。

たったいま、あなたからの〝空欄を埋める〟ような紋切り型のお手紙を受け取りました。ヴォネガット氏にはたくさんの〝先約〟があるのでしょうから、あなたからお伝えください。読者がいなくなれば、先約なんてなくなるはずです！　わたしたちがいなければ、ヴォネガット氏にはあなたみたいな人を雇って、決まり切った文句の手紙を書かせることもできないはずです。
おそらく、わたしは愚かなのでしょう。でも、彼はほかの人とは違うと思っていたのです。少しは気にかけてくれると思ったのです。わたしはとんでもない思い違いをしていました。ヴォネガット氏はほかの人とまるで同じ、資本主義者です。心から自分に興味を持ってくれる人、心から気にかけてくれる人に割く時間などないのです。もうわかりました。ファック・ユー！　ファック・ヒム！　五十三歳の資本主義者なんていらない！

カートは、「ファンにとって人間的に価値がある人物」だと勝手に思われていることが腹立たしかった。「ある意味不安になった」ともいっている。だが、そう期待させたのはカート自身だ。『スローターハウス5』にあれほど大胆に自分を登場させ、さらに初期の作品にまで遡って親しげな序文を加えたりしたのだから。「ぼくは、自作すべての登場人物になりたい」とばかりに。カートの作品の語り口から、カウボーイブーツを履いたリチャード・ブローティガンか、デニムのワークシャツを着たローレンス・ファーリンゲッティ（アメリカの詩人、画家。ビート文学の聖地といわれる書店・出版社のシティ・ライツを設立した）のようなイメージを読者が抱いたとしても無理はない。文体はとても風通しがよく、社会に対するジャブはじつに的確で、〝人間に共通の思いやり〟を求めるそのメッセージには誰もが感動した。読者はさらに希望をふくらませて、カートが小説の登場人物のような人――無私なエリオット・ローズウォーターか、あるいはいかれたキルゴア・トラウト――なのかもしれないと思った。その結果、カートは、聴衆が役者の姿や話しぶりにがっかりする様をみせつけられたような気がして悔しい思いをした。

　解決策のひとつとして、カートは、アメリカの象徴的な作家の真似をしてみることにした。もともと比較されることの多かったマーク・トウェインだ。批評家のグランヴィル・ヒックスは、『スローターハウス5』の書評のなかで、ふたりがともにユーモア作家であり、モラリストだと指摘した。カートには風刺の才能があったし、トウェインの懐疑主義にも共感していたので、ヒックスの指摘はさらに説得力を増した。「いつでも良い人間のふりをしていなさい。そうすれば、神も騙されてしまうだろう」というのが『ローズウォーターさん、あなたに神のお恵みを』に出てくる精神病院のモットーだ。ジョン・バーミンガムの『Our Time Is Now:Notes From the High School Underground』（一九七〇年）には、カート・ヴォネガットの意見表明も挿入されていた。「高校ほど、アメリカ的な経験ができるところを私は思いつけない」。そして、アメリカ人にヘビースモーカーが多い理由を『モンキーハウスへようこそ』の序文で「喫煙がかなり確実で、かなり体裁のよい自殺の形態だからだ」と書いている。ジャーナリストたちも、カートから受ける印象をどう伝えようかと考えたとき、天然パーマで口ひげをたくわえた中西部出身者で、警句の数々を武器にしているこの男をトウェインと結びつけることを容易に思いついた。

カートにとっては、トウェインになぞらえられることは、ふたつの大きな利点があった。まずは、みんなに愛される十九世紀の有名作家の真似をすれば、そのぶん、自分の想像力を使わないですむ。作家は自分のなかにわきあがる想像力が枯渇するのを恐れるものだが、トウェインのような作家の仮面を被って聴衆の前に立てば、カートが実際の執筆の時に使う想像力を消費する必要はない。サミュエル・クレメンズ（マーク・トウェインの本名）とて、ミシシッピの親しみやすい葉巻をくわえた賢人、マーク・トウェインを演じていたのだ。そして、世界中で講演活動をしたおかげで、科学や技術や投資への尽きぬ興味を追求することが経済的に可能になった。

また、カートは、かつて広告業に携わっていたので、トウェインと共通点を持っていることの利点を理解していた。トウェインはアメリカ文学のひとつのブランドといってよく、それは本の世界のゼネラル・エレクトリック社製の電気製品のようなものだ。カートと同世代の作家は自分らしさを表すようなトレードマークを作りたいと奮闘していた。それがあれば人前に出たときに見栄えがする。テレビではなおさら効果がある。ハンター・S・トンプソンは、巻きタバコ用の小さなパイプを愛用し、ビーチウェアに身を包んで常に酒ビンを抱えていた。トム・ウルフは白いスーツにそろいのフェルトの中折れ帽を好んだ。ゲイ・タリーズは衣装をダンディな雰囲気に変えたし、ノーマン・メイラーはけんかっ早そうな雰囲気を作りあげた。（トニ・モリスン、ジェイムズ・ボールドウィン、ルドルフォ・アナヤなどのマイノリティ作家、それもとくに女性作家は、変わった格好をするのを読者が許さないような雰囲気があった）。だがヴォネガットは、まわりの人々が勝手にマーク・トウェインに仕立ててくれるという幸運に恵まれた。出身地、ヘアスタイル、ユーモアのセンスのおかげだ。それは思いがけない発見だった。

だが時には、トウェインの再来という謳い文句がそぐわないこともあった。コーネル大学時代に同じ友愛会に所属していたロッド・ゴウルド（偶然だが、あの空襲の日、ゴウルドはB17爆撃機でドレスデン上空にいた）は、ヴォネガットの、ピッツバーグのハインツホールでの朗読会に参加した。ゴウルドは、あとで妻のジョアンを控え室に連れていき、かつての級友に紹介したいと思っていた。なにしろ、一九四三年一月以来ずっと会っていなかったのだ。朗読会が始まってからのことをゴウルドはこう回想している。「まるでハリウッドの俳優が変装をしているようだった。そこにいたのは、くしゃくしゃ頭に白いスーツの、サミュエル・クレメンズそのものだったのだ。あまりのわざとらしさに、わたしはがっかりした。朗読のあと、カートは聴衆からの質問に答え始めた。芝居じみていたのが悪かったわけではない。ただ、相手を見下すような、自分はなんでもわかっているといいたげな態度と軽薄な言動のせいで、わたしはがっかりを通りこして、しらけた気分になってしまったのだ。会が終わる頃には、わたしは、あれは自分の知っていたカート・ヴォネガットではないと確信した。楽屋で彼に会う気にもなれなかったので、そのまま会場を出て家に帰った」。

一九七〇年代初頭にニューヨークで開かれたペンクラブ主催のパーティで、小説家のヒラリー・マスターズがカートに出会った。「ヴォネガットは、いつものようにマーク・トウェインのものまねをしていた」とマスターズはのちに回想している。「ぶかぶかの白いスーツ、もじゃもじゃ頭、立派な口ひげ。ヴォネガットは少しみんなから離れて、ややよそよそしい感じで立っていた。銅像のようだった。みんなかなり飲んでいたが……わたしは、ヴォネガットは気取り屋だと感じていた。彼がトウェインの真似をしているのが、まるで芝居の演出のように思えてならなかったのだ」。

カートのトウェイン気取りは、ある晩、アメリカ議会図書館での講演中に終わった。本人いわく、頭のなかの「ブレーカー」がバチッと落ちたのだ。カートが「いつものフージャー風馬鹿話」を終えたとき、聴衆のなかから、みるからに東ヨーロッパから移住してきたばかりといった様子の男が質問した。「あなたはアメリカの若者の指導者だといわれていますが、どんな権限があって、若者にシニカルであれ悲観的であれと教えるのですか？」

倫理的な答えの出ないその質問のせいで、「大平原の口先だけの哲学者を演じる」ことができなくなったのだ。「ぼくはアメリカの若者たちのリーダーなどではなかった。家にいて執筆をしていなくてはいけない作家であり、お手軽な謝礼や拍手など求めるべきではなかったのだ」。

家族はもちろん、カートの外向きの仮面など信じたことはなかった。指導者でも、賢人でも、大衆的な活動家でもないのはわかっていた。「叔父は、六〇年代から七〇年代のヒッピー運動の寵児《ちょうじ》といっていいと思います。自分の子どもよりずっとヒッピーらしかった」とタイガー・アダムズは話している。「ただ、叔父の本当の姿は違いました。そういうイメージがついてまわったというだけです。イメージは明らかに作品から作られたものです。講演をききにくる人は、作品からその人物をイメージすることしかできません。だから、ぼくが思うに、叔父は、自分が書いたものに沿うような自分を演じなくてはいけないように感じたのでしょう」。

カートは本物の自分が登場すると不満をもらす聴衆の前に姿をさらすことをやめた。一九七二年初めから一九七七年の春まで、講演やインタビューや大学訪問の依頼を断り続けた。ごくまれに、重要視している問題についての抗議運動の場でスピーチをしたり、大学の卒業式で祝辞を述べたりするくらいだった。そうして露出を減らさないかぎり、その仮面というか、本人の言葉を借りれば、カート・ヴォネガットの「幽霊」がむず痒い第二の皮膚のようにまとわりついて、剝がすことができなくなったのだ。カートはマンハッタンのレストランで夕食をとっている最中に、記者から「ニューヨークはあなたにどんな影響をおよぼしているか」と質問されると、怒りを押し殺しながら答えたという。「彼は穏やかに答えたが、そこには、ふつう家族の前でしか出さないような荒々しさが見え隠れした。彼はこういったのだ。『ぼくはもう、きみのために演技をするつもりはない』」。

カートがケープコッドを出てからほぼ二年が過ぎていた。はじめは『さよならハッピー・バースデー』のリハーサルに顔を出すためだったのだが、今では結婚生活に修復できないほどのひびが入っていた。ジルがそのひびに食いこんだくさびであることは、既に明らかだったが、カートはこの時点でもまだジルのことを愛してはいなかった。一九七二年の五月、カートはジェインに、自分には伴侶と呼べるような女性はいないと打ち明けている。そして、ジェインと結婚しているかぎり、そんな相手をみつけることはできそうにない、と。

カートは同じ手紙のなかで、スケネクタディで買った古いスーツの上着をまだ着ていると書いている。ふたりが経済的に苦しくて、夕食にシリアルを食べていた時代の思い出の品だという。何年ものあいだ、ふたりしてカートの酒癖の悪さとつきあい、ふたつの家族をまとめようとし——これは大成功だった、とカートは書いている——様々な試練を乗りこえて結婚生活を送ってきた。だがそろそろ、前向きに離婚へと進むときではないか？　ぼくたちは良い人間だ、それは確かだ。この先もそうありたいと思う。ただ、今のふたりは友だちであって、恋人でも夫婦でもないのだ、と。

八月末、ジルはカメラマンとしてカートの仕事に同行した。カートは「ハーパーズ」誌に依頼されて、マイアミビーチで開かれる共和党全国大会の記事を書くことになっていた。民主党の大統領候補、マクガヴァンの選挙運動は、マッカーシー（アメリカの上院議員。激しい反共主義を推進した）の理想論的試みの再演のようにもみえた。カートはそれに対する保守派の反応を探るつもりだった。

記事を書くにあたり、カートはふだん小説で使う皮肉屋の仕掛けを用いた。マイアミ大会を伝えることになった今回は、それが功を奏した。「もしもわたしがほかの惑星からの訪問者だったら」と記事は始まる。カートは自分を地球外の人類学者に見立てて、党大会のプロトコル、慣例、真実への誓い、代議員たちの浮かれ騒ぎを観察し、共和党員たちをヒトという生物のひとつの種のように書いている。

カートはそこで愛党心の強い人々に出会ったが、並べてみるとなんとも妙なとりあわせだ。保守的なコラムニストのウィリアム・F・バックリー・ジュニア、クエーカー教の神学者D・エルトン・トゥルーブラッド、アラバマ州バーミングハム市の市長ジョージ・G・サイベルズ、ニクソン政権下で国家安全保障担当補佐官をつとめてきたヘンリー・キッシンジャー、昼のトーク番組のパーソナリティのアート・リンクレター。奇妙なことはもうひとつ、党の大統領と副大統領の候補者、リチャード・M・ニクソンとスピロ・T・アグニューが不在だったことだ。なにか本質的なものが欠けているという印象だった。

カートは、この党大会は、党の政綱の項目や見解を発表する場ではないと感じた。これはリンカン、セオドア・ローズヴェルト、ドワイト・アイゼンハワー、バリー・ゴールドウォーターのときの共和党とは違う。ベトナムでは、ほんの十日前に最大規模の爆撃があったばかりだし、有権者のあいだでは女性の権利平等の問題、黒人の失業問題、都市部の貧困問題などが取りざたされているというのに、そうした問題についての論議を避けようとしている。党大会は、議論ではなく現在の文化を讃え、一九五〇年代の価値観を体系化しようとしていた。カートは、この党大会の原則は「苦痛は無視」かもしれないと書いている。

政治評論家のなかでも、その時点でカートと同じことを察知した者はあまりいなかった。つまり、共和党内に宗教右派が台頭し、神政保守主義《セオコンサヴァティズム》が生まれつつあること。カートは、トゥルーブラッド博士の説教をきいて驚いた。「というのも博士が、アメリカの政治家が行使する統治権は神から直接たまわったものだと話したように思ったからだ。そこにいた他の記者たちも、同じ印象を受けたという」。

カートは、きいたばかりの自己満足的な立場の対局にいた、あるグループに目をやった。様々な種族のネイティブアメリカンが、ひとつのテーブルに集まっていて、テーブルの上には謄写版で刷ったビラが、誰でも自由に取れるように積んであった。ビラには、こんなことが書いてある。「いまの我々は、神ご自身も恥じ入るような有様だ。というのも、国民全体が、国の理想とはまったく違う、日々不正と非道の行いがくり返されるような状況下で暮らすことを許してしまうような国は、憎悪と欲望と冷淡さで満ちているに決まっているからだ」。

「ハーパーズ」がカートのエッセイ「神自身も恥じ入るような有様」を掲載したのは、十一月、大統領選でニクソンがアメリカ政治史上最大の圧倒的大勝利をおさめる数日前のことだ。その記事は、真面目さに欠けると嘲笑する人もいたが、カートはこれを機に、「ハーパーズ」の寄稿論説委員になることができた。カートはこのエッセイを誇りに思った。ことに、国政における悪という問題を提起した点がよかったと思っていた。

『スローターハウス5』の映画は、それより一年以上も前、一九七一年の三月に封切られていた。カートは監督のジョージ・ロイ・ヒルの演出を絶賛し、二十回から三十回くらい観たといっている。だが、映画評はそこそこで、興行収入も並みだった。カートの短編小説をいくつか寄せ集めて作られた『Between Time and Timbuktu: or, Prometheus-5』という九十分のテレビ映画の放送が、『スローターハウス5』の劇場初日に公共テレビ局で放映されたのだが、ユニバーサル・スタジオが狙ったほどの弾みはつかなかった。

一方、まだヨーロッパでは、一九七二年秋の時点で事実上、どこの配給会社も手をつけていなかった。それでカートは十月半ば、ロンドンにプロモーションに出かけることに同意し、ついでにジルとパリ旅行をすることにした。またパリでは、ロシア語翻訳者のライザ・ライト＝コワリョワ——本人が好む呼び名だと、リタ・ライト——に会えるのも楽しみだった。

カートはライトが自分の作品を翻訳していることなど（印税を支払ってもらっていないことを含めて）まるで知らなかった。というのも、当時は冷戦の時代で、アメリカ人作家とソビエトの出版社のあいだには、政治的偏見による様々な壁があったのだ。ところが、ルイズヴィル大学のロシア文学の教授、ドナルド・M・フィーナが、その年の前半に、ライト女史のことをカートに教えてくれた。フィーナは、「ライト氏は率直でこわいもの知らずな人だから、ぜひ親交を結ぶべきだ」とヴォネガットに手紙で書いている。というのも、彼女は「マルクス主義者ではなく、国際的なヒューマニストで平和主義者」だからだという。カートはフィーナに電報で返信した。「ロンドン、ブラウンズホテルニ、10ガツ21カラ31　タイザイ。ライトニシラセタ。アエルナラドコデデモ。アナタモゴイッショニ」。

フィーナと約束した日に、カートとジルはメイフェア地区のホテルの部屋から下りていき、ドナルド・フィーナと妻のジュディに会った。その午後のことを、「カートは、アンジェラ・デイヴィス並みの立派なアフロヘアが自慢のようだった」とフィーナは日記にしたためている。「そしてわたしはベルトのバックルにかかるほど長いひげを生やしていた。わたしたちは、ちょっと笑って握手をした」。グラスを傾けながら、まずは「互いの親の自殺に関する話を少し」した。あまり楽しくないその話題が尽きると、フィーナはカートがその存在さえ知らないソビエトの読者層の話を始めた。

フィーナによると、カートの作品がソビエト連邦で人気が高い理由のひとつは、ヴォネガットの描く、巧みに人を操る統治者や冷酷な官僚制度の犠牲になった人々に読者が感情移入しやすく、それを描いた作者を自分たちの代弁者のように感じるからだという。また、ソビエトの評論家のなかにはすでに、カート・ヴォネガットの作品にはロシア的な要素、ときにはドストエフスキー的な要素さえあると指摘している者もいるそうだ。「カートはぱっと顔を輝かせ、きみはどう思うかきかせてくれといった」とフィーナは記している。

フィーナはその場で文学批評をすることになるとは思っていなかったので、戸惑ったが、とにかくやってみることにした。「きみもドストエフスキーも強固な千年王国説的な見解を持っているね」。カートは、〝千年王国説的〟という言葉をきいてにやりとした。それは未来に平和と正義の時代がくるという信仰を意味している。だがそれ以上に、自分の作品がドストエフスキーのものと比較されているのがうれしかった。ふたりの会話は二時間半も続いた。

「ヴォネガットには感心した。とても感性が鋭く、朗らかに笑い、タバコをよく吸い、好奇心が尽きない。それから、どちらかというと無防備にみえた。裕福であること、世間から注目されていることを気に入っている様子だった」とフィーナは著書に書いている。またフィーナは、カートがことあるごとにジルとジルの作品を褒めることに気づいた。まるで、なにかの理由で、ジルをなだめなくてはと思っているかのようだった。傍目には、ジルは「ヴォネガットの写真を撮りにきて、そのまま居座ってしまったようにみえているのだが」。

カートがパリで会うことができたリタ・ライトは、小柄で白髪の七十代の女性だった。背丈がカートの胸の半分くらいまでしかない。だが、そのいかにもおばあちゃんらしい容姿に似合わず、辛口のユーモアセンスを持った女性で、戦時中ムルマンスクに寄港したイギリス軍やアメリカ軍の水兵から教わったジョークを会話にうまくさしはさんだ。ジルは、小説家と翻訳家が仲良く並んでいる写真を撮った。カートは、まるでヨーロッパに親戚をみつけたように、うれしそうに笑っている。三人は、その日ずっと行動を共にして、ベルサイユ宮殿や庭園を巡った。かつてベルサイユに感銘を受けたロシアのピョートル大帝は、サンクトペテルブルクの西方にペテルゴフ宮殿を建てたのだ。リタは両腕を広げて壮大なベルサイユ宮殿を包みこむような格好をすると、カートにいった。「これをあなたへのプレゼントにします」。

十月に帰国すると、カートはジェインに愛情のこもった手紙を送った。自分たちはたいていの別れた夫婦と違って、うまくつきあえていると語った。その口調は切なかった。カートはホセ・ドノソにも手紙を書いている。また抗鬱薬を飲まなくてはいけない状態になってしまったが、それは脳内化学物質の不均衡と母親の自殺が原因だ、と。ジェインはカートの精神状態がよくないことに感づき、ダグ・ハマーショルドの冥想録『道しるべ』を送った。だが、気持ちが落ちこんでいたカートは、スウェーデンの外交官であり政治家であった男の警句に慰められはしなかった。たとえば、「人生という本棚において、神は役に立つ参考書のようなものだ。いつもそこにあるのに、なかなか開かれることはない」。カートは、そんな言葉を読んで、ジェインと宗教について言い争いをしたことを思い出したのかもしれない。

今の精神状態では、運命や意義深い人生について書かれた文章を読む気にはなれない、とカートはジェインに書いている。ぼくの終わりは、ばかばかしく屈辱的なやり方で訪れるだろう。ぼくの存在価値について、少年時代から大好きだった動物に皮肉な註釈を付けられることになるだろう、と。カートは、自分は犬に殺されると信じていた。

一九七二年十一月、カートの五十歳の誕生日に、ジルはパーティを開いた。祝いの理由はもうひとつあった。とうとう『チャンピオンたちの朝食』が完成したのだ。自分自身に贈る五十歳の誕生プレゼントだ、とカートはいった。まるで「屋根の斜面を上がりきって棟木を越えたような気分だ」。

同じ週、洗練されたイベントでは必ずみかけるカップルとなっていたカートとジルは、アバクロンビー＆フィッチで開かれたパーティに出席した。女優のタルラー・バンクヘッドの人生とその時代を讃え、ブレンダン・ギルによる伝記『タルラー』の出版を祝う会だ。四百二十五人の招待客のなかには、女優のジョーン・クロフォード、映画監督のオットー・プレミンジャー、亡きヘミングウェイの妻メアリ・ヘミングウェイ、歌手で女優のエセル・マーマン、ミュージシャンのボビー・ショート、女優のジョーン・フォンテインとハーマイオニー・ジンゴールドがいた。

有名人に取り囲まれたカートは、友人や知人から以前とは違った目でみられるようになった。「カートのまわりの環境が劇的に変わったのがわかる」と、元ヒッピーのレイ・マンゴーは、ウェストバーンスタブル時代のカートと比較していった。「カートはもはや、かつての、大きな温かい家庭のような環境で若者たちに囲まれていた、よき父親的人物ではなかった。あちこちのレストランに通い、文士の生活を存分に味わっていた。当世風のサロンというやつの中心人物で、あらゆる方面の興味深い人物がそこに参加した。ジルはその状況を最大限に利用してカートの知り合いの有名作家の写真を撮りまくった」。マンゴーはその仲間には入らなかったが、カートもジルも親切にしてくれたという。マンゴーは作家を志してニューヨークにきたが、二十代前半で、はじめは生活にも困った。そんな彼にカートとジルはまともな食事を取らせ、マンゴーがパンを、スープでも飲むように貪るのを見て驚いていたという。「カートは作家組合から五百ドルの借金ができるように手配してくれた。当時、作家のための基金があって、食べることにも困る作家を救済していたのだが、実際わたしは食べることにも困っていた」。

何ヶ月ものあいだ、カートはジェインとの間に納得のいく解決策がみつからないままでいたが、とうとう、懸念していたように弁護士に頼らざるを得なくなった。離婚が成立した場合にジェインが自立する気があるか確かめようと、カートは十二月に手紙でたずねている。仕事に就くつもりがあるのか、それとも社会福祉を学んだのは――ボランティア活動等も含めて――単なる趣味なのか。

その質問はジェインにはきつかった。ジェインは腹立ちまぎれの返事を書いている。「将来わたしが社会福祉関係の仕事でうまくやっていけるかどうかなんて、わかりません。あなたの小説がうまくいくかどうか、あなたが前もってわからなかったのと同じです。うまくいくといってあげたのはわたしよ、忘れたの？」ジェインが社会福祉事業に関するクラスを一年間受講したのは本当だ。だが、ドン・ファーバーへの手紙のなかで、「なぜそんなことをしたのかわからない」と書いている。

ジェインの友人のリン・マイヤーは、ジェインが――カートの収入で十分生活できたから――働く必要などなかったのをみていた。そしてジェインにとって金を与えられることは、生きていくうえで考えられる「最良にして最悪」のことだったと確信している。「お金のせいで、ジェインは離婚に踏み切れなかったのです。シモンズ大学に社会福祉の学位をとるために通っていましたが、ジェインは自分のやりたくないことを指示されるのはいやでした」。というのも、学位を急いで取らねばならない理由もなかったからだ。リンの意見では、ジェインは、考え方において、戦後まもない一九五〇年代の母親の典型だったという。つまり前〝フェミニン・ミスティーク〟的（ベティ・フリーダンの著書『フェミニン・ミスティーク』から。物質的に豊かなのに精神的閉塞状態に追いつめられた中産階級の高学歴の女性たちの心理的葛藤）な妻で「〝自己〟と〝無私〟とがせめぎあっていました。そして金銭的に恵まれていたおかげで、自分自身について深く考えずにすんでいたのです」。

カートは、金銭に関するジェインとの考え方の違いに、大雑把だがわかりやすい解決策を講じようと考え、すべてをジェインに譲ると申し出た。家も貯金も保険も証券類もすべて。そのかわり、ジェインのほうから、カートに年間一万ドルの小遣いを送ってくれというのだ。

その提案にジェインは腹を立てて、手紙にこう書いた。「離婚で得られる数少ない利点のひとつは、それぞれがある程度の自主性という尊厳を得られることだと思っていました」。

一九七三年一月、史上最も金のかかった大統領就任式が行われた。就任するのはこれで二期目となるリチャード・M・ニクソン、第三十七代合衆国大統領だ。宣誓就任式のあと、十万人の抗議者たちをパレードの順路に近づけないために、州兵が出動した。だが、大統領を乗せたリムジンに向かって、石や瓶が飛んでくるのは防げなかった。

その日、カートはマンハッタンのアパーウェストサイドで、夜を徹した六時間にわたる祈りと音楽と朗読の会に参加した。会場はニューヨーク大聖堂。「戦争の傷を癒すというアメリカ人の責任」について考えるための集会だ。保守的な評論家たちはこの集会を、ラディカルシック（社交界の人士が過激派や少数派に共感を示してみせること）を気取っているだけだと切り捨てた。その証拠にカート・ヴォネガットまで参加している、と。

ちなみにほかの参加者は、哲学者のノーム・チョムスキー、コメディアンのディック・グレゴリー、ブラックパンサー党の防衛相ヒューイ・ニュートン、下院議員のポール・マクロスキー、ブラックパンサー党の議長ボビー・シール、ラディカル・フェミニズム運動家のグロリア・スタイネム、作家で評論家のドワイト・マクドナルドなどだった。

カートはチョムスキーのような極左ではないし、ブラックパンサー党のように体制を転覆させる気概もなかったが、改革派の人々の近くにいれば、小説の読者に向けて語る立場にたてると気づいた。

一九六九年、カートはすでに『スローターハウス5』の成功に関して、次のように述べている。「ぼくが読者にいいたいのは、必要な分以外は取ってはいけない、欲を出しすぎてはいけないということだ。人を殺してはいけない、たとえ自己防衛のためであってもいけないと語り、水や空気を汚染してはいけないと語っている。そして公共の財産を盗んではいけないとも……こうした教訓はとてもうまく伝わっている。もちろんそれは、若者たちが自分にいいきかせていることとそのままだからだ」。

『チャンピオンたちの朝食』は、一九七三年三月にようやく書店に並んだ。作者からすれば、難産の末できあがった本だった。一九六〇年半ばあたりに書いていた初稿は『さよなら、ブルーマンデー』という題で、大恐慌についての個人的な回想を散文詩にしたものであり、『スローターハウス5』の一部になった。だがやがて、それは『スローターハウス5』から削りとられた。話にうまくはまらなかったからだ。『チャンピオンたちの朝食』が仕上がったとき、出版社のデラコートはその草稿を、余白にカートが書きつけたメモごとなくしてしまった。ただ幸運なことに、ゲラ刷りが出たあとだった。そして、作品がようやく手を離れると、カートはすっきりした気分になった。それまでの作品に比べて出来が悪いと気づいてはいたが、それ以上努力を重ねるのはうんざりだった。

作品を仕上げるのに苦労したもう一つの理由は、それが新たな第一歩だったからだ。『チャンピオンたちの朝食』は、カートの作家としての第二期の最初の作品だ。初期の作品は概して、未来からバックミラーでみるようにして現在の問題を考察していた。「今や誰もが、自分自身のなかに人生の意味をみつける方法を知っている」と『タイタンの妖女』は始まり、次のように続く。「だが、人類は昔からそのような幸運に恵まれていたわけではなかった」。一方、『チャンピオンたちの朝食』は、現在に根をおろした作品だ。そして、カートは現在、つまり一九七〇年代初頭を、H・L・メンケンの再来かと思わせるような冷笑的な論調でこきおろしている。「五十回目の誕生日を目前に控えて、わたしはこの国の人々の下す様々な愚かな決断にますます腹が立つとともに、不可解に思えてならなかった。そしてあるとき突然、彼らを哀れに思うようになったのだ。というのも、彼らは邪気もなくごく自然に、これほどまでに厭わしい行動を取り、厭わしい結果をもたらしてしまったとわかったからだ。彼らは全力で、物語の登場人物のように生きようとしているのだ」。

作品の最初の章で、ヴォネガットは礼節の衰退を嘆いている。アメリカの豊かな文化的基盤の消失、信仰の不在、同胞愛の欠如、そして資本主義の歴史的失敗。もしヴォネガット以外の誰かが、若い頃のアメリカのほうが良い国だったと声高に批判したら、反動主義者と呼ばれただろう。『チャンピオンたちの朝食』の語り手は、フィルボイド・スタッジ。ヴォネガットのペンネームだ。我々にそれがわかるのは、スタッジとヴォネガットが誕生日が同じで、ふたりとも母親が自殺していて、ポール・モールが好きだからだ。

スタッジは主要な登場人物のひとり、ドウェイン・フーヴァーの精神的退化について語る。ドウェイン・フーヴァーは、「すばらしく裕福な」ポンティアックのディーラーで、キルゴア・トラウトの小説を読んだあと、頭がおかしくなる。キルゴア・トラウトはヴォネガットの分身である売れないSF作家だ。フーヴァーは、世界中の人がみなロボットで「自分ひとりが生身の人間だと思いこんで暴力的になる。神でさえもロボットだと信じてしまうのだ。フーヴァーの精神が破綻したのはアメリカ社会が腐敗しつつあるからで、腐敗の原因は人種差別、貧困、そして人々の精神の劣化から発生する様々な事象だ。それらについて、ヴォネガットはフェルトペンでイラストを描き、複雑で皮肉な効果を作品に与えている。作品に挿入された幼稚なイラストは、肛門、アメリカの国旗、一四九二年という手書きの文字、ヴァギナ、少女の下着、銃、トラック、牛と牛を材料にしたハンバーガー、鶏と鶏を材料にしたケンタッキーフライドチキン、電気椅子、ヴォネガット自身が物語に入りこむときにかけるサングラスなど。ある批評家は、この小説は「ヴォネガットがメタフィクションを書きたいという衝動がいくところまでいった」作品だと評している。

ヴォネガットは、自分が生きている時代、つまり自分の目でみたことや耳できいたことを痛烈に批判していて、そのためこの小説はそれまでの作品とは違った方向に進み、読者が不安になるほどに個人的な色の濃い作品になっている。作品の半ば近くで、ドウェイン・フーヴァーは中年のダンテさながらに大声で叫ぶ。「わたしは道に迷ってしまった……手を引いてこの森から連れ出してくれる誰かが必要なんだ」。

ヴォネガットのこれまでの小説にももちろん自伝的要素は出てくる。顕著な例は『スローターハウス5』だ。だが、『チャンピオンたちの朝食』の語り手の口調はみじめで弁解がましい。ヴォネガットは恥ずかしそうに、自殺を考えたことがあると認めている。「『あなたは、あなたのお母さんのように自分も自殺してしまうのではないかと思っていますね』とわたしはいった」。ヴォネガットは生きるための理由をみいだせずにいたようで、インタビュアーにこう説明している。「自殺がこの作品の核心にあります。そして自殺は、多くの芸術家の生涯をしめくくる終止符でもあるのです」。

『チャンピオンたちの朝食』の最後の数ページでヴォネガットが、自分と、自分の分身で常に文無しで苦労を重ねているキルゴア・トラウトを出会わせる場面は不気味といっていい。ヴォネガットは自殺する前に財産を誰かに与える人のように、トラウトにこういう。「わたしは、作家歴を通してわたしに忠実に仕えてくれたすべての登場人物を、ここで自由にしてやるつもりです」。トラウトは驚き、彼の創造主に最後の願いごとをする。もう一度人生を生きるチャンスをほしがったのだ。「若くしてくれ、若くしてくれ、若くしてくれ！」

ヴォネガットのそれまで評判のおかげで、『チャンピオンたちの朝食』はベストセラーリストに一年間入り続け、ヴォネガットならどんな本を出しても売れることを証明した。だが、たいていの書評家たちは落胆した。ヴォネガット自身もこの本を気に入っておらず、あるときなどは「愚かな」本だといっているが、それでも批判的な意見には傷ついた。作品中に、ヴォネガット自身の内面や考えがストレートに表現されていたからだ。ヴォネガットは、作品が技巧的でなかったこと、直截的すぎたことを批判されたのだろうと考え、「不当なことに、はっきりものをいい過ぎたことを咎められたのでしょう」とインタビューで話している。最も真面目に書いたものを真面目に受けとってもらえないことに傷ついたのだ。そして、私人対公人という問題を改めて考えるようになり、そのどちらが大きくなっているのかという点にも思いを巡らせた。ヴォネガットが考えるかぎり、自分の作品は「世に出てひとり歩きしている。それはぼく自身ではないし、評判もまた、ぼく自身に対するものではない」と話している。

ジェインは、ハーバード大学の法学部教授アダム・ヤーモリンスキーに、ワシントンDCで開かれたパーティで出会った。一九七二年のことだ。アダムが腰が痛いといったので、ジェインはからかい半分にアダムを床に腹ばいにさせ、靴を脱いだストッキングの足で彼の背中に乗ると、背骨の上をいったりきたりした。アダムの息子で大学生のベンがジェインに初めて紹介されたのは一九七二年九月。翌年の春には「ぼくがみるかぎり、ふたりは恋人、カップルでした」とベンは話している。その夏、アダムとジェインはコロラド州のアスペンに旅行に出かけている。

アダムはカートより六日若く、ちょうど五十歳になったばかりだった。成人して以来、実際にも比喩的な意味でも、優秀な兵士だった。第二次世界大戦中は陸軍航空隊に所属しており、軍曹にまで昇級した。戦後、結婚し、イェール大学の法律の学位を取得し、最高裁判所裁判官のスタンリー・E・リードの事務官を務めた。母親で詩人のバベット・ドイッチェも父親でロシア文学者のアヴラーム・ヤーモリンスキーもマルクス主義者で、自分たちの価値観を息子にすりこんだ。その影響からか、アダムは戦後、人種差別のないコミュニティのそばにだけ軍事基地を作ることを唱道した。

一九六一年、ケネディ大統領は平和部隊の編成を義弟のロバート・サージェント・シュライヴァー・ジュニアに任せた。シュライヴァーは、「アダム・ヤーモリンスキーはこの新たな計画で働くために現れた最初の数人のひとりだ」と回想している。三年後、ジョンソン政権下で経済機会法が議会を通過するかどうかというとき、アダムはいずれ、サージェント・シュライヴァーの次官となって貧困撲滅計画を推進するものと目されていた。それはアダムにとって願ってもない職だった。内閣に近づく大きな一歩であるというだけでなく、経済機会法は歴史的にみて非常に進歩的なものだったからだ。

だが、南部の民主党員からすれば、アダムがその役職につくことは耐え難かった。「ワシントン・ポスト」紙の政治コラムニスト、メアリ・マグロリーがその理由を列挙している。まず、アダムは人種差別撤廃に尽力した。次に、南部の人々にとって、彼は「インテリであり、ニューヨーカーであり、リベラルで知的な両親の息子だ。さらに、反ユダヤ主義を隠そうとしなかったことも、彼の失脚の原因だった」。ジョンソン大統領は、強く望んでいた法を制定する代償として、自らが推す人物をあきらめることにし、アダムは絶好の機会を逃すことになった。

ハーバード大学の法学部の教授職は、評価の高い社会改革者や冷戦下で活躍した人々に与えられる学問の世界における名誉職のようなものだった。アダムはその職に就いた直後に二十五歳の妻ハリエットと離婚した。ジェインと出会ったとき、アダムは人生をやり直す機会を求めていた。

ジェインに恋をしたアダムにとって、ヴォネガット―アダムズ家の面々といい関係を築くことはとても重要だったが、かなりの難題でもあった。というのも、アダムはばかがつくほど正直であるうえに、細かいことに口出しせずにはいられないタイプで、ウェストバーンスタブルの家の乱雑な状態には正直閉口していたからだ。ある晩、アダムはジェインがキッチンに消えるのを待ってテーブルを離れ、窓ガラスについて固まっていたペンキを、ポケットから取り出した一枚刃のかみそりを使って黙々とこすり取った。キッチンのテーブルで賭けをすることには、賭け金が小額であっても異を唱えたが、大騒ぎはしなかった。

アダムの世界は、ケープコッドの世界とはまったく違うものだったので、アダムズ家とヴォネガット家の年若い子どもたちはアダムを変人扱いし、彼の無邪気さに目を丸くした。たとえば、アダムはイーディが作ってくれたサンドイッチのレシピが知りたくて電話をしてきた。「ほら、溶けたチーズの」とアダムは思い出してもらおうと説明した。

「チーズ入りホットサンドのこと？」

ヴォネガット家とアダムズ家の子どもたちは、アダムが今後ずっと自分たちの生活に関わり続けるなら、このあたりで厳しいチェックをしておく必要があると考えた。リビングの大きな暖炉のとなりには、床から一メートルほどの高さの台の上にダッチオーブンが設置されていた。パイやパンを温めるために二百年もの間使われてきたものだ。正面についた鉄の扉は縦二十五センチ、横四十センチ。レンガでできたオーブンのなかは四角くはなく、上へいくにつれて狭くなる蜂の巣のような形をしていた。かつて、この家の子どもと友だちになりたい人は、このオーブンに一度すっぽり入ってしまわなくてはいけなかった。ある日アダムがやってきたとき、子どもたちはその試練を彼に与えて、いった。「扉が閉まるほど奥に入れないってほうに五ドル賭ける」。

子どもたちは待った。

アダムは何年も前、国防総省にいた頃に、同僚からこんな助言を受けた。ペンタゴンの軍関係者は、きみがその職にかける意気込みがあるのかどうか怪しんでいるから、いっそパラシュート降下でもしてみせたほうがいいんじゃないか。すると、アダムは自ら飛行機をチャーターし、最低限の訓練を積んで初ジャンプに踏み切った。

アダムは、ジェインの子どもたちが見守るなか、椅子から立ちあがり、靴を脱ぎ、小さくなってオーブンに入った。扉はガチャリと音を立てて閉まった。

一九七三年秋、カートは、彼の言葉を借りれば、「とんでもなくばかなことをした」。英国の小説家アンソニー・バージェスの後任として、ニューヨーク市立大学の散文特別教授を引き受けたのだ。だが学期が始まって六週間で、一年間の約束を破棄してその学期で辞めようと決めてしまった。「こんな状況では執筆などできやしない」。

その決断にいたった理由は、執筆の時間が減ることよりも、創作講座で教えることに魅力を感じなくなっていたことのほうが大きかった。カートはアイオワ大学とハーバード大学での経験から、創作講座は、大学の英文学科にある必要がないと確信していた。それまで持ったクラスにいた優秀な作家は、英文学を専攻していたわけではなく、さまざまな分野の学生がいた。たとえば、医学、法学、工学、化学など。しかも、授業を受けた学生がすばらしい作家になれるかどうかもはなはだ疑問だ。カートは、「創作講座のたいていの講師が、この不可能な約束を守れるかのように、誰でも愛想良く受け入れて、なんとか文章が書ける程度で実家へ手紙を書くのが精一杯の学生に賛辞を浴びせる」のは不誠実だと思った。そのうえ、創作講座の課程が半年か一年というのは短すぎる。アイオワ大学創作講座のように最低でも二年間、できれば同じ講師がつくのがいい。その間、講師は学生がなにを目指すべきか見極めてやる責任を負う。短編小説家なのか、長編小説家なのか、エッセイストなのか、それとも単に有能なライターなのか。そして、現実的にそれを目指すための過程に力を貸すべきだ。

ニューヨーク市立大学の職を離れる前、カートはドン・ファーバーと、マンハッタン東四十八番ストリート二二八番地にある、売り出し中のブラウンストーン造りの家をみにいった。職業柄、「根無し草の状態」には慣れていたが、いまや金もあるのだし、ニューヨーク市民となって腰を落ち着けるのも悪くないと思われた。

その理由として、第一に、カートはほかの大物作家たちと競い合うほうが、書く力に磨きがかかると思っていた。それにはニューヨークは最高の場所だ。カートの少年時代、インディアナポリス出身の作家であるブース・ターキントン、ジョージ・エイド、キン・ハバード、ジェイムズ・ウィッカム・ライリーなどは、まず地元作家としての評判が先に高まった。そのうち、通信手段の発達によって世界中の作家と競い合うようになったが、結局彼らは「そのせいで萎縮してしまった」とカートは思っていた。

第二に、ニューヨークという街はぶっきらぼうで不機嫌で、そこが何とも気に入っていた。ケープコッドに住んでいた頃は、海辺をゆっくり散歩すると心が落ちつくと思ったが、カートに必要なのは、そういうことではなかった。物事を風刺するためには、怒りを感じなくてはならない。「かっかとなること」をみつけなくてはならないのだ。

ファーバーとみにいったブラウンストーン造りの家は美しかった。幅六メートル、奥行き十四メートルの家は、国連本部に近いタートルベイ地区にあり、一八六〇年から六一年に建てられた二十軒の同じような家の一軒だった。正面はイタリア風だが古代ギリシア風の装飾が施されていて、窓枠も重厚だ。通りから玄関まで、石の急な階段が続いている。なかに入ると、らせん階段が壁に沿うように四階まで続いている。四階には客用の部屋と小さなキッチンがあった。通りを挟んだ向かいにはデイヴィッド・ハルバースタム（「ニューヨーク・タイムズ」の特派員として活躍し、ベトナム戦争の報道によりピュリッツァー賞を受賞）が住んでいたが、そこは昔E・B・ホワイトが住んでいた場所だった。

だが難点もあった。その家には裏庭がなく、一階の部屋よりも低いところにパティオがあるだけだったし、隣のレストランからいつでもおいしい料理を運んでもらえる、というわけにもいかない。だが、カートはその界隈と、建物の様式と間取りをとても気に入って、購入することにした。結局、カートは以後三十四年間その家に住み続け、そこで生涯を閉じることになる。

カートがその家を手に入れた直後、ジルはその家の通りに面した階の、専用の出入り口のある隣接した三部屋を借りて、そこをスタジオ兼住居にすることにした。

ヴォネガットの作品はもはや傍流ではなく、アメリカ文学を代表するものとみなされるようになった。その重要な証のひとつは、一九七〇年代、それらが高校の教材として使われるようになったことだ。メディア関連の選択科目に、〝葛藤する人〟とか〝フォークとロックの詩〟とか〝ゴシック恐怖文学〟などのタイトルが与えられるようになり、高校で扱う文学の範囲が広がったのだ。合い言葉は授業に〝今日性を持たせること〟で、教材の「ラディカルな読み物」として知られるアンソロジーには、ベトナム戦争や市民権や弁論の自由などに関するエッセイ、記事、詩、短編小説、歌詞などが載っていた。

そんな風潮のなか、一九七〇年四月、アラバマ州モンゴメリーのジェファーソン・デイヴィス高校のある女性教師は、教育委員会の緊急会議の結果解雇されたことにショックを受けた。解雇理由は、二年生のクラスで短編集『モンキーハウスへようこそ』から数編を選んで配布したからだった。委員会はこの短編集を、まったく矛盾する言葉を組み合わせ、「文学的くず」と表現した。ヴォネガットはアメリカ自由人権協会のメンバーに、〝思想統制者〟や〝自称検閲官〟を阻止してほしいと手紙を書いた。

数年後、オハイオ州ストロングヴィルの学校関係者は、『ローズウォーターさん、あなたに神のお恵みを』を教育課程の図書リストに載せようと検討していたとき、ある理事から次のような報告書を受け取った。「それはまったくひどい本です。事務官のひとりが三十分ほどそれを読んで、担当者の手元に戻したときには、手書きのコメントを添えました。〝くず〟と」。図書選定委員会はあわてて『ローズウォーターさん、あなたに神のお恵みを』を候補から外しただけでなく、『猫のゆりかご』とジョーゼフ・ヘラーの『キャッチ＝22』も図書リストから外し、学校図書館の蔵書にも入れないよう手配した。アメリカ自由人権協会は、その決定の撤回を求めて訴訟を起こした。ヴォネガットも地方裁判所に出廷して証言した。自分の小説を守るためというよりは、社会の誤りに関して問題提起をするためだ。「おそらく彼らは、ぼくの作品のせいで人々は麻薬をやり、望まない妊娠をすると思っているのだろう。ぼくは自分のことをモラリストだと思いたい。文筆は良い市民的行動だと考えている」。

だが、ヴォネガットを烈火のごとく怒らせた事件は一九七三年、ノースダコタ州のドレイクという、カトリック教徒とルター派信徒の農業従事者が大多数を占める、人口六百五十人の村で起きた。高校二年生の女子が、国語の授業で『スローターハウス5』を読んでいるが、それは神への冒瀆の書だと抗議した。教育委員会は特別会議を開いたのち、校長にその小説をすべて焼き捨てるように命じた。凍えるように寒い十一月のある日、三十冊ほどの本が校内の焼却炉にくべられた。校長は、「まるで紙くずを渡すように、用務員にそれを渡した」という。

校長は学校中の『スローターハウス5』を焼いただけでは満足せず、生徒のロッカーも調べた。その本を提出するようにという教育委員会の命令に背いた者がいるかもしれないと思ったからだ。続いて開かれた教育委員会の会議には、地元の聖職者たちが出席し、『スローターハウス5』が今なお生徒たちの手元に残っているとしたら、それは「悪魔の道具だ」と非難した。そして五人のメンバーからなる教育委員会は、『スローターハウス5』を教材に採用した教師が授業に使ったほかの二冊は読みもせずに破棄処分にした。それはジェイムズ・ディッキーの『脱出』と、アーネスト・ヘミングウェイ、ウィリアム・フォークナー、ジョン・スタインベックなどの短編を含むアンソロジーだった。この問題で生徒たちは大きく割れた。問題の教師の授業をボイコットする者もいれば、教育委員会の会議が開かれた翌晩、校長や教育委員会の事務員の車に卵やトマトやゴミを投げつける者もいた。

その冬、「ローリング・ストーン」誌はカートに、記者とともにドレイクで数日過ごしてみてほしいと依頼した。カート・ヴォネガットが、教会が四つにバーが三軒、大型穀物倉庫が三つに警察署とレストランがひとつずつある街にふらりと現れて、彼を批判する人々に出会ったらどんなことになるのか記事にするためだ。だがカートは応じなかった。そんなことをしても、自分に対する怒りを増幅し、「ローリング・ストーン」の売上げを増やすだけだ。

そのかわりにカートは、ドレイク教育委員会の委員長に個人的に手紙を書き、自分の思いを熱く語った。委員会はわたしの作品を最初から最後まで誤解している。わたしは荒々しくて無責任で反社会的な行為を扇動してなどいない。むしろその反対で、親切や思いやりを推奨しているのだ。あなたがたは、わたしの小説を——おそらくは、まだ読まれてもいないのだろう——焼却することで、あなたがた委員会に知恵と成熟を求めていたはずの若者たちに、腐った大人の例を提示することになってしまったのだ、と。春には、ドレイク教育委員会は、問題の発端となった（と同委員会が考える）教師を再雇用しないことを決めた。「わたしは教育委員会決定を遺憾になど思っていない」と校長は発言した。「まったく後悔していない。この先同じことがあれば同じことをするつもりだ。だが、こんなに注目を浴びてしまったことだけが残念だ。ドレイクの住民は世間の注目にうんざりし、疲れきっている」。

カートの元教え子で一時は恋人でもあったロリーの夫、リチャード・ラックストローは一九七四年一月八日に死去したが、ノーザン・アイオワ大学人文芸術学部の学部長は、死因が自殺だったということをほかの教職員には伝えなかった。

亡くなる前の晩、リチャードとロリーは友人のロブリー・ウィルソンとその最初の妻シャーロットに会いにロブリーの家に寄った。二組の夫婦はダイニングでコーヒーを飲みながら話しているうちに、話題は結婚生活の難しさになった。七年前、ロブリーとシャーロットはラックストロー夫婦の結婚式で立会人を務めており、この夫婦が困難な道を進むであろうことには気づいていた。近頃ではリチャードは、ウォータールーにある病院の精神科に通っていた。ロブリーは、友人のリチャードが「恐ろしく沈んでいる」と思った。リチャードの鬱症状に対処するために、医者は新しい投薬を勧めたが、ロリーは反対した。

ロブリーと妻のシャーロットからの結婚生活に関する助言は、一般的なものだった。「そのままにしていれば、最後には自然にうまくいく」と。リチャードは家を出て車に向かうとき、ロブリーにその晩ずっと家にいるかときいた。「出直してきて、また話したい」という。ロブリーは、リチャードは胸の内にもっと吐き出したいものがあるのだろうと思って起きて待っていたが、彼が現れることはなかった。

　何年かしてから、ナニー・ヴォネガットは思った。リチャード・ラックストローは、自分とカート・ヴォネガットとを比べて落ちこんだのではないか。ふたりの男の接点はロリーだった。そのせいでリチャードの結婚生活はぐらつき、精神の病のために仕事にも悪影響が出たのに対し、カートはアメリカでも屈指の作家になっていた。ロリーのカートへの興味は尽きることがなかった。その興味はカート個人へのものでもあり——ふたりは手紙のやりとりをし、時には電話でも話していた——学術的なものでもあった。リチャードの死の半年前、ロリーはカートにかなり長いインタビューをした。カートの作品に関して論文をいくつか書きたいと思ったからだ。「ロリーが心の奥底でいつも父に恋をしていたことを、ロリーのご主人が知らなかったはずはないと思います」とナニーは話している。

　四月、デラコートはサム・ロレンスと連携して『ヴォネガット、大いに語る（原題Wampeters, Foma & Granfalloons）』を出版した。エッセイ、評論、短い旅行記、人間的興味をそそる記事など、一九六六年から一九七四年までに書かれた文章を集めたものだ。

　Wampeter《ワンピーター》とは「本来なら無関係だった人々が、それを中心にして一緒に回り始めるもの」で、「アーサー王伝説の聖杯のようなもの」だとカートは読者に説明している。「Foma《フォーマ》は無害な嘘の数々で、無邪気な人々を安心させるためにつく。例えば、『繁栄はすぐそばまできている』とか」。そして、「Granfaloon《グランファルーン》は人間の虚栄心に満ちた無意味な集団のこと」で、カートのお気に入りの例はフージャーだ。

「コメンタリー」誌は、ヴォネガットの読者は何万人もいると認め、「ヴォネガットほどの支持母体を持つ作家でなければ、ちょこちょこ書きためていたものを集めて本にすることなどできないし、ましてやこんなタイトルをつけることはできない」と指摘している。

この記事には、ヴォネガットが「バッド・クレイジネス」を告発し続けることに対する軽いいら立ちが感じられる。「バッド・クレイジネス」とは、ハンター・S・トンプソンの『ラスベガスをやっつけろ』のなかで使われた言葉で、アメリカ人の狂気じみた行為を表現している。この国が疲弊してしまったのは、十年近くにわたって学生運動が続き、都市で暴力事件が相次ぎ、ロックンローラーやヤク中の教授が「心を解き放て」と扇動し、警官対泥棒の争いが頻発してついにはホワイトハウスまで巻きこんだためだ。自由主義を求める風潮は、すでにピークに達し、停滞や逆行の兆候も若干出てきた。自由主義とはおそらく周期的に、というより、政治や社会が疲弊するともてはやされるものなのだろう。

ヴォネガットは常にペシミストだという非難を和らげたかったので、『ヴォネガット、大いに語る』にベニントン大学の卒業生に向けたスピーチの原稿を収録した。ヴォネガットが聴衆に提案したのは「最もばかげた迷信を信じること。すなわち、人類は宇宙の中心にいるということです。全能なる神の偉大な夢を実現させるにせよ、ぶちこわすにせよ」。それは快活なメッセージではあるが、それまでヴォネガットが決定論に関して小説の中で書いてきたすべてのこと——無関心な神、空虚な精神のせいで消滅寸前の人間性——と相反する。書評家の多くはこれをあまり評価しなかったし、『ヴォネガット、大いに語る』という本自体の重要性も評価しなかった。そして、ヴォネガットが苦しみに向かってクッシュボール（たくさんのゴム紐を集めてボール状にしたおもちゃ）のようにジョークを投げてくる傾向を疑問視する者も出てきた。

ある評論家は「シカゴ・トリビューン」紙に書いている。「物事がうまくいかないとき――そんなことはよくあるが――笑いは痛みを避ける手段となるものの……本当の苦悩はユーモアでは解消できない……ヴォネガットは問題にかなり近づいたかと思うと離れてしまい、真正面から向き合うことはほとんどない。辛辣なセリフは、身の安全を守る手段なのだ」。

それより数年前、評論家のベンジャミン・デモットは、ヴォネガットの意見を「自由討論なみの単純化」だと、かなり率直に評した。一九七〇年代半ばにいたって、合衆国はベトナム戦争に敗れ、アメリカ史上初の大統領辞任があり、厳しい時代に入っていたので、誰だろうと〝フォーマ〟を提示すれば疑いのまなざしを浴びせられることになった。

一九七四年十月、カートは西四十三番ストリートの市役所で開かれた、詩人のアン・セクストンの葬儀――またもや自殺――から帰ってくると、考えこんでジェインに手紙を書いた。カートは自分の創造力が磨り減ってきていることを、そして自分には理解も説明もできない何かしらの力がアメリカに働いていることを心配していた。大きな不穏な変化が進行中で、それはあちこちにある手がかりのようなもので推し量ることしかできない。なんとも不思議だ。だがなにが起きようとも持ちこたえ、「ここから巻き返す」ことができるよう備えておこう。カートはそう書いている。

十二章　盗作　一九七五〜一九七九

一九七五年二月、カートはロリーに、キーウェストへ長めの週末旅行に出かけないかと持ちかけた。ジルには気づかれないから大丈夫だ、と。ジルをうまくまいて出かけ、「処罰の手の届かない場所」へいくのだと。この表現は、のちに書くことになる小説『ホーカス・ポーカス』に出てくる、キーウェストに身を潜める人物の描写にも使われている。ロリーは「ほとんど躊躇せずに承諾した。もうこれ以上望むことはないほどの喜びに満ちた再会だった」という。

ロリーはその旅行をこんなふうに回想している。カートとふたりで十代の恋人同士のように手をつないで散歩をした。カートがトルーマン・カポーティの滞在先を知っていたのでふたりでいってみると、カポーティはまるで喉を鳴らす猫のように気持ちよさそうに、ホテルの庭で「ニューヨーク・タイムズ」紙に掲載された自分の写真をながめていた。その写真を撮ったのは、よりによってジルだった。「いい写真だと思わないかい?」カポーティは無邪気にいった。だが、カポーティ自身もゴシップには事欠かないほうだったので、ロリーの前でカートにジルのことをたずねて雰囲気をぶち壊しにするようなことはしなかった。カポーティはふたりに、夕焼けがきれいだから見逃さないようにとだけいった。

カートは、ロリーとふたりきりのあいだ、仕事は忘れて楽しんだ。ただ一度、B級SF作家から電話があって、キルゴア・トラウトというペンネームを使って小説を書く許可をいただきたいといわれた。トラウトに共感しているのだという。カートは寛大な気持ちになっていたので——なにしろ増刷時の印税に加えて、翻訳権、上演権が売れたりもして、金がどんどん入ってきていた——許可してしまった。

ふたりで過ごした三日間の最終日、キーウェスト国際空港に少し早く着いたので、すぐそばのリトル・ハマカ公園に車を停めて、木陰のピクニックテーブルで休んだ。カートはふたりのイニシャルをテーブルに彫った。それより数ヶ月前、友人のドン・フィーナはカートに、『スローターハウス5』にも出てくる、アイオワで巻きこまれた「すばらしく素敵なトラブル」とは何のことなのか、たずねたという。「カートは、わたしがすぐに彼の情事のことだと推察できなかったことに驚いているようでした……そしてこんなことをいいました。『ともかく、それはふつうの情事とはまったくちがうものだった。とても美しくて、優しいものだったんだよ』」。

キーウェストの週末に電話をしてきたSF作家は、フィリップ・ホセ・ファーマーといった。ファーマーはカートとほぼ同じ年頃で、インディアナ州のテレホート出身。一九五〇年代初頭に執筆活動を始めた頃は、いかにも真面目な男といった感じで、痩せ型で半袖シャツを好み、実直そうな顔つきで、額は秀で、髪はクルーカットにしていた。だが、彼の書く小説は、男性読者向けの宇宙を舞台にしたセクシャルファンタジーだった。ファーマーの描く宇宙では、ひとつおきの中性子星に、地球の道徳観に縛られない若いニンフがいた。初めて出版された中編小説、『恋人たち』（一九五二年）は人間と宇宙人のセックスを描いている。『太陽神降臨』（一九六〇年）は「すべての男たちの密やかな夢……やり放題のチャンス、尽きることのない精力」を約束する。『Dare』（一九六五年）に登場する宇宙人の女、ルリは、「信じられないほど美しかった——けれど人間ではない」。またファーマーは、未来のユートピア的世界を描くというSFの定石に異議申し立てをするように、痛烈に皮肉な寓話を使い、欲深い社会が暴力的になっていく様子を描いている。その意味で、ファーマーは、SFという形式を使って急進的なメッセージを発していた初期のカート・ヴォネガットに似ている。

ファーマーがキーウェストのカートに電話をしたのは、キルゴア・トラウトに共感していたからだけではない。すばらしくうまくいきそうな思いつきがあったからだ。もしも、キルゴア・トラウト――ポルノ風のSF小説を書く作家と誤解されているトラウト――が、大手出版社から小説を出すとしたら、どんな本になるだろう？　カートが何年にもわたってこの分身に与えてきた奇妙な構想の数々を盛りこんだら、どんなテーマになるだろう？　ファーマーの記憶では、電話に出たカートは、そうした思いつきに異を唱えはしなかった。しかしあとになってカートは、それは事実とは違うと異論を唱えた。「彼のそんな企画を受け入れるはずがない。リスクはこっちにしかないんだから。しかし、彼があんまりしつこくいってきたので仕方なく、わたしの読者と、わたしの作りあげた小説の細部と、わたしの評判を貸すことを承諾したんだ。しかも内容や金銭面での条件を一切つけずに」。

イリノイ州ピオリアにあるファーマーの小さな家で、妻のベティの耳に、地下室で〝キルゴア・トラウト作〟『貝殻の上のヴィーナス』を執筆中の夫が大笑いしているのがきこえてきた。本のカバーに載せる写真のために、ファーマーはつけ髭とかつての南軍兵の帽子で変装した。そして、原稿を出版社に渡してしまうと、常にいくつかの作品を並行して書いているので、すぐにほかの作品に取りかかった。

一九七五年夏、『貝殻の上のヴィーナス』は、毎週何千冊の勢いで売れた。これまでにファーマーが出してきた本とは桁違いだった。（キーウェストにいるカートと電話で話してからまもなく出版されたということは、電話をかけたときには、既に執筆途中だった可能性が高い）。ストーリーは粗さが目立ったが、意外性があって面白いことは間違いなく、ＳＦへの信奉をからかうような作風は、ＳＦ作家としてのキャリアがあってこそのものだった。だが、なにより皮肉なのは、そもそもキルゴア・トラウトはヴォネガットが創造した架空の人物であるということだ。それなのに『貝殻の上のヴィーナス』は、ヴォネガットに敬意を表すどころか、キルゴア・トラウトによって書かれたという設定のために、ヴォネガットの作品を茶化す結果になっている。

主人公のサイモン・ワグスタッフ（wag《ワグ》は「振る」。staff《スタッフ》には「指揮棒」と「ペニス」という二重の意味を持たせ、ファーマーは面白がっていた）は音楽家で、普遍的真理を探究している。そして宇宙時代のブッダよろしく、苦しみや死はなぜあるのかという問いの答えを求めて宇宙探検に出かける。旅の仲間はひとりの女と犬とフクロウだ。ワグスタッフはいくつかの惑星を訪れるが、最初の惑星には車のタイヤたちが棲息している。（リーダーはホワイトウォールという、わきに白い線の入ったタイヤ）。二番目の惑星にはとても厳しい法律があるため、誰もが刑務所行きになってしまう。三番目の惑星では聖人が、真実を学ぶためにやってくる巡礼者たちを喰ってしまう。何世紀もの時間が流れたが、ワグスタッフは人生の意味をみつけられない。ただ、宇宙は不合理で虚無的だとわかっただけだ。

ヴォネガットが腹を立てたのは、読者も批評家も、ヴォネガット自身が書いた本物の作品と、ファーマーが書いたパロディ作品の違いを見分けられなかったことだ。ほとんどの読者が、ヴォネガットがサイモン・ワグスタッフを創ったのだと思った。ウィンストン・ナイルズ・ラムファードにそっくりの宇宙の放浪者、サイモン・ワグスタッフと、作品に流れる猥褻で型破りなユーモアは、たしかにヴォネガット風だ。レスリー・フィードラーは、普段はヴォネガットの作品に好意的なのだが、ウィリアム・Ｆ・バックリーのテレビ番組「ファイアリング・ライン」に出演して、『貝殻の上のヴィーナス』の嘲笑に満ちた作風を取り上げ、ヴォネガットはSFを切り捨てたのだろうと語った。それをみたヴォネガットはかんかんになってフィードラーに手紙を書いた。「バックリーの番組であなたが表明された、やや誤った情報に基づくご見解を拝聴して初めて気づきました。フィリップ・ファーマーに、キルゴア・トラウトの名を使ってなんでも書いていいなどと許可したせいで、これから不愉快なことばかりが起こりそうだと」。

ドン・ファーバーの事務所には、ヴォネガット宛ての手紙が何通も届いた。ファーマーの書いたパロディ作品を賞賛する内容だ。ある読者は熱っぽくこう書いていた。「トラウト氏にお祝いの言葉をお伝えください」。ある読者は熱っぽく書いた。「トラウト氏の小説は最高に愉快です……でも気をつけてください。あなたの文体が盗まれていますよ」。またほかの読者は、ご丁寧にも、ヴォネガットもトラウトの作品の研究をすれば多くを学べるだろうと書いてきた。「先日、友人からプレゼントをもらいました。キルゴア・トラウト作、『貝殻の上のヴィーナス』です。もう読まれましたか？　まだなら読んだほうがいいですよ。いいアイディアが得られるかもしれません。トラウトにはすばらしい想像力があります！」

ヴォネガットの友人で大学教授のドン・フィーナは、自分が話をした限りでは、誰もがファーマーの策略にまんまとはまってしまったようだと手紙に書いている。「わたしが出会ったヴォネガットファンはみんな、この作品はきみが書いたと思っている。少なくとも、そのうちふたりはかなり文学をみる目がある人なんだけれどね。驚いたよ」。

ファーマーは、『貝殻の上のヴィーナス』をめぐって議論が起こり、それが作品のいい宣伝になっていることを楽しみ、インタビューを受けるといかにも照れくさそうに、ヴォネガット氏への賞賛の気持ちだけがこの作品を書いた動機です、などと説明した。そして『貝殻の上のヴィーナス』の続編が出るという報告を仲間のSF作家にできないのが残念だともいった。ヴォネガットはがまんするくらいなら相手をこきおろすタイプだったので、「サイエンス・フィクション・レヴュー」誌の編集者宛に手紙を書いて攻勢に出た。

さて。ファーマー氏は十万部以上も売れた本の印税を手にしたが、その本は初め、わたしが書いたものだと思われていました。それはかまいません。そんなことでけちをつけたりはしません。印税がすべてファーマー氏のもとに入ることは、最初から了解していました。ですが、ファーマー氏には、わたしが大金持ちであるかのようなことを悪意のあるいい方でコメントしないでいただきたい。それは事実無根です。そして、ファーマー氏が自身を、わたしとは対照的なスタンダード・オイル社に果敢に立ち向かう大衆の代表であるかのように演出しているのもいかがなものかと思います。今回の件ではファーマー氏が全面的に利益を受けているのであり、たった六週間の仕事で大金を得ているのですから。ファーマー氏はまた、大学の教授連に対してさえも、目隠しテストのようなものを行い、彼がわたし風の作品をいつでもわたしと同じくらいうまく書けることを実証しました。それに関しては驚きもしませんし、屈辱にも感じません。それが人生というものです。これまでのところ、わたしが不満を述べてきたのはもっぱら、手紙や書評などでひどい本を書いたと罵倒されることに関してです……そしてこの騒動で、わたしは評判を汚され、陰鬱な気持ちにさせられていることに関してです。ですから、わたしの本を手がけてきてくださった出版社に対し、キルゴア・トラウトの本をこれ以上出さないでいただきたいとお願いしたことは、きわめて理にかなっていると思います……ファーマー氏がわたしに敬意を払ってくださったことには感謝し、氏がたった六週間でベストセラー小説を書き上げたことにお祝いを申し上げたい。わたしなら、何年もかかったことでしょう。

ヴォネガットは動揺していた。ファーマーのパロディ小説は、なんとも笑えるものに仕上がっていたが、ヴォネガットはその踏み台にされていた。まさに裸の王様にされたのだ。

同じ頃、別の形で作品が軽んじられているという話がヴォネガットの耳に入った。学校の教材用に彼の短編がコピーされていて――ヴォネガットにいわせれば、教師たちによる「アンダーグラウンド出版」が行われていたのだ。それがきっかけで、知的所有権というものが気になり出したところへ、作家仲間から、著作権法の改正について話し合う議会の分科委員会の聴聞会に一緒に出てくれないかと頼まれた。ちょうど、『貝殻の上のヴィーナス』がベストセラーリストに載り始めていた頃のことだ。

その聴聞会に出席した作家のほとんど――ハーマン・ウォーク、バーバラ・タックマン、アート・バックウォルド、アーヴィング・ストーンほか――が読み上げた声明書には、自分たちは特許品の発明者や視覚芸術のオリジナル作品を創造した芸術家と同等の立場にある、と書かれていた。国の文化的遺産が不当に使われないように守ってほしいと訴える者もいた。SF作家のフレデリック・ポールが主張したのは、著作権とは作家の家族にとって経済的な遺産である、ということだった。「遺されるのは本だけということもあるのですから」。

次はヴォネガットが話す番だった。彼は立ちあがるとメモもみずにジョークから始めた――「うまい〝つかみ〟だった」とポールは回想している。まるで、漫談でも始めるかのようだったという。ヴォネガットは個性を発揮し、その結果、作家にはそれぞれ才能や文体があるのだという認識が、その場にそれとなくいきわたった。出席者は、議会の委員も含め、楽しそうに笑った。ヴォネガットは、話し終えるとタップダンスをしながら部屋を出ていき、その音はしだいに遠ざかってきこえなくなった。彼は帰ってこなかった。「会議室の誰もが拍手をしました」とポールはいう。「カートは著作権に関わることは実はなにひとついわなかったが、話をきいて、全員が彼を好きになった。彼は議会の人々に、ひとりの人間としての自分をみてもらいたかったのでしょうが、それはとてもうまくいったと思います」。

ヴォネガットはしばしば作家を守るという立場を明確に示し、困っている作家を激励し援助した。たとえば国際ペンクラブに対し、アイオワ大学創作講座に資金援助をしてほしいと、責任者のポール・エングルに代わって要請した。また、デル社の創立者ジョージ・デラコートが作家を援助したいと考えているという話を耳にすると、サム・ロレンスを通じて、アメリカ作家連盟基金、芸術家および作家のための回転資金、国際ペンクラブ作家基金にそれぞれ十万ドルずつ寄付してはどうだろうとデラコートに進言している。ヴォネガットはこの三つの組織の役員だったので、作家の緊急時に対応する積立金の正確な金額を提示して論拠を示した。一方、小説家のジーン・スタッフォードは経済的に困窮し、病気のため自宅で酸素吸入器を使って療養中だったのだが、ヴォネガットの訪問を受けてとても驚いた。ヴォネガットはロレンスに、スタッフォードの三百ページ分の原稿を「それがどんなものであっても」買い取る契約をし、前金として少なくとも彼女の一年分の生活費に相当する金額を支払うべきだといった。

さて、ヴォネガットは、著作権に関する議会の聴聞会からニューヨークに戻ってくると、またもや自分の誠実さに対する侮辱とも思える出来事を知って愕然とした。南カリフォルニア大学の映画芸術学部の学生、ダン・L・フェンデルが、許可も取らずに、ヴォネガットの一幕劇の「不屈の精神」を使い、二十世紀フォックスから借用した高性能の機器を使って、配役を決めて映画を撮影し、編集していたのだ。「不屈の精神」は一九六八年に「プレイボーイ」誌に掲載された。病院の患者を機械につないでおくことをグロテスクなまでに風刺している作品だ。フェンデルはヴォネガットに事後報告の手紙をよこし、映画はもう撮ってしまいました、二週間後にはあちこちの学生映画祭に上映用プリントが送られる予定です、と軽い調子で説明した。なぜ初めに許可を取らなかったのかという問題について、この抜け目のない学生映画監督は最後にさらりと触れている。「正直いって、だめだといわれたくなかったんです。もちろん、今だってそうです」。

ヴォネガットはかんかんに怒って、南カリフォルニア大学からフィルムのネガとすべての上映用プリントを没収するよう、ファーバーに指示をした。フェンデルへも返信を書いたが、そこには父親が息子を叱るような調子と、ばかにされた公人の怒りが入り混じっている。若いということは、盗みを働いていい理由にはならない、とヴォネガットは強い調子で書いている。ガレージに押し入って、使われていないからという理由で、道具を盗んで逃げるのと同じことだ。きみは非常に無礼なことをした。何度も様々な形で作品を盗用されてきた作家にとっては敵だ。ただ、普段はこんなに腹を立てることはない。ヴォネガットはファーバーに、この手紙の脅しが効いて、この若い映画人が状況をどうにか正す気になればいいが、といっている。

ところが、フェンデルは弁護士を雇い、自分は未熟な大学生で、アメリカのある高名な作家が人間性や思いやりや愛について語った言葉を鵜呑みにするという間違いを犯したのだと弁解した。

両者のやりとりは三ヶ月近くも続いた。フェンデルの弁護士の言い分は、依頼人はこの映画——「最高にすばらしい作品」——を完成させないと大学を卒業できないということだった。対するファーバーはこう主張した。「我々にとっては、それが『最高にすばらしい作品』だろうと……くず同然だろうとどうでもいいのであって……問題にしたいのは、彼にはその脚本を使って映画を撮る権利がないということだ。映画の良し悪しは関係ない」。結局、ヴォネガットは、フェンデルが放校になることは望まなかったので、妥協案に応じることにした。つまり、映画の上映用プリントを一本、フェンデルの弁護士の事務所に保管し、それが就職活動に使われる場合に限り、フェンデルおよび映画の出演者に貸し出されることを許可するという取り決めだ。

論点は金銭ではなく、フェンデルが脚本の使用許可を求めなかったことだ。その一方、ヴォネガットが語る人間性や思いやりや愛という言葉を鵜呑みにしたにすぎないというフェンデルの言い訳はとても興味深く、多くの読者の気持ちをうまく代表している。ヴォネガットは作品と同一視されることが多く、若い映画制作者のその言葉は、何百万という読者がヴォネガットを、たとえばエリオット・ローズウォーター——「なんてったって、親切でなきゃいけないよ！」——と同じ人物だと信じていることを教えてくれているのだ。ヴォネガットは、物語のなかに入っていくことで、自分と読者の距離をなくし、虚構と現実の境も消してしまった。それにより、予期していなかったことが起こり始めていた。『貝殻の上のヴィーナス』が示すように、ヴォネガットの著作にはわかりやすい目印のようなものがあって、それはパロディにしやすい。しかも、ヴォネガットの社会的イメージや公の場での発言は人道的テーマと密接に結びついているため、その著作とあいまって、ヴォネガットに期待される人物像が形成されてしまったのだ。

ヴォネガットはなんとかして、常に新鮮で、読者や批評家を驚かせ、人々の予想を裏切る存在であり続けなくてはいけない。意外性のある作品が書けなければ、作家は死んだも同然なのだ。

一九七五年七月、カートの叔父のアレックス・ヴォネガットが八十七歳で死去した。「インディアナポリス・スター」紙の死亡記事では、ハーバードの卒業生で元生命保険の代理業者で、断酒会インディアナ支部の創設者でもあったと紹介されている。ただし、アレックス自身はアルコール中毒ではなかったと、とってつけたように書き加えられている。カートはこの但し書きを「一昔前のお上品な婉曲表現」だといっている。というのも、アレックスはアルコール度の高いドイツビールをかなり飲む方で、しかも家族の集まりでだけ飲んでいたわけでもなかったらしいからだ。その一方で、一切飲酒をやめた時期もあった。だがアレックス叔父は、肉体的なものにせよ、精神的なものにせよ「弱い」ということは恥とみなす世代に属していた。死亡記事は、そうした思いを尊重し、アルコール依存症だったという公然たる汚点がつかないよう、そっとアレックス叔父を守っていたのだろう。

インディアナポリスで行われる葬儀に出るため、兄のバーナードが飛行機、レンタカー、ホテルなど、すべての手はずを自分とカートのために整えた。いまだに兄貴風をふかせたいのだ、とカートは思った。飛行機の中でふたりは、子ども時代に飼っていたお気に入りの犬たちの思い出話をした。そしてバーナードは、地下室で実験をしていた十代の頃のように、裸眼ではみえないほど遠くの雷の閃光を感知する機器をみせてくれた。バーナードとカートのあいだにはひとつ空席があった。もし事態が違っていたら、アリスがその席に座って、ヴォネガット三きょうだいが揃うことができたかもしれないとカートは思った。

埋葬は、ブールバードプレイスにあるクラウンヒル墓地で行われた。霊柩車は、墓地の入り口のゴシック復古調の石灰岩の門を抜けて細い道のひとつを進んでいった。かつては南北戦争時代に、北軍の戦死者を悼む葬列のために使われた道だ。ようやくヴォネガット一族の区画に入ると、そこには三十七の墓が並んでいた。ほんの数年前、カートは両親の墓を訪れて泣いた。その時カートは泣いたことを恥ずかしいと思った。そんなふうに泣いたのはずいぶん久しぶりのことだった。だが、両親がもっと幸福だったらよかったのにと思わずにはいられなかったのだ。

叔父の墓のかたわらで、カートはユニテリアン教会の牧師が心休まる言葉をきかせてくれるのだろうと思っていた。ところが神についても死後の世界についても語られることはなく、カートには希望も、霊的なものも、救いも感じられなかった。必要最低限の儀式が事務的にこなされただけで、神聖な気持ちにさせてくれる言葉はなにひとつなかった。カートは不可知論者ではあったが、ある意味保守的で、人生の節目となる伝統的な儀式に安らぎをみいだす傾向があった。


その頃、カートは五十代の前半で、加齢が気になり始めていた。年齢や健康状態について、友人に手紙を書くこともあった。講演など、人前で話すときにも、年齢を重ねるにつれ、自分のことを話すようになった。一九七六年のコネチカット大学の卒業式では、ほんの少し前に生まれたばかりのような気がするのに、気づいたら急に五十四歳になっているなんて妙な気分だと話している。娘のナニーへの手紙にはこう書いている。自分にのしかかる暗闇は、ジェインのせいではないし、ジルのせいでもない——なにしろジルはとてもよくしてくれているからね。そして、お金のせいでも成功のせいでもない。人生そのものが、まるでマグマが冷え固まってできる火成岩のように、耐え難いほど重くなってしまっているのだ、と。

死ぬことは考えないようにしていた。ある時期、自殺は、人生の苦しい要求——講演、請求書、カクテルパーティ、締め切り——からきれいさっぱり逃れるための「完璧に合理的な方法」だと考えていたこともあった。だが、母の死を教訓にしなくてはいけないと、心に決めていた。「なぜ自殺を考えてはいけないかというと、自殺をすれば、次の世代に負の遺産を残すことになるからだ。彼らに自殺の理由を与えてはいけない」。

カートが、ジルがよくしてくれていると娘に書いたのは本心だった。ジルのおかげで、飲み薬や錠剤の過剰摂取で死なずにすんでいると思っていた。けれど、結婚するつもりはないといっていた。ジルは、カートがウェストバーンスタブルを出てニューヨークにきたときに一緒に過ごしてくれた。カートは一九七〇年代に何百通という手紙をジルに送っているが、愛しているとは一度も書いていない。数年間は生活をともにしていたにもかかわらず。そしてジェインとの離婚をずるずると引きのばし、はっきりした結論を出さないまま、折にふれて手紙を書き、電話をかけ、金を送っていた。そうしてジェインのこともうまく操っていたのだ。ロリーもあわせれば、カートは三人の女性と薄いつながりを保ち、ふわふわといったりきたりしていたことになる。だが、ジルにもプライドがあった。ニューヨークにいる友人たちは、その頃にはふたりをカップルだと考えていたくらいだから当然だ。ジルは金がものをいうニューヨークの生活にカートを導き入れ、若く、すばらしく魅力的な愛人として彼女自身を捧げたというのに、いったいなにがカートを引き止めていたのだろう。それ以上、なにが必要だったのだろう？

ジルは最高に魅力的で実に自己中心的だった——マークはナニーに、「地獄の使者みたいだ」と話したという。カートの友人や家族は、ジルは話しづらい相手だと感じていた。友好的な関係を保つことさえ難しそうだった。ナニーは父親に手紙のなかで不平をもらしている。「ジルと一緒にいるといつも、逃れられないような気持ちになって、なんとかそこから抜け出そうと必死になってしまいます」。

だが、カートには初めてのタイプの女性ではなかった。ジルの扱い方ならわかると思っていた。ジルの機嫌をとり、必要なときは下手に出て頼み込むような態度で歓心を買えばいい。つまり、このナルシスティックな女性のよき夫のように振る舞うのだ。ジルは、カートが人生で初めて創造力をかき立てられた女性、つまり、あの冷ややかな母親によく似ていた。創造力とは、精神的な痛みへの反作用と思われる場合が多い。母親が支配的で冷淡であるというような、不幸せな子ども時代が神経症や不安を引き起こすことは、精神医学の多くの学派が認めるところだ。そして神経症は、芸術の探求において刺激の役割を果たすことがある。「ぼくは、自分を傷つけないことには、書くことができない」とカートはある手紙の中で告白している。だが、五十代になって昔の経験を再体験すれば、つまり、少年時代に母親との関係において感じた罪の意識や不安を再び味わえば、精神的健康が損なわれる危険があった。

ジルは、カートがのちに書く『青ひげ』という小説に出てくるサーシ（原文ではCirceで、キルケとも読む。キルケは『オデュッセイア』に出てくる、魔薬で男を豚に変えたという魔女）・バーマンというぴったりの名前の女性のモデルになっている。サーシが小説の語り手である画家、ラボー・カラベキアンにかける初めての言葉は、「あなたのご両親がどんなふうに死んだのか教えて」だ。サーシは「真っ直ぐな黒髪、大きな茶色い瞳をしていて、母にそっくりだった」。

一方、マーク・ヴォネガット作の『エデン特急――ヒッピーと狂気の記録』が一九七五年秋にプレイガー出版から出た。これに関して興味深いことがふたつある。ひとつは、父親が手伝いを拒否したことだ。ある日、ダン・ウェイクフィールドがボストンのビーコンヒル地区、リヴィア・ストリートの自宅にいると、ノックの音がした。ドアを開けると、マークが玄関前の上がり段にタイプ原稿を持って立っていた。「手伝っていただけませんか？」マークはウェイクフィールドに頼んだ。父親には、事実上独り立ちしたからには、文章の書き方は辛い思いをして習得しなくてはいけない、といわれたのだそうだ。それから数ヶ月、ウェイクフィールドは、マークの書いた原稿を編集し、批評した。そして、マークをエージェントのノックス・バーガーのところへ連れていき、出版社をみつけてもらった。

『エデン特急』が興味深いもうひとつの理由は、当時、精神病患者の回想録はほかに一冊しか世に出ていなかったことだ。その一冊は『分裂病の少女の手記』（一九五一年）で、〝ルネ〟という少女が書いたものに、担当の精神科医マルグリート・セシュエーが解釈をつける形式で書かれている。ところが『エデン特急』はマーク自身の物語であり、経験したままを精神科医の分析を介さずに提示している。マークは時に痛々しいくらいに率直に、精神の病のせいで有能な人間になれなかったことを描いている。マークは家族とうまく向き合えず、パウエル・リバーの農場を経営する強さもなく、恋人に対する感情表現が性的な面であいまいだったために彼女に捨てられる。元々幻聴に悩んでいたが、メスカリンやLSDやマリファナのために幻聴はさらに激しくなった。初版では、マークはソラジンの服用、ショック療法、高プロテイン食餌療法、ビタミン療法によって回復したとしているが、再版のあとがきではビタミンの効果は否認している。だがカートは、息子が「驚くほどの多くの」飲み薬や錠剤に頼って生きていることに気づいていた。そして生涯ずっとそうして生きていくことになるだろうときかされている。カートは息子についてきかれると、狂気はとびぬけた創造性と表裏一体だと答えることが多かった。つまり、非凡な人間だけに神々から与えられた呪いのようなものだというのだ。「マークは血液検査を受けると聖書に出てくるような光景が見えるらしい。医者が彼の血流に特定の化学物質を確認し、それに応じて食餌療法をさせると、彼の血流は整う。そうしてやらないと、彼は黙示録を目のあたりにし、天啓にうたれることになる。彼はそんなことは望んでいない」。

『エデン特急』は問題をはらんだ本だった――自画像として描かれている未熟な男、マークは、他人を喜ばせることに過剰に気を遣い、極度に自己批判的で、「気持ちのいいことはやるべし」という反体制文化的な行動規範に憑かれているようだった。そして、悪いのはほかの人――というより社会全体――で、自分は操作されているのだと主張している。世界と、完璧さを目指す自分の孤独な歩みが調和しないことを合理的に説明しようとすればするほど、マークの精神の病は重くなっていく。恋人は自分を捨てるべきではない（たとえ、自分がうるさいほど彼女に依存するようになっても）し、友人は常に忠実であるべきで、人々は自然と調和した平和な暮らしをするべきだ、と主張している。

『エデン特急』に登場するカートは、輪郭がぼやけている。マークは父親を愛しているのは間違いないのだが、父親をどう捉えてよいのかわからない。カートの方も、どうしてよいかわからないようにみえる。カートのふるまいはよそよそしい。照れもあったのだろうし、自分を必要とする子どもの面倒をみるのに慣れていなかったこともあるのだろう。マークの友人たちは、父親と同じくらいに彼を助けてくれた。まるで聖書に出てくる〝よきサマリア人〟のようで――カートもそう思った――道ばたで酔っぱらいが寝ていると、怪我などしないように近くの家の戸口まで運び、シャツのポケットに何ドルかの金をつっこんでやった。

いずれにせよ、『エデン特急』が出版される頃には、マークは回復し、結婚し、ハーバード大学医学部の一年生として、内科治療と正常生体分子精神医学を勉強していた。週末には、妻を連れてボストンのビーコンヒルにあるアパートからウェストバーンスタブルまで車でやってきた。そこに野菜畑と小型のボートを持っていた。ボートは人がふたり横になれる程度の大きさで、船首に帆を一本だけ立てるタイプのものだった。両親の結婚が破綻に向かっていた頃に家を飛び出して以来初めて、マークは実家に顔を出すようになったが、そこには父親の姿はもはやなかった。

一九七六年二月、受難節の始まりの〝灰の水曜日〟の週から、カートのもとに不思議な弔慰カードが日に二、三十通も送られてくるようになった。なにが不思議かというと、カートの身の回りで最近亡くなった人はいなかったからだ。カートとジルは、それらをマントルピースの上にクリスマスカードのように並べながらも、どうしてこんなことになっているのかわからず不審に思っていた。だがようやくカートは気づいた。『スローターハウス5』の主人公、ビリー・ピルグリムは一九七六年二月十三日に、発狂した元戦争捕虜によって射殺されたのだ。読者の多くが、メタフィクションは現実と想像の世界の両方にまたがっていると考え、カートの創造した登場人物の命日に哀悼の意を表したのだ。

それはカートが発表しようとしている小説『スラップスティック――または、もう孤独じゃない！』にとっては良い兆候だった。批評家は前作『チャンピオンたちの朝食』を気に入らなかったが、読者はそんなことに関係なく、ちゃんとついているという証拠だった。

『スラップスティック――または、もう孤独じゃない！』というタイトルになったのには、ふたつの理由がある。ひとつにはサム・ロレンスが、単に『スラップスティック』というタイトルはよくないと意見したからだ。前年にE・L・ドクトロウが出した『ラグタイム』に似すぎているというのだ。もうひとつの理由は、カートが「もう孤独じゃない」というフレーズを自慢に思っていたからだ。というのも、それは一九七二年の選挙の際、カートが民主党副大統領候補、サージェント・シュライヴァーのスローガンに考えたものだったのだ。

新刊書の宣伝旅行にはどうしても行かなくてはならないので、その前に仕事の疲れを癒し、本の完成を祝うために、カートはジルとイースト・ハンプトンの海辺の別荘を借りた。イースト・ハンプトンはニューヨーク市から約百三十キロほどの町だ。カートは戸外にイーゼルを立てて絵を描いてみたりしたものの、本心では絵というものの価値を認めていなかった。というより、家の壁を絵で飾るために法外な金を払う金持ち連中をばかにしていた。またその頃から、カートは署名の下にフェルトペンでささっと六本の短い線が放射状に出ている「＊」に似た印を書くようになっていた。これは「ケツの穴《アスホール》」なのだそうで、最初に出てきたのは『チャンピオンたちの朝食』だった。カートはこの印についてきかれると、こう答えた。要するに、ぼくはろくでなし《アスホール》なんです。この結論は、カートの最新作に痛々しいほどはっきり表れることになる。

ヴォネガットは一九七六年に発表した小説『スラップスティック——または、もう孤独じゃない！』を、大恐慌時代のお笑いコンビ、ローレル＆ハーディ——「ぼくの時代の天使ふたり」——に捧げている。そしてこのコンビの天才的なへまを思い起こさせるような失敗を出版社がやらかす。表紙の作者の名字のあとについている「ジュニア」を落としてしまったのだ。

作品は二十ページの自伝——のちに「余談」と評されたりもした——から始まる。その手法は少し前の作品から続いていたが、のちの作品になればなるほど大きな割合を占めるようになる。『スラップスティック』の自伝で、カートは失ったものを嘆いている。姉のアリス、アレックス叔父、親族一同がマクシンカッキー湖のそばに所有していた「夏の別荘群」。そして読者は唐突に、登場人物であり語り手でもある人物にひき合わされる。ウィルバー・ダフォディル－11・スウェイン。百歳の小児科医で、合衆国の元大統領でもある。スウェイン医師は、〝死の島〟マンハッタンのエンパイア・ステート・ビルの廃墟に、妊娠中の孫娘メロディとその恋人イザドアとともに住んでいる。

ウィルバー・スウェインには双子の姉のイライザがいる。生まれたとき、ふたりは「ネアンデルタール症児」だった——ひどく醜い赤ん坊で「両目の上の骨が高く、その上の額は鋭角に後退しており、顎は蒸気シャベルなみにごつかった」。姉弟《きょうだい》の脳はひとつの脳をふたつに分けたもので、ウィルバーが左側（論理的、合理的で意思伝達が得意）で、イライザが右側（創造的で、感情豊かだが意思疎通が苦手）。ふたりは見た目から知能が低いとみなされ、両親から引き離されて暮らしているが、十五歳の誕生日にすばらしい知性を披露するのをみて、両親は自責の念にさいなまれる。不幸なことに、姉弟は個性を大事にしたほうがよいという間違った助言のせいで別れ別れになり、本当はふたり併せることですばらしいものになる可能性を失ってしまう。ウィルバーは折にふれてイライザの方が自分よりも賢いというのだが、ウィルバーの助けがなければ、イライザは書くこともできない。

ウィルバーは合衆国の大統領として、なによりもアメリカ人の感じている孤独を解消する計画を立てる。拡大家族計画だ。全国民がそれぞれ固有の、語と数の組み合わせによるミドルネームを与えられる。たとえばチカディー-1やオイスター-19といった具合だ。ミドルネームが同じ語の人はいとこで、語も数字も同じ人はきょうだいになる。こうすることで、家族のつながりをただの運で決まる血縁だけに頼る必要がなくなり、誰もが人為的な親族に属することになる。スウェインがそうして社会を立て直そうと四苦八苦している一方で、西洋文明は石油資源の枯渇により崩壊寸前だった。中国人は奇妙な技術を開発して自らの体を小さくし、アリのように寄り集まって考えることでこの危機を乗りこえようとしていた。

『スラップスティック』は、ヴォネガットが主張するアメリカのはなはだしい自己中心性と責任放棄に対する痛烈な批判だ。ウィルバーもイライザも、ひとりでは完全にはなれない。ともに不完全な人間で、親元から引き離され、使用人や看護師に世話を任されていたため、発達が遅れた。マンハッタンを襲った恐ろしい緑死病は、蔓延する物質主義のメタファーだ。コミュニティの分散や家族の崩壊は、いかにもヴォネガット的な世界の終わりを引き起こす。

この小説は自己批判の書でもある。執筆中のカートのまわりには、バーンスタブルで崩壊した家族の残骸が転がっていた。特にナニーは摂食障害に苦しんでいて、誰かに「きみは価値のある人だから生きていていいんだ」といってもらうことを切望していた。また、カートはジェインとの関係についても罪悪感を持っていた。というのも、五年にわたって離婚の交渉を続けているにもかかわらず、まだ片がついていなかったからだ。ウィルバーとイライザの場合と同じように、ふたりはひとつのアイデンティティを半分ずつ分け合っていて、どうしてもそれをなくしたくなかったのだ。この執拗に続く物語を読んでいると、ヴォネガットは自分を元気づけるためにこんな突拍子もないすじ書きを考えたのではないかと思えてくる。だが、作者は再び、人々の身勝手さや浅はかなふるまいを厳しく批判し出す。そして終盤、苛酷な災難が次々とふりかかる。読者は「その他いろいろ」という最後の一文にようやく到達する頃には、「どうでもいいよ」といいたくなる。

『スラップスティック』の書評が出ると、カートは「動揺し、非常に当惑した」。それより一年前、「ニューズウィーク」誌の批評家、ピーター・S・プレスコットはカートのことを、うぶなティーンエイジャーに媚びていると糾弾し、カートはそれを根拠のない中傷だと切り捨てた。カートは編集長に手紙を書いた。プレスコットは嘘つきだ、そしてプレスコットのわたしに対する中傷をくり返し載せた「ニューズウィーク」も嘘つきだ、と。今度は『スラップスティック』に対する冷笑的ないくつもの書評が、言葉こそ違え、同じような非難を浴びせてきた。カートは、文学界という街に住む評判の悪い市民のような気分になった。

ある批評家は、この作品は「派手で気がきいているが、空虚」で、ヴォネガットは「読み書きのおぼつかない若者におあつらえ向きの作家」だとした。別の批評家は、この作品には「確固たる中心がなく、登場人物の異様なふるまいがエスカレートしていくにつれて物語のまとまりがなくなり、最後にはこれは下手なジョークだったのだと気づかされる」と書いた。また、ヴォネガットは深刻な問題を無神経に扱いすぎると指摘する批評家も何人かいた。とくに、「ハイホー」と「その他いろいろ」というフレーズを不快な出来事のあとに何度もくり返したことは批評家たちの怒りを買った。また、初期の作品に出てきた、古くからのファンにしか受けないジョークや登場人物を使い回していることも不評だった。ヴォネガットの最盛期は過ぎたとほのめかす批評家も何人もいた。

二作続けて評判が悪かったため、サム・ロレンスは編集者として作業をしているのかという疑問も持ち上がった。「カートの作品には手を入れていませんでした」とアーレン・ドノヴァンはいっている。ドノヴァンはノックス・バーガーがデルにいた頃の彼の秘書だ。『プレイヤー・ピアノ』以降のカートの小説は型が決まっていたので、ノックスでもそれを崩す気にはなれなかった。手紙のやりとりから推察するに、カートは原稿に添えられたメモを受けとっていて、そこには「もう少しわかりやすく」「トル」といった、編集者からのごく普通の修正提案が書いてあったが、作品はほとんど改稿されずに再提出されたようだ。一方ロレンスは、おもに文学的な才能のある人間のスカウト、つまり作家の発掘をするのが仕事で、編集はしないのだ。カートの文章は、それが天高く飛んでいようと、腹から水面に落ちようと、すべてまぎれもなくカートの文章だった。

カートは『スラップスティック』を守るために、友好的でない批評家には得意の攻撃を浴びせた。相手をスノッブと決めつけたのだ。わたしは確かに文学を体系的に学んだことはないし、最初はスリック雑誌に作品を発表していたことも堂々と認めている。批評家たちは、わたしが彼らと同類ではないから、知識階級に属していないから、わたしを「虫のようにつぶして」しまいたいのだろう、と。

カートは心底うんざりした。いっそ書くのをやめてしまえば誹謗中傷を受けなくてすむ、とまで考えた。だが『スラップスティック』に関する悪い評判も影をひそめ、やりこめられて落ちこんだ気持ちも回復すると、「タイプライターをたたいてしまう」自分に気がついた。なにしろ、「それがぼくの仕事で、ぼくにわかる唯一の仕事だからだ」。

とはいえ、二作品連続で良い書評が出なかったため、作家としての評判が下降していくのではという懸念を簡単に払いのけることはできなかった。『スローターハウス5』のあとに発表した作品が続けざまに失敗作だったということで、あのドレスデンの本が自分の最高傑作なのかもしれない、自分が書ける小説の頂点だったのかもしれないと思うようになった。『チャンピオンたちの朝食』の出版前夜の五十歳の誕生日に、自分は屋根のてっぺんまで登って、これからむこう側へ下っていくばかりのような気がするといった。今になってみると、それは予言的な言葉で、いっそ運命として受け入れてしまえば楽になるような気もした。

ことを難しくしたひとつの理由は、作品中でハルマゲドンを何度も扱い過ぎて、カート自身がそれに慣れてしまったことかもしれない。おそらく『スローターハウス5』を書くことが悪魔払いのような働きをして、カートを苦しめてきたハルマゲドンの記憶が力を失ったのだ。一方、『スラップスティック』はこれまでのどの作品よりも自伝的要素が強い。そして自伝的要素は『スローターハウス5』の魅力の一部でもあった。

『スラップスティック』の長い序文は、カートが人生をどのように感じているか説明するためのものだった——悲劇と喜劇が複雑にからみあい、恋愛では失敗をくり返し、年をとり、死ぬ。たとえば、姉のアリスは不治の病にかかって死んだが、そのわずか数時間前、彼女の夫も、乗っていた通勤電車が橋から落下して死んだ。カートは物語をさらに進めながら、読者に説明する。「マンハッタンの廃墟に住む恐ろしく年老いた男」は、カート自身で、「老いの実験をしているところだ。わたしに残された楽天的想像力と創造力のすべてを使って」。ドン・フィーナは『スラップスティック』を読んで、カートが一九三〇年代のインディアナポリスを心から懐しく思っていることに驚いた。マクシンカッキー湖の思い出にふけり、ユニオン駅には「荷物を運んだり靴を磨いたりしてくれる黒人の男」が、今もいてくれたらいいのに、とさえ書いている。「カートは徹底して公人として生きていた。つまり、世界中の人が自分の秘密をすべて知っても怖くないという気持ちで生きることにしたのだ」。だがカートとしては、『スラップスティック』の最終ページに「おしまい《ダス・エンデ》」——ドイツ系アメリカ人として生活していた子ども時代に覚えたフレーズ——と書く頃には、この小説は「ひとつの作品としてまとまっている感じ」がすると思っていた。

ところが、作品が自伝的になればなるほど、フィクション部分が手薄になるのは否めない。そういう形式をとったことを弁護するように、カートは世間の前に姿をさらすのは高潔な行為だと主張した。「プライバシーをさらけ出すのはかまわない。ヴィクトリア朝の人間なら、家族を困らせるようなことは発言すべきではないのだろうが……わたしはもう、そんなことでは傷つかない」。カートはこの先も本の中に登場したいと思っていた。そうして、過去の様々な逸話を語り、偏屈な意見を披露し、必要ならフィクションを押しのけてしまってもいい。カートは新しい物語と、エッセイ風の回想録との間でバランスをとろうとしていた。

『スラップスティック』が出版されて少しした頃、カートは自分がどちらに傾いているのかほのめかしている。あるインタビュアーに、今後の小説にはノンフィクションの要素が多く含まれるようになるのかときかれると、カートはこう答えた。「読者はさらに不平をこぼすようになるでしょう。これはもはや小説じゃなく社説じゃないかというようになるでしょう。そしてフィクションの部分はさらにさらに薄れていくのです」。作者と読者を仕切るカーテンの後ろから頭をちょこっとのぞかせて注目を浴びるのはやめられないようだった。

そのころ、ジルのフォトジャーナリストとしてのキャリアは急上昇していた。カートの複数の友人が、ジルの燃えさかる野心は、文芸の世界でカートを出し抜きたいという思いがあったせいではないかといっている。ヴァンス・ボアジェイリーはインタビューで確信を持って語っている。「ジルはカートに対して強い対抗意識を持っていました。カートよりも多く本を出版することが、ジルにとってはとても大事だったのです」。その頃、ジルは、写真つきの記事を書くだけでなく、児童書も書くようになっていた。処女作は『Sweet Pea : A Black Girl Growing Up in the Rural South』(一九六九年)。作品は当たり、子どもを被写体としたフォトストーリー本はシリーズ化した。『スラップスティック』と同じ一九七六年に出版された『A Very Young Dancer』は、十歳の少女のバレエのレッスン風景やそのときの心情を写し出した物語で、少女はニューヨークのスクール・オブ・アメリカン・バレエで『くるみわり人形』に出演するため練習している。次に発表した『A Very Young Rider』(一九七七年)は、乗馬大会に向けて愛馬のポニーと練習を続ける十歳の少女の物語だ。子どもたちを描く「Very Young」シリーズはその後九冊続き、結局十五年間にわたって十二冊出版される。ジルは三十代後半だったが、「その仕事のおかげで、自分の子どもを持ったも同然の機会にめぐまれました。子どもたちとはとても親しくなり、本が出版されたあとも長く親交を結ぶことができたのです」とコメントしている。

一九七七年、五年間のブランクを経て、カートはまた公の場で頻繁に話すようになった。以前講演をやめることにしたのは、聴衆が前衛小説の作家らしいカート・ヴォネガットを期待していたのに、彼自身は保守的だったからだ。だが『スラップスティック』が失敗作とみなされてしまった今、カートは再び公の場で話をして、残り火のように弱々しい自身の評判に息を吹きこむ必要があった。

そういうわけで、カートは三月末、キャンパスを巡る旅を始めた。最初はアイオワシティのアイオワ大学。十二年前に創作講座で教えた大学だ。ふるさとに帰るような気分だった。ここを訪れたのは、フィクション週間と銘打った催しがあるからで、特別ゲストはカートのほかに創作講座時代の同僚のロバート・クーヴァー、短編小説作家で『Omensetter's Luck』という長編小説も書いているウィリアム・H・ギャス、一九六七年に「ニュー・アメリカンレビュー」誌を創設したシオドア・ソロタロフ。その頃には「ニュー・アメリカンレビュー」は次世代の作家の陳列ケースともいうべき文芸誌になっていた。カートは講演の合間に学生用談話室でくつろぎながら、質問コーナーを開設して若い作家志望者たちと話し、好きな本の推薦文を書くことをなにより勧めた。というのも「一セントもかからず、自分を広く一般に知ってもらえるから」だ。

その次にいったのはノーザン・アイオワ大学で、カートはロリーの家に泊まった。ロリーの小さな白い家の内装はシンプルで、本と観葉植物のフィロデンドロンと版画があふれていた。大学町によくあるタイプの家で、「アカデミックモダン」とでも形容できそうだ。カートが本を読んだりタバコを吸ったりするのを好んだ場所は、裏手のポーチ――〝ぼくのパティオ〟と呼んだ――の先の樹齢百年のハコヤナギの下だった。講演の日、大学新聞の「ノーザン・アイオワン」がインタビューを予定していた。「たいしたギャグは出てこないよ」とカートはその晩の講演の説明を始めた。「今晩予定している講演は、だいたいアイオワシティで話したことと同じで、原稿はそういねいに書いたわけでもないし、あまりまとまってもいない」。

その晩、古い講堂は満席で、一時間半の講演のほとんどは、カート・ヴォネガットがひとり二役で行う架空のインタビューという形式で行われた。カートはふたつの声色を使い分けて、第二次世界大戦中捕虜になった経験について質問したり答えたりした。それから、執筆中の小説、『Unacceptable Air』（のちに『ジェイルバード』と改題して刊行）の抜粋を朗読した。

カートはまた、かつて慣れ親しんでいた講演と執筆の生活に戻ったのだ。

一九七七年、フランクフルト・ブックフェアはミュンヘンの十月《オクトーバー》祭《フェスト》と日程が重なり、カートはサム・ロレンスとともに、両方に参加するために出かけた。各出版社が用意したカートのコーナーは大きくて、ドイツ語、フィンランド語、フランス語、デンマーク語、スペイン語、スウェーデン語、イタリア語に翻訳された彼の作品が並んでいた。だがミュンヘンに移動すれば、中心はビールであって、本ではなかった。カートは騒々しさにうんざりした。街のあちこちでけんかしたくてたまらない若者たちが小競り合いをくり返し、明け方まで歌をうたい、カート好みの雰囲気ではなかった。そこへジルが到着したので、カートはサムと別れて、ジルとウィーン、フィレンツェ、ミラノを巡る九日間の旅に出かけた。カートはご機嫌で、鬱など微塵も感じられなかった。こんなに気分がいいのは人生で初めてだった。

その頃、アダム・ヤーモリンスキーは、カーター政権下のアメリカ軍備管理軍縮庁の顧問の職についた。そこでジェインとともに、ワシントンＤＣのハイランドプレイス・ノースウェスト三三〇七番地に引っ越した。

ふたりの関係は、カートとジェインの関係とは全く逆だった。「母はアダムといると、父カートのようにふるまう」ことに気づいた、とイーディは話している。「母はアダムにはいらいらさせられ、彼にはずけずけとものをいいました」。アダムは善良なお節介男で、口うるさかったのだが、自由人のジェインにはそれが時として我慢ならなかった。「母はアダムと一緒にいられて幸せだったとは思いますが、どう考えてもアダムは代用品だったようです。母は本当は父と一緒にいたかった。父とうまくやれるものなら。ですが、アダムは母にとてもよくしてくれました」。アダムは、父親の代わりをしてほしいとは誰からも頼まれなかったのだが、ナニーが受け入れてくれるなら、ひょっとして彼女の役に立てるのではないかと考えた。ナニーは自分が無価値な人間だと思い悩み、自己嫌悪にかられて絶食をするようになっていた。「アダムはよく電話をしてきてこういいました。『ナニー、きみは大丈夫だよ』。そしてついには私を愛してくれ、本当の父親になってくれたのです」。

「離婚をめぐるごたごた」とカートが呼んだものは、ほぼ八年も続き、カートは疲れ切った。ジェインも交渉にうんざりして、一九七八年九月、彼女が信頼するドン・ファーバーに別居同意書を作成してもらうことに同意した。というのも、「離婚に向けて別居同意書を交わすことは、合理的な節税策であるばかりか、お互いの人生を充実させるための最も知的な方法だと確信したから」だ、とカートへの手紙に書いている。離婚届もファーバーが裁判所に提出してくれることになったので、カートもジェインも出廷する手間が省けた。カートはナニーに、ジルと結婚するために離婚するわけではないといった。ただ、既婚者の男とずっと一緒に暮らしてほしいというのは勝手すぎるだろう、と。

ファーバーが別居同意書を作成し、カートとジェインの別居が正式に成立した。ジェインはウェストバーンスタブルの家および、株と債券と貯金の一部を譲り受け、毎年十万ドル以上の別居手当が支給されることになった。

一九七八年末、カートは突然、深刻な鬱状態になった。長い時間をかけてのろのろと進んできた離婚調停が、ついに終わりを告げようとしていた。カートはドン・ファーバーと妻のアニーに、自動チェスロボットのボリスを五十六歳の誕生日プレゼントとして贈られて、いくらか気が晴れた。だが、バーナード・マラマッド主催のクリスマスパーティには出席できなかった。絶望感にさいなまれて、家から出ることができなかったのだ。

カートはなにかを恐れる気持ちに悩まされながら、最新作『ジェイルバード』を書き上げた。執筆途中、タイトルを『Unacceptable Air』から、登場人物の名前にちなんで『メアリー・キャスリーン・オルーニー』に変えた。だがデラコート社の営業部の担当者たちに、覚えづらいといわれ、最終的には『ジェイルバード』に落ちついた。カートの作品では初めて、一語のタイトルだ。

小説のアイディアも尽きてきた、とカートはドン・フィーナにこぼしている。もう小説を書くなどうんざりで、小説家も、やれるだけのことをやって書けなくなったら、名誉職のようなものに就いてもいいのではないかと思っていた。フィーナはカートが送ってきたゲラ刷りをじっくり読むと、友人の作家にはっぱをかけた。「たぶん、きみはこの国で同じくらい成功してきた作家たちのなかで、いちばん自分に自信がない。わたしには、きみが作品を初めて出した頃からはっきりわかっていたけれどね。不思議なのは、きみにはこの国に結構な数の意地悪な敵（批評家）がいて、きみのことを恥知らずのいかさま師だと思ってるってこと……もっとも、きみの書いたものをどう扱っていいかわからなくて困る批評家はいるだろうけど——なにしろ、ほかに比べられるものがないからね——、きみの作品は独創的で別格なのだから、既存のカテゴリーにあてはめることなんてできないんだ」。

『ジェイルバード』に対する初めの頃の反応が好意的だったことで、カートは少し気持ちが落ちついた。〝今月の本《ブック・オブ・ザ・マンス》クラブ〟は、『ジェイルバード』を九月の注目作品リストに載せた。その後、審査員が改稿されたゲラ刷りを読み、メインセレクションに格上げした。そのリストには、フィリップ・

ロスの『ゴーストライター』も一緒に入っていた。カート・ヴォネガットの作品がそこに入ったのは初めてだった。ロレンスは新刊見本《アドバンスコピー》を読んでカートに電報を打った。「スバラシイ。コノヒトコトダ。スバラシイ。ダイスキナ　サクヒンダ。カイテクレテ　アリガトウ」。

カートは『ジェイルバード』の正式な刊行と、それに伴って発表される書評の数々を待ちながら――まだ数ヶ月ある――公人としての仕事に忙しくとりかかった。一九七九年五月、ワシントンDCでの原子力発電に反対する集会では、原発産業の報道対策アドバイザーたちを「きたならしいチビザルども」と激しく非難した。「ぼくは彼らを憎む。彼らは自分たちをかわいいと思っているが、かわいくなんかない。彼らは臭い。我々がほうっておけば、彼らは、今日我々が主張したことに、臭くて愚かな嘘を並べて反論し、この美しいブルーグリーンの惑星のすべてを殺してしまうだろう」。

カートはまた、過去五年間にアメリカで出版されたすべての本のなかから、「読み継がれる価値のある」二百五十冊の本のリストを作る委員会の委員長も引き受けた。その夏に予定されているモスクワ・ブックフェアのアメリカ部門で展示するためのもので、大変な作業だった。リストにはアメリカの多様な価値観や視点を盛りこまねばならない。最終的に絞りこんだリストをみて、予期せぬ心配が生じた。多くの小説に卑猥な場面が出てくることだ。カートは、ソビエトが抗議してくるのではないかと心配だったが、そうなったらそれで仕方ないと思うしかなかった。

カートとジェインの離婚は、一九七九年の晩春にようやく成立した。三十四年間の結婚生活だった。ただし、九年間は実質上の別居生活で、うち六ヶ月は別居同意書に基づく正式な別居だった。当然、とりたてて劇的なことはなかった。

一九七〇年にカートがウェストバーンスタブルを出て、『さよならハッピー・バースデー』の上演される劇場のそばにいようとニューヨークにいったときには、アダムズ家の子どもたちもヴォネガット家の子どもたちも、誰ひとり結婚していなかった。だがこのときには何人かが結婚して子どもまでいた。カートとジェインは九年のあいだに、父親、母親から祖父母になっていた。ふたりは別居中も、募金集めのためのコンサートや家族の行事には夫婦として出席した。一九七一年にふたりの結婚にはつきりと終止符が打たれたあとも、それは変わらなかった。まるで、お互いが別の船に乗ったというのに、手すりのところで長いあいださよならと手をふりながら、互いの姿がみえなくなるまで見守っているかのようだった。だが、長い時間をかけて少しずつ離れていったことと、別れる必然性があったために、別れてしまうと悲しさは消えてしまった。

ジェインは、まるで離婚した女性の特権とでもいうように、ケンブリッジで開かれている、女性の意識を高めるグループの集まりに参加することを決めた。友人のリン・マイヤーも一緒だ。グループにはほかに八人の女性が参加していて、ジェインは初め、自分の苗字をみんなの前でいうのをためらった。離婚したあとも旧姓を使わずに——結局、生涯使おうとしなかった——ジェイン・ヴォネガットと名乗っていたのだ。四回目の集まりで正体を明かしたが、驚いたことにグループの女性たちは、彼女の有名な夫にではなく、彼女自身に興味をもってくれた。「ジェインにとってはとてもすばらしいことでした」とリンは話している。「五十六歳の彼女はグループの最年長でした。面白かったのは、わたしたちはある意味、若い人たちの役に立っていたということです。若い人たちは、わたしたちが人生の様々な問題をまだ解決しきれていないことを知って、喜んだりぞっとしたりしていたのです」。

カートは時々憂鬱になりながらも、ジルとともに有名人の集まるイベントに出ていた。たとえば、ウディ・アレンの映画『マンハッタン』のジーグフェルド劇場でのプレミア試写会後にホイットニー美術館で開かれた、黒の蝶ネクタイ着用のパーティなどだ。

文学や芸能の分野での友人の輪が広がり続けているので、カートとジルはそろそろハンプトンズ（ニューヨーク市の郊外の島、ロングアイランドの南岸五十キロあまりに及ぶ保養地の総称）に家を購入しようと決意した。そこでは、売れっ子の作家たちが夏を過ごしていたのだ。たとえば、E・L・ドクトロウ、エリア・カザン、ジョーゼフ・ヘラー、トルーマン・カポーティ、ウィリー・モリス、ジョン・ノールズ、ドワイト・マクドナルド。そして、一九七七年五月に他界したジェイムズ・ジョーンズもここで夏をすごしていた。一九五〇年代の初頭、カートはジェインとともにロングアイランドのサウスフォーク地区をドライブして、こんなにすばらしい景色はみたことがないと感嘆したものだ。今や、カートはここに住む財力があるのだ。

ジルとカートが夏のあいだに借りていた家のあるサガポナックから十キロほどのところに、ふたりは売家をみつけた。持ち主はミニマリストの画家フランク・ステラで、彼女は敷地内にある巨大なジャガイモ貯蔵庫の一部をアトリエとして使っていた。建てられたのは一七四〇年。屋根をヒマラヤスギで葺《ふ》いた三階建ての家のなかには長さ百五十センチの丸太が入る大きな暖炉がいくつかあり、海まで一キロもないというのに庭にはプールがあった。ふたりは共同出資で購入することにした。

それは象徴的な大きな一歩だった。カートは東四十八番ストリートのブラウンストーン造りの家を所有していたが、この別荘はジルと共有する財産で、ジルにもカートと同じだけの権利がある。それに、ふたりがこの関係を真剣にとらえているという意味もあった。カートは何年ものあいだ、この女友だちが自分にとってどんな存在なのか、曖昧にしてきた。ナニーへの手紙では、ジルはちょうどいい時にそばにいてくれた人で、彼女のおかげで自滅的な行為をとらずにすんだと書いている。感謝はしていたのだろうが、文章から情熱や愛情は読み取れない。今カートは、自分とジルの人生をつなぎあわせようとしていた。カップルによる最も重要なしきたりのひとつ、つまり財産の共有によって。

家の受け渡しの前日、カートは胸の発作に襲われた。激痛だったので心臓発作だと思った。サウス・ハンプトン病院の緊急治療室の医師たちは、カートをストレッチャーに乗せて集中治療室に運んだ。ところが心電図検査をすると、最悪の可能性はないとわかった。狭心症だったのだ。医師は休養と禁煙を勧めた。ジルはそこに自分の診断も添えた。飲み過ぎ、と。カートはポール・モールはやめられないとわかっていたので、寝酒をひかえると約束することで妥協した。要するに、もうダンスフロアで軽やかにステップを踏んでいた昔の自分とは違うんだ、とカートは冗談まじりにいった。

『ジェイルバード』は一九七九年九月に刊行された。カートはまるでファンタジーを後ろに投げ捨てて、猛ダッシュで最新のアメリカ小説に追いつこうとしているかのようだった。時代はリアリズムに逆戻りしていた。ポストモダニズムはひとつの流れとして認識されつつあったが、すでに時代遅れになっているという確かな兆候でもあった。たとえばサミュエル・ベケット、ウィリアム・S・バロウズ、ホルヘ・ルイス・ボルヘスは、英文学専攻の大学院生なら誰でも迷うことなくポストモダニズムの作家だというだろう。しかも、ジョン・ガードナーは「道徳的フィクションについて」というかなり話題になった一冊分の長いエッセイのなかで、仲間のアメリカの作家たち、中でもポストモダニズムの作家たちに膝をぴしゃりと叩くような忠告を与えている。きみたちは主流の作家とみなされるに値しないのだ、と。そしてうわべだけの「進歩気取り」をみせびらかすことにしか興味がないと糾弾した。ガードナーによれば、小説の重要な要素――感情移入できる登場人物が道徳的な選択をしていくこと――が欠けている作品を書いている作家も多く、ノーマン・メイラー、ジョーゼフ・ヘラー、ジョン・アップダイク、ロバート・クーヴァーなどだ。ソール・ベローは自分の声で哲学的考察を語ることに時間を割きすぎて、トーラーを読みながら信仰心のあまり体をゆらしているユダヤ教のラビのようだし、トマス・ピンチョンは「いかにも絶望しているふうに目をしばたたかせて」いるばかりだと語った。つまり、戦後の人気作家の多くが、自分の作品のなかでうんざりするほど目立っている、というのだ。その批判はヴォネガットにも向けられていた。

『ジェイルバード』は自分にとって新たな第一歩になる、とカートはドン・フィーナに書いている。この作品には、宇宙旅行も抽象的な議論も出てこない。経済と、アメリカのリベラリズムの浅薄さを書いた本だ、と。それでも、十ページの自伝的な序文をつけずにはいられなかった。そのなかで、カートは昔のインディアナポリスに戻り、スティグマイアーというレストランでランチをとっている。一緒にいるのはアレックス叔父と、育ちのいい社会主義者、パワーズ・ハプグッドだ。ハプグッドは感受性の強いカート青年に語ってきかせる。サッコとヴァンゼッティ（イタリア移民の労働者。移民たちの労働条件向上を求め活動していたが、一九二〇年に強盗殺人事件の容疑者として逮捕され、死刑となった）は殺人という罪を着せられて処刑されるのだが、それはふたりが労働組合員だったからだ。『ジェイルバード』の主人公、ウォルター・スターバックも、悪に相対するとき、ハプグッドと同じように「サッコとヴァンゼッティの受難劇」を語る。

スターバックは政府の官僚で、ホワイトハウスの地下室——カートは登場人物が考え事をする隠れ場所、避難所として地下室を好み、他の作品でもたびたび使っている——で働いている。スターバックは、一九三〇年代の経済的理想を信じて行政事業に参加したのだが、長く勤めているうちに、一九五〇年代の反動的な反共産主義ヒステリー（赤狩り）、一九六〇年代のアメリカの価値観の激変、リチャード・M・ニクソンを大統領辞任に追いこんだ一九七二年のウォーターゲート事件などをすべて目撃した。そしてウォーターゲート事件にわずかに関わったため、実刑に処された。だが、スターバックにとっては名誉を傷つけられたことのほうがつらかった。スターバックは様々なことで悲嘆に暮れる。友人のリーランド・クルーズを裏切ったこと、自分が妻に見合う男でなかったこと、政府の仕事に役立つ専門的技能を持たず、持っていたのは善意だけだったこと、親として十分役割を果たしていないこと。今、スターバックは人目につかずに静かに生きたいと願うばかりだ。その一方で『ジエイルバード』は、ホイッテカー・チェンバーズ（米国のジャーナリスト。国務省の役人をスパイの共犯として告発した）の裁判での証言、労働組合、ホロコースト、企業欲まで描き出す。歴史のジオラマを背景にして、哀れなキルゴア・トラウトは「山上の説教」をするが、反逆罪で投獄される。

その後、スターバックは罪の意識と孤独感に苦しむが、罪をあがなう機会に偶然出くわす。ニューヨークの街角で、メアリー・キャスリーン・オルーニーに出会ったのだ。スターバックのかつての恋人で、社会変革のためにともに闘った同志だが、今はどうみてもホームレスだ。ところが、オルーニーは実は古代リディアの最後の王クロイソスほどの大金持ちだった。『ローズウォーターさん、あなたに神のお恵みを』のローズウォーターと同じように、オルーニーは自分の富を国中の人々に分け与え、スターバックと再び恋人同士になる。

カートは経済と宗教の要素を巧みに組み合わせ、みんなが所属できる社会を創りあげたのだ。「そういうものを創り出さないかぎり、わたしたちはここにいる甲斐がない。それに関しては確信している」という答えは、二十七年前に『プレイヤー・ピアノ』で問いかけられた「人間はなんのためにあるのか？」の答えになっている。

八月末、カートはジェイムズ・T・ファレルの葬儀に参列した。ファレルはカートが若い頃崇拝していた作家で、シカゴのアイルランド系労働者階級の人々が住む地域を舞台にした小説を書いていた人物だ。葬儀のあいだ、ファレルのパートナー——十五年間一緒に暮らしていたが結婚することはなかった女性――は、まわりからは配偶者だとは認識されていなかった。彼女がまるで部外者のように扱われているのが、カートには哀れでならなかった。

カートはこの葬儀をきっかけに、ジルとの関係について真剣に考える気になった。ジルはもうすぐ四十歳で、ふたりで暮らすようになってから九年になる。カートにはこの関係をどこかに向かわせようという明確な意志はなかった。ジェインとの結婚生活の終わりを悲しむ気持ちが、そうさせたのかもしれない。しかも、ふたりの関係が始まった頃に、ジルは結婚にも子どもにも興味がないとはっきりいっていたのだ。だが、ファレルの葬儀の直後、カートはジルと結婚しようと決めた。それが正しい選択だと思ったのだ。

カートは、自分に対する子どもたちの気持ちがそれぞれ違うことは理解していたが、結婚式には全員を招待した。だが新郎の付き添い役は誰にも頼まなかった。ナニーに宛てた手紙には、ジルとは愛し合っていて、ふたりで自由に前に進んでいくつもりだと書いている。そして、ジェインと結婚していたあいだは妻はジェインだけだったし、これからのジルとの結婚でもそのようにするつもりだと、娘を安心させるように書いている。

カートとジルの結婚式の数週間前、ジェインはケンダル・ランディスとボストンで一日を過ごした。ランディスは今ではスワスモア大学の副学長になっていた。彼はその日のことを「とてもロマンチックで、ちょっと信じられないような再会だった」と回想している。ふたりは一緒にランチをとり、手をつないでイザベラ・スチュワート・ガードナー美術館を歩いたという。そして、三十五年前にあんなことを話した、こんなことをしたと思い出にふけった。すべてふたりが大学生だった頃のことだ。ランディスは今では幸せな結婚生活を送っていて、三人の息子がいた。「ジェインは寂しそうでした。

そして昔わたしに寄せてくれていた気持ちを思い出したようですし、わたしも彼女への想いが蘇りました。ですが、ジェインにはすべきことがたくさんあって、そのなかにわたしは含まれてはいませんでした」。

カートとジルの結婚式は、五十人ほどを招いてのこぢんまりしたもので、一九七九年十一月二十四日土曜日の午後遅くに行われた。場所は六十番ストリートとパーク・アヴェニューの交差点にあるメソジスト教会で、ジルの父親が花嫁につきそってバージンロードを歩いた。ジルにとっては初めての結婚だった。ジルが着たのは、ニューヨークの百貨店、ヘンリー・ベンデルのデザイナーがジルのために作ったウェディングドレスだった。カートは黒のスーツを着た。式に続いて、教会からひとブロック北のリージェンシーホテルの部屋を借り切って披露宴が開かれた。新郎新婦を収めた写真には、ふたりが飼っている毛むくじゃらのラサ・アプソ犬、パンプキンがカートの足元に写っていた。

十三章　ミスター・ヴォネガットを探して　一九八〇〜一九八四

ジルは子どもをほしがるようになった。わたしだって産む権利はあるし、産まなければなにかが足りないという気がする、とジルは手紙に書いている。八年前、東四十八番ストリートのカートの家の一階を仕事場に借りたときには、仕事と自立が最優先で、結婚や子どもはいらないと明言していた。いわゆるフェミニストの典型で、あらゆる点で「解放」され、家事や子育てに縛られたくないと思っていた。それはカートの人生設計とも合っていた。子どもはこれ以上いらないと、強く思っていたからだ。それに、ナニーにしっかり約束していた。自分の遺産は三人の子どもと三人の甥に引き継いでもらう予定で、それは結婚しても変わらない、と。ところが、ここへきて、四十歳のジルが母親になるチャンスがほしいという。

カートの最後の子どもが生まれてから二十五年。今は孫がふたりもいる。マークのふたりの息子、ザッカリーとエリだ。だが、ジルの主張に異議を唱えるのはお門違いだという気もしていた。決めるのは女性だ。子育てをするのは女性なのだから。一九八〇年十月、ジルが妊娠に気づいたとき、カートはちょうど『パームサンデー――自伝的コラージュ――』を書き終えたところだった。そこでふたりはお祝いをかねて、十二月の最終週、ハイチで休暇を楽しんだ。

ところがニューヨークに戻ってすぐ、ジルは三ヶ月で流産してしまった。多くの友人がカートに手紙を送ったが、なかでもサム・ロレンスはこう書いた。「わたしと妻は、ジルのことをきいてとても残念に思っています。どうか力を落とさずに」。ジルはまた妊娠することを望み、カートもそれを了承した。

『パームサンデー』をまとめるのはカートにとっては楽な仕事で、ジルとの結婚生活の最初の一年間で完成させた。エッセイ、親族の歴史、思い出話、スピーチ原稿などを集めたもので、それらをつなぎあわせる「結合組織」として、自伝的な文章を随所に加えた。いってみれば、小説抜きの三百ページの序文だった。二番目のノンフィクション作品集を出したおもな理由は、六十歳を間近にしたカートについて、読者たちのあいだに「これを書いたのはいったいどんな人物なのか知りたい」と思う気持ちが高まっていたことだ。文章のトーンは懐古的で内省的で、言い訳がましいところすらある。カートはフィクションというベールがないと、かなり陰気な印象を与える。自分や家族や親族について淡々と語るカートは、小説で広まった魅力的な人物像とは全く違う。親族のジョン・ラウチが書いた、どちらかというと無味乾燥なヴォネガット一族の歴史を長々と引用し、そこに自分の逸話を挿入することも、ユーモアを加えることもなかった。

『パームサンデー』のもの悲しい雰囲気を説明するには、カートが昔アイオワ大学創作講座で学生たちにいっていた、「誰かに手紙を書くように書きなさい」という言葉が鍵になるかもしれない。元教え子のひとり、スザンヌ・マッコーネルは『パームサンデー』を読んで、カートが三十四年間連れ添った妻ジェインに宛てて書いた手紙のように感じたといっている。

一九八一年の春、ジェインのもとに新刊の『パームサンデー』が送られてきた。ジェインはメモをとりながら熟読し、夜中の三時までかかって読み終えた。自分と子どもたちについて書かれている箇所を片っ端から探し出して腹を立てた。ウェストバーンスタブルでの日々が、「わたしたちを中傷しない節度はあるものの、わたしたちを十分傷つける」描き方をされていたからだ。ジェインは日記に書きとめている。「カートは人を傷つけることをなんとも思わない。口先ではうまいことをいうから、そんな人だとは思われないだけ。カートはこれまでずっと読者をだましてきたのだ。でも、そのことをあまり自覚していない。本当に無邪気な人なのだと思う」。

カートは、一九七〇年にニューヨークに移住したことについて、四十七歳にしてホレイショ・アルジャー（小説家。三十代半ばで聖職者から文筆業に転じ、百三十作以上の大衆小説を書いた）よろしく運だめしに出た、というような書き方をしている。

「わたしは家を出た。家具も車も銀行口座もそのままに、衣類だけを持って、ニューヨークへ、世界の中心へ出発した。空気より重い空飛ぶ機械に乗って。なにもかも、一からの出発だった」。だが、ジェインにしてみれば、自分が持っている手紙や書類――なかには十年前のものもある――、また弁護士との相談（その費用はカートに請求してもいいくらいだ）に費やした膨大な時間などは、まったく別の物語になる。カートは読者に、家族が離れればなれになっても「ケープコッドの大きくて古い家では、愛情あふれる再会の場面が年に何度もくり返された」と語っているが、実は家で歓迎されていなかったことは書いていない。

ジェインは、カートの文体にも注意して読んだ。長かった結婚生活の間ずっと、無報酬で編集者の役割を担っていたときと同じように読み、カートの文章は「口あたりがいい」と感じた。だが、同じフレーズをくり返す傾向は、ジェインからすればマンネリで、「この作家／芸術家が退屈しきっている」証拠に思えた。カートの書きたかったテーマを、ジェインはこう解釈した。「みんな、よく落ち込まずにいられるね――わからないのかい？　人生はクソみたいなものなんだ」。ジェインはある箇所では笑い、ある箇所ではあくびをした。元夫から、おれは退屈してるんだと何度もきかされているようでうんざりした。ジェインはこんなメモを残している。「（かわいそうに、あの人はもうそれほど面白いものが書けなくなってる)。退屈なものを書き続けるか、頭を撃ち抜くか、恐ろしい二択」。実際、カートは死という言葉を全部で三十五回、十ページに一回の割合で使っている。カートはまた、自分が過去に書いた小説に成績をつけている。『猫のゆりかご』と『スローターハウス5』がAプラス。『チャンピオンたちの朝食』がC、『スラップスティック』にはなんとD。ジェインの『パームサンデー』の評価は「そんなもの嫌い」だ。

だが、ジェインはカートの暗い口調が気になった。自分はまったく逆の状態だった。つまり、わくわくして、やる気に満ちていた。こんなことなら、ずっと前、ホセ・ドノソと妻のマリアに勧めてもらったときに心理療法士《セラピスト》に診てもらえばよかったと思っていた。定期的にカウンセリングに通うようになって、心の中に溜めていたものが堰《せき》を切ったようにほとばしり出てきた。セラピストは女性で、ジェインの人生のターニングポイントをいくつも指摘した。ジェインは、立ち止まることなく無頓着に生きてきたためにそれらを見過ごしてきたのだ。たとえば、甥たちをウェストバーンスタブルの家に引き取ることになったとき、なぜ、そんなに多くの子どもを育てられると思ってしまったのか？大人として、自分で決断する力はあるのか？ジェインはそういった質問に素直に答えるうちに、新たな気持ちで人生に向きあえるようになり、自分がいかに「カート・ヴォネガット夫人」として行動してきたか、あらためて理解できるようになったのだ。

セラピーのおかげで、ものを書きたいという欲求も解き放たれた。実は、遠い昔、子どもたちを連れてカートとともにプロヴィンスタウンに引っ越した時のことを、いつか書こうと思っていたのだ。そして今、ジェインは自伝を書いていた。すらすらと書けた。今書かなくてはという思いにつき動かされていた。ようやく、自分がいちばん書きたい主題がわかったのだ。それは、ヴォネガット家とアダムズ家を合わせた大家族の母親としての人生だ。自伝は、回想録であり、人生の讃歌であり、内省の書でもあった。

一方、カートは本当に退屈し、不安を感じていた。まさに、ジェインが『パームサンデー』を読んで察したとおりだった。カートは明け方に起き出して執筆にとりかかる習慣を続けていたが、仕事がたいして進まなくて困っていた。できたのは手紙を書くことくらい。だが、それは本来、キーを打つ手を慣らすための作業に過ぎなかった。ある朝、イースト・ハンプトンのヴォネガット家のすぐ近くに住んでいたジョン・アーヴィングは、早朝、自宅の玄関ポーチにカートがいることに気づいた。そこで、よかったら中で朝のコーヒーでもご一緒しませんか、とかつての恩師を誘った。カートはコーヒーを飲み終えると、「きみも仕事に戻らないといけないね」といって帰っていった。あとで、アーヴィングは子どもたちから、地面にタバコの吸い殻が六本も落ちていたことを教えられた。ヴォネガット先生はかなり長い時間、そこに立っていたにちがいない。

カートはすぎた十年のことをくよくよ後悔していた。一九七〇年に書いた戯曲、『さよならハッピー・バースデー』のサザンメイン大学での上演に招待されると断った。じっと座ってあんなひどい劇などみていられないし、あの劇にまつわる様々な不愉快な思い出が蘇るのもいやだった。『さよならハッピー・バースデー』を書いたあとの十年間、カートは三冊の小説を出したが、二冊は評判が悪く、かろうじて『ジェイルバード』だけが、代表作のひとつとみなされていた。批評家のジョン・レナードは『ジェイルバード』の書評のなかで、研究者たちの非難に対してカートを擁護している。彼らがカートのことを「単純で中途半端に曖昧だ。そして、曖昧性を強調しているわけでもない」と糾弾したのに対し、レナードは「単純なこと――親切と良識――について書くのが、なにより難しい」と反論している。

だが、どんな状況でも、カートをまともな作家ととらえようとしない人々がいた。彼らは専門家ぶっているだけの気どり屋《スノッブ》だ、とカートは『パームサンデー』のなかで述べている。「書いてあることがすぐに理解できてしまうと、スノッブたちは、そんなこと知っていたよと決めつける」。たとえ作家が実験的な小説を書いていたとしても、物語のなかの仕掛けが、まるで腕時計のなかの小さな歯車のように完璧に動いていると、その実験的な作家は三流扱いされる。なぜなら、前衛的な努力が表に出ていないからだ。

カートの作品に対して懐疑的な見方をする人々は、カートの人気さえも成功の指針にはならないといった。売れたのは、一九七〇年代にペーパーバックが量販されるようになったことが原因だというのだ。出版界の見方として、『猫のゆりかご』『母なる夜』などは、一般的な読者向けのボディス破りの作品（暴力と熱烈な性愛を扱った特に歴史的な趣向の小説や映画）と同等だった、と議論は続く。つまり、ペーパーバックなら低コストで再版できるので広く読まれるが、文学的価値には疑問が残るというのだ。ちなみに、リチャード・ブローティガン、トマス・ピンチョン、フランク・ハーバートらの小説も、同じような恩恵を受けたと評されている。批評家のアナトール・ブロイヤードは「ニューヨーク・タイムズ」紙で、一般のヴォネガット熱は『パームサンデー』を境に冷めるだろうと予測している。「書評家諸氏が、カート・ヴォネガット氏の新作『パームサンデー』に対し好意的でない意見を控えているのをみると、世論とは裏腹に、文学界での評判は一度手に入れればかなり長もちするらしい」。カートはかなり腹を立て、ふつうはそんなことはしないのだがブロイヤード本人に直接こんな手紙を書いた。意地汚くもいつまでも作品を書いては世に出して、申し訳ない。作家としては書評よりも墓石でもあてがわれてしかるべきだというのに。だがこちらも困っているのだ。自分の作品はすべてが版を重ねていて、多くの読者がもっと書けとうるさい。いったいどうしたらよいのだろう？　この身に防腐処置でも施せばいいのか？　実に悩ましい。その一方で、わたしも情けないヘボ作家仲間ともども、才能の塊ともいうべきある人物に出会ったときにはぺこぺこするしかない。その人物とはつまり、偉大なるアナトール・ブロイヤード氏である。

「もう、うんざりだ」とカートはインタビューで、若者に媚びる流行作家というレッテルを貼られることに不平をもらしている。若者向けの人気作家の作品を集めたシリーズについてきかれたときだ。「批評家が、ぼくの作品にけちをつけるだけつけてその理由を細かく示さないのは、怠惰以外のなにものでもない。彼らにいわせると、ぼくは未熟な読者にうってつけの作家らしい」。

カートは腹立たしさを紛らわすために、これまで途切れ途切れに続けてきた趣味の絵に、より熱中するようになった。ペンで人の顔や裸体や静物を描くことが多く、それをドン・ファーバーは〝抽象的ないたずらがき〟と呼んだ。それでもカートの気持ちは落ちつかなかった。『パームサンデー』はある意味、まとめのような作品――『ジェイルバード』の成功ののち、作家としての仕事をいったんしめくくった形――だったが、家庭の状況をみるかぎり、個人的に心を休められるときはきそうになかった。荒波にもまれる航海のような十年を過ぎても、静かな港に落ちつくことはできそうにない。

一九八二年七月、ジルとドン・ファーバーは、カートが新たに作った遺言状の共同執行人になった。そこには、アダムズ家とヴォネガット家の子どもたち以外にも遺産相続者がいることが言及されていた。ジルはまだ子どもを諦めていなかった。そしてカートはもうすぐ六十歳になろうとしていた。

願いが叶ったという思いが、作品ににじみでることがある。カートが執筆中の新しい小説『カトマンズ』――のちに、『デッドアイ・ディック』と改題される――は、インディアナポリスで銃を愛する少年だった頃の思い出だ。当時、カートは銃器を無責任に扱っていた。羊が数匹いる方向に、でたらめに撃ってみたこともあった。またある時は、家の中で発砲し、リビングの立派な椅子の背もたれに穴を開けた。新作では、十代の少年が、母の日になんとなく窓の外に向けてライフルを撃つ。遠くで妊婦が掃除機をかけている。弾は妊婦の眉間を撃ち抜く。

カートが自分の遺書を書き直し、父親になること——以前にも経験したことだが——についてあらためて考えていたとき、ずっと前から靴に入っていた小石でかかとを痛めるようなことが起きた。一九八二年七月、ノックス・バーガーから手紙がきた。それによると、カートの過去に関して「あれこれと情報を求める」電話がかかってきて困っているという。

カートは、十二年前にノックスが著作権エージェントとして独立しようとしていた時に、お抱えの作家になるという約束を反故にして、ノックスに打撃を与えた。それにもかかわらず、ノックス・バーガー・アソシエイツは成功し、すばらしい成果を上げた。マーティン・クルーズ・スミスの『ゴーリキー・パーク』の版権をランダムハウス社に百万ドルで売り、売上げでは、『パームサンデー』をしのいだ。ノックスはもう、カートのせいでどんな目にあっても黙っているお人好しではなかった。友好的でありたいとは思っていたが、知らない人が電話をかけてきて、カートへの〝記念文集だかなんだか〟の話をされる——ノックスは、どう考えても自分はそのようなことに協力する立場にないと辛辣に書いていた——のにはうんざりしていた。そのうえ、カートが一九七七年の「パリス・レビュー」誌のインタビューで、無名時代にノックスが原稿を買い上げてくれたという話をしたせいで、「六〇年代から抜け出してきたような、頭のおかしい連中」がノックスの家まで押しかけ、玄関ドアの上の明かりとり窓から下手な原稿を投げ込んでいく。まったく困った話だ。

カートはノックスが、いかにも自分は正しいという調子で書いているのにショックを受け、怒りを爆発させた。時とセラピーの力を借りて洗い流してきたはずの悲痛な気持ちに、またもや襲われた。カートはすぐにノックスに短い手紙を書いた。きみのいっていることは支離滅裂だ。ぼくは「記念文集」のことなど知らない。それに、超能力があるわけでもないので、どこぞのばかがきみに電話をしてくるぞと警告することなどできない。これまで、きみという「旧友」のことを本当はどう思っているか話したことはなかったが、そろそろその時がきたのかもしれない——考えておくよ。それはともかく、もし邪魔な電話がくるのがいやなら、電話帳に番号を載せなければいいだろう。

だが、ノックスも今度ばかりは、カートの嫌みたっぷりの手ひどい侮辱をききのがしはせず、かつての友に思い出させた。出版業界で誰もきみのことを認めなかった時代に、十五年間もきみを支えていたのはこのぼくだ、と。ノックスは、カートが自分の成功物語に「オーウェル的な」(『一九八四年』に描かれたような、組織化され人間性を失った社会を想起させる) 改訂を加えて、ノックスの貢献などなかったかのようにふるまっていることに腹を立てていた。「きみが本当にぼくのことを考える時は、いつも後ろめたさにつきまとわれているはずだ。実際、数年前にはきみも公平な見方ができて、そう認めたじゃないか」。

互いにかなり強めのジャブの応酬があったが、最後には譲歩した。けんかの発端となった〝記念文集だかなんだか〟の話はそれきり出てこなかった。(それはジルが用意していた六十歳の誕生日プレゼントだった)。

ノックスの「昔きみを支えた」という言葉は偶然とはいえ、カートの痛いところをついた。すなわち、良心をだ。ノックスは知らなかったが、カートが小説を書き始めた頃から家庭内で批評家、読者、支持者としての役割を担ってくれていたジェインが、少し前に卵巣癌と診断されていたのだ。

ジェインは数週間前からプラチナ製剤による化学療法を受けけて、そのせいでひどい吐き気があり、髪の毛も抜けてきていた。だが、いつでも楽観的で、前向きな考え方をしていれば未来は開けると強く信じるジェインは、そんな状況でも朗らかだった。ナニーがフォトリアリズムの画家スコット・プライアーと十月に結婚するとき、花嫁の母としてきれいにみえるように、かつらをかぶろうか、それとも素敵なスカーフを巻くだけにしようかと悩んでいたらしい。マークは今では医師になっていて、治癒の見こみはないだろうと父親に話した。カートはそんな予測など「頭でっかちの悲観主義」的な見方だとあざ笑った。カートは死を頭から追い払おうとして、ナニーに結婚費用はなにからなにまで払ってやるぞと約束し、何事も恐れず全力でがんばれと励ました。

自分の人生が、望んでいるのとは反対の皮肉《アイロニカル》な方向にいこうとしていると思うと、気分がよくなかった。アイロニーは、小説の要素として、プロットのしかけとして、作家には重要な道具だ。だが、『スローターハウス5』が成功して、大金の流れる大河にこぎだしてしまうと、予想を超えた強い流れに翻弄された。まるで舵を失ったように、方向を定められず、そう呼べるのならの話だが、ひたすら「前進」するばかりだった。カートは自分をマーク・トウェインになぞらえてきたが、むしろいかだに乗ったハックルベリー・フィンのようだった。川の流れに押されて引き返すタイミングを逃し、いつしか危険な水域に入りこんでしまっていた。

九月には、「ニューヨーク・タイムズ」の食文化担当編集者《フードエディター》のクレイグ・クレイボーンの誕生日を祝うガーデンパーティがあり、カートはジルとともに出席したが、それはカートが掲げる主張と実際の生活とがかけ離れていることを示す良い例だった。「ワシントン・ポスト」が「裕福な人々の狂宴」と形容したように、イースト・ハンプトンのパーティ会場には、三十六人のシェフのほかに料理本の著者や料理研究家などがフランス、メキシコ、サンフランシスコなどから集まった。招待客は二百人だったが、テントで饗される豪華な料理にありつこうとつめかけた客の数は四百五十人。主菜だけでも数十種類あったが、なかでも一メートル四方のハンガリー風ミートパイは、大量の肉詰めピーマン、若鶏肉、キャベツ、ソーセージ、フォアグラ入りダンプリングを重ねてパイ皮で包み、黄金色に焼いたもので、表面にはクレイボーンのイニシャルが入っていた。焼き菓子やタルトのデザートも並んでいた。夏らしいピンクのワンピースを着た女性が、包装してあるクッキーを買い物袋のなかにこっそりつめている姿も見受けられた。カートは記者にパーティの感想をきかれると、「ちょっとした誇示的消費ってやつだね」と、『有閑階級の理論』のソースタイン・ヴェブレンの言葉を借用して答えた。

『有閑階級の理論』は、寄生体質の金持ちに対するヴェブレンの告発の書で、カートは十代の頃、アレックス叔父からその本を与えられて読み、社会主義と、私腹を肥やした金持ちの浅ましさについて学んだ。またその頃、アレックス叔父の計らいで、インディアナポリス出身の社会変革家パワーズ・ハプグッドにも会った。人間が平等だということを、感受性が強く理想に燃えていた若い時代に学んだので、忘れることはなかったと、カートは長年いってきた。ちなみに、イースト・ハンプトンで腹を空かせた金持ち限定の豪華な饗宴が開かれる少し前、カートは、インディアナ州テレホートのユージン・V・デブズ基金でスピーチをした。労働組合員たちを前にして、「当世風の行動が我々を蝕む」と警告し、さらに、我々は人間が堕落しつつあることを「まるで、ボーキサイトなどの鉱物の劣化の話のように」語っているといった。そして、「現実世界の端役」が貶められている現状を嘆いた。聴衆がそうだそうだと頷くと、カートはデブズの言葉を引用した。アメリカ社会党から大統領選挙に四回立候補したデブズは、第一次世界大戦の反戦運動により逮捕され有罪判決を受けると、こう主張した。「下層階級がある限り、わたしはそのうちのひとりだ。犯罪者がいる限り、わたしはそのうちのひとりだ。刑務所にひとりでも誰かが入っている限り、わたしは自由ではない」。

「この言葉を心からいえる人が、どのくらいいるだろう？」とカートは聴衆に問いかけた。

カートが意識的、無意識的に行ってきた数々の選択によって、多面的な、矛盾さえはらんだカート・ヴォネガット像が形成されてきた。ファンにとっては、反体制的文化を代表するヒーローであり、教祖的存在であり、革新派だ。カートを顧客とする株式仲買人にとっては、裕福な投資家。家族やコミュニティの中心であると同時に、よそよそしい父親。「子ども中心」の家を出て自分の心の健康を保とうとしたくせに、若い女と結婚して、結局また父親にさせられようとしている。アメリカ人の物質主義的な生活を皮肉りながらも、有名人としての享楽的な生活にどっぷりつかっていたのだ。

『デッドアイ・ディック』は『カトマンズ』を改題したもので、一九八二年十月に出版された。表面的には、社会についての現実的な意見を盛りこんだ作品だ。『ジェイルバード』の手法を継承し、そのつもりもなく無意識に重ねた行為によって絶望的な状況がもたらされるさまを描いている。『ジェイルバード』も『デッドアイ・ディック』も、意気消沈した年配の男の一人称で語られている。どちらも自分の行為のせいで、人生に暗雲が垂れこめてしまっている。ただし、『デッドアイ・ディック』のほうが語り口が暗い。『パームサンデー』で孤独について、憂鬱について、自分はもう誰からも必要とされていないのではないかという思いについて語っていたときと同じ、非常に陰気なトーンで語られているのだ。『デッドアイ・ディック』の語り手は諦めたようにこう語る。「我々はみな、自分の人生を物語として捉えている……もしも人が六十年かもう少し生きて平均寿命に近づけば、たいていの場合、胸躍るような物語は終わっている場合が多く、残りの人生はエピローグだけだ。人生はまだ終わっていない。だが物語は終わっているのだ」。

短い自伝的な序文のあとに、語りは中年男のルディ・ウォールツに引き継がれる。ルディのニックネームは「デッドアイ・ディック」。彼は十二歳の頃、父親のライフルをいじっていて、誤って発砲してしまった。弾はオハイオ州ミッドランド・シティ（『チャンピオンたちの朝食』の舞台と同じ）の家々の屋根を越え、運悪くある妊婦に命中して、命を奪ってしまう。ところが、この悲劇は父親が知らず知らず引き起こした悲劇に比べれば、ごく小さなものだった。父親はアドルフ・ヒトラーという名の若い芸術家と親しくなり、彼を勇気づけてしまったのだ。ヴォネガットの創り出した宇宙では、ミクロ単位でもマクロ単位でも、原因と結果は結びつかず、まるで遊離基《フリーラジカル》（対をなさない電子をもつ原子または分子。一般に不安定で反応性が高い）だ。

だが、すべては過去形で語られる。ルディは今、ハイチに住んでいて、レストランを兄と共同経営している。なぜなら、故郷のミッドランド・シティは、中性子爆弾が爆発してとても住めない状態になってしまったからだ。爆発は事故だったのか、政府の密かな実験的意図によるものだったのかはわからないが、人はすべて死に、機械や建物は無事だった。

大量殺戮は、いまやヴォネガット作品のひとつのレトリックになっていた。ヴォネガットは、レーガン政権下で熱を帯びてきていたソビエト連邦との軍備拡張競争を深く懸念していた。聖ヨハネ大聖堂でのスピーチで、ヴォネガットは「人間は自らを時間切れに追いこんでいる」と警告している。同じようなテーマに関して、『デッドアイ・ディック』では核兵器を政治家の手に委ねてしまった科学者は無責任だと主張している。それは、科学者であるルディの父親が、銃をしまっていた棚の鍵を無責任にも息子に渡し、人の命を奪う事故を招いてしまったことに通じる。

しかし、同時代的要素――とくに政治的な問題――に深く根ざした小説は、たいてい息が短い。『デッドアイ・ディック』もその例にもれなかった。また、個性的な人物が登場しないため、頭でっかちで教訓的な色の濃い作品となっている。だが、ヴォネガットが執筆中にどんなことを考えていたのか、解釈しながら読むと面白い。

ルディの父、オットーは、まさにカート・シニアと重なる――ドイツ系で、銃の蒐集家で、人生半ばで経験した挫折の影響で息子たちに温かい思いやりを示すことができない。ルディの母（こちらもイーディス・ヴォネガットそのもの）は「すべき仕事を持ったことはなかった。子育ても使用人がしていた。彼女はまさに飾り物だった」。両親のルディに対する冷淡な態度は、愛情の欠如を意味している。ルディはちょっとしたいたずらがもとで罪のない人を殺してしまったことにより、完全に社会ののけ者になる。まるで、彼の存在自体が間違いで、特異だったことを裏づけるかのように――それは少年時代のヴォネガットそのものだ。なにしろ、兄のバーナードに「おまえは事故だった」と断言されたのだから。ルディは、愛を得られなかったという痛みのために、「去勢される」――つまり感情が鈍くなる。「わたしは地球上のどんなものにも触れるつもりはない。男にも女にも子どもにも人工物にも動物にも野菜にも鉱物にも。なぜなら、プッシュープル式の起爆剤と爆薬につながっているかもしれないからだ」。

ルディと同じで、ヴォネガットは心に蓄えてあった感情を使い切ってしまっていた。六年前に発表した『スラップスティック』の序文では、人生に疲れていることを告白し、他者との関係性においては「ごくふつうの親切」さえあればいい、といっている。「人間への愛情と犬への愛情の区別がつけられない」とも。そうした悲哀に満ちたつぶやきは『パームサンデー』に引き継がれる――後悔にさいなまれながら過去をふり返るその視線は、この十年をやり直すことができたら、という思いを映している。ニューヨークでの『さよならハッピー・バースデー』の上演から始まった十年間、悲しいことばかりが続いたからだ。『デッドアイ・ディック』では、ルディの書いた『カトマンズ』という芝居の脚本が賞をとり、ニューヨークで上演されることになる。だが、『カトマンズ』は『さよならハッピー・バースデー』と同じくらい派手で途方もない話で、当然、大失敗に終わる。ルディ・ウォールツは、脚本家のまねごとをしただけで終わり、またもや自分を卑下し感情を麻痺させることで、心が乱されないよう自分を守る。これをヴォネガットの実人生と重ね合わせてみると、『スローターハウス5』のあと、作家業をやめてしまうのが一番よかったのかもしれない。だが、ヴォネガットは、自身が作りあげたペルソナのせいで、引き続き衆目にさらされることになった。まるで腹話術の人形が、舞台のたびごとに腹話術師のトランクから取り出されるように。それはルディも同じだ。「いくつもの声がわたしとわたしの周辺について語り始めた。その声に逆らうことはできなかった」。

『デッドアイ・ディック』が出版されて書評が出てまもなく、ヴォネガットは若手作家のマーティン・エイミスとランチをともにした。セカンド・アヴェニューの混みあったイタリア料理店で、エイミスは喧騒にかき消されないよう大きな声で、敬愛するヴォネガットにたずねた。「『デッドアイ・ディック』に成績をつけるとすれば、どうなりますか？」

「Bマイナスってところだな」少し考えてからヴォネガットは答えた。「絶えず自分にいいきかせていないとだめなんだ。初期の作品を書いたのも自分なんだってね。わたしがあれを書いた、本当に書いたんだ、と。わたしが初期の作品の栄光を再び取り戻すためには——死ぬしかないんだ」。

十一月半ば、ジルはカートの六十歳の誕生日パーティを本人への予告なしに開いた。場所は東五十五番ストリートのマイケルズ・パブ。ジルはオスカー・デ・ラ・レンタのカクテルドレス姿で、百十名の招待客を迎えた。客のリストはジルが作った。そのなかには、ノーマン・メイラー、ジョージ・プリンプトン、ジョン・アーヴィング、バーナード・オヘア、ロリー・ラックストロー、マーシャ・メイソン、シャーナ・アレグザンダー、ジョン・アップダイクがいた。また、ヴォネガット家・アダムズ家の親戚も配偶者を伴って出席した。テーブルには番号がふってあり、招待客は指定された番号のテーブルにいき、自分の名前の入ったカードが置いてある席に座る。席も、ジルがすべて決めてあった。(ロリーが勝手に席を変えたので、ジルは腹を立てた)。

その晩のハイライトは、ジルから夫へのプレゼント贈呈だった。それは記念文集で、友人、親戚、仕事仲間がカートにまつわる思い出話——インディアナポリスの少年時代から現在まで——を書いて寄稿している。百六十四ページのその本は、赤いクロス装のハードカバーで、写真入り。五百部限定だった。原稿集めと編集はジルが担当し、デラコート社のモーガン・エントレキンに助けてもらった。表紙を開くと、まずはジルの献辞が目に飛びこんでくる。「最愛のカートへ。この本をあなたの六十歳の誕生日に贈ります。お祝いと、感謝の意をこめて。あなたのおかげで、この惑星に住むわたしたちの人生はかなり良いものになったのですから。あなたほどいい人をほかに知りません。愛をこめて、ジルより」。カートは招待客への感謝をこめて流行歌をうたい、そのあとで、ジルの子ども向けの最新刊『いま、幸せです——生みの親と育ての親へ　子ども達の声』が出版されたばかりだと紹介した。ふたりは翌週、ジルがインタビューした十六人の子どもたちを招いてパーティをすることになっていた。

記念文集にはノックスの文章は入っていなかった。カートは、ノックスが元顧客のカートに関する問い合わせの電話に困っていると手紙に書いてきたことにまだ憤慨していて、あんなひどい手紙を書くから記念文集から外されるんだと、嫌味な手紙に書いて送らずにはいられなかった。だが、もうひとり、サム・ロレンスが文集に寄稿していないことも気になるところだ。ロレンスはカートの既刊小説を新たな形で復刊させ、アイオワシティで途方に暮れていたカートと新作の契約をしたのだ。ところが彼はパーティに招かれてさえいなかった。

ジルは、『いま、幸せです』の執筆のために取材をしていくうちに、フィラデルフィアの金のゆりかご《ゴールデン・クレイドル》という、養子縁組を請け負う機関を知った。創設者はリチャード・エルガートといって、元自動車部品工場の経営者だ。ゴールデン・クレイドルは年間二十五万ドルを投じて、黒と黄色を使った大胆な広告をバスや電車や鉄道橋の橋脚や公園のベンチなどにのせた。バーガーキングのトレイのふちにも、「妊娠？　お電話ください。秘密厳守」と書いてあった。基本的には未婚の母と養子縁組を内密に望む夫婦のあいだをとりもつことを業務としており、二十一州、百六十八の町の電話帳と、四十一の大学の住所録に載っていた。一九八二年の時点で、この機関を通じて子どもひとりを養子にするのに、約一万ドルかかった。

ジルとカートは、一九八二年十二月十八日、養子にした赤ん坊のリリーを東四十八番ストリートの自宅に連れ帰った。三日後、イーディが友人と一緒に赤ん坊をみにやってきた。カートは父親になったばかりの誇らしさなど少しもみせず、「とてもまいって」いるのがイーディにはわかった。ジルが席を外したとき、カートはそっとイーディにいった。「頼むから、お祝いなんていわないでくれよ」。

大学時代からの友人、ミラー・ハリスに対しては、この年にして、おむつ替え、授乳、保育園探し……などなどを一からやり直すことについて、達観したように語ろうとしている。ジルはずっと赤ん坊をほしがっていた。自分にはそれを否定する権利はない。なんとかやっていくつもりだ、と。

カートの人生にリリーが登場するひと月前、「フィラデルフィア」誌に掲載された特集記事を読んでカートは憤慨した。「ミスター・ヴォネガットを探して」というその記事は、カートが一九六〇年代末にケープコッドで親交のあった作家、デイヴィッド・R・スラヴィットが書いたもので、風刺作家カートのことをかなり大胆に風刺している。記事は一九七〇年代半ばのマークの結婚式の思い出から始まる。よく晴れた日で、ウェストバーンスタブルの大きな家の庭で式を挙げるにはうってつけの天候だった。ところが、カートだけはおめでたい雰囲気をよそに、「彼だけに降る雨に濡れていた……カートは不幸な男だ。それがまた彼の魅力でもある。(だがカートは愚かな男ではないし、それを自分でもわかっている)」。デイヴィッドはぶらぶら歩いて花婿の父に近づき、陽気に軽口をたたいた。

カートは唐突に、さっき歯医者にいって、デンタルフロスの使い方を習ってきたんだ、と話した。だが、話したいのはフロスのことではなかったらしい。歯の寿命は三十五年から四十年なのに、「今じゃ人間は長く生きすぎる」というのだ。

「元気をだせよ、カート。たかが結婚式じゃないか」。スラヴィットは返した。

カートは記事を読んで、自分の陰気さが愚弄されているのは我慢ができた。それに、正直なところ、スラヴィットが真似したカートのスタイル――ぶつ切りの文章、挿絵、余白の多さ――は、パロディとしてよくできていた。だがカートが腹を立てたのは、人気の理由を分析しているところだ。スラヴィットは『デッドアイ・ディック』について、「登場人物が愚かでつまらない」と評している。「登場人物たちは成長しない。なにも起きない。なんの意味もない。意味というものを全否定している。意味があるかもしれないという可能性さえも、そのニヒリスティックな結末は否定しているのだ。だがそんな欠点はどうでもいい。この本は成功するだろう。批評家がいくら酷評しても売上げには関係ない。カートの読者は必ずこの本を買う。ただ、カートは彼らがまともな読者だなどとは思ってもいない。だからこんな本を書くのだ」。

これは、カートが本を書く動機に対するかなり強烈なパンチだった。スラヴィットが糾弾したのはカートが大衆的な文学を書いたことではない。カートはよりよい作品を書く努力を怠っており、読者をばかにしている、もっとも彼の読者には良い本と悪い本の区別もつかないだろうが……と批判したのだ。カートの行為や作品は意図的なある方向性を示しているとスラヴィットは論じている。マークの結婚式で憂鬱な老水夫（コウルリッジの詩「老水夫」では、老水夫が結婚式に向かう若者を呼び止めて、自分の経験した悲しい航海の話をきかせる）を演じてみせたように、陰鬱にふるまうことで注目を集めているのだ、と。「だが、前衛的な文学ばかり試みていても、マンハッタンのタウンハウスとサガポナックの夏の別荘など買えない」とスラヴィットは記事の最後でしめくくっている。「文学なんて青くさいことはいっていられない。これは商売なのだ」。

カートは「フィラデルフィア」に抗議する電話をかけ、手紙も書いた。だがかなり厳しい表現を使ったのか、「フィラデルフィア」の編集者は、それに対する返信で「デイヴィッド・スラヴィット氏の記事に関するあなたのお手紙を読み、困り果てております」と書いている。一方カートは、スラヴィットは注目を集めるためには手段を選ばない、見せ物小屋の主人みたいなやつになってしまった、とミラー・ハリスに不平をぶちまけた。カートは旧友と決着をつけるために直接話をしたかったのだが、互いに相手の留守番電話に何度かメッセージを残したあと、とうとうスラヴィットから手紙がきた。

　そこには、あなたにはわたしを非難する権利はない、と書かれていた。「あなたは、作家ならふつうは明確にしておくはずの、作品と実人生との境界線をわざとぼかしてきたのですから。作品に自分を登場させ、自分を作品の主題にしてきたのです」。長年にわたり個人的な歴史を包み隠さず小説中に差しはさんできたために、彼の作品同様、彼の実人生も、批評されてしかるべきものになってしまった。もしカートが読者に、キルゴア・トラウト、エリオット・ローズウォーター、ビリー・ピルグリムといった登場人物を自分に重ね合わせてほしいというのであれば、「あなたにはその権利があります――ほかになんだってやっていいのです。ですが、そうした行為にはリスクが伴うのです」。

　それは、カートをよく知る人からの、あなたの人生は虚飾に満ちたにせものだ、という叱責であり非難だった。カートとスラヴィットは、それ以降親交を絶った。

一九八三年の春を迎えても、カートの精神状態はよくならなかった。チャリティーオークションに出すポスターや本にサインを求められれば寛大に応えたり、大学や高校時代の旧友に連絡をとってみたりもして、落ち込んだ気持ちを晴らそうとしたが、ともすると傷つけられたという思いが噴き出してきた。

それより少し前、二月には、コンコルドに乗ってロンドンに飛んだ。機内でキャビアとシャンパンを少しずつ口にしてから、車でオックスフォード大学に移動し、講演をした。人類を悩ませるありとあらゆる苦しみ——政治、経済、環境に関して——について、テーマを次々に変えながら語った。（カナダの文芸誌の編集者は、少し前にもカートの講演をきいたことがあり、「不思議なほど気楽そうに話していて、おしゃべり好きな雰囲気をかもし出しているが、実際にはたいしたことはほとんどなにもいっておらず、話に結論をつけるのにも慎重だった」ことに驚いたと、ドン・ファーバー宛ての手紙に書いている）。カートは講演の終盤で、二、三の質問なら受けつけるといった。するとアメリカ人の若者が手をあげた。クライグ・カナインという、アイオワ州出身のプリンストン大学の卒業生で、オックスフォードで英語英文学を勉強している留学生だ。カナインは、自分は駆け出しの作家だと自己紹介をしてから、質問した。ヴォネガット氏は執筆の際、机の上に「必須アイテム」を置いていらっしゃいますか？　たとえば、お気に入りの辞書などは？

カートは含み笑いをした。あまりに単純な質問がおかしかったようだ。お気に入りの辞書だって？　聴衆も、カートの気持ちを察して小声でなにかいったり、笑ったりした。カナインは恥ずかしい思いをして立ったまま、カートの答えを待っていた。先ほど、即席にせよ小説の技法について語っていたときのように、きっと真顔で答えてくれると期待したのだ。ところがカートは、「お気に入りの辞書」

はない、と答え、参ったな、もういいだろう、というようにくせ毛の頭を横に振ってから、次の質問者を指した。

翌日、カナインはヴォネガットに手紙を書いた。昨日は冷静さを欠いていてできなかったが、本当はこういい返したかった、と。「最後の審判の日まで、何事に関してもこきおろすのは、あなたの特権です。ですが、どうしてみんながみている前でそんなことをするのですか？　しかも、そんなひどいことはしていない、というふりをするのはなぜですか？　もしもオックスフォードを訪れた理由が『デッドアイ・ディック』の宣伝のためなら、ただ宣伝すればいい。あなたやあなたの作品に対して人々が真剣に抱いている興味に答えようとするつもりがあるかのように、そういう質問を期待するかのように話すのはやめてほしい……ただ、あなたの知性を覆っている『脂肪でできた皮』（あなたがいった言葉です、ぼくじゃない）が、そう厚いものではなく、大学の批評家たちを前にして愚かな小説家気どりをさせるほど確固たるものでもなかったことがわかりました。つまり、独善的な俗物らしくふるまう技能は、あなたには備わっていないということです」。カナインはヴォネガットにばかにされたと感じていて、あの晩、自分は手を挙げるのではなく、中指を突き立ててみせるべきだったと書いていた。

翌日になって、カナインは自分の書いた手紙が「あり得ないほど生意気で」、ヴォネガットのように謙虚さを装いながら相手を見下す調子ではなかったことを悔やんだが、出してしまった手紙は取り戻せない。だが、数週間後、驚いたことに返事がきた。ヴォネガットからの短い手紙には、講演チケット代をお返しすべく、小切手を同封します、とあった。だが、そこには謝罪の意思はなかった。ヴォネガットはカナインから非難を受けて腹を立てており、その怒りはその後なかなかおさまらなかった。

数年後、ロックフェラーセンターの六十五階にあるNBCテレビ局傘下の高級イタリアンレストラン、レインボールームで、カートは数人のマスコミ関係者と和やかにランチを楽しんだが、食事が終わる頃、「ニューズウィーク」誌の記者がカートに、以前に手紙をやりとりさせていただいたことがあるんです、といってきた。カートは興味をもって「ほう。いつのことですか？」とたずねた。カナインは過ぎたことだと笑い飛ばせると思って、オックスフォード大学での講演と小切手の話をした。

ところがカートは顔をこわばらせてこういった。「ああ、覚えているよ。おかしいなあ、今のきみはそれほどいやなやつにはみえないけど」。

カートは、彼の言葉を借りれば、自分の「幽霊」に関することになると、目にみえてわかるほど頑固で、神経過敏で、辛辣になった。幽霊はカートに成り代わって、あちこちの講堂のステージに上がっていた。一九八三年四月、大学キャンパスを巡る講演旅行の一環で、デトロイト郊外のオークランド大学で講演をした。カートは知らなかったが、聴衆のなかには、戦争が終結したとき、ドレスデンの捕虜収容所からともに解放され、徴用した木製の荷車に乗って街を出たデイル・ワトソンがいた。

カートが話し始めると、ワトソンは少し不安になった。というのも、カートが次のような断りから始めたからだ。「これからお話することは、実はもう何度も話したことがあるのですが、金のためなので仕方ありません」。だが、ワトソンは、かつての仲間のよしみでカートに直接会うことができれば、同行した妻も友人夫婦も喜ぶだろうと思っていた。ワトソンは受付で、控え室に届けてもらうようにメモを渡してあった。講演が終わると、ワトソンたちは廊下でしばらく待っていたのだが、カートが現れないのでメッセージが届かなかったのだろうと思って諦め、家に帰った。

数日後、カートから短い手紙が届いた。そこにはこう書いてあった。ワトソンは、ドレスデンにいたアメリカ軍の兵士のなかで初めて、「チェックイン」した人間だ、と。ワトソンはどうとっていいかわからなかった。たぶん、ワトソンがきていたことはわかったとか、そのことをありがたく思うというような意味があるのだろう。冗談なのか、本気なのか？　ワトソンはその手紙を捨てずにとっておき、折に触れて、かつての戦友はいったいなにがいいたかったのだろうと考えた。

一九八三年六月、数ヶ月の化学療法を終えたジェインは、「めざましく快復した」といっている。CATスキャンの結果、癌はどこにもみつからなかった、と友人たちに話した。「もう終わったんだと思ったら、言葉にできないほどほっとしたわ！」ジェインはとても気分が良かったので、前夫の作品をすべて読み直そうと思った。なにしろ「すばらしい」作品だから。だが、息子で医師のマークは、卵巣癌が残っていて再発する恐れがあると思っていた。

そして十一月、試験開腹の結果、再び腫瘍ができていることがわかり、ジェインは再び化学療法を受けることになった。癌の再発と治療の副作用——吐き気に襲われ、髪が抜け、体重が減少し、吹き出物ができる——を目にしたカートは、あまりにも残酷だと思った。なにしろ、ジェインはめざましく快復したとあんなに喜んでいたのだから。「どうしてこんな苦しみを味わわなくちゃいけないんだ。ジェインはいつも体を大事にしていたのに」。

一九八三年十二月、ニューヨークに冬が訪れ、凍えるような雨がふりしきった。カートは、アル・パチーノ主演の『スカーフェイス』のプレミア試写会に出席したが、上映開始後三十分で「凄惨すぎてたえられない」といって劇場から出てしまった。バルジの戦いでまっ赤な榴散弾の破片を受けて悲鳴をあげる男たちを目にしたカートは、「銃撃に関して映画が嘘の描き方をしている」ときにはそれとわかった。「一瞬で、血みどろにならずに死んでいったり、痛快に描いているときには、嘘なのだ」。

カートは悲観的な気分だった。なにより、もう若くはない自分とジルとリリーとの新しい小さな家族が、人生の秋に咲く花のように美しいものではなく、ハエ捕り器のように自分をとらえて自由を奪っていたからだ。

ジルはカートと結婚して以来、しだいに電話の応対係となり、玄関の番人となり、カートの時間の管理者となっていった。管理してくれるパートナーがいたほうが便利だと思う作家もいる。電話の応対のような雑用を引き受けてもらえれば、仕事をする時間が増えるからだ。ジルが古代エジプトの都市、テーベの入り口に構えるスフィンクスのような役割を担うことは、彼女の自我の強さを思えば予想できなくはない。だが、ジルの夫との関係のとらえ方は、小説家のアン・バーネイズも驚いている。「ジルは『わたしは彼を夫にした』といったんです」と、バーネイズはインタビューで話している。まるで、カート・ヴォネガットと結婚することはひとつの業績、昇進のようだった。そして、リリーを養子にしてから、ヴォネガット家の構成が変わった。

たとえば、カートはそれまで、自分の遺書には、甥たち、ジェインとの間の三人の子どもたち、そしてリリーのことが書いてあれば十分だと思っていた。だが、そうではなかった。すべての子どもにそれぞれどれだけの金額の遺産が分配されることになるのかを巡って、執拗な口論が起きるようになったのだ。しかも、カートとジルのあいだだけでなく、カートとジェインのあいだでも。カートは、それが精神的に大きな負担となっていることをイーディに漏らしたという。「ジルは、リリーにも、ほかの三人の子どもと同じように分配しろといってきかなかったのです。しつこくそればかりいっていたようです。母もゆずりませんでしたが、ジルほどやかましくいうことはありませんでした」。

カートの葬儀の食事は、冷めるどころかまだ出されてもいなかったというのに（『ハムレット』第一幕二場で、ハムレットが、父が死んだばかりなのに、母が心変わりしていることを皮肉って、葬式のための食事が冷めて、「婚礼に役に立つ」という場面がある）。カートはまるで魂になった自分が上空に浮いていて、愛する家族が、カートはなんてけちだったんだと文句をいっているのをきいているような気がした。

カートの家庭生活をさらにつらくしたのは、ジルがときどきみせる、カートの家族への冷たい態度だった。たとえば、兄のバーナードが訪ねてきたとき、ジルは彼が客間を使うことを許さなかった。仕方がないので、カートはイーディに泊めてやってくれと頼んだ。イーディは数年前にジェラルド・リヴェラと離婚してからひとり暮らしをしていた。イーディは西九番ストリートのアパートの部屋のすみをシーツで仕切った。七十歳のバーナード伯父は、シーツの向こう側で寝間着に着替え、ソファで眠った。

一九八三年十二月末、カートは、米国現代語学文学協会の大会の期間中、マンハッタンのヒルトンホテルでロリーとランチをともにする約束をした。ロリーは大会に参加しており、カートは検閲に関するスピーチをすることになっていた。内容は、その年の初めにシカゴ公共図書館の文学大会で〝読む自由賞〟を受賞したときのスピーチと似ていた。カートはこういっている。「もしわたしの作品がかなり検閲されてきたのだとすれば、教師や図書館司書のみなさんが頑張って作品を守ってくださったということになるでしょう……もちろん、わたしはどうみてもバナナスプリットほども危険ではないのですが」。

ロリーとのランチには、カートの友人で作品の研究者でもあるピーター・リードとスタンフォード大学のウィル・ストーンも同席した。カートはよくしゃべった。赤ん坊のリリーがどんなことをできるようになったか、という話をたくさんしたが、ジルの話題は一度も出なかった。食事が終わると、カートはロリーに、娘に会いに家にこないかと誘った。

翌日、ロリーはカートの自宅を訪れ、ベビーシッターから黒髪の一歳児のリリーを抱きとった。ロリーがリリーをあやしているとジルが現れ、ロリーによれば「とても理解できない」行動をとった。客であるロリーに「どうも」とひとこと、気のない調子であいさつすると、カートに向かって、みせたいものがあるから一階の仕事部屋にきてちょうだい、といった。ロリーはほかにどうしていいかわからなかったのでついていった。三人は新しい機材を前にして黙って立っていた。とうとうカートがその場の緊張に耐えられなくなって、ロリーに、「そろそろ帰ったほうがいい」といった。カートはロリーと一緒に仕事部屋を出て上の部屋に上がると、そこから玄関を出てブラウンストーンでできた急な階段をおり、声をあげてタクシーを呼び止めた。

ロリーは回想録、『Love Always, Kurt』で、ジルの「あからさまな冷淡さ」に啞然としたと告白し、「わたしがちょっと訪ねたことで、ふたりの関係が悪くならなければいいけれど、と思った」と書いている。そもそも、こっそりキーウェストで過ごした週末からは、ほぼ十年の月日が流れていたのだ。ロリーは帰宅すると、カートにちょっと白々しい手紙を書いた。「わたしがジルと同じ場所に居合わせないほうがいいなら、どうぞそういってください。わたしはジルのことは好きですが、あまりでしゃばりたくないので」。いずれにせよ、ロリーを送り出して東四十八番ストリートのブラウンストーン造りの家の玄関のドアを閉めたとき、カートの世界はさらに暗く、狭くなってしまった。

少年時代、カートの母親は、カートが公立の学校の友人を家に連れてくるのを嫌った。彼らとは階級が違うから、という理由で。今、カートは六十二歳にもなって、人を呼ぶにもお願いして許してもらうか、罰を受けるかのどちらかしかなかった。罰とは、大声でいい争ったり、無視されたり、どちらが長く家に戻らないかの我慢比べをさせられたりといったことだった。

翌一九八四年三月のある朝、ドン・ファーバーはカートの書斎の直通電話に何度かかけたが、カートは出なかった。カートの執筆習慣は何年も、いや何十年も変わっていなかった。明け方に起床し、コーヒーをいれて、タイプライターの前に背中を丸めて座り、コーヒーカップを手近なところに置く。そして、タイプしたり口のなかで何やらつぶやいたりしているうちに昼食の時間になる。ファーバーが再び電話をかけたのは、午前の半ばを過ぎた頃だった。それでもカートが出ないので、ファーバーが下の階の電話をならすと、ジルが出た。ジルはどうしてカートが起きていないのかとファーバーにきかれてもわからなかった（リリーがきてから、ジルとカートは別室で寝ていた）。ファーバーは、すぐにそちらに伺うといった。

ファーバーが到着したときすでに、ジルは、カートが意識を失っているのを発見していた。原因はアルコールと睡眠薬と抗鬱剤を一度に飲んだことだった。カートの横にはかかりつけの医者のモーテイマー・E・ベイダーがいた。ファーバーは電話で救急車を呼ぼうとしたが、ジルは絶対にだめだといい張った。そんなことをしたら大騒ぎになる。記者たちが家の前に押しかける。タクシーを呼びましょう。救急車じゃなく。

ファーバーは普段はあまり感情を表に出さないタイプなのだが、このときばかりは、夫が死んでもいいのかと大声をあげた。ファーバーはジルが抗議するのもきかずに、救急車を呼んだ。ジルはアッパーイーストサイドにあるペイン・ホイットニー精神科クリニックにカートを入院させたいといった。二十世紀初頭からある古くて小さな病院だから、人目を気にしなくてすむ、というのがその理由だった。だがファーバーはグリニッジヴィレッジのセント・ヴィンセント病院にいくべきだといった。ふたりがあまり大声でいい合っているので、カートは目を覚ました。そして、朦朧としながら、セント・

ヴィンセント病院に連れていってほしいといった——そこなら勝手がわかるから、と。ジルは憤慨しながらも、黙って従うしかなかった。

カートは十八日間、セント・ヴィンセント病院に入院した。主治医はラルフ・A・オコネルという医師で、カートは「アイルランド人の医者」と呼んでいた。オコネルは双極性障害の治療が専門だった。マークは見舞いにやってきて、父親には本気で死ぬつもりはなかったと判断した。死ぬほどの量の薬は飲んでいなかったからだ。カートの動機は自殺未遂をする人によくあるものだった。虐待を加える者に罪の意識を感じさせることで復讐したいという思い。つまり、鬱と怒りという重荷を相手に肩代わりさせたいという気持ちの表れだ。自殺すれば、相手に勝つことになる。

カートは退院しても、家には帰らなかった。ジルの勢力範囲から逃げ出したかった。ひとりになりたかったのだ。イーディが、グリニッジヴィレッジのマクドゥーガル・アリー五番地にある小さなテラスハウスが転貸に出されているのをみつけてきた。ふた部屋だけのこぢんまりした家で、外壁はレンガ、床には硬材が使われていた。静かな並木通りに面しており、半ブロックもいけばワシントン・スクエアだった。イーディは、父親がアイオワシティにひとりでいってしまったときのように、またウェストバーンスタブルを出てニューヨークへ移ったときのように、父親と毎日過ごした。自分のアパートからひとブロック半歩いて父親の家にいき、イーゼルを立てて絵を描いた。そのあいだ、父親はもうひとつの部屋で執筆をした。

ロリーは、わたしもずっとあなたの味方です、とカートに手紙を書いた。「今この瞬間、あなたのそばにいて、あなたの素敵なくしゃくしゃ頭をわたしのたっぷりした胸に抱き寄せて、大丈夫、すべてうまくいくわ、とか、他愛ないことをいってあげられたらいいのに。わたしのあなたへの愛は何年たっても無条件で、変わることもありません。あなたのことを毎日想っています。この先もずっと。わたしが老いて、想うことさえできなくなるまでは」。

十四章　著名人《セレブ》と呼ばれて　一九八四〜一九九一

ニューヨーク市のマクドゥーガル・アリーの家は安息所のようだった。そこにいると、カートは考え、読み、書くことができた。訪ねてくる人もほとんどなかったが、イーディは毎日顔を出して、カートが満足そうにくつろいでいるのを感じていた。「大声でわめいたり、あれこれ要求したりする人たち」は、ここにはいなかった。セント・ヴィンセント病院に入院したときのカートは、がりがりに痩せて、背中も丸まっていた。だが、入院中に「畑仕事でもしているみたいに」よく食べ、見た目も健康そうになったと、自らロリーへの手紙に書いている。退院後も外来でオコネル医師の診察を受け、しだいに鬱症状――友人のウィリアム・スタイロンが経験した苦しい病状を描いた言葉を借りるなら「恐怖が灰色の雨となって降り注ぐ……そんな嵐を呼ぶ暗雲のようなもの」――は消えていった。

カートは六十五歳になろうとしていた。自殺未遂のあと、ロリーからは引退を勧められていた。「だって、良き市民はみんな引退するものでしょう？」と。加齢と病というふたつの敵によって、カートと同世代の作家が何人も消えていった。数年前のある午後、カートはサガポナックでサルマン・ラシュディと昼食をとったあと、近くに住んでいたネルソン・オルグレンに電話をかけて、ラシュディをそちらに連れていくからカクテルでもごちそうしてくれないかときこうとした。ところが、電話に出たのは警官だった。「オレグレン氏の自宅に間違いありませんが、オレグレン氏は亡くなられました」。また、六十歳にもなっていなかったトルーマン・カポーティは、カートの自宅にちょっと寄った――

カートとジルの家のプールで泳ぐのが好きだった——のだが、すぐにソファに横にならせてくれといった。「ひどく苦しい」というのだ。一週間後、カポーティはロサンゼルスの友人宅で死去した。さらに、アーウィン・ショーとはごく最近知り合い、友だちになったばかりだったのに、スイスで亡くなってしまった。七十一歳だった。そして著作権エージェントのマックス・ウィルキンソンは、よく通る声で乾杯の音頭をとったり、誰にでも「ディア」と呼びかけたりすることで有名だったが、妻のメアリを長患いの末に亡くして激しく落ちこみ、生きる望みを失って自殺した。

カートは、退院から一ヶ月が過ぎた一九八四年四月、国際ペンクラブ東京大会に出席するために、ひとりで出発した。日本では、陶芸を愛していた亡き父親を思い、たっぷり時間をかけて陶器店を何軒もまわった。帰国すると、ミシシッピ州自由人権協会にエッセイを二本寄稿した。核軍縮について書いた「死よりも悪い運命」と、軍拡競争を論じた「The Worst Addiction of Them All」。その二編を収めた本が、ヌーヴォープレス社から一九八四年十二月に『Nothing is Lost Save Honor』というタイトルで部数限定で出版された。

カートはマクドゥーガル・アリーの家で再び書き始めた。新作、『ガラパゴスの箱船』を推敲していたのだ。一九八四年の後半は充電期間としてゆったりと過ごしていた。よく考えてみれば、ありがたいことがいくつもあった。三人の甥はマサチューセッツ州の西部に住んでおり、その近くでナニーもスコットと新婚生活を始めていた。ウェストバーンスタブルで悪さばかりしていたジム・アダムズは、今では家具職人になり、娘も生まれたばかりだった。アダムズ家の子どもたちはだいたい結婚したが、スティーヴだけは未婚で、叔父のユーモアの才能を受け継いでロサンゼルスで喜劇の脚本を書いていた。イーディは絵を描き続け、時々個展を開いていて、ケープコッド時代の幼なじみ、ジョン・スクイブとつき合っていた。カートもジェインもふたりが結婚することを望んでいた。

一方で、カートはジェインが癌に打ち勝てそうにないという事実を受け入れなくてはならなかった。奇跡的にめざましく快復したといっていたことや、前向きな考え方と瞑想やキリスト教信仰を合わせた彼女独特の宗教のようなものをカートが信じたことはなかった。だが、なにかすばらしいことがおこるかもしれない、と密かに希望を抱いてもいた。とにかくジェインにこれ以上苦しんでほしくなかったのだ。とはいえ、どうすることもできなかった。カートは悲しみを予感した。かつて自分がコーネル大学の気楽な学生にすぎなかった頃、みんなに結婚するんだと自慢して歩いたその相手に、こんな運命がふりかかろうとは。当時、カートはジェインと結婚することで新しい人生を始めようと思っていた。母親が自殺し、ヨーロッパ戦線で兵士として大量虐殺を目にしたあと、自分はそれでも生きていくのだと思える、心の拠り所がほしかったのだ。

一九八五年二月、カートは『ガラパゴスの箱船』を脱稿した。これでデラコート社から三冊の本を出すという契約は完了し、カートは二十年ぶりに原稿の締切から解放された。三月末には、辛い状況を乗り越えて小説を完成させた自分への褒美に、ポーランド、東ドイツ、チェコスロヴァキアを巡る二週間の旅に出た。ツアーのバスに揺られながら車窓を眺めるカートは、景色に見入るひとりのアメリカ人観光客にすぎなかった。だが、東欧という、芸術的才能を自由に発揮しづらい環境に暮らす作家たちがどんな待遇を受けているのかをきちんと聴取して、国際ペンクラブに報告するのを忘れなかった。

ヨーロッパ旅行のあと、カートは東四十八番ストリートのジルとリリーが住む家に戻った。イーディは状況が好転しているのではないかという印象を持った。リリーは〝二歳のイヤイヤ期〟に突入していて、ジルは乳母に世話を任せていた。ジルの四十五歳の誕生日に、カートはレストラン、タバーン・オン・ザ・グリーンでパーティを開いた。

ふたりは以前より幸せそうにみえた。ある晩、「アクターズ・スタジオ・インタビュー」というトーク番組の司会をしているジェイムズ・リプトンが、ふたりをディナーに招待した。場所はニューヨーク郊外にあるリプトンの夏の別荘に近い、彼おすすめのレストランのひとつ。リプトンはここのデザートのフランス風パイは最高だと熱心に語っていたのだが、食後に手をあげてウェイターを呼び、「本日の目玉」を持ってくるようにいうと、フランス風パイは品切れになっていた。リプトンはばつが悪そうに、カートとジルに詫びた。翌日、リプトンの家の玄関にノックの音がした。ドアを開けるとカートとジルがテニスウェア姿で立っていて、ジルは平たい箱を持っていた。ふたりはニューヨーク市内から車でやってきて、例のレストランに寄り、パイをまるごとひとつ、買ってきたのだ。リプトンはうれしそうに笑いながら受けとった。

カートはかなり健康を取り戻して、講演旅行に出かけられるほどになった。一九八〇年代には、たいてい年に二回、講演旅行をした。一回につき、八千ドルから一万ドルの契約だった。ただ、「ぎちぎちの」旅程のせいで「執筆への集中力が一時的になくなった」と、カートは友人への手紙に書いている。とはいえ、カートはたいていの作家とちがい外向的なタイプなので、人に囲まれているのが好きで、社交的なイベントに参加したり、インタビューを受けたりするのを楽しんだ。コットン・マザー（アメリカ植民地時代の会衆派教会牧師、著述家）が「学者の日」と呼んでいたひとりきりで読んだり書いたり勉強したりするような日は、カートにとっては学校で居残り勉強をさせられているようなものだった。一九八五年、カートはヨーロッパ旅行から帰国したあと、十ヶ所の大学キャンパスを二週間で回った。例えば、マイアミ・デイド・コミュニティカレッジ、オハイオ州のトレド大学、ワシントン州のピュージェットサウンド大学、カリフォルニア大学バークリー校などで、キャンパスでは学生たちが大学の方針に抗議するデモを行っており、カートをみると、まるで本物のリーダーがきたとばかりに取り囲んだ。

カートは、小説家としての揺るぎない名声にもうしばらく安住しようとは思わなかった。一九八五年秋には『ガラパゴスの箱船』が出版予定となっており、国際ペンクラブ・ニューヨーク大会の企画委員会の共同議長として忙しかったにもかかわらず、作家としての今後の方向性を転換しようと考えていた。

まず、デラコート社との契約を自動更新しないことにした。十年ほど前、デル＝デラコートはダブルデイ社に買収されたが、当時、カートはそれに伴う変化を懸念していた。経営陣が力を持つ大手出版社と渡りあうのは気が進まなかった。やがて一九八三年に、ダブルデイは十七年間デル＝デラコートと提携し続けてきたサム・ロレンスの出版社を切り捨てた。

ロレンスは、出版界では常に異端児的存在だった。二十五年間作家たちを世に売り出す興行主としてこの業界を生き延び、出版社の合併の影響から巧みに身をかわしてきた。独自の出版社を立ち上げた一九六五年、出版リストに載っていた小説は一冊だけ――J・P・ドンレヴィーの『赤毛の男』――だった。その後、ロレンスが出版したのは、キャサリン・アン・ポーターの『愚か者の船』、リチャード・ブローティガンの『アメリカの鱒釣り』、ティム・オブライエンの『カチアートを追跡して』など。もちろんヴォネガットの全作品もロレンスが手がけた。だから、ダブルデイが企業戦略としてロレンスを切り捨てたとき、ロレンスは自分の出版社をE・P・ダットン社に持ちこんだ。育ててきた作家たちは、自分についてきてくれるものと信じていたのだ。

ところが、カートはついてこないということを、ロレンスはデル社の前社長で友人のヘレン・マイヤーからきかされて驚いた。それまでは、カートも自分と一緒にダットンに移ってくれるものとばかり思っていたのだ。ふたりの間にはパートナーのような関係があったのだから。カートが自分のもとを去ることを人づてにきいたのもショックだったが、だまされたといっているらしいと知ったのはさらにショックだった。カートはノックス・バーガーを怒りとショックで言葉も出ない状態にしたまま切り捨てたのと同じように、今度はロレンスのことを簡単に捨てたのだ。

ロレンスはカートに手紙を書いた。「きみなのかジルなのかドン・ファーバーなのかわからないが、とにかくぼくのことを誤解して、ぼくがきみの印税の一部を横領していると思っているらしい。だが、ぼくが版権を取得したことに対して報酬を払っているのは提携している出版社であって、作家じゃないんだ」。それでも、ロレンスはカートが去ると決めたことは受け入れていた。「カート、ぼくたちは二人三脚ですばらしいことをやってのけた。お互い貸し借りはなしだ……ぼくはきみの作品を出版すべきときに、自分のしたことを誇りに思う」。そして、これは個人的な思いだが、と前おきして、ジルが作成したカートの六十歳の記念文集に寄稿したかった、と書いている。カートの成功物語からノックス・バーガーが除外されたように、自分も彼と無縁の存在にされてしまうのかと思うと、ロレンスはやりきれない気持ちになった。

カートはロレンスの手紙をコピーしてなんのコメントもつけずにドン・ファーバーに送り、保管させた。そして、ダブルデイ以外に条件の合う出版社がみつけられなかったので、前金二十五万ドルで同社と次の作品の契約をした。サム・ロレンスの出版社との提携のないダブルデイと。

カートの十一作目の小説『ガラパゴスの箱船』は、一九八五年の秋に出版された。テーマは再生、適応、調和で、カート自身の人生への願いを、進化に関するファンタジーという形で表現している。それまでの作品とくらべて特徴的なのは、作品全体を通じ、人類の未来――個人の未来ではなく――

について楽観的に語っている点だ。人が人間性を保てるなら、大昔のように自然に身を委ねて生きられる日がくるかもしれない。もしそうなれば、自然淘汰という、地球上の無作為の原動力により、人類の運命は決定される。その決定は、カートは明言してはいないが、我々が神と考えている神秘的な存在によってなされるのだ。

物語の着想を得たのは、三年前にジルとガラパゴス諸島に旅行したときだった。カートが南アメリカの国を訪れたのは、それが初めてだった。ガラパゴス諸島は南米大陸のエクアドルの西約四百キロのところに位置し、赤道をまたいで多くの火山が並ぶ。一八三五年にチャールズ・ダーウィンが上陸したときから、あまり変わっていない。ダーウィンは日記にこう書いている。「一見したところ、まったく魅力の感じられない島々だ。ごつごつした黒い玄武岩溶岩の地表は、いたるところ短い下生えに覆われているが、生き物の気配はない」。最初にダーウィンがみつけることができたのは「みすぼらしい短い雑草」くらいなものだった。英国の若い植物学者だったダーウィンは、ガラパゴス諸島を探検しながら、なんて荒涼とした土地だろう、きっと地獄の比較的「開けた場所」はこんな感じに違いない、と想像した。だがダーウィンは時代のレンズ越しにその土地をみていた。そのレンズは十九世紀の科学的見解に色づけされていて、未来を示すものではなかった。

一方、その百五十年近くあとにガラパゴス諸島を訪れたカートは、人類が一からやり直すという思いつきを得た。この諸島が一種のシャーレになって、小さな人間の遺伝子プールが進化して、絶滅寸前のひれのある哺乳類になるとしたら？　カートは想像した。外見はカモノハシのように奇妙なものになるが、誰もが幸せで、まわりの環境と一体感を持つことができるにちがいない。

『ガラパゴスの箱船』で、ヒトのそのような変形が始まるきっかけは、観光客を乗せた船が座礁し、島に流れ着いたことだった。一方、文明世界では核戦争が勃発する――これは天変地異説による恐竜絶滅の理由に似ている。時が経過し、ガラパゴスの人間たちの脳は小さくなった。使用頻度が減ったうえに、自然淘汰と遺伝的浮動が働いたためだ。ほかの四本の指と向かい合わせにできる親指もまた――技術革新には大事なものだが――退化する。ついには、性への興味もスズメほどに穏やかになる。これらすべての変化のおかげで人類――今や毛に覆われた両生類と化している――は生態系と均衡を保てるようになるのだ。

このテーマの是非を巡って、批評家たちの意見は分かれた。H・G・ウェルズが『モロー博士の島』で描いた、獣が外科的に人間と異種配合される世界に似た人間の衰退に不安を感じる者もいた。しかし、一八九六年に発表されたその小説でウェルズが意図したのは、生体解剖の批判だった。書評家のミチコ・カクタニは、『ガラパゴスの箱船』を「よくできた漫画」と呼び、「やや混乱したところはあるが、賞賛すべき創意に満ちている」と評した。ロンドンの「タイムズ」紙の書評家は、『ガラパゴスの箱船』はヴォネガットが「人生を通じて抱いてきた、人間とは不完全なものだという信念を論理的に結論づけた」作品だと論じている。SF作家のトマス・M・ディッシュは、ヴォネガットの作品全般を擁護して、「タイムズ文芸付録」でヴォネガットのことを「相変わらずひょうきんで腹黒くて、完全なる中西部出身者で、中年も終わりにさしかかってなおハック・フィンのようだ」と賞賛している。だが、技巧的でない、読みやすい作品であるために、文学界の主流派は依然、「ヴォネガットを、低俗喜劇のうまい素朴な作家ではあるが、純文学を書いてもいないし、芸術家でもないし、正統派の作家ともいえないとたやすく切り捨てるだろう」と予想している。

カートは様々な書評を読み、『ガラパゴスの箱船』は初期の作品と同じ批判にさらされていると感じた。つまり、批評家たちは、いまだに科学が文学と交わることに我慢がならなくて、レイチェル・カーソンの『沈黙の春』とフィリップ・ロスの『ポートノイの不満』を別の本棚にしまいたいのだ。

カートはそう、ドナルド・フィーナへの手紙に書いている。実際、教養人たちに誤解されているのは間違いないとカートも確信しており、そのことは『ガラパゴスの箱船』の出版とほぼ同じ頃にカートが出演した映画のなかのジョークでも強烈に皮肉られている。

一九八五年十月、カートはロドニー・デンジャーフィールド主演の『バック・トゥ・スクール』に本人役でゲスト出演した。出演料は二万五千ドルだった。映画のなかで、デンジャーフィールドは億万長者の大学生で、カート・ヴォネガットを雇って、本人の作品の分析をするレポートを書かせる。そうすれば間違いなくAをとれると思ったからだ。カートはデンジャーフィールドの家の玄関に現れ、帽子を上げてあいさつすると、宿題に取りかかる。ところが担当教授はそのレポートに落第点をつける。しかも、レポートには得意げなコメントがついていた。「このレポートを書いた者は、カート・ヴォネガットについてまったくなにもわかっていない！」

大学教授たちへの痛烈な批判はさておき、デンジャーフィールドが信じられないと怒るところは、カートが一部の書評家たちに感じてきた失望をはっきり表している。つまり、カート・ヴォネガットの小説は非常に優れていて、作者本人でさえ正しく評価できないほどだ、というおちなのだ！

カートは軽薄な作家だと片づけられたり、逆に内容が深刻すぎるという理由でいくつかの教育委員会から作品を締め出されたりしていた。そのせいで、言論の自由を守ろうという熱意が増したことは間違いない。その信念は、反戦という立場とともに、カートの後半生を大きく特徴づけることになる。カートは、基本的な権利としての言論の自由については、すべてインディアナポリスの公立高校の公民の授業で教わった、といっている。

一九八三年、アメリカ出版協会は、レーガン政権下で創設された全米民主主義基金に対し、五万ドルの寄付金を要請した。一九八五年に開催されるモスクワ・ブックフェアに出品する本の選定にかかる費用の一部にあてるためだ。出品する本のリストには、アメリカの出版物の多様性と、「国内で民主的な法制度が十全に機能していること」を示すものにしたいという考えがあった。カートは一九七九年のモスクワ・ブックフェアでも出品書籍の選定委員会で活動していたので、今回は委員長として貢献することに同意した。委員のなかには、「サイエンティフィック・アメリカン」誌の編集長デニス・フラナガン、作家のトニ・モリスン、詩人のローズ・スタイロンなどがいた。協議の結果できあがった主要リストには、過去五年間に出版されて、アメリカの家庭で読まれていると思われる三百十三点の書籍のタイトルがあがっていた。例えば「シアーズ・ローバック・通信販売カタログ」、アレン・ギンズバーグの『詩集一九四七—一九八〇』、アルバート・ゴールドマンの『エルヴィス』、『ジェーン・フォンダのワークアウト』、『アイアコッカ：わが闘魂の経営』、ドクター・スースの『The Butter Batlle Book』、『ランドマクナリー版道路地図帳』などだ。

委員会がリストを提出すると、全米民主主義基金の代表のカール・ガーシュマンは、選ばれた本の政治的なバランスに問題があるのではといいだした。とくに、シーモア・ハーシュの『Price of Power』、ジョナサン・クウィトニーの『Endless Enemies』、ジョナサン・シェルの『地球の運命』を例にあげ、「アメリカの政治状況の一側面」を描いた本が多すぎる、といい、リストには保守的観点の本も何点か加えるべきだと意見した。また、主流の保守系雑誌「ナショナル・レヴュー」では、ウィリアム・F・バックリー・ジュニアがわざと驚いたような調子で、カート・ヴォネガットの率いる委員会なら、もっと違った本のリストをつくると誰もが思っていた、と書いた。「なにしろ、カート・ヴォネガットといえば、才能豊かで想像力に富む作家で、わが国の外交政策、ことにわが国が核抑止力を維持することに関して異議を唱える人物だと思っていたからだ」。

ガーシュマンの要請は検閲というほどのものではなかったが、カートは、善良な市民として臨んだ委員会の仕事が、環境、政治といった今日的問題に対する自分の意見のせいで非難されたと腹を立てた。そして「どんな本を選ぼうと、わたしと委員会の自由だ」と迎え撃った。ところが委員会はすでにその仕事のために税収から五万ドルの補助金を受けていた。カートは、自分も委員会の仲間もどこにも恩義を感じるつもりはないと明言してしまったため、筋を通すためには補助金を返上せざるをえなくなった。そこで、アメリカ出版協会が独自の基金を立ち上げ、ブックフェアでの展示と、委員会が最初に作成したリストをもとに書籍カタログを作る費用をまかなった。

だが、モスクワのブックフェア会場にカタログが届いたときには、書籍選定委員長としてカート・ヴォネガットの名は載ってなかった。連邦政府がブックフェアのための本の選定に口出ししようとしたことに抗議するため、自分の名前を削除してほしいと、カート本人が強く要望したのだった。

当時最も影響力のある保守派のインテリだったバックリーは、ヴォネガットへの攻撃をそれで終わらせるつもりはなかった。バックリーは公共テレビ放送の人気番組「ファイアリング・ライン」の司会者だった。そしてゲストを守勢に追いこみつつ、その主張の論理的矛盾を突くのを得意としていた。とぼけた調子で相手を非難するときには、たいてい陽気なウィンクとチェシャ猫のような不思議なにやにや笑いをみせながら、痛烈な打撃を与えた。一九八六年の国際ペンクラブ・ニューヨーク大会が近づいていたので、バックリーは共同議長のヴォネガットとノーマン・メイラーを、一九八五年十二月の番組にゲストとして迎えた。タイトルは「ペンクラブはなにを提供しなくてはならないのか?」という思わせぶりなものだ。

番組の始まりからある種の緊張があった。バックリーはふたりのゲストを紹介してこう述べたのだ。

「ニューヨークで開かれるペンクラブの会議《コンクラーヴェ》は、理想を追求するためのものですが、それがどのような理想かは、ここでは論じないことになっています。論じるのは、作家は書くことを許されるべきだということだけです」。バックリーに促され、メイラーはペンクラブの仕事は、言論の自由が禁止されている国々で監禁されている作家を支援することだと説明した。ペンクラブの使命が視聴者に明確に示されたところで、バックリーはヴォネガットに論理的な罠を仕掛けた。「あなたは最近ペンクラブに関するインタビューで『我々は政治問題にはかかわりはない。だが思想と言論の自由には興味がある』とおっしゃっていますね。『だが』というのは、思想と言論の自由に関しては政治的関心があるという意味でしょうか？」

ヴォネガットはそうだと答えた。思想と言論の自由は「世界中で保障されているわけではないから」と。

「それはなかなか面白いお話ですね」とバックリーは返し、ヴォネガットを追いこみにかかった。「というのも、あなたはこうおっしゃっていますよね。『自分の作品がどんな役割を果たすことを望むかときかれれば、いつの日か、強力な戦闘部隊であるアメリカ軍を破壊させることだ』と」。バックリーはそういうと両眉を上げて笑った。「もしもあなたが戦闘部隊を破壊してしまったら、我々の自由を奪おうとしている連中を抑止するにはどうしたらいいんでしょうね」。

ヴォネガットが答える前に、メイラーは会話をそらそうとしたが、バックリーはそれにはきく耳を持たなかった。「だめですよ、わたしはペンクラブの立場を明らかにしようとしているところなのですから。ペンクラブは『非政治的な』団体のようにみえて、本当はそうでないのですね」。バックリーは明らかに、ペンクラブに政治的意図があることを示そうとしていた。そして、たとえヴォネガットのような平和主義者が指揮をとっていても、ペンクラブが一般的なアメリカ人の理想を体現するものではない、ということも。

ヴォネガットははめられたことに気づくと、国際大会を目前にして議論にペンクラブを巻きこんでしまうことを恐れたのだろう、譲歩してこういった。「わたしの政治的な意見はつじつまがあわないのです。つい話を大げさにしてしまうもので」。

「おっしゃるとおり」バックリーは笑った。「そのとおりです」。

だが、カートは言論の自由を守ることの重要性を強く信奉していて、そのためなら自ら身を挺する覚悟もあった。バックリーの「ファイアリング・ライン」でこてんぱんにされてから数週間後、カートはフェミニストのベティ・フリーダンと、後に全米芸術基金の理事長を務めることになる女優のコリーン・デューハーストとともに全米検閲反対連合の記者会見に出席した。司法長官のエドウィン・ミース率いる委員会は、まだ最終報告書――のちに、ポルノ規制の「ミース・レポート」として知られるもの――を出していなかった。一方、全米検閲反対連合は、記者会見の内容が新聞の見出しになったり、社説で書かれたりすることを期待して、独自の報告書を出した。題して、「ミース委員会の実情――全米検閲反対連合からの報告」。翌一九八六年夏に「ミース・レポート」が発表されると、カートの痛烈な皮肉に満ちた批判記事が「ネーション」誌に掲載された。カートはこんなふうに揶揄している。きっとみんながほかのことに気を取られているときに「男色家の下院議員」がポルノを守ろうと自由を保障する修正第一条を権利章典につけたのだ。

一九八六年二月、国際ペンクラブ大会のテーマは「作家の想像力と国の想像力」だった。カートは、パネルディスカッションのメンバーとして、作家の政治への関与について話した。その他のパネリストは、ジャーナリストでピュリッツァー賞作家であるフランシス・フィッツジェラルド、前大統領候補のジョージ・マクガヴァン、歴史家のアーサー・シュレジンガー・ジュニア、カナダ首相ピエール・トルドー、そしてペルーの作家マリオ・バルガス・リョサだ。カートはその場で再び、言論の自由を守るというテーマについて熱く語った。特に、作家にはその責任があるのだ、と。大会に参加した多くの人々が、一週間にわたる期間中に行われたパネルディスカッションのなかで最良のものだったと評価した。カートは八月には、上院外交委員会の小委員会で話をした。一九五二年のマッカーシズムの時代に制定されたマッカラン＝ウォルター法は、一部の外国人が合衆国に移民してくることをイデオロギー的理由で排除している。カートはアメリカ・ペンクラブの理事のひとりとして中央理事会を代表して、一九五二年に制定されたその法律が「恥ずかしいほど愚かで、悪意に満ち、外国人恐怖症を露呈している」と弾劾した。「国家間、そして個人間で、自由に意見を交換したところで、我々の安全が危機にさらされることはない。それどころか安全を強化することになる。また、合衆国の国民として、あらゆる表現の自由が我々の権利であるという信念も強まるのだ」と。

その公聴会のあと、委員会は一九八六年中に移民改革管理法を通過させた。そして一九九〇年には、マッカラン＝ウォルター法のイデオロギーに関する条項がいくつか削除された。

世間では、カートは博学で気むずかしいという評判だったが、実際に会ってみるとそれほど難しい人物ではなかった。一九八〇年代半ばは、カートの生活には生き生きとしたリズムがあった。年に二度キャンパスを巡り、あちこちでサインを求められ、講演をし、作品も版を重ねていたので、自分がまだ文化の潮流に乗っている現役であって、「大御所」ではないと確信できた。新作『青ひげ』の草稿も書いていたし、美術商からはカート作のリトグラフとそのプリント三百点を買いたいといわれていた。コメディアンのディック・ショーンからは、『世界で二番目に偉大なエンターテイナー』というショーンのひとり芝居の登場人物を使った映画のシナリオ制作を依頼され、報酬としてかなりの金額を受けとっていた。カートに寄付を募る手紙が、「著名人、カート・ヴォネガット様へ」で始まることがあるのも、不思議はなかった。

カートは、気分のいいときは感動的なほど親切でもあった。一九八六年、ワシントン州スポーカンにあるゴンザガ大学で、困っていた若い作家に温かく接したこともある。

二十一歳のジェス・ウォルターは、地元新聞のスポーツ担当部署で電話番として働きながら創作講座に通っていたが、まだ作品はほとんど書けずにいた。そんなとき、彼にとっては小説の神様ともいうべきカート・ヴォネガットがゴンザガ大学に講演をしにくると知り、憧れの作家にインタビューすることを思いついた。ヴォネガットの記者会見に「エスクァイア」誌から依頼された記者のふりをして出席し、書いた記事を本当に「エスクァイア」に売るのだ。

ヴォネガットがゴンザガ大学にやってくる日、ジェスはアルバイト先のスポーツ担当部署から借用してきた偽のプレス用身分証明書を持って大学を訪れ、記者会見が行われる学生会館の小さな部屋に通された。ジェスがひとりきりでそこで待っていると、いきなりドアが開いてヴォネガットがずんずん入ってきた。その後ろからこのイベントの主催者が入ってきて、部屋のなかにインタビュアーがひとりしかいないのをみてとると、気楽にやりましょう、机をふたつくっつけていいですか？　と明るくたずねた。

ヴォネガットはインタビュアーの目の前に座り、相手をまじまじとみた。ジェスは汗で湿ったメモを握りしめている自分の手をみて、震えていることに気づいた。「あの、若い作家に、それもあなたを心から崇拝している若い作家に、なにかアドバイスをお願いできますか？」その声はかすれていた。

ヴォネガットはジェスをじっとみつめると、なにか考えながらタバコの煙を吐いた。「先に、ひとつ質問させてもらっていいかな？」

「もちろんです！」

「きみはいくつかね？」

「二十一歳です」。

「その年で『エスクァイア』に記事を書いているのかい？」

ジェスはがっくりと肩を落とした。「『エスクァイア』にはまだぼくの記事を載せてもらってはいませんが、ここの人たちにはそう話してしまいました……『エスクァイア』の記者だと」。

ヴォネガットは声をあげて笑った。それから、ふたりは二十分間、いかに小説を売るかについて話をした。ジェスは猛烈な勢いでメモをとっていたが、そのうちヴォネガットはいった。「だがね、フォードのモデルAをどう修理するかっていうのとたいして違わないほど時代遅れな話だったかもしれないな。雑誌の黄金時代は終わったたから。ちょっと休憩させてもらっていいかい？　けっこう疲れたよ」。

夜の講演では、その若いインタビュアーは最前列に座っていた。講演後、ファンたちがうろうろしている中で、ヴォネガットはジェスに気づいて、手招きした。

「必要なことは全部きけたかね？」

若い、まだ作品を出したことのない作家は、はい、と答えた。この思いがけない出来事から、金になるような記事が書けないことはわかっていた。

「よかった。読むのを楽しみにしているよ」。

「ぼくもです」。

二十年後、ヴォネガットは再びゴンザガ大学を訪れた。そのときには、ジェス・ウォルターにはノンフィクションの著作が二冊あり、小説も二作目が書店に並び、三作目を書き終えるところだった。そして今回は、ヴォネガットがくる前に、スポーカンの日刊紙に特集記事を書いていた。ジェスにとって、この作家の神様が自分に理解を示し寛容に接してくれたことが、どれだけ重要だったか。幼い頃、家に大学教育を受けた者はいなかったし、本もなかったし、本を読んでくれる人もいなかった。だが、経験の足りない自分が捨て身で試みたインタビューの記事を、ヴォネガットは「読むのを楽しみにしている」といってくれた、と。

「ヴォネガットさん、お待たせしました」とジェスは記事を渡した。

翌月、ヴォネガットから小包が届いた。ポール・モールのにおいがした。中にはフランクリンライブラリー社発行の豪華革装版の『タイタンの妖女』が入っていた。そして見返しの余白には、「小説家の同僚、ジェス・ウォルター君へ――これは、ぼくがすらすらと書くことができた唯一の本です。カート・ヴォネガット」とあった。

スカダーズ・レーンでのジェインの友人、ベティ・スタントン(『スローターハウス5』の冒頭に登場するアリスン・ミッチェルの母親)は、一九八六年、ヴォネガット家の子どものひとりから電話をもらった。母を見舞ってくださるなら、今がちょうどいいときです、と。ジェインはワシントンDCでホスピス医療を受けていた。ベティが連絡すると、看護師はお茶の時間に見舞うことを勧めた。

ジェインはソファにゆったり座っていた。明るい色のスカーフを頭に巻いているため、顔の青白さが際だっていた。ジェインがアダムと静かに結婚式を挙げてから、そろそろ二年になる。ふたりとも、夫婦として愛を育めるのはほんのわずかな間だと承知していたが、こんな悲劇的な状況にあっても、結婚は人生を謳歌する大事な行為だと思っていた。

ベティがジェインを見舞ったその午後、ふたりの会話のほとんどは、子どもや孫たちに関する近況報告だった。それから、三十年前のケープコッドの思い出話にも花が咲いた。今よりもずっと森の占める面積が広く、牛乳配達夫が届けてくれた瓶入りミルクの上にクリームの膜が張っていたこと。ニューイングランドの大雪で学校が休校になったこと。そんなことを話しているうちに、ベティはコーヒーテーブルの上に原稿がのっているのに気がついた。「取りあげて目を通してみると、ジェインの家族についての物語でした。わたしは『ジェイン、これはすばらしいと思うわ。あなたは優秀な作家よ。出版社のあてはあるの？』ときくと、ジェインはないと答えました」。

ホートン・ミフリン社の友人にみせてもいいかしら、とベティはきいた。

ジェインは、もちろんよ、といったという。

ジェインが他界する前の一年、カートはレクイエムの歌詞を書いていた。それがジェインのためのものだとは一度もいわなかったが、タイミングといい、ほかの作品とはがらりと違う雰囲気といい、カートがジェインの死を念頭に置いて書いていたことはほぼ間違いないだろう。

カートはインスピレーションを受けた瞬間のことをこう書いている。一九八五年二月、カートは「二番目の妻」と、アンドルー・ロイド・ウェバーが作曲しプラシド・ドミンゴやサラ・ブライトマンが歌う『レクイエム』の、ニューヨーク聖トーマス教会での演奏会をききにいった。延々たる嘆きの音楽をききながら、カートはプログラムに書かれたラテン語のミサ曲の歌詞の英訳を読んでいた。するとそこには、審判や地獄についての警告の言葉が並んでいた。カートは、歌手たちが「まるで神はすばらしい存在で、死んだ人々にあらゆるいいものを用意してくれているかのように歌っている」が、歌詞は明らかに「残酷」で「自虐的」だと気づいて苦々しく思った。カートはその夜帰宅すると、遅くまで書斎でそのミサ曲の「大げさなたわごと」の歌詞を新しく書き換えた。タイトルは「レクイエム――ホーカス・ポーカス・ローンドロマット」。もともとの歌詞から感じる恐怖を払拭するようなタイトルにしたかったのだ。ニューヨーク大学の古典学者が、カートの書いた歌詞をラテン語に訳してくれた。後に作曲家のエドガー・デイヴィッド・グラナがその歌詞に曲をつけることになる。

ヴォネガットのレクイエムは、この世を旅立った魂が穏やかにいられるように願う内容だった。というのも、神が我々人間など注目に値しないと考えていることは、人類が絶えず味わってきた苦しみを思えば明らかだからだ。

わたしの祈りは届かない
けれどあなたの崇高なる無関心のために、
わたしは永遠の業火に焼かれることはない
どうかわたしを羊や山羊と共にいさせてください
そこにいれば、みなおなじ
まじりあう灰をその死に場所にそのままに
……時よ、元素よ
彼らに休息を与えたまえ。アーメン

それは合理主義者の祈りだ――そんなものがあるとすればだが。曾祖父のクレメンズ・ヴォネガッ

ト と同じ自由思想家的、非宗教的な立場で死後の世界について深く思いをめぐらせたのだ。それはまた、前妻の「愛しいジェイン」が、想像しうる最も苦しい癌のせいで、四年間も苦行のようなつらさを味わうはめになったのを、ずっと見守るしかなかった男が、握った拳をふるわせながら天を拒絶している姿を映してもいる。

「レクイエム――ホーカス・ポーカス・ローンドロマット」は一九八六年十二月、「ノースアメリカン・レビュー」誌に掲載された。同月の十六日、ジェインは意識が朦朧としていたが、ふと覚めて、イーディにお父さんに電話してと頼んだ。「わたしは父の電話番号をダイヤルし、受話器を母の耳に当てました。母はとてもとても弱っていましたが、父とのやりとりはすばらしく優しい会話でした。まるで幼なじみと話しているようで。そして母は父に、この惑星からどうやって去ればいいのかときいていました」とイーディは書いている。

「ジェインに電話でこう話した」とカートは書いている。「日焼けして腕白な、退屈しているけれど不幸せではない十歳の少年――誰なのかはわからない――がスカダーズ・レーンの先の砂利のスロープに立っている。ボートをおろすときに使う、浜辺のスロープだ。少年は特に何ということはなくぼんやりとながめている。鳥や船や、ケープコッドのバーンスタブルの港にあるものならなんだっていい……少年はほかにすることもないので、男の子がよくするように、小石を拾い、港に向かって投げる。その石が弧を描いて水面に落ちたとき、きっと死が訪れるんだ、と」。

ジェインは、ナニーの言葉を借りれば「なかなか旅立つことができなかった」。家族が見舞いにくれば、会話の一語たりとも聞き逃したくないと思った。さよならというのも気が進まない様子だった。三日後、ホスピスからきていた看護師に「もういっていいですよ」と告げられ、ジェインは昏睡状態のままこの世を去った。一九八六年十二月十九日午後八時、ワシントンDCの自宅でのことだった。

葬儀には、カート、バーナード、ヴォネガット家とアダムズ家の子ども六人とその配偶者、ジェインの五人の孫のうちの三人、そして多くの友人が参列した。葬儀のあと、マリア・ドノソはカートを抱きしめた。そして、家庭内の子どもの数が倍になったのは、あなたたち夫婦にとってさぞかし大変なことだったでしょう、といった。カートは、ええ、たしかに、と答えた。ふたりとも知らぬ間に極限状態に追いこまれていて、一緒に過ごせる時間は少なく、互いの言葉に耳を傾けることもしなかった。ふり返ってみて、カートが一番悲しく思ったのは、ようやく金と成功が手に入り、子どもたちが自立して各々の生活を始めてから、ジェインが何年間も、気力を失ってしまったようにみえたことだ。単なる偶然だったのだろうが、カートだけが成功の美酒に酔い、ジェインはひとり、何も持たない状態で置き去りにされたかのようだった。カートが勧めたにもかかわらず、ジェインは社会福祉研究科の修士課程を修了する気もなかったし、書評を書こうとも思わなかった。ただ、離婚が成立して、アダムと出会い結ばれた最後の数年だけは、本来のジェインに戻っていた。カートは、ジェインとやっとまた愛し合えるようになったのだ、と考えて自分を慰めた。もはや夫と妻としてではないが、最後のぎりぎりのところで、ぼくたちは互いに愛情をもってさよならということができたのだ、と。

カートは『青ひげ』の大部分をサガポナックで書いた。それもジャガイモの納屋をフランク・ステラに改装してもらった書斎で。そんな背景にふさわしく、芸術と芸術論をめぐる作品になった。ところが、一九八七年春に『青ひげ』が出版されると、多くの主要な雑誌や新聞、たとえば「ニューズウィーク」「ニューヨーカー」「ニューヨーク・レヴュー・オブ・ブックス」、「タイムズ文芸付録」などは、書評を載せないことを決めた。美学理論や芸術家の役割について長々と語っているために、複雑で寓意的すぎるというのだ。だが、違う観点で読み解けば、この小説はカートとジルとの間のいい争いを書き連ねているようにも思える。その頃、ふたりはまた頻繁に口論するようになっていたのだ。

カートは二十世紀絵画に精通している読者からこき下ろされるのを見越していたかのように、序章に但し書きを載せている。『青ひげ』は「偽の自伝」であり、抽象表現主義絵画の「信頼できる歴史」やジャクソン・ポロック、アーシル・ゴーキー、マーク・ロスコといった画家に関する実話小説を書いているわけではない、と。そのように書くカートの自信のなさは、作品の主人公にも共通する。ラボー・カラベキアンは自分に権威がないために、画家としての才能もないと思いこんでいる。

カラベキアンはアルメニア系アメリカ人の画家で、『チャンピオンたちの朝食』にも端役で登場していたが、ここでは一人称で自らの物語を語る。カラベキアンは七十代初めで、カートよりも少し年上だ。片目を失明していて、自分は悪い夫であり悪い父親だったとわかっている。最初の妻と離婚して、二度目の妻とは死別し、成長した子どもたちは寄りつかない。カラベキアンは活動的な男ではなく、イースト・ハンプトンの豪邸で日記と回想録の中間のようなものを書いている。自宅には世界一の規模を誇る抽象表現主義絵画の私的コレクションがあった。批評家たちは、カラベキアンの作品を抽象表現主義と位置づけはしたが、無意味な作品だと片付けた。さらに悪いことに、質の悪い絵の具を使っているので、二、三ヶ月もすると剝がれてくる。描き手が腐った生活をしているから、作品も腐敗していくのだ。

ここでサーシ・バーマンが登場する。カートは、サーシ（ギリシア語読みでは「キルケー」）のモデルがジルだということを、大学時代の友人ミラー・ハリスに打ち明けている。サーシはヤングアダルト向けの人気小説を多く手がけた作家だ——この点も、ジルが『いま、幸せです……』や『A Very Young……』シリーズなどの児童書を出していることと重なる。サーシはまた、「ブランコに乗る少女たち」をテーマにしたヴィクトリア時代の感傷的な写真を蒐集していて、それは一枚ずつビロードの布にのせて額に入れられている。サーシは抽象美術はばかばかしいと思っていて、ジャクソン・ポロックの傑作も鼻で笑い、アルメニアの大虐殺の場面を写実的に描くべきだといった。（この論法だと、『スローターハウス5』は戦争を描いた作品としては駄作ということになる。事実をありのままに描写していないからだ）。ある日、サーシはカラベキアンの許可なく玄関広間の絵画コレクションをどかし、代わりに十九世紀の少女たちの写真を飾る。こうすれば鑑賞する人々は、写真の無邪気な少女たちが病や貧困に襲われないようにと願うでしょう、とサーシは語る。

カラベキアンはようやく無気力な状態から抜け出し、サーシが他人のプライバシーをないがしろにしたとなじる。ふたりは激しく口論し、サーシは家を出ていくが、そのあとまた戻ってきて、カラベキアンに迎え入れられる。

カラベキアンはサーシとの、写実主義対抽象表現主義の議論に勝つために、古いジャガイモの納屋を開く。かつてそこはカラベキアンの仕事場だったが、ここ数年は戸に釘を打ちつけて閉め切ってあったのだ。納屋の中にはカラベキアンの遺言ともいえる、最後の作品があった。八枚のパネルを継ぎ合わせたその巨大な作品は、縦二・五メートル、横二十メートルほどの大きさで、第二次世界大戦がヨーロッパで終わった日、カラベキアンがチェコスロヴァキアの谷で目にしたものが写真と間違えるほど写実的に描かれていた。（それは、カートが捕虜収容所から解放されて目にした谷間の風景とまったく同じものだった）。サーシは作品の大きさに圧倒される。その絵が示しているのは、カラベキアンすなわちカートは写実的な作品を創れるが、今はその先にまで到達しているということだ（そのことは、カートの処女作『プレイヤー・ピアノ』がもっとも伝統的な作品だったことからもわかる）。芸術家として、作家としてカラベキアンもカートも常により大きなリスクを冒して作品を創ってきた。

そして俗物たちにどんなに痛烈に批判されても、その態度は変わらなかったのだ。

物語を通してサイドストーリーとして語られるのが、カラベキアンとマリリー・ケンプの恋だ。マリリーはジーグフェルドフォーリーズの元ショーガールで、サーシと同じように野心家で知的で理解力があるが、男たちの犠牲となって生きてきた。カートはこの作品の中で、フェミニズムへの共感を示そうと奮闘しているが、同時に女性は魅力的であるべし、と強調したことでそれは帳消しになっている。

全体として、『青ひげ』は、カートの作品の価値を延々と、そして傲慢に、美学論にからめて語ったような作品であり、その核には、エスカレートしつつあるジルとの摩擦があった。


カートは、ジェインが死んだ今、遺書に関するいざこざはすべておさまったのだから、苦しみを乗り越えたあとの平和な気分を味わいたいと思っていた。配分率の高い低いにかかわらず遺産相続人すべてに、自分が手つかずの財宝の山ではないことをわかってほしかった。これまでだって、父さんは十分気前がよかっただろう、とカートはナニーに手紙で訴えている。

また、カートは一九八七年十月にホートン・ミフリンから出版予定の『Angels Without Wings』と題されたジェインの遺作によって、家族のあいだに生じるかもしれないトラブルを回避しようとしていた。

カートは、ジェインがその本を楽々とかなりのスピードで、死の前年に書いていたことを知っていた。そして、アダムズ家の少年たちがウェストバーンスタブルに引き取られてきたときのことを綴った回想録風の小説が、巧みに、そして感動的に書かれているだろうということは容易に想像できた。出版社はカートの実名を使う許可を求め――ジェインは、原稿のなかでカートのことをなぜか「カール」と書いていた――、さらにまえがきかあとがきを寄稿してくれないだろうかと依頼してきた。カートは前妻の本に自分の名前を使うことを許さなかっただけでなく、「カール」という名の使用許可も与えず（とはいえ、出版社側はそのまま「カール」を使った）、まえがきも寄稿しなかった。カートが何かをいったいわないで、さらなる小競り合いが起きるリスクが高すぎたからだ。

結婚生活とは、無数の交渉で成り立つもので、対等な立場で助けあうという感覚が根底にあるのが理想的だが、カートはあるとき、家にいるときはなんでも妻の許可を仰いで生活していることに気づいた。おそらく、それが始まったのは、カートがマクドゥーガル・レーンでしばらく暮らして戻ってきたときだ。カートは常に保護観察下に置かれているような感じで、小さな決断もジルに相談しなくてはならなかった。問題が起こる前にもみ消そうとされていたわけだ。まるで、カートは夫からただの同居人に格下げされたかのようだった。

たとえば、ふたりが一緒に旅行をするときも、ジルはスイートルームを望んだ。そうすれば別々の寝室で眠れるからだ。もちろん自宅でもそうしていた。リリーは、家でも旅行先でも両親が同じベッドで寝ているところをみたことがない。そのことがリリーによくない影響を与えるのではないかとカートは心配した。若い妻が六十五歳の自分に性的魅力を感じなくなったと思うと、よけいに自分が厄介者に思えた。

また、ジルのいう「うちの天才」としてのカートの時間や心の落ち着きが、ないがしろにされていた。カートは毎日四、五時間は何にも邪魔されずに執筆する時間を確保する必要があった。ところが、ジルはカートに話したいと思ったときに話さなければ気がすまなかった。昼の休憩まで待つことなどできなかった。階下からきこえてくる怒鳴り声は、これから書斎で繰り広げられるはげしい口論の前兆だった。リリーも大きくなるにつれて、口論に加わることが増えた。カートはこの結婚で、旧約聖書のサムソンとデリラの話の意味を考え直すようになった、とイーディに語っている。「サムソンの力を奪うために髪の毛を切るなんていう話じゃない。彼の集中力を途切れさせることで、彼の力を奪ったってことなんだ」と。カートはタイプライターの前に、落ち着かない気持ちで座っていることが多くなった。窓から下の通りをちらちらながめ、タバコが指の先をこがすほど短くなるまで気づかないこともしばしばだった。

カートの友人たちは、ジルに気に入られるかどうかは自分たちに利用価値があるか否かにかかっていることに気づいた。まず知人とは、ジルが知っておく価値のある人間のことだ。その次にもうひとつハードルがある。たとえば、カートの友人で医師のロバート・マスランスキーが訪ねてきたとき、ジルは会話をさえぎり「これはなんだと思います?」といって、断りもなく服をすっかり脱ぐと、椅子の上にかけた。そして、腹や腰にぽつぽつとできた吹き出物をゆっくりと指さした。「ここ、ここ、それからここにも」。カートは何もいわなかった。

「ペニシリンに対する反応のようですね」と医師はいった。「心配ありませんよ」。

「どうしてわかるんです?」とジル。

「皮膚科学の初歩的な知識です」。

マスランスキーは、ふと思った。ジルは、ぼくをはめて、この人もまた役立たずだから、お付き合いはやめにしましょうといいたかったのではないか、と。

ジルは、カートの友人や家族や知人夫婦から大事にされなかったり、助けてもらえなかったり、思いやりを持って接してもらえなかったと感じると、心の中でその人物をクビにし、少しずつカートとの交友を制限していった。カートは、ほかの人と話をしたくなると、郵便局で切手や封筒を買わなくちゃいけない、などと言い訳をして出かけるようになった。だが、ジルは出かけるカートの背中に、そんなもの、まとめて買っておけばよかったじゃない、貧乏人じゃあるまいし、と叱声を浴びせた。

確かにカートは金持ちだった。だが、いつなんどき基盤がぐらつくかわからない、という危機感は、雑誌に記事や広告文を書いてなんとかやりくりしていた一九五〇年代から消えることはなかった。もう体力もなかったので、すぐに金になる仕事を選んだ。たとえば、「タイム」誌に一ページの連載エッセイを頼まれると、二ページにわたる「企画案」を書いてまず六千ドル受け取り、我々は互いに会話を交わすことで人間性を保つことができるというトピックで、一回一ページで六回、連載の記事を書くと持ちかけた。「タイム」はこれを了承した。原稿料は十五万ドルだった。

とはいえ、こうした企画は慎重に取り組まなければならなかった。企業と軽々しく提携してトラブルになったことがあるからだ。一九八四年、公益科学センターはカートが全米コーヒー協会協賛のテレビコマーシャルに「コーヒーの達人」として出演したことを非難した。公益科学センターの専務理事からの手紙には、コーヒーの飲み過ぎによる健康被害を考慮すると、「この広告に出演し続けるおつもりなら、広告の出演料をしかるべき慈善団体に寄付することをおすすめします」とあった。カートはそれまで大金や大企業がもたらす有害な影響を痛烈に批判してきたのに、実は大企業の宣伝をしていたのだから、その偽善者ぶりを非難されるのは当然だった。

だが、結婚生活がぎくしゃくしているうえに、ジェインの死後も遺言を巡ってつまらない争いが続いていたため、カートは七十歳を前にして、自分を経済的に守るための策を講じるべきだと思うようになっていた。たとえば、三十年来の友人リチャード・ゲイマンは、三千本の雑誌記事、五冊の小説、十二冊のノンフィクションを書いた——かつては「キング・オブ・フリーランスライター」の異名もとった——にもかかわらず、五十一歳で死去する前は、破産し、病に冒され、二十世紀のダニエル・

デフォー（十八世紀初頭の小説家のデフォーは、風刺小説のために入獄させられ、死ぬまで借金に追われたという）よろしく金貸しから逃げ回っていた。

こうした理由――不幸、老いの不安、孤独感――のため、G・P・パットナム社から一九九〇年春に刊行されたカートの次の小説『ホーカス・ポーカス』は、とても陰鬱なものだった。

この作品では、『ジェイルバード』で始めたリアリズム路線を崩さず、語り手ユージン・デブズ・ハートキとそのまわりの状況を生き生きと描き出した。細部の描写から、カートが若い時代を懐かしんでいることが窺える。〝ユージン・デブズ〟はインディアナ州出身の社会主義者・労働運動指導者の名前で、〝ハートキ〟は同じくインディアナ州出身の上院議員ヴァンス・ハートキからとっている。ヴァンス・ハートキはベトナム戦争反対に票を投じた最初の議員のひとりだったのだ。語り手のハートキは刑務所で教師をしている。最近まではターキントンカレッジ――インディアナ州出身の作家、ブース・ターキントンにちなんだ名――で教えていた。登場人物にはサム・ウェイクフィールド（モデルは、カートの作家仲間で、ショートリッジ高校の同窓生ダン・ウェイクフィールド）や監督派教会の牧師アラン・クルーズ（モデルはアレン・クラウズ。カートの姉アリスと同時期にオーチャード・スクールに通っていて、野外劇では、ふたりで王と女王を演じたこともある）もいる。

実在する人物や場所をモデルにしているだけでなく、『ホーカス・ポーカス』にはノンフィクションの要素、エッセイのような雰囲気があり、それはアメリカの衰退を描き出すためのレトリックともいえる。カートは幻想的な寓話を排し、直接的に不平を述べた。アメリカは変わってしまった、と。

作品の舞台は二〇〇一年。ユージン・デブズ・ハートキはもはや世界を居心地よく思うことができなくなっている。良いことをしようと思ってもうまくいかないことが多すぎ、たくさんのチャンスがふいになった。ハートキが教える刑務所は貧しい黒人受刑者を収容していて、日本人によって営利目的で運営されている——実際、アメリカ全体が不在地主のものになったかのようだ——が、刑務所内のギャンググループが麻薬カルテルの首領を助け出すために襲撃作戦を計画したことから、すべての受刑者が脱走する。人種差別的な推測から、黒人が誰からの助けもなくそのような反乱を計画するのは不可能だと判断され、ハートキが首謀者として逮捕される。

今、ハートキは刑務所で裁判の日を待っている。刑務所にいると、慰められることもあった。どのみち高い塀の外に出ても、アメリカは「すべてを略奪された破産国家であり、資産はすべて外国人が買いつくしている。そして国には歯止めのきかない疫病や迷信や無学や催眠効果のあるテレビが氾濫している」。ハートキは紙きれに自伝を書いている。『母なる夜』のハワード・キャンベルや、『ジェイルバード』のウォルター・スターバックがそうしたように。ハートキは、幼い頃に両親に失望し、戦争中ベトナムでは当局から偽情報を流す仕事をさせられ、失読症患者のための大学で物理を教え（だが、厭世主義のために解雇される）、最後は刑務所で教えていたが、いわれのない罪をきせられ、投獄される。

『ホーカス・ポーカス』の悪役は人間ではなく、ある問題だ。文化の崩壊がこの国に押し寄せているとカートはみている。この国で一貫したアイデンティティをもつのは不可能だ。というのも、公民権を剝奪された貧しい黒人、ヒスパニック系、「東洋系」、外国人——「ビジネススーツに身を包んだ占領軍」——は合衆国に忠誠を誓う理由はないからだ。語り手は時に物思いに沈み、時に声を荒げ、時にあきらめきっている。まるで集中力のない生徒が集まったクラスを受けもたされた教師のようだ。この手法が危険なのは、発想の柔軟さがなくなり、想像力が弱まり、教訓的要素が濃厚になるうちに、フィクション作家としての声が小さくなっていくことだ。『ホーカス・ポーカス』はそのままの形で、十五年後、気むずかしい語り口の『国のない男』につながっている。

作家のジェイ・マキナニーは『ホーカス・ポーカス』の書評のなかで、かつてのヴォネガットの復活を願っている。「ヴォネガットは心ある風刺家で、遊び心のあるモラリストで、信じたいと願っている皮肉家なのだ」と。

カートの兵士時代の親友で、小説の登場人物に何度もその名前が使われていたバーナード・オヘアが、一九九〇年、喉頭癌と結核のため亡くなった。オヘアは、アイルランド系であることを誇りにし、大酒飲みだということを隠そうともしなかった。彼は戦後、地方検事を経て刑事弁護士になったが、あるとき陪審員を煙に巻いてとんでもない発言をしたことがある。酒気帯び運転で捕まった依頼人を弁護したときのこと、依頼人もやはりアイルランド系だったので、オヘアはアイルランド系の男性はみな生まれながらに血液中にアルコールが〇・一パーセント入っている、といったのだ。もちろんそんな嘘は通じなかったが、裁判官も、オヘアの独創的な弁護を面白がった。

カートはペンシルヴェニア州ヘラータウンで行われたオヘアの葬儀に参列した。墓に一握りの土を投げ入れる番が回ってきたとき、カートはポール・モールとブック型のマッチを一緒に投げ入れようとしたが、オヘアの妻のメアリに、それはもう夫のスーツのポケットの中に入れましたといわれ、感動した。

友人たちは気づいた。一九九一年春、またもや、デイヴィッド・スラビットの言葉を借りれば、「カートだけにふる雨」の時期がきたのだ。ただ今回は単なる雨ではなく雷雨のようだった。「あんなに腹を立てたカートをみたことがない」とダン・ウェイクフィールドはヴォネガット研究家のジェローム・クリンコウィッツに報告している。だが、その理由は謎だった。『ホーカス・ポーカス』はベストセラーになり、ノンフィクションのアンソロジーも出版されることになっていた。タイトルは『死よりも悪い運命』。ひと癖ある論評や回想録、講演原稿を集めたもので、少なくとも『パームサンデー』なみには面白い。またショータイムというケーブルテレビ局が、カートの短編小説をドラマ化して五月に放送する予定だった。「王様の馬がみんな……」「となりの部屋」「ユーフィオ論議」の三作だ。作家としてはまだまだ現役だった。

友人たちは、カートのいらだちの原因は湾岸戦争だろうと推測した。前年クウェートに侵攻したイラクに対し、一月半ば、多国籍軍が「砂漠の嵐作戦」と称する全面的な報復爆撃を開始したことが原因だろうと考えた。この戦争でまたもや、カートは戦争に対する侮蔑を爆発させたのだ。一年前、カートは米国援助物資発送協会《ケア》が調達したヘリコプターでアフリカのモザンビークの上空を飛び、内戦の状況を報告した。カートが「パレード」誌に書いたその特集記事には、「地獄への訪問」というタイトルがついていた。

だが原因は、実は新たな戦争の勃発といった、劇的に残酷で憂鬱なものではなかった。カートを悩ませていたのは、とてもブルジョア的で通俗的でありふれたことで、カートの心はあきらめと怒りの間で揺れていた。

ジルが離婚を望んだのだ。何ヶ月も前から、ジルはスティーヴン・M・ドゥブルル・ジュニアとつき合っていた。ジルは東四十八番ストリートを挟んだ向かいに仕事場を借りていて、そこで彼と逢っていた。

ドゥブルルは経済学者で、投資専門の銀行家でもあり、ドゥブルル・アソシエイツを設立するまでは、カーター政権下で米国輸出入銀行の総裁をしていた。（父親はゼネラルモーターズ社の財務アナリストのチーフで、大恐慌時代にはローズベルト政権下で、全国復興局を創設した委員のひとりだった）。六十二歳のドゥブルルは、中背でくっきりした目鼻立ちをしており、白い髪は薄くなりかけていた。妻のアントニア・ペプキー（旧姓）とは一九五〇年代半ばにハーバード大学で出会った。アントニアは十九世紀のさびれた炭坑町アスペンを冬のリゾートに変身させた一族の出だった。そして彼女は、三十年間連れ添った夫が、マンハッタンでほんの数ブロック先に住む女性とつき合っているとは思ってもいなかった。

ジルはもうカートと一緒に暮らしたくないことをはっきりさせるため、東四十八番ストリートの家の鍵をすべて変え、部屋やクローゼットからカートの持ち物を全部出した。カートがのちに弁護士に提出した陳述書にはこう書いてある。ジルがドゥブルルと恋をしてお互い結婚を考えていると、夢中になって話す様子は、まるでカートを「夫ではなく父親だと思っているかのようだった。ジルは何人かの友人に電話をして、離婚して再婚するつもりだというすばらしい報告をしていた」。すべてが一気に明らかになった。ジルが撮影に出かけていたはずの日々、実はドゥブルルと一緒にいたのだ。夜に向かいの作業場で仕事をするといって出かけていたのも、デートの口実だった。

なにもかもがカートにとっては「痛々しく悪意に満ちた茶番」だった。しかし、自分の家から締め出されるとは、腹立たしいうえに、不便極まりなかった。

だが、カートにしてみればある意味、驚くことでもなかった。「愛情もなく、家事などまったくできない妻」、夫が「彼女のローロデックス（回転式卓上カードファイル。住所録、電話番号簿などとして利用されている）に触れる」ことも許さない妻がついに離婚を望んだだけのことだ。自分の所有しているブラウンストーン造りの家の鍵という鍵がすべて変えられ、持ち主なのに住めないようにされても、それほど当惑しなかった。なによりカートが驚愕したのは、ジルからの最後の要求だった。至急離婚を。遺言にはわたしをお忘れなく。そして、近くの駐車場のわたしがキャデラックを停めているスペースは、そのままにしておいて。

十五章　死を待ちながら　一九九二〜二〇〇七

一九九一年夏、カートは再三の離婚をめぐるいざこざを恐れて、サガポナックの別荘に退いた。そこではひとりきりで、何事にも煩わされず、一日中Tシャツ短パンにスニーカーという格好のまま、のんびりできた。

イースト・ハンプトンの家は改築されていた。簡素なニューイングランド風の三階建て木造住宅で、外壁は色あせた下見板張り、屋根は板葺きで、窓には鎧戸もついていない。引きこみの私道もなく、木々の中に埋もれるようにして立っていた。大輪の青いアジサイの茂みが玄関の両脇を彩り、ドアには真鍮でできたイルカのノッカーがついてアクセントになっていた。裏庭にはひっそりとプールがあって、親しい友人たちは、いつでもそこでひと泳ぎしていいといわれていた。カートが留守で、玄関前に愛車のホンダが停まっていなくてもかまわない。家に入るための二本一組のスペアキーがアルミ箔に無造作に包まれて、ワスレグサの茂みのそばに隠してあった。

朝食後、カートは郵便局までぶらぶら歩いていって郵便物を受け取り、長い手紙を出した。日によっては食料雑貨店に立ち寄り帰宅する。道々、陽気がよくなるにつれて近所の家の庭に自生しているワイルドブルーベリーや桃が熟していくのをながめた。唯一の同居人は片方が青で片方が黄色い目を持つ白猫で、カートが帰宅すると身をくねらせて足にまとわりついてきた。マントルピースにはコーヒーマグが置いてあり、それにプリントされたマーク・トウェインは立派な口ひげをたくわえていた。

　家で仕事をする前、気持ちを高めるためにステレオでジャズをかけることもあった。机の周りには思い出の品々が飾ってあった。インディアナポリス市から贈られた鍵の飾り、ユージン・デブズの絵、カートの父親が設立と設計に関与したインディアナポリス子ども博物館の金属製のおもちゃ、エリー運河を走るボートの木製ミニチュア。曾祖父のクレメンズ・ヴォネガットがニューヨーク州からインディアナ州にやってきたとき、こんなボートに乗っていたのではないかとカートは想像した。

　それでも、沈んだ気持ちを払拭するのが難しいこともあった。憂鬱な気分になるとアイオワ大学時代の教え子イアン・T・マクミランに手紙を書いた。創作講座の元責任者のポール・エングルが数ヶ月前に他界したこと、ネルソン・オルグレンが、住み慣れていたシカゴではなく、ニューヨーク州のサグハーバーの墓地に葬られたこと。イェーツは貧窮しているが、酸素を吸入しながら、かつてロバート・ケネディのスピーチ原稿を書いていたことに関する分厚い本を執筆している。ボアジェイリーは妻に友人の前でひどい扱いをされている。ドノソはチリのサンティアゴで重い病を患っている。マクミランは、かつて活躍していた人たちがどんな落ち目にあるかを書き連ねたこの手紙を、古い友人であり師でもある人物からの「死すべき運命の手紙」だと思った。

　ひとりきりの寂しさは、同性の友人たちが訪ねてきてくれると少しは紛れた。カートの趣味につきあって、モントーク岬の沖へコバンアジを釣りにいってくれなくてもかまわなかった。一緒に話したりテレビをみたり――特に好きな番組は法廷ドラマの『ロー&オーダー』――するだけで充分だった。ベルビュー病院の医師で友人のロバート・マスランスキーは、カートと科学や自然に関して延々語り合った思い出を大事にしていた。映画監督のロバート・B・ワイディは、カートの息子といってもおかしくないほど若かったが、ハリウッドコメディの黄金期に関して百科事典のような知識を持っていた――マルクス兄弟、ローレル&ハーディ、W・C・フィールズ、バーンズとアレンなどについてだ。カートはワイディに喜んでもらいたくて、気に入っている七十年前のジョークや寸劇を暗唱してみせた。まるで、姉のアリスをジョークで笑わせようとしていたときのようだった。「ぼくたちはほんとうに気の合う仲間だった」とのちにワイディはいっている。「カートは同性の友人たちとの穏やかなつきあいを気に入っていた。ただ酒を飲んで一緒にいるというだけの。男同士なら、薄氷の上を歩くような神経を遣う必要もない。ただ仲間でいるだけでよかった」。

だが、カートにとって孤独とつき合うのは容易なことではなかった。カートは社交好きだったが、ディナーやパーティへの招待を受けて予定に入れるのはいつもジルの役目だった。別居してからは、サガポナックの家から出るのはちょっとした買い物や散歩やサイクリングに出かけるときくらいになった。

それでも、七月の半ばにジルから連絡をもらったとき、あまりうれしくはなかった。なんと、ジルは離婚を取り消したいといってきたのだ。なにがあったのか。カートが弁護士に報告したところによれば、「ジルの未来の夫」であるドゥブルルが「姿をくらましたらしい」。つまり、ジルとドゥブルルの関係はいわば予告なしに終わってしまったのだ。(実は、ドゥブルルはこの頃、のちに結婚することになる画家のヘレン・フランケンセアラーと出会っていた)。恋が終わってしまったので、ジルは当然のようにカートとのあいだのいざこざを水に流せばいいと考えたのだ。

カートは同意しなかった。ジルからはひどい仕打ちを受けていたのだ。自分はいわば、「ジルのために何年も金の卵を産み続けて死にかけたガチョウ」だ。カートはなんとしても離婚したかった。それも、できるだけあっさりと、といった。必要なら証人も用意する。ジルの財産を算出して、九歳のリリーの養育費に関する手続きもしよう。

ジルはカートがサガポナックを留守にするときを狙って家中を捜索して――あるいはカートがあざけるようにいった言葉を借りれば「種をほじくり出して」――カートも浮気をしていた証拠を探した。みつけ出したのは、アイオワ州シーダーフォールズからの長距離通話が記載されている電話料金の明細書とバスルームにあった化粧品数点だった。

カートは弁護士を通してこう返事をした。ええ、たしかにシーダーフォールズのロリーのほうが妻よりも好きです。それから化粧品はおそらく男性よりは女性のほうが使うでしょう。カートのコメントはそれだけだった。その秋、「プレイボーイ」誌のインタビューで、今取り組んでいることはときかれると、カートはこう答えた。「離婚かな。これを成立させるのはフルタイムの仕事でね」。

現実には、カートはジルとの離婚について、できるだけ考えないようにしていた。カートはそれから二年間、だいたいにおいて、サガポナックでひとりで暮らした。東四十八番ストリートの家には定期的に戻ったが、それはリリーとの時間を過ごすためであり、リリーの学校行事に出席するためだった。離婚を望む理由を説明する宣誓供述書を弁護士に提出したことを除けば、交渉は少しも進んでいなかった。

なにもしないというのはいかにもカートらしかった。誰かの心を傷つけたあとはいつもそうだった。ノックスを自分の著作権エージェントの立場から追いやったときも、家族をウェストバーンスタブルに残して出てきたときも、ジェインと別れたときも、サム・ロレンスを切り捨てたときも。自分の行動について考えるとたいていはしばらく鬱になり、それが仕事の邪魔をする。人と礼儀正しく接したり「ごくふつうの親切」――カートの好きな言葉のひとつ――を示したりという範囲を超えて、もっと気持ちを表現してほしいとか責任を果たしてほしいと求められると、けんかするにせよ抱きしめるにせよ、カートはうまくできなかった。執筆が進んで気持ちが安定するまでは、個人的な問題は、いわば書斎のドアの外に待たせておくしかなかったのだ。

しかし作家としては、円熟期に入っていた。「文学の大御所」の域に達していたのだ。年齢的なこともあったが、実験的な作品を書く作家として、四十年間本を出し続けたことが認められてきていたのだ。一九九二年三月、カートは改組された米国芸術文学アカデミーの会員に推薦された。同時期に入会したのは作家のアン・ビーティ、作家で批評家のフランシーヌ・デュ・プレシックス・グレイ、イタリア語作品の卓越した翻訳家であるウィリアム・ウィーヴァーだ。その二ヶ月後には、アメリカ・ヒューマニスト協会がオレゴン州ポートランドで開かれた全国大会でカートをヒューマニスト・オブ・ザ・イヤーに選んだ。カートは大会で聴衆に語った。「ヒューマニストは、親切で立派なふるまいをしようと努力をするものです。ただし、死後の見返りや罰を考えてそうするのではありません。そして世界の創造主が誰なのかは今のところわかっていないので、理解できる範囲で最高に抽象的なものに奉仕します。それは、所属するコミュニティです」。

一九九三年、トルコで複数のジャーナリストが殺害されたとき、国際的に有名な作家たちが抗議の請願書に署名をした。その顔ぶれは、アントニア・フレーザー、アーサー・ミラー、ハロルド・ピンター、マーガレット・アトウッド、マリオ・バルガス・リョサ、トニ・モリスンなど。そこにカートの名前が並ぶことで、請願書はさらに重みを増した。カートの書いたふたつのエッセイ——「One Hell of a Country」と「America : Right and Wrong」——は複数のメディアに転載され、広く海外でも読まれた。

作家仲間たちもカートの持つ才能と評判に敬意を表した。ジョージ・プリンプトンはストラヴィンスキーが曲をつけた舞台作品『兵士の物語』の台本を新たに書いてくれないかと持ちかけ、カートは喜んで話にのった。

原作はロシア民話で、悪についての神秘主義的な教訓話だったが、カートの手によって、アメリカ人歩兵エドワード・ドナルド・スロヴィック、通称エディの物語に生まれ変わった。エディは実在した人物で、一九四五年に脱走して処刑された。南北戦争以来、銃殺執行隊によって処刑された唯一の兵士だった。プログラムでカートは説明している。ストラヴィンスキーの作品はファンタジーで、「兵士のつらく屈辱的な人生とはまったくかけ離れている。兵士はいつの時代のどんな戦争であろうと屈辱的な目にあっている」。だから、それを正したかったのだ、と。一年後にニューヨーク・フィロムジカ室内アンサンブルの演奏で上演されたオペラ『兵士の物語』の初日は、あまり評判がよくなかったが、カートは自分の仕事の領域を広げる機会に恵まれたことに興奮した。

また、ウェストバーンスタブルの家族の家長としてのカートの復権も、少しずつかなってきた。すでに孫も何人かいて、一九九二年十一月の七十歳の誕生日には、子どもたちと甥たちがパーティを開いてくれた。会場はボストンやニューヨークではない。家族みんなのお気に入りで、郡庁舎の向かいにあるバーンスタブルのレストラン、ドルフィンだ。ジム・アダムズはこのときのために「ハイク」を十三作ってきた。その中のひとつを紹介しよう。

気づいてた　あなたがそっと　さしだす手
無二の愛情　感謝は尽きず

かつての問題児、ジムも五十歳近くになり、ヴォネガット家にやってきた十四歳の頃の自分を思い出していた。両親が突然死んだことで心がすさんでいただけではない。彼自身がすさんだ家族の産物だったのだ。

母アリスと父ジムは、一見とても創造的で才気にあふれ、人を楽しませるのが上手だった。なにしろ部屋には南国の鳥が飛び交い、壁や家具には様々な自然物がステンシルで描かれていて、家中が遊戯室のようだった。だが、そんな芝居がかった生活にライトをあてると、厚化粧のピエロのように少しグロテスクだった。アリスの金色に染めた前髪と真っ赤なつやつやの唇、そしていつも動物たちに声を作って優しく話しかけている様子には、どうしても未成熟さが感じられた。アリスは幼い頃から、部屋中をくるくる回りながら「そんなのどうでもいいわ！」と大声でいってばかりで、難しいことや面倒なことから逃げようとする傾向があった。その頃からなにも変わっていなかった。一方、ジムはこの間の企画は当たるぞ、とか一攫千金だとかチャンスが近づいているなどと大げさにいっていたが、それは最高の聞き手、家族の前だけでのことだった。

ふたりが亡くなった頃には、すべてが破綻寸前だった。長男のジム・アダムズは二〇〇二年に、叔父のカートに宛てて手紙を書いている。少年だった自分も「父と母が窮地に立たされていたのは、ふたりが亡くなる前からわかっていました。ふたりのすばらしい夢の世界は崩れ落ちようとしていました。父はちっとも金を稼ぐことができず、家は借金まみれでした。母は酒浸りで、父とけんかばかりしていました。互いに、大嫌いだ、離婚だとどなりあって」。子どもたちの未来は荒涼たるもので、大学で教育を受けるなど問題外だった。そんなとき、「叔父さんがさっそうと現れて、かっこよく、寛大に、ぼくたちを家に連れ帰ってくれたのです」。

ジムは感謝していた。叔父に「ひどいことばかりした」ことを後悔していた。「そして最後に、あなたを愛していると伝えたいのです。あなたはぼくの父ではなくケイ叔父さんです。あなたはあなたで、なんというか、つき合いづらいところもあります。でも、それでもぼくがあなたのことを愛していることには変わりありません。それでは」。

七十歳の誕生日のおかげで、カートが家族で囲むテーブルの上座に父親として叔父さんとして祖父として戻ることができたのは、象徴的なことだった。〝美しいけれど無慈悲な乙女（美しい乙女が実は魔物の化身で、旅人をだまして食べてしまうという、ジョン・キーツの詩のタイトルで、フランス十五世紀の詩から借用したもの）〟のジルはカートの束縛をとき、子どもたちのもとへ返したのだ。子どもたちはそれが父親の不幸な結婚の幸せなエピローグであることを望んだ。カートがイースト・ハンプトンでつき合っている女性がいることも、秘密ではなかった――元水着モデルで、金髪で五十歳くらいのその女性は、コロンビア大学の理事としての仕事の息抜きによくアウトワード・バウンド協会（アウトドア活動のための短期のスクール。大自然を舞台にした冒険活動を行えるツアーなども主催する）のツアーを利用していた。カートは人生の秋に現れたこの愛人をふたり目のミューズと呼んだ（ひとり目はロリーだ）。彼女のおかげで執筆や絵画の制作にまた熱が入ったのだ。

人生に愛と仕事――フロイトのいう充足感のための処方箋――を得てカートの心は安定した。ロマンスのおかげで、無慈悲な空白のページに向きあう退屈さは消えた。カートが書いている新しい作品は、丸ごとキルゴア・トラウトに捧げてもいいし、あるいは登場人物としての「カート・ヴォネガット」のものにしてもよかった。というのも、そのふたりは実際に互換性があるからだ。ただ、締め切りはかなり前に過ぎていた。体力的には、この年齢の男がタイプライターの前で何時間も前屈みになっているのはかなりつらいことだったのだ。おかげでカートはすっかり猫背になっていた。

こうして、すべてが順調にみえていたのに、一九九四年の初め、カートはいきなりジルとやり直すと宣言した。当然、子どもたちも甥たちも啞然とした。カートはナニーには悲しそうに言い訳をした。

自分にとってどうもジルは「持病」のようなものらしい、と。ナニーは冷たく答えたという。「まったく、なにいってるのよ、パパ」。カートはそれでも離婚を棚上げし、サガポナックの家を出てマンハッタンに戻った。

人生の航路を変更し、キルケーの棲む洞穴に戻ってきた本当の理由は、十一歳のリリーが気がかりだったからだ。リリーはもはや、子どもを撮るのが得意な写真家の母親のモデルをつとめる、写真うつりのいい幼い少女ではない。思春期にさしかかり、〝強い〟という言葉がぴったりはまった。体操選手のような強靭な体に、自分の感情を表す強い言葉。人に無視されることは許さない。両親の不和は、まさに自分に注目を集めるためのきっかけになった。自分をめぐって父親と母親を競わせるのが得意になったのも、当然かもしれない。だが、カートがジルのもとに帰ったのにはもうひとつの理由があったようで、それは小説家のハーマン・ウォークからの手紙だった。ウォークは五十年間結婚生活を続けていた。「わたしたち夫婦は文壇とは遠く離れた世界に生きていますが、あなたがジルと別居していることを知り、とても残念に思っています。わたしたちの場合は、この先連れ合いがいたほうが生きやすいと感じています。お互い、年をとる一方ですからね」。

そう、カートは年をとっていた。カートが生まれたのは一九二二年、第一次世界大戦が終わった四年後だ。まだ騎兵隊が存在した時代。ラジオが目新しくて、合衆国のかなりの部分に電気が通っていなかった時代。だが、あと六年もすれば二〇〇〇年だ。カートは二十世紀の人間で、人生の終わりは近づいている。もう七十年もの日々が過ぎてしまった。そして八十歳まで生きなくてはならないとすれば、残りの人生は詩篇にもあるように「ただ、ほねおりと悩みであって／その過ぎゆくことは速く、われらは飛び去るのです」。

カートは、過ぎゆく時間となんとか折り合いをつけていきたいと思った。いろいろな罪をなすりつけるのに好都合だったテクノロジーすら、とりいれる気持ちになった。マンハッタンのブラウンストーン造りの自宅に到着したとき、カートは新しいものを腕に抱えていた。小型のワードプロセッサーだ。アンダーウッドや、お気に入りだったスミスコロナ——カタカタと音を立て、紙を回し、ベルを鳴らして、言葉を連ね文章を紡ぎ出していたあの昔ながらのタイプライター——は忘れ去られた。初めのうち、リリーはタイプライターのキャリッジが機織機のようにいったりきたりする音が四階の父親の書斎からきこえてこないので、なかなか眠りにつけなかった。それでも父親は家にいた。ポール・モールのにおいが家中かすかに漂っていたし、父親の部屋のドアの下からは明かりが漏れていた。

執筆中の本——のちに『タイムクエイク』と題される——の問題点は、エピソードの寄せ集めであることだ。全体を貫く明確なプロットがない。カートは満足のいく「もし〜だったら」という筋書きをなかなか思いつけなかった。それがないと、小説は成り立たない。またもや『パームサンデー』や『死よりも悪い運命』のような自伝的コラージュという方式に頼るとすれば、フィクションというよりもジャーナリスティックな本がこれで三冊になってしまう。だが一方で、本は出さなくてはいけないし、ここ数年で起きた出来事について考え、書くことは、今のカートにはとても興味深いことだった。

少し前の出来事で忘れられなかったのは、講義をしにニューヨークのロチェスター大学を訪れたときのことだ。その連続講義のコーディネーターをしてくれた女性が、できてから二百年もたつマウント・ホープ墓地に車で連れていってくれた。そこにはスーザン・B・アンソニーやフレデリック・ダグラスなどの有名人が何人も埋葬されていた。コーディネーターの女性がカートを案内したのは、地面からわずかに顔を出した兵士用の墓石の前だった。墓碑銘にはエドワード・〝ジョー〟・クローンの墓と書いてある。ビリー・ピルグリムのモデルとなった人物だ。

「しかし、ジョーはドレスデンにいるはずだ」カートは戸惑った。「埋葬されるところをこの目で見たんです。紙でできた服を着せられて。布の服が足りなかったから」。

戦後、ジョーの両親は五年を費やして息子の居所を探した。保険会社の重役だった父親が、ジョーと同じ連隊に所属していた人々のうち二百人に手紙で問い合わせたところ、ようやくひとりがジョーはドレスデンの少し先の市民病院で死亡し、ゲルリッツに埋葬されたと返信してきた。そこで、両親は東ドイツまで出かけていき、ジョーの亡骸をマウント・ホープ墓地に改めて埋葬できるよう手配したのだ。

カートは、ジョーの両親が他界したときくまで、ビリー・ピルグリムのモデルが誰なのか伏せていた。今、静まりかえった十九世紀からの古い墓地で、カートは連れてきてくれたコーディネーターに、少しのあいだひとりにしてほしいと頼んだ。コーディネーターが離れたところからみていると、カートはタバコを出して火をつけ、周囲に生い茂る大木を見回し、墓石にむかって話しかけた。五十年の月日を超えて、死者と語りあったのだ。カートは泣いていたが、少しして車に戻ってきたときには満足そうだった。「これで、ぼくのなかで第二次世界大戦の本は終わった」。カートはその後、マウント・ホープ墓地に小切手を送り、戦没者記念日にはジョーの墓に花をたむけてほしいと頼んだ。

もうひとつ、カートを哲学的な気分にした小さな出来事は、兄のバーナードがガラス板にクモのような模様がいくつもついたものを送ってきたことだ。科学者のバーナードは、それが芸術作品と呼ぶにふさわしいかどうか知りたがった。

その模様ができたいきさつは一九五〇年代に遡る。バーナードが雷を研究していた頃だ。同僚のひとりが、高電圧粒子加速器から厚さ約一センチのプラスチック板に高エネルギー電子をあてると、美しい模様ができた。まるで凍った稲妻のようだった。バーナードは板の一枚を科学者仲間のポール・

マティスに謹呈した。マティスは義理の父親であるフランス系アメリカ人のダダイズムの画家、マルセル・デュシャンにそれをみせた。すると、「義父もやはり魅了された」というのだ。

バーナードは独自に実験を重ね、粒子加速器がなくても美術工芸の手法を使って同じような模様をつくる方法を発見した。二枚のガラス板を重ね、その間にペンキを薄く流して、すばやく板を引き離すだけだ。ひび割れたような模様は、ペンキが乾けばそのまま残る。そして兄は弟に、この手作業でつくった作品の見本をいくつか送り、こうきいたのだ。「これは芸術だろうか?」

子どもの頃、バーナードは芸術なんて「お飾り」だとあざけった。そうすることで、自分以外の家族がしていることを暗に否定していたのだ。父親の建築家という職業、母親の女性向け雑誌に短編小説を載せたいという願望、アリスの誰にも習わなくても描きたいものの絵をうまく描ける才能。今になって兄は、有名な小説家になった弟に質問を投げかけた。芸術とは、そんなに簡単にできるものなのか? 偶然の産物なのか? 芸術は自然現象とどう違うのか、説明してもらえないか? だがバーナードは、すでに同様の模様がマルセル・デュシャンを感心させているという事実をあえて伝えはしなかった。弟は高名な画家の評価に賛同するだろうか?

カートは、科学者の兄への返信に軽く見下すような気持ちをこめずにはいられなかった。まずはこう始めた。芸術を説明するということは、赤ん坊がどこからきたのかと説明するようなものだ。芸術における実験主義者は、自分の作品を衆人の目にさらし、人々がそれについて批判するのに耐えなくてはいけない。つまりバーナードに、芸術の世界に身を置いて実感してみればいいと、やんわりと、挑戦状をつきつけたのだ。それから、こうも書いた。芸術は難解すぎてはいけない。しかも、必ず観客の存在がなくてはならない。そうでなければ作者は落胆し、作品は失敗に終わるだろう、と。それはデュシャンの中心たる思想、つまり観客は作品を解読・解釈することで芸術家の創造活動に貢献するということを、無意識ながら見事に言い換えていた。

最後に、バーナードが、芸術はガラスにできた美しい模様のように、幸運な偶然によって生み出されることもあると暗にいったことに対し、カートはこう答えた。すぐれた芸術作品を創造するには、ある程度の計算と制作過程に関する知識が必要だ。もちろん経験も大事だ。だがそれに加えて、いつも神秘的で神がかった要素があるのだ、と。

カートは書いてはいないが、この最後の点では、兄弟の望みは一致している。つまりバーナードがいつも自分の研究に関していっている、「どうなっているのか知りたい」ということだ。ふたりは研究室と書斎というそれぞれの仕事場を出れば、そういう意味ではとても似ていた。ふたりとも探求心が強かった。ものごとの核心を知りたいと思っていた。科学的なフレーズでいえば、世界の成り立ちを説明する「再現性のある結果」を求めた。だが同時に、科学者として作家として、立ちふさがる不変の力、つまりまったくの偶然の前に謙虚でなくてはならない。偶然は芸術も創り出すが、世界を滅ぼすこともあるのだから。

『タイムクエイク』はようやく、カートの根気のよさに負けて、形になった。一九九六年夏のことだ。ただ、結局、それは自伝的な断片と随想とキルゴア・トラウトの物語を寄せ集めたもの、つまりカートの記憶の屋根裏部屋から持ち出した薄べったいトランクの中身でしかなかった。プロローグで、カートは弁解がましくこう説明している。『タイムクエイク』は崩壊してしまった小説の残がいの寄せ集めだ。だが自分にはどうすることもできない、と。メルヴィルの小説に出てくる捕鯨船の船乗りが何ヶ月も海で過ごすあいだ、ジョークや逸話や思い出話をさんざん披露したあげく沈黙したように、カートも沈黙へ向かっていた。カートには変化が必要だった――自分を解放してくれるなにかが。

一九九六年九月、カートはコロラド州デンヴァーに飛んだ。ある美術画廊で開かれている自分のペン画の個展をみるためと、本とビールをセットにしたイベントに出席するためだ。デンヴァー市長のジョン・ヒッケンルーパーが昔ドレスデンで捕虜になっていた男の息子だったため、カートは市の新しい図書館のオープンを祝って、デンヴァー特製の地ビールのラベルをデザインしたのだ。ビールは〝カートのマイル・ハイ・モルト〟と命名された。カートは、地ビールに自分の名前を貸しただけでなく、ビールにかすかなコーヒーの風味を加える、ある秘伝の材料も伝授した。それは曾祖父のピーター・リーバーのデュッセルドルフ風ダークラガーに加えられていた秘伝の原料だった。

カートがデンヴァーでゆったりと過ごしているところへ、バーナードが自分の病気について連絡してきた可能性もあるが、バーナードは話さなかったようだ。というのも、バーナードは病気をとても冷静に受け止めていたからだ。咳の発作に見舞われたとき、口の中に銅のような血の味が広がった。三十年前に禁煙していたのだが、胸部X線写真を撮ると肺ガンの影が映っていた。担当医はすぐに化学療法を始めることを勧めたが、少し前に八十二歳の誕生日を迎えたバーナードは、年齢を理由に拒否した。残された時間を存分に楽しみたかったのだ。十二月にはサンフランシスコでアメリカ地球物理学連合の年に一度の大会がある。多くの友人や同僚が参加する大会だ。とくに、帯電させた気体を地球から宇宙へ向けて噴射することに関するパネルディスカッションに、パネラーとして参加するのを楽しみにしていた。それだけはなんとしても、出ないわけにはいかない。

一方、カートは十月、ペンクラブのメンバーのための『母なる夜』特別上映会に出席した。監督はキース・ゴードン、脚本はロバート・B・ワイディ、スパイのハワード・キャンベル役を演じるのはニック・ノルティだ。ペンクラブの面々にはどうしても絶賛してほしかった。公式の試写会がその数時間後にひかえていたからだ。

『母なる夜』はもともと、ぴりぴりした空気の漂う陰気な風刺小説で、ナチスと、その手先になったアメリカ人（実は二重スパイ）の、裏切りの物語だ。とことん暗くならずにすんでいるのは、カートのしれっとした不条理主義的な語り口《トーン》によるところが大きい。（たとえば「アンドールはエストニア出身のユダヤ人で、いつも眠たげであまり頭の切れがよくない……アンドールはあやうく強制収容所の焼却炉の煙突を煙になって昇っていくところだったという」といった具合）。小説およびそのプロットは主張を際だたせるために誇張されていて、アドルフ・ヒトラーのような人々さえ登場させる。彼らは怪物を喜劇的に擬人化したものなのだ。

だが映画では、メタフィクションのようにカートが顔を出すわけにはいかない――つまり物語を語るうえで安全かつアイロニカルに距離をとることができない――ので、映画版『母なる夜』は直接的なドラマになってしまった。カートはあとになって気づいたのだが、自分の小説を映画化すると、どうしてもひとり登場人物が欠けてしまう。カート自身だ。

ペンクラブでの上映会が終わると、カートは監督のゴードンと脚本家のワイディとともに劇場の前方のパネラー用の席に移動し、場内からの質問を受けることになった。予定されていた「ディスカッション」はすぐに大混乱に陥った。カートはそれまでも、自分のことを懐疑的にみている聴衆の前に立ったことはあったが、敵意をむきだしにされたことはほとんどなかった。口火を切ったのは憤然とした朝鮮戦争の退役軍人だった。なぜか通信士をしていた理由をくどくど説明してから、こういった。第二次世界大戦中、アメリカ軍のユダヤ系兵士で戦死したのはたったふたりだけだ。なぜこの事実をもっととりあげないのか？　聴衆はあっけにとられた。

ワイディの父親は沖縄戦の際、米軍艦ジョン・ミューアに通信兵として乗船していた。ワイディはマイクロフォンに向かい、身を屈めていった。「あなたは、クソ野郎ですね」。

「なんだと？　ちょっとこっちにこい。相手してやる！」

ある人は、映画のなかで二重スパイのキャンベルがくり返していた反ユダヤ人的暴言が、ネオ・ナチズムを助長する可能性があると警告した。それに続いて、アフリカ系アメリカ人の女性が〝ブラックユーモア〟という言葉をきくと腹が立つといい、ワイディはもはやすっかり我慢の限界を超えていたので、「わたしは〝ホワイトライ（white lie たわいのない嘘や儀礼的なお世辞のこと）〟をいわれても気にならない」と答えた。だが、カートをもっとも動揺させたのは、ナチスの「死の収容所」から生還した経験を持つ女性の意見だった。ホロコーストをエンターテインメントに使う人がいるとは、嫌悪感でぞっとする、といわれた。カートはその後に開かれることになっていたレセプションに出ても、口論に巻き込まれて会を台無しにするだけだと思ったので、出席せずに帰宅した。

新聞の批判的な書評を無視することは簡単だが、観衆の見守る中でさらし者になるのはつらい。カートが耐え難く感じたのは、文学と出版のプロ集団に、自分の意図を理解する能力があまりに乏しかったことだ。『母なる夜』は本質的にはナチスについての小説ではないし、第二次世界大戦についての作品ですらない。道徳の曖昧さについての小説なのだ。そのことをわかっていないから、彼らはあのように反応したのだ、とカートは考えた。だが、映画評論家の多くは、『母なる夜』を好意的に取り上げた。

バーナードは治療も入院も拒んだので、回復する見こみはなかった。一九九七年二月から、カートは電車でニューヨーク市からレンセリア駅までいくようになった。駅まではバーナードの息子のひとり、カートが迎えにきてくれて、オールバニまでふたりで短いドライブをした。バーナードは顔がバターミルクのように白く、痩せていて、ズボンがずり落ちないようにサスペンダーで吊っていた。寒さが骨身にしみるらしく、フランネルのシャツを着て、家のなかでもニット帽をかぶっていた。まるで、今にも出かけようとしているようにみえた。

「インタビューしたいんだ」。バーナードの家を訪れるようになった初期の頃、カートはそういって、デジタルの録音機をキッチンのテーブルの上においた。向こう側にはバーナードが座っている。

「なにについて？」

「兄さんは大学教授だから、一緒にいて楽しかった女子学生の話でもしよう」。

それから会話がはずみ、結局は思い出話、ことにアリスの話をたくさんした。おかげでバーナードはずいぶん笑ったが、笑うと胸がゼイゼイ鳴って激しく咳きこんだ。

バーナードは、近所ではちょっと変わった人物として有名だった。ツイードのジャケットを着た大学教授で、科学の実験で使うらしい機材を一九四九年製のプリマス・スペシャル・デラックスセダン（父親の車がまだ動いていたのだ）に積みこんで通りを行き来していたからだ。近頃では、最新の発明品――新種の風速計――をサイドミラーにとりつけて、車の速度をあげてその作動状況を観察していた。天気に関することなら、どんな分野でも、どんな謎でも、バーナードの知らないことはなかった。

同業者からすると、バーナードは優秀な大気学者だった。二十八の特許を持ち、科学雑誌に査読を通った論文を百六十も載せたことがあり、ニューヨーク州立大学オールバニ校の名誉教授だ。だがその地位を得られたのは、気象調節の分野における先駆的な発見によって、アメリカ気象学会から、応用気象学の発展にめざましい貢献をした者に贈られる賞を授与されたためだ。「バーナードの言葉には、誰もが熱心に耳を傾けました」とカートの友人で医師のロバート・マスランスキーは手紙に書いている。

バーナードが死ぬ数日前、イギリスのマンチェスター大学の気象学者、ジョン・レイサムが電話をしてきた。ふたりは二十年にわたり、学術誌などで意見を戦わせてきた仲だ。レイサムには、友人の声が滝の向こう側からきこえてくるように思えた。バーナードはそんなことには気づかずにこういった。「楽しかったよ」。バーナードは一九九七年四月二十五日に他界した。

息子たちは、父親にふさわしいやり方で葬儀をしようと決めた。ある晴れた日、パイロットのタイガー・アダムズは、いとこたちを乗せてグレイロック山の上空を飛んだ。飛行機からは山の起伏がきれいに見渡せた。雲の種まき実験が最初に行われたのは、グレイロック山上空だった。そのとき、バーナードはゼネラル・エレクトリック社の科学者の同僚たちとともに、雲の様子を地上から観察していたのだ。バーナードの息子のひとりが助手席のドアを開けて父親の遺灰をまくと、風が灰を青い空へと運び去った。

カートは、子ども時代の自分にとっては〝いじめっ子〟だった兄と完全に和解することはなく、必要以上にわだかまりを持っていた。だが人生の選択に干渉されたことを兄の前で口に出して非難したことはなかった。いえなかったのだ。それをいえば、兄が上に立っていることを認めることになるから。兄との関係について書くときも、自分の感情は押し殺していた。「ぼくが最も長い期間〝ごくふつうの親切〟を心がけて接した相手は、唯一の男きょうだいである兄のバーナードだ」。

『タイムクエイク』が一九九七年秋に出版されたとき、カートはそれを最後の小説だと明言した。カートにとって十四作目の作品で、絞り出すようにして書き上げたものだ。だが悲しいことに書評家たちはおおむね、カートがこんな本は書かずに引退したほうがよかったという意見だった。

タイムクエイクとは、カートの定義によると、時空連続体で起きたくしゃみのようなもので、二〇〇一年二月十三日にそれが起きると、誰もが瞬時に一九九一年二月十七日に逆戻りしてしまう。読者はいやおうなく、同じことを全く同じようにしてしまうとわかっていながら人生をくり返すことを想像する。たとえば、だめになるとわかっている相手とまた結婚したり、負けるとわかっている馬に賭けたり、大事故を起こしたりする。結果を前もって知っていれば、そんな破滅をもたらすようなことはしないはずだ。だがカートの描き出す人生は、残忍で無情で気が滅入るほどに決定論的だ。不可抗力とはどれほど重く感じられるかを、カートは伝えようとする。

そして、まるで読者に別れを告げるかのように、カートはテキストの中にこれまで何度もしてきたように自分自身を登場させ、キルゴア・トラウトに敬意を表して開かれる白昼夢のような焼きはまぐり《クラム》パーティ《ベイク》に参加する。招かれているのは、学者、作家仲間、家族の面々。トラウトは彼らに向かって独特の奇妙な意見を語っている。たとえば、第二次世界大戦は「ショービジネス」にこれからもすばらしい素材を提供し続けることになるが、それはひとえにナチスの軍服がカッコイイからだ、などと。だがトラウトは、年のせいでもう眠くてたまらないと漏らす。その頃、カートは友人への手紙に、自分についても同じことを書いていた。作者も登場人物も、夢想している。「旅立ちし者がひとりとして帰ったことのない未知の世界」へいくのはいつのことかと。

カートは七十代の半ばにさしかかり、かなりくたびれてきてはいたが、講演旅行をまだ続けていた。カートの話をききたくて講堂につめかける聴衆がいたからだ。作品の崇拝者もいれば、好奇心からききにくる者もいた。戦後のアメリカ文学界の有名人を見ておきたくてくる者もいた。あちこちの卒業式でスピーチをしてくれと引っ張りだこだったので、一九九七年六月、「シカゴ・トリビューン」紙のコラムニストのメアリ・シュミックが、「助言は若さと同じで若者には無駄なものである」というユーモラスな記事を大学の卒業生向けに書くと、カートの言葉ではないかと思われた。その結果、「日焼け止め推奨スピーチ（シュミックは記事のなかで、若さを享受して将来に備えることの比喩として「日焼け止めを塗りなさい」と書いている）」として有名になるその記事は、以後何年ものあいだ、カートがMITで話したものだということにされてしまう。

カートのスピーチで最も人気を博したもののひとつが、物語の構造に関してチョークで図を書いて説明するというもの。これは、シカゴ大学に提出した論文、「単純な物語における幸と不幸の推移」を要約し、アイオワ大学創作講座で練られたものだ。カートは自嘲気味の自己紹介を少ししてから、後ろを向いて黒板に二本の線をひく。縦の幸福軸と横の時間軸だ。二本の線は縦軸の真ん中あたりで交わっているが、そこは登場人物にとって平均的な一日の始まりだ、とカートは説明する。そこからゆっくりと弧を描くようにして上に向かう線を書き、「すごい！　今日はラッキーだ」と叫ぶ。線がなだらかにピークに達したあと下がっていくと、カートは沈んだ調子で「クソッ！」という。ここで会場は爆笑に包まれる。線は下がり続けて横軸を突き抜け、谷底を形成する。これが「穴に落ちた男」の物語の本質だ、とカートは説明する。作家の仕事は、登場人物を穴からはいあがらせ、よりよい状態へと押し上げてやることだ。もちろん、カフカの場合はちがう。カフカは登場人物を穴に放り込み、そのまま置き去りにする。そう話すと、再び聴衆は爆笑した。

カートはまた、年配者にありがちなことだが、以前よりも人好きのする人物になりつつあった。政治家やアメリカ社会の失敗を嘲るようなことをいっても、みんな、そうだけどね、というふうにうなずいたり、寛大な笑みを浮かべたりするようになった。かつては「辛口」「痛烈」「冷笑的」などといわれたものだが、今では単なる変わり者とみられることのほうが多くなった。大目にみてあげないといけないおじいちゃん、という感じだったのだ。たとえば、こんなことがあった。一九九七年十二月、カートはウィスコンシン州のマディソンで講演をした。拡大家族の重要性と互いに親切にし合う必要性について話していると、小さな子どもを抱いた女性が講堂の後ろから入ってきた。子どもが泣きはじめた。

「そのガキを追い出せ！」とカートは怒鳴った。

その晩でいちばんの爆笑が巻き起こった。

講演を終えると、カートはあっさりステージを降りた。もう質問に答える時間はとらなかった。ある晩、オリー・ライアンの娘マリアが、会場を出ようとしているカートを急いで追いかけた。ヴォネガット家とライアン家は四十年来友だちづきあいをしていて、マリアはカートをハグしようとやってきたのだ。ところが、マリアが会場の前列まできたときには、カートのもじゃもじゃ頭が、崇拝者の群れの中心であっちを向いたりこっちを向いたりしているのが見えるだけだった。マリアはなんとか割り込んで近づこうとしたが、できなかった。

「カート！」マリアは叫んだ。「カート！」

カートはふり返り、びっくりした顔になった。「マリア！」カートはどこかで会おうと片手で合図をしたが、具体的にレストランを指定したりはしなかった。そして人々にもみくちゃにされながら押し出されるようにして待機している車に乗りこみ、夜の闇に消えてしまった。

あるとき、カートは、辛抱強く耳を傾ける家族の前で、次のように語った。自分はみなさんの予測に反して、経済的にそれほど成功したわけではなく、相続人の数は多い。財産の〝遺贈〟はこうする。三分の一はジルに、三分の二は子どもたちで均等に配分する。「子どもたち」には養女のリリーも含まれる。よく考えた結果、アダムズ家の子どもたちは、すでにほかの親戚の遺言により多くの遺産を受け取っていたし、父親を亡くした事故で鉄道会社を相手取った訴訟グループの一員になって補償金を得ていたので、カートの遺産の相続人には含めないことに決めた。「かつて、あの子たちが大金を手にしていて、そのためにいろいろな可能性がつかめるというのに、ぼくの実子は金も可能性もあまりないことが気になっていた時期がありました」とカートは手紙に書いている。

カートは思った。今、うけあってもらえたら、どんなにいいだろう。あなたは目にみえないゴールにすでに達している、あなたの業績は永遠に残る、と。そして、カートは心配していた。二〇〇〇年代に入ったときにとまどって、自分は文化的に二十世紀から抜け出すことができないとわかったらどうしよう。現にメルヴィルは、『白鯨』の出版からかなりの年月を経て死んだので、大都市新聞の死亡記事の記者たちは、メルヴィルがどんな人物で、かつてどんなことをしたのかということを、読者に思い出させる記事を書く必要があった。

おそらく必要以上に長く生きてしまうということはあるのだろう。ニューヨーク市のNBCビルのレインボールームで開かれた、ノーマン・メイラーの『The Time of Our Time』――五十年にわたり発表してきた作品から抜粋した千三百ページのアンソロジー――の出版記念パーティでは、招待客の多くが白髪の老人だった。作品が世界中の大学の授業で扱われているような、古参の作家たちだ。カートはあたりを見回したあと、記者にこうコメントしている。「ぼくらはみな、F・スコット・フィッツジェラルドくらい若い時に死ねばよかったと思っている。だが、そうはいかなかったんだよ」。また、リー・ストリンガーの『グランドセントラル駅・冬』の出版パーティでは、カートは外の通りでタバコを吸い、奥まった入り口から長い脚をのぞかせて、若い著者を紹介するスピーチをするときを待っていた。カートがパーティにきたのは好意からだった。文学界のパーティなど、もはや魅力的ではなかったが、頼まれて仕方なくきていたのだ。まるで身分の高い者の義務《ノブレス・オブリージュ》のような行為だ。これまでのすべてをみてきた作家として、アメリカ文学の流れを途切れさせないでほしいと頼まれたように感じていたのだ。

カートは自分の作品が、あちこちの本棚や図書館で栄誉ある位置に置かれ続けるという確約がほしかった。たとえば自分の名前が、アメリカの辞書に必ずしも載っていないことにいらだった。同じくらい有名な多くの作家が載っているというのに。最終的な結論、永続的な価値判断がほしかった。何年も書斎にこもって新作を出し続けることに、もう疲れはてていた。かつて雑誌に掲載された二十三編の短編小説をまとめて『バゴンボの嗅ぎタバコ入れ』として出版するという話が持ち上がったとき、カート自身は実質的にはなにもしなくていいとわかってほっとした。

ある晩のディナーパーティで、カートは客のカナダ出身の作家クラーク・ブレイズとインド出身の作家バーラティ・ムカージに、十月にはノーベル文学賞が発表されるといい出したので、ふたりは驚いた。カートは、あと何回十月が巡ってくるのをみることになるのだろうと考えていた。

その疲労感をさらに強めたのが、ジルとの関係だった。カートは、胃が痛くなるようないい争いが起きないことを毎日念じながら暮らしていた。一九九八年に、特にはっきりとした理由のないまま二度目の離婚申請——ふたりの間で離婚申請がなされたのは、最終的には全部で三回——をしているが、その後取り下げている。カートは東四十八番ストリートの家でジルとの暗い共同生活を続けながら、一日のほとんどの時間を四階の書斎で過ごしていた。

だが、妻と娘のあいだの激しいいい合いをなんとかしなければならなかった。リリーは一部の教師ともめていたので、ジルはしっかり監督してもらえて絶対に逃げられない寄宿制の学校に入れるつもりだと明言していた。クラスは少人数制で、カウンセリングを受けて更正を手助けしてもらうこともできるらしい。

だがカートは、それはだめだと思った。六人の子どもを育てた親だけに、リリーの非行の理由は、そんな「閉じこめ作戦」では解消できないとわかっていた。カートは思いたって車に荷物を投げこみ、娘ナニーの住むマサチューセッツ州のノーサンプトンにひとりで向かい、ホテル・ノーサンプトンにチェックインした。

一九九九年十二月初頭のことだった。凍えるほど寒い日だったが、カートは公立私立を問わず、そのあたりの学校の下見をしたいと思っていた。運がよければ、学年半ばでリリーを転入させられるかもしれない。そして、創立六十周年を迎えて昨年改装されたばかりのノーサンプトン高校を訪れたとき、その建物といい校風といい、母校のショートリッジ高校に似ていると思った。カートはノーサンプトン高校を気に入って、候補リストのトップにした。

だがホテルに戻ったとき、駐車場で滑って転び、顔をしたたか打ってしまった。あまりの衝撃に頭がくらくらして、ゆっくり立ち上がると、傷口から血が滴りおちた。その後、ナニーがホテルの部屋を訪ねると、カートは「かなり悲惨な状態」だった。ナニーはカートを病院の緊急治療室に連れていき、傷口を縫ってもらった。だが、紫色の痣のために、顔の半分は色が変わってしまっていた。

一方、ジルは妥協案を思いついていた。自宅から二ブロック先の東五十番ストリートにあるビークマン・スクールは、大学入学準備のための個人指導に特化した学校で、ニューヨーク市にあるこの手の学校では最も古い学校のひとつだ。カートはその案に喜んで賛成した。車を走らせて家に向かいながら、すべてがいい方向に進んでいると信じていた。

ところが、ノーサンプトンに勝手に出かけた罰として、冬休みに家族三人で行くはずのカリブ海のサン・バルテルミー島への旅行に同行してはいけないと、ジルにいい渡されてしまった。旅行は一年前に予約してあった。だから、カートの代わりにリリーの友だちを連れていくことにする。万一カートが不服だというなら、旅行そのものをキャンセルするつもりだという。妻も娘も話しかけてくれなくなった。カートは自分で傷の手当てをした。

一ヶ月後。二〇〇〇年一月三十日、カートはスーパーボウルのテネシー・タイタンズとセントルイス・ラムズの試合をひとりきりで邪魔されずにみようと書斎にいった。

約十八平米のL字型の書斎は、カートの聖域だった。L字のいちばん上にあたる隅にはダブルベッドが置いてあり、その横の長い壁に、通りを見下ろす縦仕切りの深い窓が三つ、切ってある。そのうちひとつは、ベッドのすぐ脇にある。壁紙はピンクと白のストライプで、カートが作成したリトグラフのオリジナルが何枚も、額に入れて飾ってあった。黒の入り組んだ線画に原色で色づけしたような画風。カートの好きな抽象表現主義のスタイルだ。窓からの日差しが黒い革張りのイームズラウンジチェアに注いでいる。椅子の前にはコーヒーテーブルがあって、カート専用のラップトップ・コンピュータが開いた状態で置いてある。テレビもあり、L字の下の右端、窓の反対側のすみに机があるが、そちらはもっぱら記録保存用に使っている。小さなファイルキャビネットには手紙や下書き原稿などが入っていた。とはいえ一九九九年の九月には書類をまとめてインディアナ大学に売ってしまったうえ、その後も同大学のリリー図書館に興味をもってもらえそうなものは毎週のように送っていた。

夕方になって試合前の前座番組が始まる頃、カートはラウンジチェアにゆったり身を沈め、すぐ手の届くところにタバコの箱を置いた。キックオフのあとしばらくして、六時十五分過ぎ頃、カートはなにか食べるものをトレイにのせてこようと、階下におりた。

キッチンをあさっていると、誰かが玄関を叩いて大声でなにかいっているのがきこえた。カートがドアを開けると、近くに住むハンス・フォン・シュタッケルベルクというドイツ領事館の館長がいて、家の最上階の窓から煙が出ていると教えてくれた。ふたりして急いで階段をあがると、カートの書斎の外側の壁が炎を映してちらちら光っているのがみえた。その階は煙が充満していて熱かった。火元はカートの椅子のそばにあったゴミ箱だった。タバコの燃えかすから火がついたのだ。ふたりはゴミ箱を蹴ってひっくり返し、火を踏み消そうとしたが、火のついた紙が巻き上がるだけだった。フォン・シュタッケルベルクは階段の前まで退散して咳きこんだ。カートもついてきているものとばかり思ったが、姿がみえない。

「ヴォネガットさん、早くこっちへ！」

カートの片手が煙の中から出てきて、それをシュタッケルベルクがつかんだ。カートはシュタッケルベルクに支えられながら階段をおりると、椅子に座らせられた。息が苦しかった。

家の外には、東五十番ストリート消防署第八部隊の十四名の消防士が到着して通りを封鎖していた。消防団の照明で近所の家々が赤く染まり、まるでこの区画全体が燃えているようだった。ジルは歩道に立っていた。白いマルチーズのフラワーをタオルにくるんで抱いていて、その横にはリリーがいた。ふたりがみている前で、消防士がはしごを延ばして上がっていき、書斎の窓を割ると、通風のために柄の長い槍のようなもので天井に穴をあけた。

玄関のドアが開き、すすだらけのカートをのせた担架が、急な階段を運ばれてきた。リリーはすすり泣いた。「みたくない。こんなお父さんをみたくない」。

カートの友人で、「パレード」誌のコラムニストのジェイムズ・ブレディは、ジルとリリーに数軒先の自分の家で待っていたらどうかと勧めた。だがジルは「おびえると同時に怒っている」ことにブレディは気づいた。救急車にのせられようとしていたカートはブレディの姿をみとめると、手ぶりで後部ドアまで呼び寄せた。

「頼むから、説教だけはよしてくれ」。カートはブレディの手を握っていった。火事の責任はぼくにある。病院まで一緒にいってくれないか。

ニューヨーク・プレスビティリアン病院での場面は悪夢だったと、ブレディはいっている。火事は消防士たちが十五分で鎮火させたが、ジルの怒りの炎は燃え上がるばかりで、緊急治療室を可燃ガスで満たすかのようだった。ブレディはなだめようとしたが、ジルの怒りは鎮まらなかった。

そして、ドン・ファーバーが治療室に現れたとき、そのガスが発火した。「あの男をわたしに近寄らせないで」。ジルは叫ぶようにいった。「あの男が〝ヴォネガット夫人〟なんだから。あたしじゃなくて！　あの男とは口をきかない。追いはらって！」ジルは、カートが睡眠薬とアルコールの多量摂取で意識を失ったときに、ファーバーがジルの意向を二度もはねつけたことをまだ赦していなかった。しかも、ファーバーの法律関係のパートナーのひとりが、ジルとの離婚手続きの件でカートに手を貸していたのだ。

ブレディはファーバーを脇へ呼んで、ふたりだけで話をしようとしたが、「ニューヨーク・デイリーニュース」紙の若い女性記者がきたことで、また叫び声が止まらなくなった。ジルはその記者をすぐに逮捕しろといい出したので、ブレディがふたたび割ってはいった。「ジル、きみだってジャーナリストだろう。記者はこんなことで逮捕されないよ」。

十一時になってようやく、カートは個室で眠りにつくことができた。かなりの量の煙を吸っていたが、火傷はなかった。ファーバーが病院の書類の記入を担当し、ジルを家に帰らせた。家にはリリーと消防署の関係者が待っているのだ。カートはあとになってその時のことを思い返し、あの火事で死んでいたら「格好良かった」のにと思った。ドレスデン大空襲による大火を生き延びたのは、たまたま幸運だったからだ。五十六年後に、場所は違うが火に焼かれて、やはり冬に死ぬことができたら、循環を閉じることができたはずだった。

カートは私立病院で呼吸器系の治療を数週間受けたあと、退院することになったが、帰る家がなかった。ジルはカートがわたしの家を焼こうとした（実際はブラウンストーン造りの家はカートのものだったのだが）と責めたてて、また鍵を変えてしまったと、カートは娘たちに話した。火事による損傷を修理するには、何ヶ月もかかる。火事のあと数週間、カートの書斎の壊れた窓はベニヤ板で覆われていた。建物を顔にみたてると、まるで眼帯をしているようだった。ジルはカートが家でタバコを吸うのを禁止するつもりでいたと、ブレディはのちに書いている。

サガポナックに住むことも、もちろんできた。だが、アダムズ家の息子たちがニューヨーク・プレスビティリアン病院にやってきて、カートをノーサンプトンに連れていくといい出した。そこなら、少なくともナニーが近くに住んでいる。数時間後、兄弟はカートをホテル・ノーサンプトンで降ろしたが、ナニーには前もってそうするとは伝えていなかった。兄弟は、カートはもう年だから真冬にサガポナックのような海辺のリゾートでひとり暮らしをするのはつらいだろうと考えていて、ほかにどうしようもないと思ったのだ。

ナニーは、カートがホテル・ノーサンプトンに避難させられていると知らされると、自分があまり手を貸さなくてもカートがひとりで生活できるようにとりはからった。カートが「持病」と呼ぶ結婚生活のいざこざにつきあわされるのはこりごりだった。ケリー・オキーフという女友達が、フィリップスプレイス二十二番地の、百年くらい前に建てられた古い家の二階を賃貸ししていた。部屋から直接外に出られる戸口もついているので、プライバシーも守られる。ナニーはオキーフに一ヶ月分の家賃を前払いして状況を説明し、ホテルのカートの部屋の机にメモを残した。「パパへ。今日きたのは、次のことを伝えるためです。洗濯が必要なときは、知らせてくれればきます。友人がパパに部屋を貸してくれるそうなので、鍵を置いていきます。コンピュータも借りられます。あと、料金の安いセラピストに診てもらうこともできます。でも、どれも強制しません。パパがそうしたければ、してください」。

数日後、朝の八時、オキーフは寝巻きのまま台所でコーヒーをカップについでいた。すると、窓の外の裏手のポーチに背が高い猫背の男が現れて、二階の貸し部屋につながる階段の下で立ち止まった。男は用心深くあたりを見回した。「まるで動物。その場所が安全かどうか確かめながらうろついている野生の動物のようでした」。オキーフはカートをびっくりさせたくなかったので、そっと歩いて、あいさつをするために支度をした。しばらくすると、床板がきしむ音が上からきこえてきた。オキーフは服を着替えながら、カートに向かって話す歓迎の言葉を頭の中で考えた。

オキーフはそっと二階のドアをノックした。「ヴォネガットさん？　ヴォネガットさん、いらっしゃいますか？　大家です。ちょっとごあいさつにあがりました」。

オキーフはドアを少しあけて中をのぞきこんだ。「ヴォネガットさん？」

部屋の中央には、洗面道具の入ったビニールの買い物袋が置いてあった。アメリカでもっとも有名な作家のひとりがここにいたという、唯一の証だ。だが部屋は静かだった。

カートはいなくなっていた。


ナニーは毎日父親の洗濯物を受けとり、「動物の棲む部屋のドアの下から食べ物をすべりこませる」ことにした。ある日訪ねたら父親が死んでいるかもしれないと考えると怖かった。ナニーもまたマークと同じで、いつか条件がぴたりとそろったら父親は自殺するのではないかという、不吉な予感を抱きながら成長したのだ。友人たちは、カートがニューヨークから追放されたときいてカートに同情したが、それがジルにばれると気まずい思いをした。ヴァンス・ボアジェイリーは、カートと電話や手紙のやりとりを続けていたために、ジルから「好意的とはいえない空気」を感じたという。ロバート・B・ワイディはカートに、ノーサンプトンのほうが暮らしやすいに決まっていると手紙に書いた。「ニューヨークなんて、くそくらえ」。

だが、カートはノーサンプトンが好きではなかった。たまたまそこに住むことになっただけのことだ。スミス大学があるために、ノーサンプトンにはフェミニストが集まった。スミス大学からほんの八キロほどのところにあるマウント・ホリヨーク大学もそうだった。カートは大学内の歩道にチョークで書いてあるいたずら書き――たとえば、〝わたしは女とヤッてる〟とか〝わたしはヴァギタリアン〟など――をみつけると、友人にこうこぼした。ぼくの住む街はレズビアンのメッカらしく、ここでは口紅を売るセールスマンは飢え死にしてしまうだろう、と。実をいえば、ノーサンプトンには書店も多く、文化的なイベントもたくさん催されていたので、参加しようと思えばできたのだが、カートは保守的な上の世代に属していたので、キャンパスの雰囲気にはなじめなかった。

そして、カートから決して離れない相棒、つまり孤独がいた。「アイルランド人の大家さん」とカートがあだ名をつけたケリー・オキーフは、貸している部屋の掃除を週に一度することになっていた。カートはふだんは外食するのに、掃除の日になると必ず、しぶといほどに自分の部屋を離れず、おしゃべりをしようと待ちかまえていた。ある朝、オキーフが廊下にあるテーブルをワックスで磨いていると、カートが部屋からボクサーショーツ一枚で出てきた。オキーフはカートにみられると一瞬動きを止めたが、すぐにもとの作業に戻った。カートは部屋に戻ってドアをしめた。「カートは女性が嫌いだったとは思いません」とオキーフはいった。「ただ、女性に対してとても用心深いところがあったように思います」。オキーフはカートのことを「魅力的だけど、偏屈で未熟で自分勝手」だと思ったという。

カート・ヴォネガットがノーサンプトンに住んでいるという話をききつけた記者たちが、オキーフの家の前に現れるようになった。だがオキーフは、父親がボストン市長のジョン・フランシス・フィッツジェラルド、通称〝ハニー・フィッツ〟のもとで行政長官をしていたということもあって、あれこれうるさくきいてくるジャーナリストなどめずらしくもなかった。オキーフは「何度きいてもむだよ」といって記者たちを追いはらうと、「傷ついた、みすぼらしい動物」を、棒でつつく人たちから守ったような気分になった。

カートが誰にも知られずに生活するのはとても無理だった。とにかく目立つので、街にいるとすぐ気づかれてしまう。だがカートは、本当に会いたい人にだけ会いたがった。カートはナニーに、アリスン・ミッチェルを呼んでほしいと頼んだ。ウェストバーンスタブルに住んでいた頃のナニーの幼なじみだ。アリスンがくると、一九六四年に三人でステーションワゴンに乗って万国博覧会にいったときの思い出話をした。そのあとナニーは〝レイキ〟（患者に手を当てて気を導き入れ、自然治癒力を働かせて疾患を治すという治療法）療法士のアリスンに、父親に施術してもらえないだろうかと頼んだ。アリスンは気が進まなかった。カートが異常なまでに辛辣な皮肉ばかりいう人間だとわかっていたからだ。だが、カートは横になって黙っていた。子どもの頃、ナニーの家に遊びにいくと網戸の向こうにぬっと現れた長身のカートをみて、怖くて涙が出たのが嘘のようだった。アリスンは回想してこう語っている。「カートは優しく穏やかな人になっていました。そしてピアニストのような手をしていました。指が長くて細くて。とても魅力的な手だったので、わたしはみとれてしまいました。ほんとうにきれいで、繊細な手だったんです」。

一方、東四十八番ストリートの家では、ベニヤ板がカートの書斎の窓を覆ったままだった。まるで敵意に満ちた批評家たちがついにカートを追放してしまったかのようだった。ジルは、カートが三度目の離婚調停を考えているときくと、外出を控えた。書類を渡される機会をなくすためだ。外では私立探偵が辛抱強く待ちながら番地の標識をながめていた。ナニーによれば、結局、ある日ジルが人と会うために急いで家を出ると、向こうから探偵が犬の散歩を装って近づいてきて、離婚のための書類をジルの片手に握らせた。ジルは探偵の袖をつかんで逃さず、離婚なんてすることになったら、わたしは終わりよといった。探偵はその手を振りほどいていってしまった。

カートは長期戦を覚悟して、ノーサンプトンのニューサウスストリート三十五番地にあるレンガ造りの校舎を改築して作ったアパートの三階に、寝室がふたつある部屋を一年契約で借りた。リリーが週末に訪ねてきたときに泊まれる部屋がほしかったのだ。アイオワ時代の教え子ゲイル・ゴドウィンには、手紙で冷静に近況を次のように報告している。ノーサンプトンにいるのは、リリーとジルと同じ家には暮らせないと思ったからだ。ふたりのいがみあいは、ティーンの娘と母親にはよくあることなのだろうが、とてもみていられない、と。

クローゼットのなかの服はすべて新しかった。家からなにも持ってこなかったからだ。家に保管してあった原稿や書類は、金属製のファイルキャビネットに入ってはいたものの確かめるチャンスがなかったので、すべて火事で失ったと諦めるしかなかった。カートは気に入っていた自分の仕事場を再現するため、リビングのプラム色のソファの前に低い白木材のエンドテーブルを置いた。だがソファがやわらかすぎたので、前傾姿勢になってタイプするのは難しかった。冷蔵庫の扉には孫たちが描いた絵を貼り、壁には自分の描いた絵を何点かかけた。そしてキッチンに飾ったバンパーステッカーには、自分の作品からの引用句が印刷されていた。「地球の免疫システムが／あなたを排除しようとしている」。

リリーは週末に父親を訪れるとき、家で飼っている犬のフラワーを連れてきていいことになっていた。ある日、雷雨のなかをカートが小さなマルチーズを散歩させているのをみた人がいた。カートは腕をのばして傘を前方に差し出し、足元をはねるように歩いている犬がぬれないようにしてやっていて、自分はずぶ濡れだったという。

カートは、スミス大学に二〇〇〇年の秋学期客員特別研究員としてきてくれないかと依頼されて、旅行気分から抜け出さざるをえなくなった。ライター・イン・レジデンスおよび英文学の名誉上級講師として、修士課程の創作のクラスをふたコマ受けもってほしいということだった。カートは大学で講師を務めるのは、はき慣れた古い靴に足を入れるようなものだろうと思った。そしてすべてについて語ろうと決めた。エッセイ、講演、詩、演劇、テレビや映画のシナリオから、オペラの台本まで。

カートは気づいていなかったが、英文学研究科の教員のなかには、カートを招くことに疑問を呈する者もいた。七十八歳の第二次世界大戦の退役軍人で、作品がアメリカ文学の正典となった伝説の人が、ギリシア神話のピュグマリオーンよろしく動き出して、孫といってもおかしくない若者たちに話をするのだ。英文学研究科にこんな情報が伝わった。カートがスミス大学にあるいくつかの図書館を偵察し、自分の全作品をそろえている図書館がひとつもないことに腹を立てた。その後司書たちは、白髪頭の男が本を寄贈したいといいながら書類に必要事項を書き込もうとしないのに手を焼いた。男はこういっていたという。「ぼくはカート・ヴォネガットだ。この本の著者はカート・ヴォネガットなんだよ」。それはもちろんささいな出来事だったが、この有名作家とスミス大学の雰囲気がずれていることを暗示していた。つまり、ここでは威圧的な男性は許容されないのだ。

そして学期が始まったばかりの頃、もっと深刻な問題が表面化した。人類学の客員講義で、カートはこういった。美はどこにでもある。たとえば「若い女子学生が本を手に取ろうと身をのりだした姿」

も美しい。人類学の教授はうつむいて床をにらみながら考えていた。「この人は何がいいたいんだ？」

十月、カートは穴に落ちた男についての有名な講義をすることになった。説明には「黒板にチョークを使って描くパフォーマンス」と書いてあった。途中までは聴衆もカートの話を熱心にきいていた。全米ライフル協会を揶揄《やゆ》したり、作家は英文学科を探してもみつからないという見解を披露したりするあたりまではよかった。だがたたみかけるようにお気に入りの逸話を語り始めてしまった。マンハッタンの家の近くの郵便局に、美しいインド系の女性が勤めていた。カートは彼女をみて欲情し、彼女が額につけている宝石を、まるで入れ歯のようにコップの水につけてから、ベッドに入るところを想像したというのだ。聴衆が驚きあきれたように息を呑む音があちこちからきこえた。

翌日、スミス大学の大学新聞「ソフィア」は、その事件を大々的に批判した。題して〝スミス大学よ、著名人を特別扱いするのか？〟論説委員は疑問を投げかけた。「なぜ聴衆はカート・ヴォネガットがそんなことをいうのを許してしまったのだろう？　発言の意図はどうであれ、もしほかの人物が同じことをいったなら、全員その場から立ち去っていただろうに」。カート・ヴォネガットの作品の重要性に関わる微妙な問題にもふれて、論説委員はこう問いかけている。「ヴォネガットの作品をこの八月に初めて読んだ人はどのくらいいるのだろうか？」

だがカートは屈せず、挑戦的ですらあった。「ぼくはいいたいことをいう。今回のことはぼくの自由の代価だ。もしそれで誰かの気持ちが傷ついたのなら、お気の毒さま！　だが、世の中そういうものだろう」。

「ボストン・グローブ」紙はのちにその話に触れ、冷ややかなコメントを載せている。「大学機関は、偏屈な作家が死を待つ場所として理想的とはいえないのかもしれない」と。

カートは英文学研究科が面談用に用意した物寂しい研究室に待機していたが、学生が訪れることはまれだった。悔悛の意味をこめて扉につけた赤いバンパーステッカーにはこう書いてあった。「神、到来し、男と誤解されしことに怒れり」。だが翌年の春になると、カートはもう十分だと思った。マンハッタンに戻り、ジルと暮らすことを決めたのだ。カートはナニーにいったという。何ヶ月たっても、ジルが今にも鳴り出しそうで鳴り出さない火災報知器のようなプレッシャーを与えてくるのに耐えられない。その責めをすべて受け入れてしまえば――たとえジルがどんな罪を夫にきせたいと思っているにせよ――家に帰り、本や友人に囲まれてなんとか生活していけるだろう。いずれにせよ、自分の業績はスミス大学では評価が低いし、そこにいる若い女性たちは、いわせてもらえれば、ユーモアのセンスを欠いている。

ナニーは応援を頼むことにした。父親が、自分でも健康に有害だと認めている夫婦生活に戻ってしまうのをみていられず、アイオワからロリーを呼んだのだ。それはとても理にかなったことに思えた。ロリーはノーザン・アイオワ大学の英文学科の講師を引退して、ひとりで暮らしていた。カートとロリーの恋は時を経て一生ものの友情になっていたから、カートもロリーのいうことならきくかもしれない。そんなわけで、ノーサンプトンまで飛行機でやってきたロリーは、まず家族に会ってカートの近況をきいた。

カートは哀れな状況にあった。珍しくノックスに書いた手紙では（カートとノックスの友情は完全に回復してはいなかった）、カートは自分を荒野の世捨て人にみたてている。独り身で孤独な世捨て人だ。ロリーがカートの元を訪れてから一週間のあいだ、誰もふたりの姿をみなかった。ナニーはふたりがアパートの部屋にいるのではないかと思ったが、電話をしても、ノックをしても誰も出ない。ナニーは傷ついた。八十代になろうとする父親の夫婦問題になんとか品位のある対処ができればと考えて行動したというのに、当の父親はみんなの気遣いなどおかまいなしに、白髪の愛人とはしゃぎまわっているのだから。

ところが、ふいにロリーがまた姿を現し、別れを告げた。ロリーは、面倒をみてあげるから家に一緒にこないかとカートを誘ったという。すぐにでも、カートと一緒に生きる心づもりがあった。ところがカートはそれを断った。ぼくの人生はめちゃくちゃになってしまって、もうどうしようもないんだ、と。だから去ることにした。

ロリーが帰ったあと、カートは穏やかに、もうそっとしておいてほしいとナニーに伝えた。ノーサンプトンに暖かい季節が巡ってきた。スミス大学も夏休みが近い。カートは自分の決めたタイミングでニューヨークに帰ろうと思っていた。


カートは、東四十八番ストリートに帰ったとき、あまりいい精神状態ではなかった。スミス大学のことで、昔、自分は力不足だと感じていた頃の気持ちがよみがえってきた。この年でそんな気分を味わうとは、奇妙な話だ。締めの言葉というか、カートが望む有終の美を飾る言葉、文学用語でいうエピローグは、まだ書かれていないのだが、あまりに疲れていて、それを書き上げるために気力を奮い起こすことができなかった。憂鬱な気持ちになると、生きていてもしかたないと思った。

カートは憤慨しながらも、ジルの支配に屈していた。まさに敗者だった。カートがこの家にいるための、新しい条件ができた。家のなかでは禁煙。アルコールは一日一杯まで（カートは夕食前に上等なスコッチウィスキーをぐいっと飲むことにした）、ジルのお眼鏡にかなった友人としかつき合わないこと。ボアジェイリーは住んでいたカリフォルニアからニューヨークに訪ねてきたというのに、ジルにカートとは会わせられないといわれて驚いた。飲み明かしたり、女の子にいい寄ったりしていたアイオワ大学時代の友人関係はこちらのリストにはありません、ということらしい。ジルは夫のためになりそうな友人を開拓しようとしているようだった。

カートはパーティに出席しても楽しくなかった。知った顔に会うこともなかったし、パーティの目的は新しい年や仕事の達成を祝うことだが、カートの心には喪失感しかなかったからだ。カートはインタビューに答えていっている。「ぼくは姉を失い、兄を失い、編集者も出版発行人も失った。自分と同世代の人すべてがいってしまった。昔の戦友も同僚も家族も」。カートは数ブロック先のダグ・ハマーショルド公園までいって、お気に入りのベンチに犬のフラワーを従えて座り、なにもしないで長い時間そこにいて、ぼんやり人々をながめていた。ある日、医者で友人のロバート・マスランスキーは、ベルビュー病院の診察室でカートと一時間ほど話をしたあと、不安になった。プロの目からみて、友人のカートは疲労していたし、不健康だった。「カートは疲れている」とマスランスキーは作家のアーサー・フィリップスに手紙で知らせている。「そして人生を終わりにする準備ができているように思える」。

カートは眠れない夜更けに、昔の友人に電話をかけるようになった。元々いきなり電話をかけるのが好きだったし、手紙も週に何通か楽しんで書いていた。だが今、電話をかけたところで話すことがなにもないことに気がついた。だから自分の作品に出てくる逸話を語ってみたり、わざと相手を怒らせるような挑発的なことをいってみたりして、少しでも会話を長引かせようとした。だが、そのあとでばつが悪そうに、あるいはいらだたしげに、「しかし、きみはいいやつだ」とか「そうだね」などとごまかして電話を切ってしまった。

手紙のほうも、同じように衰えていた——書くことがなかったのだ。カートは自分の思いを語るのに、手紙の代わりにハガキを使うようになった。まるで旅先から送っているようだった。ふいに送られてくるカートからの便りは、時事問題についてだったり、自分の作品から引用した短いジョークや警句だったりした。

　それと似た感じで、カートはエッセイの代わりに風刺文を書いて主な出版社に送った。世界貿易センターをテロリストが攻撃した同時多発テロの一年後、行方不明になった愛する人をさがすビラがまだあちこちでみられる頃に、カートは「ニューヨーク・タイムズ」紙にファックスを送った。アメリカは核兵器で人類を虐殺したことのある唯一の国家であると指摘するその文章は、道徳上の不可解な相関関係を悲しみにあてはめているような印象を与えた。また「ローリング・ストーン」誌に送ったが発表されることのなかった手紙では、ジョージ・W・ブッシュは、人類の進化に逆らおうとしていると断言した。リベラルな雑誌「イン・ディーズ・タイムズ」に時折書いていたコラムのひとつではアメリカ政府を痛烈に批判して、「ホワイトハウスは、これ以上ないほど低俗な茶番、キーストーン・コップス（一九一二年〜一七年にはやったコメディグループ。警官がドタバタ喜劇を繰り広げる）風のクーデターに乗っ取られた」と書いている。ジャック・バーザンが『The House of Intellect』で指摘しているように、「人気を得るための一番の近道は、社会秩序に議論をふっかけ続けること」なのだ。

　カートのユニークな意見に憤慨した者もいた。「オーストレイリアン」紙の記者は、カートがテロリストのことを「非常に勇敢な人々」と表現するのをきいて、嫌悪のあまりインタビューを続けることができなくなったと書き、読者にこう説明している。「ヴォネガットは年老いていて、これ以上生きていたくはないのだ……そして、生き続けようという気持ちにさせてくれる仕事をみつけられないので、テロリストを擁護して面白がっているのだ」。

　これに対しマーク・ヴォネガットは「ボストン・グローブ」紙で、父は基本的には心優しい老人だと弁護した。「父にとって、中東の情勢などどうでもいいことなのだ。中東へいったこともなければ、中東の絵画や文学も知らないし、地図をみて、首都や大きな川が全部わかるとも思えない。父にとって真の英雄はエイブラハム・リンカンとマーク・トウェインだ。父はわたしのいうことなどに耳を貸さない……人はたいていそうだが、父も間違いを犯す。八十三歳の老人をランチに連れ出せば、たいていひとつやふたつ、ばかなことをいうはずなのだ」。

それでも、カートはまだアメリカの人気作家のひとりだった。二〇〇五年の上半期、一九六三年出版の『猫のゆりかご』は三万四千部、一九六九年出版の『スローターハウス5』は六万六千部近く売れた。ビリー・ピルグリムは、『グレート・ギャツビー』のジェイ・ギャツビーや『ロリータ』のハンバート・ハンバートや『シスター・キャリー』のキャリーと並ぶ有名な名前だった。モダンライブラリーや「タイム」誌の作成したリストにも、推薦図書集にも、『スローターハウス5』は二十世紀の名作の一冊として挙げられた。

カートはパットナム社に見放されたので、言論の自由と基本的人権に力点を置いている小規模独立出版社、セブン・ストーリーズ・プレス社にチャンスを与えた。(『タイムクエイク』の評判が思わしくなかったので、パットナムはカートの新作を出すことを断ったのだ)。セブン・ストーリーズの創立者で編集長のダン・サイモンは、一九九九年に、カートによる七十九ページの『God Bless You, Dr. Kevorkian』を出版した。カートがあの世で歴史上の人物たちにインタビューをするという作品だ。そして二〇〇五年九月、サイモンは『国のない男』を世に出した。この本には、カートの過去五年間のエッセイやスピーチが、自作の絵とともに収められている。例の、黒板にチョークで描いて説明する「穴に落ちた男」、つまり物語の構造についての考察も入っている。「エルサレム・ポスト」紙が十二編の「短いリフ」と表現したこの本は、収録作品の選び方がよかった。切れが良く、プロボクサーのパンチのようにずばり核心をついている。今や三世代にわたるヴォネガット・ファンが期待している、彼の真骨頂が戻ってきたのだ。『国のない男』は「ニューヨーク・タイムズ」のノンフィクションベストセラー・リストの十五位以内に六週間入り続けた。カートはインタビューで、『タイムクエイク』を最後の作品にすると明言していたのに新作を発表した理由をたずねられ、こう答えた。「あのときはもう死にたいと思っていたからね」。

だがじつは、カートはノーサンプトンに滞在していた頃から新しい小説を書いていた。警句をちりばめた講義をする大学講師の話だ。仮題は『If God Were Alive Today』(出版されることはなかった)。しかし執筆はなかなか進まず、カートには書き上げることができないかもしれないという予感があった。「なあきみ、ぼくはもう年だ」とカートはいらだたしげに記者に話した。「ジョー・ネイマスだって、もうフットボールのボールを観客に向かって投げてはくれないだろう?　モーツァルトだってこんな年で曲を作りはしない。ぼくは年をとった。もうとことん疲れたよ」。

二〇〇六年から七年にかけての冬は、体にこたえた。カートは呼吸器感染症を患い、息をするたびかすかにヒューヒューという音がした。日によっては、ぐったりして、玄関を入ってすぐの部屋のソファから起きあがれず、体の両脇に腕を力なく置き、掌を上にして休んでいた。頭をあげることもできなかった。足首はやせ細り、大人の手なら親指と人差し指でつかめるくらいだった。コーネル大学から講演の依頼を受けたが、いくことはできないと断った。カートは八十四歳の自分のことをイグアナそっくりだといっている。旅行は嫌いだし、連邦議会議事録くらいつまらない人間になってしまいそうだ。

ある晩、カートはノーサンプトンの「アイルランド人の大家さん」、ケリー・オキーフに電話をかけ、少年時代にラジオで覚えた流行歌をうたった。低く響くバリトンで、ほとんどささやくように歌詞をつぶやいた。うたい終えるとカートはいった。「さあ明日の晩は、そちらから九時に電話をかけてきてうたってほしい」。

翌晩の九時、電話が鳴った。オキーフは若い頃クラブで歌をうたっていたこともあったので、カートに情感をこめて「降っても晴れても」をうたった。

歌が終わると、カートはこそこそと「さよなら」といって電話を切った。まるで誰かにきかれてはまずいと思っていたようだった。

二〇〇七年三月十四日、ニューヨーク市の冬の寒さが一気にゆるんだ。まるで五月から一日借りたように太陽が照り、暖かくなった。カートは数週間後にバトラー大学で話すスピーチの原稿を書き終えていた。インディアナポリス市が、二〇〇七年を「ヴォネガットの年」とすると宣言していたからだ。昼食後、ぶかぶかのセーターとグレイのズボン――タバコの焼け跡の穴がいくつかあいている――という格好で愛犬フラワーのリードをもって散歩に出かけた。数時間前、訪ねてきた人に「神を信じるか？」ときかれたばかりだった。

「わからない」とカートは答えた。「だけど信じることは可能だ」。

ブラウンストーン造りの家を出ると、フラワーは階段の下の段のほうでくるりとふり返って、カートがついてきているか確かめようとした。その瞬間、カートはリードに足をひっかけてつんのめるように倒れ、歩道に顔の右側をぶつけて、意識を失った。

カートはベルビュー病院に運ばれ、ジルは書類に「カート・クレメンズ」という偽名を記入した。すぐに緊急手術が行われた。X線写真をみると、額のあたりに黒いインクのようにみえる液体がたまっているのがわかった。重症で、手の施しようがなかった。数週間たっても、巡回にくる看護師は、カートのカルテをみて、楽な姿勢で寝ているかどうかを確かめることしかできなかった。

ある晩、マークがベッド脇に座っていると、父親の手がぴくりとするのに気がついた。そして人差し指と中指がVの形を作った。カートはゆっくりとその指を自分の口元にもってきた。息を吸ってからちょっと止めて、長く息を吐き出した。その手が掛け布団の上に落ち、カートはまた動かなくなった。

二〇〇七年四月十一日、カート・ヴォネガットはこの世を去った。

付録　ヴォネガット家―リーバー家の歴史

カート・ヴォネガットは自分のことを「生粋のドイツ人」と呼ぶこともあった。だが、実は感情的にも外見的にも、自分をドイツ人だと認識したことはなく、むしろ典型的なアメリカ人だと思っていた。「ぼくは多くの人から、ドイツで生まれたにしてはずいぶん英語がうまいと思われている。あなたの英語はすばらしいですね、などとよくいわれる。だが、ぼくの祖父はアメリカで生まれているし、ぼくたち一族には誰にも負けないほどのアメリカへの愛国心がある。なんといっても、ずっとこの国の建国を手伝ってきたのだから」。

ヴォネガット一族（カート・ジュニアの少年時代、インディアナポリスの電話帳にはヴォネガット姓の住人が三十人ほど載っていた）の家長はドイツ出身の実業家でクレメンズ・ヴォネガットという。彼はいってみればフロックコートにシルクハットという格好で、庭の手入れをし、金のなる木を育てたのだ。カート・ジュニアはこういっている。「ヴォネガット一族の発展の礎となったのは、インディアナポリスの泥道に面した雑貨店だった」。

クレメンズ・ヴォネガットはヴェストファーレン（ドイツ北西部のドルトムント、ミュンスター、ビーレフェルト、オスナブリュックを中心とする地域）の公爵の徴税官をつとめるローマカトリック教徒の息子で、一八四九年頃に合衆国へ移住してきたようだ。その前年、一八四八年のドイツ三月革命の際、クレメンズはドイツ連邦に対し議会選挙、憲法制定、出版の自由を求めるデモに参加した。だが革命は失敗に終わり、クレメンズはドイツを去ることを余儀なくされた。同様に多くの厄介者、扇動家、落伍者、貧困者たちが国を追われた。クレメンズの理想の人物は、プラグマティズムと理神論を実戦した「アメリカの聖人」と彼が考えていたベンジャミン・フランクリンと、知的宗教的懐疑主義者として彼が英雄と崇めていたヴォルテールだ。クレメンズは倹約家で勤勉、保守的な考え方に縛られず順応性があった。言い換えれば、機会と自由さえあればどこでもうまく適応して成功できる資質を持っていた。クレメンズがニューヨークに到着したのは二十四歳のときだった。

幸運にもクレメンズは、シルクとビロードのリボンを製造しているドイツの会社から、ニューヨークに販売代理店を設立する権利をもらい受けていた。だが、初めて足をふみいれるこの国をみてまわるうち、自分の格好がいかにも〝旧世界〟めいていることに気がついた。まず、アメリカのビジネスマンは、服装の点では従業員とほとんど見分けがつかなかった。それに対して自分は、いかにもヨーロッパを股にかけて活躍する実業家風の姿で、シルクハットに肩マントを身につけ、ステッキをついて約束の場所に出かけていく。しかも困ったことに、クレメンズの姓（フォーネガット）はアメリカ人には「ファニーガット（〝おかしな腸《はらわた》〟）」と誤って発音されてしまい、受付係も笑いをこらえながら「ファニーガット様ですね？」などという始末。クレメンズは簡素な服を着るようにし、自己紹介でははっきり「ヴォネガット」と名乗った。新しい人間としてスタートする準備は万端だった。

クレメンズはリボン販売代理店の営業所を立ち上げて任務を完了すると、その仕事をやめてアメリカ市民権の取得を申請した。ほぼ同じ頃、元級友のチャールズ・ヴォルマーがインディアナポリスから連絡してきて、事業に誘った。ヴォルマーは西部へ移住する人々が必要とする物品を扱う店を構える準備を進めていて、共同経営者が必要だったのだ。一八五〇年、クレメンズは列車でオハイオ州シンシナティに向かった。そこからはわだちのついた道を乗合馬車で進んでいく。クレメンズは途中なんども降りて、ぬかるみにはまった馬車を押し出すのを手伝わなくてはならなかった。開拓地の企業家としてやっていくのは、色々と大変だった。

インディアナポリスは、インディアナ州のほぼ中央にある。クレメンズが、四階建ての盲人救護院の屋上――観光客が一番高い場所から街を見渡すとすればここ――にのぼったとしたら、一八五〇年代初めのインディアナポリスには、平屋か二階建ての家が建ち並んでいるのがみえたはずだ。それらの家のポーチには、葉を茂らせたカエデやオークやブナが影を落とし、庭は鉄か白く塗った木の柵で囲まれていただろう。裏庭ではニワトリが飼われ、納屋と馬車置き場がある。ワシントン・ストリートには小さな商店が並んでいて――ヴォルマーとヴォネガットもそこで店を開いた――二階建てか三階建ての幅の狭い建物にはひさしがついていて、歩行者は雨宿りができた。街にはレンガや砂利敷きの通りはなかったし、歩道もほとんどなかった。各店の統一感のない看板には、どんなものが売られているか書かれていた。たいていは服飾関係（布地、糸、服）、食料品、金物類だ。ビール、熟成中のチーズ、なめし革、タバコの煙、そしてもちろん馬糞などと、さまざまなものの入り混じったにおいが、夏の暑い空気に立ちこめていた。夜になると、ベイツ・アンド・リトルホテルのランタン以外に灯りはない。この街に、次の世紀にまたがって、ヴォネガット家の四世代の家族が住むことになる。一族出身のふたりの建築家は、新しい建物をいくつも設計し、街のスカイラインを変えるのに一役買った。そうした新しい建物は、成長し続けるこの町に必要なものだった。インディアナポリスの人口は、一八五〇年、クレメンズがやってきたときには八千人だったが、一九四〇年には三十八万七千人にふくれあがった。ちなみにこの年、クレメンズのひ孫にあたるケイことカート・ヴォネガットは、インディアナポリスを出てコーネル大学の学生となり、その後、この町で暮らすことはなかった。

ヴォルマー＆ヴォネガットが大草原とその先へ向かう開拓者を相手に雑貨店を開くとしたら、もう少し西で店を開いたほうがよかったはずだ。少なくともミシシッピ川のむこう、セントルイスあたりが理想的だったろう。だがいずれにしても、チャールズ・ヴォルマーは、経営者としてはあまり有能ではなかった。ヴォルマーは数年後、店の利権をクレメンズに売った。カリフォルニアで大きな金鉱が発見されたというニュースが遠雷のように草原を越えて響いてくると、そちらへいってしまったのだ。その後、ヴォルマーの行方はまったくわからない。手紙もこなかった。しかし、クレメンズは気にしなかった。ひとりでも十分やっていける優秀なビジネスマンだったのだ。

　クレメンズは店を〈ヴォネガット金物店〉として、順調に商売を続けていた。通りを挟んだ向かい側に、ドイツ料理を出す軽食屋があって、クレメンズはそこでランチをとるのが好きだった。お気に入りのウェイトレスもいた。名前はカタリーナ・ブランク。カタリーナの両親はドイツからの移民で、インディアナポリスの西の湿地帯で農業を営んでいた。カタリーナの家にはほかに六人のきょうだいがいたので、家計の足しにウェイトレスの仕事をしていたのだ。クレメンズとカタリーナは一八五二年に結婚した。クレメンズ二十八歳、カタリーナ二十四歳のときだ。ふたりは金物店の二階で暮らし、三人の息子をもうけた。クレメンズ・ジュニア、バーナード、フランクリンだ。三男はベンジャミン・フランクリンにちなんで名づけられた。四番目の末っ子、ジョージは、夫婦が購入したマーケット・ストリート沿いの小さな家で生まれた。息子のうちふたりは父親を手伝って商売を広げ、残りのふたりは別の職業についたが、四人ともインディアナポリスに住み続けた。

　クレメンズがほどなく地元の市民活動に参加したのも、いかにも彼らしい。店を始めたのと同じ年に、クレメンズは友人らとインディアナポリス運動クラブ《トゥルンゲマインデ》を設立し、ウェスト・ワシントン・ストリートの木造一階建ての建物を本部にした。のちにそれはインディアナポリス体操協会と名前を変えて、一八八〇年代中頃に体の健康、自由思想、リベラルな政治、労働者のための労働条件の改善、女性解放、奴隷制度撤廃を推進する組織となった。

クレメンズが市民活動や社会改革運動に参加したことは、のちにひ孫の書いた小説、たとえば『ローズウォーターさん、あなたに神のお恵みを』などに受け継がれる。だが、ドイツ系アメリカ人の知的遺産がカートにどんな影響を与えたかを本当に理解するには、一八七〇年四月三日付け「インディアナポリス・テレグラフ」紙の小さな記事が鍵となるだろう。その記事ではある会の発足が告知され、かなりの数の自由思想家が集まると書かれている。自由思想家とは宗教的合理主義者で、聖書は不可謬であるとする説に異議を唱え、人間の道徳的自由を礎にした自然宗教を提唱した。その運動はアメリカ独立革命の時代に始まった。インディアナポリスの自由思想家が表明した目的は、「宗教、政治、社会性についての自由な思想を広め、同志の連帯感を喚起する」ことだった。大勢の人が集まったが、クレメンズ・ヴォネガットが会長に選ばれた。一九〇〇年、クレメンズは名前を伏せて『A Proposed Guide for Instruction in Morals from the Standpoint of a Freethinker for Adult Persons, Offered by a Dilettante』という本を出版している。

クレメンズの第二子でカートの祖父にあたるバーナード・ヴォネガットは、一八五五年八月八日に生まれ、一九〇八年八月に死去した。バーナードはヴォネガット金物店でほんの一年働いただけで、神経症気味になってしまった。カートはこう書いている。「一族の語りぐさとなっていることだが、バーナード・ヴォネガットは子どもの頃に兄たちと家業の金物店で働いていたとき、突然泣き出したという。どうしたのかときかれると、店でなんか働きたくない、芸術家になりたいと答えたらしい」。家族はバーナードの心身の健康のためには戸外で働くのがいいのだろうと、イッテンバック建設会社の石材加工場で、槌やのみを使った仕事ができるよう手配した。バーナードは、雇い主から石工としての才能があるとお墨付きを得たこともあり、家族のはからいでヨーロッパに留学して建築を学んだ。バーナードは帰国すると、ボストンのマサチューセッツ工科大学の大学院で学び、それからニューヨークに出て、芸術家、建築家、舞台装置家と交友を深めた。バーナードはニューヨークでの生活を楽しんでいたが、家族は故郷に帰って身を固めろとうるさかった。一八八三年九月十九日、バーナードはナネット・シュナルと結婚した。ナネットはインディアナポリスで生まれ育ち、父親のヘンリーは長年卸売業を営んでいたが、商売はとてもうまくいっていた。一八八八年、バーナードはアーサー・ボーンと共同で建築事務所を設立し、社名をヴォネガット＆ボーンとした。名刺をみるだけでバーナードの仕事ぶりがすばらしかったことがわかる。まず、住所。十九世紀末という時代に、バーナードの事務所は繁華街の角のV字型のヴァンス・ビルに入っていた。さらに、業務内容を紹介する言葉のひとつが、まだ路面列車をラバが引いていた街で、バーナードがどんな位置にいたのかを雄弁に語ってくれる。それは「エレベーター」という語だ。

バーナードとナネットには子どもが三人生まれた。アーマ、アレックス、そしてカート——カート・ヴォネガット・ジュニアの父親だ。

カート・ジュニアの母親、イーディスは美人で、赤みがかった褐色の髪、磁器のように白い肌、青緑の瞳の持ち主だった。一家の富は、祖父のピーター・リーバーが築きあげたものだ。ピーターは南北戦争で片足を負傷したあと、インディアナ州知事のオリヴァー・P・モートンの個人秘書官を務めたこともある。一八六八年、ピーターと弟のハーマンは、インディアナポリスの酒類醸造会社を買い取り、社名をP・リーバー＆カンパニーと名づけた。

ふたりはビール醸造に関しては素人だったので、熟練した醸造技師を雇った。ハーマンの義理の父親でドイツ移民のヤコブ・メッガーは、ビールを瓶詰めする工場を開いた。（多くの資料によれば、ヤコブの会社ではバドワイザー、バス・エール、ギネス・エクストラスタウトも瓶詰めしていた）。リーバー・ラガービール、のちのゴールド・メダルの秘密のレシピは、挽いたコーヒーをひとつまみ、ホップに加えることだった。当時、ビールの製造コストは一バレル約一ドルで、販売価格が八ドル。利益はとてつもなく大きかった。

一八八九年、イギリスの企業連合《シンジケート》からインディアナポリスの三つの醸造所を合併してほしいという要望があり、受け入れられた。その結果ピーターはインディアナポリス醸造会社の初代社長に就任し、息子のアルバート――イーディスの父親――は初代の専務取締役になった。

ピーターは優れた実業家だったので、常に政治の流れに注意していて、会社の経営に影響を与えそうな変化を見逃さなかった。ピーターは南北戦争以来、たいていの元北軍兵士同様、共和党員だった。だが、一八八〇年、共和党がメソジスト教会の強い主張に押されて、党大会の政治綱領の一項でビールおよび酒類の小売りを控えることを勧告することを決めると、ピーターは激怒し、すぐに政治的立場を変えてそれ以降、民主党員になった。しかも、攻撃的で活動的な民主党員だ。一八九二年には、グローヴァー・クリーヴランドの大統領再選のための選挙運動に多額の資金援助をし、その報酬としてデュッセルドルフ駐在のアメリカ総領事に任命された。ピーターは事業を引退して、故郷のドイツに帰ることになった。インディアナポリス醸造会社は、イギリスの企業に売却されたものの、実質的な経営は息子アルバートの手に委ねられた。

アルバートは、父がいなくなって監視もされなくなると、会社の利潤を横領するようになった。イギリスのシンジケートの代表者、トムスン大佐と気が合って、結託して帳簿外の出費のための特別口座を作った。そして私的な出費を、大量の氷を購入したことにして計上した。氷を買ったはずの金で百六十ヘクタールもの敷地を買い、ヴェラマーダという夏の別荘が建てられた。敷地内には狩り場がふたつある。アルバートは醸造所の樽職人に頼んでドイツ風の離れを敷地のあちこちに作らせた。そこには召使い、英国風の執事、馬、仕着せ姿の下男、馬車、自動車など、すべてがそろっていた。

　アルバートは街に出れば、遊び人だった。金持ちの息子の集まるグループのリーダーだったが、入会するためにはお決まりの儀式があった。新入りは目隠しをされて尻にビールをかけられる。それが終わると「W－Aクラブ」もしくは「ぬれ尻《ウェット・アス》クラブ」の正式メンバーになれて、金のバッジを贈呈される。仲間のひとりがモニュメント広場《サークル》に面したイングリッシュ・ホテルとオペラハウスを所有していて、この男のおかげでW－Aクラブのメンバーはそこに集まり、舞台を終えた女優や、特にミュージカル・コメディのコーラスガールたちと会うことができた。

　どういうわけか、経営者がこんな馬鹿遊びをしていても、インディアナポリス醸造会社はびくともしなかった。一八九九年、アルバートはアメリカン・モルティング・カンパニーに事業を一括で売却することを考えているといい出した。「売却価格は、少なくとも十億ドルにはなるだろう」と、こともなげにいったが、労働者の日給がよくて一ドルだった時代の話だ。しかもアルバートは「消費者も損をすることはない」とつけ加えた。

　一八八五年、アルバートはアリス・ベアラスと結婚した。アリスは優れた音楽家だった。父親は、合唱団と交響楽団の指揮者として全米に名を知られたカール・ベアラスだ。ところが、娘のイーディスが九歳、その弟が七歳と五歳のときに、アリスは肺炎でこの世を去った。アルバートは十億ドルの取引や、何百人もの従業員のことならお手のものだったが、母の死を悲しむ三人の子どもとなると、どう扱っていいやらまったくわからないらしいということに、娘のイーディスは気づいた。アルバートは、子どもたちの気持ちもろくに考えず、葬儀が終わると早々に、ロンドンの仕立屋に作らせた服に身を包み、社交界に再登場した。そして、美しいがエキセントリックな女性の目をひいた。オハイオ州ゼインズヴィル出身の、オーラ・D・レイン、〝O・D《オー・ディー》〟と呼ばれていた女性だ。

アルバートは、身内の心配をよそにO・Dと結婚した。まもなくリーバー夫人は陰で「オーディアス（憎らしいという意味）」と呼ばれるようになった。エキセントリックなだけでなく、意地が悪くひねくれていたのだ。

O・Dは夫に、あなたのひねくれ者の子どもたちがわたしをいじめるの、といいつけた。三人で結託してわたしにひどいことをする、と。夜寝るときには、枕の下に弾をこめたピストルをすべりこませた。他人がみている前で、どんなに自分がひどい目にあっているか、夫に訴えた。その結果、かつては優しくて穏やかだった父親が弟たちをなぐるのを、イーディスは悲しく見守るしかなかった。ようやくアルバートは二番目の妻と離婚したが、そのためにかなりの財産を失うことになった。アルバートの三人目の妻は、ミーダ・ラントリーという未亡人で、見た目は平凡でとくに目立ったところはなかった。ただ、イーディスとあまり年齢が変わらなかった。昔、ミーダは、イーディスと同じ学校に通っていたのだ。三幕ものの悲喜劇が終わる頃には、イーディスはこの世に安心できる居場所をみいだせなくなっていた。鬱症状に襲われると、その思いはさらに強くなった。

禁酒法と大恐慌がアルバート・リーバーにとどめを刺した。「アルバート・リーバーに初めて会った頃」と孫のカート・ジュニアは書いている。「彼がどんな人物なのかはよくわからなかった。心臓が弱くて一日中寝たきりだった。火星人だったとしてもおかしくない。彼のことで記憶に残っていることといえば、口がだらしなく開いていて、口のなかが濃いピンク色だったということくらいだ」。

訳者あとがき

ヴォネガットの最後の一冊『国のない男』(NHK出版)に収録されている言葉はどれも厳しく、鋭く、ユーモラスで、ウィットに富んでいて、かっこいい。

・アメリカにおいてもっとも許し難い反逆は、「アメリカ人は愛されていない」という言葉を口にすることだ。

・うちの大統領はクリスチャンだって? アドルフ・ヒトラーもそうだった。

・偉大な文学作品はすべて——『モウビィ・ディック』『ハックルベリ・フィン』『武器よさらば』『緋文字』『赤い武勲章』『イリアス』『オデュッセイア』『罪と罰』『聖書』「軽騎兵旅団の突撃の詩」(アルフレッド・テニスン)——人間であるということが、いかに愚かなことであるかについて書かれている。

・もしわたしが死んだら、墓碑銘はこう刻んでほしい。「彼にとって、神が存在することの証明は音楽ひとつで十分であった」。

ところが、現実のヴォネガットはちょっとちがったのかもしれない。彼の人生そのものも、厳しく、鋭く、ユーモラスで、ウィットに富んでいて、かっこいいのだが、そこに彼自身が攻撃してやまなかった愚かさとペーソスが加わる。それを著者のチャールズ・J・シールズは、この長い伝記のなかに見事に再現してみせた。

再版や翻訳版では著者の意向でカットされているが、初版にはシールズがヴォネガット本人に伝記を書くことを認めてもらうにいたったいきさつが細かく書かれている。ようやくヴォネガットから届いた承諾の印は、一枚のハガキ。そこにはタバコをくわえた自画像と「ＯＫ」の一言があったという。いかにもヴォネガットらしい。ところが、シールズがこれから本格的なインタビューに移ろうというとき、ヴォネガットはこの世を去る。シールズがブラウンストーン造りの家に会いにいった数時間後、犬の散歩に出かけようとして玄関前の階段で転倒し、その怪我が原因で死去したのだ。

シールズは数時間の対話のなかで、ヴォネガットが自分は同時代のほかの作家と比べて正当に評価されていないと感じていることを知った。そして、その気持ちをくみ、時代がヴォネガットを必要としていたこと、ヴォネガット自身も生きるために小説を書くことが必要だったこと、そういう状況のなかで多くの傑作が生まれたことを、膨大な量の資料と取材をもとに細かく例証していく。

母の自殺、姉の死、姉の子どもたちを引き取ったことで抱えた重い負担などに耐えながら、作家として成功しようと奮闘するヴォネガット。名声を手にしたとたんに幸福が指のすき間からこぼれ落ちていくような苦い思いを味わうヴォネガット。また一方、彼の周囲にいた人々のいら立ちや苦しみも、読んでいて辛くなるほど伝わってくる。ヴォネガットの強烈な魅力と、強烈などうしようもなさが、驚くほどリアルに描かれている。

こうしたヴォネガットの人生の相反する要素をつなぐのが、本書の原題でもある「そういうものだ(And So It Goes)」という有名なフレーズだ。それは、生涯ヴォネガットが嫉妬してきた優等生の兄に投げつけられた「おまえは事故だった」という言葉とも同義なのかもしれない。だが、それはただの諦めではない。そこには「ごくふつうの親切」の大切さを訴えながら、ままならない現実を「そういうものだ」と受け入れる姿勢がある。読者も、ヴォネガットのそばにいた人々も、そんなヴォネガットを愛したのだ。

引き取ったばかりの頃には問題ばかり起こしていた姉の息子のジムが、晩年のヴォネガットにこんな手紙を送っている。

「そして最後に、あなたを愛していると伝えたいのです。あなたはぼくの父ではなくケイ叔父さんです。あなたはあなたで、なんというか、つき合いづらいところもあります。でも、それでもぼくがあなたのことを愛していることには変わりありません」。

著者のシールズは高校教師を辞めたあと、子ども向けの伝記を多数執筆していたが、二〇〇六年に一般向けに『Mockingbird : A Portrait of Harper Lee』（柏書房から出版の予定）を発表。これは『アラバマ物語』の作者ハーパー・リーの伝記で、高く評価され、ニューヨーク・タイムズのベストセラーリストにものった。本書はシールズの一般向けの伝記としては二冊目である。

最後になりましたが、様々な局面で助けてくださった編集の八木志朗さん、たくさんの質問に答えて下さったシールズさんに心からの感謝を！

二〇一三年六月十二日

訳者

p.589「『なあきみ』」Rick Callahan, "Year of Vonnegut," Associated Press, January 11, 2007.
p.589「二〇〇六年から」KV, interview, March 14, 2007.
p.589「カートは八十四歳の」KV to Alice Fulton, February 8, 2007, private collection.
p.590「歌が終わると」Kerry O'Keefe, interview, September 20, 2007.
p.590「『わからない』」KV, interview, March 14, 2007.
p.590「ブラウンストーン造りの」これはリリー・ヴォネガットとイーディ・ヴォネガット、ノックス・バーガーへのインタビューの要約。
p.590「X線写真をみると」Robert Maslansky, MD, interview, November 12, 2007.
p.591「カートはまた動かなくなった」Robert B. Weide, interview, April 20, 2010.

付録 ヴォネガット家—リーバー家の歴史

p.592「『ぼくは多くの人から』」"Kurt Vonnegut at NYU," Pacifica Radio Archives, KPFT, November 6, 1970.
p.592「『ヴォネガット一族の』」*Kurt Vonnegut: American Made*, directed by Robert B. Weide, Whyaduck Productions, 1994.
p.593「クレメンズの理想の人物は」John G. Rauch, "An Account of the Ancestry of Kurt Vonnegut Jr. by an Ancient Friend of the Family," 1970, 21. Lilly Library, Indiana University, Bloomington.
p.593「クレメンズは簡素な服を」"Vonnegut"は、クレメンズの祖先が"ein gut"に流れる"Funne"川の近くに住んでいたことからつけた"Funnegut"を少し変えたもの。
p.593「クレメンズは途中なんども」"Seventy-Five Years of Vonnegut Hardware" (pamphlet), May 1927, Indiana Historical Society, Indianapolis.
p.595「のちにそれは」四年後、インディアナポリス・トゥルン・シュヴェステルン・フェライン——体操協会《トゥルンフェライン》の会員の妻や娘を対象とした女性版体操クラブ——が初会合を持った。当初は体操協会の活動を支援することを目的とし、とくに女性用の運動クラスを設け監督すること、協会付属の図書館を管理することに重点を置いていた。だが、そのうち、会員の議論は街の慈善事業にも及ぶようになり、貧困者のための給食施設を運営したり、貧しい子どもに裁縫を教えるクラスを設けたりした。彼女たちは単なる世話好きな人々ではない。会合の議事録を読む限り、彼女たちは自由思想家と「同じ精神的興味」を持っていると自覚していたようだ。議題のなかには、「女性の権利」という項目もみられる。
p.596「インディアナポリスの自由思想家が」Giles R. Hoyt, Claudia Grossman, Sabine Jessner, eds., "Minutes of the Freethinker Society of Indianapolis, 1870–1890," translated by Charles Spencer and Kaethe Schwarz, Indiana Historical Society, Indianapolis, 1988.
p.596「『一族の語りぐさ』」Kurt Vonnegut, *Palm Sunday* (1981; reprint, New York: Delta, 1999), 39.
p.596「家族はバーナードの」*Indiana and Indianans: A History of Aboriginal and Territorial Indiana and the Century of Statehood* (Chicago: American Historical Society, 1919), 2173–75.
p.597「カート・ジュニアの母親」Rauch, "Ancestry of Kurt Vonnegut," 65.
p.599「仲間のひとりが」Rauch, "Ancestry of Kurt Vonnegut," 57.
p.599「しかもアルバートは」"New Billion Dollar Trust: Gigantic Project to Combine the Breweries in This Country—Eastern Capitalists Interested," *New York Times*, June 11, 1899.
p.600「その結果」Edie Vonnegut, interview, September 20, 2007.
p.600「『彼がどんな人物なのか』Vonnegut, *Palm Sunday*, 33.

October 9, 2005.
p.582「そしてすべてについて」Laurie Fenlason, "Acclaimed Satirist and Best-Selling Novelist to Give Public 'Performance' at Smith," Smith College press release, September 26, 2000.
p.582「カートは気づいていなかったが」David Abel, "So It Goes for Vonnegut," *Boston Globe*, May 5, 2001.
p.582「『ぼくはカート・ヴォネガットだ』」同上。
p.583「『この人は何がいいたいんだ？』」同上。
p.583「『ヴォネガットの作品を』」同上。
p.583「『大学機関は』」同上。
p.584「その責めを」NV, interview, September 20, 2007.
p.584「いずれにせよ」KV to Richard Hiscock, June 26, 2005, private collection.
p.584「珍しくノックスに」KV to KB, March 6, 2001, private collection.
p.585「ぼくの人生は」NV, interview, May 3, 2008.
p.585「ロリーが帰ったあと」NV to KV, May 7, 2001, private collection. In this letter, Nanny acknowledges her father's request.
p.585「憂鬱な気持ちに」NV to KV, May 7, 2001, private collection. "I accept that you find life not worth living."
p.585「ボアジェイリーは」Vance Bourjaily, interview, March 17, 2008. ボアジェイリーの妻、ヤスミン・モーガルはジルを弁護してこういっている。「自分より年上の人がアルコールに依存していて、その程度が危険な領域に入っているとなれば、一緒に生活している若い女性はかなり苦労します。酒を飲む仲間と一緒にいると、その結果があとで歴然と現れます。困った状況になるのはその場ではなく、友人たちが帰って彼女だけが一緒にいるときなので、すべての面倒を彼女ひとりがみなくてはいけないのです」。
p.586「『ぼくは姉を失い』」J. Rentilly, "The Best Jokes Are Dangerous, an Interview with Kurt Vonnegut," *McSweeney's*, September 2002.
p.586「『カートは疲れている』」Robert Maslansky to Arthur Phillips, November 23, 2003, private collection.
p.586「カートは眠れない夜更けに」Walter A. Vonnegut, interview, April 7, 2007.
p.586「ふいに送られてくる」KV to Jerome Klinkowitz, June 24, 2004, private collection. KV to Benjamin DeMott, September 24, 2004, private collection.
p.587「アメリカは核兵器で」KV to the editors of the *New York Times*, September 12, 2002, private collection.
p.587「リベラルな雑誌」Matt Tyrnauer, "America's Writing Forces (Gore Vidal, Norman Mailer, Kurt Vonnegut)," *Vanity Fair*, July 2003, 126.
p.587「ジャック・バーザンが」Jacques Barzun, *The House of Intellect* (New York: Harper, 1959), 7.
p.587「『ヴォネガットは年老いていて』」David Nason, "Darkness Visible," *Australian*, November 19, 2005.
p.587「これに対しマーク・ヴォネガットは」Mark Vonnegut, "Twisting Vonnegut's Views on Terrorism," *Boston Globe*, December 27, 2005.
p.588「二〇〇五年の上半期」"Six Sleepers for Fall," *Publishers Weekly*, August 29, 2005, 27.
p.588「『エルサレム・ポスト』紙が」John Freeman, "Laughing Back at Life," Jerusalem Post, October 21, 2005.
p.589「『あのときは』」KV, interview by Leonard Lopate, WNYC, September 27, 2005.
p.589「仮題は」Douglas Brinkley, "Vonnegut's Apocalypse," *Rolling Stone*, August 24, 2006.

p.567「『タイムクエイク』が」KV to Jerome Klinkowitz, January 19, 1997, private collection.
p.568「たとえば、第二次世界大戦は」KV, *Timequake*, 23.
p.568「『旅立ちし者が』」*Hamlet*, act 3, scene 1.
p.569「これは、シカゴ大学に」It appears in *A Man Without a Country*.
p.570「その晩でいちばんの」Victor Schultz, e-mail, November 25, 2006.
p.570「ある晩、オリー・ライアンの」Mary Robinson, interview, June 7, 2007.
p.570「自分はみなさんの予測に反して」KV to NV, January 20, 1996, private collection.
p.570「『かつて、あの子たちが』」同上。
p.571「二〇〇〇年代に」Jerome Klinkowitz, *Vonnegut's America*, 124.
p.571「『ぼくらはみな』」Matthew Flamm and Alexandra Jacobs, "Mailer Time," *Entertainment Weekly*, May 22, 1998, 63.
p.571「また、リー・ストリンガーの」Lee Stringer, interview, November 27, 2007.
p.572「たとえば自分の名前が」KV, interview, March 14, 2007.
p.572「カートは、あと何回」Anonymous, interview, December 19, 2007.
p.572「カートは、胃が痛く」KV to NV, December 3, 1999, private collection.
p.573「だが、紫色の痣のために」同上。
p.573「カートは自分で傷の手当を」KV to NV, December 14, 1999, private collection.
p.575「『ヴォネガットさん』」"Vonnegut in Critical Condition Following Fire," CNN, February 1, 2000.
p.575「『みたくない』」James Brady, "Taps for Kurt," Forbes.com, posted on April 12, 2007.
p.575「『頼むから』」同上。
p.576「『ジル、きみだって』」同上。
p.576「カートはあとになって」KV, interview by Leonard Lopate, *The Leonard Lopate Show*, September 27, 2005.
p.577「ジルはカートがわたしの家を」NV, e-mail, July 9, 2010.
p.577「ジルはカートが家でタバコを」Brady, "Taps for Kurt."
p.577「『パパへ』」NV to KV, January 2000, private collection.
p.578「『まるで動物』」Kerry O'Keefe, interview, September 20, 2007.
p.578「カートはいなくなっていた」同上。
p.578「ナニーもまた」NV, interview, September 20, 2007.
p.578「ヴァンス・ボアジェイリーは」Vance Bourjaily, interview, March 17, 2008.
p.579「『ニューヨークなんて』」Robert B. Weide to KV, March 5, 2000, private collection.
p.579「ぼくの住む街は」Tracy Kidder, *Home Town* (New York: Random House, 1999), 214; also, KV to KB, March 6, 2001, private collection.
p.579「オキーフはカートのことを」Kerry O'Keefe, interview, September 20, 2007.
p.580「オキーフは『何度きいても』」同上。
p.580「『カートは優しく』」Allison Mitchell, interview, February 7, 2008.
p.580「まるで敵意に満ちた」KV to KB, March 25, 2000, private collection.
p.581「ジルは探偵の」NV, e-mail, May 16, 2008.
p.581「ふたりのいがみあいは」KV to Gail Godwin, July 1, 2000, Gail Godwin Papers, Wilson Library, University of North Carolina, Chapel Hill.
p.581「家に保管してあった」Doug Blackburn, "New York State of Mind," *Times Union*, December 17, 2000.
p.581「『地球の免疫システムが』」同上。
p.582「カートは腕をのばして」Ben Bush, review of *A Man Without a Country, San Francisco Chronicle*,

p.554「そこにカートの名前が」"Murder in Turkey" (letter), *New York Review of Books*, May 13, 1993.

p.554「一年後に」Allan Kozinn, review of "Kurt Vonnegut's Reinterpretation of '*L'Histoire du Soldat*,'" *New York Times*, May 8, 1993. ヴォネガットは『兵士の物語』で、社会の不公平という、より大きな主題について書いてもおかしくなかったが書かなかった。スロヴィクはデトロイトの貧しい家庭で生まれ育った。少年時代に何度か逮捕されたが、初回はパンを盗んだためだった。スロヴィクは死の直前に妻に手紙を書いている。「おれはアメリカ陸軍から脱走したから銃殺されるんじゃない。脱走したやつはごまんといる。おれは十二歳のときにパンを盗んだつけを、払わされるんだ」。

p.554「気づいてた」James C. Adams Jr., "Thirteen Haiku," Vonnegut mss., LL. ヴォネガットは親しい友人数人に手紙を送っている。

p.556「『そして最後に』」James C. Adams Jr. to KV, November 11, 2002, Vonnegut mss., LL.

p.557「彼女のおかげで」KV to Miller and Mary Louise Harris, April 28, 2000, private collection.

p.558「『まったく、なにいってるのよ』」NV, interview, September 20, 2007.

p.558「『わたしたち夫婦は』」Herman Wouk to KV, August 12, 1993, Vonnegut mss., LL.

p.559「ポール・モールの」Robert B. Weide, interview, May 24, 2008.

p.560「『埋葬されるところを』」Reverend Rosemary Lloyd, "A Dream of Peace" (sermon, First Church in Boston, Boston, MA, April 15, 2007). クローンの墓石は第116区画4列にある。ヴォネガットをマウント・ホープ墓地に案内した連続講義のコーディネーターがロイド師である。

p.560「そこで、両親は」"Pvt. Edward Crone, Jr. Believed to Have Died in German Prison Camp," *New York Post*, July 19, 1945.

p.560「『これで、ぼくのなかで』」Lloyd, "A Dream of Peace."

p.560「カートはその後」Williams, "Dresden Bombing," *The Pulteney St. Survey*.

p.561「すると、『義父も』」Bernard Vonnegut, "Adventures in Fluid Flow: Generating Interesting Dendritic Patterns," *Leonardo* 31, no. 3 (1998): 205.

p.561「『これは芸術だろうか?』」Bernard Vonnegut to KV, n.d., Vonnegut mss., LL.

p.561「芸術は難解すぎてはいけない」KV to Bernard Vonnegut, October 11, 1995, private collection.

p.562「つまりバーナードが」Michel Lopez, "Talk Soup," *Albany Times Union*, April 13, 1997.

p.562「メルヴィルの小説に」KV to Ollie M. Lyon Jr., June 18, 1996, private collection.

p.563「十二月には」Kurt Vonnegut (KV's nephew), interview, March 26, 2010.

p.563「とくに、帯電させた気体を」同上。

p.564「(たとえば)」KV, *Mother Night*, 7.

p.564「カートはあとになって」Jerome Klinkowitz, "Robert Weide's *Mother Night*: A Review," *North American Review*, September–October 1997, 44–48. クリンコウィッツは、映画『母なる夜』は他の映画化作品に比べてヴォネガット自信の声を表に出している、と論じている。だが、「登場人物がひとり少ない」という問題は、程度の差こそあれヴォネガットの小説を原作にしたすべての映画に共通している。

p.565「ある人は」Robert B. Weide, "The Morning After Mother Night," *Realist*, Autumn 1997.

p.565「それに続いて」Robert B. Weide, interview, May 24, 2008.

p.565「カートはその後に」KV to KB, October 24, 1996, private collection.

p.565「『母なる夜』は本質的には」KV to Emily Louise Diamond, November 13, 1996, private collection.

p.566「『兄さんは大学教授だから』」KV, interview, September 19, 2007.

p.566「『バーナードの言葉には』」Robert Maslansky to KV, April 28, 1997, private collection.

p.567「『楽しかったよ』」John Latham, e-mail, February 28, 2010.

p.567「だが人生の選択に」KV, interview, December 13, 2006.

p.567「『ぼくが最も長い期間』」KV, *Slapstick*, 3.

p.543「マスランスキーは」Robert Maslansky, MD, interview, November 20, 2007.
p.544「だが、ジルは」KV interviewed by David Brancaccio, NOW (PBS), October 7, 2005.
p.544「原稿料は十五万ドルだった」Barbara Isard to Donald C. Farber, December 9, 1987, Vonnegut mss., LL.
p.544「公益科学センターの」Michael F. Jacobson, executive director, Center for Science in the Public Interest, to KV, January 23, 1984, Vonnegut mss., LL.
p.544「たとえば、三十年来の友人」Richard Gehman Papers, Helen A. Ganser Library, Millersville University, Millersville, PA.
p.545「登場人物には」Susan S. Neville, "Kurt Vonnegut," in *Sailing the Inland Sea: On Writing, Literature, and Land* (Bloomington: Indiana University Press, 2007).
p.546「どのみち高い塀の外に」KV, *Hocus Pocus*, 87.
p.547「『ヴォネガットは心ある風刺家』」Jay McInerney, "Still Asking the Embarrassing Questions," *New York Times*, September 9, 1990.
p.547「もちろんそんな嘘は」The Honorable Arnold Rappaport, Court of Common Pleas, Lehigh County, Allentown, PA, Bar Memorials, February 4, 2008.
p.547「墓に一握りの土を」KV to NV, June 13, 1990, private collection.
p.547「『あんなに腹を立てた』」Jerome Klinkowitz, *Vonnegut's America* (Columbia: University of South Carolina Press, 2009), 124.
p.549「そして彼女は、三十年間」Anonymous, interview, March 25, 2010.
p.549「ジルがドゥブルルと」KV deposition to Lester Tanner (attorney), July 1991, private collection.
p.549「至急離婚を」同上。

十五章　死を待ちながら

p.550「そこではひとりきりで」KV to Lester Tanner (attorney), July 1991, private collection.
p.550「家に入るための」Robert Maslansky, MD, interview, November 20, 2007.
p.551「曾祖父の」Neville, *Sailing the Inland Sea*, 39.
p.551「ドノソは」KV to Ian T. MacMillan, July 17, 1991, private collection. ヴォネガットはウディ・アレンとともに、イェーツのための「救援基金」に貢献した。Kurt Vonnegut to Loree Rackstraw, February 15, 1991, private collection. また、アイオワ大学時代の教え子、アンドレ・デュバスが1986年に自動車事故に遭って、生涯車いす生活を強いられることになったため、彼の医療費をまかなうための基金を作った。
p.551「マクミランは」Ian T. MacMillan, e-mail, August 30, 2007.
p.552「『カートは同性の』」Robert B. Weide, interview, May 24, 2008.
p.552「つまり、ジルとドゥブルルの」KV to Lester Tanner (attorney), July 1991, private collection.
p.552「(実は、ドゥブルルは)」Stephen M. DuBrul to Peter Drucker, September 22, 1992, Claremont Colleges Digital Library.
p.552「カートはなんとしても」KV to Lester Tanner (attorney), July 1991, private collection.
p.553「みつけ出したのは」同上。
p.553「『離婚かな』」Mallory, "The Kurt and Joe Show."
p.554「一九九二年三月」もとの規則では、アカデミーに新たな会員を入れるためには、会員がひとり他界するのを待たなくてはいけなかった。
p.554「『ヒューマニストは』」KV to Jerome Klinkowitz, November 15, 1993, private collection.

p.527「出品する本のリストには」William F. Buckley, "Care Package to Moscow," *National Review*, June 28, 1985.

p.527「とくに、シーモア・ハーシュの」"Hitting the Books," *Time*, May 27, 1985.

p.527「『なにしろ』」Buckley, "Care Package to Moscow."

p.528「そして『どんな本を選ぼうと』」"Hitting the Books," *Time*, May 27, 1985.

p.528「連邦政府が」Herbert Mitgang, "Soviet Bars Three from Book Fair," *New York Times*, September 4, 1985.

p.530「『そのとおりです』」"What Does PEN Have to Offer?" episode 673, *Firing Line*, December 2, 1985. Southern Educational Communications Association.

p.530「カートはこんなふうに」KV, "He Leadeth Us from Porn; God Bless You Edwin Meese," *Nation*, January 25, 1986, 65+.

p.531「大会に参加した」Rhoda Koenig, "At Play in the Fields of the Word," *New York Magazine*, February 3, 1986, 40–47.

p.531「一九五二年の」トルーマン大統領はマッカラン・ウォルター法案に対し、それを「非アメリカ的」として拒否権を発動している。上院・下院ともにそれは覆された。

p.531「『国家間』」Robert Pear, "U.S. May Back Some Changes in Aliens Law," *New York Times*, August 12, 1986. Also "Testimony of Kurt Vonnegut before the International Economic Policy Subcommittee of the Senate Foreign Relations Committee," PEN American Center, August 11, 1986.

p.531「コメディアンの」Donald C. Farber to Bruce Campbell, December 27, 1985, Vonnegut mss., LL. Unfortunately, Mr. Shawn died suddenly.

p.534「そして見返しの」Jess Walter, interview, November 23, 2007.

p.534「ふたりとも」EV, e-mail, March 2, 2010.

p.535「ジェインは、もちろんよ」Betty Stanton, interview, February 9, 2008.

p.535「一九八五年二月」KV, *Fates Worse Than Death*, 70.

p.535「カートは、歌手たちが」同掲書, 71.

p.536「もともとの歌詞から」KV, "Requiem: The Hocus Pocus Laundromat," *North American Review*, December 1986, 31.

p.536「わたしの祈りは届かない」同掲書, 29–35.

p.537「それはまた」KV to NV, June 21, 1988, private collection.

p.537「『わたしは父の電話番号を』」EV, e-mail, April 6, 2010.

p.537「『日焼けして』」KV, *Timequake*, 135.

p.538「ふたりとも知らぬ間に」KV to NV, November 8, 1989, private collection.

p.538「もはや夫と妻」同上。

p.539「カートは、サーシの」KV to Miller Harris, August 10, 1988, private collection.

p.540「サーシは抽象美術は」KV, *Bluebeard*, 137.

p.540「(それは、カートが捕虜収容所から)」KV to George Strong, April 23, 1989, private collection. ストロングは荷車に乗ってヴォネガットとドレスデンに戻った元捕虜のひとり。

p.541「これまでだって」KV to NV, May 5, 1987, private collection.

p.541「そして、アダムズ家の」KV to José Donoso, January 28, 1981, JDP.

p.542「カートは前妻の本に」KV to Larry Kessenich, March 7, 1987, Vonnegut mss., LL.

p.542「そのことがリリーに」KV to Lester J. Tanner (attorney), July 1991, private collection.

p.542「また、ジルのいう」匿名希望のある小説家が、カートがジルに「うちの天才」と呼ばれていたことを記憶している。

p.543「『サムソンの力を』」EV, e-mail, December 13, 2008.

p.516「死ぬほどの量の」NV, interview, September 20, 2007.
p.516「自殺すれば」León Grinberg, *Guilt and Depression*, trans. Christine Trollope (London: Karnac Books, 1992), 107.
p.516「ジルの勢力範囲から」EV, e-mail, January 9, 2010.
p.516「『今この瞬間』」Loree Rackstraw to KV, March 18, 1984, Vonnegut mss., LL.

十四章　著名人《セレブ》と呼ばれて

p.518「『大声でわめいたり』」EV, e-mail, December 18, 2008.
p.518「だが、入院中に」Loree Rackstraw to KV, March 18, 1984, Vonnegut mss., LL.
p.518「『だって』」同上。
p.518「『オルグレン氏の』」KV, "Algren as I Knew Him," in Nelson Algren, *The Man with the Golden Arm* (New York: Seven Stories Press, 1999), 368.
p.518「また、六十歳にも」KV, interview, March 12, 2007.
p.519「日本では」KV to Ben Hitz, April 18, 1984, private collection.
p.519「カートもジェインも」カート・アダムズはナニーとイーディのために仲人役を果たしたといえる。彼の大学時代のルームメイト、スコット・プライアーはナニーの夫になったし、バーンスタブル時代の友人のジョン・スクイブは、1985年9月にイーディと結婚した。
p.520「とにかくジェインに」KV to José and Maria Pilar Donoso, February 16, 1985, JDP.
p.520「だが、東欧という」KV to NV, March 11, 1985, private collection.
p.521「リプトンは」James Lipton, interview, July 30, 2009.
p.521「ただ、『ぎちぎちの』」KV to Paul Engle, June 27, 1985, Paul Engle Papers, Stewart Memorial Library, Coe College, Cedar Rapids, Iowa.
p.522「経営陣が」KV to Helen Meyer, March 12, 1976, SLPF.
p.522「やがて一九八三年に」同上。
p.523「『カート、ぼくたちは』」Seymour Lawrence to KV, May 14, 1985, Vonnegut mss., LL.
p.523「サム・ロレンスの出版社との」Vonnegut mss., LL.
p.524「人が人間性を」Patrick J. Deneen, "Folk Tales," *Claremont Review of Books*, Winter 2007.
p.524「その決定は」Gilbert McInnis, "Evolutionary Mythology in the Writings of Kurt Vonnegut, Jr," *Critique: Studies in Contemporary Fiction* 46, no. 4 (Summer 2005): 383–96.
p.524「ダーウィンは日記に」Charles Darwin, *Journal of Researches into the Geology and Natural History of the Various Countries Visited by H.M.S. Beagle* (London: Henry Colburn, 1839), 454.
p.524「なんて荒涼とした」Richard Darwin Keynes, ed., *Charles Darwin's Beagle Diary* (Cambridge: Cambridge University Press, 1988), 352.
p.524「そのレンズは」Edward J. Larson, *God and Science on the Galapagos Islands* (New York: Basic Books, 2001), 61.
p.525「書評家のミチコ・カクタニは」Michiko Kakutani, "Books of the Times," *New York Times*, September 25, 1985.
p.525「ロンドンの『タイムズ』紙の」"Kurt Vonnegut," in Contemporary Authors Online.
p.525「だが、技巧的でない」Thomas M. Disch, "Jokes Across the Generation Gap," in *On Science Fiction* (Ann Arbor: University of Michigan Press, 2005), 67–74.
p.525「つまり、書評家たちは」KV to Donald L. Fiene, November 15, 1985, Fiene mss, LL.
p.526「カートは、基本的な権利としての」Standish, "*Playboy* Interview."

p.503「『絶えず自分に』」Amis, *The Moronic Inferno*, 133.
p.503「席も、ジルが」Loree Rackstraw to KV, January 7, 1984, Vonnegut mss., LL.
p.504「『最愛のカートへ』」Judy Klemesrud, "Jill Krementz Carves a Niche," *New York Times*, November 14, 1982.
p.504「カートは、ノックスが」KV to KB, November 18, 1982, private collection.
p.504「ところが彼は」"Happy Birthday, Kurt Vonnegut" (guest list), Gail Godwin Papers, Wilson Library, University of North Carolina, Chapel Hill.
p.505「一九八二年の時点で」Elizabeth C. Hirschman, "Babies for Sale: Market Ethics and the New Reproductive Technologies," *Journal of Consumer Affairs* 25, no. 2 (1991): 358+.
p.505「『頼むから、お祝いなんて』」EV, e-mail, June 23, 2008.
p.505「ジルはずっと」KV to Miller Harris, December 20, 1982, private collection.
p.506「『元気を出せよ』」David R. Slavitt, "Looking for Mr. Vonnegut," *Philadelphia*, November 1982, 79+.
p.506「『登場人物たちは』」同上。
p.507「『文学なんて青くさい』」同上。
p.507「一方カートは」KV to Miller Harris, December 20, 1982, private collection.
p.507「もしカートが読者に」David R. Slavitt to KV, January 17, 1983, Vonnegut mss., LL.
p.508「(カナダの文芸誌の)」Roger Langen to Donald L. Farber, March 9, 1983, Vonnegut mss., LL. Langen was editor of the *Literary Review of Canada* and arranging for an interview with Vonnegut through Farber.
p.509「カナインはヴォネガットにばかに」Craig Canine to KV, February 19, 1983, Vonnegut mss., LL.
p.509「翌日になって」Craig Canine, e-mail, January 5, 2010.
p.510「ところがカートは」同上。
p.511「ワトソンはその手紙を」Dale Watson, interview, February 9, 2008.
p.511「なにしろ『すばらしい』」JV to Maria Pilar Donoso, October 21, 1983, JDP.
p.511「だが、息子で」KV to José and Maria Pilar Donoso, August 30, 1984, JDP.
p.511「『どうしてこんな苦しみを』」Rackstraw, *Love as Always, Kurt*, 104.
p.511「カートはアル・パチーノ主演の」Kristin McMurran, David Hutchings, and Pamela Lansden, "The Famous Turn Out For (and Some Are Turned Off by) the Bicoastal Previews of Al Pacino's Bloody 'Scarface,'" *People*, December 19, 1983, 55.
p.512「『一瞬で』」Bill McCloud, "What Should We Tell Our Children about Vietnam?" *American Heritage*, May–June 1988.
p.512「まるで、カート・ヴォネガットと」Anne Bernays, interview, December 4, 2009.
p.512「『ジルは、リリーにも』」EV, e-mail, January 9, 2010.
p.513「七十歳のバーナード伯父は」Scott Vonnegut, e-mail, September 27, 2010.
p.513「『もしわたしの作品が』」KV, "No More Dangerous Than a Banana Split," *American Libraries*, February 1983.
p.513「赤ん坊のリリーが」Rackstraw, *Love as Always, Kurt*, 106.
p.514「カートはロリーと一緒に」同掲書, 107.
p.514「『わたしがちょっと』」同掲書, 107–8.
p.514「『わたしがジルと』」Loree Rackstraw to KV, January 7, 1984, Vonnegut mss., LL.
p.515「(リリーがきてから)」KV to Lester J. Tanner (attorney), July 1991, private collection.
p.515「原因は」NV, interview, September 20, 2007.
p.515「そして、朦朧としながら」EV, e-mail, January 9, 2010.

p.491「『わたしは家を出た』」KV, *Palm Sunday*, 227.
p.491「カートは読者に」同掲書, 229.
p.491「だが、同じフレーズを」JV to José Donoso and Maria Pilar Donoso, January 30, 1982, JDP.
p.491「『(かわいそうに)』」JV, notes, March 3, 1981, private collection.
p.492「『猫のゆりかご』と」JV to José Donoso and Maria Pilar Donoso, January 30, 1982, JDP.
p.492「定期的に」同上。
p.492「たとえば」JV Yarmolinsky, *Angels Without Wings,* 131.
p.492「それは、ヴォネガット家と」KV to José Donoso, January 28, 1981, JDP.
p.493「ヴォネガット先生は」John Irving, e-mail, January 28, 2007.
p.493「じっと座って」KV to Jerry Klinkowitz, January 16, 1981.
p.493「彼らがカートのことを」John Leonard, review of Jailbird, by Kurt Vonnegut Jr., *New York Times,* September 7, 1979.
p.494「『書いてあることが』」KV, *Palm Sunday*, 291.
p.494「たとえ作家が」同上。
p.494「つまり、ペーパーバックなら」Malcolm Cowley and Alfred Kazin, quoted in "Behind the Cover: How Five Critics Saw the Decade," *Chicago Tribune*, December 16, 1979.
p.494「『書評家諸氏が』」Anatole Broyard, "Reputations Die Slow," *New York Times*, April 19, 1981.
p.495「その人物とは」KV to Anatole Broyard, April 19, 1981, Christopher Lehmann-Haupt Collection, Howard Gotlieb Archival Research Center, Boston University.
p.495「『批評家が』」Curt Suplee, "Vonnegut's High-Voltage Visions," *Washington Post*, May 15, 1981.
p.495「ペンで」Donald C. Farber to Daniel M. Pepper, May 21, 1981, Vonnegut mss., LL.
p.495「そこには、アダムズ家と」Donald M. Fiene to Kurt Vonnegut, July 9, 1982, Fiene mss., LL. フィーナは、6月28日にヴォネガットから詳細を記した手紙を受けとっている。
p.495「当時、カートは」Suplee, "Vonnegut's High-Voltage Visions."
p.496「それによると」KB to KV, July 20, 1982, private collection.
p.496「そのうえ」同上。
p.497「カートはすぐにノックスに」KV to KB, July 25, 1982, private collection.
p.497「『きみが本当にぼくのことを』」KB to KV, September 7, 1982, private collection.
p.498「ナニーが」KV to José and Maria Pilar Donoso, October 29, 1982, JDP.
p.498「カートはそんな予測など」同上。
p.498「カートは死を」KV to NV, September 16, 1982, private collection.
p.499「カートは記者に」Paul A. Camp, "A Birthday Bash for Claiborne—And It's a Potluck Feast," *Chicago Tribune*, September 16, 1982.
p.499「カートは、インディアナ州」John Thiel, e-mail, December 17, 2008. ティールは「Ionisphere: The Journal of the National Fantasy Fan Federation」誌に記事を書くためにメモをとってきいていたが、ヴォネガットは準備してきたスピーチ原稿を離れて即興で話したといっている。
p.499「『この言葉を』」KV, "Eugene V. Debs Award" (speech), Holiday Inn, Terre Haute, IN, November 7, 1981, Fiene mss., LL.
p.500「『我々はみな』」KV, *Deadeye Dick*: *A Novel* (1982; repr., New York: Dial, 1999), 235.
p.501「聖ヨハネ大聖堂でのスピーチで」KV, "Avoiding the Big Bang," *New York Times*, June 13, 1982.
p.502「ルディの母」KV, *Deadeye Dick*, 104.
p.502「『わたしは地球上の』」同掲書, 127.
p.502「『人間への愛情と』」KV, *Slapstick*, 2.
p.503「『いくつもの声が』」KV, *Deadeye Dick*, 1.

p.481「カート・ヴォネガットの」KV to Donald C. Fiene, May 14, 1979, Fiene mss., LL.
p.481「『スバラシイ』」Seymour Lawrence to KV, February 11, 1979, Vonnegut mss., LL.
p.481「『ぼくは彼らを憎む』」KV, "Speech at the Anti-Nuclear Rally," Washington, DC, May 6, 1979, SLPF.
p.481「カートは、ソビエトが」KV to Donald C. Fiene, February 10, 1979, Fiene mss., LL.
p.482「『五十六歳の』」Lynn Meyer, interview, August 22, 2008.
p.483「一九五〇年代」KV to KB, n.d. 1953, private collection.
p.483「持ち主は」KV to NV, July 10, 1979, private collection.
p.484「医師は休養と」Jill Krementz to Emma Vonnegut, August 10, 1979, private collection.
p.484「ジルはそこに」KV to KB, September 15, 1979, private collection.
p.484「もうダンスフロアで」KV to Gail Godwin, September 14, 1979, Gail Godwin Papers, Wilson Library, University of North Carolina.
p.485「その批判は」Stephen Singular, "The Sound and Fury Over Fiction: John Gardner Rails Against Fellow Novelists," *New York Times*, July 8, 1979.
p.485「経済と、アメリカの」KV to Donald C. Fiene, February 10, 1979, Fiene mss., LL.
p.485「スターバックは政府の官僚で」「『スローターハウス5』の地表から約十八メートル下の地下室のほかに、『プレイヤー・ピアノ』でポール・プロテュースが幽霊シャツ党に誘拐されて連れていかれるのは防空壕、『母なる夜』でハワード・キャンベルが自伝を書いているのはエルサレム旧市街の独房の中、エリオット・ローズウォーターの親戚のフレッドがローズウォーター家の歴史を発見するのは自宅の地下室。
p.486「「友人の」Walter Shear, "Kurt Vonnegut: The Comic Fate of the Sensibility," in vol. 31 of *The Feeling of Being: Sensibility in Postwar American Fiction* (New York: Peter Lang, 2002), 215–39.
p.486「『そういうものを』」KV, *Player Piano*, 320.
p.487「彼女がまるで部外者」KV to NV, September 8, 1979, private collection.
p.487「ジェインとの結婚生活の」同上。
p.487「だが新郎の」同上。
p.487「そして、ジェインと」同上。
p.487「『ジェインは寂しそうでした』」Kendall Landis, interview, June 12, 2008.

十三章　ミスター・ヴォネガットを探して

p.489「わたしだって」KV to José Donoso, January 28, 1981, JDP.
p.489「子どもはこれ以上」EV, e-mail, June 23, 2008.
p.489「自分の遺産は」NV, interview, September 20, 2007.
p.489「子育てをするのは」KV to José Donoso, January 28, 1981, JDP.
p.489「そこでふたりは」KV to Donald M. Fiene, December 20, 1980, Fiene mss., LL.
p.489「ところがニューヨークに」KV to José Donoso, January 28, 1981, JDP.
p.489「『わたしと妻は』」Seymour Lawrence to KV, February 2, 1981, Vonnegut mss., LL.
p.490「ジルはまた妊娠することを」KV to José Donoso, January 28, 1981, JDP.
p.490「いってみれば」KV to Donald M. Fiene, September 20, 1980, Fiene mss., LL.
p.490「二番目のノンフィクション」*Essential Vonnegut: Interviews Conducted by Walter Miller*.
p.490「元教え子のひとり」Suzanne McConnell, interview, January 18, 2007.
p.491「『カートは人を傷つける』」JV, journal, n.d.

Vonnegut mss., LL.

p.472「カートは、文学界という」Berkow, "He's Fighting to Stay on Top." プレスコットは『チャンピオンたちの朝食』の書評のなかで、この作品は「肥やしみたいなものだ。とりすました偽善的な肥やしだ」と書いている。

p.472「ある批評家は」Roger H. Sale, "Kurt Vonnegut: Writing with Interchangeable Parts," *New York Times*, October 3, 1976.

p.472「別の批評家は」Seymour Epstein, "Hi Ho, or Vonnegut Isn't Quite so Funny as He Used to Be," *Chicago Tribune*, October 10, 1976.

p.473「ドノヴァンは」Arlene Donovan, interview, June 17, 2008.

p.473「批評家たちは、わたしが」Marvin, *Kurt Vonnegut*, 11.

p.474「なにしろ」Berkow, "He's Fighting to Stay on Top."

p.474「『チャンピオンたちの朝食』の」KV, *Breakfast of Champions*, 4.

p.474「おそらく『スローターハウス5』を」Seltzer, "Dresden and Vonnegut's Creative Testament of Guilt," 55–69.

p.474「たとえば、姉のアリスは」KV, *Slapstick*, 13.

p.474「『マンハッタンの』」同掲書, 21.

p.475「つまり」Donald C. Fiene to Loree Rackstraw, May 9, 1977. Lora Lee Rackstraw Papers, Rod Library Special Collections, University of Northern Iowa, Cedar Rapids, Iowa.

p.475「だがカートとしては」Berkow, "He's Fighting to Stay on Top."

p.475「『プライバシーを』」"In Vonnegut's View, Life Is Absurd But Not Worth Leaving," *Chicago Tribune*.

p.475「『読者はさらに』」Short, *Something to Believe In*, 300.

p.476「『ジルはカートに対して』」Vance Bourjaily, interview, March 17, 2008.

p.476「『その仕事のおかげで』」"Jill Krementz," Contemporary Authors Online.

p.477「十二年前に」KV to NV, March 15, 1977, private collection.

p.477「というのも」Bellamy, *Literary Luxuries*, 114.

p.477「カートが本を読んだり」Jerome Klinkowitz, *Keeping Literary Company: Working with Writers since the Sixties* (Albany: State University of New York, 1998), 195.

p.477「『今晩予定している講演は』」Moravec and Rank, "The Iowan Interview: Kurt Vonnegut, Jr."

p.478「カートはふたつの」同上。

p.478「カートは騒々しさに」KV to Donald C. Fiene, November 11, 1977, Fiene mss., LL.

p.478「こんなに気分がいいのは」KV to Donald L. Farber, November 12, 1977, Vonnegut mss., LL.

p.478「その頃」Lewis, "Adam Yarmolinsky Dies at 77."

p.479「『母はアダムと一緒に』」EV, interview, September 20, 2007.

p.479「『アダムはよく電話を』」NV, interview, May 3, 2008.

p.479「というのも」JV to KV, September 23, 1978, private collection.

p.479「離婚届も」KV to NV, April 29, 1977, private collection.

p.479「ただ、既婚者の男と」同上。

p.480「絶望感に」KV to Bernard Malamud, February 9, 1979, Bernard Malamud Papers, Harry Ransom Humanities Research Center, University of Texas, Austin.

p.480「小説のアイディアも」KV to Donald C. Fiene, February 10, 1979, Fiene mss., LL.

p.480「もう小説を書くなど」KV to Vance Bourjaily, January 19, 1978, Vance Bourjaily Papers, Bowdoin College, Brunswick, ME.

p.480「『たぶん、きみは』」Donald C. Fiene to KV, April 18, 1979, Fiene mss., LL.

p.464「カートは不可知論者」ヴォネガットは、誕生日や記念日や祝日に関してよく手紙で言及している。たとえば「今日は姉が生きていたら五十九歳の誕生日だ。なんてことだ」など。KV to Seymour Lawrence, November 18, 1966, SLPF. ヴォネガットは『パッセージ——人生の危機』の作者、ゲイル・シーヒーに、あなたの人生の節目に対する解釈はすばらしいと手紙に書いて送っている。

p.464「一九七六年の」KV, "The Noodle Factory" (speech, Connecticut College, New London, CT, October 1, 1976).

p.464「人生そのものが」KV to NV, March 17, 1974, private collection.

p.464「ある時期、自殺は」Standish, "*Playboy* Interview."

p.464「『なぜ自殺を』」"In Vonnegut's View Life Is Absurd, But Not Worth Leaving," *Chicago Tribune*.

p.465「カートが、ジルがよくしてくれている」KV to NV, April 29, 1977, private collection.

p.465「ジルは、カートが」KV to NV, August 25, 1975, private collection.

p.465「ジルは最高に」NV, interview, September 23, 2007.

p.465「『ジルと一緒にいると』」NV to KV, February 14, 2002, private collection.

p.466「そして神経症は」アイオワ大学の精神医学科の教授で、英文学の博士号も持つナンシー・C・アンドレアセンは、アイオワ大学創作講座の教員となった作家30人を15年間にわたって調査した。アルコール依存症の割合は、作家でない教員が7パーセントなのに対し、作家の教員は30パーセント。また、作家の教員の80パーセントに情動障害の症状がみられる、つまり双極性障害を含む鬱病を発症したことがあるのに対し、作家でない教員ではそれが30パーセントしかみられない。病を患った作家の3分の2が精神科の治療を受けた。30人の作家のうちふたりが、この調査中に自殺した。この研究結果は「American Journal of Psychiatry」誌の1987年10月号に発表された。Ann Waldron, "Writers and Alcohol," *Washington Post*, March 14, 1989.

p.466「『ぼくは、自分を』」KV to Irina Grivnina, April 10, 1979, Fiene mss., LL. KV to KB, February 20, 1953, private collection.

p.466「ジルは、カートがのちに書く」KV to Miller Harris, August 10, 1988, private collection.

p.466「サーシが小説の」KV, *Bluebeard: A Novel* (1987; repr., New York: Delacorte, 1998), 14–15.

p.466「それから数ヶ月」Dan Wakefield, interview, April 29, 2010.

p.467「その一冊は」Annie G. Rogers, "Marguerite Sechehaye and Renee: A Feminist Reading of Two Accounts of a Treatment," *International Journal of Qualitative Studies in Education* 5, no. 3 (July 1992): 245–51.

p.467「そして生涯」Short, *Something to Believe In*, 292.

p.467「『マークは血液検査を』」同上。

p.468「ボートは」Jed Horne, "Mark Vonnegut Traces His Harrowing Journey Through Wildest Schizophrenia," *People,* November 3, 1975.

p.469「『スローターハウス5』の」Moravec and Rank, "The Iowan Interview: Kurt Vonnegut, Jr.," *Northern Iowan*, April 5, 1977.

p.469「前年に」John Leonard, "Why Is Kurt Vonnegut Smiling?" *New York Times*, March 25, 1976.

p.469「それは一九七二年の」KV, *Palm Sunday*, 186.

p.469「カートは戸外に」KV to Donald C. Fiene, May 19, 1976, Fiene mss., LL.

p.470「この結論は」EV, e-mail, January 11, 2010.

p.470「生まれたとき」KV, *Slapstick,* 36.

p.471「コミュニティの」Karl, *American Fictions*, 501.

p.472「『スラップスティック』の」Ira Berkow, "He's Fighting to Stay on Top," Associated Press, December 10, 1976.

p.472「プレスコットは嘘つきだ」KV to Osborn Elliot (Newsweek editor), December 20, 1975,

十二章　盗作

p.453「一九七五年二月」Loree Rackstraw, e-mail, June 28, 2010.
p.453「この表現は」KV, *Hocus Pocus* (1990; repr., New York: Berkley, 1997), 113.
p.453「ロリーは『ほとんど躊躇せずに』」Rackstraw, *Love as Always, Kurt*, 54.
p.453「『いい写真だと思わないかい』」同掲書, 56.
p.453「ただ一度」Philip José Farmer, interview, February 2, 2008.
p.454「カートはふたりの」Rackstraw, *Love as Always, Kurt*, 58.
p.454「『カートは、わたしがすぐに』」Donald C. Fiene to Loree Rackstraw, April 6, 1977, Loree Lee Rackstraw Papers, Rod Library Special Collections, University of Northern Iowa, Cedar Rapids.
p.455「ファーマーの記憶では」Philip José Farmer, interview, February 2, 2008.
p.455「『彼のそんな企画を』」KV, letter to the editor, *Science Fiction Review*, November 15, 1975.
p.455「イリノイ州ピオリアにある」Philip José Farmer, interview, February 2, 2008.
p.457「『バックリーの番組で』」Mark Royden Winchell, *Too Good to Be True: The Life and Work of Leslie Fiedler* (Columbia: University of Missouri Press, 2002), 284. フィードラーがテレビでコメントしたのは1975年4月なので、その時点で彼は『貝殻の上のヴィーナス』を読んでいたと考えられる。一方、ロリーの記憶によれば、カートがファーマーから許可を求める電話を受けたのは、そのわずか2ヶ月前の2月。考えあわせると、以下のような説明ができるだろう。『貝殻の上のヴィーナス』の一部が1974年12月発行の「マガジン・オブ・サイエンスフィクション」誌に掲載されていることからみても、ファーマーを抱えるデル社は、完成した小説の作者として「キルゴア・トラウト」という名前を使う許可を出版前のぎりぎりのタイミングでヴォネガットに求めたかったのだと思われる。
p.457「『トラウト氏の』」Susan Read to KV, July 28, 1975, Vonnegut mss., LL.
p.457「『先日、友人から』」Per Lippert to KV, January 26, 1976, Vonnegut mss., LL.
p.457「『わたしが出会った』」Donald M. Fiene to KV, June 27, 1975, Fiene mss., LL.
p.457「そして『貝殻の上のヴィーナス』」Philip José Farmer, Peoria, Illinois, February 25, 1999. The Official Philip José Farmer Home Page, www.pjfarmer.com.
p.458「さて」KV, letter, September 2, 1975, *Science Fiction Review*, November 1975, 10.
p.459「学校の教材用に」KV to Vance Bourjaily, June 19, 1975, Vance Bourjaily Papers, Bowdoin College Library, Brunswick, ME.
p.459「『遺されるのは』」Frederik Pohl, interview, September 13, 2007.
p.460「『カートは著作権に』」同上。こうした審議のおかげで1976年の著作権法が制定された。この法律は現在でもアメリカの著作権に関する法律の基礎となっている。
p.460「作家の緊急時に」KV to Seymour Lawrence, May 6, 1976, SLPF.
p.460「スタッフォードの」KV to Seymour Lawrence, July 15, 1976, SLPF.
p.461「正直いって」Dan L. Fendel to KV, June 19, 1975, Vonnegut mss., LL.
p.461「ヴォネガットはかんかんに怒って」KV to Donald C. Farber, June 27, 1975, Vonnegut mss., LL.
p.461「ただ、普段は」KV to Dan L. Fendel, June 27, 1975, Vonnegut mss., LL.
p.461「ヴォネガットはファーバーに」KV to Donald C. Farber, June 28, 1975, Vonnegut mss., LL.
p.461「ところが、フェンデルは」Dan L. Fendel to KV, n.d., Vonnegut mss., LL.
p.461「『我々にとっては』」Donald C. Farber to L. Glenn Hardie, August 1, 1975, Vonnegut mss., LL.
p.463「その一方で」KV, *Slapstick*, 9.
p.463「いまだに兄貴風を」同掲書, 11.
p.463「アリスがその席に」同掲書, 12.
p.463「だが、両親が」"Kurt Vonnegut at NYU," Pacifica Radio Archives.

p.444「カートは、『創作講座の』」KV, "A New Scheme for Real Writers."
p.445「そして、現実的に」KV to Josephine Harris, April 13, 1970, Special Collections, University of Delaware.
p.445「職業柄」Standish, "*Playboy* Interview."
p.445「そのうち、通信手段の」KV quoted in Paul Engle, "A Point that Must Be Raised: The Equalization of Fiction," *Chicago Tribune*, June 10, 1973.
p.445「『かっかとなること』」Peter Reed, *The Short Fiction of Kurt Vonnegut*, vol. 1 of Contributions to the Study of American Literature (Westport, CT: Greenwood Press, 1997), 22.
p.446「カートがその家を」KV to JV, December 5, 1973, private collection.
p.446「メディア関連の」Glenys G. Unruh and William M. Alexander, *Innovations in Secondary Education* (New York: Holt, Rinehart and Winston, 1974), 63–64.
p.447「アメリカ自由人権協会の」KV, letter to members of the American Civil Liberties Union, n.d., Department of Special Collection, Stanford University Libraries. The ACLU filed suit on behalf of the teacher, and on June 9, 1970, she was reinstated.
p.447「『それはまったくひどい本』」"Court Throws Book at School Board Censors," *Chicago Tribune*, August 31, 1976.
p.447「『おそらく彼らは』」"Good Citizenship," *Coshocton Tribune*, July 11, 1974.
p.448「校長は」William K. Stevens, "Dakota Town Dumbfounded at Criticism of Book Burning by Order of the School Board," *New York Times*, November 16, 1973.
p.448「それはジェイムズ・ディッキーの」"Novel Is Burned by School Board," *New York Times*, November 11, 1973.
p.448「そのかわりにカートは」KV to Charles McCarthy, November 16, 1973, SLPF.
p.449「『わたしは教育委員会』」"The Growing Battle of the Books," *Time*, January 19, 1981. 問題の教師は職を失ったが、アメリカ自由人権協会が彼のために起こした訴訟では、示談で和解を得た。アメリカ図書館協会によれば、『スローターハウス5』はアメリカで最も頻繁に発禁処分にあったり非難を受けたりした100冊のなかに挙げられている。
p.450「ロブリーは」Robley Wilson, e-mail, November 27, 2007.
p.450「カートの作品に関して」KV, interview by Loree Rackstraw, August 1973, Rod Library Special Collections and University Archives, University of Northern Iowa, Cedar Falls.
p.450「『ロリーが心の奥底で』」NV, interview, September 20, 2007.
p.451「『ヴォネガットほどの』」Edward Grossman, "Vonnegut & His Audience," *Commentary*, July, 1974, 40.
p.451「自由主義とは」Tom W. Smith, "Liberal and Conservative Trends in the United States Since World War II," *Public Opinion Quarterly* 54 (1990): 479–507.
p.451「『最もばかげた』」KV, "Address to Graduating Class at Bennington College, 1970," first published in *Vogue* as "Up Is Better Than Down," Kurt Vonnegut Papers, McFarlin Library, University of Tulsa, Tulsa, OK.
p.452「『物事が』」Sheldon Frank, review of *Wampeters, Foma & Granfallons*, by Kurt Vonnegut Jr., *Chicago Tribune*, May 12, 1974.
p.452「それより数年前」Benjamin DeMott, "Vonnegut's Otherworldly Laughter," *Saturday Review*, May 1, 1971, 38.
p.452「カートは自分の創造力が」KV to JV, October 30, 1974, private collection.

p.436「仕事に就く」KV to JV, December 27, 1972, private collection.
p.436「『将来わたしが』」JV to KV, January 4, 1973, private collection.
p.436「だが、ドン・ファーバーへの手紙のなかで」JV to Donald Farber, May 14, 1972, Vonnegut mss., LL.
p.436「『〝自己と〟』」Lynn Meyer, interview, August 22, 2007.
p.437「すべてをジェインに」JV to KV, March 12, 1973, private collection.
p.437「『戦争の傷を』」C. Gerald Fraser, "Protesters Hold Vigils and Walks," *New York Times,* January 21, 1973.
p.438「『ぼくが読者に』」KV, "Physicist, Purge Thyself," *Chicago Tribune*, June 22, 1969.
p.438「一九六〇年半ば」KV to Jerome Klinkowitz, November 29, 1972, private collection.
p.438「ただ幸運なことに」Donald C. Farber to KV, February 18, 1975, Vonnegut mss., LL.
p.438「それまでの作品に」KV to NV, September 10, 1972, private collection.
p.438「『だが、人類は』」KV, *Sirens of Titan*, 1.
p.439「『五十回目の』」KV, *Breakfast of Champions*, 215.
p.439「アメリカの豊かな」Griffith, "The Moral Egotist," 50.
p.440「ある批評家は」William Rodney Allen, *Understanding Kurt Vonnegut* (Columbia: University of South Carolina Press, 1991), 105.
p.440「『わたしは道に』」KV, *Breakfast of Champions,* 215.
p.440「『あなたは、あなたのお母さんの』」Woo, "His Popular Novels Blended Social Criticism, Dark Humor."
p.440「『自殺がこの作品の』」Standish, "*Playboy* Interview."
p.440「『わたしは、作家歴を』」KV, *Breakfast of Champions*, 301.
p.440「『若くしてくれ』」同掲書, 302.
p.441「『不当なことに』」*Essential Vonnegut: Interviews Conducted by Walter Miller.* マーティン・エイミスは、ジョーゼフ・ヘラー、ソール・ベロー、カート・ヴォネガットの「視野の広さ」と「言語に対する不遜さ」に勇気づけられたという。「そのおかげでアメリカの作家はより野心的になれるし、それは健康的なことだ。なぜなら、より大きな問題に取り組めるから。イギリスの小説には致命的ともいえる静けさがある。そのため、中流階級の生活の破綻を描く、繊細に調律されたこぢんまりした小説が多い」。Michiko Kakutani, "What Motivates Writers?" *New York Times*, August 20, 1981.
p.441「自分の作品は」Standish, "*Playboy* Interview."
p.441「その夏」Ben Yarmolinsky, interview, February 20, 2008.
p.442「戦後、結婚し」Neil A. Lewis, "Adam Yarmolinsky Dies at 77; Led Revamping of Government," *New York Times*, January 7, 2000.
p.442「『アダム・ヤーモリンスキー』」Robert Sargent Shriver Jr., speech, memorial for Adam Yarmolinsky, Albin O. Kuhn Library, University of Maryland, Baltimore, May 4, 2000.
p.442「次に、南部の人々にとって」Lewis, "Adam Yarmolinsky Dies at 77."
p.443「ジェインに恋をした」Caleb Warren, September 19, 2007.
p.443「キッチンのテーブルで」David R. Slavitt, interview, August 5, 2007.
p.443「『チーズ入りホットサンドのこと？』」EV, interview, September 20, 2007.
p.444「すると、アダムは」David R. Slavitt, interview, August 5, 2007.
p.444「扉はガチャリと」Caleb Warren, interview, September 19, 2007.
p.444「英国の小説家」KV to Vance Bourjaily, October 26, 1973, Vance Bourjaily Papers, Bowdoin College, Brunswick, ME.
p.444「『こんな状況では』」KV to NV, October 21, 1973, private collection.

ed. John Birmingham (New York: Bantam, 1970), x.
p.425「そして、アメリカ人に」KV, *Welcome to the Monkey House*, xv.
p.426「ハンター・S・トンプソンは」著者は1970年代、ハンター・トンプソンの講演をききにいったことがある。酒瓶を携えた“デューク”は、彼を挑発しようとする大学生たちと同じくらいに、ばかげた人物を演じるのを楽しんでいるようにみえた。
p.427「『まるでハリウッドの』」Rodney S. Gould, e-mail, January 4, 2010.
p.427「『ぶかぶかの白いスーツ』」Hilary Masters, e-mail, January 10, 2010.
p.428「『ぼくはアメリカの若者たちの』」KV, *Wampeters, Foma & Granfalloons*, xiii–ix.
p.428「『ただ、叔父の』」Kurt Adams, interview, September 20, 2007.
p.428「『彼は穏やかに答えたが』」Todd, "The Masks of Kurt Vonnegut, Jr."
p.429「そして、ジェインと」KV to JV, May 1, 1972, private collection. ジルはカートと一緒に暮らしていなかった。1972年8月1日付けのバーナード・マラマッド宛ての短い手紙に記されたジルの住所は、ファースト・アヴェニュー 1971番地となっている。Oregon State University, Special Collections, Bernard Malamud Papers, 1949–2007.
p.429「ただ、今のふたりは」KV to JV, May 1, 1972, private collection.
p.430「カートは、この党大会の」KV, *Wampeters, Foma & Granfalloons*, 202.
p.430「つまり、共和党内に」Scott Horton, "November 1972: Vonnegut vs. the Republicans," *Harper's*, April 2007.
p.431「『というのも博士が』」KV, *Wampeters, Foma & Granfalloons*, 189.
p.431「『いまの我々は』」同掲書, 195.
p.431「ことに、国政における」KV to NV, September 10, 1972, private collection.
p.431「カートは監督の」Fiene, "Getting Through Life," part 2.
p.431「カートの短編小説を」「『スローターハウス5』の映画の芳しくない評価は、ヴォネガット作品の映画化が難しいことを最初に示したものだ。ヴォネガットは映画の不評を、登場人物がひとり欠けている（つまり、語り手としての自分が登場していない）せいだと説明している。また、ヴォネガットは登場人物に思想を体現させていることが多く、そのことも映画化を困難にしている。
p.432「というのも」Donald M. Fiene to KV, May 12, 1972, Fiene mss., LL.
p.432「『ロンドン、ブラウンズホテルニ』」KV to Donald M. Fiene, October 12, 1972, Fiene mss., LL.
p.432「グラスを傾けながら」Fiene, "Getting Through Life," book 8, part 2.
107　Donald M. Fiene, "Kurt Vonnegut's Popularity in the Soviet Union and His Affinities with Russian Literature," *Russian Literature Triquarterly* 14 (1976): 166–84.
p.433「また、ソビエトの」Fiene, "Elements of Dostoevsky in the Novels of Kurt Vonnegut."
p.433「カートは、〝千年王国説的〟」同上。
p.433「『ヴォネガットには』」Fiene, "Getting Through Life," book 8, part 2.
p.433「傍目には」同上。
p.434「『これをあなたへの』」KV, "Invite Rita Rait to America!" *New York Times Book Review*, January 28, 1973.
p.434「自分たちは」KV to JV, October 19, 1972, private collection.
p.434「たとえば、『人生という』」Dag Hammarskjöld, *Markings* (New York: Knopf, 1964), 10.
p.434「カートは、そんな言葉を」KV to JV, November 26, 1972, private collection.
p.434「カートは、自分は犬に」同上。
p.435「まるで『屋根の斜面を』」KV, *Breakfast of Champions*, 4.
p.435「『カートはもはや』」Ray Mungo, interview, January 22, 2007.
p.435「『カートは作家組合から』」同上。

の会長（1957〜76）、パークスクール基金のまとめ役、インディアナポリス交響楽団と子ども博物館の理事をつとめた。

p.418「ジェインは大海原で」KV to JV, November 15, 1971, private collection. この手紙に、ジェインの溺れる悪夢のことが書いてある。

p.418「カートは午後になると」Standish, "*Playboy* Interview."

p.419「マークは『精神科医なんて』」Mark Vonnegut, introduction to *Armageddon in Retrospect*, 4.

p.419「フリードマンは、『精神的に』」KV, *Breakfast of Champions*, 275.

p.419「カートはフリードマンの著書は」Eric Levin, "The Slipperiest Rung on the Ladder of Success May Be Your Own Fear of Winning," *People*, November 10, 1980.

p.419「ただ、イーディは」EV, interview, September 20, 2007.

p.419「カプランは」Justin Kaplan, interview, December 10, 2009.

p.420「そうしてくれれば」KV to JV, January 4, 1972.

p.420「ファーバーは、カート・ヴォネガット・ジュニア特別口座」Donald C. Farber to KV, January 5, 1972, and March 13, 1973, Vonnegut mss., LL.

p.420「カートは何世代にも」ヴォネガットは一九五〇年代半ば、ゼネラル・エレクトリック社の友人を通じて知った最新の技術開発に関する情報をノックスにも教えている。注目すべき製品のひとつにZncubeという亜鉛合金がある。以下を参照。（Clifford B. Hicks, "Tailor-Made Metals for Tomorrow," *Popular Mechanics*, May 1957, 94.）ヴォネガットは、一緒にイリノイ亜鉛という会社に投資しようとノックスを誘ったが、結局、ふたりとも投資しなかった。

p.420「カートは、インタビューや」KV, *Breakfast of Champions*, 129.

p.420「カートとジェインは」KV to JV, November 16, 1972, private collection.

p.421「一九四六年までは」Charles K. Hyde, *Copper for America: The United States Copper Industry from Colonial Times to the 1990s* (Tucson: University of Arizona Press, 1998).

p.421「それから数年のあいだ」Gerald L. Lopez to the partners of Texas International Drilling Fund, July 9, 1975; Charles A. Perlitz III, Mitchell Hutchins, Inc., to KV, January 5, 1977; M. Martin Rom to the investors in Multivest, March 7, 1975, Vonnegut mss., LL.

p.421「カートは『地球の免疫システムが』」"Kurt Vonnegut," episode 316, *Real Time with Bill Maher*, HBO, September 9, 2005.

p.421「『わたしは、わたしの雇い主に』」KV, *God Bless You, Mr. Rosewater*, 189.

p.421「それなのに」同掲書, 30–31.

p.422「金持ちが自分たちの責任を」Marvin, *Kurt Vonnegut: A Critical Companion*, 111.

p.422「『まあ、考えてもみてくれ』」KV, *God Bless You, Mr. Rosewater*, 23.

p.422「『資本主義を』」"Rubin Relents," *Time*, August 11, 1980.

p.422「本が四百万部以上」Wolf, "Thru Time and Space with Kurt Vonnegut, Jr."

p.423「彼は『あなたがあのような作品を』」*Essential Vonnegut: Interviews Conducted by Walter Miller.*

p.423「次のゲストは」Sally Quinn, "Sad Song for McGovern," *Washington Post*, June 24, 1972.

p.423「『そのときの雰囲気は』」"Carol Troy Interviews Kurt Vonnegut," *Rags*.

p.424「宛名には」ある若い女性は、ポルノ映画のポスターの前でホイップクリームを山盛りにしたバナナスプリットを食べようとしている自分の写真を送ってきた。

p.424「たったいま」Illegible signature, July 7, 1975, Vonnegut mss., LL.

p.424「『ある意味不安になった』」*Essential Vonnegut: Interviews Conducted by Walter Miller.*

p.425「『ぼくは、自作すべての』」Mayo, *Kurt Vonnegut: The Gospel from Outer Space*, 45.

p.425「その結果」*Essential Vonnegut: Interviews Conducted by Walter Miller.*

p.425「『高校ほど』」KV, "Introduction," in *Our Time Is Now: Notes from the High School Underground*,

p.409「ロイスは」Kurt Vonnegut (KV's nephew), interview, September 19, 2007.
p.410「伯父は」NV, interview, September 23, 2007.
p.410「『いつも寛容で』」KV, "Bernard Vonnegut: The Rainmaker," *New York Times*, January 4, 1998.
p.410「自然の法則を」*Kurt Vonnegut: American Made*, Weide.
p.410「苦しみや虐待を描く」Geraldine Meany, *(Un) Like Subjects: Women, Theory, Fiction* (London: Routledge, 1993), 186.
p.411「ケナン氏は会話を」KV, *Wampeters, Foma & Granfalloons*, xv.
p.411「彼女にとっては」JV to KV, May 27, 1971, private collection.
p.411「『スローターハウス5』で」KV, *Slaughterhouse-Five*, 254.
p.412「『わたしは、勇気を』」JV to KV, May 27, 1971, private collection.
p.412「『ジルはあなたを」同上。
p.412「『子どもたちは』」同上。
p.412「『あなたに与えられた」JV to KV, May 28, 1971, private collection.
p.413「カートは、不機嫌な夫なんて」同掲書 Jane is quoting Kurt's remark back at him.
p.413「要するに」KV, "Torture and Blubber," *New York Times*, June 30, 1971.
p.413「イーディの友人で」L. B. Shriver, e-mail, April 25, 2009.
p.414「『おかげでわたしは』」JV to KB, July 12, 1971, private collection.
p.414「一週間後」KV to JV, July 19, 1971, private collection.
p.414「『もちろん』」JV to KV, July 23, 1971, private collection.
p.415「ばかで間抜けで」KV to JV, July 28, 1971, private collection.
p.415「そのときには」JV to José and Maria Pilar Donoso, August 25, 1971, JDP.
p.415「それでも」ヴォネガットが伝統をこよなく愛していたという一例として、アダムズ家の子どもたちがヴォネガット家に引き取られたすぐあとのクリスマスのエピソードがある。ヴォネガットは旋盤で削られた不思議な形の木片を暖炉に投げ入れた。ジム・アダムズはぎょっとして、それは技術科の授業で作ったプレゼントだといった。ヴォネガットはそれを火のなかから取りだして、これは「クリスマスのバナナ」で、毎年プレゼントをあけたあとに必ず焦がし直さなくてはいけないと宣言した。イーディはいまでもそれを持っている。「バナナ」は50年間くり返し焦がされてきたために、かなりやせ細っている。
p.415「とにかくゴールまで」Geraldo Rivera, "And So It Goes," Geraldo.com, posted April 20, 2007.
p.416「ジェインは上半身を」Anonymous, interview, December 4, 2009.
p.416「九月」KV to NV, June 1, 1971, private collection.
p.416「ウェストバーンスタブルから」同上。
p.417「ナニーは、動物園に」KV to NV, October 2, 1971, private collection.
p.417「どのみち」KV to José Donoso, October 24, 1971, JDP.
p.417「それは、もう何ヶ月も」KV to Vance Bourjaily, Late Spring 1971, Vance Bourjaily Papers, Bowdoin College, Brunswick, ME.
p.417「まるで」Lynn Meyer, interview, August 22, 2007.
p.418「それはジルからの手紙で」EV, e-mail, May 4, 2008.
p.418「カートはジルを」ヴォネガットが1971年10月16日にフランクフルトの「アメリカハウス」で講演をしたときのプログラムのゲストの欄に「ミス・ジル・クレメンツ」の名前がある。, SLPF.
p.418「『わたしが呼べば』」John Rauch to JV, November 12, 1971, private collection. ヴォネガットは、年齢の違いがあるためにジョン・ラウチを「おじさん」と呼んだ。ジョンもアレックス・ヴォネガット同様、ハーバード卒で、インディアナポリスの著名な弁護士だった。市民として地元に大いに貢献していて、インディアナポリス芸術協会の理事長（1962～76)、インディアナ州歴史学会

p.404「そしてバンクーバーの」同掲書, 123–24.
p.404「『そこにいる人物が』」Robertson, "The Vonneguts: Dialogue on a Son's Insanity."
p.405「カートが四千八百キロも」KV, "Surviving Niagara," *Guardian*, January 25, 2003.
p.405「そこには精神病の」ハリウッド・ホスピタルは大邸宅の中にあり、バンクーバーの裕福なアルコール依存症患者のためのデトックスセンターとしての機能を持っていた。予約なしでLSD体験も受け付けた。六百ドルで十二時間、ガイド付きでLSDの幻覚体験ができる。患者はチェックインのあと健康診断を受け、心理分析用のシートに記入し、自分の個人史を書くことで自我を解き放ち、「悩み」も打ち明ける。LSDを摂取したあとはセラピー室に入るが、そこには豪華なソファ、高機能音響システム、美しい芸術品などがあって、ゆったり体験できるようになっている。ケーリー・グラントもそこの患者だった。(Jake MacDonald, "Peaking on the Prairies," *The Walrus*, June 2007.) マークはこのガイド付き幻覚体験には参加しなかった。
p.405「『カナダの精神病院』に」KV, "Surviving Niagara."
p.405「入院面接のあと」KV to Vance Bourjaily, n.d., Vance Bourjaily Papers, Bowdoin College, Brunswick, ME.
p.405「ウォルターの印象では」Walter A. and Christopher Vonnegut interview, April 7, 2007. この数ヶ月前、マークは午前二時にウォルターの家のドアを叩いた。恋人と一緒にバンクーバーに向かう途中でフェリーに乗り遅れたので、一晩泊めてほしいとのことだった。翌朝、ウォルターの息子でマークとほぼ同年齢のクリストファー・ヴォネガットが、兵役期間を終えて帰宅した。クリストファーはそのときのことをこう回想する。「わたしが居間で荷ほどきをしているとき、マークは本を読んでいました。わたしはマークの気を引こうとしたのですが、彼は明らかに話したくないらしく、ただ本が読みたいだけのようでした」。
p.406「カートはブルーノ」Mark Vonnegut, *The Eden Express*, 129 and 136.
p.406「『コミュニティが』」Standish, "*Playboy* Interview."
p.406「精神安定剤の」Mark Vonnegut, *The Eden Express*, 174.
p.407「『わかった』」"Happy Birthday, Kurt Vonnegut," 81. ヴォネガットは自意識の強い俳優だった。『Mr. Clemens and Mark Twain』(一九六七)でピュリッツァー賞と全米図書賞を受賞したジャスティン・カプランは、マーク・トウェインに関するドキュメンタリー番組にヴォネガットを出演させようとした。ディレクターはヴォネガットをミシシッピの川の土手に立たせた。「ヴォネガットはとにかく向いていなかったんだ」とカプランはいった。Justin Kaplan, interview, December 10, 2009.
p.407「マークは三月に」Donald C. Farber to Phyllis West, November 3, 1976, Vonnegut mss., LL.
p.408「『だが、手紙も』」Mark Vonnegut, *The Eden Express*, 155.
p.408「『カートは人に』」Caleb Warren, interview, September 19, 2007.
p.408「『倫理的には』」"In Vonnegut's View, Life Is Absurd But Not Worth Leaving," *Chicago Tribune*, June 14, 1976.
p.408「友人には」Lynn Meyer, interview, August 22, 2007.
p.408「だが、ハリウッドに」KV to JV, March 1, 1971.
p.408「『最近は』」Geraldo Rivera, *Exposing Myself*, written with Daniel Paisner (New York: Bantam Books, 1991), 120.
p.409「というのも」EV, interview, September 20, 2007.
p.409「イーディと」KV to JV, May 11, 1971, private collection.
p.409「カートとジェインは」KV to JV, March 7, 1971, private collection.
p.409「そして、ジェインの」KV to JV, March 1, 1971, private collection.
p.409「その一方で」KV to JV, May 11, 1971, private collection.
p.409「元隣人の」Betty Stanton, interview, February 2, 2008.

p.396「ジルは追い求めて」Dianne Wiest, interview, October 20, 2009.
p.396「ボアジェイリーがカートと」Vance Bourjaily, interview, March 17, 2008.
p.396「バルコニー席で」Bosworth, "To Vonnegut, the Hero Is the Man Who Refuses to Kill."
p.396「その後のパーティでは」同上。
p.397「また、音楽プロデューサーの」Todd, "The Masks of Kurt Vonnegut Jr."
p.397「『この劇を』」William Wolf, "Thru Time and Space with Kurt Vonnegut, Jr.," Chicago Tribune, May 12, 1972.
p.397「だがその一方で」KV to José Donoso, December 2, 1970, JDP.
p.397「やがて、ジルが」EV, interview, September 20, 2007.
p.398「噂をきくと」Carolyn Blakemore, interview, June 16, 2008; also Lynn Meyer, interview, August 22, 2008.
p.398「また、スワスモア大学時代」Marcia Gauger, interview, September 6, 2008.
p.398「二十五年連れ添った」NV, interview, September 20, 2007.
p.398「ミッドタウンの」KV to KB, December 30, 1970, private collection.
p.398「カートは億万長者に」KV to NV, September 30, 1972, private collection.
p.398「『まるで、カートが』」Barry Kaplan, interview, September 21, 2007.
p.398「『カートに教えたのは』」同上。
p.399「カートがジルに」Vance Bourjaily, interview, March 17, 2008.
p.399「カートはあるとき」同上。
p.399「そんなつもりも」EV, interview, September 20, 2007.
p.400「その恐怖とは」Robertson, "The Vonneguts: Dialogue on a Son's Insanity."
p.400「そうしていれば」Jeffrey Lott, "The Good Hippie," *Swarthmore College Bulletin*, March 1, 2003.
p.400「『父は折にふれて』」Mark Vonnegut, *The Eden Express*, 120.
p.400「『車が暴走していた』」同掲書, 47.
p.401「『ぼくには帰るべき」同掲書, 43.
p.401「『わたしにはちょっと父に』」EV, interview, September 20, 2007.
p.401「『父もわたしも』」EV, e-mail, December 13, 2008.
p.402「『父のそばにいると』」NV, interview, May 3, 2008.
p.402「『すごくリア王っぽい話に』」NV, interview, September 20, 2007.
p.402「『スローターハウス５』の」KV to Seymour Lawrence, July 15, 1970, SLPF.
p.402「『長い間』」Todd, "The Masks of Kurt Vonnegut Jr."
p.402「それでもなお」KV to Seymour Lawrence, February 26, 1971, SLPF.
p.402「『さよならハッピー・バースデー』の」KV to José Donoso, March 2, 1971, JDP.
p.403「『さあどうぞ』」JV to Don Farber, January 23, 1971, private collection. これは「ミセス・カート・ヴォネガット・ジュニア」と印刷された専用の便せんに書かれていた。フェミニスト運動の「第二波」の女権運動が高まっていた時代に、ジェインのアイデンティティがまだカートと強く結びついていたことを示している。
p.403「『夫が出ていて』」JV to Jerome Klinkowitz, January 17, 1971, private collection.
p.403「『ジェインはそれでも』」Caleb Warren, interview, September 19, 2007.

十一章　文化的官僚主義

p.404「仲間はマークを」Mark Vonnegut, *The Eden Express*, 146.

p.387「だが、ジェインは」同上。
p.387「『撃たれたのが』」JV to José and Maria Pilar Donoso, May 7, 1970, JDP.
p.387「ジェインは自宅の」同上。
p.388「カートはそう」KV, interview, December 13, 2006.
p.388「ジェイン・コックスという」同上。
p.389「仕事に集中できる」KV to Bernard Vonnegut, September 16, 1977, private collection.
p.390「ジョージ・ストッキング名誉教授」George Stocking, e-mail, July 12, 2007.
p.390「この例のない」Raymond T. Smith to George Stocking, e-mail, July 12, 2007.
p.390「カートはある週末」Robert Reinhold, "Vonnegut Has 15 Nuggets of Talent in Harvard Class," *New York Times*, November 18, 1970.
p.390「カートがいちばん」Kurt Vonnegut to José Donoso, December 2, 1970, JDP.
p.391「というのも」Jim Siegelman in "Happy Birthday, Kurt Vonnegut," 72. シーゲルマンはカートの授業をとっていた。
p.391「自分の役割は」Reinhold, "Vonnegut Has 15 Nuggets of Talent in Harvard Class."
p.391「極端な登場人物は」Jerry Hiatt, interview, October 18, 2009. ハイアットはカートの授業をとっていた。
p.391「『生も死もただ起きる』」Todd, "The Masks of Kurt Vonnegut Jr."
p.391「『創作講座で』」Reinhold, "Vonnegut Has 15 Nuggets of Talent in Harvard Class."
p.391「カートは親切で」Jerry M. Hiatt, interview, October 18, 2009.
p.391「そして、同時代文学」同上。
p.391「マンホールに」Reinhold, "Vonnegut Has 15 Nuggets of Talent in Harvard Class."
p.392「講座が終わると」KV to Seymour Lawrence, February 26, 1971, SLPF.
p.392「ヒロイン、ペネロピ」Dianne Wiest, interview, October 20, 2009.
p.392「カート自身」KV to José Donoso, December 2, 1970, JDP.
p.392「オデッセウスは」Bosworth, "To Vonnegut, the Hero Is the Man Who Refuses to Kill."
p.393「彼女は」Jill Krementz, interview by Brian Lamb, "The Writer's Desk," *Booknotes*, C-SPAN, June 1, 1997.
p.393「若い女優の」Dianne Wiest, interview, October 20, 2009.
p.393「『まるで大きなゾウ』」Lynn Meyer, interview, August 22, 2008.
p.393「表向きは」EV, interview, September 20, 2007.
p.394「『ジルはわたしたちの』」Gay Talmey, interview, February 19, 2008.
p.394「というのも」同上。
p.394「『わたし、この街の一部に』」Tony Kent, interview, November 27, 2007. トニーはクレメンツからケントに姓を変えた。彼はパリでファッション写真家をしていたこともある。
p.394「帰国すると」"Jill Krementz," Contemporary Authors Online, Gale, 2007. From Literature Resource Center (Farmington Hills, MI: Thomson Gale, 2007).
p.394「『これじゃまるで』」Krementz, interview by Brian Lamb, "The Writer's Desk."
p.395「ジミー・ブレスリン」"Jill Krementz," Contemporary Authors Online.
p.395「『ジルは、押しの一手で』」Vance Bourjaily, interview, March 17, 2008.
p.395「小柄な女性が」Bernard Gotfryd, interview, November 23, 2007.
p.395「彼はジルに」"Jill Krementz," Contemporary Authors Online.
p.396「戦地を取材する」"Lunch with Jill Krementz," David Patrick Columbia and Jeffrey Hirsch, New York Social Diary.com, posted January 13, 2005.
p.396「ベトナムで一年」"Jill Krementz," Contemporary Authors Online.

p.377「『みんな』」Vance Bourjaily, interview, March 17, 2008.
p.378「ボアジェイリーは」KV, "Tribute to Allen Ginsberg," speech at the Wadsworth Theater, Los Angeles, May 30, 1997.
p.379「ミリアムはビアフラ」Vance Bourjaily, interview, March 17, 2008.
p.379「ミリアムはカートを」KV, "Biafra: A People Betrayed," *McCall's*, April 1970, 68–69, 134–38.
p.379「『バババババン！』」Vance Bourjaily, "What Vonnegut Is and Isn't," *New York Times*, August 13, 1972.
p.379「『砲弾を浴びて』」同上。
p.380「『きみはこの掩蔽壕』」同上。
p.380「だが、二百万人の」Dan Jacobs, *The Brutality of Nations* (New York: Paragon House, 1988).
p.381「完全な暗闇」KV, "Biafra."
p.381「そちらの準備が」KV to KB, February 28, 1970, private collection.
p.381「そして、一九七〇年」KB, "Notes on Kurt Vonnegut's Present Involvements," February 5, 1970, private collection.
p.381「場所は」ウディ・アレンの映画「アニー・ホール」の中に出てくる錬鉄柵に「KNOX BURGER ASSOCIATES, LTD.」という文字が見える。
p.382「そう書けば」KV to KB, April 14, 1970, private collection.
p.382「『きみが移籍など』」KB to KV, April 18, 1970, private collection.
p.383「追伸には」KV to KB, April 24, 1970, private collection.
p.383「その話は早急に」KB to KV, July 10, 1970, private collection; also, KB to KV, July 14, 1970, private collection.
p.383「ほんの数日前に」"Production Firm Formed by Lester M. Goldsmith," *Box Office*, May 11, 1970.
p.383「地元ケープコッドの」Bosworth, "To Vonnegut, the Hero Is the Man Who Refuses to Kill."
p.384「その晩」KV to KB, July 16, 1970, Vonnegut mss., LL.
p.384「『ローズウォーターさん、あなたに神のお恵みを』」KV to Donald C. Farber, May 15, 1970, Vonnegut mss., LL.
p.384「俳優の」Kevin McCarthy, in "Happy Birthday, Kurt Vonnegut," 69.
p.384「ファーバーは」Robert Fulton to Donald C. Farber, August 13, 1970, Vonnegut mss., LL.
p.384「フルトンは」同上。
p.384「『新装版や』」KB to KV, August 14, 1970, private collection.
p.385「投資家がくる」Tom Jones and Harvey Schmidt, *The Fantasticks: The Complete Illustrated Text*, 30th ed. (Montclair, NJ: Applause Books, 2000), 15. ヴォネガットのお気に入りのテレビ俳優、ジェリー・オーバックがオリジナルキャストのひとりだった。
p.385「ノックスが友人であり」KB, interview, August 6, 2007.
p.386「キティは」Barry Jay Kaplan, interview, September 21, 2007.
p.386「カートはあとになって」KV, introduction to *Happy Birthday, Wanda June* (New York: Dell, 1971), vii.
p.386「マークは、一九六九年に」Mark Vonnegut, e-mail, April 27, 2009.
p.386「というのも」Mark Vonnegut, *The Eden Express*, 7.
p.386「そんなわけで」同掲書, 25.
p.386「両親には」KV to Mark Vonnegut, October 31, 1974, private collection.
p.386「住まいは」EV, e-mail, August 16, 2009.
p.387「ナニーだけが」NV, interview, September 23, 2007.
p.387「『それはまるで』」KV, *Palm Sunday*, 172.

p.367「だがカプランは」Barry Jay Kaplan, interview, September 21, 2007.
p.367「イーディはヒューストンに」EV, e-mail, May 1, 2008; KV to Seymour Lawrence, June 16, 1969, SLPF.
p.367「『猫のゆりかご』にサインを」Dana Cook, "Deadeye Kurt," Salon.com, posted April 12, 2007.
p.368「ナニーは芝生の上で」NV, interview, September 20, 2007.
p.368「読者は」刑務所、監禁、誤審などは、ヴォネガットの作品に繰り返し登場する。短編「Ed Luby's Key Club」では、うぶな若いカップルが殺人の罪を着せられて投獄される。警察署長、市長、その他、イリアムの有力者たちが結託してふたりの前に立ちはだかる。KV, *Look at the Birdie* (New York: Delacorte, 2009).
p.368「二十歳の」Chris Warnick, "Student Writing, Politics, and Style, 1962–1979" (PhD diss., University of Pittsburgh, 2006).
p.369「クネンは」"Young Writers Say They Don't Read," *New York Times*, May 23, 1969.
p.369「バンタム・ブックスは」KB to KV, June 12, 1970, private collection.
p.369「そこでは、」John F. Birmingham, interview, October 22, 2009; also, Birmingham, *The Vancouver Split* (New York: Simon and Schuster, 1973).
p.369「少なくともピーター・マックスと」Al Brodax to Donald L. Farber, August 6, 1976, Vonnegut mss., LL.
p.369「『新しい世代の心を』」Bellamy, *Literary Luxuries*, 144–45.
p.370「『読者はたいてい』」Clarence Petersen, "Hang a Medal on Him," *Chicago Tribune*, October 27, 1968.
p.370「しかも『マクドナルドと』」KB to KV, November 12, 1969, private collection.
p.370「しかも、ノックスが」KV to KB, July 11, 1969, private collection.
p.371「『それが起きたということは』」Robert L. Short, *Something to Believe In: Is Kurt Vonnegut the Exorcist of Jesus Christ Superstar?* (New York: Harper and Row, 1978), 283–84.
p.372「『NASAは』」KV, "Excelsior! We're Going to the Moon. Excelsior!" *New York Times*, July 13, 1969.
p.372「そしてグロリア・スタイネム」*Essential Vonnegut: Interviews Conducted by Walter Miller*.
p.372「人類の月面着陸」Dana Hornig, "Kurt Vonnegut, Campus Hero," *Barnstable Patriot*, September 4, 1969.
p.372「そしてスタイネムと」Walter Cronkite, interviewed for "Washington Goes to the Moon," part 1 (transcript), Public Radio Exchange, Cambridge, MA.
p.372「『ビーティが』」*Essential Vonnegut: Interviews Conducted by Walter Miller*.
p.373「それから数日間」Cronkite, interviewed for "Washington Goes to the Moon."
p.373「『厭世的な人物』」Hornig, "Kurt Vonnegut, Campus Hero."
p.373「その少し前の十月に」KV to Seymour Lawrence, October 21, 1968, SLPF.
p.374「はたして」Wakefield, "Kurt Vonnegut," 281.
p.374「『幽霊のような』」KV, *Kaleidoscope*, BBC 4.
p.375「『だが、ぼくは』」KB to KV, November 12, 1969, private collection.
p.375「しかも、事務所には」同上。
p.376「『誰もが』」Mark Vonnegut, *The Eden Express*, 57.
p.376「『スローターハウス５』で」KV to Seymour Lawrence, October 17, 1969, SLPF.
p.376「夜、静まりかえった」KV to José Donoso, March 28, 1968, JDP.
p.376「たいていは」NV, interview, September 23, 2007.
p.376「それまでの人生の」JV to KV, May 27, 1971, private collection.
p.376「『家族全員が』」Mark Vonnegut, *The Eden Express*, 57.

p.357「それは統合失調症患者の」Gordon, "Death and Creativity," 106–24.
p.357「『ビリーは』」KV, *Slaughterhouse-Five*, 29.
p.358「二十歳のポルノ女優」"ワイルドハック"はインディアナポリスのオーチャードスクールに通っていたきょうだいの姓。「彼らのことはよく知らない。ただ、ごきげんな名前だったというだけだ」。KV, interview, March 13, 2007.
p.358「ふたりは夜空のような」KV, *Slaughterhouse-Five*, 170.
p.358「『スローターハウス５』を」KV, *Wampeters, Foma & Granfalloons*, 279.
p.359「『想像力あふれる作品』」"Kurt Vonnegut," Granville Hicks Collection, McFarlin Library, University of Tulsa, Tulsa, OK.
p.359「『ヴォネガットは耐え難いほどに』」J. M. Crichton, "Sci-Fi and Vonnegut," *New Republic*, April 26, 1969.
p.359「自分ができないことに」Leslie A. Fiedler, "The Divine Stupidity of Kurt Vonnegut: Portrait of the Novelist as Bridge over Troubled Water," *Esquire* 74, September 1970, 195–97.
p.359「ケージンによれば」Elaine Woo, "His Popular Novels Blended Social Criticism, Dark Humor," *Los Angeles Times*, April 12, 2007.
p.359「今に至っても」Arch Whitehouse, "Dresden Under Fire" (letter), *New York Times*, May 18, 1969.
p.360「『カート・ヴォネガット・ジュニアは』」"Vonnegut Book Widely Reviewed," *Barnstable Patriot*, April 10, 1969.
p.360「『ぼくはようやく』」*Essential Vonnegut: Interviews Conducted by Walter Miller*.
p.360「『わたしはそこにいた』」KV, *Slaughterhouse-Five*, 86 and 160.
p.361「その仕掛けが」*Essential Vonnegut: Interviews Conducted by Walter Miller*.

十章　さよなら、さよなら、さよなら

p.362「ときには」Kurt Adams, interview, September 20, 2007.
p.362「ある朝など」EV, interview, September 20, 2007.
p.363「『ろくでなし』」Dan Wakefield, "Kurt Vonnegut," in *Indiana History: A Book of Readings*, ed. Ralph D. Gray (Bloomington: Indiana University Press, 1994), 283–84.
p.363「自分の子どもの友だちも」Kurt Adams, interview, September 20, 2007.
p.363「『ヴォネガットが若者たちを』」Wakefield, "Kurt Vonnegut."
p.363「『彼らの状況を』」Standish, "*Playboy* Interview."
p.363「たとえば、神は」同上。
p.363「『若者が成長して』」Bryan, "Kurt Vonnegut, Head Bokononist."
p.364「『きみの作品には』」Donald M. Fiene to KV, December 4, 1976, Fiene mss. 1975–76, LL.
p.364「彼らは読みやすい」Richard Todd, "The Masks of Kurt Vonnegut, Jr.," *New York Times Magazine*, January 24, 1971.
p.364「ファンにしか」Hume, "Vonnegut's Melancholy," 221.
p.364「『あなたが書いた』」Joe Alino to KV, June 3, 1974, Vonnegut mss., LL.
p.365「『ぼくは十九歳で』」Kevin Maledy to KV, November 1974, Vonnegut mss., LL.
p.365「ひとつは」KV, *The Sirens of Titan*, 189.
p.366「好きなことばかりやって」KV to JV, March 12, 1974, private collection.
p.366「『子どもの頃』」Mark Vonnegut, "Happy Birthday, Kurt Vonnegut," 155.
p.366「『父は』」EV, "Happy Birthday, Kurt Vonnegut," 156–57.

Library, University of Oklahoma, Tulsa.
p.350「ノーム・チョムスキー」Pam Black, "Ramparts," *Folio: The Magazine for Magazine Management*, April 1, 2004.
p.351「三月の最初の週には」Rita Lang Kleinfelder, *When We Were Young: A Baby-Boomer Yearbook* (New York: Prentice Hall, 1993), 501.
p.351「イーディ・ヴォネガットが」Robert B. Weide, interview, May 23, 2010.
p.351「『アメリカの指導力と』」KV, *A Man Without a Country*, 20.
p.352「できあがった作品は」Griffith, "The Moral Egotist," 45.
p.352「『二十三年前』」KV, *Slaughterhouse-Five*, 4.
p.352「『きいてくれ』」同掲書, 29.
p.353「それは、この作品よりも」Peter J. Reed, "Kurt Vonnegut," *Dictionary of Literary Biography*, Documentary Series, vol. 3 (Detroit: Bruccoli Clark/Gale Research, 1983), 321–76.
p.353「『ヴォネガットの不思議な』」Clark Mayo, *Kurt Vonnegut: The Gospel from Outer Space* (San Bernardino, CA: Borgo Press, 1977), 4.
p.353「『トラルファマドール星人は』」KV, *Slaughterhouse-Five*, 34.
p.353「だが、彼が物理学や」17世紀から18世紀にかけては、一流の芸術家たちは科学に大いに興味を持っていた。たとえばキーツ、コウルリッジ、サミュエル・ジョンソン、メアリ・シェリーなど。以下を参照。(Richard Holmes, *The Age of Wonder: How the Romantic Generation Discovered the Beauty and Terror of Science* [New York: Pantheon Books, 2008].) だが今日では、ヴォネガットが初期の作品を出していた頃によく口にしていた非難はそのままで、文学的な人間は科学は「やらない」ものだという先入観があるようだ。
p.353「これは天体観測から」Richard Morris, *Time's Arrows: Scientific Attitudes Toward Time* (New York: Simon and Schuster, 1985), 19.
p.353「つまり、それぞれにとって」同掲書, 144–45 and 158.
p.354「『ぼくは秩序に』」Greg Mitchell, "Meeting My Maker: A Visit with Kurt Vonnegut, Jr., by Kilgore Trout," *Crawdaddy*, April 1, 1974, 51.
p.354「混沌が深まって」Gregory N. Derry, *What Science Is and How It Works* (Princeton, NJ: Princeton University Press, 1999), 236.
p.354「編隊が」KV, *Slaughterhouse-Five*, 93.
p.355「『地中に戻され』」同掲書, 75. 興味深いことに、ヴォネガットの父親は戦時中、インディアナポリスの自宅近くの、フォール・クリーク軍需工場の資材管理部門の監督をしていた。
p.355「『もしわたしが地球学の』」同掲書, 109.
p.355「『すべての時が』」同上。
p.355「『もし究極の知性が』」Morris, *Time's Arrows*, 58–59.
p.355「『わたしにはそのような』」J. D. Bernal, *A History of Classical Physics: From Antiquity to Quantum* (1972; repr., New York: Barnes and Noble Books, 1997), 238.
p.356「『そうすれば』」KV, *Slaughterhouse-Five*, 86.
p.356「『アメリカで最もすばらしい』」KV, "Knowing What's Nice," *In These Times*, November 6, 2003.
p.357「ビアスの寓話的小説の」Paul Juhasz, "No Matter What the Actual Hour May Be: Time Manipulation in the Works of Ambrose Bierce," *Ambrose Bierce Project Journal* 4, no. 1 (Fall 2008), November 22, 2009, www.ambrosebierce.org/journal4juhaszl.html.
p.357「『時はなかなか進まない』」KV, *Slaughterhouse-Five*, 26.
p.357「それは、なだれのように」Roy Morris Jr., *Ambrose Bierce: Alone in Bad Company* (New York: Oxford University Press, 1999), 52.

p.341「頭上には星」Anonymous, interview, February 9, 2008. ジミーの精神状態は悪化し、1970年代後半には偏執症になり世捨て人のような生活を送るようになるが、それ以前に二冊の小説を出版している。『The Big Win』(1969) と、『Some Parts in the Single Life』(1971) だ。ヴォネガットは彼女の処女作を絶賛する紹介文を書いたが、ハードカバー版には間に合わず、バンタム社から出たペーパーバックに使われた。その賛辞は2作目の小説のカバーの袖にも印刷された。

p.341「つまり、酔っているので」Suzanne McConnell, interview, January 8, 2007.

p.341「『こっちへきて』」同上。

p.341「カートは、スザンヌが」同上。

p.342「『そんな話をきかされて』」Suzanne McConnell, letter to author, April 8, 2008.

p.342「『明日、そちらで』」同上。

p.342「『人の話をきく以上に』」Sarah J. Griffith, "The Moral Egotist: Evolution of Style in Kurt Vonnegut's Satire" (bachelor's thesis, University of Michigan, 2008), 13. 引用はグリフィスの調査より。著者の追加調査によると、ヴォネガットは1月末までにはやめている。

p.342「『待ちきれなかったんだ』」Suzanne McConnell, letter to author, April 8, 2008.

p.343「『ぼくは同じところを』」同上。

p.343「最初のバージョンでは」Vonnegut mss., LL.

p.344「長いあいだ小説家」同上。

p.344「これにより、作者が」同上。

p.344「もしも、作品が」KV to Bernard O'Hare, September 14, 1968, private collection.

p.344「ふたりは作品を」Bernard O'Hare Jr., e-mail, August 19, 2010.

p.344「ジェインがとてもいいじゃないと」KV to Seymour Lawrence, October 21, 1968, SLPF.

p.344「ある書評家は」Larry L. King, "Old Soup" (review), *New York Times*, September 1, 1968.

p.344「ギャグを引き伸ばしただけ」Richard Rhodes, "Vonnegut Springs the Mousetrap," *Chicago Tribune*, August 18, 1968.

p.345「一九六九年三月の時点で」Israel Shenker, "Kurt Vonnegut, Jr. Lights Comic Paths of Despair," *New York Times*, March 21, 1969.

p.345「『高校時代は』」"46 and Trusted," *Newsweek*, March 3, 1969.

p.345「『ヴォネガットの作品を』」Garry Trudeau in "Happy Birthday, Kurt Vonnegut," 119.

p.346「するとチェコ支援の」Bob Baird, "Witnessing History During 40 Years in a Newsroom," *Journal News* (New York), June 3, 2008.

p.346「『腹を抱えて笑うほど』」KV, *Wampeters, Foma & Granfalloons*, 97.

p.347「グレゴリーは」Philactos and Stanker, "Gregory Appeals for Students to Change American Society," *Statesman*, Stony Brook University, September 27, 1968. この記事を書いたふたりの若いジャーナリストはヴァルパレーゾ大学での総会に出席していた。

p.347「ぼくはモラリストとして」KV, *Wampeters, Foma & Granfalloons*, 97.

p.347「芸術家の目的は」同掲書, 90.

p.347「そのタイトルと」KV to KB, November 23, 1963, private collection. ヴォネガットはその本に関して多くは語っていないが、手紙のなかでは、読んだことをほのめかしている。

p.348「『ぼくには (反戦運動家の)』」"46 and Trusted."

p.348「『人々は道徳的精神を』」同上。

p.349「『ヒューマニストの物理学者は』」KV, *Wampeters, Foma & Granfalloons*, 93.

p.349「『武器開発の仕事を』」Walter Sullivan, "Strike to Protest 'Misuse' of Science," *New York Times*, February 6, 1969.

p.350「著作権エージェントの」Max Wilkinson to Warren Hinckle, August 25, 1968, McFarlin

p.331「ジェインは自分の」KV, *Palm Sunday,* 175.
p.332「ジェインの探求は」キリスト教が一時的に流行したわけではなく、ブロードウェイのロックオペラ、『ジーザス・クライスト・スーパースター』(1971) は、キリストの生涯とその教え、『ヘアー：アメリカ部族のラブ・ロック・ミュージカル』(1968) の影響を受けたことを示している。
p.332「たとえば、『きみは何座？』」"Carol Troy Interviews Kurt Vonnegut," *Rags,* March 1971, 24–26.
p.332「ユニテリアン派の」KV, *Palm Sunday,* 177.
p.333「シェイクスピア劇の役者」Gerald Clarke, *Capote: A Biography,* 2nd paperback ed. (Cambridge, MA: Da Capo Press, 2005), 249.
p.333「ふたりの出会いは」KV to Seymour Lawrence, April 30, 1968, SLPF.
p.333「『お知らせしなければいけないことがあります』」Carol Mallory, "The Kurt & Joe Show," *Playboy,* May 1992.
p.333「『ぼくの話すすべてが』」Standish, "*Playboy* Interview."
p.333「それは恐れや悲しみのなかで」同上。
p.334「笑いは魂の」Cargas, "Kurt Vonnegut," 1048–150.
p.334「それは『粗野な笑いや』」Michael Wood, "Dancing in the Dark," *New York Review of Books,* May 31, 1973.
p.334「だが、話し終えて」Mallory, "The Kurt & Joe Show."
p.334「ヒックスは」Granville Hicks, "Literary Horizons," *Saturday Review,* March 29, 1969.
p.334「しかも、そっちなら」KV to Seymour Lawrence, June 11, 1968, SLPF.
p.334「それも、そうでもしなければ」JV, interview by Marge Schiller, December 1969, interview 639, transcript, McCarthy Historical Project, Eugene J. McCarthy Papers, Elmer L. Andersen Library, University of Minnesota, Minneapolis.
p.334「だが、一九六八年四月」同上。
p.335「議会では」Gordon Keith Mantler, "Black, Brown and Poor: Martin Luther King Jr., The Poor People's Campaign and Its Legacies" (PhD thesis, Duke University, 2008).
p.335「『ジェインはまさに』」Arnold Bossi, interview, May 14, 2009.
p.335「六月末」"Village Roundup," *Barnstable Patriot,* June 27, 1969.
p.336「そして出てきたときには」JV, interview, McCarthy Historical Project.
p.336「ジェインが自宅で」EV, interview, September 20, 2007.
p.336「『母はとても頭の良い』」NV, interview, September 23, 2007.
p.336「カートは『スローターハウス５』を」JV interview, McCarthy Historical Project.
p.337「ジェインは、選挙運動を」同上。
p.337「ジェインが選挙運動の仕事で」KV to KB, July 18, 1968, private collection.
p.337「あっという間に」JV, interview, McCarthy Historical Project.
p.338「ふたりの責任者は」同上。
p.338「『彼が選挙活動に』」Arnold Bossi, interview, May 14, 2009.
p.338「ジェインは、それが」JV, interview, McCarthy Historical Project.
p.339「『というのも、個人的に』」同上。
p.339「『不思議なことに』」同上。
p.339「カートは長いことなんの」Rackstraw, *Love as Always, Kurt,* 33.
p.339「ロリーはラックストローに」同上。
p.340「『父が死んでから』」Eve Guarnuccio, interview, February 8, 2008.
p.340「『カートに、ほんとに』」同上。
p.341「カートは親しみやすい」同上。

住民が75万ユーロ相当の資金を集め、別の場所に大聖堂を再建して、2005年に礼拝を再開した。

p.320「だが今」McKee, *The Devil's Tinderbox*, illustration 54.

p.320「なにしろ」KV, *Slaughterhouse-Five,* 1.

p.321「まわりにいる人たちに」Bell, "Remembering Kurt Vonnegut."

p.322「ドノソは十年間も」ドノソはヴォネガットと同じ年に創作講座を辞めた。「2年経ってわかったのは、わたしは教えることと小説を書くことを両立できないということだ。カート・ヴォネガットはちがう。彼はわたしと同じときに同じ大学で教えていたが、そこで最高傑作のひとつを書き上げた。アメリカの大学という砦のような世界がいくら居心地よくても、わたしは出て行くしかなかった」。José Donoso, "A Small Biography of the Obscene Bird of Night," *Review of Contemporary Fiction* 19, no. 3 (1999): 123.

p.323「『自分の無能さが』」同上。

p.323「『この作品にまつわる悪夢』」José Donoso to Kurt Vonnegut, October 16, 1967, Vonnegut mss. LL.

p.323「大事な大作を」Kurt Vonnegut to José Donoso, October 22, 1967, JDP. それから18ヶ月間、ヴォネガットはドノソを叱咤激励しつづけた。また、彼をグッゲンハイム財団に推薦して奨学金を受けられるように取り計らったことは功を奏した。1970年に、40回の書き直しを経てようやく『夜のみだらな鳥』が出版されると、それはドノソの最高傑作と評された。Sahron Magnarelli, *Understanding José Donoso* (Columbia: University of South Carolina Press, 1992), 93.

p.324「一冊は詩人のセオドー・レトキの詩集」Hipkiss, *The American Absurd,* 52.

p.324「わたしは眠りのなかに目覚め」同上。

p.325「『セシル・B・デミルみたいな』」Kurt Vonnegut, *Kaleidoscope*, BBC 4.

p.325「とはいえ」KV, "In-the-Bone Reading."

p.325「『骨を貫く』」Jim Knipfel, "Reading Louis-Ferdinand Céline," *Context: A Forum for Literary Arts and Culture* 8 (November 2001), October 18, 2008, www.dalkeyarchive.com.

p.325「『家中の家具が揺れ』」同上。

p.326「『ミス・オストロフスキーの』」KV, *Slaughterhouse-Five,* 27.

p.326「『自分のうちに熱狂が』」Louis-Ferdinand Céline, *Journey to the End of the Night*, trans. Ralph Manheim (1934; repr., New York: New Directions, 2006), 173.

p.327「『スローターハウス5』は」KV to Seymour Lawrence, October 29, 1967, SLPF.

p.327「すでに人気作家だったのだ」KV to Seymour Lawrence, n.d., SLPF.

p.327「大学生には受けがいい」KV to Seymour Lawrence, January 21, 1968, SLPF.

p.328「収入が多すぎると」KV to Seymour Lawrence, November 15, 1967, SLPF.

p.328「『本を出すために』」KV to Gail Godwin, November 25, 1967, Gail Godwin Papers, University of North Carolina, Chapel Hill. Gail Godwin, "Waltzing with the Black Crayon" [studying with Kurt Vonnegut at Iowa], *Yale Review*, January 1999.

p.328「ファビュレーターというのは」Robert E. Scholes, *The Fabulators* (New York: Oxford University Press, 1967), 12.

p.329「『ヴォネガットの作品は』」同掲書, 48.

p.329「ヴォネガットは『現代の』」Bryan, "Kurt Vonnegut on Target."

p.329「クラークは」Jody "Joe" Clark played bass guitar at one time for the J. Geils Band.

p.329「そして、誰もが認めることだが」L. B. Shriver, e-mail, April 25, 2009.

p.330「『参加したのは』」KV, *Wampeters, Foma & Granfalloons*, 34.

p.330「『目を開けると』」同上。

p.331「『本に熱中しているときには』」KV, *Fates Worse Than Death*, 188.

p.310「提出物の採点」KV to Carolyn Blakemore, Thomas Cooper Library, William Price Fox Papers, University of South Carolina.
p.311「『背が高くすらっとして』」Frank Dunlap, "God and Kurt Vonnegut at Iowa City," *Chicago Tribune*, May 7, 1967.
p.311「かつて大衆向けSF作家だと」Robert A. Lehrman, interview, January 23, 2007.
p.311「『ヴォネガットの小説を』」Dunlap, "God and Kurt Vonnegut at Iowa City."
p.311「『わたしたちはとても興奮しました』」Maria Pilar Donoso, "Beer Party in Iowa," in *The World Comes to Iowa: The Iowa International Anthology*, ed. Paul Engle, Rowena Torrevillas, and Hualing Nieh Engle (Ames: Iowa State University Press, 1987).
p.311「ジョン・ケイシーは」John Casey, interview, December 1, 2006.
p.312「この作品はやがて」ロレンス・スターンの『トリストラム・シャンディ』とチョーサーの『カンタベリー物語』とセルバンテスの『ドン・キホーテ』は、この手法を先取りしているという議論もある。
p.312「『わたしは自分のしていることを』」William Kittredge in *Seems Like Old Times*, ed. Ed Dinger (Iowa City: Iowa Writers' Workshop, 1986), 66.
p.313「イーディはレコードを」Gail Godwin, letter to author, March 7, 2007.
p.313「『寂しかったからだよ』」KV, interview, March 14, 2007.
p.313「彼女の家はシーダー・フォールズの」Rackstraw, *Love as Always, Kurt*, 29.
p.314「両親に知れたら」KV to Richard Gehman, August 10, 1967, private collection.
p.314「壁には『最初の二ページは捨てろ！』」Suzanne McConnell in *Seems Like Old Times*, 40.
p.314「『ロバートへ』」Robert A. Lehrman, interview, January 23, 2007.
p.315「ジェインはロリーからの」NV, interview, May 3, 2008.
p.315「『気分はもう直ったかい？』」NV, interview, September 20, 2007.
p.315「兄嫁のロイスは」NV, interview, September 23, 2007.
p.316「大学生から送られてくる」KV to Seymour Lawrence, June 22, 1967, SLPF.
p.316「カートはロレンスに」KV to Seymour Lawrence, September 19, 1967, SLPF.
p.316「おやじふたりだけで」KV to Knox Burger, October 7, 1967, private collection.

九章　大ブーム

p.317「カートはすぐに」Kurt Vonnegut to José Donoso, October 22, 1967, JDP.
p.317「だが、ベルリンで」同上。
p.318「カートは窓の外の」同上。
p.318「ふたりは二日遅れで」ドイツ軍による900日間にわたる包囲戦の舞台となったレニングラードは、1991年にサンクトペテルブルクと改名された。
p.318「ホテル支配人か」Fiene, "Getting Through Life," book 8, "Out of Darkness into the Light (1970–1974)," part 2.
p.318「『あのときは』」Bernard O'Hare III, e-mail, May 18, 2009.
p.319「一九六七年の」KV to Seymour Lawrence, October 29, 1967, SLPF.
p.319「不格好なトラバント」当時の東ドイツではトラバントを入手するのに15年かかった。トラバントは100キロまで加速するのに（それが加速と呼べればの話だが）21秒かかった。
p.319「英国軍事歴史家の」McKee, *The Devil's Tinderbox*, 312.
p.320「一七四三年に」Gerhard Müller to Kurt Vonnegut, April 4, 1988, private collection. イギリス中部の街、コヴェントリーもドイツ空軍の爆撃で壊滅的な被害を受け、大聖堂が破壊されたが、

p.300「『そうなったら』」JV to Maria Pilar Donoso, July 2, 1966, JDP1.
p.301「カートはときどき書斎から」Kurt Adams, interview, September 20, 2007.
p.301「『いろんな状況から』」JV to Maria Pilar Donoso, July 2, 1966, JDP1.
p.301「そうなれば、自分の味方が」KV to KB, January 20, 1966, private collection; also, Mark Vonnegut, e-mail, April 27, 2009.
p.301「『作品のトーンから』」James C. Adams Jr., e-mail, May 2, 2009.
p.302「ニューヨーク州の」KV to KB, October 28, 1966, private collection.
p.302「コレクションに肩を並べる」Richard Wilson to KV, August 5, 1966, Richard Wilson Papers, Syracuse University Library, Syracuse, NY.
p.302「カートはシラキュース大学に」KV to Richard Wilson, August 9, 1966. Richard Wilson Papers, Syracuse University Library, Syracuse, NY. ヴォネガットは、ミルフォードSF大会でウィルソンに出会っていたが、それは、『ローズウォーターさん、あなたに神のお恵みを』でエリオット・ローズウォーターがSF作家への愛情を語るのと同じ場所だ。「ぼくはきみたち大バカ野郎が大好きだ。本当に好きだ。もはやぼくは、きみたちの作品しか読まない。未来のことを真面目に心配するほど頭がおかしいやつはきみたちくらいなものなんだ」。
p.302「カートはさっそく申し込んだ」KV to KB, October 28, 1966, private collection.
p.303「ロリーは学位を取得して」"Mrs. Rackstraw Reads from 'Incomplete Puritan,'" *Northern Iowan*, April 30, 1968.
p.303「『釣にはふたつの方法がある』」John Casey, interview, December 1, 2006.
p.304「(カートはスイスの)」同上。
p.304「カートは、イェーツのことを」KV to KB, March 6, 2001, private collection.
p.304「イェーツは、無意識に」Elizabeth Venant, "A Fresh Twist in the Road for Novelist Richard Yates, a Specialist in Grim Irony, Late Fame's a Wicked Return," *Los Angeles Times*, July 9, 1989.
p.304「批評家の」Stephen Amidon, "A Heavy Price" (book review), *New Statesman*, November 22, 2004.
p.304「『ヴォネガット先生の講義は』」Suzanne McConnell to Vance Bourjaily, December 1980, private collection.
p.304「とくに大酒を」Jerome Klinkowitz, interview, October 26, 2007.
p.304「フォックスは」KV to William Price Fox, October 14, 1966, Thomas Cooper Library, University of South Carolina.
p.305「『ニューヨーク・タイムズ』紙から」KV to KB, October 3, 1966, private collection.
p.305「『prescriptiveは、』」KV, "The Last Word," *New York Times*, October 30, 1966.
p.306「『つまり、新しい辞書に』」同上。
p.306「ブライアンは」C. D. B. Bryan, "Kurt Vonnegut on Target," *New Republic*, October 1966, 21–22+.
p.307「待ちかまえている」Dan Wakefield, interview, January 25, 2007.
p.308「彼は、のちにカートが」同上。
p.308「『それでわたしはずうずうしくも』」J. P. Donleavy, contributor, "Seymour Lawrence: An Independent Imprint Dedicated to Excellence" (booklet printed by Houghton Mifflin, New York, November 1, 1990).
p.309「『作家選びは』」Jayne Anne Phillips, "The Wizard" (speech read at Seymour Lawrence's memorial service), 1994.
p.309「『あなたは書くことだけ』」Dan Wakefield, interview, January 25, 2007.
p.310「『一九六五年』」KV, *Bagombo Snuff Box*, 2.

website, University of Iowa, April 15, 2007.
p.292「一歩教室を出れば」Suzanne McConnell, interview, September 21, 2007; also, Barry Jay Kaplan, interview, September 21, 2007.
p.292「あるとき、ある作品が」Philip Damon, interview, January, 29, 2007.
p.293「読みながら」Ian T. MacMillan, e-mail, February 1, 2007.
p.293「厳しい課題でも」KV, "Form of Fiction Term Paper Assignment," November 30, 1965, private collection.
p.293「そして最後に」同上。
p.293「カートは、「他人に」KV, "Teaching the Unteachable."
p.294「『それはいい！』」Gail Godwin, letter to author, March 7, 2007.
p.294「ゲイルは」Alvin P. Sanoff, "Creating Literature on the Plains of Iowa (50th Anniversary of Iowa Writers' Workshop)," *U.S. News & World Report*, June 2, 1986.
p.294「学生のなかには」KV to José Donoso, October 29, 1982, JDP.
p.294「『というか……』」Barry Jay Kaplan in "Happy Birthday, Kurt Vonnegut," 47.
p.295「『そのとおりだ』」Robley Wilson, e-mail, July 30, 2008.
p.295「また、小説家と」Robert A. Lehrman, interview, January 23, 2007; also, Sarah Crawford Fox, interview, June 21, 2008.
p.295「まるで約束に」Bell, "Remembering Kurt Vonnegut."
p.295「『なにしろ』」Ian T. MacMillan, e-mail, February 1, 2007.
p.295「秋学期の中盤」KV to Paul Engle, November 12, 1965, Paul Engle Papers, Coe College, Cedar Rapids, Iowa.
p.296「だが、このまま一生」KV to KB, January 20, 1966, private collection.
p.296「追記として」JV to Emily Louise Diamond, Christmas 1965, private collection.
p.297「『ぞっとした』」同上。
p.297「つまり、ジェインは」Rackstraw, *Love as Always, Kurt*, 8.
p.297「ふたりはシーダーラピッズの」同掲書, 11.
p.297「イーディは、父親が」EV, interview, September 20, 2007.
p.297「デュバス夫妻は」NV, interview, May 3, 2008.
p.298「そして、自分は」KV to KB, January 20, 1966, private collection.
p.298「心臓に悪いところがある」KV to KB, March 5, 1966, private collection.
p.298「『こういう可能性も』」Rackstraw, *Love as Always, Kurt*, 16.
p.298「翌日」同掲書, 17.
p.299「『わたしたちからみた』」Ian T. MacMillan, e-mail, February 1, 2007.
p.299「数年後」Rackstraw, *Love as Always, Kurt*, 17.
p.299「だが、ジェインは」KV to NV, November 8, 1989,Vonnegut mss., LL.
p.299「そうしているうちに」KV to KB, June 20, 1966, private collection.
p.300「そのせいで彼らが」Robert A. Lehrman, interview, January 23, 2007.
p.300「ある夜」John Casey, interview, December 1, 2006.
p.300「講義と採点で」Saul Madoff, "The Time, the Space, the Quiet," *New York Times*, November 29, 1981.
p.300「『スローターハウス５』の文体は」KV to KB, April 3, 1966, private collection.
p.300「週末の乱痴気騒ぎでは」Nancy Bulger, interview, June 13, 2010. この話をしてくれたバルジャーはイーディが同年代のティーンの女友だちとつくっていた"ハード"というグループの元メンバーだ。このときは大学から帰省したときに、パーティに参加していた。

p.282「そして、数分後」Suzanne McConnell, interview, January 18, 2007.
p.282「カートは学生たちが」Philip Damon, interview, January 29, 2007.
p.282「提出される作品は」同上。
p.283「議論はどのようにすれば」同上。
p.283「結局、カートの提案は」同上。
p.283「彼女はそれきり」Robert A. Lehrman, interview, January 23, 2007.
p.283「英文学科の学部生六百人の」KV to JV, September 24, 1965, private collection.
p.284「女は家にいて」Suzanne McConnell to Vance Bourjaily, December 1980, private collection.
p.284「『そこでわたしは』」同上。
p.284「『押してるんじゃない』」Ian T. MacMillan, e-mail, February 1, 2007.
p.285「夜は部屋で」KV to JV, September 28, 1965, private collection.
p.285「ノックスはそんなカートのことを」KB to KV, October 1, 1965, private collection.
p.285「今学期が終了したら」KV to JV, September 28, 1965, private collection.
p.285「カートはこの解決策に」KV to KB, September 28, 1965, private collection.
p.285「カートは昇給の話を」KV to JV, October 2, 1965, private collection.
p.286「カートは間取り図を描き」同上。
p.286「その日のうちに」同上。
p.286「ぼくも冬休みいっぱいは」KV to JV, October 9, 1965, private collection.
p.287「『すらりと背が高く』」Rick Boyer, e-mail, August 27, 2007.
p.287「『女性はみな』」Vance Bourjaily, interview, March 17, 2008.
p.287「だから、四十三歳の今」Loree Rackstraw, *Love as Always, Kurt: Vonnegut as I Knew Him* (Cambridge, MA: Da Capo Press, 2009), 56.
p.287「結婚生活も」Loree Rackstraw, e-mail, April 17, 2008.
p.288「カートは、ウェストバーンスタブルから」KV to KB, November 1965, private collection.
p.288「『つまり、きみの情事が』」Blake Bailey, *A Tragic Honesty: The Life and Work of Richard Yates* (New York: Picador, 2004), 322.
p.288「服装規定に反抗し」EV, interview, September 20, 2007.
p.289「そして父親のアパートで」EV, e-mail, December 13, 2008.
p.289「なんといっても」EV, interview, September 20, 2007.
p.289「それは『刺激的で』」EV, e-mail, December 13, 2008.
p.289「『父は、わたしのことを』」EV, interview, September 20, 2007.
p.290「『あなたに必要なのは』」KV, *Player Piano*, 249.
p.290「モナが拒否したのは」KV, *Cat's Cradle*, 266.
p.290「こんどはハワードのではなく」Marvin, *Kurt Vonnegut*, 63.
p.291「だが、今は」Loree Rackstraw, *Love as Always, Kurt*, 10.
p.291「ボアジェイリーの農場で」KV to JV, October 2, 1965, private collection.
p.291「アイオワシティのミューズと」KV to Miller and Mary Louise Harris, April 28, 2000, private collection.
p.291「彼の前のテーブルには」Ian T. MacMillan, e-mail, February 1, 2007.
p.292「学生たちの多くは」KV to KB, November 1, 1965
p.292「教室で学生たちの」KV to Paul Engle, December 3, 1965, Paul Engle Papers, University of Iowa, Iowa City.
p.292「学生たちはいつしか」Philip Damon, interview, January 29, 2007.
p.292「オルグレンは」Marvin Bell, "Remembering Kurt Vonnegut," at "The Writing University"

p.272「最後にカートは」同上。
p.272「タイピストに」KV to KB, November 1, 1965, private collection.
p.272「それと並行して」KV to KB, September 28, 1965, private collection.
p.272「一九六〇年代の」George W. Stocking Jr., Distinguished Service Professor Emeritus, University of Chicago, e-mail, July 9, 2007.
p.273「あのインテリども」KV, *Palm Sunday*, 288. しかし、ヴォネガットはのちに経済的に余裕ができると、シカゴ大学に定期的に寄付をするようになった。(KV to JV, July 28, 1971, private collection).
p.273「給料が足りなかったからだ」KB to KV, October 1, 1965, private collection.
p.273「その建物は」John Casey, interview, December 1, 2006.
p.274「『でもわたしたちは』」Suzanne McConnell, interview, January 18, 2007.
p.275「実際は」Philip Damon, interview, January 29, 2007.
p.275「つまり、ハードルは」John Irving, e-mail, January 28, 2007.
p.275「こんなに増えたのは」KV to KB, September 28, 1965, private collection.
p.275「集まった学生は」Philip Damon, interview, January 29, 2007.
p.275「ヴァンダービルト大学」Ian T. MacMillan, interview, February 1, 2007.
p.275「カートはあとになって」KV, "A New Scheme for Real Writers," *New York Times*, July 14, 1974.
p.276「学部の」KV to JV, September 28, 1965, private collection.
p.276「ソール・ベローが圧勝で」KV to KB, September 28, 1965, private collection.
p.276「『もしもきみたちが』」Anonymous, e-mail, February 8, 2008.
p.276「たいていの学生が」同上。
p.276「初めから」KV to JV, September 28, 1965, private collection.
p.276「自分が教える学生たちは」KV to NV, September 30, 1965, private collection.
p.277「映画を観て」KV to JV, September 28, 1965, private collection.
p.277「だが、最後に」KV to Sarah Crawford, September 28, 1965, private collection.
p.277「結局ふたりは」Sarah Crawford Fox, interview, June 19, 2008.
p.277「ほとんどいつも」KV to NV, September 30, 1965, private collection.
p.278「戯曲家で」Robert A. Lehrman, e-mail, January 10, 2007. この作家たちの多くは、ここで言及されている以外の分野でも活躍している。
p.278「ペナントや」同上。
p.278「『彼らは二年間で』」KV, "Teaching the Unteachable."
p.278「作家業とは」KV to L. Rust Hills, September 29, 1965, Vonnegut mss., LL.
p.279「なにしろ、話をきいていると」Ian T. MacMillan, e-mail, February 1, 2007.
p.279「『これで読者は』」Suzanne McConnell, e-mail, January 12, 2007.
p.279「共感を得るために」John Casey, interview, December 1, 2006.
p.280「『最良のものから』」Barry Kaplan, interview, September 21, 2007.
p.280「どんな決心をすれば」KV, *A Man Without a Country*, ed. Daniel Simon (New York: Seven Stories Press, 2005), 25.
p.280「カートの講義は」Robert A. Lehrman, interview, January 23, 2007.
p.280「『それは卵を』」John Casey, interview, December 1, 2006.
p.281「『ビジネスマンは』」Suzanne McConnell to KV, July 12, 1997, private collection.
p.281「『きみたちは作家じゃない!』」同上。
p.281「風刺が好きなことは」John Casey, interview, December 1, 2006.
p.281「学生たちが」Philip Damon, interview, January 29, 2007.
p.281「カートのふざけた」KV to JV, September 28, 1965, private collection.

p.262「アリスンは、それが『怖かった』」Allison Mitchell, interview, February 7, 2008.
p.263「『父が素の自分で』」NV, interview, September 20, 2007.
p.263「するとメアリは」KV, *Slaughterhouse-Five; or, The Children's Crusade, a Duty-Dance with Death* (1969; repr., New York: Dial, 2005), 18.
p.264「いつかほんとうに」同掲書, 19. ヴォネガットは「子ども十字軍」という言葉を1968年の大統領選からとったようだ。そこでは何百万人の若者たちがマッカーシー候補を支援するために動員されており、メディアは彼らを「子ども十字軍」と呼んだ。
p.265「あまり猶予もなかったので」KV to Miller Harris, June 25, 1965, private collection.
p.265「大家族なので」KV to John C. Gerber, July 11, 1965, University of Iowa, University Archives, Iowa City.
p.265「家では」KV to KB, August 7, 1965, private collection.
p.266「『わたしは〝SF〞というラベルを』」KV, "Speaking of Books: Science Fiction," *New York Times*, September 5, 1965.
p.266「『彼は商業的決断で』」Frederik Pohl, interview, September 13, 2007.

八章　作家のコミュニティ

p.267「それまでは、」KB, interview, November 20, 2007.
p.267「このままジェインと」KV to NV, June 1, 1971, private collection.
p.267「それに、ケープコッドには」KV to NV, March 17, 1974, Vonnegut mss., LL.
p.268「町はほとんど」KV to JV, September 21, 1965, private collection.
p.268「頭板と足板の」KV to JV, September 17, 1965, private collection. He included a floor plan of the apartment, with marginalia, in a letter to Jane on September 21.
p.268「この部屋で暮らしてみて」KV to Max Wilkinson, September 18, 1965, Vonnegut mss., LL.
p.268「通りに面した」KV to JV, September 17, 1965, private collection.
p.269「エングルが」同上。
p.269「ジムのなかには」KV to JV, September 18, 1965, private collection.
p.269「四年前に」同上。
p.269「カートは、ファーストネームで」KV to Sarah Crawford, September 18, 1965, private collection.
p.269「少しあとで」KV to JV, September 18, 1965, private collection.
p.269「家が恋しくて」KV to JV, September 17, 1965, private collection.
p.269「専用の電話を」KV to JV, September 23, 1965, private collection.
p.269「ただし」KV to Sarah Crawford, September 25, 1965, private collection.
p.270「目標は大きく」Stephen Wilbers, *The Iowa Writers' Workshop* (Iowa City: University of Iowa Press, 1980), 86.
p.270「『だいじょうぶ』」Paul Engle, "The Writer and the Place," in *A Community of Writers: Paul Engle and the Iowa Writers' Workshop,* ed. by Robert Dana (Iowa City: University of Iowa Press, 1999), 3.
p.270「しつこく創作講座の」KV to Ian T. MacMillan, July 17, 1999, private collection.
p.270「カートは、同僚の」KV, *Palm Sunday,* 93.
p.271「答えは」KV to KB, November 1, 1965, private collection.
p.271「論文の導入部分には」KV, unpublished thesis, "Fluctuations Between Good and Ill Fortune in Simple Tales," Vonnegut mss., LL.
p.272「小説や散文詩まで」同上。

に与えるものがほかにないときに、与えるものだ」と述べている。「カラース」は、ケープコッドでのヴォネガット家の近くに住んでいた人物の名前だ。「彼について知っているのは、どんな郵便受けを使っていたか、ということだけだ」とヴォネガットはいっている。C. D. B. Bryan, "Kurt Vonnegut, Head Bokononist," *New York Times*, April 6, 1969.
p.251「『それに続いた』」KV, *Cat's Cradle*, 266.
p.252「『もしわたしが若ければ』」同掲書, 287.
p.253「ひとつの教訓に」Morris Dickstein, *Gates of Eden: American Culture in the Sixties* (New York: Basic Books, 1977), 97.
p.253「ヴォネガットは、タブー視」Gillian Pye, "Comedy Theory and the Postmodern," *Humor: International Journal of Humor Research* 19, no. 1 (2006): 53–70.
p.254「『息子よ』」KV, *Cat's Cradle*, 162.
p.254「革新的な作品」Jerome Klinkowitz, *Vonnegut in Fact*, 10.
p.254「『現代の最良の』」Terry Southern, "After the Bomb, Dad Came Up with Ice" (review), *New York Times*, June 3, 1963.
p.254「カートは嫌気がさして」KV to KB, October 1963, private collection.
p.255「『作品の書評さえ』」Standish, "*Playboy* Interview," July 20, 1973.
p.255「そこは『ひどい所』で」KV, "Teaching the Unteachable," *New York Times*, August 6, 1967.
p.255「その時間帯が」James Brady, "Kurt Vonnegut Meet Jon Stewart," Forbes.com, January 1, 2006.
p.255「うまく書けていないと」Mark Vonnegut, introduction to *Armageddon in Retrospect*, 1.
p.256「イーディは」Caleb Warren, interview, September 19, 2007.
p.256「『当時、ぼくは性的なことも』」James C. Adams Jr., e-mail, May 12, 2009.
p.256「そこは清潔で」Allison Mitchell, interview, July 7, 2008.
p.257「『はいはい、大丈夫ですよ』」Jeff Moravec and Dan Rank, "The Iowan Interview: Kurt Vonnegut, Jr.," *Northern Iowan*, April 5, 1977.
p.257「『そうだね、依頼人が』」同上。
p.257「だが、その男が」同上。
p.257「エリオット・ローズウォーター」Goldsmith, *Kurt Vonnegut*, 5.
p.258「気が滅入っても」Dale Peck, "Kurt's Conundrum," in *Hatchet Jobs: Writings on Contemporary Fiction* (New York: New Press, 2005), 193.
p.258「『生めよ、ふやせよ、と』」KV, *God Bless You, Mr. Rosewater*, 275.
p.259「消防士の『心からの愛他行為』」同掲書, 266.
p.259「事実」Jerome Klinkowitz, *Kurt Vonnegut* (London and New York: Methuen, 1982), 29–30.
p.259「『人はボウリングや』」Mazow, "Kurt Vonnegut: On Religion" (interview).
p.259「『人々のそばにいなさい』」同上。
p.260「つまり、鍵穴から覗いた」KV to L. Rust Hills, September 18, 1964, Hills mss., LL.
p.261「カートはセアラを」KV to Sarah Crawford, September 18, 1965, private collection.
p.261「のちに彼女へ宛てた」KV to Sarah Crawford, n.d., private collection.
p.261「『ワシントン・ポスト』紙は」Glendy Culligan, "Scratch a Satirist and Find Sentiment Ready to Explode" (review), *Washington Post*, April 10, 1965.
p.261「『この本には』」Martin Levin, "Do Human Beings Matter?" (review), *New York Times*, April 25, 1965.
p.262「『良識があると』」"Hoosier Women Honored by Theta Sigma Phi," *Indianapolis Star*, April 3, 1965.
p.262「カートは、軍隊での」KV to L. Rust Hills, March 24, 1965, Vonnegut mss., LL.

p.242「それでも有罪」KV, *Mother Night* (1961; repr., New York: Delta, 1999), xiii.
p.242「『我々が表向き』」同掲書, v.
p.243「『彼は第二次世界大戦に対して』」Howard Zinn, interview, November 19, 2007.
p.243「会話はパンチがきいていて」Karl, *American Fictions*, 345.
p.243「ある批評家がのちに」Brian W. Aldiss, *Billion Year Spree: The True History of Science Fiction* (New York: Doubleday, 1973), 314.
p.244「とはいえ、出版当時」KV to KB, Spring 1962, private collection.
p.244「(あたり年のシャンパン)」KV to KB, March 1962, private collection.
p.244「実際彼は」KV to KB, Spring 1962, private collection.
p.245「だが、『ジェインは』」Carolyn Blakemore, interview, June 16, 2008.
p.245「ジェインの家事のコツは」Suzanne McConnell, interview, January 18, 2007. Jane told her at Iowa.
p.245「ところが、子どもたちは」Caleb Warren, interview, September 19, 2007.
p.245「犬のサンディの」同上、以下も参照。Allison Mitchell, interview, July 7, 2008.
p.245「『子どもの頃の思い出は』」NV, interview, September 20, 2007.
p.246「特別ひどい言い争い」EV, interview, September 20, 2007.
p.246「カートはすごすごと」Ray Mungo, interview, January 22, 2007.
p.246「『ダーリン、気分は直ったかい?』」EV, interview, September 20, 2007.
p.246「もう少しましな服装」Betty Stanton, interview, February 2, 2008. アリスン・ミッチェルの母親、ベティ・スタントンはヴォネガット家の近所に住んでいた。ベティはホープフィールド・リヴァービュー・スクールの開校を知り、カートに教師の職に応募してみてはどうかとすすめた。
p.247「『男の子の大好物』」KV, "Speaking of Books: Science Fiction," *New York Times*, September 5, 1965.
p.247「『わたしは失望し』」Betty Stanton, interview, February 2, 2008. ベティ・スタントンによれば、カートはこの権威主義的な校長とその呪文のような叱責をネタに短編小説を書くかもしれないといっていた。
p.248「そこは、小説を」KV to KB, September 29, 1962, private collection.
p.248「アリスン・ミッチェルと」Allison Mitchell, interview, February 7, 2008.
p.248「長年、カートの親指が」Kurt Adams, September 20, 2007.
p.248「これ以上」Standish, "*Playboy* Interview."
p.249「『いや無理だ』」*Kurt Vonnegut: American Made*, Weide.
p.249「『ヴォネガット氏は不安そうに』」"Cape Cod Author Sees Some Flaws in Age of Electronics," *Cape Cod Standard-Times*, December 14, 1952.
p.249「イリノイ州の」Donald A. Moffitt, "Weather Makers: New Theories, Tools Tested in Search for Control of Atmosphere," *Wall Street Journal*, n.d., 1962.
p.249「ただ、自然をねじ曲げる」「ヴォネガットはなまじ科学に触れたために、それがほんのわずかの接触だったにもかかわらず、万能薬として使われるテクノロジーを徹底的に嫌悪するようになった。その点に関しては、兄が科学者であったことも影響していた可能性がある」David H. Goldsmith, *Kurt Vonnegut: Fantasist of Fire and Ice* (Bowling Green, OH: Bowling Green University Popular Press, 1972), ix.
p.250「『原子爆弾第一号のいわゆる』」KV, *Cat's Cradle* (1963; repr., New York: Delta, 1998), 6.
p.250「息子のニュートンが」同掲書, 21.
p.250「それは、たった一粒で」同掲書, 43.
p.251「こうしたグループ」Lauren Mazow, "Kurt Vonnegut: On Religion" (interview), January 18, 1988, Vonnegut mss., LL. Religion, このインタビューのなかで、ヴォネガットは、宗教とは「相手

p.234「『猛烈な説教を』」Kurt Adams, interview, September 20, 2007.
p.234「アリスンはわっと泣き出して」Allison Mitchell, interview, July 7, 2008.
p.234「『頭のおかしい教授タイプ』」Caleb Warren, interview, September 19, 2007.
p.235「それから二時間ほど」同上。
p.235「『カートは長ズボンを』」同上。
p.235「その姿が」Allison Mitchell, interview, July 7, 2008.
p.236「スチュワートは、カートが」KB to KV, April 15, 1960, private collection.
p.236「いいニュースが」KV to KB, May 12, 1960, private collection.
p.236「近所の年配の女性が」EV, e-mail, May 24, 2010.
p.236「だが、『ニューヨーカー』誌に」KV, "In-the-Bone Reading" (excerpt from "For the Love of Books), *Biblio* 4, no. 3 (March 1999) : 18.
p.236「全米に、保険金のために」C. M. Newman to Kenneth Littauer, May 20, 1960, "Vonnegut, Kurt," *The New Yorker* Records, New York Public Library.
p.237「刊行は二月」Sam Stewart to KB, August 8, 1960, private collection.
p.237「『劇作は』」Eve Marie Dane, "Kurt Vonnegut's Play Premiered at Orleans," *Cape Cod Standard-Times*, September 8, 1960.
p.238「『そんなにがんばらなくて』」KB to KV, June 29, 1960, private collection.
p.238「カートはとても喜び」KV to KB, September 29, 1960, private collection.
p.238「カートの幸運は」KV to KB, January 29, 1960, private collection.
p.238「ぼくにできるのは」KV to KB, February 6, 1961, private collection.
p.239「初夏には」KB to KV, March 13, 1961, private collection.
p.239「バーンスタブル・コメディ・クラブ」KV to KB, October 12, 1961, private collection; also, "The Barnstable Comedy Club Will Present Theater Workshop Productions, March 4," *Barnstable Patriot*, February 23, 1961.
p.239「『授業』は」"Kurt Vonnegut Named President of Comedy Club," *Barnstable Patriot*, June 15, 1961.
p.239「数週間後」KV to KB, July 10, 1961, private collection.
p.239「コーネル大学の」KV to KB, June–July 1961, private collection.
p.239「ケン・リタウアから」John D. Garr to Kenneth Littauer, August 3, 1961, Vonnegut mss., LL.
p.239「嵐の日などは」KV to KB, July 1961, private collection.
p.240「カートにとって初めての」12編のうち11編がのちの短編集『モンキーハウスへようこそ』に収められる。そこに入らなかったのは「魔法のランプ」。
p.240「ノックスは素晴らしい本に」KV to KB, September 16, 1961, private collection.
p.240「『二〇八一年』」KV, "Harrison Bergeron," in *Welcome to the Monkey House* (1968; repr., New York: Delta, 1998), 7.
p.240「自宅で放送を」ヴォネガットはこの物語の起源をこう説明している。高校時代、自分より賢くて人気のある生徒に嫉妬していた。そしてのちに、反逆者や暗殺者――リー・ハーヴェイ・オズワルドやジョン・ウィルクス・ブースなど――は他人への嫉妬心を克服できなかったのではないかと考えるようになり、それを暴力的な余剰負担局長官《ハンディキャッパーゼネラル》に体現した。Darryl Hattenhauer, "The Politics of Kurt Vonnegut's 'Harrison Bergeron,'" *Studies in Short Fiction* 35, no. 4 (1998): 387+.
p.240「とはいえ、主題が暗すぎ」KV to KB, July 16, 1961, private collection.
p.241「表紙に」KV to KB, September 16, 1961, private collection.
p.241「カートはイギリスに」KV to William Amos, May 12, 1985, Vonnegut mss., LL.
p.241「おそらく」同上。

p.224「そういうわけで」ブラーグは1968年に病気のため50代で亡くなった。
p.224「だが、当時」KB, interview, August 6, 2007.
p.224「『若い人たち』」*Kurt Vonnegut: American Made*, Weide.
p.225「カートは、「強烈な」」同上。
p.225「未来の歴史家である」Richard Giannone, *Vonnegut: A Preface to His Novels* (Port Washington, NY: Kennikat, 1977), 27.
p.225「時代は」KV, *The Sirens of Titan: A Novel* (1959; repr., New York: Dial, 1998), 2.
p.226「ところが」同掲書, 232.
p.226「不思議な〝漏斗〟」James Baird, "Jeffers, Vonnegut, and Pynchon: Their Philosophies and Fates," *Jeffers Studies* 4, no. 1 (Winter 2000): 17–28.
p.226「『ぼくはテレパシーと』」Alan Vaughn, *Patterns of Prophecy* (New York: Hawthorn Books, 1973), 28. ヴォネガットは細部を誤って記憶している。ジム・アダムズは普段からこの列車でニューヨークに通勤していた。
p.226「『こんなことをいうと』」JV Yarmolinsky, *Angels Without Wings*, 32.
p.227「また、わざとらしいと」Jerome Klinkowitz, *Vonnegut in Fact: The Personal Spokesmanship of Personal Fiction* (Columbia: University of South Carolina Press, 1998), 112.
p.227「ヴォネガットはSFのジャンルを」Edward James and Farah Mendlesohn, eds., *The Cambridge Companion to Science Fiction* (Cambridge: Cambridge University Press, 2003), 45.
p.227「のちに」Herbert G. Klein, "Kurt Vonnegut's *The Sirens of Titan* and the Question of Genre," May 1999, *Erfurt Electronic Studies in English*. October 16, 2008, http://www.uni-erfurt.de/eestudies/eese/artic99/klein2/5_99.html.
p.227「ある意味では」William Wolf, "Thru Time and Space with Kurt Vonnegut, Jr.," *Chicago Tribune*, March 12, 1972.
p.228「ヒューゴ賞の」KB to Jerome Klinkowitz, September 24, 1971, private collection.
p.229「七人の」KV to KB, Summer 1959, private collection.
p.230「精一杯の努力を」JV Yarmolinsky, *Angels Without Wings*, 121.
p.230「カートは一時間も」KB, interview, August 6, 2007.
p.230「その結果」W. Edward Harris, *Miracle in Birmingham: A Civil Rights Memoir, 1954–1965* (Indianapolis: Stone Work Press, 2004). ナイスは1974年に連邦巡回裁判所の裁判官に任命され、再び公の場で糾弾される。そのときは、4件の死刑判決を仮釈放なしの無期懲役刑に変更したのだ。ナイスは問題を起こさないようアラバマ州家庭裁判所に回されたが、ここでも青少年を裁判に立たせることを拒否した。「若者に死刑を与えてはならない」。ナイスは1998年には落選した。Representative Earl F. Hilliard of Alabama, "One Man Stood Alone Against Hate," speaking to the United States House of Representatives, 107th Congress, January 29, 2002.
p.231「ジェインにはいわなかったが」Peter Adams Nice, interview, June 8, 2009.
p.231「翌日の真夜中近く」JV Yarmolinsky, *Angels Without Wings*, 131.
p.232「そして、ピーターが」同上。
p.232「『カートは書斎に』」Caleb Warren, interview, September 19, 2007.
p.233「『ジェインは、家族を』」Allison Mitchell, interview, July 7, 2008. アリスンはナニーとともに『スローターハウス5』の冒頭に登場する少女だ。
p.233「『美しい家具も』」Kurt Adams, interview, September 20, 2007; also, EV, interview, September 20, 2007.
p.233「先端は」KV to KB, December 7, 1959, private collection.
p.233「なにしろ、彼は」同上。

p.214「夏休みは」Caleb Warren, interview, September 19, 2007.
p.214「なぜか、両親は」JV Yarmolinsky, *Angels Without Wings*, 145.
p.214「それでもマークは」Nan Robertson, "The Vonneguts: Dialogue on a Son's Insanity," *New York Times*, October 23, 1975.
p.214「顔を上に向けて」Donna Lewis, interview, July 27, 2008.
p.215「意識下で」JV Yarmolinsky, *Angels Without Wings*, 109; also, Kurt Adams, interview, September 20, 2007. "It was just a place to be," he said.
p.215「『ぼくたちは実の子ではない』」Kurt Adams, interview, September 20, 2007.
p.215「男の子は」JV Yarmolinsky, *Angels Without Wings*, 90.
p.215「タイガーは」同掲書, 104; also, Caleb Warren, interview, September 19, 2007.
p.216「最後にぶつかったときには」James C. Adams Jr., e-mail, April 12, 2009.
p.216「『ジムは、問題を』」JV Yarmolinsky, *Angels Without Wings*, 81.
p.216「小屋のなかは」Caleb Warren, interview, September 19, 2007.
p.216「窓が割られたり」James C. Adams Jr., e-mail, April 10, 2009.
p.216「孤児になった」Kurt Adams, interview, September 20, 2007.
p.216「ジムはこの郵便箱事件には」JV Yarmolinsky, *Angels Without Wings*, 82.
p.217「『わかった』」同掲書, 87.
p.217「『あの子を』」Betty Stanton, interview, February 9, 2008.
p.217「『まだ見込みは』」Harry Brague to KV, November 12, 1954, CSS.
p.218「『新作に関して』」Harry Brague to KV, June 19, 1956, CSS.
p.218「スクリブナーズは」KV to Harry Brague, October 26, 1957, CSS.
p.218「『あなたは頑固に』」Harry Brague to KV, November 8, 1957, CSS.
p.218「『ありがとう』」KV to Harry Brague, November 13, 1957, CSS.
p.219「『夫を叱りつけて』」JV to Kenneth Littauer, November 21, 1957, private collection.
p.219「いとこのエミリー」Kurt Adams, interview, September 20, 2007; also, Betty Stanton, interview, February 9, 2008; also, Emily Louise Diamond, interview, February 7, 2008.
p.219「わたしがロビンフッド小麦粉を」JV, journal, n.d., private collection.
p.220「軍にいた」KV, *Palm Sunday*, 66.
p.221「レイ・ブラッドベリが」Ray Bradbury, foreword to *The Ultimate Egoist: The Complete Stories of Theodore Sturgeon*, vol. 1, ed. Paul Williams (Berkeley, CA: North Atlantic Books, 1999), ix.
p.222「トラウトはSFを」Kurt Vonnegut, foreword to *A Saucer of Loneliness: The Complete Stories of Theodore Sturgeon*, vol. 7, ed. Paul Williams (Berkeley, CA: North Atlantic Books, 2002).
p.222「『キルゴア・トラウトは』」Klinkowitz and Lawler, *Vonnegut in America*, 20–21.
p.222「犬を連れて」KV to KB, Spring 1959, private collection.
p.222「できあがった作品は」こうした作品の多くが映画やテレビドラマに起用された。たとえばジャック・フィニイの『盗まれた街』、ロイ・ハギングの『サンセット77』、ヘンリー・ケインの『Peter Gunn』アルバート・コンロイの『Mr. Lucky』、ドナルド・ハミルトンの『大いなる西部』など。『大いなる西部』はウィリアム・ワイラー監督による傑作ウェスタン映画のひとつとされる。
p.223「(実際その通り)」KB to Jerome Klinkowitz, September 24, 1971, private collection.
p.223「『どんな母親も』」Klinkowitz and Lawler, *Vonnegut in America*, 19.
p.223「自分がカートの」EV, interview, September 9, 2007.
p.223「『この本を書く』」KV to KB, Spring 1959, private collection.
p.223「ノックスは『ぼくを』」KV, *Timequake*, 234.
p.223「『できるだけ早く』」KV to "Gentlemen," April 15, 1959, CSS.

p.204「『たぶん』」JV, journal, Winter 1958, private collection.
p.204「『物と概念』」JV to Alex Vonnegut, rough draft of a letter, Winter 1958, private collection. NV, interview, September 23, 2007.
p.205「『夢に出てくる』」JV Yarmolinsky, *Angels Without Wings*, 7.
p.205「『彼は特に』」同掲書, 16.
p.205「『ぼくはいつも』」KV, *Slapstick; or, Lonesome No More!* (1976; repr., New York: Dial, 2006), 16–17.
p.206「『アリスなら』」Martin Amis, *The Moronic Inferno* (New York: Penguin, 1991), 135.
p.206「成功すれば」KV, interview, March 13, 2007.
p.206「アリスの病状は悪く」KV, *Slapstick*, 13.
p.206「九時十四分発の」"Father Missing in Rail Wreck, Mother of Four Dies of Cancer," *New York Times*, September 18, 1958.
p.207「乗客のなかには」Judy Peet, "A Day Bayonne Can't Forget," *Star-Ledger*, September 18, 2008.
p.207「それから列車が」"Find Engineer in Crash Had Heart Ailment," *Chicago Tribune*, September 17, 1958.
p.207「その先は」Peet, "A Day Bayonne Can't Forget."
p.207「ほかにも」"Father Missing in Rail Wreck."
p.208「『嘘は』」Gael Greene, "I'm Not Saying the News Killed Her . . ." *New York Post*, September 18, 1958.
p.208「バーナードの妻の」NV, interview, September 20, 2007; also, Scott Vonnegut, e-mail, March 2, 2009.
p.208「『アリスは大変うろたえ』」Greene, "I'm Not Saying the News Killed Her."
p.208「『ふりかえらないで』」KV, *Slapstick*, 13.

七章　子ども、子ども、子ども

p.209「『生き生きとした』」JV to Alex and Raye Vonnegut, September 25, 1958, private collection.
p.210「とはいえ」JV Yarmolinsky, *Angels Without Wings*, 61.
p.210「『カートはお金が好きで』」Donna Lewis (pseudonym), interview, July 27, 2008.
p.210「ドナはカートと同じ」同上。
p.210「つまり、家計的には」JV Yarmolinsky, *Angels Without Wings*, 115.
p.211「根本にあったのは」Peter Adams Nice, interview, June 8, 2009.
p.211「ジム・ジュニアは百九十センチ」JV Yarmolinsky, *Angels Without Wings*, 68.
p.211「『ジェイン叔母さん』」同掲書, 67.
p.211「結婚して以来」同掲書, 66.
p.211「部屋の隅では」NV, interview, September 20, 2007.
p.212「『悲しみと疲労のために』」Greene, "I'm Not Saying the News Killed Her."
p.212「だが、それは」JV Yarmolinsky, *Angels Without Wings*, 39.
p.213「ジム・ジュニアのせいで」Mark Vonnegut, *The Eden Express: A Personal Account of Schizophrenia* (New York: Praeger, 1975), 58.
p.213「イーディは妹の」JV Yarmolinsky, *Angels Without Wings*, 44.
p.213「その日が近所の子どもの」同掲書, 70.
p.213「それからというもの」EV, interview, September 20, 2007.

p.193「『だから、ノックスを』」EV, interview, September 20, 2007.
p.193「『わたしたちはよく』」同上。
p.194「家族と一緒にいる」Ollie M. Lyon Jr., 1955, private collection.
p.195「ヴォネガット夫妻は」KV to Fred S. Rosenau, Spring 1955, private collection.
p.195「エレンは」KV to Fred S. Rosenau, May 1955, private collection.
p.195「それ以降」Ellen Rosenau, interview, December 30, 2009.
p.196「バーガーに宛てた」KV to KB, September 1, 1955, private collection.
p.196「ただ、男に」KV to KB, October 25, 1955, private collection.
p.196「〝Yes I said yes〟」KV, interview, March 13, 2007.
p.196「カートの欲求不満は」KV to KB, Summer 1955, private collection.
p.196「息子が美しく魅力的な女性と」同上。"Something Borrowed"は1957年7月中旬初演（"Play by Barnstable Man to Premiere Tuesday at Orleans," *Barnstable Patriot*, July 18, 1957)。のちにこれは *Penelope* に、さらに *Happy Birthday, Wanda June* になる。
p.196「もしかしたら、ふたりして」KV to Harry Brague, November 30, 1954, CSS.
p.197「サールフィールド社は」Ruth Grismer to KV, October 15, 1957, Vonnegut mss., LL.
p.197「結婚相手は」KV to KB, October 25, 1955, private collection.
p.197「子どもと動物が」EV, interview, September 20, 2007.
p.197「カートの言葉を借りれば」KV to Jerome Klinkowitz, January 11, 2002, private collection.
p.198「その下で、十一歳の」Caleb Warren, interview, September 19, 2007:「スティーヴがいっていました。うちではいつも、何羽もの鳥がカゴから出て飛び回っているんだって。彼の父親が気に入っていたようです。オウムなどの鳥がキッチン中に糞を落としていて、彼の肩にのっていることもありました」。カート・アダムズは本書ではタイガーというニックネームで言及されている。
p.198「『ただ、父は』」Kurt Adams, interview, September 20, 2007.
p.199「父は『スキンシップが』」同上。
p.199「仕方なく」Rauch, "Ancestry of Kurt Vonnegut," 76.
p.199「遺産は」EV and NV, e-mails, May 4, 2010.
p.199「アリスは」KV, interview, March 14, 2007.
p.199「カート・ジュニアは」KV, "The Latest Word," *New York Times*, October 30, 1966.
p.200「（戦時中）」Mark S. Bourbeau, interview, June 19, 2008.
p.200「ケープコッド初の」JV to Walter A. and Helen Vonnegut, January 5, 1958, private collection.
p.201「『利益を得るには』」*Kurt Vonnegut: American Made*, Weide.
p.201「『この家は』」Filomena Gould, "Cape Cod Popular Haven for Hoosiers," *Indianapolis News*, June 29, 1957.
p.201「毎週水曜日」JV to Walter A. and Helen Vonnegut, January 5, 1958, private collection.
p.202「ところがイーディは」JV, journal, July 10–13, 1957, private collection.
p.202「乾燥機のなか」Gould, "Cape Cod Popular Haven for Hoosiers."
p.202「するとカートは」JV, journal, July 10–13, 1957, private collection.
p.203「ちょっと感傷に」同上。
p.203「みていると」KV, "Have I Got a Car for You!" *In These Times*, November 24, 2004.
p.203「その先は」JV to Walter A. and Helen Vonnegut, January 5, 1958, private collection.
p.203「カートは投資した資金を」Houston, "The Salon Interview: Kurt Vonnegut"; also, Mark S. Bourbeau, interview, June 19, 2008.
p.204「『彼はあんなことに』」JV to Walter A. and Helen Vonnegut, January 5, 1958, private collection.
p.204「するとジェインも」*Cape Cod Standard-Times*, January n.d., 1958.

p.184「それなのに」KV to KB, May 7, 1954, private collection.
p.184「『この仕事をして』」Kenneth Littauer to Harry Brague, May 5, 1954, CSS.
p.185「独身のロズナウに」KV to Fred S. Rosenau, March 31, 1954, private collection.
p.185「カートはニューヨーク」KV to KB, February 1, 1960, private collection.
p.185「ニューヨークには」KV to KB, October 25, 1955, private collection.
p.185「『問題は』」Carolyn Blakemore, interview, June 16, 2008.
p.186「とにかく、ある日」Michael MacCambridge, *The Franchise: A History of Sports Illustrated Magazine* (New York: Hyperion Books, 1998).
p.186「カートはノックスへの」KV to KB, October 26, 1954, private collection.
p.186「『この印税が』」Harry Brague to Kenneth Littauer, February 24, 1954, CSS.
p.186「『プレイヤー・ピアノ』は」KV to Fred S. Rosenau, March 10, 1953, private collection.
p.187「ランダムハウスに」KV to Fred S. Rosenau, March 31, 1954, private collection.
p.187「病院にくる途中」NV, interview, September 20, 2007.
p.187「ウェストバーンスタブルの」EV, interview, September 20, 2007.
p.187「家の前の」Allison Mitchell, interview, February 7, 2008. アリスン・ミッチェルは『スローターハウス5』の最初の章に登場するナニー・ヴォネガットの親友で、実際、アリスンとナニーは子どもの頃からの親友だった。
p.188「オスターヴィルの家を担保に」KV to KB, October 26, 1954, private collection.
p.188「ほんの数週間前」KV to KB, October 24, 1954, private collection.
p.188「カートはジェインの言葉を」KV to KB, February 1, 1955, private collection.
p.188「だが、カートは」KV to KB, March 1, 1955, private collection.
p.189「『わたしはカートを』」JV, journal, n.d., private collection. ジェインは自分の思いをぶちまけるために、適当な紙きれに心に残ったことを書きとめ、それを娘たちが集めていた。
p.189「ウィリアムズ」Rauch, "Ancestry of Kurt Vonnegut," 75.
p.189「姉は何度か」同掲書, 74.
p.189「カート・シニアは、人間は」KV to Ben Hitz, April 18, 1984, private collection.
p.190「それか、大きな」EV, interview, September 9, 2007.
p.190「カート・シニアは作家である」KV, interview, March 13, 2007.
p.190「『新時代の自意識の強い』」Leslie A. Fiedler, *Love and Death in the American Novel* (New York: Meridian Books, 1962), 94.
p.191「父と過ごして」KV to Harry Brague, November 30, 1954, CSS.
p.191「『新年おめでとう』」KV Sr. to KV Jr. and JV, January 8, 1955, private collection.
p.191「『彼の小説を』」ヴォネガットには予測もつかなかったが、バスターミナルの売店には、当時は無名だがのちに重要な作家として位置づけられる人々の作品も並んでいた。たとえば、ウィリアム・S・バロウズ、ロバート・ブロック、レイ・ブラッドベリ、ハーラン・エリスン、P・G・ウッドハウスなど。
p.192「なるべく採用されやすいように」KV to KB, February 23, 1955, private collection.
p.192「短編の作家として」KV to KB, February 1, 1955, private collection.
p.192「テレビや舞台用の」同上。
p.192「こんな虚勢を」KV to KB, March 1, 1955, and April 16, 1955, private collection.
p.192「そして赤ん坊の」NV, interview, September 20, 2007.
p.192「カートの原稿料」KV to KB, April 16, 1955, private collection.
p.192「もしかしたら、作家業で」同上。
p.192「とくに、テレビ用に」同上。
p.193「そして、しだいに」JV Yarmolinsky, *Angels Without Wings*, 7.

p.175「彼らは人生の」Leonard Feinberg, *The Secret of Humor* (New York: Rodopi, 1978), 153.

p.175「だがヴォネガットは」Sukhbir Singh, *The Survivor in Contemporary American Fiction: Saul Bellow, Bernard Malamud, John Updike, Kurt Vonnegut, Jr.* (Delhi: B. R. Publishing, 1991), 172.

p.176「『プレイヤー・ピアノ』やそれに続く」Karl, *American Fictions*, 344.

p.176「何世代も」KV, interview, March 13, 2007.

p.177「それは屈辱的」KV to KB, May 29, 1952, private collection.

p.177「(ブラーグは)」Harry Brague to KV, August 21, 1952, CSS.

p.177「『ぼくがSF作家に』」Joe David Bellamy and John Casey, "Kurt Vonnegut Jr.," in *Conversations with Kurt Vonnegut*, ed. William Rodney Allen (Jackson: University of Mississippi Press, 1988), 157.

p.177「だが一方で」KV to Miller Harris, February 28, 1950, private collection.

p.177「スクリブナーズは」Norman Snow to Harry Brague, September 4, 1952, CSS.

p.178「出版社の人間や」KV to Harry Brague, March 8, 1953, CSS.

p.178「今度はジェインを」KV to KB, February 9, 1953, private collection.

p.178「カートはノックスに」KV to KB, February 20, 1953, private collection.

p.179「どうにかその誘惑から」同上。

p.179「カートはノックスへの手紙で」KV to KB, February 20, 1953, private collection.

p.179「様々な衝動を」同上。

p.179「カートは帰り道」同上。

p.179「ヴォネガット夫婦は」KV to KB, March 13, 1953, private collection.

p.179「セックス好きの」KV to KB, May 11, 1954, private collection.

p.179「たとえば」同上。

p.180「『わたしはカートが』」Kathi Scrizzi Driscoll, "Kurt Vonnegut Receives Tribute from Comedy Club," *Cape Cod Times*, August 20, 2007.

p.181「『ハーヴェイ』や」The Vonneguts' participation in the Barnstable Comedy Club can be traced over the years in the *Barnstable Patriot*, 1953–64.

p.181「そこで彼は」KV to Harry Brague, February 7, 1954, CSS.

p.181「カートはそこにいると」同上。

p.182「たとえば『秘密探偵』」KV to KB, May 11, 1954, private collection.

p.182「広告費は」KV, *Timequake*, 15.

p.183「『野心家の二年生』」KV to KB, May 11, 1954, private collection.

p.183「これからは脚本家」KV to KB, May 27, 1954, private collection. Burger agreed to revise the play *Emory Beck* as a favor, but it was useless.

p.183「『ニューベッドフォード』」Rhonda Ruthman, e-mail, March 14, 2009.

p.183「ふたりは八日間で」同上。

p.183「カートは、この作品の」KV to Harry Brague, March 11, 1954, CSS.

p.183「ジェインが三人目の」KV to Harry Brague, February 7, 1954, CSS.

p.183「一九五三年の夏の」Harry Brague to KV, August 12, 1953, CSS.

p.184「ただ、少し」KV to Harry Brague, May 7, 1954, CSS.

p.184「カートはノックスに」KV to KB, May 27, 1954, private collection. ヴォネガットが嫌いな男性の共通点は、元将校だ。ブラーグはヴォネガットと同じく歩兵として徴兵され、のちに大尉にまで出世した。ブラーグはノルマンディ上陸作戦に参加し、戦闘歩兵記章、名誉負傷賞、青銅星章、優秀賞を与えられた。"L. Harry Brague Jr. is Dead; Editor at Scribner's was 55," New York Times, March 23, 1968. Said Vonnegut in an interview with Playboy, "I hate officers. . . . They're all shits. Every officer I ever knew was a shit." David Standish, "*Playboy* Interview," in *Conversations with Kurt Vonnegut*, 96.

p.169「下手をすれば」KV to Harry Brague, November 30, 1951, CSS.
p.169「もうひとつは」KV to Harry Brague, December 24, 1951, CSS.
p.169「本のなかで」KV, *Player Piano* (1952; repr., New York: Delta, 1999), 320.
p.169「つまり、一流雑誌」一方レイ・ブラッドベリはロケットや火星人が出てくる短編小説を主流雑誌に掲載させている。だが、それらはたいていとてもロマンチックで幻想的なものであって、SFではない。ヴォネガットはのちにブラッドベリに手紙を書いて助言を求め、親切な返信を受けとっている。KV to KB, fall 1959, private collection.
p.169「毎日の新聞に」Arthur Schlesinger Jr., *The Vital Center: The Politics of Freedom* (Boston: Houghton Mifflin, 1949). The phrase "age of anxiety" is Schlesinger's.
p.169「自分の小説の」KV to KB, April 12, 1952, private collection.
p.170「熱心な読者が」KV to KB, May 29, 1952, private collection.
p.170「『そもそも』」KV to KB, n.d., private collection.
p.170「たとえ」Joe David Bellamy, "Kurt Vonnegut for President: The Making of a Literary Reputation," in *Literary Luxuries: American Writing at the End of the Millennium* (Columbia: University of Missouri Press, 1995), 143.
p.170「『実に簡単なことだよ』」KV, *Timequake*, 162.
p.170「リタウアが良い作品を」KV to KB, July 21, 1952, private collection.
p.171「ついには」KV to KB, n.d., private collection.
p.171「友を助けるために」KB, interview, August 6, 2007.
p.171「できるだけ早く」KV to Harry Brague, April 16, 1952, CSS.
p.172「そちらのあつかましい」Flo Conway and Jim Siegelman, *Dark Hero of the Information Age: In Search of Norbert Wiener, the Father of Cybernetics* (New York: Basic Books, 2005), 288. Siegelman was later a creative writing student of Vonnegut's at Harvard.
p.172「カートは、初めて」同上。
p.172「そして、ウィーナーが」KV to Harry Brague, July 31, 1952, CSS.
p.173「『そうしてくれないと』」Alex Vonnegut to relatives, August 30, 1952, private collection.
p.173「『ヴォネガットなんて』」Greg Rickman, *To the High Castle: Philip K. Dick, A Life* (Long Beach, CA: Fragments West/Valentine Press, 1989).
p.174「『ぼくよりよっぽど』」KV, *Player Piano*, 72.
p.174「プロテュースは昔ながらの」『プレイヤー・ピアノ』で女性が男性に依存しているという、洞察に満ちた議論は以下のエッセイで読むことができる。Margaret J. Daniels and Heather E. Bowen, "Feminist Implications of Anti-Leisure in Dystopian Fiction." *Journal of Leisure Research* 35, no. 4 (Fall 2003): 423. また、すくなくともポールとアニータのあいだの性的関係はアンバランスで不十分だと指摘することには意味がある。だがヴォネガットは作家としてではなく男性として、淫らなセックスはまともな女性のすることではないと堂々といってしまっているように思える。ポールは、アニータが自分より権力をもった男と淫らな行いをしているところをみてしまうが、状況を冷静に受けとめ、「これで説明がつくと思わないのか？」と問う。数時間後、ポールはたまたま出会った売春婦に身を委ね、彼女と夜を共にする。だが、「その夜、ポールは一度目が覚めた。父親がベッドの足元からこちらをにらみつけている夢から覚めたのだ」。明らかに、良い人間はセックスのことで思い悩むべきではないと考えているのだ。ヴォネガットの性へのブルジョア的な態度は、実生活にも作品にも影響を与えていたが、『スローターハウス5』を書く頃に変化する。
p.174「彼らの計画は」KV, *Player Piano*, 146.
p.175「カートは、人は」Hume, "Vonnegut's Melancholy," 221.
p.175「アメリカは実際」Frederick R. Karl, *American Fictions: 1940/1980* (New York: Harper, 1983), 246.

(Washington, DC: National Academy of Sciences, 1970), 216–18.
p.159「インタビュー報告書を」KV to Neil B. Reynolds, Advertising and Publicity Department, General Electric, October 23, 1950, Archives and Collections, Schenectady Museum and Suits-Bueche Planetarium, Schenectady, NY.
p.159「ハルは昔を」Suits and Lafferty, *Albert Wallace Hull*, 218.
p.160「カートは広報部の」*Kurt Vonnegut: American Made*, Weide.
p.160「コロンビア大学側の」Neil B. Reynolds to Frank Ernest Hill, Columbia University, January 26, 1951, Archives and Collections, Schenectady Museum and Suits-Bueche Planetarium, Schenectady, NY.
p.160「『前にここに座っていた』」D. Anne Estes to Donald C. Farber, August 23, 1977, Vonnegut mss., LL. Estes, president of Estes Lund & Co., related the anecdote while requesting an autographed copy of *Player Piano* for her client Al Berry.
p.160「『カートに、仕事を』」KB, interview, August 6, 2007.
p.160「『きいたこともないほど』」Vic Jose, interview, January 5, 2007.
p.161「部屋代を受け取ることにした」James Cheney, e-mail, September 30, 2007.
p.161「数年後」Gloria and Jack Ericson, interview, September 8, 2007.
p.162「ジムはそう思っていた」James Cheney, e-mail, September 30, 2007.
p.162「数年後、彼女は」同上。
p.162「そうさ、ぼくは」KV to Miller Harris, February 6, 1951, private collection.
p.162「ハーバード・クラシックス」KV to Miller Harris, October 25, 1950, private collection.
p.164「ノーマン・メイラーだった」JV to Gloria and Jack Ericson, August 3, 1951, private collection.
p.164「すばらしい戦争小説」KV, *Bagombo Snuff Box*, 9.
p.165「それが自分たち」EV, interview, September 20, 2007.
p.165「そしてカートにとっては」KV, interview, December 13, 2006.
p.165「新しい持ち主」Gloria Ericson, interview, September 8, 2007.
p.165「夫人はそう忠告して」Jack Ericson, interview, September 8, 2007.

六章　死んだエンジニア

p.166「『またもや』」JV to Walter A. and Helen Vonnegut, January 10, 1952, private collection.
p.166「オスターヴィルの」同上。
p.167「秋風が」EV, interview, September 20, 2007.
p.167「『書くための』」JV to Walter A. and Helen Vonnegut, January 10, 1952, private collection.
p.167「『王様の自尊心を』」同上。
p.168「それは編集者」Harry Brague to Kenneth Littauer, July 6, 1951, CSS. マクスウェル・パーキンズは一九四六年にブラーグを雇った。ブラーグは一九五〇年代後半にはヘミングウエイを担当した。業界を引退したOBの視点で描く華やかなニューヨークの出版界の様子を、以下のチャールズ・スクリブナー・ジュニアによるエッセイで知ることができる。"I, Who Knew Nothing, Was in Charge," *New York Times*, December 9, 1990.
p.168「リタウアはブラーグに」Kenneth Littauer to Harry Brague, September 5, 1951, CSS.
p.168「『作家業には』」JV to Walter A. and Helen Vonnegut, January 10, 1952, private collection.
p.168「その一方」KV to Harry Brague, November 30, 1951, CSS.
p.169「『彼には』」Kenneth Littauer to Harry Brague, July 26, 1951, CSS. "I told him that he'd better hurry."

p.148「『できの悪い小品』」KB to Joseph Carroll, n.d., CC.
p.148「そのうち旧友は」KB, interview, August 6, 2007.
p.149「カートは、のちに」KV to Miller Harris, February 6, 1951, private collection.
p.149「ゼネラル・エレクトリックの」KV to KB, July 2, 1949, CC.
p.149「しかし最後の場面を」KB to KV, July 8, 1949, CC.
p.149「『この作品は掲載できるかも』」KB to KV, July 13, 1949, CC.
p.149「『キャラクターに』」KB to KV, July 26, 1949, CC.
p.150「『ヴォネガットは』」KB to KV, July 19, 1949, CC.
p.150「ケネス・リタウアと」William Price Fox, interview, July 12, 2008.
p.151「酔っぱらったF・スコット・フィッツジェラルド」George Greenfield, *A Smattering of Monsters: A Kind of Memoir* (Rochester, NY: Camden House, 1995), 179–80.
p.151「カートによれば」Kurt Vonnegut, "He Comes to Us One by One and Asks Us What the Rules Are," *Chicago Tribune*, July 15, 1973.
p.151「『きみの作品には』」KB to KV, September 27, 1949, CC.
p.152「『ゼネラル・エレクトリックに』」KB to Kenneth Littauer, October 13, 1949, CC.
p.152「『どうやらぼくも』」KV, *Fates Worse Than Death*, 26.
p.153「〝誓いですよ〟」同掲書 A small article appeared in the Schenectady Gazette headlined "GE Writer Has Story Accepted."
p.153「パーティが終われば」Gloria and Jack Ericson, interview, September 8, 2007.
p.153「ジェインはといえば」Dinsmore, "Kurt & Ollie," 14–17.
p.153「オリーの妻の」同上。
p.153「オーケストラ指揮者の」Gloria and Jack Ericson, interview, September 8, 2007.
p.154「三人が声を」同上。
p.154「『ヴォネガット夫人って』」同上。
p.154「マークが三輪車に」Jack Ericson, interview, September 8, 2007.
p.154「カートはコーネル大学時代の」KV to Miller Harris, October 25, 1950, private collection.
p.154「無記名の業績評価アンケート」KV, review of *The Boss* by Goffredo Parise, *New York Times*, October 2, 1966.
p.155「『ニューヨーク州』」"Class Notes," *Cornell Alumni Magazine*, January–February 2006.
p.155「『ヴォネガットいびり』」Dinsmore, "Kurt & Ollie," 15.
p.155「アルプラウスには」Gloria and Jack Ericson, interview, September 8, 2007.
p.155「大企業に必ず」Vance Bourjaily, interview, March 17, 2008. ヴォネガットはのちに、友人であり作家仲間であるボアジェイリーに、ゼネラル・エレクトリック社での「孤独な日々」について語っている。
p.156「短編を」KV to Miller Harris, February 16, 1950, private collection.
p.156「(オーストラリアの)」JV to Fred S. Rosenau, April 13, 1950, private collection.
p.156「もしかすると」KV to Miller Harris, February 28, 1950, private collection.
p.156「ほら、まともな額の」KV to Miller Harris, May 19, 1950, private collection.
p.156「『お願いですから』」JV to Fred S. Rosenau, "March something," 1950, private collection.
p.157「そのせいで」KV to NV, July 7, 1978, private collection.
p.157「息子へ」KV Sr. to KV Jr., November 9, 1950, private collection.
p.158「社員のエンジニア」KV to Frank Ernest Hill, Columbia University, October 6, 1950, Archives and Collections, Schenectady Museum and Suits-Bueche Planetarium, Schenectady, NY.
p.159「物理の授業は」C. G. Suits and J. M. Lafferty, *Albert Wallace Hull: A Biographical Memoir*

p.135「相手は」同上。
p.136「『我々が当時』」*Kurt Vonnegut: American Made*, Weide.
p.137「『そんな大きな部品を』」同上。
p.137「社内で進行中の」John Dinsmore, "Kurt & Ollie," *Firsts*, October 1992, 15.
p.137「(秘書がカートの)」同上。
p.137「新しい仕事に」*Kurt Vonnegut: American Made*, Weide.
p.138「カートはこの仕事でも」JV to Walter A. and Helen Vonnegut, November 6, 1947, private collection.
p.138「優秀な広告マンで」Dinsmore, "Kurt & Ollie," 15.
p.138「またボブ・ペイスは」Ollie M. Lyon Jr. in "Happy Birthday, Kurt Vonnegut," 32.
p.138「ベルボーイが」Bob Pace in 同掲書, 34–35.
p.140「廉価版スタインメッツ氏」チャールズ・プロテュース・スタインメッツは一八九四年にゼネラル・エレクトリック社に入った。社の創立二年後のことだ。彼は、テスラ、マルコーニ、エジソンと並ぶよく知られた発明家のひとりで、スケネクタディ・ワークスにいた三十年間で二百個の特許を取得した。
p.140「ガイ・フォークス」KV to Alex Vonnegut, November 28, 1947, Vonnegut mss., LL.
p.141「その後」KV to Jerome Klinkowitz, April 13, 2007, private collection.
p.141「ラジオ番組には」Jonathan R. Eller, "Kurt Vonnegut: A Publisher's Dream," in *Mustard Gas and Roses: The Life & Works of KV* (LL, 2007), 7.
p.141「ある年配の紳士は」KV to KB, February 23, 1955, private collection.
p.141「カートは『我々の』」Dinsmore, "Kurt & Ollie," 15.
p.142「『エスクァイア』誌の創刊者」Handwritten note, n.d., Vonnegut mss., LL.
p.142「『拙誌には』」KV to KB, June 24, 1949, CC, referring to a previous rejection from Burger.
p.142「結局それは」KV to KB, July 21, 1952, private collection.
p.143「『小さな箱と』」David Standish, "Kurt Vonnegut: The Playboy Interview," *Playboy*, July 20, 1973.
p.144「『だが、仕事を』」同上。
p.144「『ゼネラル・エレクトリックこそが』」同上。

五章　そんなに頭の固いリアリストにならないで

p.146「のちにカートは」Frank Houston, "The Salon Interview: Kurt Vonnegut," Salon.com, October 8, 1999.
p.146「『まあ、うれしい』」KV, *Bagombo Snuff Box*, 39.
p.146「今度は署名の」KB, interview, August 6, 2007.
p.147「ノックスは死者を」Donald L. Miller, *D-Days in the Pacific* (New York: Simon and Schuster, 2005), 229.
p.147「ノックスは当時」Richard Gehman, "Nobody Quite Like Him," *Chicago Tribune*, April 2, 1967.
p.147「あなたの名刺は」Robert Byrne in "Knox Burger, 1922–2010: 'Honest Prose and Nerves of Steel'" (memorial booklet, New York, February 2010).
p.148「ノックスは、『記憶術』の」KB, interview, August 6, 2007.
p.148「よろしければ」KV to KB, June 24, 1949, CC.
p.148「『カヨウビ』」KB to KV, June 27, 1949, CC.
p.148「ノックスもまた、まるで」KV to Miller Harris, February 6, 1951, private collection.

and Culture (New York: Macmillan, 1950).
p.126「そのせいで」George Stocking, e-mail, July 9, 2007. ジェイムズ・スロトキンは一九四六年から一九六〇年代に自殺死するまで、ずっとその大学で教えていた。
p.126「なにしろ」KV to Miller Harris, February 11, 1951, private collection. スロトキン教授が一番興味を持っていたのは、ネイティヴアメリカンのペヨーテ・カルトだった。
p.126「なぜなら」同上。
p.126「芸術家になるための」同上。
p.126「『一九〇七年』」KV, *Bagombo Snuff Box: Uncollected Short Fiction* (1999; repr., New York: Berkley, 2000), 7. 一九四六年に提出された論文は、「単純な物語における幸と不幸の推移」だと言及されることがあるが、それは誤りだ。
p.127「たとえば」KV to Miller Harris, February 11, 1951, private collection.
p.127「『ぼくはこの研究科から』」KV, "A Very Fringe Character," 237.
p.127「『北アメリカの』」Summer 1947, Vonnegut mss., LL.
p.127「『がんばりなさい』」Fred Eggan to KV, July 25, 1947, Vonnegut mss., LL.
p.127「『ヴォネガット君。きみの論文の』」Sol Tax to KV, July 24, 1947, Vonnegut mss., LL.
p.128「カートは授業に」Summer 1947, Vonnegut mss., LL.
p.128「『またもや失敗』」Jerry Klinkowitz, letter to author, October 29, 2007.
p.128「『どの科目も』」Walter A. Vonnegut, interview, April 7, 2007.
p.128「かつての恋人」Victor Jose, interview, January 5, 2007.
p.129「それは通過儀礼」同上。
p.129「局のモットーは」"—30—A City News Bureau Farewell" (Chicago, February 26, 1999), booklet, private collection.
p.129「担当区域を」Victor Jose, interview, January 5, 2007.
p.129「毎日八時間」KV, "A Very Fringe Character," 239.
p.130「夫人は何往復かして」KV and JV to Walter A. and Helen Vonnegut, September 1, 1947, private collection.
p.130「社の工場から」"Schenectady Works Welcomes You!" Schenectady Public Library (General Electric booklet, 1949).
p.131「『広範囲にわたる結果』」B. S. Havens et al., *Early History of Cloud Seeding* (New Mexico Institute of Mining and Technology, State University of New York at Albany, and General Electric, 1979).
p.131「『ボストン・グローブ』紙の」同上。
p.131「従業員」Joan Cook, "Lemuel Ricketts Boulware, 95; Headed Labor Relations for G.E.," *New York Times*, November 8, 1990.
p.132「一九四七年の」Kurt and JV to Walter A. and Helen Vonnegut, September 1, 1945, private collection.
p.132「未来の上司が」KV, letter, October 19, 2006.
p.132「『文章がシンプルで』」KV, "A Very Fringe Character," 240.
p.133「それがなければ」Nelson Lichtenstein, *American Capitalism: Social Thought and Political Economy in the Twentieth Century* (Philadelphia: University of Pennsylvania Press, 2006), 15.
p.134「電報は」JV to Walter A. and Helen Vonnegut, November 6, 1947, private collection.
p.134「カートにとって計算外」Gloria and Jack Ericson, interview, September 8, 2007. エリクソンはヴォネガットから家を買っている。
p.135「壺のなかには」JV to Gloria and Jack Ericson, August 3, 1951, private collection.
p.135「『ヘレンは庭が』」同上。

ンディアナポリスとテレホートの二箇所に事務所を構えていた。同年、会社が答えたアンケートによれば、会社の年商は、完了した仕事・進行中の仕事を合わせて四百万ドルにのぼったという。今日の貨幣価値に換算すると四千三百万ドルになる。“Questionnaire for Architects' Roster and/or Register of Architects Qualified for Federal Public Works,” June 13, 1946, American Institute of Architects, Washington, DC.

p.116「しばらくして」KV, “The Lake,” 35.

p.116「あとになって」KV, interview, March 14, 2007.

p.116「ジェインが出過ぎたことを」JV to Scammon Lockwood, November 7, 1945, private collection.

p.117「カートにとって初めての」Donald M. Fiene, “Elements of Dostoevsky in the Novels of Kurt Vonnegut,” *Dostoevsky Studies* 2 (1981): 132.

p.117「カートはドレスデンの」KV, *Kaleidoscope*, BBC Radio 4, September 20, 1984.

p.118「十月になると」Thompson, “So He Goes, Not Quietly.”

p.118「『個人的には』」JV to Scammon Lockwood, November 7, 1945, private collection.

p.119「あなたは」Scammon Lockwood to JV, November 10, 1945, private collection.

p.120「『遺書』」同上。

p.120「『ご理解いただけると』」JV to Scammon Lockwood, November 7, 1945, private collection.

p.120「『我々も』」Hayman et al., “Kurt Vonnegut,” 182.

p.121「ループの南側で」KV, “To Be a Native Middle-Westerner.”

p.121「『大学の履修指導員』」KV, *Wampeters, Foma & Granfalloons*, 174.

p.121「『男や女や子ども』」KV, *Palm Sunday*, 90 and 222. Schools of anthropology differ in their outlook and methods.

p.121「『それでもよかった』」KV, “A Very Fringe Character,” in *An Unsentimental Education*, ed. Molly McQuade (Chicago: University of Chicago Press, 1995), 236.

p.122「高校生以来」Marvin, *Kurt Vonnegut: A Critical Companion*, 7.

p.122「『頭を蹴飛ばされたような』」KV, “A Very Fringe Character,” 237.

p.122「『文章が明晰で』」KV mss., LL.

p.122「カートはその気風に」KV to KB, n.d. 1959, private collection. His work shirt idea was twenty years too early.

p.122「『カートには感心』」Walter A. Vonnegut, interview, April 7, 2007.

p.123「『文化を手直し』」KV, “A Very Fringe Character,” 237–38.

p.123「カートの小説家としての」同上。

p.123「『ぼくは文化相対主義者』」*Essential Vonnegut: Interviews Conducted by Walter Miller.*

p.123「レッドフィールドは」Milton Singer and James Redfield, “Robert Redfield,” in *American National Biography Online,* February 2000.

p.123「『どんなに僻地の』」Robert Redfield, *The Little Community and Peasant Society and Culture* (Chicago: University of Chicago Press, 1956) .

p.124「民俗社会が」Redfield, “The Folk Society,” *American Journal of Society* 52, no. 4 (January 1947): 297.

p.124「どちらに向かおうと」KV, “The Lake,” 27.

p.125「今度の作品は」KV to Charles Angoff, August 21, 1947, Vonnegut mss., LL. “Brighten Up!” was later included in *Armageddon in Retrospect* (New York: Putnam, 2008).

p.125「シカゴ大学を」KV, interview, March 14.

p.125「『自分もまた』」*Kurt Vonnegut: American Made*, Weide.

p.126「スロトキンは当時」James Sydney Slotkin, *Social Anthropology: The Science of Human Society*

母親はそう叫んだという。Doxsee, interview, February 6, 2008.
p.106「のちにカートは」Alex Vonnegut to Ella Vonnegut, July 4, 1945, private collection.
p.106「『連合国軍は』」Makowske, "During the Battle of the Bulge."
p.106「捕虜のひとり」James Mills, interview, March 15, 2007.
p.107「『人は』」Lee Roloff, "Kurt Vonnegut on Stage at the Steppenwolf Theatre, Chicago," *TriQuarterly*, Fall 1998, 17.
p.107「『彼はやせ細り』」James Mills, interview, March 15, 2007.
p.107「『その通り』」Roloff, "Kurt Vonnegut."
p.107「聖なる愚者の美」"Dresden Bombing," *The Pulteney St. Survey*.
p.108「ソビエト軍は」KV to George Strong, April 23, 1989, private collection.
p.109「ドイツからの脱出は」Bernard V. O'Hare's diary, May 21, 1945, private O'Hare family collection.
p.109「オヘアは、ルアーヴルで」同上。
p.109「ありがたいとは思えなかった」Terkel, *Will the Circle Be Unbroken?*, 223.
p.109「『信仰は』」KV, *Timequake*, 82.

四章　民俗社会と魔法の家

p.110「『頼むから』」Bob Thompson, "So He Goes, Not Quietly," *Washington Post*, April 13, 2007.
p.110「不毛な日々が」EV, interview, September 20, 2007.
p.110「『カートといえば』」Jane Cox to Isabella Horton Grant, July 1, 1945, private collection.
p.110「いつでも頼れて」Marcia Gauger, interview, September 6, 2008. Gauger was Jane's roommate in Washington during the war.
p.111「『わたしが結婚とか』」Jane Cox to Isabella Horton Grant, July 1, 1945, private collection.
p.111「『ああ。イザベラ』」同上。
p.112「『いいんじゃない？』」Kendall Landis, interview, June 12, 2008.
p.112「『荷物を』」Marcia Gauger, interview, September 6, 2008.「ロキンヴァー」はウォルター・スコットの詩だ。若きロキンヴァーは騎士で、愛する人がほかの男と結婚するのを阻止しようと、遠い場所から馬でかけつける。「だが彼がネザビーの城門におりたつ前に／花嫁は結婚を承諾していて、手遅れだった／恋に臆病で、戦では卑怯者の男が／勇者ロキンヴァーの愛する美しきエレンと夫婦となるのだ」結局ロキンヴァーはエレンの愛を勝ち取り、彼女を馬に乗せて駆けていくのだが、この比喩はジェインに通じたのだろうか？
p.113「マーシャは」Marcia Gauger, interview, September 6, 2008.
p.113「そこらじゅうに」Alex Vonnegut to Ella Vonnegut Stewart, July 4, 1945, private collection.
p.114「カバンの中には」Rick Callahan, "Vonnegut Memorial Library to Open in Indianapolis," Associated Press, August 18, 2010.
p.114「『もういやだ』」Alex Vonnegut to Ella Vonnegut Stewart, July 4, 1945.
p.114「カートはすぐに」KV, *Wampeters, Foma & Granfallons*, 160.
p.115「『ジェインの指輪の』」Norma Jean Seiler Baldwin to Isabella Horton Grant, July 30, 1945.
p.115「一九四五年に」"Jane M. Cox, 1944–45," open file (declassified), Office of Strategic Services.
p.115「カートは『それほど幸せそうでは』」Ben Hitz, interview, November 11, 2007.
p.115「カート・シニアは」ヴォネガットは生涯、父親は大恐慌で破滅し、それから精神的に立ち直ることも、建築家として再起することもなかったと思いこんでいた。だが実際は、1946年、カート・シニアは、ヴォネガット、ライト、イェーガーの三氏の共同経営する会社の社長になり、会社はイ

p.101「捕虜たちは退きながらも」Robert Kelton, interview, February 15, 2008.
p.101「捕虜たちは荷車を」James Mills, interview, March 15, 2007.
p.101「代わりに」この時間がヴォネガットにとって重要だったとわたしが考えるのは、以下の資料のためである。R. Gordon, "Death and Creativity: A Jungian Approach," *Journal of Analytical Psychology* 22, no. 2 (1977): 106–24; Leon F. Seltzer, "Dresden and Vonnegut's Creative Testament of Guilt," *Journal of American Culture* 4, no. 4 (Winter 1981): 55–69; and Christina Grof and Stanislav Grof, MD, *The Stormy Search for the Self* (Los Angeles: Jeremy P. Tarcher, 1990).
p.101「焼けこげたワンピースの」Dale Watson, interview, February 9, 2008.
p.102「かつては」Szpek, "My Service Memoirs," 65.
p.102「今度は」この攻撃に、ヴォネガットのコーネル大学時代の旧友ロドニー・S・グールドが参加していた。第305爆撃隊、通称「やります《キャン・ドゥー》」隊、7973チームのひとりで、航空士だった。
p.102「そばのベッドに」James Mills, interview, March 15, 2007.
p.103「捕虜のひとりが」Szpek, "My Service Memoirs," 65.
p.103「P51が」同上。
p.103「おまけに」Doxsee, "World War II Letter."
p.103「その後」James Mills, interview, March 15, 2007.
p.104「地下室は」Hayman et al., "Kurt Vonnegut," 70.
p.104「作業部隊は」同上。
p.104「ある将校は」Makowske, "During the Battle of the Bulge."
p.104「『というのも』」KV, *Armageddon in Retrospect*, 40.
p.104「遺体の身元の」『スローターハウス5』にヴォネガットはこう書いている。「凶暴な、小男のアメリカ人、ここではポール・ラザロと呼ぶことにするが、その男がダイアモンド、エメラルド、ルビーなどの宝石を一リットルほどもっていた。ドレスデンの地下で亡くなった人々から奪い取ったのだ」。ラザロのモデルはルー・クルトという名前の捕虜だと思われる。「彼は危険な日和見主義者で、自分より弱い捕虜を食い物にするのをなんとも思わなかった。宝石のことを知る人はほとんどいない。クルトは死人の指を切って宝石を手に入れたという話だ」。Ervin Szpek Jr., e-mail, August 30, 2007. 元捕虜のひとり、レイモンド・マカウスキは戦後、クルトとアトランティックシティーで偶然出会ったが、「会釈することくらいしかできなかった」という。『スローターハウス5』が出版されて何年もしてから、クルトはヴォネガットに妙になれなれしい手紙を書いている。訴訟でも起こす気があったのではないかというような内容だ。「あなたの写真を送ってくれませんか？　ずいぶん昔なので、思い出そうとしても思い出せないのです。もしよかったら、ということですが……あなたはわたしのことを覚えているのでしょう？　宝石のことを本に書いていたのだから。あれを知っているのは、親しかった少数の捕虜だけだったのに」。Lou Curto to KV, March 28, 1983, Vonnegut mss., LL.
p.105「腹をすかせた男が」Doxsee, "World War II Letter."
p.105「『親衛隊がくるぞ』」James Mills, interview, March 15, 2007.
p.105「その夜」Alex Vonnegut relating the story in a letter to Ella Vonnegut Stewart, July 4, 1945, private collection.
p.106「四人は」パレイアをよく知る者が立会人として選ばれた。ヴォネガットは、1981年に出版された、スピーチ、エッセイ、手紙などの未発表作品のコレクションに、「パームサンデー」というタイトルをつけている。
p.106「墓穴を」U.S. War Department, Judge Advocate General's Office, War Crimes Office, File No. 2080, interview with PFC Harry E. J. Kingston, September 23, 1946, in Heidi M. Szpek, ギフォード・ドクシーによれば、パレイアの処刑の日、彼の母親が自宅にいると、ふいに玄関の戸が開いて、写真立てに入った息子の写真がサイドテーブルから床に落ちた。「マイケルが死んでしまった！」

p.90「そう話すと」Doxsee, "World War II Letter."
p.90「高校で」Robert Kelton, interview, February 15, 2008.
p.90「『起きろ』」Ervin Szpek, "My Service Memoirs: A POW in Dresden," in *American Ex–Prisoners of War*, 64–65. Also, Lou Curto to KV, March 28, 1983, Vonnegut mss., LL.
p.90「実家は」James Mills, interview, March 15, 2007.
p.91「そして、並んだ捕虜たちの」"Slaughterhouse Guards and Men of Confidence," in *Shadows of Slaughterhouse Five*, 225–38.
p.91「食料品店に」ames Mills, interview, March 15, 2007.
p.91「だがある午後」同上。捕虜たちはドイツ軍側に敬意を表さないと怒りを買った。あるドイツ軍将校が朝、捕虜の作業隊とすれちがいざま、「おはよう!」と挨拶すると、捕虜たちはにこやかに「ファック・ユー!」と応えた。翌朝、同じ将校がふたたび「おはよう!」というと、前日同様、心のこもった「ファック・ユー!」が返ってきた。3日目の朝、将校は彼らをにらみつけてこういった。「このブタども!」
p.91「ところが」Doxsee, "World War II Letter."
p.92「別の捕虜が」Frank Voytek in *Shadows of Slaughterhouse Five,* 220.
p.92「だが、残酷な者も」Alex Vonnegut to Ella Vonnegut Stewart, July 4, 1945, private collection.
p.92「ジュニアが」KV, interview, March 13, 2007.
p.92「お気に入りの」Thomas C. Ballowe in *Shadows of Slaughterhouse Five*, 225.
p.93「両側に大きな耳の」Lou Curto to KV, March 28, 1983, Vonnegut mss., LL.
p.93「高校の副校長は」Catherine Williams, "Dresden Bombing," *The Pulteney St. Survey*, Hobart and William Smith Colleges, Spring 2001.
p.93「『ジョーのうしろを』」KV, *Fates Worse Than Death*, 106.
p.93「『ジョーは戦争を』」"Dresden Bombing," *The Pulteney St. Survey.*
p.94「おかげで」Doxsee, "World War II Letter."
p.95「男は肩をすくめ」Raymond T. Makowske, "During the Battle of the Bulge and POW (*Kriegsgefangen*) in Dresden (Slaughterhouse 5)," Indianamilitary.org; also, KV to William Amos, May 12, 1985, Vonnegut mss., LL.
p.95「カートは、その見知らぬ男の」KV to William Amos, May 12, 1985, Vonnegut mss., LL.
p.95「『このアホな連中の』」Floyd Harding in *Shadows of Slaughterhouse Five*, 232.
p.96「監視兵はカートを」Duane Fox in Ibid., 230.
p.96「スローターハウスに戻ると」Harding in Ibid., 232.
p.96「耳の後ろを」Alex Vonnegut to Ella Vonnegut Stewart, July 4, 1945, private collection.
p.97「カートが銃剣を」Doxsee, "World War II Letter."
p.97「ほかの捕虜は」同上。
p.97「カートに雪の中を」Tom Jones in *Shadows of Slaughterhouse Five*, 234.
p.97「いい天気が」Taylor, *Dresden*, 3. 告解の火曜日は、マルディ・グラと同様。
p.98「『クリスマスツリーだ』」同掲書, 5.
p.98「さらに、やや小規模な」"Smashing Blows at Dresden," *New York Times*, February 15, 1945.
p.98「それは第二次世界大戦を」Andrei Cherny, *The Candy Bombers: The Untold Story of the Berlin Airlift and America's Finest Hour* (New York: Putnam, 1998), 96.
p.98「最初の爆撃が」Alexander McKee, *Dresden, 1945: The Devil's Tinderbox* (1982; repr., New York: Barnes and Noble, 2000), 130.
p.99「それから重い足音に」KV, *Armageddon in Retrospect* (New York: Putnam, 2008), 37.
p.100「『寒ささえ』」McKee, *The Devil's Tinderbox*, 137.

p.79「カートは『誰にも』」KV, interview, March 14, 2007.
p.81「ある米兵の」John P. Kline, "The Service Diary of German War Prisoner #315136," Camp Atterbury Blog, n.d.
p.82「連隊は」Robert Kelton, interview, February 15, 2008.
p.82「『ぼくたち偵察隊は』」KV, interview, March 14, 2007.
p.82「『そこにいた』」Hayman et al., "Kurt Vonnegut," 166.
p.83「オヘアがいった」Bernard V. O'Hare III, "Battle of the Bulge: Language Error May Have Saved Lives," Lehigh Valley Ramblings.com, December 14, 2007.
p.83「カートが偵察隊の仲間と」Robert Kelton, interview, February 15, 2008.
p.84「プリュムの東」KV, "Dear people" letter, mid-May 1945, Vonnegut mss., LL.
p.84「入ると」同上。
p.84「立つかしゃがむか」Gifford Doxsee, "World War II Letter," January 10, 1981, Mahn Center for Archives and Special Collections, Athens, OH.
p.84「彼らは置き去りに」同上。
p.84「『貨車から』」Clifford Stumpf, "A Day in May: A Story of a Prisoner of War" (unpublished memoir), as quoted in Heidi M. Szpek, "Religious Expression Among the Men of Slaughterhouse Five," *International Journal of the Humanities* 2, no. 2 (2006): 1437. シュペック教授の父親は、ヴォネガットと同時期にドレスデンにいた。
p.85「カートのいた貨車に」James Mills, interview, March 15, 2007.
p.85「誰もがもう」Geoff Taylor, *Piece of Cake* (London: Peter Davies, 1956), 179–80.
p.86「ロシア兵は」Doxsee, "World War II Letter."
p.87「『というのも』」Alice Vonnegut to Mrs. Kelton, April 14, 1945, private collection.
p.87「やがて」Tom Jones in *Shadows of Slaughterhouse Five: Recollections and Reflections of the American Ex-POWs of Schlachthof Fünf*, ed. Heidi M. Szpek (Bloomington, IN: iUniverse, 2008), 176.
p.87「『おそらく』」Alex Vonnegut to Helen Vonnegut, January 11, 1945, private collection.
p.88「『一九四五年一月十二日』」Dale Watson, interview, February 9, 2008.
p.88「実際」「その前の数ヶ月間、日中にアメリカ軍機の編隊が郊外の工業地域や市街地からわずかに離れた鉄道の操車場に空襲を行うことはまれにあった……だが、たいていの市民はこうしたことは、ちょっとした不運や誘導ミスの結果と考えていて、ドレスデンが大規模な空襲を受けることはないと信じていた」。Frederick Taylor, *Dresden: Tuesday, February 13, 1945* (New York: Harper Perennial, 2005), 5.
p.88「『今年のクリスマスは』」同掲書, 199. 一方で、この防衛長官は、土木技師に命じて庁舎と自宅の裏庭の地下に鉄筋コンクリートの防空壕を造らせ、有事に備えていた。
p.89「オペラハウスでは」ヒトラーは十四歳以上の少年少女のための組織、ヒトラーユーゲントとドイツ女子同盟をつくった。少年少女たちは入団を義務づけられ、ナチスの信念をたたき込まれた。
p.89「ただ」Hayman et al., "Kurt Vonnegut," 169.
p.90「司令官は」*Shadows of Slaughterhouse Five*. レイモンド・T・マカウスキは「誰か（ヴォネガットの可能性もある）があとで本を書くために日記をつけていた」と回想している。SSはドイツ語の"Schutzstaffel"の略で、「親衛隊」の意。ナチスのイデオロギーを信奉するエリート軍団で、「第三帝国の敵」を逮捕しホロコーストを推し進めた。
p.90「たとえ戦争が」James M. Slagle, "Lexington Man Meets Author Who Shared Prison Camp," in *American Ex–Prisoners of War: Non Solum Armis*, ed. Gardner N. Hatch, W. Curtis Musten, and John S. Edwards (Nashville: Turner, 1995), 63–64.
p.90「同様に」*Shadows of Slaughterhouse Five*, 225–38.

に参加していた兵士の顔ぶれからもうかがえる。たとえばロバート・J・ドール、エドワード・I・コッチ、ヘイウッド・ヘイル・ブルーン、ヘンリー・A・キッシンジャー、ゴア・ヴィダル、アンディ・ルーニーなど。以下を参照。Louis E. Keefer, *Scholars in Foxholes* (Reston, VA: Cotu, 1998).

p.71「『ぼくは失敗することに』」KV, *Palm Sunday*, 65.

p.71「熱力学は」Guy Reel, "Kurt Vonnegut's Letters Recount His Days at UT," University of Tennessee *Daily Beacon*, November 29, 1978.

p.71「わたしの仕事は」KV to Robert Maslansky, September 7, 1983, private collection. リチャード・ゲイマンは、のちにハリウッドの著名人たちの年代記を書き、女優のエステル・パーソンズと結婚する。ヴォネガットはどうやら興味深い人々と出会うこつを心得ていたらしい。

p.72「カートは週末の」KV, interview, March 14, 2007.

p.72「ランディスにとって」Kendall Landis, interview, June 12, 2008.

p.72「偵察隊の」ボイルの息子はベトナムで負傷し、帰国してウォルター・リード病院で治療を受けていたが、父親からヴォネガットのサイン入りの『スローターハウス5』が送られてきて驚いた。「第二次世界大戦中にわたしとバーナード・V・オヘアのよき司令官であったブルース・ボイルへ。ピース」と書いてあったのだ。また彼の勤め先の「フィラデルフィア新聞」が廃刊になったとき、ヴォネガットは自分にできることはないかと電話をくれた。Bruce Boyle, "Remembering Kurt Vonnegut," Books, Inq. Blog, posted April 12, 2007.

p.73「『背が高くて』」Dale Watson, interview, February 9, 2008. ワトソンはヴォネガットと同じ連隊に所属していて、ともに捕虜としてドレスデンに送られた。

p.73「ジムは」Donna Lewis, interview, July 27, 2008.

p.73「帰省した」KV to Jerry Klinkowitz, December 11, 1976, private collection.

p.73「カート・シニアが戦争関連の」"Questionnaire for Architects' Roster and/or Register of Architects Qualified for Federal Public Works," June 13, 1946, American Institute of Architects, Washington, DC.

p.74「ある親戚は」Rauch, "Ancestry of Kurt Vonnegut," 73.

p.74「そして」KV to Jerry Klinkowitz, December 11, 1976, private collection.

p.75「ベッドの脇に」同上。

p.75「『母を』」同上。

p.75「一般の」Robert Hipkiss, *The American Absurd: Pynchon, Vonnegut, and Barth* (Fort Washington, NY: Associated Faculty Press, 1984), 58.

p.75「のちにカート・ジュニアは友人への」KV to Jerry Klinkowitz, December 11, 1976, private collection.

p.75「その後」KV, *Jailbird* (New York: Delacorte, 1979), xiii.

p.75「『挫折感が』」同上。

p.76「たとえば」Donald M. Fiene, "Getting Through Life: The Autobiography of Donald M. Fiene" (unpublished manuscript), University of Louisville Special Collections.

p.76「また、インディアナ州の」James Alexander Thom, "The Man Without a Country," *Spokesman*, Bertrand Russell Foundation, October 2007.

p.76「『親が自殺すると』」KV, *God Bless You, Mr. Rosewater; or, Pearls Before Swine* (1965; repr., New York: Delta, 1998), 196.

p.77「『わたしの母は』」KV, *Breakfast of Champions* (1973; repr., New York: Delta, 1999), 186.

p.77「その思いに報い」KV, interview, December 13, 2006.

p.77「ジェインの父親も」NV, interview, September 20, 2007.

p.78「『入り口の』」Dale Watson, interview, February 9, 2008.

p.79「爆撃でできた穴」"The 106th: The Story of the 106th Infantry Division," Stories of the Ground, Air, and Service Forces in the European Theater, *Stars & Stripes* in Paris, 1944–45.

p.64「以前は」KV, "We Impress *Life* Magazine with Our Efficient Role in National Defense," Well All Right, *Cornell Daily Sun*, May 23, 1941.
p.65「『ライフ』に」同上。
p.65「『まるで』」KV, "The Lost Battalion Undergoes a Severe Shelling."
p.66「『このひょろりと』」"Fifth Column," *Cornell Daily Sun*.
p.66「家長の」Emily Louise Diamond, interview, February 7, 2008. ヴォネガットは、この人のことをしばしば「悪いダン叔父さん」と呼んでいた。「第2次世界大戦から復員したとき、ダン叔父さんはぼくの背中を叩き、こういった。『これで一人前だな』。それで、ぼくは叔父さんを殺した。もちろん実際に殺してはいない。ただ、殺したい気持ちになったということだ」。Kurt Vonnegut, Syracuse University commencement speech, May 8, 1994.
p.66「もうひとりの」第381爆撃隊でB17戦闘機の航空士だったウォルター・A・ヴォネガット中尉は、戦闘機からパラシュート降下した先のオランダで戦争捕虜となって18ヶ月を過ごした。
p.66「そこで家畜の」KV, "How're You Going to Keep 'Em Down on the Farm, After They've Seen Lockheed?" Well All Right, *Cornell Daily Sun*, October 22, 1942.
p.67「ドイツ軍の」Bernard Vonnegut to Robert H. Avery, February 20, 1985, M. E. Grenander Department of Special Collections and Archives, State University of New York at Albany.
p.67「『世界を揺るがす』」KV, "In Which Mr. Willkie and We Raise Stinks on Opposite Sides of the Fence," Well All Right, *Cornell Daily Sun*, September 29, 1942.
p.67「ランディスは」Kendall Landis, interview, June 12, 2008.
p.67「父親は」ランディスはジェインとのあいだに肉体関係があったと明言しているし、戦略事務局の健康アンケートをみる限り、ジェインは性交経験があった。以下を参照。Office of Strategic Services, "Jane M. Cox, 1944–45," open file (declassified), Modern Military Records, National Archives and Records Administration, College Park, MD.
p.68「『カートは、とにかく仕事を』」Miller Harris, interview, January 1, 2007. ハリスは「コーネル・デイリー・サン」の編集長になった。
p.68「この戦争は」KV, interview, March 13, 2007.
p.69「『そうか』」同上。
p.69「『息子を』」Rauch, "Ancestry of Kurt Vonnegut," 73.
p.69「一九四三年三月」KV, *Palm Sunday*, 65.

三章　新婚用スイートで戦争へ

p.70「『これはまさに』」KV, interview by Christopher Bigsby, *Kaleidoscope*, BBC, September 20, 1984.
p.70「『四十五口径の』」KV, interview, March 13, 2007.
p.70「M1ガーランド」同上。
p.70「軽機関銃として」KV to Robert Maslansky, September 7, 1983, private collection.
p.70「『あらゆる』」KV, interview, March 14, 2007.「撃つ前には、必ず組み立てなくてはならなかった。実際、一から作るのに近い……240ミリ榴弾砲のことを学んでいると、性病予防映画をみる暇さえなかった」。David Hayman, David Michaelis, George Plimpton, and Richard Rhodes, "Kurt Vonnegut: The Art of Fiction LXIV," *Paris Review*, Spring 1977.
p.70「だが」Thomas F. Marvin, *Kurt Vonnegut: A Critical Companion* (Westport, CT: Greenwood, 2002), 5.
p.71「三ヶ月の」戦争がひとつの世代を形成し、アメリカ文化に数10年間影響を与えたことが、ASTP

p.58「『だから』」KV, "Finding the News in the News," Well All Right, *Cornell Daily Sun*, May 22, 1941.
p.59「カートは、ベートーベンは」KV, "Bayonet Drill at the Rate of Seven in 20 Seconds, or, Oh for a Couple of Nazis," Well All Right, *Cornell Daily Sun*, April 22, 1941.
p.59「もちろん」KV, interview, March 13, 2007.
p.59「『みんな、』」KV, *Palm Sunday*, 60.
p.60「その成績が」バトラー大学は成績証明書を公開しない方針だが、『タイムクエイク』での言及と異なり、ヴォネガットは「バトラー大学の夏期講座で、細菌学と定性分析学のクラスをとりはしなかった」と、バトラー大学のアーウィン図書館で、特別コレクションや稀覯書や保管文書を担当する司書はいっている。ヴォネガットは生涯にわたり、学歴を高くみせなくてはという思いにとらわれていて、PBS（公共放送網）のインタビューでは次のようにいっている。「いや、偉ぶるつもりはないんですけどね、ぼくは人類学の修士号をもっているんですよ」。"Kurt Vonnegut," *NOW*, PBS, October 7, 2005.
p.60「アレックス叔父は」KV, "Mr. Anthony, What I Want to Know," Berry Patch, *Cornell Daily Sun*, October 24, 1942.
p.60「やがてカートは」KV, interview, March 13, 2007.
p.60「コックス夫人が」Ben Hitz, interview, December 15, 2006.
p.61「以後」S. A. Leonard and R. F. Cox, *General Language: A Series of Lessons in Grammar, Word Study, and History of the English Language* (Chicago: Rand McNally, 1925).
p.61「マライアは、障害児の」EV, interview, September 20, 2007.
p.61「マライアはストレスを」Mark Vonnegut, "Personal Reflections on Diagnosis," *Journal of Mental Health* 19, no. 4 (August 2010): 373–75.
p.61「しかも」ある時などは、マライアは1年ほど半昏睡状態で州立病院に入院しており、その後退院が許可されるまでさらに1年かかった。Riah Fagan Cox, "I Remember Jones," family memoir, circa 1940s, private collection.
p.61「『いいですか』」Ben Hitz, interview, November 15, 2007.
p.62「ジェインはフィラデルフィアの」Kendall Landis, interview, June 12, 2008.
p.62「かわいい女の子」Victor Jose, interview, January 5, 2007. ホセはショートリッジ高校の友人で、シティ・ニュースに就職面接のためにきたときにヴォネガットに会った。
p.62「ジェインのルームメイトは」Isabella Horton Grant, interview, January 26, 2008.
p.62「見返し部分には」その本はイーディのもの。
p.62「『その日は』」KV, "Ramblings of One Who Is Weak in the Exchequer, and in the Mind," Well All Right, *Cornell Daily Sun*, October 8, 1941.
p.62「『アメリカが』」Robert Scholes, "Chasing a Lone Eagle: Vonnegut's College Writing," in *The Vonnegut Statement*, ed. Jerome Klinkowitz and John Somer (New York: Seymour Lawrence, 1973), 47.
p.63「『少なくとも』」KV, "We Chase a Lone Eagle and End up on the Wrong Side of the Fence," Well All Right, *Cornell Daily Sun*, October 13, 1941.
p.63「『上記は』」同上。
p.63「『ぼくは』」*A Century at Cornell: Published to Commemorate the Hundredth Anniversary of the Cornell Daily Sun*, ed. Daniel Margulis (Ithaca, NY: Cornell Daily Sun, 1980).
p.64「カートにとって」George Lowery, "Kurt Vonnegut Jr., Novelist, Counterculture Icon and Cornellian, Dies at 84," Chronicle Online, posted on April 12, 2007.
p.64「そして不快そうに」"Fifth Column," Beer and Skittles, *Cornell Daily Sun*, May 25, 1942.
p.64「自分が」KV, "The Lost Battalion Undergoes a Severe Shelling," Well All Right, *Cornell Daily Sun*, May 4, 1942.

p.48「『エコー』は」*Shortridge Daily Echo*, September 21, 1939.
p.48「『彼の』」McLaughlin, "An Interview with Kurt Vonnegut," 38–41, 45–46.
p.49「つまり」KV, interview, March 13, 2007.
p.49「自分の名前を」同上。
p.49「両親は」同上。
p.50「『そういうわけで』」同上。
p.50「『兄は』」KV, interview, December 13, 2006.

二章　この丘いちばんのばか

p.51「カートが理系を」Rauch, "Ancestry of Kurt Vonnegut," 54.
p.51「この会の」Rodney S. Gould to Fred Harwood, April 24, 2007, private collection.
p.51「カートは入会誓約で」KV, interview, March 13, 2007.
p.52「なかに入れた」David Young, "Telling It Like It Was," in "Happy Birthday, Kurt Vonnegut," 21–23.
p.52「それどころか」同上。
p.53「カートは〝入会した学生が〟」Rodney S. Gould, letter to his children, December 21, 2005, private collection.
p.53「カートは『自由な精神を』」Young, "Telling It Like It Was," 21–23.
p.54「『驚きだ』」KV, "Everything's Okely Dokely with Moakley," Speaking of Sports, *Cornell Daily Sun*, December 4, 1941.
p.55「『いつも』」Miller Harris, interview, January 1, 2007.
p.55「『わかりやすく』」Reilly, "Two Conversations with Kurt Vonnegut."
p.55「このコラムの」Robert Scholes, "A Talk With Kurt Vonnegut," in *Conversations with Kurt Vonnegut*, 114.
p.55「『昨日の』」KV, "In Defense of the Golden West," Well All Right, *Cornell Daily Sun*, March 4, 1942.
p.56「『やることと』」KV, "Albino for a Day, or in the Pink," Well All Right, *Cornell Daily Sun*, March 24, 1942.
p.56「ノックスは」KB, interview, June 18, 2007.
p.56「漫画に出てくる」同上。
p.56「ノックスは、たしかに」同上。
p.57「エミリーの祖父」Emily Louise Diamond, interview, February 7, 2008. のちにカートが結婚するジェイン・コックスも同じ社会的階層の出身だ。ジェインはインタビューでこう語っている。「わたしの両親はとても保守的で反動主義的で、インディアナ州によくいるタイプの人間でした。民主党に投票するなど夢にも思ったことがないばかりか、民主党に投票するような人とは話そうともしませんでした」。JV, interview by Marge Schiller, December 1969, interview 639, transcript, McCarthy Historical Project, Eugene J. McCarthy Papers, Elmer L. Andersen Library, University of Minnesota, Minneapolis, Minnesota.
p.57「カートの叔父の」Emily Louise Diamond, interview, February 7, 2008.
p.58「それに両親は」*Essential Vonnegut: Interviews Conducted by Walter Miller,* CD-ROM (New York: HarperCollins, 2006).
p.58「『ぼくは、両親のいう』」Wilfrid Sheed, "The Now Generation Knew Him When," Life, September 12, 1969, 66.

p.40「ユーモアを」*Kurt Vonnegut: American Made*, Weide.
p.41「『だが』」Laura Sheerin Gaus, *Shortridge High School, 1864–1981 in Retrospect* (Indianapolis: Indiana Historical Society, 1985), 162.
p.41「『親が』」KV, interview, March 13, 2007.
p.42「科目を」Gaus, *Shortridge High School,* 151.
p.42「『だがラテン語』」KV, interview, March 14, 2007.
p.42「一年目の」同上。
p.42「のちに、地獄を」KV to Frank Cruger, February 4, 1977, private collection.
p.42「カートは困った」同上。
p.42「『誇示的消費は』」KV, *Palm Sunday*, 54.
p.43「カートの方も」KV, interview, March 14, 2007.
p.43「スマートでは」Marge (Mary Jo) Schmoll to KV, March 5, 1987, Vonnegut mss., LL.
p.43「夜になると」Evans Woollen, interview, February 16, 2008. この話は1965年ウルンが住んでいたときに、子ども時代の家に突然やってきたヴォネガットが語ったもの。
p.44「親と子は」Hume, "Vonnegut's Melancholy," 221.
p.44「父親はかなり」*Kurt Vonnegut: American Made*, Weide.
p.44「『ほかに』」Walter A. Vonnegut, diary entry, January 13, 1939, private collection. 厳密にはウォルターはカートのはとこに当たる。父親はウォルター・A・ヴォネガットで、舞台俳優。母親のマージョリーがのちに再婚するジャーナリストのドン・マーキスは、新聞コラム「アーチーとメヒタブル」の執筆者だ。この作品は自分がクレオパトラの生まれ変わりだと信じている猫と、その友人でタイプライターのシフトキーが押せないゴキブリの日々を描いている。ウォルターは、まだ子どもだった1933年に、両親が出演していたブロードウェイの芝居、ユージン・オニール作『ああ荒野』に出たことがある。出演者にはほかに、ジョージ・M・コーハン（ウォルターの母親の相手役）、エライシャ・クック・ジュニア（このときがブロードウェイ初舞台。のちに『マルタの鷹』で無表情な童顔の殺人犯を演じた）など。
p.45「そこでわかったのは」KV to NV, December 29, 1979, Vonnegut mss., LL.
p.44「たとえば」Kilgore Trout became Vonnegut's alter ego in his novels.
p.45「この古ぼけた」George Jeffrey, interview, January 5, 2007.
p.45「『父ではなく』」Zaring, "Time Traveling Through Indianapolis with Kurt Vonnegut Jr."
p.46「『母の作品は』」KV, interview, December 13, 2006.
p.46「それでも」United States Patent Office, K. Vonnegut, Tobacco Pipe, #2,395,596, filed October 30, 1944. He withdrew the first patent in 1938 and improved the design.
p.46「『母が』」KV, interview, March 13, 2007.
p.46「『エコー』の」Ben Hitz, interview, November 15, 2007. ヒッツは火曜日版の編集をヴォネガットと担当していた。「エコー」編集部は様々な逸材を輩出した。たとえば、のちにインディアナ州選出の共和党上院議員になるリチャード・G・ルガー、小説『夏の夜を抱け』で有名なダン・ウェイクフィールドがいる。1930年代にショートリッジ高校に勤めていた教員で、106歳（取材時）のミス・ジャネット・グラブによれば、ウェイクフィールドの小説は同級だった女性たちには不評で、作中に自分が描かれていると思った女性も何人かいたという。
p.47「『人には』」KV, *Wampeters, Foma & Granfalloons*, 256.
p.47「『その種の』」Reilly, "Two Conversations with Kurt Vonnegut," 1–29.
p.47「『カート・ヴォネガットに』」*Shortridge Daily Echo*, September 15, 1938.
p.47「『タレントショーの』」同掲書, September 22, 1938.
p.48「『みんな』」Trish Mumford, "Everybody Loved Vonnegut's Tricks," *Cape Cod Times*, July 30, 2008.

p.35「『ぼくは』」KV, interview, March 13, 2007.
p.35「『反ドイツの気運に』」KV, *Palm Sunday*, 20.
p.36「その後会員たちは」パーク・スクールでのバーナードの級友で、インディアナポリスの歴史家であるジョージ・レイサムによれば、ダス・ドイチェ・ハウスの理事のなかに「カイザー債権」を所有する者がいることが知れて、世の中の風当たりはさらに強くなったという。疑われるのも無理はないが、これはまったくの誤解だった。というのも、街の主な銀行は、ほとんどドイツ系アメリカ人に所有されているか、経営を任されているかしたからだ。Charles Latham, interview, August 6, 2010.
p.36「『子どもにダッチを』」KV, "Speech at the Athenaeum, Indianapolis," October 10, 1996.
p.36「『運転手は』」Irma Vonnegut Lindener, interview by James A. Glass, OH #20 (Indiana Historical Society, 1978), 14.
p.36「カート・シニアも」United States Selective Service System, World War I Selective Service System Draft Registration Cards, 1917–18, National Archives and Records Administration, Washington, DC.
p.36「実際」Ancestry.com, New York Passenger Lists, 1820–1957 (database online) (Provo, UT: Generations Network, 2006). Records of the U.S. Customs Service, Record Group 36, National Archives, Washington, DC.
p.37「その後、第二次世界大戦中」KV, "Speech at the Athenaeum, Indianapolis."
p.37「『彼らにいわせれば』」Studs Terkel, "Kurt Vonnegut," in *Will the Circle Be Unbroken? Reflections on Death, Rebirth, and Hunger for a Faith* (New York: New Press, 2001), 222.
p.37「理想としては」Kathryn Hume, "Vonnegut's Melancholy," *Philological Quarterly* 77, no. 2 (Spring 1998): 221.
p.37「叔父の」KV, *Palm Sunday*, 53.
p.37「好きな言葉は」KV to NV, January 26, 1973, private collection.
p.38「のちに彼は」Emily Glossbrenner Diamond, interview, February 7, 2008.
p.38「それに、アレックスは」Walter A. Vonnegut, interview, April 7, 2007.
p.38「『いま、この年にして』」Alex Vonnegut to Morris Fishbein, January 16, 1955, Morris Fishbein Papers, University of Chicago, Chicago, IL.
p.38「あやとりは」Emily Louise Diamond, interview, February 7, 2008.
p.38「『ケイは』」"Kurt Vonnegut, SHS Alum, Achieves Fame as a Novelist," Shortridge High School *Echo*, September–October, 1962.
p.38「『姉は』」Frank McLaughlin, "An Interview with Kurt Vonnegut," *Media & Methods,* May 1973, 38–41, 45–46.
p.38「『兄は』」*Kurt Vonnegut: American Made*, Weide.
p.39「銀の」KV, interview, March 13, 2007.
p.39「兄も姉も」Scott Vonnegut, "A Remembrance of Kurt Vonnegut" (memorial service, New York, April 2007).
p.39「ふたりは」KV, interview, March 13, 2007.
p.40「『タイミングが』」*Kurt Vonnegut: American Made*, Weide.
p.40「ふたりは」JV Yarmolinsky, *Angels Without Wings: How Tragedy Created a Remarkable Family* (Boston: Houghton Mifflin, 1987), 27.
p.40「男がふたりに女がひとり」『猫のゆりかご』の3人の主な登場人物は、フランク、アンジェラ、ニュートのハニカーきょうだい。『タイタンの妖女』には、マラカイ・コンスタント、ビアトリス・ラムファード、息子のクロノが出てくる。そして『ローズウォーターさん、あなたに神のお恵みを』ではエリオット・ローズウォーター、彼の元妻、彼の父親が反目しあう。

Peter Gay, *Freud: A Life for Our Time* (New York: Norton, 1988), 25.
p.28「『〝事故〟』」KV, interview, December 13, 2006.
p.28「その年の十二月に」家族ぐるみの「友人」だったラインハルト家の人々がヴォネガット家に、石炭、石油、鉱業関連の取引に投資することを強く勧めた。それは手堅い投資先であり、自分たちはそのおかげで不況下でも持ちこたえていると話した。ところが実は彼らは詐欺師の手先で、大恐慌の到来に慌てて即金を手にしたいと考える人々を狙っていたのだ。彼らは誰彼かまわずこの手口を使った。ヴォネガット家は投資した金を失った。KV, interview, March 3, 2007.
p.28「なんとかやっていくために」Rauch, "Ancestry of Kurt Vonnegut," 71.
p.28「その結果」KV, *Palm Sunday,* 52.
p.30「国中の雑誌が」"Moving Ma Bell, Vonnegut Style," *Indianapolis Magazine*, October 1976.
p.30「『ぼくは』」Henry James Cargas, "Kurt Vonnegut" (interview), *Christian Century*, November 24, 1976.
p.30「カート・シニアは」KV, *Fates Worse Than Death: An Autobiographical Collage* (New York: Berkley, 1992), 23.
p.31「アイダ・ヤングも」Owen Young Jr., interview, July 2, 2008.
p.31「ヴォネガット家は」"Kurt Vonnegut," *Authors and Artists for Young Adults*, vols. 6, 24, Gale, 1992–99 (Farmington Hills, MI: Thomson Gale, 2006).
p.31「とにかく当座は」KV, interview, March 14, 2007.
p.31「『母は』」KV, *Timequake* (1997; repr., New York: Berkley, 1998), 32.
p.31「カート・ジュニアは」のちにこの家を所有することになった建築家のエヴァンス・ウルンは、居間の天井（主寝室の床でもある）を取り払い、大聖堂のような雰囲気になるようリフォームした。カート・ジュニアは、ヴォネガット家の次に家の持ち主になったヒックマン家の人々にこういったという。「主寝室をなくしてしまっても、まったくかまいません。その部屋で父と母がひどい言い争いをしていて、それが下の居間にいてもきこえていたのは嫌な思い出です」。Evans Woollen, interview, February 16, 2008.
p.32「『それは夜遅く』」KV, *Fates Worse Than Death*, 28.
p.32「イーディスは散弾銃のように」*Kurt Vonnegut: American Made*, Weide.
p.32「主治医は」同上。
p.32「家族は」KV, *Fates Worse Than Death*, 34.
p.32「『あんなにも』」同掲書, 36.
p.32「そして」Charlie Reilly, "Two Conversations with Kurt Vonnegut," *College Literature* 7 (1980): 1–29.
p.32「まるで」Catherine Alford Zaring, "Time Traveling Through Indianapolis with Kurt Vonnegut Jr.," *Indianapolis Home and Garden*, November 1978.
p.33「『校長先生には』」*Kurt Vonnegut: American Made*, Weide.
p.33「『ぼくは製薬会社の』」KV, interview, March 13, 2007.
p.33「『ぼくにとっての』」KV to Catherine Glossbrenner Rasmussen, December 1977, private collection.
p.34「そこには」Jerome Klinkowitz, interview, October 21, 2007.
p.34「その晩は」Walter A. Vonnegut, journal, August 12, 1938, private collection. Walter was Kurt's second cousin and three weeks younger.
p.34「その音を」KV, "The Lake," *Architectural Digest*, June 1988, 30.
p.35「大人たちは」Walter A. Vonnegut, interview, April 7, 2007.
p.34「カート・ジュニアは」KV, interview, March 13, 2007.
p.35「それには」KV, "The Lake," 30.

p.21「美しい装丁の」KV, interview, December 13, 2006.
p.21「父親は威厳が」Rauch, "Ancestry of Kurt Vonnegut," 29.
p.21「末息子と」KV, *Palm Sunday*, 53.
p.22「ぼくは誰にも」KV, interview, December 13, 2006.
p.22「神殿の」Ben Hitz, interview, November 11, 2006. ヒッツはオーチャード・スクールで出会ったのち、生涯の友人になる。彼と同名の"ベンジャミン・ヒッツ"はヴォネガットの短編"2BO2B"の中に登場する。「ジェイルバード」は彼に捧げられている。
p.22「バスの」KV interview, March 13, 2007.
p.22「話のおち」*Kurt Vonnegut: American Made*, Weide.
p.23「『母は料理を』」KV, interview, March 13, 2007.
p.23「ボタンつけも」同上。
p.23「話を聞いてくれたり」Hank Nuwer, "A Skull Session with Kurt Vonnegut," in *Conversations with Kurt Vonnegut*, ed. William Rodney Allen (Jackson: University of Mississippi Press, 1988), 245.
p.24「休みは」Nolan Young, interview, June 21, 2008. Nolan and Owen Young Jr. are Mrs. Young's grand-children.
p.24「アイダには」Owen Young Jr., interview, June 19, 2008. ヤング夫人は自分の子どもや孫は厳しくしつけ、家事を分担して手伝わせていた。
p.24「ヴォネガット夫妻の」KV, interview, March 13, 2007.
p.24「『アイダは母よりも』」同上。
p.24「アイダは、カート・ジュニアのことを」Owen Young Jr., interview, June 19, 2008.
p.24「アイダはメソジスト派の」同掲書 Young became bishop of Bethel Tabernacle Church in Indianapolis.
p.24「アイダは『聖書を』」KV, *Wampeters, Foma & Granfalloons* (New York: Delta, 1999), xxiii.
p.24「食事の前に」KV, interview, March 13, 2007.
p.25「なかに収められて」カート・ジュニアの大叔父、シオドア・フランクリン・ヴォネガットは、ライリーの友人で、やはり文学好きだったようだ。インディアナ大学での修士論文は、1926年に小冊子として出版された。タイトルは、"Indianapolis Booksellers and Their Literary Background, 1820–1860: A Glimpse of the Old Book Trade of Indianapolis."
p.25「だが、」KV, interview, March 13, 2007.
p.25「『ぼくが書く物』」KV, *Wampeters, Foma & Granfalloons*, xxiii.
p.26「『科学的手法で』」KV, "Bernard Vonnegut: The Rainmaker," *New York Times*, January 4, 1998. この母方の大叔父であるカール・ベアラスは、1920年代にブラウン大学の物理学科の教授だった。また、アメリカ物理学会の共同創立者であり、第四代会長である。
p.26「『兄は両親の』」KV, interview, December 13, 2006.
p.26「だが、」同上。
p.26「カート・ジュニアは、ときには」自宅で撮影したフィルムでは、カート・ジュニアはカメラが回っていると気づくと必ず、兄バーナードのほうを向いてたたこうとしている。
p.26「『兄はぞっとするほど』」KV, interview, December 13, 2006.
p.27「バーナードはすでに優秀な」*Kurt Vonnegut: American Made*, Weide.
p.26「子どもらしい」Patricia Bosworth, "To Vonnegut, the Hero Is the Man Who Refuses to Kill," *New York Times*, October 25, 1970.
p.27「『バーナードはどうみても』」*Kurt Vonnegut: American Made*, Weide.
p.27「『ふん』」KV, interview, March 13, 2007.
p.28「大人のセックスに」フロイトは、若者の性的好奇心は科学的探求心の真の源だと考えていた。

一章　おまえは事故だった

p.13「エドワード朝時代の」Charlotte Cathcart, *Indianapolis from Our Old Corner* (Indianapolis: Indiana Historical Society, 1965), 27.
p.14「何日も何日も」John G. Rauch, "An Account of the Ancestry of Kurt Vonnegut Jr. by an Ancient Friend of the Family," 1970, 68, LL.
p.15「『いつもは』」同掲書, 70.
p.15「幸せに」"Kurt Vonnegut at NYU," Pacifica Radio Archives, KPFT, November 6, 1970.
p.15「好都合なことに」Rauch, "Ancestry of Kurt Vonnegut," 68.
p.16「月に一度」同掲書, 26.
p.16「一九一七年」Neal Auction Company, New Orleans, LA, "Winter Estates Auction," February 7–8, 2004: "Still Life: The Remains of the Portfolio Club Supper."
p.16「インディアナポリス交響楽団の」KV, "To Be a Native Middle-Westerner."
p.16「テーブルには」国勢調査の資料によると、1930年、ヴォネガット家にはドイツ系アメリカ人の召使い（Cannie Hattenbach, 51歳）が一緒に住んでいた。
p.17「バーナードの『変な声』」*Kurt Vonnegut: American Made*, directed by Robert B. Weide, Whyaduck Productions, 1994.
p.17「赤ん坊の頃」KV, interview, March 13, 2007.
p.17「カート・ジュニアはのちに」同上。
p.17「両親が」同上。
p.18「第二次世界大戦前までは」Irma Vonnegut Lindener in "Happy Birthday, Kurt Vonnegut : A Festschrift for Kurt Vonnegut on his Sixtieth Birthday," ed. Jill Krementz (New York: Delacorte, 1982), 13.
p.18「大人になって」KV, "To Be a Native Middle-Westerner."
p.19「父親のカート・シニアが」Evans Woollen, interview, February 16, 2008. インディアナポリスの有名な建築家ウルンは、ヴォネガットの家に25年間住んでいた。
p.19「同業者の」同上。
p.19「これはドイツルネサンス」Jacob Piatt Dunn, *Greater Indianapolis: The History, the Industries, the Institutions, and the People of a City of Homes* (Chicago: Lewis, 1910), 964–66. これらの建物は今も当初と同じ用途で使われている。
p.19「『彼の作品は』」同上。
p.19「父親の業績は」同上。
p.20「『父が本当に』」*Kurt Vonnegut: American Made*, Weide.
p.20「そしてそれは」KV to Ben Hitz, November 22, 1997, private collection.
p.20「（ずいぶんあとに）」KV, interview, March 13, 2007. カートはその埋め合わせとして、こう考えるようにしていた。「そこにはとても深い絆ができたため、のちに叔父夫婦はつらい思いをするようになった」。つまり、両親が留守のあいだ、叔父夫婦がカートをわが子のように感じ、愛するようになったと考えていたのだ。
p.20「また、家族は」"Cape Cod Author Sees Some Flaws in Age of Electronics," *Cape Cod Standard-Times*, December 14, 1952.
p.20「金が必要になれば」Rauch, "Ancestry of Kurt Vonnegut," 71.
p.21「『動物』」Caterina Cregor, The Path Well Chosen: History of the Orchard School, 1922–1984 (Indianapolis: Orchard School Foundation, 1984), 67.
p.21「彼は家で」KV, interview, March 13, 2007.
p.21「というのも」KV, "The Last Word," *New York Times*, October 30, 1966.

註

註の中で使われている略語は以下のものを表す。

- CC ：Crowell-Collier Publishing Company records, 1931–55, New York Public Library, New York, NY
- CSS ：Charles Scribner's Sons archives, Princeton University Library, Princeton, NJ
- EV ：Edith Vonnegut
- JDP ：José Donoso Papers, Princeton University Library, Princeton, NJ
- JDP1：José Donoso Papers, University of Iowa, Iowa City, IA
- JV ：Jane Vonnegut
- KB ：Knox Burger
- KV ：Kurt Vonnegut
- LL ：Lilly Library, Indiana University, Bloomington, IN
- NV ：Nanny Vonnegut
- SLPF：Seymour Lawrence Publishing Files, Special Collections, University of Delaware Library, Newark, DE

序章　絶版、そして死ぬほどびくびくして

p. 9「カートは、もし」KV to Sarah Crawford, September 18, 1965, private collection.

p.10「きみにとって」KV to Sarah Crawford, September 28, 1965, private collection.

p.10「本当は」KV to KB, August 7, 1965, private collection.

p.10「そいつらの」Miller Harris to KV, August 16, 1965, private collection.

p.10「そういうわけで」KV to John C. Gerber, July 11, 1965, faculty/staff files, University of Iowa, Iowa City.

p.10「新天地で」KV to Steve Wilbers, September 16, 1976, private collection.

p.10「相手は呆然としながらも」KV to KB, August 7, 1965, private collection.

p.11「そのため」KV to Stephen Wilbers, September 16, 1976, private collection.

p.11「彼の作品に関する」T. George Harris, "University of Iowa's Paul Engle, Poet-Grower to the World," *Look*, June 1, 1965.

p.11「ぼくのことを」KV, "New World Symphony," in *A Community of Writers: Paul Engle and the Iowa Writers' Workshop*, ed. Robert Dana (Iowa City: University of Iowa Press, 1999), 115.

p.12「この三つ」Saul Maloff, "The Time, the Space, the Quiet," New York Times, November 29, 1981.

p.12「車を砂利道の路肩に」KV, "To Be a Native Middle-Westerner," *Nuvo Newsweekly*, May 20, 1999; and KV to JV, September 17, 1965, private collection.

録音・放送・映像

Krementz, Jill. Interview by Brian Lamb. "The Writer's Desk," *Booknotes*, C-SPAN, June 1, 1997.

"Kurt Vonnegut." Episode 316, *Real Time with Bill Maher*, HBO, September 9, 2005.

Kurt Vonnegut: American Made. Robert B. Weide, director. Whyaduck Productions, 1994.

Kurt Vonnegut: A Self-Portrait. Harold Mantell, producer. Films for the Humanities, 1975.

"Kurt Vonnegut at NYU." Pacifica Radio Archives, KPFT, November 6, 1970.

Lowery, George. "Kurt Vonnegut Jr., Novelist, Counterculture Icon and Cornellian, Dies at 84." Chronicle Online, April 12, 2007.

Vonnegut, Kurt. Interview by Christopher Bigsby. *Kaleidoscope,* BBC, September 20, 1984.

Vonnegut, Mark. Interview by Neal Conan. "Armageddon Reveals Unpublished Vonnegut Work," National Public Radio, April 1, 2008.

"What Does PEN Have to Offer?" Episode 673, *Firing Line*, December 2, 1985. Southern Educational Communications Association.

講義・講演

Shriver Jr., Robert Sargent (speech). Memorial for Adam Yarmolinsky. Albin O. Kuhn Library, University of Maryland, Baltimore, May 4, 2000.

Spolarich, Aaron. "The Vonnegut Families of Lake Maxinkuckee" (lecture). Antiquarian & Historical Society of Culver, Culver, IN, June 23, 2007.

Vonnegut, Kurt. "Eugene V. Debs Award" (speech). Holiday Inn, Terre Haute, IN, November 7, 1981.

———. "The Noodle Factory" (speech). Connecticut College, New London, CT, October 1, 1976.

———. "Speech at the Athenaeum, Indianapolis." October 10, 1996.

———. "Speech at the First Parish Church" (Unitarian). Cambridge, MA, January 27, 1980.

———. Syracuse University Commencement (speech). Syracuse University, May 8, 1994.

———. "Tribute to Allen Ginsberg" (speech). Wadsworth Theater, Los Angeles, May 30, 1997.

Zaring, Catherine Alford. "Time Traveling Through Indianapolis with Kurt Vonnegut Jr." *Indianapolis Home and Garden*, November 1978.

CD-ROM

Essential Vonnegut: Interviews Conducted by Walter Miller, CD-ROM. New York: HarperCollins, 2006.

オンライン資料

Brady, James. "Kurt Vonnegut Meet Jon Stewart." Forbes.com, January 1, 2006.

———. "Taps for Kurt." Forbes.com, April 12, 2007.

Columbia, David Patrick, and Jeffrey Hirsch. "Lunch with Jill Krementz." New York Social Diary.com, January 13, 2005.

Houston, Frank. "The Salon Interview: Kurt Vonnegut." Salon.com, October 8, 1999.

Juhasz, Paul. "No Matter What the Actual Hour May Be: Time Manipulation in the Works of Ambrose Bierce." *Ambrose Bierce Project Journal* 4, no. 1 (Fall 2008), www.ambrosebierce.org/journal4juhaszl.html, November 22, 2009.

"Krementz, Jill." In *Contemporary Authors Online*, Gale, 2007. Reproduced in *Literature Resource Center*. Farmington Hills, MI: Thomson Gale, 2006.

Singer, Milton, and James Redfield. "Robert Redfield." In *American National Biography Online*, February 2000.

Stewart, Gaither. "Kurt Vonnegut: Anarchist and Social Critic." Countercurrent.org, April 15, 2008.

未刊行資料と小冊子

Byrne, Robert. In "Knox Burger, 1922–2010: 'Honest Prose and Nerves of Steel'" (memorial booklet). New York, February 2010.

Cronkite, Walter. Interviewed for "Washington Goes to the Moon," part 1 (transcript). Public Radio Exchange, Cambridge, MA.

Donleavy, J. P., contributor. "Seymour Lawrence: An Independent Imprint Dedicated to Excellence" (booklet). New York: Houghton Mifflin, 1990.

Fiene, Donald M. "Getting Through Life: The Autobiography of Donald M. Fiene" (unpublished manuscript). University of Louisville Special Collections, 1961– .

Griffith, Sarah J. "The Moral Egotist: Evolution of Style in Kurt Vonnegut's Satire." Bachelor's thesis, University of Michigan, 2008.

"Happy Birthday, Kurt Vonnegut: A Festschrift for Kurt Vonnegut on his Sixtieth Birthday." Edited by Jill Krementz. New York: Delacorte, 1982.

Lloyd, Reverend Rosemary. "A Dream of Peace" (sermon). First Church in Boston, Boston, MA, April 15, 2007.

Mantler, Gordon Keith. "Black, Brown and Poor: Martin Luther King Jr., the Poor People's Campaign and Its Legacies." PhD thesis, Duke University, 2008.

Mazow, Lauren. "Kurt Vonnegut: On Religion" (interview), January 18, 1988. Vonnegut mss., Lilly Library, Indiana University, Bloomington.

Rauch, John G. "An Account of the Ancestry of Kurt Vonnegut Jr. by an Ancient Friend of the Family," 1970. Lilly Library, Indiana University, Bloomington.

Vonnegut, Jane. Interview by Marge Schiller, December 1969, interview 639 (transcript). McCarthy Historical Project, Eugene J. McCarthy Papers, Elmer L. Andersen Library, University of Minnesota, Minneapolis.

Warnick, Chris. "Student Writing, Politics, and Style 1962–1979." PhD diss., University of Pittsburgh, 2006.

Hayman, David, David Michaelis, George Plimpton, and Richard Rhodes. "Kurt Vonnegut: The Art of Fiction LXIV." *Paris Review*, Spring 1977.

Hicks, Clifford B. "Tailor-Made Metals for Tomorrow." *Popular Mechanics*, May 1957.

Hicks, Granville. "Literary Horizons." *Saturday Review*, March 29, 1969.

Horne, Jed. "Mark Vonnegut Traces His Harrowing Journey Through Wildest Schizophrenia." *People,* November 3, 1975.

Horton, Scott. "November 1972: Vonnegut vs. the Republicans." *Harper's*, April 2007.

Klinkowitz, Jerome. "Robert Weide's *Mother Night*: A Review." *North American Review*, September–October 1997.

Koenig, Rhoda. "At Play in the Fields of the Word." *New York Magazine*, February 3, 1986.

Levin, Eric. "The Slipperiest Rung on the Ladder of Success May Be Your Own Fear of Winning." *People*, November 10, 1980.

Lott, Jeffrey. "The Good Hippie." *Swarthmore College Bulletin*, March 1, 2003.

MacDonald, Jake. "Peaking on the Prairies." *Walrus*, June 2007.

Mallory, Carol. "The Kurt & Joe Show." *Playboy*, May 1992.

McCloud, Bill. "What Should We Tell Our Children about Vietnam?" *American Heritage*, May–June 1988.

McLaughlin, Frank. "An Interview with Kurt Vonnegut." *Media & Methods*, May 1973.

McMurran, Kristin, et al. "The Famous Turn Out for (and Some Are Turned Off by) the Bicoastal Previews of Al Pacino's Bloody 'Scarface.'" *People*, December 19, 1983.

Mitchell, Greg. "Meeting My Maker: A Visit with Kurt Vonnegut, Jr., by Kilgore Trout." *Crawdaddy*, April 1, 1974.

"Moving Ma Bell, Vonnegut Style." *Indianapolis Magazine*, October 1976.

Rentilly, J. "The Best Jokes Are Dangerous, an Interview with Kurt Vonnegut." *McSweeney's*, September 2002.

Roloff, Lee. "Kurt Vonnegut on Stage at the Steppenwolf Theater, Chicago." *TriQuarterly*, Fall 1998.

Sanoff, Alvin P. "Creating Literature on the Plains of Iowa (50th Anniversary of Iowa Writers' Workshop)." *U.S. News & World Report*, June 2, 1986.

Sheed, Wilfrid. "The Now Generation Knew Him When." *Life*, September 12, 1969.

"Six Sleepers for Fall." *Publishers Weekly*, August 29, 2005.

Slavitt, David R. "Looking for Mr. Vonnegut." *Philadelphia*, November 1982.

Standish, David. "Kurt Vonnegut: The *Playboy* Interview." *Playboy*, July 20, 1973.

Thom, James Alexander. "The Man Without a Country." *Spokesman*, Bertrand Russell Foundation, October 2007.

Tyrnauer, Matt. "America's Writing Forces (Gore Vidal, Norman Mailer, Kurt Vonnegut)," *Vanity Fair*, July 2006.

Vonnegut, Kurt. "Biafra: A People Betrayed." *McCall's*, April 1970.

———. "He Leadeth Us from Porn; God Bless You Edwin Meese." *Nation*, January 25, 1986.

———. "In-the-Bone Reading" (excerpt from "For the Love of Books"). *Biblio*, March 1999.

———. "The Lake." *Architectural Digest*, June 1988.

———. Letter to the editor, *Science Fiction Review*, November 15, 1975.

———. "No More Dangerous Than a Banana Split." *American Libraries*, February 1983.

———. "Requiem: The Hocus Pocus Laundromat." *North American Review*, December 1986.

———. "Surviving Niagara." *Guardian*, January 25, 2003.

———. "To Be a Native Middle-Westerner." *Nuvo Newsweekly*, May 20, 1999.

"Weather or Not," *Time*, August 28, 1950.

Weide, Robert B. "The Morning After *Mother Night*," *Realist*, Autumn 1997.

Williams, Catherine. "Dresden Bombing." *Pulteney St. Survey*, Hobart and William Smith Colleges, Spring 2001.

Hume, Kathryn. “Vonnegut’s Melancholy.” *Philological Quarterly* 77 no. 2 (Spring 1998): 221.

Klein, Herbert G. “Kurt Vonnegut’s *The Sirens of Titan* and the Question of Genre.” *Erfurt Electronic Studies in English* 5 (1998): n.p. Web.

Knipfel, Jim. “Reading Louis-Ferdinand Céline.” *Context: A Forum for Literary Arts and Culture* 8 (November 2001): n.p. Web.

McInnis, Gilber. “Evolutionary Mythology in the Writings of Kurt Vonnegut Jr.” *Critique: Studies in Contemporary Fiction* 46, no. 4 (Summer 2005): 383.

Pye, Gillian. “Comedy Theory and the Postmodern.” *Humor: International Journal of Humor Research* 19, no.1 (2006): 53–70.

Redfield, Robert. “The Folk Society.” *American Journal of Society* 52, no. 4 (January 1947): 293–308.

Reilly, Charlie. “Two Conversations with Kurt Vonnegut.” *College Literature* 7 (1980): 1–29.

Rogers, Annie G. “Marguerite Sechehaye and Renee: A Feminist Reading of Two Accounts of a Treatment.” *International Journal of Qualitative Studies in Education* 5, no. 3 (July 1992): 245–51.

Seltzer, Leon F. “Dresden and Vonnegut’s Creative Testament of Guilt.” *Journal of American Culture* 4, no.4 (Winter 1981): 55–69.

Smith, Tom W. “Liberal and Conservative Trends in the United States Since World War II.” *Public Opinion Quarterly* 54 (1990): 479+.

Stumpf, Clifford. “A Day in May: A Story of a Prisoner of War” (unpublished memoir). In Heidi M. Szpek, “Religious Expression Among the Men of Slaughterhouse Five,” *International Journal of the Humanities* 2, no. 2 (2006): 1437.

Vonnegut, Bernard. “Adventures in Fluid Flow: Generating Interesting Dendritic Patterns.” *Leonardo* 31, no. 3 (1998): 205–7.

雑誌

Amidon, Stephen. “A Heavy Price” (book review). *New Statesman*, November 22, 2004.

Black, Pam. “Ramparts.” *Folio: The Magazine for Magazine Management*, April 1, 2004.

Brinkley, Douglas. “Vonnegut’s Apocalypse.” *Rolling Stone*, August 24, 2006.

Bryan, C. D. B. “Kurt Vonnegut on Target.” *New Republic*, October 8, 1966.

Buckley, William F. “Care Package to Moscow.” *National Review*, June 28, 1985.

Cargas, Henry James. “Kurt Vonnegut” (interview). *Christian Century*, November 24, 1976.

“Class Notes.” *Cornell Alumni Magazine*, January–February 2006.

Crichton, J. M. “Sci-Fi and Vonnegut.” *New Republic*, April 26, 1969.

DeMott, Benjamin. “Vonnegut’s Otherworldly Laughter.” *Saturday Review*, May 1, 1971.

Deneen, Patrick J. “Folk Tales.” *Claremont Review of Books*, Winter 2007.

Dinsmore, John. “Kurt & Ollie.” *Firsts*, October 1992.

Fiedler, Leslie A. “The Divine Stupidity of Kurt Vonnegut: Portrait of a Novelist as a Bridge Over Troubled Water.” *Esquire*, September 1970.

Flamm, Matthew, and Alexandra Jacobs. “Mailer Time.” *Entertainment Weekly*, May 22, 1998.

Fleming, James R. “The Climate Engineers.” *Wilson Quarterly*, Spring 2007.

“46 and Trusted.” *Newsweek*, March 3, 1969.

Freedman, David, and Sarah Schafer. “Vonnegut and Clancy on Technology.” *Inc.*, December 15, 1995.

Grossman, Edward. “Vonnegut & His Audience.” *Commentary*, July 1974.

“The Growing Battle of the Books.” *Time*, January 19, 1981.

Harris, T. George. “University of Iowa’s Paul Engle, Poet-Grower to the World.” *Look*, June 1, 1965.

———. *A Man Without a Country*. Edited by Daniel Simon. New York: Seven Stories Press, 2005.

———. *Mother Night*. 1961; repr., New York: Delta, 1999.

———. "New World Symphony." In *A Community of Writers: Paul Engle and the Iowa Writers' Workshop*, edited by Robert Dana, 113–15. Iowa City: University of Iowa Press, 1999.

———. *Nothing Is Lost Save Honor*. Jackson, MS: Nouveau Press, 1984.

———. *Palm Sunday: An Autobiographical Collage*. New York: Delacorte, 1981.

———. *Player Piano*. 1952; repr., New York: Delta, 1999.

———. *The Sirens of Titan*. 1959; repr., New York: Dial, 1998.

———. *Slapstick; or, Lonesome No More!*. 1976; repr., New York: Dial, 2006.

———. *Slaughterhouse-Five; or, The Children's Crusade, a Duty-Dance with Death*. 1969; repr., New York: Dial, 2005.

———. *Timequake*. New York: Putnam, 1997.

———. *Utopia 14*. New York: Bantam, 1954.

———. "A Very Fringe Character." In *An Unsentimental Education*, edited by Molly McQuade, 236–42. Chicago: University of Chicago Press, 1995.

———. *Wampeters, Foma & Grandfallons*. 1974; repr., New York: Delta, 1999.

———. *Welcome to the Monkey House: A Collection of Short Works*. 1968; repr., New York: Delta, 1998.

———. *While Mortals Sleep: Unpublished Short Fiction*. New York: Delacorte, 2011.

Vonnegut, Mark. *The Eden Express: A Personal Account of Schizophrenia*. New York: Praeger, 1975.

Wakefield, Dan. "Kurt Vonnegut." In *Indiana History: A Book of Readings*, edited by Ralph D. Gray, 276–84. Bloomington: Indiana University Press, 1994.

Wilbers, Stephen. *The Iowa Writers' Workshop*. Iowa City: University of Iowa Press, 1980.

Winchell, Mark Royden. *Too Good to Be True: The Life and Work of Leslie Fiedler*. Columbia: University of Missouri Press, 2002.

Yarmolinsky, Jane Vonnegut. *Angels Without Wings: How Tragedy Created a Remarkable Family*. Boston: Houghton Mifflin, 1987.

定期刊行物

Baird, James. "Jeffers, Vonnegut, and Pynchon: Their Philosophies and Fates." *Jeffers Studies* 4, no. 1 (Winter 2000): 17–28.

Daniels, Margaret J., and Heather E. Bowen. "Feminist Implications of Anti-Leisure in Dystopian Fiction." *Journal of Leisure Research* 35 no. 4 (Fall 2003): 423+.

Donoso, José. "A Small Biography of the Obscene Bird of Night." *Review of Contemporary Fiction* 19, no. 3 (1999): 123.

Fiene, Donald M. "Elements of Dostoevsky in the Novels of Kurt Vonnegut." *Dostoevsky Studies*, 2 (1981): 129–41.

———. "Kurt Vonnegut's Popularity in the Soviet Union and His Affinities with Russian Literature." Russian Literature *Triquarterly* 14 (1976): 166–84.

Gordon, R. "Death and Creativity: A Jungian Approach." *Journal of Analytical Psychology* 22, no. 2 (1977): 106–24.

Hattenhauer, Darryl. "The Politics of Kurt Vonnegut's 'Harrison Bergeron.'" *Studies in Short Fiction* 35, no. 4 (1998): 387+.

Hirschman, Elizabeth C. "Babies for Sale: Market Ethics and the New Reproductive Technologies." *Journal of Consumer Affairs* 25, no. 2 (1991): 358+.

111–32. Jackson: University of Mississippi Press, 1988.

Shear, Walter. "Kurt Vonnegut: The Comic Fate of the Sensibility." In vol. 31 of *The Feeling of Being: Sensibility in Postwar American Fiction*, 215–39. New York: Peter Lang, 2002.

Short, Robert L. *Something to Believe In: Is Kurt Vonnegut the Exorcist of Jesus Christ Superstar?* New York: Harper and Row, 1978.

Singh, Sukhbir. *The Survivor in Contemporary American Fiction: Saul Bellow, Bernard Malamud, John Updike, Kurt Vonnegut, Jr.* Delhi: B.R. Publishing, 1991.

Slotkin, James Sydney. *Social Anthropology: The Science of Human Society and Culture*. New York: Macmillan, 1950.

Suits, C. G., and J. M. Lafferty. *Albert Wallace Hull: A Biographical Memoir*. Washington, DC: National Academy of Sciences, 1970.

Szpek Jr., Ervin E., and Frank J. Idzikowski. *Shadows of Slaughterhouse Five: Recollections and Reflections of the American Ex-POWs of Schlachthof Fünf.* Edited by Heidi M. Szpek. Bloomington, IN: iUniverse, 2008.

Taylor, Frederick. *Dresden: Tuesday 13 February 1945*. New York: Harper Perennial, 2005.

Taylor, Geoff. *Piece of Cake*. London: Peter Davies, 1956.

Terkel, Studs. "Kurt Vonnegut." In *Will the Circle Be Unbroken? Reflections on Death, Rebirth, and Hunger for a Faith,* 221–27. New York: New Press, 2001.

Theodore Probst, George. *The Germans in Indianapolis, 1840–1918*. German-American Center: Indianapolis, 1989.

Unruh, Glenys G., and William M. Alexander. *Innovations in Secondary Education*. New York: Holt, Rinehart and Winston, 1974.

Vaknin, Sam. *Malignant Self-Love: Narcissism Revisited.* Prague: Narcissus, 2001.

Vaughn, Alan. *Patterns of Prophecy*. New York: Hawthorn Books, 1973.

"Vonnegut, Kurt." In *Authors and Artists for Young Adults*. Vols. 6, 24: Gale, 1992–99. Farmington Hills, MI: Thomson Gale, 2006.

Vonnegut, Kurt. "Algren as I Knew Him." In Nelson Algren, *The Man with the Golden Arm*, 367–69. New York: Seven Stories Press, 1999.

———. *Armageddon in Retrospect*. New York: Berkley, 2008.

———. *Bagombo Snuff Box: Uncollected Short Fiction*. 1999; repr., New York: Berkley, 2000.

———. *Between Time and Timbuktu; or, Prometheus-5, a Space Fantasy*. New York: Dell, 1972.

———. *Bluebeard*. New York: Delacorte, 1987.

———. *Breakfast of Champions*; *or, Goodbye Blue Monday!*. 1973; repr., New York: Dell, 1999.

———. *Canary in a Cat House*. New York: Fawcett, 1961.

———. *Cat's Cradle*. 1963; repr., New York: Delta, 1998.

———. *Deadeye Dick*. 1982; repr., New York: Dial, 2006.

———. *Fates Worse Than Death*. 1991; repr., New York: Berkley, 1992.

———. Foreword to *A Saucer of Loneliness: The Complete Stories of Theodore Sturgeon*, vol. 7, edited by Paul Williams. Berkeley, CA: North Atlantic Books, 2002.

———. *Galápagos*. New York: Delta, 1985.

———. *God Bless You, Dr. Kevorkian*. 1999; repr., New York: Washington Square Books, 2001.

———. *God Bless You, Mr. Rosewater; or, Pearls Before Swine*. 1965; repr., New York: Delta, 1998.

———. *Hocus Pocus*. New York: Berkley, 1997.

———. *Jailbird*. New York: Delacorte, 1979.

———. *Look at the Birdie*. New York: Delacorte, 2009.

Cambridge University Press, 2003.

Jones, Kaylie. *Lies My Mother Never Told Me: A Memoir*. New York: William Morrow, 2009.

Karl, Frederick R. *American Fictions: 1940/1980*. New York: Harper, 1983.

Kidder, Tracy. *Home Town*. New York: Random House, 1999.

Kitchin, William Copeman. *A Wonderland of the East*. Boston: Page, 1920.

Kleinfelder, Rita Lang. *When We Were Young: A Baby-Boomer Yearbook*. New York: Prentice Hall, 1993.

Klinkowitz, Jerome. *Keeping Literary Company: Working with Writers since the Sixties*. Albany: State University of New York, 1998.

———. *Kurt Vonnegut*. London and New York: Methuen, 1982.

———. *The Vonnegut Effect*. Columbia: University of South Carolina Press, 2004.

———. *Vonnegut in Fact: The Personal Spokesmanship of Personal Fiction*. Columbia: University of South Carolina Press, 1998.

———. *Vonnegut's America*. Columbia: University of South Carolina Press, 2009.

Klinkowitz, Jerome, and Donald L. Lawler, eds. *Vonnegut in America: An Introduction to the Life and Work of Kurt Vonnegut*. New York: Delacorte, 1977.

Larson, Edward J. *God and Science on the Galapagos Islands*. New York: Basic Books, 2001.

Leonard, S. A., and R. F. Cox. *General Language: A Series of Lessons in Grammar, Word Study, and History of the English Language*. Chicago: Rand McNally, 1925.

MacCambridge, Michael. *The Franchise: A History of Sports Illustrated Magazine*. New York: Hyperion Books, 1998.

Magnarelli, Sahron. *Understanding* José *Donoso*. Columbia: University of South Carolina Press, 1992.

Marvin, Thomas F. *Kurt Vonnegut: A Critical Companion*. Westport, CT: Greenwood, 2002.

Mayo, Clark. *Kurt Vonnegut: The Gospel from Outer Space*. San Bernardino, CA: Borgo Press, 1977.

McKee, Alexander. *Dresden, 1945: The Devil's Tinderbox*. 1982; repr., New York: Barnes and Noble, 2000.

Meany, Geraldine. *(Un)Like Subjects: Women, Theory, Fiction*. London: Routledge, 1993.

Miller, Donald L. *D-Days in the Pacific*. New York: Simon and Schuster, 2005.

Morris, Richard. *Time's Arrows: Scientific Attitudes Toward Time*. New York: Simon and Schuster, 1985.

Morris Jr., Roy. *Ambrose Bierce: Alone in Bad Company*. New York: Oxford University Press, 1999.

Peck, Dale. "Kurt's Conundrum." In *Hatchet Jobs: Writings on Contemporary Fiction*, 190–200. New York: New Press, 2005.

Rackstraw, Loree. *Love as Always, Kurt: Vonnegut as I Knew Him*. Cambridge, MA: Da Capo Press, 2009.

Redfield, Robert. *The Little Community and Peasant Society and Culture*. Chicago: University of Chicago, 1956.

Reed, Peter J. "Kurt Vonnegut." In *Dictionary of Literary Biography*. Vol. 3 of Documentary Series. Detroit: Bruccoli Clark/Gale Research, 1983.

———. *The Short Fiction of Kurt Vonnegut*. Vol. 1 of Contributions to the Study of American Literature. Westport, CT: Greenwood Press, 1997.

Rickman, Greg. *To the High Castle: Philip K. Dick, A Life*. Long Beach, CA: Fragments West/Valentine Press, 1989.

Rivera, Geraldo. *Exposing Myself*. Written with Daniel Paisner. New York: Bantam Books, 1991.

Schlesinger Jr., Arthur. *The Vital Center: The Politics of Freedom*. Boston: Houghton Mifflin, 1949.

Scholes, Robert. "Chasing a Lone Eagle: Vonnegut's College Writing." In *The Vonnegut Statement*, edited by Jerome Klinkowitz and John Somer, 45–54. New York: Seymour Lawrence, 1973.

———. *The Fabulators*. New York: Oxford University Press, 1967.

———. "A Talk With Kurt Vonnegut." In *Conversations with Kurt Vonnegut*, edited by William Rodney Allen,

Conway, Flo, and Jim Siegelman. *Dark Hero of the Information Age: In Search of Norbert Wiener, the Father of Cybernetics.* New York: Basic Books, 2005.

Cregor, Caterina. *The Path Well Chosen: History of the Orchard School, 1922–1984.* Indianapolis: Orchard School Foundation, 1984.

Darwin, Charles. *Journal of Researches into the Geology and Natural History of the Various Countries Visited by H.M.S. Beagle.* London: Henry Colburn, 1839.

Derry, Gregory N. *What Science Is and How It Works.* Princeton, NJ: Princeton University Press, 1999.

Dickstein, Morris. *Gates of Eden: American Culture in the Sixties.* New York: Basic Books, 1977.

Dinger, Ed, ed. *Seems Like Old Times.* Iowa City: Iowa Writers' Workshop, 1986.

Disch, Thomas M. "Jokes Across the Generation Gap." In *On Science Fiction,* 67–71. Ann Arbor: University of Michigan Press, 2005.

Donoso, Maria Pilar. "Beer Party in Iowa." In *The World Comes to Iowa: The Iowa International Anthology,* edited by Paul Engle and Hualing Nieh Engle, 33–38. Ames: Iowa State University Press, 1987.

Dunn, Jacob Piatt. *Greater Indianapolis: The History, the Industries, the Institutions, and the People of a City of Homes.* Chicago: Lewis, 1910.

Engle, Paul. "The Writer and the Place." In *A Community of Writers: Paul Engle and the Iowa Writers' Workshop,* edited by Robert Dana, 1–10. Iowa City: University of Iowa Press, 1999.

Feinberg, Leonard. *The Secret of Humor.* New York: Rodopi, 1978.

Fiedler, Leslie A. *Love and Death in the American Novel.* New York: Meridian Books, 1962.

Fonda, Peter. *Don't Tell Dad.* New York: Hyperion, 1998.

Gaus, Laura Sheerin. *Shortridge High School, 1864–1981 in Retrospect.* Indianapolis: Indiana Historical Society, 1985.

Gay, Peter. *Freud: A Life for Our Time.* New York: Norton, 1988.

Giannone, Richard. *Vonnegut: A Preface to His Novels.* Port Washington, NY: Kennikat, 1977.

Goldsmith, David H. *Kurt Vonnegut: Fantasist of Fire and Ice.* Bowling Green, OH: Bowling Green University Popular Press, 1972.

Greenfield, George. *A Smattering of Monsters: A Kind of Memoir.* Rochester, NY: Camden House, 1995.

Grinberg, León. *Guilt and Depression.* Translated by Christine Trollope. London: Karnac Books, 1992.

Grivetti, Louis G. In *We Were Each Other's Prisoners: An Oral History of World War II American and German Prisoners of War,* edited by Lewis H. Carlson, 116–99. New York: Basic Books.

Grof, Christina, and Stanislav Grof, MD. *The Stormy Search for the Self.* Los Angeles: Jeremy P. Tarcher, 1990.

Hammarskjöld, Dag. *Markings.* New York: Knopf, 1964.

Harris, W. Edward. *Miracle in Birmingham: A Civil Rights Memoir, 1954–1965.* Indianapolis: Stone Work Press, 2004.

Hatch, Gardner N., W. Curtis Musten, and John S. Edwards, eds. *American Ex-Prisoners of War: Non Solum Armis.* Nashville, TN: Turner, 1995.

Havens, B. S., et al. *Early History of Cloud Seeding.* New Mexico Institute of Mining and Technology, State University of New York at Albany, and General Electric, 1979.

Hipkiss, Robert. *The American Absurd: Pynchon, Vonnegut, and Barth.* National University Publications. Fort Washington, NY: Associated Faculty Press, 1989.

Hyde, Charles K. *Copper for America: The United States Copper Industry from Colonial Times to the 1990s.* Tucson: University of Arizona Press, 1998.

Jacobs, Dan. *The Brutality of Nations.* New York: Paragon House, 1988.

James, Edward, and Farah Mendlesohn, eds. *The Cambridge Companion to Science Fiction.* Cambridge:

ノンフィクション

Wampeters, Foma & Granfalloons (1974)
Palm Sunday: An Autobiographical Collage (1981)
Nothing Is Lost Save Honor (1984)
Fates Worse Than Death: An Autobiographical Collage of the 1980s (1991)

脚本・テレビ用台本・脚色

"D.P." (1958, produced as "Auf Wiedersehen"; 1985, produced as "Displaced Persons")
Penelope (1960); later revised as *Happy Birthday, Wanda June* (1970)
Between Time and Timbuktu; or, Prometheus-5, a Space Fantasy (1972)
"EPICAC" (1974, 1992)
The Chemistry Professor [based on *Dr. Jekyll and Mr. Hyde*] (1978)
"Who Am I This Time?" (1982)
"All the King's Horses" (1991)
"The Euphio Question" (1991)
"Next Door" (1991)
"Fortitude" (1992)
"The Foster Portfolio" (1992)
"More Stately Mansions" (1992)
L'Histoire du Soldat (libretto) (1993, 1997)
"Harrison Bergeron" (1995)

児童書

Sun, Moon, Star (1980)

参考文献

単行本

Aldiss, Brian W. *Billion Year Spree: The True History of Science Fiction.* New York: Doubleday, 1973.

Allen, William Rodney, ed. *Conversations with Kurt Vonnegut.* Jackson: University of Mississippi Press, 1988.

———. *Understanding Kurt Vonnegut.* Columbia: University of South Carolina Press, 1991.

Amis, Martin. *The Moronic Inferno.* 1986; repr., New York: Penguin, 1991.

Bailey, Blake. *A Tragic Honesty: The Life and Work of Richard Yates.* New York: Picador, 2004.

Bellamy, Joe David. "Kurt Vonnegut for President: The Making of a Literary Reputation." In *Literary Luxuries: American Writing at the End of the Millennium,* 137–52. Columbia: University of Missouri Press, 1995.

Bernal, J. D. *A History of Classical Physics: From Antiquity to Quantum.* 1972; repr., New York: Barnes and Noble Books, 1997.

Bradbury, Ray. Foreword to *The Ultimate Egoist: The Complete Stories of Theodore Sturgeon,* vol. 1. Edited by Paul Williams. Berkeley, CA: North Atlantic Books, 1999.

Céline, Louis-Ferdinand. *Journey to the End of the Night.* Translated by Ralph Manheim. 1934; repr., New York: New Directions, 2006.

Charles Darwin's Beagle Diary. Edited by Richard Darwin Keynes. Cambridge: Cambridge University Press, 1988.

Cherny, Andrei. *The Candy Bombers: The Untold Story of the Berlin Airlift and America's Finest Hour.* New York: Putnam, 1998.

Clarke, Gerald *Capote: A Biography.* 2nd paperback ed., New York: Da Capo Press, 2005.

from Porn; God Bless You, Edwin Meese!" (ar) *Nation*, January 25, 1986; "Can't We Even Leave Jazz Alone?" (es) *New York Times*, December 14, 1986; "Requiem: The Hocus Pocus Laundromat," (es) *North American Review*, December 1986; "Skyscraper National Park & Musings on New York," (ar) *Architectural Digest*, November 1987; "The Lake," (ar) *Architectural Digest*, June 1988; "My Fellow Americans: What I'd Say If They Asked Me," (es) *Nation*, July 1988; "The Courage of Ivan Martin Jirous," (es) *Washington Post*, March 31, 1989; "Slaughter in Mozambique," (ar) *New York Times*, November 14, 1989; "My Visit to Hell," (ar) *Parade Magazine*, January 7, 1990; "Notes from My Bed of Gloom; Or, Why the Joking Had to Stop," (es) *New York Times Book Review*, April 22, 1990; "Hocus Pocus," (ex) *Penthouse*, September 1990; "Heinlein Gets the Last Word," (es) *New York Times Book Review*, December 9, 1990; "Something's Rotten," (es) *New York Times*, April 11, 1991; "Why My Dog Is Not a Humanist," (es) *Humanist*, November 1992; "Timequake," (ex) *Playboy*, December 1997; "Bernard Vonnegut: The Rainmaker," (cl) *New York Times*, January 4, 1998; "Last Words for a Century," (ar) *Playboy*, January 1999; "To Be a Native Middle-Westerner," (es) *Nuvo Newsweekly*, May 20, 1999; "Surviving Niagara," (cl) *Guardian*, January 25, 2003; "Dear Mr. Vonnegut (with Divers Hands)," (cl) *In These Times*, May 26, 2003; "Knowing What's Nice," (cl) *In These Times*, November 6, 2003; "Cold Turkey," (es) *In These Times*, May 31, 2004; "I Love You, Madame Librarian," (es) *In These Times*, August 6, 2004; "Wailing Shall Be in All Streets," (ex) *Playboy*, April 2008.

小説

Player Piano (1952)
The Sirens of Titan (1959)
Mother Night (1962)
Cat's Cradle (1963)
God Bless You, Mr. Rosewater; or, Pearls Before Swine (1965)
Slaughterhouse-Five; or, The Children's Crusade, a Duty-Dance with Death (1969)
Breakfast of Champions; or, Goodbye Blue Monday! (1973)
Slapstick; or, Lonesome No More! (1976)
Jailbird: A Novel (1979)
Deadeye Dick (1982)
Galápagos: A Novel (1985)
Bluebeard: A Novel (1987)
Hocus Pocus (1990)
Timequake (1997)

短編集

Canary in a Cat House (1961)
Welcome to the Monkey House: A Collection of Short Works (1968)
Bagombo Snuff Box: Uncollected Short Fiction (1999)
God Bless You, Dr. Kevorkian (1999)
A Man Without a Country (2005)
Armageddon in Retrospect; and Other New and Unpublished Writings on War and Peace (2008)
Look at the Birdie: Unpublished Short Fiction (2009)
While Mortals Sleep: Unpublished Short Fiction (2011)

参考文献

参考文献は、原書で使用されているものをあげた。

カート・ヴォネガット作品

雑誌・新聞掲載作品

(ar) = 記事
(cl) = コラム
(es) = エッセイ
(ex) = 抄録
(pl) = 脚本
(rv) = 書評
(ss) = 短編

"Report on the Barnhouse Effect," (ss) *Collier's*, February 11, 1950; "Thanasphere," (ss) *Collier's*, September 2, 1950; "EPICAC," (ss) *Collier's*, November 25, 1950; "All the King's Horses," (ss) *Collier's*, February 10, 1951; "Mnemonics," (ss) *Collier's*, April 28, 1951; "The Euphio Question," (ss) *Collier's*, May 12, 1951; "The Foster Portfolio, (ss) *Collier's*, September 8, 1951; "Any Reasonable Offer," (ss) *Collier's*, January 19, 1952; "The Package," (ss) *Collier's*, July 26, 1952; "The No-Talent Kid," (ss) *Saturday Evening Post*, October 25, 1952; "Souvenir," (ss) *Argosy*, December 1952; "Tom Edison's Shaggy Dog," (ss) *Collier's*, March 14, 1953; "Custom-Made Bride," (ss) *Saturday Evening Post*, March 27, 1954; "Ambitious Sophomore," (ss) *Saturday Evening Post*, May 1, 1954; "Deer in the Works," (ss) *Esquire*, April 1955; "The Kid Nobody Could Handle," (ss) *Saturday Evening Post*, September 24, 1955; "The Boy Who Hated Girls," (ss) *Saturday Evening Post*, March 31, 1956; "Miss Temptation," (ss) *Saturday Evening Post*, April 21, 1956; "This Son of Mine," (ss) *Saturday Evening Post*, August 18, 1956; "A Night for Love," (ss) *Saturday Evening Post*, November 23, 1957; "Long Walk to Forever," (ss) *Ladies' Home Journal*, August 1960; "Harrison Bergeron," (ss) *Fantasy & Science Fiction*, October 1961; "The Runaways," (ss) *Saturday Evening Post*, April 15, 1961; "My Name Is Everyone," (ss) *Saturday Evening Post*, December 16, 1961: also as "Who Am I This Time?"; "The Lie," (ss) *Saturday Evening Post*, February 24, 1962; "Go Back to Your Precious Wife and Son," (ss) *Ladies' Home Journal*, July 1962; "Lovers Anonymous," (ss) *Redbook*, October 1963; *The Boss* by Goffredo Parise, (rv) *New York Times*, October 2, 1966; "The Last Word," (rv) *New York Times*, October 30, 1966; "Teaching the Unteachable," (es) *New York Times*, August 6, 1967; "Welcome to the Monkey House," (ss) *Playboy*, January 1968; "Fortitude," (pl) *Playboy*, September 1968; "Physicist, Purge Thyself," (es) *Chicago Tribune*, June 22, 1969; "Excelsior! We're Going to the Moon, Excelsior!" (es) *New York Times*, July 13, 1969; "Biafra: A People Betrayed," (ar) *McCall's*, April 1970; "Invite Rita Rait to America!" (es) *New York Times Book Review*, January 28, 1973; "A New Scheme for Real Writers," (es) *New York Times*, July 14, 1974; "Un-American Nonsense," (es) *New York Times*, March 24, 1976; "Slapstick; or, Lonesome No More!" (ex) *Playboy*, September 1976; "Books into Ashes," (es) *New York Times*, February 7, 1982; "Avoiding the Big Bang," (es) *New York Times*, June 13, 1982; "Fates Worse Than Death," (es) *North American Review*, December 1982 (transcript of lecture, St. John the Divine, New York, May 23, 1982); "The Worst Addiction of Them All," (es) *Nation*, December 31, 1983; "The Idea Killers," (ar) *Playboy*, January 1984; "A Dream of the Future (Not Excluding Lobsters)," (ss) *Esquire*, August 1985; "He Leadeth Us

装丁　鈴木正道（Suzuki Design）
カバー写真　Jean-Christian Bourcart / Getty Images

【著者紹介】

チャールズ・J・シールズ　Charles J. Shields
1951年、アメリカ・ペンシルヴェニア州生まれ、イリノイで育つ。高校の教師を経て、伝記作家に。2006年には『アラバマ物語』の作者、ハーパー・リーを描いた『Mockingbird: A Portrait of Harper Lee』を刊行し、ベストセラーになる。おもな邦訳書に『「チョコレート工場」からの招待状—ロアルド・ダール』『「ハリー・ポッター」の奇跡—J.K. ローリング』（ともに文溪堂）がある。

【訳者紹介】

金原瑞人（かねはら・みずひと）
1954年生まれ。翻訳家・法政大学教授。訳書に、カート・ヴォネガット『国のない男』（NHK 出版）、そのほかに『豚の死なない日』（白水社）『青空のむこう』（求龍堂）『ブラッカムの爆撃機』（岩波書店）『刑務所図書館の人びと　ハーバードを出て司書になった男の日記』(柏書房) など。エッセイに『翻訳のさじかげん』（ポプラ社）、編著書に『12歳からの読書案内』（すばる舎）などがある。

桑原洋子（くわはら・ようこ）
翻訳家。慶應義塾大学文学部英文学科修士課程修了。予備校講師を経てＹＡを中心とした作品の翻訳に携わるようになる。訳書に『わたしの美しい娘―ラプンツェル―』（共訳、ポプラ社）などがある。

野沢佳織（のざわ・かおり）
翻訳家。上智大学英文学科卒。訳書に『36歳、名門料理学校に飛び込む！』（柏書房）『ロス、きみを送る旅』（徳間書店）『灰色の地平線のかなたに』（岩波書店）『真夜中の動物園』（主婦の友社）『隠れ家　アンネ・フランクと過ごした少年』（岩崎書店）『転落少女と36の必読書』（共訳、講談社）などがある。

人生《じんせい》なんて、そんなものさ——カート・ヴォネガットの生涯《しょうがい》

2013年7月25日　第1刷発行

著　者　チャールズ・J・シールズ
訳　者　金原瑞人　桑原洋子　野沢佳織
発行者　富澤凡子
発行所　柏書房株式会社
東京都文京区本駒込 1-13-14（〒113-0021）
電話 (03) 3947-8251（営業）
(03) 3947-8254（編集）
DTP　有限会社共同工芸社
印刷・製本　共同印刷株式会社

ISBN978-4-7601-4284-2